BEST 嚴選

奇幻基地出版

雨野原傳奇 2

巨龍隱地

THE RAIN WILDS CHRONICLES 2

Dragon Haven

羅蘋·荷布 著

李鐳 譯

Robin Hobb

目次 | Contents

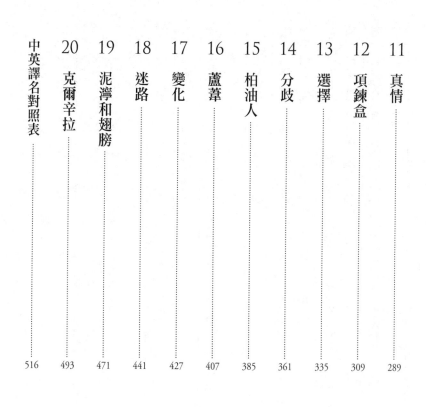

出場人物

守護者和龍	
埃魯姆	淺色皮膚，銀灰色眼睛，耳朵非常小，鼻子幾乎是扁平的。他的龍是**亞布克**，一頭綠色和銀色的公龍。
博克斯特	凱斯的親戚。古銅色眼睛，矮個子，身材壯實。他的龍是橙色的公龍**斯克力姆**。
紅銅	一頭無人守護的、病弱的褐色龍。
格瑞夫特	最年長的守護者，身上的雨野原印記也最濃厚。他的龍是藍黑色的**卡羅**，體型最巨大的公龍。
格雷索克	巨大的紅龍，第一頭離開結繭地的龍。
哈裡金	如同蜥蜴一般修長。他要比大部分其他守護者都更年長。萊克特是他的義兄弟。他的龍是**蘭克洛斯**，一頭有著銀色眼睛的紅色公龍。
潔珥德	一位金髮碧眼的女性守護者，身上帶有很重的雨野原標記。她的龍是**維拉斯**，是一頭母龍，深綠色的身體上有金色的條紋。
凱斯	博克斯特的親戚，有一雙古銅色的眼睛，身材矮壯，肩膀很寬，肌肉發達。他的龍是橙色公龍**多提恩**。

萊克特	七歲時成為孤兒，被哈裡金的家庭收養。他的龍是**塞斯梯坎**，一頭巨大的藍色公龍，有著橙色鱗片，脖子上有小尖刺。
諾泰爾	一名很有能力、也很有野心的守護者。他的龍是淺紫色的公龍**火絨**。
拉普斯卡	一名身上標記非常濃厚的守護者。她的龍是紅色的小母龍**荷比**。
銀	有一條受傷的尾巴，沒有守護者。
希爾薇	一個十二歲大的女孩，最年輕的守護者。她的龍是金黃色的**默爾柯**。
刺青	唯一出生時是奴隸的守護者。他的臉上有一匹小馬和蜘蛛網圖案的刺青。他的龍是最小的母龍，綠色的**芬提**。
賽瑪拉	十六歲，應該是指甲的地方生著黑色的爪子，家在樹林中。她的龍是一頭藍色的母龍**辛泰拉**，也被稱為天空之喉。
婷黛莉雅	一位成年母龍，她幫助其他長蛇沿大河上溯，以前往結繭地。她已經有多年未曾出現在雨野原了。
沃肯	一名身材很高、四肢修長的守護者。他的龍是**巴力佩爾**，一頭紅色公龍。
繽城	
愛麗絲·金卡	來自於一個貧窮但很受尊敬的繽城商人家庭。龍類專家。丈夫為詔諭·芬波克。
羅恩·芬波克	灰色眼睛，紅色頭髮，有許多雀斑。

詔諭・芬波克	一名相貌英俊，信譽卓著，富有的繽城商人。
塞德里克・梅爾達	詔諭・芬波克的祕書，從孩提時代就是愛麗絲的朋友。
柏油人號的船員	
貝霖	甲板水手，斯沃格的妻子。
大埃德爾	甲板水手。
卡森・羽躍	探險獵手，萊福特林的老友。
戴夫威	卡森・羽躍的獵手學徒，大約十五歲。
格裡格斯比	船上的貓，橙色的。
軒尼詩	大副。
傑斯	受雇的探險獵手。
萊福特林	船長，身材健壯，灰色眼睛，褐色頭髮。
絲凱莉	甲板水手，萊福特林的侄女。
斯沃格	舵手。他在柏油人號上已經有超過十五年了。
柏油人號	一艘河上駁船，現存最古老的活船。母港位於崔豪格。

其餘人物	
艾惜雅·維司奇	繽城的典範號的大副、麥爾妲·庫普魯斯的姑姑。
貝佳斯提·柯雷德	恰斯國商人，禿頭且富有，詔諭·芬波克的交易夥伴。
貝笙·特瑞爾	典範號的船長。
樂符	典範號上的小男僕，曾經是名奴隸。
戴托茨	崔豪格的信鴿管理人。
恰斯大公	恰斯國的獨裁者，年邁多病。
艾瑞克	繽城的信鴿管理人。
麥爾妲·庫普魯斯	古靈「女王」，居住在崔豪格，丈夫為**雷恩·庫普魯斯**。
典範號	一艘活船。護送海蛇沿河流上溯至結繭地。
瑟丹·維司奇	一名年輕古靈，麥爾妲的弟弟，艾惜雅的外甥。
辛納德·亞力克	恰斯商人，和萊福特林達成了一筆交易。

禱月第五日
商人聯盟獨立第六年
來自艾瑞克，繽城信鴿管理人
致黛托茨，崔豪格信鴿管理人

一封商人約爾登寄給崔豪格雨野原商人議會的信函，內容是瑟維利餐具的訂單。請告知商人議會，出乎意料地，此種貨物不幸發生數量短缺，導致價格大幅度上漲。

黛托茨：

妳好！王鴿的飛行速度和尋家能力都很令人失望，不過牠們的高繁殖率，以及迅速成長的豐碩體型，讓我開始考慮是否有可能繁育出一種適合在雨野原繁育的食用禽類。妳覺得如何？

艾瑞克

序章

人類都悸動不安。辛泰拉感覺到了他們四處飛竄，如同尖刺的意念就像是一群叮咬她的小蟲子。辛泰拉好奇無法管束住自己思緒的人類，是如何生存下來的？讓她感到諷刺的是，儘管這些人類總是不加掩飾地四處揮灑掠過腦海的一切意念，他們卻沒有智慧去感覺身邊的同伴在想些什麼。他們踉蹌著走過短暫的一生，不停地相互誤解，也幾乎誤解了這個世界上的其他所有生靈。當辛泰拉第一次意識到人類只能夠通過口中發出的噪音彼此溝通，還不得不從對方回應的噪音中猜測對方的意思時，她真的是大吃了一驚。當然，人類稱這種行為為「交談」。

片刻之間，辛泰拉不再阻擋那些人類意識的尖叫，她想要確定到底是什麼刺激了那些巨龍守護者，今日就像往常般，那些人類的關注點並沒有什麼邏輯上的一致性。有幾個人在為病弱的紅銅龍擔憂，其實他們已經無法再對紅銅龍做些什麼了。辛泰拉不明白他們為什麼還要聚在那頭小龍周圍，而不是承擔起他們對於其他龍的責任。現在辛泰拉已經很餓了，沒有人為她帶來任何食物，就連一條魚也沒有。

辛泰拉無精打采地在河岸邊徘徊著。她在這裡什麼都沒有找到，只能看見一片碎石、泥巴、蘆葦和幾棵細瘦的樹苗。陽光落在她的背上，卻沒有讓她感覺到多少溫暖。這裡沒有任何野獸。河中也許會有魚，但捉住一條魚需要耗費的力氣，遠遠超過吃掉牠能帶來的愉悅。

如果能有人給她帶一條魚……

辛泰拉想叫賽瑪拉過來，要那個女孩為她打獵。聽守護者們的議論，他們會一直留在這片荒蕪的河灘上，直到紅銅龍完全恢復或者死去。辛泰拉思考了片刻。如果紅銅龍死了，第一個過去的龍就能吃到一頓大餐。她苦澀地想到，那個位置已經被默爾柯占據了，那頭金龍正緊盯著紅銅龍。辛泰拉感覺到金龍懷疑紅銅龍遭遇了某種危險，不過默爾柯現在緊守著自己的思維，不讓其他龍和守護者們知道他在想些什麼。只是這一點就足以讓辛泰拉感到警覺了。

如果不是還在生默爾柯的氣，辛泰拉一定會直接問他在擔心什麼樣的危險。默爾柯毫無緣由地就將辛泰拉的真名告訴了守護者們——如果只是賽瑪拉和愛麗絲知道她自己的真名，就已經夠糟糕了。實際上，默爾柯將辛泰拉的真名用銅號般的聲音吼了出來，彷彿那只是金龍自己的真名一樣。現在默爾柯和其他大部分龍都已經將自己的真名告訴了他們的守護者，但辛泰拉從沒有過這樣的打算。如果其他龍那麼愚蠢地信任人類，那也是他們的事。辛泰拉從不會干涉默爾柯和他的守護者之間的事。為什麼默爾柯會如此放肆地打破她和賽瑪拉之間的關係平衡？現在那個女孩知道了她的真名，辛泰拉只能期望女孩不知道如何利用此優勢。如果有人用真名要求一頭龍陳述事實，或者正確地利用真名問一頭龍問題，那頭龍就不可能說謊。當然，龍還可以拒絕回答，但就算是說謊，龍也無法違反用真名達成的協議和契約。壽命和魚相當的人類竟然能擁有這樣的力量，這實在是很不公平。

辛泰拉找到一片開闊的河灘，倒臥在被太陽曬暖的石塊上，閉起眼睛歎息了一聲。她應該睡覺嗎？不，在這種寒冷的地方休息，一點也不合她的胃口。

她不情願地再一次張開意識，想要了解一下那些人類到底在計畫什麼。有一個人因手上沾了血而感到哀怨，她自己的那個年齡比較大的守護者，陷入了情緒的風暴中，因為她不知道是應該回到家裡和她的丈夫度過沉悶的一生，還是和那個船長交配。辛泰拉厭惡地哼了一聲，這種問題根本不值得一想。讓愛麗絲憂心如焚的事情實在是太微不足道了。其實她無論怎樣做都沒有關係，就像一隻蒼蠅無論落在哪裡也都沒有關係一樣。人類存活的時間短促得可笑。也許正是因為如此，他們才要在活著的時候發出那麼多噪音。也許只有這樣，他們才能相互表明自己的重要。

確實，龍也會發出聲音，但龍不需要依靠聲音來傳達自己的想法。嗓音和某些聲音，可以壓制人類嘈雜的想法，或是吸引另一頭龍的注意。人類往往需要先聽到一頭龍的聲音，才會集中注意力接受龍要傳達給他們的意念。其實如果人類只會用那種嘰嘰喳喳的尖叫傳遞想法，而不用同時還要胡亂投射出他們的意念，也許辛泰拉還不會如此厭煩人類。有時候，人類這兩種煩亂不堪的表達方式，簡直讓辛泰拉想要吃掉他們，讓世界徹底清靜下來。

她低聲咕噥了一陣，放鬆了全身。這些人類沒用又可厭，但命運卻強迫巨龍不得不依靠他們。當群龍離開繭殼，從海蛇變化為龍形的時候，他們發現醒來後的世界，和他們的記憶完全不符。巨龍上一次行走在這個世界上已經不是數十年前，而是許多個世紀以前的事情了。這些脫出繭殼的龍甚至不能飛翔，和真正的巨龍比起來，他們更像是一些拙劣的模仿品，被困在一片沼澤河岸上，周圍是他們無法穿越的叢林溼地。人類吝嗇地為他們提供了一些幫助，用野獸屍體餵養他們，容忍他們的存在，等待他們死亡，或者是生出足夠的力量可以離開。數年之間，他們挨餓受苦，得到的食物只能勉強維持生存。森林和大河彷彿變成了他們永遠無法離開的牢獄。

默爾柯卻在此時構想出一個計畫。他先捏造了許多關於克爾辛拉的故事。儘管對於那座城市和居住在那裡的古老族群，這些剛出繭殼的龍也只保留有非常模糊的記憶，他們僅知道那是一座古靈城市，城中的許多樓宇都為了方便巨龍使用，建造得格外宏偉高大，但這並不妨礙他們讓人類相信那裡有著正在等待挖掘的巨大寶藏。如果需要用虛構的寶藏來當作誘餌，鼓勵人類幫助他們，那也不失為一個好辦法。

圈套就這樣被設下了。謠言迅速傳播，等待了足夠久的時間之後，人類主動提出要幫助群龍找到古靈城市克爾辛拉。一場遠征就此拉開序幕。人類準備了一艘駁船和許多小艇，有獵人為龍群捕殺獵物，有守護者照顧每一頭龍的所需，護送龍群前往上游，回到他們曾經只會在夢中呼喚的城市去。控制城市的那些骯髒的小商人當然不會為龍群提供最好的幫助——只有兩名真正的獵人受雇為十幾頭龍提供食物。商人們選擇的「守護者」，大多只是些剛到青春期的人類，更是人類族群中的異類。這些人本身就很難在他們的聚落中生存下來，甚至連交配生育都不可能。他們的身上布滿了鱗片、贅生的肉和變異的肢體。普通雨野原人根本就不願看到他們。僅有「馴服」可以稱為他們的優點，在照料群龍的工作中表現得很是勤勉，但他們都沒有祖先的記憶，只能在短暫的人生中搜集到一點自身周圍的渺小智慧。辛泰拉本就沒有打算和這樣的人進行睿智的對談，但即使是和他們進行普通的交流也很困難。一個「給我拿肉來」的簡單命令，往往會讓他們不住地抱怨尋找獵物是多麼困難，甚至會得到一些奇怪的反問，比如：「難道妳不是幾個小時以前剛吃過東西嗎？」就好像這樣的話能夠讓辛泰拉改變自己的需求一樣。

在群龍之中，只有辛泰拉有足夠的遠見，招募了兩個守護者作為她的僕人。那個名為愛麗絲的人類更加年長，在狩獵上沒有什麼用處，但她很願意為辛泰拉清潔身體，儘管她在這方面也做得不是很好。另外，她一直對辛泰拉保持著正確的恭敬態度。另一名更加年輕的守護者賽瑪拉是守護者中最優秀的獵人，但性格粗魯，不守規矩。不管怎樣，至少在這兩個守護者短暫的生存時間裡，辛泰拉的大部分需求都能夠得到滿足。辛泰拉希望這段時間最好維持得久一些。

在接近一個完整的月亮迴圈裡，龍群一直沿河岸上行，在靠近密林河岸的淺水中跋涉。這些遍布河岸的叢林太過茂密，樹幹上纏繞著太多粗大的藤蔓，伸展出的氣根形成過多的阻礙，龍根本沒有行走的空間。他們的獵人總是走在前面很遠的地方，守護者則划著小艇跟隨龍群。走在最後的則是活船柏油人號。那是一艘身軀很長的淺水駁船，散發出強烈的龍和魔法的氣味。默爾柯對那艘所謂的活船很感興趣。大多數龍，包括辛泰拉在內，都因為這艘船感到不安，甚至是敵意。這艘船的船殼是用「巫木」拼接而成的。那其實根本不是木材，而是死去海蛇的繭。用這種「木材」製作的船板非常堅硬，而且絲毫不會遭受風雨侵蝕，是人類極為珍視的材料。對龍而言，它時時刻刻都散發出巨龍骨肉和回憶的氣息。海蛇在蛻變為龍的時候會編織繭殼保護自己，用唾液和記憶混合這條河中特殊的黏土，讓它們在腸胃中充分融合，再反芻出來作為結繭的原料。這樣的材料有它自己的感情。在柏油人號船頭上繪出的一雙眼睛，彷彿洞悉了太多事情，這讓辛泰拉感覺很不舒服。在這一路上，這艘船逆流而上，卻遠比大多數船隻行駛得更加輕鬆。辛泰拉一直在躲避這艘駁船，不要和那位船長有任何對話。那個男人顯然也不願意和龍打交道。片刻之間，一個念頭插進了辛泰拉的意識裡。那個船長避開龍群是不是有什麼特殊的理由？他似乎並不像某些人那樣害怕龍。

而且他也不是厭惡龍。這讓辛泰拉想起了塞德里克。她不由得鄙夷地哼了一聲，那個尖酸挑剔的繽城男人一直跟著她的守護者愛麗絲，為她攜帶紙筆，為龍畫像，並記錄下愛麗絲告訴他的所有資訊。那是一個大腦遲鈍的傢伙，甚至聽不懂龍對他說話。在他的耳朵裡，辛泰拉的語言只是「野獸的吼聲」。他甚至用牛叫聲與辛泰拉相比！不，萊福特林船長和塞德里克完全不同。他能聽懂龍的語言，而且顯然不認為龍是不值得他關注的野獸。那麼，為什麼他還是會有意躲避龍？他有什麼不可告人的祕密嗎？

如果他真的以為能夠在龍的面前隱瞞什麼，那他就是個傻瓜。辛泰拉拋開了自己短暫的擔憂，龍能夠輕鬆地解讀一個人類的意識，就如同烏鴉撥開一堆糞便。如果萊福特林或其他人類要在心裡隱藏什麼祕密，就隨他們去吧。人類的生命太過短暫了，根本不值得費力氣去了解一個人。曾幾何時，古靈才是配得上巨龍的同伴。他們的生命要比人類長很多，而且非常聰明，足以撰寫詩歌頌揚巨龍。他們以高度的智慧營建起各種公共建築。一些古靈的恢廓住宅甚至能夠用來招待巨龍客人。辛泰拉的古早記憶讓她知道在寒冷的冬季，巨龍們能夠獲得肥碩的牛和溫暖的宿處。古靈們還會用香油為巨龍沐浴，除去鱗片間的瘙癢，還有其他種種充滿巧思的舒適服務。可惜的是，古靈從這個世界消失了。這實在是太可惜了。

辛泰拉試著將賽瑪拉想像成古靈，但這是不可能的。她年輕的守護者缺乏對龍的正確態度。她行事無禮，脾氣糟糕，而且太過於執迷她自己那螢火蟲般的人生。她有旺盛的精力，卻總是無法正確地使用，而那個年長的守護者愛麗絲就更不合適了。辛泰拉還能夠感覺到她心中的猶豫和悲哀。女性古靈必須擁有巨龍女王的果決和熾烈性情。難道這個嬌弱的女人能有這樣的潛質？辛泰拉對此充滿懷疑。她是否應該刺激一下這兩名守護者以測試她們的勇氣？這樣的測試又會給她帶來怎樣的後果？有沒有必要耗費力氣給予她們試煉，看看她們到底是什麼做成的？

有什麼東西硌到了辛泰拉。她不情願地睜開眼睛，抬起頭，翻身站起，抖動了一下身子，又躺倒下去。當她重新將頭放在地上的時候，高草叢中的一點動靜吸引了她的注意力。是獵物？辛泰拉凝神望去。不，不過是兩個守護者離開河岸，向森林中走去。她認得他們。其中一個是名叫潔珥德的女性，綠龍維拉斯的守護者。在人類女性中，綠龍維拉斯的守護者個子算是高的，有一頭金髮。賽瑪拉不喜歡她——辛泰拉知道這一點，但並不是很清楚原因。走在潔珥德身邊的是格瑞夫特。辛泰拉從鼻孔中輕輕噴出一口氣，她和這個卡羅的守護者沒有什麼關係，格瑞夫特也許是在照料那頭高大的藍黑色龍，能讓他的鱗片閃閃發光，但就連卡羅也不信任他。所有龍都對他有懷疑。賽瑪拉看到他的時候，眼神裡總是同時流露出興趣和畏懼。格瑞夫特嘗試吸引著賽瑪拉的注意，但賽瑪拉痛恨這種行為。

辛泰拉嗅了嗅風，捕捉到那兩個離開的守護者的氣味，然後她就半閉上了眼睛。她知道他們要去哪裡。

一個頗為有趣的念頭出現在她的腦海中。她似乎找到了一個能夠測試自己守護者的辦法。但她值得費這番力氣嗎？也許值得，也許不值得。她再一次在溫暖的岩石上伸展身體，模模糊糊地希望自己身下是被太陽烤熱的沙粒河岸。她等待著。

禱月第五日
商人聯盟獨立第六年
來自艾瑞克，繽城信鴿管理人
致黛托茨，崔豪格信鴿管理人

此印封信函為貿易商鮑隆・梅爾達致塞德里克・梅爾達的信，以確定他一切安好，並詢問他的回程日期。

黛托茨：

一些繽城人正在為他們訪問卡薩里克的親人擔憂。只是那些人似乎已經不在卡薩里克了。今天兩對憂心忡忡的父母來找我，允諾如果能夠快速得到回信，就會給我一筆獎金。我知道妳和卡薩里克的信鴿管理人關係不算很好，但也許這一次妳能夠利用和他的同行情誼，看看他是否能搞到一些關於塞德里克・梅爾達和愛麗絲・金卡羅恩・芬波克的訊息。那位姓芬波克的女子來自於一個富有的家庭。如果能有好訊息以安慰她的父母，也許我們能夠得到一筆豐厚的獎金。

艾瑞克

1 中毒

溼黏的灰色泥濘拖住她的靴子，減慢了她的速度。愛麗絲看著萊福特林從她面前走過，向簇擁在一起的巨龍守護者們走去。她則只能一次次努力掙脫地面的束縛，追趕在船長身後。「就像我的生活一樣。」她一邊激動地喃喃說著，一邊堅定地邁著步子。片刻之後，她才想到就在幾個星期以前，她還覺得在河岸邊行走不僅是有一點冒險，而且還相當吃力。今天，她走過一片泥地，卻並不覺得有多麼困難。「我在改變。」她對自己說。她忽然感覺到天空之喉的贊同，不由得嚇了一跳。

妳一直能聽到我的想法？她問那頭龍，卻沒有得到任何回音。這頭龍是否知道她對萊福特林的態度和她不快樂的婚姻的種種細節——她不由得開始猜測，她幾乎是立刻就決定要保護好自己的隱私——為此，她就不能再想這些事情，但她很快就意識到這完全是徒勞的。怪不得龍是如此鄙視我們，他們能夠洞悉我們每一個人的想法。

我向妳保證，妳腦子裡絕大多數的事情對我來說都很無聊，我們甚至懶得對那些事有任何看法。天空之喉的回應飄進了愛麗絲的腦海。然後，那頭龍又帶著一股苦澀的味道對愛麗絲說，我的真名是辛泰拉，也許妳已經得到它了。默爾柯把它吼入風中，其他所有人都已經知道了。

這種意識對意識的交流實在是太令人興奮了，而且和她對談的還是如此神奇的生物。愛麗絲試著向辛泰拉表達自己的讚美之意：非常高興終於能得知妳的真名，辛泰拉。這個充滿光輝的名字很適合美麗的妳。

她的意念卻碰到了一片岩石般的沉默。辛泰拉並沒有無視她，而是給了她一片空無。愛麗絲只能嘗試用一個問題緩和僵硬的氣氛：那頭褐色的龍出了什麼事？他生病了嗎？

紅銅龍從繭中出來的時候就是那種樣子，她活得夠久了，辛泰拉麻木地回答。

她？

不要再給我念頭了！

愛麗絲攔住自己即將向辛泰拉表達的歉意，她相信繼續想下去只會讓那頭藍龍更加惱火，而且她已經快要追上萊福特林了。守護者們原本都聚集在褐色小龍的周圍，現在他們正漸漸散去。當愛麗絲來到萊福特林身邊的時候，守在褐色龍身邊的，只剩下了那高大的金龍和他有粉紅色鱗甲的小守護者。金龍抬起頭，用一雙光華閃爍的黑眼睛盯住了愛麗絲。愛麗絲感覺到了金龍目光的「推力」。萊福特林也突然轉向她。

「默爾柯希望我們離開這頭褐色龍。」船長對愛麗絲說。

「但……但是……這頭可憐的小龍也許需要我們的說明。有沒有人發現他出了什麼問題？或者……也許是她？」愛麗絲不知道辛泰拉是說錯了，還是嘲諷著她？

金龍直接對愛麗絲說話了，這是他第一次這樣做。他銅鐘般的渾厚聲音在愛麗絲的肺葉裡引起了共振，他的意念充滿了愛麗絲的腦海：「寄生蟲正在從芮普妲的體內吃掉她，又有一頭猛獸攻擊了她。我正在看護她，以確保所有人都記得龍是屬於龍的。」

「一頭猛獸？」愛麗絲驚恐地問道。

「走開，」默爾柯嚴厲地對她說，「這不關妳的事。」

「我們走吧。」萊福特林也有些急切地說道。船長伸手想要握住愛麗絲的手臂，卻突然縮回了手。愛麗絲的心沉了下去。塞德里克的話已經起了作用。毫無疑問，塞德里克認為他有責任提醒萊福特林船長，愛麗絲是一位已婚女士。是的，他的指責對船長造成了傷害。現在他們兩個之間再不會有那種輕鬆融洽的氣氛了。他們不會再忘記應有的禮儀。就算是愛麗絲的丈夫詔諭突然出現，站在他們兩個中間，愛麗絲也不認為他的存在感會比現在更強烈。

而愛麗絲也不會比現在更恨他。

這讓愛麗絲感到震驚。她恨自己的丈夫？

愛麗絲知道詔諭傷害了她的感情，忽略她，羞辱她。她完全不喜歡詔諭對待她的態度。但她恨詔諭嗎？她以前還從不曾允許自己以這樣的方式去評價詔諭。

詔諭相貌英俊，受過良好的教育，行為舉止彬彬有禮，充滿魅力——對他人一直都是如此。愛麗絲能夠隨心所欲地使用他的財富，只要不對他造成妨礙。愛麗絲的父母認為她的婚姻很美滿。她認識的絕大多數女人都羨慕她。

而她在恨詔諭。事實就是如此。她在萊福特林身邊默默地走著。終於，船長清了清喉嚨，打斷了她的思路。她立刻反射性地向船長道歉：「很抱歉，我走神了。」

「我想，我們大概做不了什麼事。」船長哀傷地說。愛麗絲點點頭，將船長的話契合到自己混亂的心緒中。但船長隨後的話，才讓愛麗絲明白了他說的是什麼事，「我們沒辦法幫助那頭褐色的龍。是生是死，只能看她自己了。我們要留在這裡，直到她做出最後的決定。」

「雖然很難將她看做是一位女性，但看到一位女性陷入這樣的危難，我更感到加倍的哀傷。龍群中的女性本來就非常少了。所以我不介意。我是說，我不介意一直留在這裡。」她希望船長能將手臂遞給她。她相信自己一定會挽住他的手臂。

河岸和河水並沒有清晰的界線。他們腳下的泥濘變得越來越溼滑，並逐漸形成水窪。他們在流水旁邊停住腳步。愛麗絲能感覺到自己的靴子正在沉下去，「我們面前已經沒有路了，對不對？」萊福特林說。

愛麗絲向身後瞥了一眼。那裡是低矮的河岸和被踩平的草地，更遠處是堆積著陳舊浮木的高草叢，隨後便是真正的森林了。看上去，那片森林完全無法穿行。「我們可以去樹林裡看看。」她說道。

萊福特林輕笑了一聲，但他的笑聲中沒有半點快意。「我說的不是這個。我說的是妳和我。」

愛麗絲目不轉睛地看著船長。她非常驚訝萊福特林竟然會如此直接地說出這件事。然後她想到，也許塞德里克干預此事的唯一好處，就是讓他們能夠誠實地對待彼此了。現在他們已經沒有任何理由否認對於彼此的吸引。愛麗絲希望自己有勇氣握住萊福特林的手。但她只是抬起頭看著他，希望他能夠讀懂自己的眼睛。他可以，所以他重重地歎了口氣。

「愛麗絲，我們要怎麼做？」這個問題其實迴避了許多問題，但愛麗絲還是決定回答。

他們又走了二十幾步，愛麗絲才找到了自己真正的想要說的話。萊福特林一邊走一邊看著地面。愛麗絲只是看著他的側臉，放棄了對自己世界的一切控制：「我想要做你想做的所有事情。」

她看到這些話落在萊福特林的心中。她本以為自己的話是一種祝福，但萊福特林卻好像將它們視作為一種負擔。他的面色變得非常凝重。這時他抬起雙眼——他的駁船就停泊在他們面前的河岸邊，彷彿正在以同情的目光與船長對視。當萊福特林說話的時候，他的對象更像是那艘船，而不是愛麗絲：「我必須做正確的事，」他的聲音中充滿悔恨，「為了我們兩個。」隨後，他就緊緊閉住了嘴。

「我不會收拾行李回繽城去！」

一抹微笑扭曲了船長的嘴唇，「是的，親愛的，這一點我很清楚。沒有人會讓妳收拾行李去任何地方。妳完全可以自己決定要去哪裡，以及不去哪裡。」

「看來你明白這一點。」愛麗絲竭力讓自己的聲音顯得充滿了力量和主見。她握住了船長生滿老繭的手，緊緊握住它，感覺到那手心的粗糙和手指的力量。萊福特林小心地握了握她的手，然後放開了她。

天色很昏暗。塞德里克緊緊閉住眼睛，然後又將雙眼睜開。沒有用。他一直在感到頭暈。他發現自己不得不伸手扶住自己房間的牆壁。駁船彷彿正在他的腳下搖擺，但他知道，其實這艘船還停靠在河岸邊。該死的門把手在哪裡？他看不見。他靠在牆上，短促地吸著氣，努力不嘔吐出來。

「你還好嗎？」一個渾厚的聲音在他的身邊響起。一個他並不熟悉的聲音。塞德里克努力讓自己的意識恢復清醒。是卡森，那個留著薑黃色大鬍子的獵人在和他說話。

塞德里克小心地吸了一口氣。「我不確定。現在天色很奇怪嗎？我覺得好昏暗。」

「今天是大晴天，先生。太陽太亮，我沒法盯著河面看太長時間。」獵人的聲音中帶有關切的意味。為什麼？塞德里克甚至不認識這個獵人。

「我覺得天色很陰沉。」塞德里克想要以正常的方式說話，但他的聲音彷彿是從很遠的地方飄過來的，聽起來格外微弱。

「你的瞳仁就像針尖一樣小。來，扶著我的胳膊。我幫你坐到甲板上。」

「我不想坐到甲板上。」塞德里克虛弱地說。但就算是卡森聽到了他說話，也完全沒有理會他的意願，這名大漢扶住他的肩膀，輕柔但堅定地把他移到了骯髒的甲板上。一想到這些粗糙的木板會把他的長褲磨成什麼樣子，塞德里克心中便生出一股怨懟之情，而且整個世界絲毫沒有因為他坐下來而減小晃動的幅度。塞德里克頭枕在自己房屋的牆壁上，閉起了眼睛。

「你看上去像是中了毒，或者吃了什麼藥。你的面色就像河水一樣蒼白。我幫你拿點喝的，馬上就回來。」

「好的。」塞德里克虛弱地說。這個人在他眼前就像是昏暗世界中一個更加陰暗的影子。他感覺到獵人踏在甲板上的腳步聲，就連那些微弱的震動也讓他感到噁心。獵人走了，塞德里克又感覺到另一種震動。那種震動更微弱，也不像腳步那樣有節律。伴隨著一陣陣噁心的感覺，塞德里克意識到那甚至不是真正的震動。但它的確是存在的——是某種可怕的東西，而且正針對他而來。那東西知道他對褐色龍所做的事情，並因此而恨他。某種古老、強大而且黑暗的東西正在審判他。他緊緊閉住眼睛，但這只讓那個惡毒的東西更加靠近他了。

腳步聲回來了，變得越來越響。塞德里克感覺到獵人向他俯下身，「給你，喝吧，它能讓你振作起來。」

塞德里克雙手接過溫熱的杯子，嗅到了很糟糕的咖啡氣味。他將被子捧到唇邊，抿了一口，感覺到混在咖啡中的萊姆酒的強烈刺激。他努力含住這口液體，不把它吐到自己身上，哽咽著嚥下了它，然後一邊咳嗽，一邊吃力地喘息著，睜開了滿是淚水的眼睛。

「好些了嗎？」那個該死的虐待狂問他。

「好些？」塞德里克氣惱地反問道。他聽見自己的聲音變得更有力量了。他眨掉眼中的淚水，終於能看見卡森正蹲在他面前的甲板上，薑黃色的大鬍子比那一頭亂髮更明亮一些。這名獵人的眼睛不是褐色的，而是罕見得多的純黑色。他正向塞德里克露出微笑，稍稍向一側歪著頭。**就像是一隻翹尾巴的狗，**塞德里克惡毒地想道。他開始在甲板上挪動靴子，想要將雙腳挪到身子下面。

「我帶你去廚房吧，好不好？」卡森從塞德里克的手中接過杯子，然後抓住他的上臂，輕而易舉地把他拽了起來。

塞德里克感覺自己的頭在脖子上來回搖晃。「我到底是怎麼了？」

「我怎麼會知道？」獵人和藹地問他，「你昨晚喝得太多了？你也許在崔豪格買了些不乾淨的飲料。如果是在卡薩里克買的酒，那幾乎肯定會讓你喝壞肚子。卡薩里克人在造酒的時候，會拿一切東西來發酵——樹根，水果皮。靠著我，別掙扎。我還知道有個傢伙曾經嘗試用魚皮來釀酒，甚至整隻魚都不用，只是魚皮。他相信這能行得通。這邊，小心你的腦袋。你應該坐到廚房的桌子邊上，吃些東西。食物能吸收掉你喝下的液體，幫你把它排出體外。」

塞德里克意識到卡森比他要高一頭，更要強壯許多。獵人扶著他走過甲板，進入船艙，讓他坐到廚房的餐桌旁，彷彿一位母親將鬧彆扭的孩子強拉到他的座位上。卡森的聲音深沉渾厚，如果不在意他的笨拙舉止，他的話語幾乎能讓塞德里克感到一些安慰。塞德里克將手肘撐在黏膩的桌面上，把臉枕在手掌中。這裡的油脂味、煙火味和陳舊的食物氣味，讓他的感覺更加糟糕了。

卡森在廚房裡忙活了一段時間，將一些東西放進一隻碗裡，又從壺中向碗裡倒了一些熱水，用勺子又戳又碾，然後將碗放到餐桌上。塞德里克抬起頭，看著碗裡的一團爛爛糊糊的東西，突然打了個嗝。黑紅色的龍血氣味又湧進他的嘴裡和鼻子裡。他再一次覺得自己要暈過去了。

「吃下它會讓你覺得好一些，」卡森很有自信地說道，「來，吃吧，它能讓你的肚子平靜下來。」

「這是什麼？」

「硬餅乾泡熱水。在肚子裡會像海綿一樣。如果一個人肚子不舒服，或者是想要快些醒過酒以應付一天的工作，就應該吃這個。」

「看上去很噁心。」

「是的，你說得沒錯。吃吧。」

塞德里克已經很久沒吃東西了。龍血的味道一直停留在他的嘴裡和鼻腔裡。他覺得現在無論是什麼味道都會比那股味道更好。他接過大勺子，攪拌著碗裡的糨糊。

獵人的兒子戴夫威走進船艙問：「出什麼事了？」他的聲音中流露出一種急迫感，這讓塞德里克感到困惑。塞德里克將一勺泡爛的硬餅乾放進嘴裡——餅乾的口感很粗糙，沒有任何味道。

「不需要你擔心，戴夫威。」卡森嚴厲地對那個男孩說道，「你還有事情要做。修補好這些網。我打賭，我們今天大概都不會移動了。我們可以在急流中下網，這樣也許能撈上一網魚，也許還能撈上兩網來。但首先要把漁網修補好。快去幹吧。」

「他怎麼了？為什麼是這副樣子？」男孩的聲音中突然帶上了指責的語氣。

「他病了。這和你無關。你趕快去幹活，不要來打擾你的長輩了，我們比你更懂得該如何處理我們的事情。出去。」

戴夫威在離開廚房的時候沒有摔門，但他關門的力量的確比平時大了一些。「小孩子！」卡森氣惱地吼了一聲，「他們總是自以為知道想要什麼，但如果我把他要的給他……看著他，他只會發現他根本還沒有準備好。我相信你一定明白我的意思。」

塞德里克將嘴裡那一口噁心的東西嚥進肚子裡。硬餅乾的確吸收了龍血的味道。他又吃了一大勺，然後才意識到卡森正在看著他，等待他的反應。「我沒有孩子，也沒結婚。」他一邊說，一邊又吃了一勺。卡森是對的。他的肚子舒服多了，頭腦也清楚了許多。

「我不認為你結婚了。」卡森露出微笑，彷彿是聽塞德里克說了個笑話，「我也沒有。但我覺得你像是有對付戴夫威這種男孩的經驗。」

「不，我沒有。」塞德里克現在有些感激卡森對他粗陋的治療，但他只希望結束和獵人的對話，就此走開。他的腦子裡充滿了各種令人頭暈目眩的思緒，他需要時間來理清它們，而不是再往腦子裡填進去各種禮貌的對話。卡森剛才提到了毒藥，這讓塞德里克一直感到惴惴不安。他那時到底在想什麼？竟然把龍血放進嘴裡？他已經記不起自己當時的衝動心情由何而起，只知道自己那樣做了。他本來只想取得那頭野獸身上的血和鱗片。龍的血肉能換得大筆財富。他想要的只有財富。他並不為自己所做的事情感到驕傲，但他不得不這樣做。他別無選擇。只有當塞德里克擁有了足夠多的財富，他和詔諭才能一起離開繽城。龍血和龍鱗能夠換來他一直夢想的生活。

當他從駁船上溜下來，在那頭生病的龍身上獲得他所需要的一切時，竟是那麼簡單。那頭野獸顯然就要死了。塞德里克從它身上取走幾片鱗又有什麼關係？當他用玻璃瓶去接流下來的龍血時，瓶子在他的手中顯得格外沉重。他要將這瓶血賣給恰斯大公，以治療大公的老邁和全身病痛。他從沒有想過自己會喝龍血，甚至不記得自己曾經有過這樣的欲望，更不要說下這種決心了。

龍血以非同尋常的治療能力而著稱。但也許就像其他藥料一樣，它也具有某種毒性。他真的讓自己中了毒？他能夠恢復嗎？塞德里克希望自己能找知道的人問一問。他突然想起，愛麗絲可能會知道。愛麗絲對龍進行了那麼多研究，肯定多少會了解一些龍血對人體的影響。但他該怎樣問出這個問題？他有什麼辦法編造出一種不會讓自己受到懷疑的說法？

「那碗麵糊讓你的胃好些了嗎？」

塞德里克一下子抬起頭，立刻又為自己的這個動作而後悔不已。眩暈感湧入他的腦海。不過他很快就清醒過來。「是的，是的，好些了。」獵人坐到他對面，注視著他。那雙純黑色的眼睛緊盯住了他的眼睛，彷彿是想要看進塞德里克的腦子裡。塞德里克低頭看著自己的碗，強迫自己又吃了一口麵糊。這種食物的確對他的胃有好處，但他一點也不喜歡麵糊的味道。他又抬頭瞥了一眼盯住他的獵人，「謝謝你幫忙。我不想再打擾你了。現在我好多了。就像你說的，我也許是喝了或者吃了什麼不乾淨的東西。所以你不必再為我擔心了。」

「沒關係，你沒有打擾我。」

獵人依舊只是坐在他的對面，就好像在等待塞德里克說些什麼。塞德里克感到有些無所適從。他再一次低頭看著自己的「食物」。「那麼，我沒事了，謝謝你。」

獵人仍然沒走。但塞德里克已經拒絕再從碗上抬起頭了。他一小口一小口地吃著麵糊，努力裝作自己的全部注意力都在碗上。獵人的關注讓他不知所措。當卡森終於在餐桌對面站起身的時候，塞德里克努力壓抑住一陣寬慰的歎息。卡森從塞德里克身後走過，將一隻沉重的手按在他的肩膀上，俯下身在他的耳邊低聲說：「我們應該找時間談談。我猜我們之間的共同點要比你以為的更多。也許我們應該信任彼此。」

他知道。這個念頭刺穿了塞德里克的鎮定，讓他差一點被滿嘴泡軟的餅乾噎住。「也許吧。」他努力說道，同時感覺到握住自己肩膀的手收緊了一下。獵人笑了一聲，鬆開他的肩膀，走出了船艙。

當艙門在獵人身後被牢牢關住的時候，塞德里克將碗推開，把頭埋進手臂裡。**現在該怎麼辦？**他向眼前的黑暗問道，**現在該怎麼辦？**

褐色的龍看上去已經死了。賽瑪拉很想靠近過去仔細看看她，但守在紅銅龍身邊的金龍讓她感到害怕。從賽瑪拉離開他們身邊之後，默爾柯幾乎沒有動一下，他那雙閃閃發光的黑色眼睛一直盯著紅銅龍。默爾柯沒有說話，但賽瑪拉能感覺到金龍精神力量的排斥。「我只是為她感到擔憂。」賽瑪拉高聲說道。希爾薇正靠在金龍的前腿上打著瞌睡。聽到賽瑪拉的聲音，她睜開眼睛，帶著抱歉的神情看了默爾柯一眼，然後望向賽瑪拉。

「他感到懷疑，」小女孩對賽瑪拉說，「他認為有人故意傷害了這頭褐色龍，所以他在保護她。」

「是為了保護她，還是等到她死去時第一個吃掉她？」賽瑪拉努力讓自己的聲音中不帶有任何指責的情緒。

希爾薇並沒有覺得受到冒犯。「是為了保護她。自從離開繭殼之後，他已經見到了太多的龍死去。他們之中的雌性太少了，所以就算是智力和身體都發育不良的雌龍，也必須受到保護。」小女孩以一種奇怪的方式笑了笑，然後又說道，「就像我們一樣。」

「什麼？」

「就像我們守護者一樣。我們之中只有四名女性，其餘的都是男性。默爾柯說，無論我們這些女性是多麼畸形，男性都必須保護我們。」

希爾薇的話讓賽瑪拉無言以對。她不假思索地抬手到自己的臉上，摸了摸下頜和顴骨上的鱗片。但她立刻又想到金龍這番話背後的意思，便粗魯地說道：「希爾薇，我們不能結婚和交配。也許默爾柯不知道規矩，但我們全都知道。在我們出生的時候，雨野原就給我們留下了標記。我們全都知道這意味著什麼。我們的生命會非常短暫。就算我們懷孕，我們的孩子幾乎也都無法活下來。依照習俗，我們之中的大部分人在出生時就應該被棄之荒野了。我們全都知道自己為什麼會參加這場遠征，這絕不是因為我們能照顧龍，而是卡薩里克要拋棄我們。」

希爾薇久久地盯著她，然後才低聲說道：「妳說的都是實話，或者對我們而言曾經是實話。但格瑞夫特說我們能夠改變那些規矩。他說，當我們到達克爾辛拉的時候，那就會變成我們的城市。我們將和我們的龍在那裡共同生活。我們會制定我們的規矩，關於一切事情的規矩。」

看到這個小女孩竟然如此容易被哄騙，賽瑪拉不由得感到一陣驚駭。「希爾薇，我們甚至不知道克爾辛拉是否還存在。它有可已經被深埋在淤泥中，就像其他古靈城市一樣。我從沒有真心相信過我們能到達克爾辛拉。我認為我們最好的希望，就是能找到一個可以讓龍群活下去的地方。」

「然後呢？」希爾薇問，「我們將他們留在那裡，回家去？回到崔豪格？去做什麼？回去生活在陰影和羞恥中，為了自己的存在而心懷愧疚？我不會這樣做，賽瑪拉。許多守護者都明確說過他們不會這樣做。無論我們的龍會在哪裡安居，我們也會居住在那裡。我們會有一個新的家園與新的規矩。」

一陣響亮的聲音突然驚擾了賽瑪拉。她和希爾薇全都轉過頭，看到默爾柯正在伸展身軀，完全展開了一雙金色的翅膀。讓賽瑪拉吃驚的不僅是這對翅膀的尺寸，還有它們像孔雀羽毛一樣布滿了眼狀花紋。就在賽瑪拉的注視中，金龍再一次用力搧動它們，鼓起一陣強風，裹挾著龍的氣味撲向賽瑪拉。賽瑪拉又看著他笨拙地收起雙翼，彷彿挪動它們是一項很陌生的任務。不過金龍還是穩穩地將翅膀折回到背上，繼續全神貫注地看著褐色龍。

賽瑪拉突然意識到，默爾柯和希爾薇之間剛剛進行了一次交流。金龍沒有發出一點聲音，但賽瑪拉就算無意探查也能心有感應。希爾薇帶著抱歉的神情向賽瑪拉問道：「妳今天要去狩獵嗎？」

「應該會去。反正今天我們應該不會再趕路了。」賽瑪拉竭力不去思考那個再明顯不過的事實——

除非褐色龍死掉，否則他們就全都被困在這裡了。

「如果妳能獵到一些鮮肉……」

「我會盡力分享的。」賽瑪拉立刻回答道。她只能儘量不去為這個承諾感到後悔。辛泰拉需要肉，病弱的紅銅龍和神智暗弱的銀龍也需要肉。為什麼她會自告奮勇照顧他們？她甚至還沒辦法好好餵飽辛泰拉。而現在她又承諾會為希爾薇的金龍帶肉回來。她只希望那些獵人也能認真工作。

自從這些龍第一次捕殺獵物之後，他們已經學會了自己進行狩獵和捕魚。毋庸置疑，他們都是掠食猛獸。但巨龍應該憑藉翅膀狩獵，而不是拖著笨重的身軀在地面追逐獵物。不管怎樣，這些無法飛行的龍還是贏得了一些勝利。而且自從能吃上剛剛捕殺的新鮮野獸和魚之後，他們幾乎全都發生了改變。他們的身材變得消瘦，但肌肉增多了。當賽瑪拉大步走過龍群的時候，她細看他們，這才驚訝地意識到，現在這些龍和她在各種古靈寶物上見到的巨龍形象更加相似了。賽瑪拉不由得站定腳步，注視了他們許久。

亞布克是一頭銀綠色的雄龍，正在河邊淺灘蹚著水來回行走，不時伸頭鑽入水中。他這樣做多半是為了讓他的守護者埃魯姆高興。埃魯姆跟在他身邊，手中舉著魚槍。實際上，在水中嬉戲的綠龍早已將所有獵物都趕走了。在賽瑪拉眼前，亞布克伸展開雙翼。和綠龍的身體相比，那對翅膀長得簡直有些荒謬，但他還是搧動它們，拍起一片水花落在埃魯姆身上。他的守護者高聲呵斥他。綠龍停住了動作，困惑地站在水中，彎曲的翅膀不斷滴落下河水。賽瑪拉看著埃魯姆，陷入一陣沉思。

突然間，她轉身去找辛泰拉。*辛泰拉，不是天空之喉*，她激動地提醒自己。當她知道有些龍從不曾向自己的守護者隱瞞過真名的時候，她為什麼會感到自己的尊嚴受到了傷害？潔珥德可能在第一天就知道了她的龍的名字。希爾薇也是。賽瑪拉緊咬住牙關。辛泰拉比她們的龍都要美麗。但為什麼她卻是這樣難以相處？

賽瑪拉發現她的藍龍正悶悶不樂地俯臥在一片生滿了蘆葦和高草的泥灘上，頭枕著前爪，盯著流動的河水。她沒有抬起頭，也沒有任何動作表示她知道賽瑪拉就在身邊，而是突然說道：「我們應該前進，而不是留在這裡。用不了多少天，冬季的暴雨就要來了。到時候河水會變得更深更急。我們應該利用這段時間找到克爾辛拉。」

「那麼妳認為我們應該丟下那頭褐色的龍？」

「芮普妲，」辛泰拉回答道。一點怨恨的味道從她的思緒中流露出來，「為什麼我的真名已經盡人皆知，而她的真名還要被保密？」辛泰拉抬起頭，突然伸出前肢，張開兩隻爪子，「而且，如果她得到了適當的照料，妳就能看出來她是紅銅色的，不是褐色。現在看看這裡，我的爪子裂開了，都是因為我在水中的石塊上走了太久。我需要妳用麻線把它綁緊並包紮好，再用妳包裹銀龍尾巴曾經用過的那種柏油，再把它包裹住。」

「讓我看看。」這只爪子因為在水中浸泡了太久而被磨損，已變得柔軟了。其中一根爪趾已在末端裂開。不過幸運的是，裂痕還沒有深及嫩肉，「我會去問問萊福特林船長是否有麻線和柏油。讓我再看看妳的其他爪子，它們都還好嗎？」

「它們全都有一點變軟了。」辛泰拉承認。她將自己的另一隻前爪伸過來。張開爪趾。賽瑪拉咬住嘴唇，仔細查看這只爪子。爪趾末端全都有輕微的磨損，就像是堅硬的浮木終於被潮溼所侵蝕。想到木頭，賽瑪拉有了一個也許可行的方法，「我在想，是否能給它們刷一層油，將它們與河水隔絕開？」

龍爪猛地抽了回去，差一點將賽瑪拉碰倒。辛泰拉仔細審視了一番自己的爪子，很不情願地說：「也許吧。」

「請站起來，挺起身子，我需要查看妳的身體有沒有髒汙和寄生蟲。」

龍低吼著發出抗議，但還是慢慢服從了命令。賽瑪拉在她身邊緩步繞行。她此前完全沒想到辛泰拉會發生這麼大的改變。藍龍的身體瘦了很多，但肌肉變得更加發達。長時間在河水中浸泡對她的鱗片顯然沒有好處。但逆流行走對她是一種很有效的鍛煉。「請張開妳的翅膀。」賽瑪拉又提出要求。

「我可不願意。」辛泰拉拘謹地說。

「妳想讓寄生蟲孳生在翅膀的皺摺裡嗎？」

藍龍又吼了一聲，但還是抖動一下翅膀，張開了它們。翅膀上的皮膚黏在一起，就像是在潮溼的環境下存放太久的陽傘。賽瑪拉還從這對翅膀上嗅到了一股令人不快的氣味。藍龍的鱗片看起來很不健康。皮翼邊緣泛起白色，就像是堆疊在一起的發黴樹葉。

「看起來不太好，」賽瑪拉懊惱地說道，「難道妳從不洗滌它們？或者搧動以鍛煉它們？妳的皮膚需要陽光，還需要好好刷洗一番。」

「它們沒有那麼糟。」辛泰拉低聲說道。

「不，這些皮翼的皺摺裡，都因為過於潮溼而發臭了。妳要張開它們，讓它們接觸空氣，保持這個姿勢，至少要等到我找到東西回來治療妳的爪子。」賽瑪拉完全不顧及辛泰拉的尊嚴，直接抓住藍龍支撐皮翼的一根指尖，將她的翅膀完全拉開。藍龍想要收起翅膀，但賽瑪拉頑固地拽住了她的指尖。要拉開她的翅膀非常容易，這一點很不正常，龍的肌肉應該比人類更強壯才對。賽瑪拉竭力想要找到一個合適的詞彙形容這種狀況——萎縮。辛泰拉的翅膀肌肉因為長期缺乏使用而萎縮了。「辛泰拉，如果妳不聽我的話，好好照顧妳的翅膀，妳很快就再也無法舉起它們了。」

「想也別想！」藍龍向賽瑪拉嘶聲說道。她猛力一拍翅膀。賽瑪拉沒能在抓住她的指尖，跪倒在泥地裡。她向藍龍抬起頭。辛泰拉已經氣憤地收起了翅膀。

「等等，等一下，那是什麼？辛泰拉，再張開妳的翅膀。讓我看看它下面。看上去好像那裡有一條銼刀蛇！」

藍龍愣了一下。「什麼是銼刀蛇？」

「生活在樹冠層的一種蛇，像小樹枝一樣細，卻特別長。它們發動攻擊的時候速度極快，而且它們的嘴唇上有一顆像卵齒[1]一樣的牙，銼刀蛇只要咬住獵物就不鬆口，會把頭一直鑽進獵物的身體裡面，隨後就一直掛在獵物的身上，吃獵物的血肉。我見到過身上掛了許多銼刀蛇的猴子——那種猴子就像是有一百條尾巴。被銼刀蛇寄生的生物通常會在蛇頭的周圍發生感染，最終會因為感染而死。銼刀蛇非常髒。打開妳的翅膀，讓我看看。」

在藍龍的翅膀下面果然掛著一條細長的骯髒生物。當賽瑪拉伸手碰到那東西的時候，蛇身子突然劇烈地抽動起來。辛泰拉因為疼痛而尖叫了一聲。「那是什麼？把它拽下來！」藍龍叫喊著，將頭伸到翅膀下面，咬住了那隻寄生蟲。

「不要！不要咬它，不要拽它。如果妳硬要把它拽下來，它的頭就會被扯斷，留在妳體內，造成嚴重的感染。放開，辛泰拉。放開它，讓我來對付它！」

辛泰拉的眼睛閃爍著，如同兩隻旋轉的紅銅圓碟。但她還是服從了命令。「把它從我身體裡取走。」藍龍用緊張而激動的聲音說道。賽瑪拉驚訝地在辛泰拉的憤怒深處感覺到了她的恐懼。片刻之後，辛泰拉又用低沉的嘶吼聲說，「快一點。我能感覺到它在動。它想要鑽到我身體裡更深的地方，藏進我的身體裡。」

「莎神拯救我們！」賽瑪拉驚呼了一聲。她感到一陣陣反胃。她在竭盡全力回憶父親告訴她的去除小銼刀蛇的方法，「不能用火，不。如果碰到火，它們只會鑽得更深。要用別的東西。」賽瑪拉拚命搜尋自己的回憶，終於找到了，「威士忌。我必須去找萊福特林船長要威士忌。不要動。」

「快一點。」辛泰拉懇求著。

賽瑪拉向駁船跑去。她看見船長和愛麗絲正在一起散步。於是她改變路線，徑直衝向他們，一邊

1 譯注：卵齒是禽類特有的牙齒，是未出殼的禽類幼雛突出在嘴外的一種牙齒，用於鑿開蛋殼，幫助幼雛出世。在幼雛出離蛋殼之後即行脫落。

還高聲喊道：「萊福特林船長！萊福特林船長，我需要你！」

隨著她的喊聲，船長和愛麗絲轉過身，也向她跑過來。等到他們會合的時候，賽瑪拉已經跑得上氣不接下氣了。萊福特林立刻擔憂地問她：「出什麼事了，孩子？」賽瑪拉連一句完整的話都說不出來：「銼刀蛇。在辛泰拉身上。從沒有見過那麼大的。鑽進了她的胸部，就在她的翅膀下面。」

「該死的東西！」船長喊道。賽瑪拉非常慶幸自己不必再做解釋了。

終於喘過一口氣之後，她立刻說道：「若是我的父親，會使用酒精將它們逼出來。」

「是的，嗯，松節油的效果更好。相信我。我曾經不得不將一條銼刀蛇從我的腿裡弄出來。來吧，孩子，我的船上有一些。愛麗絲！如果一頭龍身上有銼刀蛇，可能其他龍也會有。告訴守護者們，讓他們查看所有龍的身體。還有那頭倒下的褐色龍。也要仔細查看她。要查看她的肚子，那裡很柔軟，銼刀蛇很容易咬穿那裡鑽進去。」

看著萊福特林轉身向駁船跑去，愛麗絲雖然不知道什麼是銼刀蛇，但心中也感到一陣急迫。她快步跑到河邊，找到一個又一個守護者，向他們發出警告。格瑞夫特幾乎立刻發現一條蛇身子懸掛在卡羅的肚子，只是一直被他的後腿遮住了。塞斯梯坎的身上有三條。當塞斯梯坎的守護者萊克特發現三截很短的蛇身突出在他的龍的下半身時，愛麗絲覺得他幾乎要暈過去了。愛麗絲嚴厲地訓斥萊克特，讓他擺脫自己的恐慌，指示他帶著他的龍到辛泰拉旁邊，在那裡等待萊福特林。那個男孩似乎很驚訝愛麗絲竟然能用如此嚴厲的語氣說話。他吃力地嚥了一口唾沫，恢復鎮定，服從了愛麗絲的命令。

愛麗絲也放下心中對自己同樣的驚訝，又迅速行動起來。她來到希爾薇和守護骯髒的褐色龍的金龍身邊，不得不停頓片刻，重新鼓起勇氣。她不想現在去面對那頭金龍，只想立刻轉身離開。她用了一點時間才說服自己，這並不是因為她的懦弱，而是金龍在用自己的威勢驅趕她。她端起肩膀，向金龍和他的守護者走去。

「我來查看這條褐色龍的身上是否有寄生蟲。另外幾頭龍的身上發現了銼刀蛇，你的守護者應該對你進行全身檢查，而我會查看這頭褐色龍。」

片刻之間，金龍只是盯著她。一雙如此漆黑的眼睛，怎麼能放射出這樣令人膽寒的光芒？

「錐刀蛇？」

「一種會鑽進生物身體的寄生蟲。賽瑪拉說她在樹冠層見過它們。但她認為河水中也有這樣的寄生蟲。而且河裡的錐刀蛇還要比樹冠層的大許多。這種蛇會咬穿生物的皮膚，鑽入其體內，以宿主的血肉為食。」

「真是可恨！」默爾柯說道。金龍立刻站起身，展開翅膀，「一想到會有這種寄生蟲，我就渾身發癢。希爾薇，立刻檢查我的身體。」

「我今天剛剛為你擦洗過全身，默爾柯。如果有這種寄生蟲，我應該不會看不到。不過我這就再看一遍。」

「我必須查看這頭褐色龍，看她的身體是否正常。」愛麗絲堅定地說。

她以為默爾柯會表示反對。但金龍似乎已經被自己可能被毒蟲寄生的事情搞得心煩意亂了。

愛麗絲向一動不動朝紅銅龍走去。紅銅龍趴伏在地上，若要檢查她的腹部肯定非常困難，甚至是不可能的。希爾薇說她遭到了攻擊，愛麗絲現在看到了切實的證據——覆蓋在她身上的淤泥非常平整，幾乎像是有意塗抹上去的。必須先剝掉這一層泥殼，才能確認紅銅龍的身體狀況。

愛麗絲無能為力地看了希爾薇一眼。但那個小姑娘正忙著查看默爾柯。而愛麗絲立刻又為自己的氣餒感到羞愧。她在想什麼？叫那個雨野原孩子過來清理這頭龍的身體，然後她再輕輕鬆鬆地看一遍這頭龍，讓自己的雙手始終乾乾淨淨？這個想法是多麼傲慢？多年以來，愛麗絲一直自稱為巨龍的專家，現在她第一次有機會親手照料一頭龍，卻在因為一點泥巴而縮手縮腳？不，愛麗絲．金卡羅恩不能這樣。

就在距離紅銅龍不遠的地方，有一片粗糙的蘆葦還沒有被踏倒。它們隨風搖曳的穗子大概有愛麗絲的腰那麼高。愛麗絲抽出自己腰間的小匕首，割下五六根蘆葦，將它們結成一個草團，然後回到紅銅龍身邊，開始刷洗她身上的泥巴，並從肩部開始仔細審視這頭龍的皮膚。

乾凝的河泥很容易就剝落了。愛麗絲的草刷擦淨了紅銅色的龍鱗，讓這頭可憐的龍散發出一種美麗的光暈。芮普妲沒有發出任何聲音，但愛麗絲感覺這頭倒臥的龍正向她表達一種微弱的謝意。她加了一把勁，沿著龍的脊骨一直擦拭過去。這頭龍的巨大體型讓她感到驚歎，但也為芮普妲的肌肉帶來了沉重的負荷。要擦乾淨這麼大片的鱗甲，這讓愛麗絲突然想到了船員們擦洗駁船甲板的繁重工作，但芮普妲只是一頭小龍。愛麗絲回頭瞥一眼閃閃發光的默爾柯，比較他和那個有粉紅色頭皮的女孩，想著女孩每天晚上是怎樣完成她的工作？

希爾薇彷彿感覺到了愛麗絲的目光。她對愛麗絲說：「默爾柯全身每一寸都很乾淨，沒有蛇。我幫妳看芮普妲。」

愛麗絲的高傲，讓她很想說自己完全有能力處理好眼前的事情，但她聽到自己真心實意地說了一聲：「謝謝。」女孩朝著她一笑。在那一瞬間，她的嘴唇上亮起了一道太陽的反光。她的嘴上也有鱗片了？愛麗絲急忙將自己的視線轉開，繼續擦洗龍鱗，從芮普妲的臀部擦下一片片細碎的塵土，灑落在腳下潮溼的地面上。她第一次見到希爾薇的時候，這個女孩的身上還沒有那麼多鱗片。她也在像這些龍一樣迅速發生著改變嗎？

希爾薇來到愛麗絲身邊，手中也拿著一團蘆葦「刷子」。「這真是個好主意。以前我都是儘量用松樹枝，沒有松樹枝的時候就用樹葉。但這個好多了。」

「如果我有時間將莖和葉編在一起，我相信它會更好用，不過現在這樣應該也夠了。」愛麗絲在用力擦拭龍鱗的時候，幾乎沒有力氣再說話了。她在詔諭家中居住的這幾年，讓她變得更加孱弱。還是女孩的時候，她一直都會完成家中的各種清潔工作，她的家庭雇不起許多僕人。現在她能感覺到汗水已經浸透了脊背，她的手上也開始磨出水皰，肩膀更是傳來一陣陣痠痛。好吧，就這樣吧！一點辛苦的工作不會有什麼壞處。當她看到被自己擦洗得乾乾淨淨的紅銅龍，不由得感到了一陣驕傲。

「這是什麼？這是什麼？一個蛇洞嗎？」希爾薇的聲音中充滿了恐懼和哀痛，這種情緒似乎也感染了她的龍。默爾柯走過來，低垂下他的大頭，仔細端詳紅銅龍脖子上的一個小孔。

「它看上去像是什麼？」愛麗絲小心地靠近神情專注的金龍。

「一個小窟窿。」希爾薇說，「它周圍的泥巴是潮溼的，也許是因為滲進了血液。她現在已經不流血了，但……」

「有什麼東西刺傷了她，」默爾柯說道，「親愛的，這不是『蛇洞』。這裡的血腥氣很強烈，她一定流了不少血。」

愛麗絲終於理清了思路。「我不認為那種蛇能夠鑽出一個洞爬進去。我覺得它們只會將頭鑽進生物體內吸血。」

默爾柯的身子突然一僵。他的頭還低垂在紅銅龍身前，黑色的雙眼閃閃發光——愛麗絲總是感覺那雙眼睛裡有色彩在緩緩轉動。默爾柯似乎離開了他們。突然間，金龍抖動了一下身子，全身的鱗片都被甩了起來，那種樣子讓愛麗絲覺得此時的金龍更像一隻貓，而不是一頭爬蟲類巨獸。轉瞬之間，愛麗絲又感覺到了金龍的意識。她不由得暗自感到驚歎。金龍在集中精神的時候，對她造成很巨大的影響，如果不是默爾柯暫時離開了她們，她絕不會明白的。

「我不知道被稱作『銼刀』的蛇，不過我聽說過妳描述的這種寄生蟲。很久以前，它們被稱作『鑽頭蟲』。它們會鑽進生物體內很深的地方，也許它們要比另外那位守護者所說的銼刀蛇，更加危險。」

「莎神垂憐。」希爾薇低聲說。她靜靜地站了一會兒，手中還拿著臨時製作的草刷子。然後，她突然走到紅銅龍身邊，用力去推紅銅龍。「芮普妲！」她高聲叫喊，彷彿要叫醒昏迷的龍，「翻過身來，我要看看妳的肚子。翻過身來！」

讓愛麗絲驚愕的是，那頭病弱的龍真的有了動作。她虛弱地在泥濘中蹬著後腿，搖搖晃晃地抬起頭，睜開眼睛。但她的頭很快又落回到地上。「讓開。」默爾柯粗橫地命令道。兩名女子立刻服從了命令，向後跳開，為金龍讓出空間。默爾柯將頭探到芮普妲的身子下面，努力想把她掀起來。芮普妲發出虛弱的抗議，不停地蹬著腿，彷彿這個動作讓她感到痛苦。

「他在吃她嗎？我覺得她還沒有死！」抗議的聲音來自於突然跑過來的另一名巨龍守護者。是拉普斯卡，愛麗絲心中想道。這是他的名字嗎？雖然有著怪異的雨野原標記，但他還是一個非常英俊的小夥子。他粗硬的黑頭髮，生出黑色爪子的雙手，與他淺藍色的眼眸和天使一般的微笑，形成了非常怪異的對比。他的龍也和他一同跑了過來。那是一頭身材短粗的紅龍，四肢都很短小，但她的全身鱗甲都放射出一種明艷的光彩。當拉普斯卡停下腳步注視紅銅龍的時候，他的小紅龍便親暱地將頭靠在這名年輕的守護者身上，差一點把拉普斯卡擠倒。「不要這樣，荷比。妳已經變大了許多，也更強壯了！自己站好。」拉普斯卡的聲音中的愛意要比責難更濃。他推了紅龍一下，紅龍也開玩笑地推了他一下。

「默爾柯不是要吃她，」希爾薇氣憤地解釋說，「他正要將她翻過來，讓我們能查看她的肚子上是不是有寄生蟲。有一種蛇一樣的寄生蟲……」

「我知道。我剛剛看他們為塞斯梯坎除掉那種蟲子。看那種蟲子從肉裡退出來的時候，我差一點就要吐了。萊克特幾乎要哭了。他不停地責備自己。我以前從沒有見過他那樣崩潰過。」

「他們已經將那些蟲子捉出來了？」

「是的。他們把蟲子捉出來了。不過那一定很痛。當身體裡的蟲子退出來的時候，那頭大藍龍像老鼠一樣不停地尖叫。我不知道萊福特林船長配製了什麼藥劑。他們把那種藥劑塗在銼刀蛇鑽進去的洞口周圍，銼刀蛇立刻就開始抖動尾巴，然後就退出了龍的身體，每逼退一條蛇，都會流出許多血和黏液。天哪，那股氣味可真臭！那些蛇一掉在地上，刺青就會跳上去用斧頭把它們砍碎。幸好我每天都會從頭到腳查看荷比。對不對，荷比？」

小紅龍噴了一聲鼻息作為回應，又推了拉普斯卡一下，讓那個男孩踉蹌了一下。拉普斯卡的講述讓愛麗絲感到有些噁心。但希爾薇卻想到了另一件事。「拉普斯卡，你能讓荷比幫幫默爾柯嗎？我們要讓這頭紅銅龍翻過身來。」

「嗯，當然可以。我和她說一下，她肯定會答應。荷比！荷比，看這裡，看著我，荷比，聽我說。聽話，好女孩。幫默爾柯把這頭紅銅龍翻過來，明白嗎？幫他把她翻過來？妳能做到嗎？我又大又強壯的龍能為我做到這件事嗎？她肯定可以。來吧，荷比，把妳的鼻子放到這下面，就是這裡，就像默爾柯一樣。這才是我的好女孩。現在，抬起頭，往前推，荷比，抬頭往前推！」

小紅龍用力蹬起四足。愛麗絲看到她短粗的脖子上一根根隆起的肌肉。用盡全力的小紅龍發出一陣陣低吼。突然間，芮普妲開始挪動了。她因為疼痛而長聲尖叫。但默爾柯和荷比都沒有理會她的哀鳴。他們氣喘吁吁地用力推著，終於將紅銅龍翻了過來。紅銅龍的四條腿只能在半空中無力地來回晃動。「撐住她荷比。這才是我的女孩。把她撐穩！」聽到拉普斯卡的喊聲，小紅龍蹬直四條腿，用頭抵住紅銅龍。她的頸部肌肉根根緊繃，但守護者的高聲讚揚讓她的金色眼睛裡旋轉著喜悅的光彩。

「看這裡！」默爾柯說道。愛麗絲驚恐地瞪大了眼睛，許多蛇從紅銅龍滿是汙泥的肚子上伸出尾巴，因它們的宿主被翻動，至少有十幾條銼刀蛇不停地抖動並翻轉著。希爾薇用雙手捂住嘴，向後退去，一邊搖著頭，一邊透過指縫說道：

「她從沒有讓我給她清潔過肚子。我曾經試過，我真的試過！她總是躲開我，自己在泥巴裡蹭肚皮。她想要除掉它們，對不對，默爾柯？她不讓我清理她的肚皮，因為那很痛。」

「她的意識不夠清晰，不明白妳能夠幫她，」默爾柯帶著沉重的語氣說道，「沒有人能責備妳，希爾薇。妳已經為她盡了力。」

「她死了嗎？」聽到喊聲，所有人和龍頭轉過頭。賽瑪拉和刺青小跑步過來了。萊福特林船長緊跟著他們。辛泰拉則以更加莊重的步伐走在後面。他們身後還有另外六名守護者和他們的龍。

「還沒有！但她身上的寄生蟲很多。我不知道我們還能不能救她。」希爾薇的聲音變得沙啞了。

「試試看。」默爾柯嚴厲地發出命令，然後他又將頭垂到希爾薇身邊，輕輕噴出一陣鼻息。那真是很輕柔的一股氣，但希爾薇卻搖晃了兩下。讓愛麗絲感到震驚甚至害怕的則是希爾薇隨後的變化。希爾薇從一個幾近歇斯底里的孩子，突然變成了一名冷靜的女子。她挺直了身子，抬頭看著自己的龍，向他露出微笑。

「我們會救她。」她轉頭向愛麗絲說道，「首先，我們要用草刷盡可能清理掉她身上的汙泥。荷比，妳必須將她撐住，讓她這樣躺好。她不會喜歡我們要做的事，但我相信我們必須先清理她的傷口，然後才能對她進行治療。」

「有道理。」愛麗絲表示同意。她不知道希爾薇怎麼會有這樣泰然處之的心態。是因為默爾柯對她施加了影響嗎？愛麗絲拿起草刷，露出它比較乾淨的一面，小心地向紅銅龍走去。和其他龍相比，這頭紅銅龍也許很小，也很虛弱，但只要她的腿輕輕一踢，就足以把一個人踢飛。如果她掙扎著翻過身來正好壓住一名守護者，那肯定會造成重傷。

賽瑪拉停住腳步，盯著愛麗絲。片刻之間，這個繽城女人彷彿完全變成了另一個人。她正在擦洗紅銅龍的肚子，完全不在乎落在自己長褲和靴子上的灰塵泥土。她的臉上也全都是塵土，女式上衣在肘部以下已經髒汙不堪，就連她淺色的睫毛上都能看到細灰，而她的表情顯得格外堅毅，甚至可以說她在因為自己所做的事情感到快樂。她是什麼時候從一個精緻高雅的繽城女士變成現在這種樣子的？她纖塵不染的美麗衣裝和令人望塵莫及的高貴姿態去哪裡了？賽瑪拉的心中不由得生出一點不情願的讚賞之意。

荷比低垂著紅色的頭，努力頂住紅銅龍，保持住她腹部朝上的笨拙姿勢。拉普斯卡站在荷比身邊，驕傲地拍著小紅龍的肩膀，不停地說著讚揚她的話。默爾柯俯視著所有忙碌的人們。希爾薇成為了這次治療行動的指揮者。賽瑪拉覺得這個女孩也和原來不一樣了，不過她還沒有看清楚希爾薇具體發生了哪些變化。

賽瑪拉又向紅銅龍靠近兩步，不由得感到一陣心寒。那些銼刀蛇在紅銅龍的肚子上幾乎只露著一小截尾巴。賽瑪拉吃力地嚥了一口唾沫，看到這種寄生蟲翻騰著從辛泰拉的身體裡退出來的時候，她已經感到夠糟糕的了。辛泰拉被寄生的時間並不長，那條銼刀蛇的大部分身體還露在藍龍體外。萊福特林將氣味濃烈的松節油塗抹在蛇洞周圍的時候，銼刀蛇的身子先是癱軟了一下，緊接著就突然開始瘋狂地甩動。辛泰拉高聲呼痛，賽瑪拉則匆忙走過去，抓住了拚命抽打的蛇尾。「抓緊。我還要塗些松節油！」萊福特林警告她。

船長第二次在蛇身上塗抹松節油之後，銼刀蛇變得更加狂暴。它開始扭動著退出辛泰拉的身體。隨著越來越長的蛇身退出來，賽瑪拉不得不盡力將它抓緊，以免它會重新鑽進藍龍體內。蛇身在她的手掌中蜿蜒滑膩，辛泰拉用越來越響亮的聲音吼出自己的痛苦，其他的龍和守護者都向她聚攏過來。隨著最後一段蛇身滑出藍龍的身體，那條蛇猛地甩過頭，噴了賽瑪拉一臉血——它想要攻擊抓住它的生物。被血水噴到的賽瑪拉將蛇摔在地上。刺青已經做好準備，正握著短柄斧等在她身邊。銼刀蛇立刻就被砍死了。賽瑪拉只是麻木地站立著，和她的龍一同顫抖著，分擔著她的疼痛。她抬起手臂，用袖子抹了一下臉，卻只是將濃稠的血液塗得滿臉都是。這些血全都是龍的氣味。直到現在，她已經將龍血洗淨，但黏滯的血腥味還是充滿了她的鼻腔，看起來她是無法擺脫這股味道了。隨後，萊福特林向傷口中灌了一些萊姆酒，又用一些柏油把傷口封住，以免酸性的河水讓傷口形成潰瘍。船長一邊工作一邊說，「以後你們必須每晚都查看你們的龍。這些蛇能分泌出讓身體麻痺的東西。就算它鑽進你們的身體裡，你們也感覺不到。曾經有一條小銼刀蛇鑽進我的腿裡。我直到離開河水才發現它。」

在愛麗絲和希爾薇工作的時候，紅銅龍也在一陣陣微聲呼痛。賽瑪拉蹲到紅銅龍的身邊，看著她的臉。但紅銅龍已經閉起了眼睛。賽瑪拉不知道芮普妲的意識是否清醒。她只得緩緩站起身。「至少我們知道了她的身上有什麼問題。如果我們把銼刀蛇都除掉，再清理和封閉好她的傷口，不讓河水進去，也許她還能有機會活下來。」

「我們已經清理掉了她身上的許多泥土。現在該把這些蛇揪出來了。」希爾薇說。

賽瑪拉和其他圍觀者站在一起，帶著一種顫慄又不捨的情緒觀看紅銅龍被救治。當萊福特林提著一隻罐子，拿著刷子走上前的時候，她轉過了身。自從被辛泰拉的血噴到臉上之後，她的鼻子裡和舌頭上一直都只有那股血的味道。今天她已經不想再看到更多這樣的情景了。她看見辛泰拉正在人群外面等著她，便擠出人群，來到自己的龍面前。「我不想再看那種事了。」她用低沉的聲音對辛泰拉說，「看到一條蛇從妳的身體裡出來，已經夠可怕了，況且那條蛇在妳身上寄生的時間還要短得多。我已經看不下去了。」

辛泰拉轉過頭看著她的守護者。那雙紅銅色的眼睛不停地旋轉著。突然間，賽瑪拉覺得那雙眼睛彷彿熔化了，變成兩池銅水，是她如天青石一般閃耀的鱗甲上的兩個漩渦。龍的魅力。賽瑪拉竭力警告自己，卻完全無法在意自己的警告。她任由自己被拽入那道凝視中，感到自己因為被巨龍垂青而變得重要。在她心中，還有一點憤懣的聲音嘲諷地問自己，被一頭龍看重就真能變得重要嗎？但賽瑪拉完全不在乎。

「妳應該去打獵了。」辛泰拉對她說。

賽瑪拉不願意離開自己的龍。從那道輝煌的紅銅色目光中離開，就像是在一場暴風肆虐的寒冷夜晚離開溫暖舒適的營火。她沉浸在巨龍的凝視中，拒絕相信她的龍要她離開。

「我餓了。」辛泰拉輕聲說，「難道妳不去為我找食物嗎？」

「當然會。」賽瑪拉立刻做出回應。辛泰拉的意志征服了她。

辛泰拉的聲音變得非常輕柔，彷彿那不過是吹過賽瑪拉耳邊的微風。「格瑞夫特和潔珥德在不久之前進樹林去了。也許他們知道哪裡有好的獵物，也許妳應該跟著他們。」

這句話刺痛了賽瑪拉。「我是比格瑞夫特優秀得多的獵人，」她對她的龍說，「我不需要跟著他。」

「胡說。我認為妳應該跟他走。」辛泰拉堅持說道。突然間，賽瑪拉覺得這不是一個壞主意。一個想法在她的意識邊緣騷動。如果格瑞夫特已經獵到一頭野獸，也許她應該給自己也爭取一份，就像格瑞夫特搶走她的獵物。直到現在，她都還沒有找格瑞夫特討還這筆債。

「去吧。」辛泰拉催促她。她出發了。

守護者們都習慣將自己的物品放在小艇裡。為拉普斯卡收拾胡亂堆放的物品，已經成了賽瑪拉的日常工作。每想到此，她就覺得第一天的隨機選擇實在是很不公平，得到這樣一個同伴也真是倒楣透頂。其他守護者現在都會規律性地更換同伴，但拉普斯卡對於這種換同伴的行為毫無興趣。賽瑪拉也懷疑就算是能說服拉普斯卡試著找新的同伴，也不會有人想要他。他實在是太古怪了。不過他的確很英俊，又也很會划船。而且一直都是個無可救藥的樂天派。賽瑪拉回想了一下他什麼時候和自己吵過嘴，卻發現一次都沒有。她不由得自顧自地微微一笑。拉普斯卡的確很奇怪，不過是一種她能夠接受的奇怪。她將拉普斯卡的行李袋推到一旁，拉開自己的行李袋，從裡面找出狩獵工具。

離開辛泰拉的凝視之後，賽瑪拉就能夠比較容易地思考自己的舉止與心理狀態。她意識到藍龍對她施加了一些魅惑，就算是心中清楚那頭龍在做什麼，她也不可能完全抗拒這種影響。不過她現在也沒有更加緊急的事情需要去做，龍是需要肉的，龍永遠都是需要肉的。那頭紅銅龍被清理掉身上的銼刀蛇之後，一定也需要吃一些肉。默爾柯當然同樣在餓肚子。但是當賽瑪拉將背包挎到肩頭時，她仍然不知道自己會不會只是在尋找一個更容易接受的理由，讓她能夠乖乖聽從藍龍的話。她對這種無用的懷疑聳了聳肩，便向森林邊緣走去了。

雨野原河的每一片河岸都不一樣，又都沒有什麼不同。某些日子裡，河道兩旁會是一排排針葉和蕨形葉片的常綠喬木，但到了第二天，深綠色的樹林又會漸漸變成白色樹幹和淺綠色樹葉所組成的無盡樹海，而所有這些大樹上都垂滿了藤蔓，藤蔓上遍布晚季花朵和正在成熟的果實。今天他們所在的是一片寬闊的蘆葦草地，一排排頂著蓬鬆穗子的長草莖在風中不停地搖曳。這片河岸完全由淤泥和細沙組成，只是一片暫時的淤積地帶，也許下一次洪水氾濫的時候就不復存在了。更加遠離河道的地形稍有抬升，灰色樹皮的巨樹在那裡伸展開粗長的枝條，形成密林，它們下方的地面永遠被淒冷的陰影所籠罩，像賽瑪拉的腰一樣粗的藤蔓，從那些大樹枝上垂掛下來，如同囚籠的圍欄，困住了巨樹下方的空間。

穿過沼澤草地、一路追蹤格瑞夫特的腳印，是非常容易的。他的一些靴子印已經被湧出的積水注滿。潔珥德赤腳的腳印就不那麼明顯了。賽瑪拉幾乎沒有去注意那個女孩的足跡。現在她腦子裡只是想著龍。距離辛泰拉越遠，擺脫那頭龍的魅惑時間越久，賽瑪拉的意識就越清醒。為什麼辛泰拉讓她來狩獵？這個問題很容易回答。龍永遠都會感到饑餓。而且賽瑪拉在今天本來就有狩獵的打算，她也不會介意服從藍龍的驅使。真正讓她感到困惑的是：那頭龍為什麼突然認為她比先前更重要了？

一個念頭如同隨風飄動的蘆花，輕輕落在賽瑪拉的腦海中。「也許她以前並不能使用自己的魅惑能力。也許克服了這一路的種種艱難之後，她在許多方便都變得更強了，而不僅僅是在肉體上。」

賽瑪拉悄聲說出了這個猜想。這是她自己的想法嗎？還是她剛剛短暫地碰觸到了另一頭龍的思緒？這個問題就像這個念頭本身一樣讓她感到困擾。辛泰拉真的獲得了更多只有傳說中的巨龍才擁有的力量？那麼其他龍呢？如果他們都和辛泰拉一樣，他們又會如何使用這些力量？他們的守護者是否會盲從於他們的魅惑，成為只會向他們搖尾乞憐的奴隸？

「它的作用並不在於此。那更像是一位母親憐愛自己任性的孩子。」賽瑪拉再一次說出了這樣的話。她在樹蔭的邊緣停下腳步，用力搖搖頭，甚至讓她黑色的髮辮抽在了自己的脖子上。裝飾在髮辮上的小護符和珠子敲痛了她的脖頸。「不要這樣！」她悄聲對侵入自己意識的力量說道，「不要來煩我。」

這可不是明智的選擇，不過這畢竟是妳的選擇，人類。

如同一片薄紗從賽瑪拉的頭和肩膀上被掀起，那種異樣的感覺消失了。「你是誰？」賽瑪拉問道。但那個潛入她意識的存在已經消失得無影無蹤。默爾柯？她有些懷疑是那頭金龍。「我應該先問問他是誰。」她自言自語地嘟囔一句，就走進了茂密的森林。森林裡的光線變得異常昏暗，格瑞夫特的足跡不再那麼好追蹤了。不過格瑞夫特還是留下了不少痕跡。賽瑪拉又向前走了不遠，就不再擔心自己會找不到格瑞夫特。她聽到了格瑞夫特的聲音。格瑞夫特的話語很模糊，然後又有另一個聲音回應了他。潔珥德，賽瑪拉心想。他們一定在共同狩獵。賽瑪拉的腳步變得更慢，更輕。沒過多久她便停步不前了。

辛泰拉一直堅持要她跟蹤那兩個人。為什麼？賽瑪拉突然感覺自己非常笨。如果她突然出現在他們面前，他們會怎麼想？潔珥德會怎麼想？格瑞夫特是否會由此認為賽瑪拉承認了他是更優秀的獵手？賽瑪拉爬上一棵樹，開始從一根樹枝攀越到另一根樹枝。她很想看看格瑞夫特是否已經獵到了野獸，獵到了什麼野獸。但賽瑪拉不想讓他們知道她就在附近。他們的聲音變得更清晰了。賽瑪拉已經能聽到一些零星的字句。潔珥德說她「不明白」，而且潔珥德的聲音中帶著怒意。格瑞夫特的聲音更加深沉而嚴厲。賽瑪拉聽到他說：「獵人傑斯不是一個壞人，即使他……」然後他的聲音就輕微得無法聽到了。賽瑪拉在粗樹枝之間移動，向那兩個人又靠近了一些，感謝莎神，她的黑色爪子在光滑的樹皮上抓得很牢。突然間，她發現潔珥德和格瑞夫特就在她下面。

他們並沒有在狩獵。賽瑪拉懷疑他們進入森林的目標根本就不是獵物。她用了不短的一段時間才搞清楚自己看到了什麼——那兩個人赤身裸體，躺在一條毯子上。他們脫下的衣服就扔在旁邊的草叢上。藍色的鱗片覆蓋了格瑞夫特的大片皮膚，面積遠比賽瑪拉想像的要大。他正從潔珥德面前轉過頭，斜倚在毯子上。在幽暗的叢林中，他看上去就像是一條尋找陽光的大蜥蜴，但只有一點光亮落在他臀部延伸到大腿和膝蓋的修長曲線。

潔珥德趴在毯子上，用手撐著下巴，看著格瑞夫特，她一頭濃密的金髮比平時更顯散亂。格瑞夫特一隻手按在她赤裸的肩膀上。她的身體非常修長，綠色鱗片沿著她的脊背一直向下延伸。賽瑪拉突然覺得那道鱗片非常美麗。在微弱的光線中，它熠熠生輝，就像是一條翡翠的小溪在潔珥德的背上流淌。潔珥德彎曲雙腿，覆滿了鱗片的小腿和雙腳在半空中輕輕晃動。這時她正在對格瑞夫特說：「你怎麼能說這種話？這完全違背了我們的承諾。」

格瑞夫特聳了聳一隻赤裸的肩膀，讓光線在他背後如同藍寶石一般的鱗片上流動。「我可不這麼看。沒有守護者宣布擁有那頭龍。沒有人和她建立關係。她就要死了。其他龍會在她死亡的時候吃掉她，得到一些營養和一點記憶。那頭紅銅龍完全不能說話。她可能根本就沒有多少記憶。但如果我們能說服群龍讓我們處理她的屍體，哪怕只是一部分屍體，獵人傑斯都能將它變成一筆很大的財富，那將對我們所有人都有利。」

「但那不是……」

「等等，先聽我說。」格瑞夫特將一根手指放在潔珥德的嘴唇上，阻止了她的反對。潔珥德顯得很生氣，將頭轉向一旁，不讓他碰。但格瑞夫特只是咯咯地笑了起來。賽瑪拉看著他們，不知道是什麼事更讓自己震驚——他們的裸體還是他們交談的內容。他們只可能在做一件事，一件被禁止的事。潔珥德顯然很不高興，幾乎要衝格瑞夫特發怒了。但她還是那樣自然地緊貼著格瑞夫特。格瑞夫特用手指支起潔珥德的下巴，將她的臉轉向自己。潔珥德向他露出牙齒，他卻更加放肆地大笑起來。

「妳有時候還真是個孩子。」

「你剛才可沒把我當孩子對待！」

「我知道。」格瑞夫特的手沿著潔珥德的頸側滑下去，探到她的身下。他在撫摸潔珥德的乳房。呲出牙齒的潔珥德改變了表情，臉上露出一種特別的微笑。她還挺直腰，用身體磨蹭格瑞夫特的手心。驚駭和一種怪異的顫慄感湧過賽瑪拉的全身。她的呼吸哽在了喉嚨口。那種事就是這樣嗎？賽瑪拉一直以為「性」只屬於成年人，只屬於那些幸運地擁有正常身體的人。現在她正看著潔珥德在迎合格瑞夫特的撫摸，一種奇怪的羨慕情緒在賽瑪拉體內甦醒了。潔珥德顯然是主動這樣做，或許這是格瑞夫特開始的？是他欺騙或者逼迫了潔珥德？不，潔珥德看著格瑞夫特的表情已經說明了一切。一種令人不安的熱流正在賽瑪拉的體內奔淌。她甚至沒辦法將視線轉開。

格瑞夫特似乎完全忘記了自己剛剛說過的話。突然間，潔珥德一擰身子，離開他的手掌並質問道：「你到底是什麼意思？在我看來，你要把龍出賣給骯髒的恰斯人，而且還在為這種事找理由。」

格瑞夫特的喉嚨裡發出一點聲音。他的手也被收回到身側。當他再說話的時候，他的聲音顯得格外強硬：「我想要說的是，如果我為我們構建的夢想能夠成真，我們就需要錢。我並不真的在乎錢是從哪裡來的。我只知道怎樣做沒辦法掙到錢。繽城和雨野原的貿易商都不可能幫助我們建立一座屬於我們自己的城市。那些人只把我們當作異類。我們離開崔豪格讓他們很高興，更讓他們高興的是我們把龍也都帶走了。他們從沒有想過我們會回去，甚至不相信我們能在這場遠征中活下來。」

「如果我們真的找到克爾辛拉，妳認為他們能夠尊重我們，承認那座城市是屬於我們的嗎？不，潔珥德，如果我們找到克爾辛拉，而那裡真的有古靈留存下來的寶物，我可以和妳打賭，那些商人一定會將它們占為己有。我見到過萊福特林船長在地圖上標注出我們行走的路線。他這樣做只有一個理由。如果我們找到任何有價值的東西，他就能返回崔豪格，向貿易商們報告。那時他們就能知道如何來找到我們，從我們手中奪走那座城市。我們將再一次被趕出家門，成為流亡者，被人群排斥。即使我們只找到了一大片足以讓龍群生存的土地，我們是不安全的。一直以來，那些貿易商不都在尋找適宜耕作的土地嗎？他們會將土地也從我們手裡奪走。所以我們必須預先做好打算。我們全都知道，卡薩里克和崔豪格的生存命脈是對外貿易，他們挖掘古靈珍寶，透過繽城貿易商向外出售。他們沒有能自給自足的糧食產出。沒有了古靈珍寶，那兩座城市在多年以前就不復存在了。而我們能從這種交易中得到什麼？什麼都得不到。如果我們能找到堅實的土地，我們也許就能為我們和我們的孩子建造起一片家園。但就算是種植莊稼，我們也需要種籽和農具。我們還需要為自己建造房屋。我們需要錢，實實在在的錢，這樣我們才能買到所需要的一切。」

賽瑪拉感到頭暈目眩。格瑞夫特是在談論一座屬於守護者和巨龍的城市嗎？一個屬於他們的未來，一個與崔豪格和卡薩里克完全無關的未來？他們會在那個未來中擁有孩子？丈夫和妻子？這是不可想像的，是不可思議的。賽瑪拉下意識地在樹枝上伸展身體，向那兩個人又靠近了一些。

「無稽之談，」潔珥德輕蔑地說道，「你能找到的城市位置肯定在遙遠的河上游。誰會去那裡和我們做交易？」

「潔珥德，妳有時候真是個孩子！等等，不要這樣瞪我。這不是妳的錯。除了雨野原以外，妳什麼都不知道。我也只走出過雨野原一兩次，但至少我看到過外面的世界是什麼樣子。那位獵人是一個受過教育的人。潔珥德，他有想法，而且他看事情很清楚。他說的話都很有道理。我一直都知道，我們一定有完全不同的另一種生活，但我只是看不到。傑斯說這是因為長久以來，我只是不斷被告誡要遵守各種規矩，卻看不到那些規矩也都只是人制定的。如果人能制定規矩，那麼就會有另一些人能夠改變那些規矩。**我們**能夠改變它們。我們不必被『向來如此』束縛住。我們能夠打破那些規矩，只要我們有勇氣。」

「看看我們的龍。他們記得世界過去的樣子。那時他們還統治著這個世界，他們認為世界應該變回成那樣。但我們不必將那種權力給他們。當那頭龍死去的時候，那些龍就不需要它了。那具屍體對他們來說只是肉，而我們已經給了他們足夠的肉。所以，從某種角度來說，他們欠我們的。特別是當妳想一想那具屍體對於我們可能意味著什麼。有了利用龍屍得到的財富，我們就能為我們所有人建立一個更好的生活基礎，這對其他所有的龍也都有好處！我們應該有勇氣改變規矩，做出對我們最有利的變化。」賽瑪拉幾乎能看到格瑞夫特的想像在各種可能性上翱翔。他臉上冷酷的微笑似乎正預示著克服一切舊日羞辱和錯誤的勝利，「傑斯說，只要我們有了錢，所有人都會和我們做交易。如果我們在偶然間得到某種稀有的商品，一種其他任何人都沒有的東西，就一定會有人願意來找我們，無論這一路有多麼艱難。他們會來的，而且他們會接受我們的價格。」

潔珥德稍稍翻過身面對著格瑞夫特。在陰晦的樹冠下方，她眼睛裡的銀色光澤顯得更加明亮了。看上去，她感到很不安。「等等，你說的是我們以後還要出賣龍的身體？不只是現在？不只是出賣可能會死去的紅銅龍，而是在未來繼續出賣他們？這樣不行，格瑞夫特。如果我說要賣掉你的血和骨頭，你會怎樣？如果那些龍打算養大你的孩子來作為食物，你會怎樣？」

「不會有這種事！我們也不必這樣。妳總是在想最糟糕的可能。」格瑞夫特的手再一次落到潔珥德的身上，輕輕撫摸她，從她的肩頭一直滑到臂肘，再滑回去，又滑到她的脖頸上，又慢慢移到她的胸部。賽瑪拉看到潔珥德的胸部隨著激烈的呼吸而起伏。「那些龍會明白的。幾片鱗，一點血，一根爪子尖。這對他們不會有什麼害處。也許在很少一些時候，我們需要的會多一些，也許是一隻牙齒，或者一隻眼睛，從就要死去的龍身上取下來……這樣的情況肯定不多，肯定不會成為常例。這對所有人都沒好處。」

「我不喜歡這樣。」潔珥德用僵硬的聲音說道，並躲開了格瑞夫特摸過來的手。「我也不認為龍會喜歡這樣。卡羅會怎麼想？你有沒有把你的計畫告訴你的龍？他又有什麼反應？」

格瑞夫特聳聳肩，承認道：「他不喜歡這樣。他說在發生這種事以前，他會先殺了我。但他每天都會不止一次威脅要殺我，只要事情不合他的意，他就會這樣說。他知道他的守護者是最優秀的，所以不管他怎麼威脅我，他都會容忍我。我相信只要給他足夠時間，就算是他，也會明白這個主意是多麼有道理。」

「我不這麼認為。我相信他會殺了你。」潔珥德的聲音中沒有任何情緒。她是認真這樣說的。她挺起身子，低頭看了一眼自己的乳房，撥弄了一下左側的乳頭，彷彿是想要抹去上面的什麼東西。格瑞夫特的眼睛跟隨著她的手，他的聲音變得更加低沉了。

「也許永遠都不會發生這種事，」他做出了讓步，「也許我們會找到克爾辛拉，發現那裡堆滿了古靈寶物。如果我們能夠在那裡找到一座寶藏，我們就必須讓所有人都承認那是屬於**我們的**。可以確定，崔豪格一定想要將那個寶藏據為己有。繽城肯定想要成為交易這些寶物的獨一市場。他們還會對我們說，這些事『向來如此』。但妳和我，我們都知道這些並非向來如此。我們必須做好充分準備，保衛我們的未來，擋住那些伸向我們的貪婪之手。」

潔珥德將垂到臉上的金髮撥開。「格瑞夫特，你編織了一張非常漂亮的夢想之網。在你的口中，我們好像有成百上千的人，正在尋找一個安身之地。但實際上我們只有十幾個人。你說要『保衛我們的未來』，但那是什麼樣的未來？我們的人數太少了。我們能想的，只有給自己找一個更好的生活。通常我都很喜歡你的想法，喜歡聽你談論新的生活、新的規矩。但有時候，你就像是一個玩弄木頭玩具的小孩子，宣稱那些玩具就是你的王國。」

「這有錯嗎？我想要成為國王有錯嗎？」格瑞夫特向潔珥德側過頭，薄嘴唇上露出一絲微笑，「而且國王會需要王后。」

潔珥德對他說話的聲音輕蔑而又嚴厲：「你永遠也不會成為國王。」但她的雙手告訴了賽瑪拉，她的駁斥其實是一句謊言。賽瑪拉驚愕地看著潔珥德用雙手抓住格瑞夫特的肩膀，將他的身子扭過來，拖到自己的身體上。「話說夠了。」潔珥德一邊說，一邊伸手按住格瑞夫特的後頸，把他的臉向自己拉過去。

賽瑪拉看著樹冠下的那一幕。

她並不想看這些。她立刻就決定要離開。但她的爪子緊摳住樹皮，把她固定在樹枝上。她盯著下面，皺起雙眉，完全不在意咬人的小蟲子嗡嗡亂叫。

賽瑪拉見到過動物交配，見過雄鳥騎在雌鳥背上，只是搧動幾下翅膀，抖抖身體，雄鳥就結束了，有時候雌鳥彷彿都沒有注意到雄鳥做了什麼。她的父母從沒有和她講過交配的事，像她這樣的人，這件事本來就是一種禁忌，對於這種事的任何好奇心都是被嚴厲禁止的。就連她摯愛的父親也警告過她：「妳也許會遇到想要占妳便宜的人，要知道，他們想做的事情是被禁止的。如果一個男人在和妳搭訕的時候，想要碰妳除了雙手以外身體其他的地方，千萬不要相信他，立刻離開他，並把妳的遭遇告訴我。」

賽瑪拉一直都相信父親。他養育她成人，永遠都在為她著想。沒有人會向她提出婚約。所有人都知道，如果受到雨野原嚴重影響的人懷了孩子，那個孩子或者會長成徹頭徹尾的怪物，或者根本就活不下來。這讓交配對於她而言變得毫無意義。在懷孕的時候，她將無法狩獵和採集，只能白白消耗食物。她的身體所孕育出的孩子很可能難逃一死……不。雨野原的一切物資都是稀缺的，這裡的生活一直都是艱難的。沒人有權利只消耗而不生產，這不是商人的方式。

只是她的父親已經破壞了規矩。他給了賽瑪拉一個機會，一個擁有自己人生的機會。而她正在很努力地實現自己的人生。所以，也許那些規矩並不總是對的……那麼格瑞夫特會是正確的嗎？任何由人制定的規矩都可以由另一些人來改變？那些規矩並非像她一直以來相信的那樣不可動搖？

下面的那兩個人似乎根本不在乎那些規矩。他們交配的時間要比鳥長得多，而且他們還不停地發出各種聲音。那些熱切的聲音不是很大，卻讓賽瑪拉的脊背湧過一陣陣顫慄。當潔珥德向後昂頭，格瑞夫特長久地親吻她的胸脯，賽瑪拉的整個身體發生了讓她感到困窘和驚訝的反應。那兩具肉體的鱗片上反射出的光芒有節律地搖動著，格瑞夫特用自己的身體撞擊潔珥德，彷彿在懲罰她，他身下的女人迎合地挺起身子，突然又抓住他的臀部，讓他更加猛烈地撞擊自己，同時還發出一陣模糊的呻吟。

片刻之後，格瑞夫特癱軟在潔珥德的身上。很長一段時間裡，他們纏繞在一起。格瑞夫特劇烈的呼吸漸漸平復下去。他抬起頭，將自己的身子稍稍從潔珥德身上抬起來。又過了一會兒，潔珥德抬起一隻慵懶的手，將汗涔涔的頭髮從眼睛上撥開，看著壓在自己身上的格瑞夫特，一抹微笑慢慢在她的臉上綻放開來。突然，她瞪大了眼睛。她的目光越過格瑞夫特，盯住了賽瑪拉的眼睛。然後她尖叫一聲，徒勞地伸手去抓被她丟開的衣服。

「出什麼事了？」格瑞夫特一邊問一邊從她的身上翻下去，也抬頭向上觀望。但這時賽瑪拉已經在兩棵樹以外，而且正在迅速跑遠。她從一根樹枝跳向另一根樹枝，就像是一隻飛竄的蜥蜴。她聽到身後潔珥德在氣憤地抱怨。格瑞夫特隨後發出的笑聲，讓她的心感到一陣灼痛。「也許她也就只敢看看。」格瑞夫特故意提高了聲音。賽瑪拉知道，格瑞夫特是故意要讓她聽見。淚水刺痛了賽瑪拉的眼睛。在她逃走的一路上，她的心一直狠狠撞擊著她的肋骨。

塞德里克一個人站在柏油人號的甲板上，向河岸望過去。今天他們完全沒有繼續趕路的跡象。萊福特林正提著一隻冒著熱汽的桶來回奔忙，似乎是在為那些龍進行治療，塞德里克見狀，急於想要知道聚集在紅銅龍周圍的那些人和龍，到底在幹什麼。紅銅龍一直俯臥在原地。那不是他的錯，他第一次見到那頭龍的時候，那頭野獸就生了病，他只是擔心自己是否在那頭龍身邊留下了任何蛛絲馬跡。他並不想傷害那頭龍，只想拿一些他迫切需要的東西。「我很抱歉。」他悄聲說道，但他也不知道自己是在向誰道歉。萊福特林已經擠進了聚集在紅銅龍周圍的守護者中間。塞德里克看不見他們正在做什麼。那頭龍死了嗎？守護者和龍形成了一道牆壁。他們到底在那裡做什麼？

塞德里克突然低呼一聲，猛地向前彎下身體。如同撕裂一般的可怕痙攣絞纏住了他的內臟。他跪倒下去，又側身倒在甲板上。劇痛是如此強烈，讓他甚至無法開口呼救。就算是他能發出聲音也無濟於事，除了他以外的所有人，都到岸上去救治那些龍了。他的腸子就像是從他體內被扯走了。他緊緊捂住自己的肚子，卻無法擋住那種劇痛。他閉起眼睛，感覺到整個世界都在他的周圍盤旋。隨後他一下子就失去了知覺。

禱月第七日

商人聯盟獨立第六年

來自黛托茨，崔豪格信鴿管理人

致艾瑞克，繽城信鴿管理人

今日發出的結婚請柬，是貿易商戴爾芬家族的，由三隻信鴿各攜帶一份，另外還有一份封錮密函，其中列出了需要邀請的繽城賓客。如果有信鴿沒能把信送達，請務必將複製的邀請函送到每一位賓客手中。

因為婚禮即將舉行，迅速傳達此信是非常重要的。

艾瑞克：

一定要確保這些邀請函都能迅速送達，否則我害怕那些被邀請的家庭在來參加婚禮之前，就會收到慶祝孩子出世的邀請函了！現在崔豪格已經不像以前那樣重視傳統了，有人將此歸罪於那些紋身者，但這對夫妻可是土生土長的雨野原人！

黛托茨

2 亂流

詔諭站在塞德里克身邊，俯視著他，一絲冷笑扭曲了他英俊的面孔。他不以為然地搖搖頭：「你失敗了，因為你不夠努力。當時機到來的時候，你卻總是在挑戰前退卻。」在這個陰暗的小房間裡，詔諭似乎比平時更加高大。他赤裸著胸膛，雙肩寬闊，保養良好的身體上遍布肌肉棱線，胸前蜷曲的毛髮形成了一個黑色的倒三角。他的腹部平坦，被剪裁精良的長褲褲腰包裹住，顯得格外堅實有力。塞德里克如饑似渴地看著他。詔諭知道他的目光，便發出一陣笑聲。那聲音短促，低沉而且醜陋。他搖了搖頭。「你真是又懶惰，又軟弱。你從來都無法跟上我。我真的不知道為什麼會容忍你。也許只是因為可憐你。那時你站在那裡，既羞怯又自作多情，下嘴唇不停地顫抖著，只想著你永遠都得不到那個人。而你甚至都不敢問他一次！於是我起了興致，想給你一點味道嘗嘗。」他又發出一陣刺耳的笑聲，「你真是浪費了我不少時間。現在你已經沒有任何挑戰可言了，塞德里克。我已經沒有任何東西可以教你，你也從沒有什麼東西是值得讓我學習的。你一直都知道這一天會到來，對不對？它真的來了。我厭倦了你，厭倦了你和你的嗚咽，厭倦了支付你不配得到的薪水，厭倦了你像水蛭一樣寄生在我身上。你厭惡雷丁，對不對？但告訴我，你又比他好在哪裡？至少他擁有自己的財產。至少他能為自己埋單。」

塞德里克翕動著嘴唇，想要說出話來，想要告訴詔諭，他已經做了一件非常重要的事情。龍血和龍鱗將會讓他獲得巨大的財富，而且他很願意和詔諭分享這筆財富。不要放棄我，他努力說道，不要現在就結束這一切，和別人在一起，至少讓我有機會改變你的想法。他不停地動著嘴唇，他的喉嚨緊緊繃住，但他沒有發出任何聲音，只有一滴滴龍血從他的唇邊落下。

一切都太晚了。雷丁就在那裡。那個有著一雙淫蕩的豐滿小嘴唇的雷丁，還有他那些短粗的手指，油膩的金色髮捲。雷丁就站在詔諭身邊，將一根手指的指背輕輕在詔諭赤裸的手臂上來回滑動。詔諭微笑著轉向他，眼瞼以一種塞德里克非常熟悉的方式低垂下去。然後，彷彿一隻收翅俯衝的鷹，他一下子撲上去，親吻雷丁。塞德里克看不見詔諭的臉，但他能看見雷丁的雙手彷彿海星一樣緊緊吸附在詔諭肌肉發達的脊背上，將他向自己拽過去。

塞德里克想要喊叫。他拚命用力，直到自己的喉嚨疼痛難忍，但他沒有發出任何聲音。

他們傷害了你？我應該殺死他們嗎？

「不！」這個聲音突然從塞德里克的口中爆發出來。他猛然醒來，發現自己正趴在自己浸透了汗水的床上。他窄小的艙房裡充滿了汗味。在他的周圍，一切都顯得黑暗而且模糊。沒有詔諭，沒有雷丁，只有他自己。還有一頭小紅銅龍正堅持不懈地推弄著他的意識牆壁，他依稀感覺到了她的詢問，她遲鈍的心智對他的擔憂。他緊緊閉住雙眼，把臉埋進被他當作枕頭的包袱裡，試圖拋開她的探詢。

只是一個惡夢，他告訴自己，只是一個惡夢。

但這個惡夢太像真的了。

在一個人的時候，他曾經想過詔諭也許早就想要擺脫他了。也許正是他為愛麗絲的辯護，讓詔諭得到了一直都在尋找的理由，從而能將他趕走。

他還能回想起他們的第一次是怎樣開始的，雖然回憶那個時候也需要他鼓起勇氣。詔諭的鎮定和力量吸引了他。在他們獨處的時候，在詔諭強壯的臂彎裡，他感覺到自己終於找到了安全的港灣。只要想起這個港灣，他就會變得更強壯，更大膽。就連他的父親也看出了他的變化，他認為讓自己的兒子變成了一個男人，這是值得驕傲的。

他根本就什麼都不知道！

詔諭的力量在什麼時候不再是他的庇護所，而是成為了一座牢獄？它什麼時候不再是舒適的保障，而是成為了對他的威脅？他怎麼能對事情的變化如此一無所知，完全沒有察覺到詔諭對他的改變？不得不承認，他的確是完全沒有察覺到，儘管他早就知道了。他只是踉踉蹌蹌地盲目前行，為詔諭的殘忍和對他的忽視尋找各種理由，責怪自己做得不好，裝作一切都會回到原來的樣子。

一切真的能那麼好嗎？或者那只是他給自己營造的一個夢？

他翻了個身，將臉埋進枕頭，閉上眼睛。他不會再去想詔諭，再去想他們之間的每一件事。他不會再去計較他們的關係變成了什麼樣子。現在，他甚至無心去想像他們之間會有更好的未來。更美好的夢是一定會存在的，塞德里克只希望自己能想到那是什麼樣的夢。

「你醒了？」

塞德里克一直在昏睡，但他現在的確是醒了。一道光線從敞開的門口落進他的房間裡。一個人影站在門外的逆光中。當然，那一定是愛麗絲。塞德里克歎了口氣。

彷彿這一聲歎息是對她的邀請。愛麗絲走進了房間。她沒有關閉身後的屋門。長方形的陽光大部分還落在地板上，照亮了被扔在地上的衣服。「這裡太暗了，」愛麗絲帶著歉意說，「也太壓抑了。」

愛麗絲指的是這裡的氣味。塞德里克已經有連續三天幾乎沒有走出過房間了。就算他出去，也不曾與任何人說話，而且總是一有可能就縮回到他的房間裡。獵人的學徒戴夫威負責將三餐送到他的房間裡，將空碗碟拿走。一開始，塞德里克因為饑餓而受了不少苦，而現在，他已經沮喪得不想吃什麼東西了。

「戴夫威認為你好些了。」

「沒有。」愛麗絲為什麼一定要來煩他？塞德里克不想和她說話，不想向任何人吐露自己的問題。戴夫威已經夠麻煩了，那個小子總是不知疲倦地用各種問題來糾纏他，還不停地向他講述自己那平平無奇的人生經歷。一個十五歲大的男孩，怎麼會以為自己做過讓其他人可能感興趣的事情？塞德里克只覺得這個男孩的各種亂七八糟的故事，完全不知所云，而這個男孩似乎也不明白自己在講些什麼。塞德里克懷疑卡森是在利用這個男孩刺探他。他有兩次醒過來的時候，發現那名獵人就安靜地坐在他的床邊。有一次他從惡夢中驚醒，睜開眼卻發現蹲在床邊地板上的是另一個獵人傑斯。為什麼這三個獵人都對他如此關注。他不知道。除非他們都猜到了他的祕密。

至少他還能夠命令那個男孩離開他的房間，男孩會服從他的命令，但他懷疑愛麗絲不吃這套。他突然決定試一試：「出去吧，愛麗絲。等我覺得好一些能和人見面的時候，我會出去的。」

愛麗絲只是走進房間，坐到了他的鞋凳上。「我不覺得你這樣一個人待著是好主意，尤其是我們還不知道是什麼讓你這樣病弱不堪。」她的手指在膝頭纏在一起，看上去就像是一些絞纏的蛇。塞德里克將頭轉向一旁。

「卡森說是因為我吃了不好的東西，或者是喝了什麼。」

「這話有些道理，只是我們的飲食都和你一樣，但其他人都沒生病。」

但有一種飲料，只有塞德里克嘗到過。塞德里克將這個念頭推到一旁。**不要有任何有罪的想法，不要讓這種怪異的念頭回到你的腦海裡。**

塞德里克沒有回應她。她則只是低頭看著自己的雙手。她說話的時候，每一個字都彷彿是從牙齒縫裡擠出來的一樣。「很抱歉將你一直拖到這裡，塞德里克。很抱歉我在那一天跑去救治龍，沒有認真聽你說話。你是我的朋友。很久以來，你一直都是我的朋友。現在你生病了，而真正的醫生卻遠在天邊。」愛麗絲停頓了一下。塞德里克能看出來，她在竭力壓抑住淚水。奇怪，他對這些完全不在意。也許，如果愛麗絲知道他真正面對的危險，並且因此而難過，對他有所愧疚，也許他也會對她有多一些同情。

「我已經和萊福特林談過，他說現在還不算太晚。他說哪怕我們行進到了更遙遠的上游，在秋季結束之前，卡森應該還是可以用一條小船將我們平安帶回卡薩里克。這不會很容易，而且我們要一直在露天宿營。不過我已經說服了卡森。」愛麗絲又停頓一下，因為情緒過於激動而哽咽，然後她用因為喉嚨過度繃緊而變得尖細的聲音說，「如果你想要我帶你回去，我會的。如果你這樣決定，我們今天就離開。」

如果他這樣決定。

現在已經太晚了。即使是在他要求愛麗絲和他一起回去的那個上午也太晚了，儘管他那時還不知道。「太晚了。」看到愛麗絲的反應，塞德里克才意識到自己悄聲說出了這三個字。

「莎神垂憐，塞德里克，你病得這麼重了？」

「不。」塞德里克急忙攔住了愛麗絲的話頭。他真的不知道自己病得有多重，或者自己現在算不算是「生病」。「不，我說的不是這個意思，愛麗絲。我只是說，現在想要乘一條小船返回卡薩里克已經太晚了。戴夫威早就多次警告過我，秋雨很快就會落下，當大雨降臨的時候，我們前往上游的行程將會變得更加艱難。也許到那時，萊福特林船長會認識到我們的任務有多麼愚蠢，讓駁船掉頭回去。不管怎樣，我不想在傾盆大雨中乘著一條小船在激流中穿行。這個季節肯定也不適合在野外露宿。」

塞德里克幾乎找回了自己正常的語調和聲音。也許，如果他顯示出正常的樣子，愛麗絲就會離開了。「我很累了。如果妳不介意的話……」他突然說道。

愛麗絲站起身，看上去沒有一點吸引力。她的長褲只是更加凸顯出女性腫大的臀部，她的上裝已經顯示出了磨損的痕跡。塞德里克能看出她洗過這身衣服，但她使用的水只讓這身衣服變成了灰色，而不是原先的雪白色。太陽也在她的臉上留下了很重的烙印，讓她的雀斑顏色更深，滿頭紅髮褪色成胡蘿蔔一樣的橘黃色，並且她髮夾周圍的頭髮全都被磨壞了。以繽城人的水準，她從來都不是一個美女。陽光和河水更是損耗了她的容顏。塞德里克不知道詔諭是否還願意接納她。一個貌不驚人的妻子是一回事，一個看起來會嚇到人的妻子就是另一回事了。塞德里克很懷疑愛麗絲是否想過這種可能——當她回去的時候，詔諭也許已經不會再接受她了。這是有可能的。愛麗絲從小受到的教育讓她相信，生活都有既定的道路，就算是所有事實都和這種觀念完全相反，她也看不出這其中的差別。她從不曾懷疑塞德里克和詔諭之間的關係，並非只是好朋友那麼簡單。對愛麗絲而言，塞德里克依然是她童年時代的好友，是她丈夫的祕書，現在暫時成為她的助手。這個世界都是由她所遵循的規矩為依歸的，她是那樣堅定地相信，卻看不出就放在她眼前的現實。

她帶著溫和的微笑對塞德里克說：「休息一下吧，親愛的朋友。」然後就在身後輕輕關上了門，將塞德里克關進這只超大號的木板箱裡，只剩下黑暗和他自己的思緒。

塞德里克翻過身面對著牆壁。他感到頸後一陣瘙癢，便用力搔了搔，立刻發覺指甲縫裡多了一些乾皮。愛麗絲不是唯一被太陽毀了容貌的人。他的皮膚也變乾了。他的頭髮一定像馬尾巴一樣乾燥散亂了。

他希望自己能將一切罪責都歸到愛麗絲身上，但他不能，是詔諭驅逐了他，讓他成為愛麗絲的旅伴。塞德里克則抓住了這趟旅程能給予他的一切機會。是他自己謀畫著要趁機收穫一塊龍肉、一片鱗或一滴血。為了保存收穫物，他做了精心的準備。貝佳斯提．柯雷德正在等待他的訊息。想必作為中間人將這種禁忌商品獻給恰斯大公時，那個商人一定也能發一筆財。

在自己的白日夢裡，塞德里克回到了繽城，向詔諭展示了他的收穫物。詔諭則幫助他為自己的商品談了一個最好的價格。在那些夢裡，他們賣掉了那些商品，再也沒有返回繽城，而是在恰斯國過著富足的生活，或者是在遮瑪里亞，或者海盜群島，甚至也許是更加遙遠的地方，在那個幾近於神話的香料群島。在另一些夢裡，塞德里克將自己新獲得的財富隱藏起來，直到他在一個遙遠的地方建立起奢華的隱居生活。還有一些夢裡，他和詔諭趁夜乘船悄悄離開，一同去尋找新的生活，不再需要任何謊言或偽裝。

而最近，塞德里克又有了其他的白日夢。它們更加苦澀，但也帶著更加鋒利的甜美。他想像自己返回繽城，發現詔諭用那個該死的雷丁取代了他。在那些夢裡，他只是自己一個人帶著財富居住在恰斯國，在很久之後才讓詔諭知道他本可以得到些什麼。如果他能更珍視塞德里克，如果他的心更真誠一些，他也能得到這樣的生活。

現在，所有這些夢看上去都是如此愚蠢而淺薄，簡直是一些青春期的妄想。塞德里克拽起令人發癢的羊毛毯子，蓋住肩頭，更用力地閉住眼睛。「我也許永遠都不會再回繽城了，」他開口說道，他想要強迫自己面對這個問題，「即使我回去，我可能也再不會是個神智清醒的人了。」

片刻之間，他放開對自己的束縛，不再努力告誡自己是塞德里克。她立刻就站在了一直沒到臀部的冷水中，迎著冰冷的急流跋涉前進。他感覺到她的肚子上被萊福特林的柏油堵住的傷口，感覺到她在模糊地向他摸索，向他乞求陪伴和安慰。他不想給她這些。但他從來都不是一個鐵石心腸的人。當她侵入他的意識，向他哀求的時候，他不得不予以回應。*妳比妳以為的更強壯*，他對她說，*繼續前進，跟著其他龍，我的紅銅美人。妳很快就會有更好的生活了。但現在，妳必須強大起來。*

一陣溫暖的感謝淹沒了他。沉浸在其中是如此容易。但他只是讓這股暖流自行退去，並繼續鼓勵她將那可憐的一點心智集中在吃力的步伐上。在他心中仍然只屬於他的一個角落裡，他開始思考，是否有辦法能夠擺脫這種他不想要的共感？如果那頭紅銅龍死了，他會為她感到哀傷嗎？還是只有奪回自由的美妙感受？

愛麗絲回到廚房的餐桌旁，在萊福特林的對面坐下。船長的手中還是拿著一杯黑咖啡。在他們周圍，船員們正努力讓駁船向前行駛，就像蜂巢中的蜜蜂一樣不停地來回奔忙。舵手緊握著舵柄，撐篙手邁著穩定的步伐在船舷邊前後走動。透過艙室的視窗，愛麗絲能看到軒尼詩和貝霖正在右舷進行這種沒有盡頭的迴圈。那只橙色的船上小貓格裡格斯比，正趴在船欄杆上看著水面。卡森已經在黎明之前起身，前往上游去執行日日不輟的狩獵工作。戴夫威還留在船上，這個男孩似乎格外關心塞德里克，他甚至不允許其他人為生病的塞德里克準備飯食或是服侍這位病人。這樣在粗野環境中長大的孩子，竟然會如此傾慕一個精緻優雅的年輕貿易商，這讓愛麗絲感到可愛卻又煩惱。萊福特林曾經兩次低聲反對過這件事，但愛麗絲摸不準船長這樣抱怨時的真實心情，於是就只能對此視而不見了。

通常在這個時候，廚房中只會剩下她和萊福特林兩個人，他們能夠共同享受一段單獨相處的平靜時光。但今天，獵人傑斯也留在廚房中。雖然他幾乎一言不發，但在這艘駁船上還是一個非常惱人的存在。無論愛麗絲去那裡，都會看見他就在附近。昨天愛麗絲有兩次一抬頭就發現他正在盯著自己。他甚至還看著愛麗絲的眼睛，意味深長地點了點頭，彷彿他們之間已經達成了某種協定。愛麗絲覺得自己一輩子都不會明白他到底有什麼打算，為此愛麗絲還和萊福特林討論過，不過傑斯似乎又總是潛伏在能夠偷聽他們說話的地方。

這個獵人讓愛麗絲很不舒服。她已經習慣了雨野原在萊福特林身上留下的印記，將這些當作他的一部分坦然接受，只有當陽光在他眉間的鱗片上映出反光的時候，她才偶爾會注意到。不過那並不讓人反感，反而別有一種情趣，而傑斯身上的印記給愛麗絲的感覺完全相反。看到他，愛麗絲不會想到一頭龍，甚至不會想到蜥蜴，而是只會想到一條蛇。他的鼻子扁平地貼在臉上，鼻翼變成了兩道狹縫。他的眼睛分得很開，彷彿是想要生在他的頭側，而不是臉上。愛麗絲不會以相貌評判一個人，她對此總是引以為傲，但她沒辦法在看到傑斯的時候感覺心情愉悅，更不要說認真和他交談了。

所以，當傑斯在場的時候，愛麗絲就只會聊一些無傷大雅的日常話題。她故作輕鬆地說：「嗯，塞德里克今天看起來好一些了。我問他是否想要乘小船返回卡薩里克，但他說不想那麼做了。我相信他是覺得那樣的旅程過於危險，畢竟秋雨就要來了。」

萊福特林抬起眼睛看著她，「所以你們兩個都會繼續參加這次遠征，無論我們還要走多遠？」愛麗絲從他的聲音中聽出了一百個問題，她試著回答所有這些問題。

「我想，我們會的。我知道我很想看到這趟旅程的終點。」

傑斯放聲大笑。他正靠在廚房門口，看上去是在眺望河面。他沒有向他們轉過頭，也沒有說一句話。愛麗絲的目光再次掃過萊福特林。萊福特林看著她的眼睛，但對於那個獵人的怪異舉動，船長似乎沒有任何反應。愛麗絲覺得自己也許是反應過度了。於是她改變了話題。

「你知道嗎？在我來到這裡以前，我完全不知道在這裡建立起城鎮的雨野原人要面對著什麼樣的環境。我一直都以為，在如此寬廣的河谷中，人們總能找到一些乾燥的地面。但這裡完全沒有牢固的地面，對不對？」

「只有沼澤，水塘和溼地，」萊福特林確認了她的猜測，「就我所知，全世界都不會再有這樣的地方了。最早來到這裡的定居者繪製了一些這裡的地圖。他們曾經嘗試探索這一地區。在他們留下的一些地圖，顯示上游地區有一片大湖。據說那片湖根本望不到邊際。另一些地圖上繪製了超過一百條支流匯入到雨野原河中。一些支流很小，另一些則相當大。它們的河床都是蜿蜒曲折。一些年份中，兩條支流會合併在一起；一年之後，這一股大支流又會變成三條小溪；再過兩年，那一整片地方都會變成沼澤，根本無從分辨溪水或河流。

「有時候森林中的地面看起來是牢固的，有時候人們會找到一片他們以為是乾燥地面的地方，在上面蓋房安居。但那種所謂的『乾燥地面』越是平坦，也就會越快消失。地下水很快就會穿透地表，讓那裡迅速變成沼澤。」

「但你認為在上游的某個地方，會有真正乾燥的地面供龍群定居？」

「我和妳都是這樣猜的。我相信一定有這樣的地方。水總是向下流淌，所有這些水肯定都來自於某個地方。問題是，我們能走那麼遠嗎？會不會不等我們接近這條河的源頭，一切就都已經變成了沼澤？我相信再不會有一艘船能比我們向上游走得更遠了。柏油人號能夠到達其他船舶都無法深入的地方，但如果河水淺得連柏油人號也無法通過了，我們的旅程肯定就結束了。」

「嗯，我希望我們至少能夠在今晚找到一片不錯的河灘紮營。賽瑪拉一直在為龍的腳爪擔心。長時間浸泡在河水中對他們非常不好。她說辛泰拉的一根爪趾已經開裂了，她不得不為她將那根爪趾修剪並綁紮好，並用柏油包裹住她的爪子。也許我們應該對所有龍的爪子都這樣處理，以免他們受傷。」

這個主意讓萊福特林皺起了眉頭。「我沒有那麼多柏油。我想，我們只能希望今晚能夠有一片更加乾燥的地面宿營了。」

「我們應該修剪他們的爪子。」傑斯突然說道。他闖進了艙室和他們兩個的交談之中，將桌子一端的凳子抻出來，重重地坐在了上面。「好好想一想，船長，我們將那些龍的爪尖削下來，塗上柏油。聽我的，這樣對大家都有好處。」他的目光從萊福特林轉向愛麗絲，又轉回來，向他們兩個咧嘴一笑。他的牙齒很小，稀疏地分布在一張大嘴裡，那種像是嬰兒一樣的天真笑容出現在一個男人的臉上，看起來非常詭異，甚至讓愛麗絲感到一陣不安。萊福特林似乎也有著和愛麗絲同樣的反應。

「不。」船長明白地說出這個字，意味深長地瞇起眼睛，「不，傑斯。這是我最後的回答。不要再鼓動這件事了。現在不行。不要再和我們說，也不要去和守護者們說。」

傑斯向後靠住艙壁，將穿著靴子的腳搭在面前的凳子上，帶著一絲洞悉隱祕的笑容問萊福特林：「是因為迷信嗎？我一直都認為你是個能在這個世界裡拿得起放得下的男人，一位船長是不會被那些古老的雨野原教條束手束腳，沒想到你會這樣偏狹。我們需要因應形勢制定一些新的規矩了，已經有守護者明白這件事了。」

萊福特林慢慢站起身，將雙拳杵在桌子上，指節抵住桌面，肩膀繃緊，探頭逼向那名獵人，用低沉的聲音說：「你就是個混蛋，傑斯。一個混蛋和蠢貨。你甚至不知道自己在說些什麼。為什麼你不去幹你收了酬金應該幹的事？」

萊福特林的身體擋在了傑斯和愛麗絲之間，彷彿是在保護愛麗絲。儘管一直心懷忐忑，但愛麗絲還是對船長充滿了感激。她從沒有見到過船長如此清晰地表現出怒意，卻又如此強有力地克制住自己。這讓她感到害怕，卻又讓她的心中湧起了一股強烈的愛意。她突然間明白了，這才是她一生都在渴求的男人。

儘管萊福特林氣勢洶洶，傑斯卻似乎還是不為所動。「去做我收了『酬金』後應該做的事？我們現在不正在談這件事麼，船長？我們都收了酬金。而且遲早我們應該坐下來好好談談該如何把我們的事情做好。」他歪過身子，繞過萊福特林，向愛麗絲投來一個別有深意的微笑。愛麗絲感到一陣驚駭。他在說什麼？

「這沒什麼可商量的！」萊福特林的的聲音震得窗戶直響。

傑斯的目光猛地回到了萊福特林身上。他的聲音突然壓低了，其中充滿了警告的意味，「我可不打算被蒙在鼓裡，萊福特林。如果她也想分一份，那就一定要通過我。我不會任由你招攬新的合夥人，只為了你自己的一點甜蜜交易就讓我吃虧。」

「出去。」萊福特林的聲音從咆哮又減弱到幾近耳語的程度，「現在給我出去，傑斯，去狩獵。」

也許傑斯能看出來，萊福特林已經被他逼到了極限。船長並沒有說出任何威脅的話，但殺意已經明顯瀰漫在空氣中。愛麗絲感覺自己的每一次心跳，都如同雷鳴一般撞擊著她的全身。她感覺無法呼吸。隨後可能發生的事情讓她驚恐萬分。

傑斯將腳甩到甲板上，靴子和木板發出響亮的撞擊聲。他不慌不忙地站起身，就像貓要伸一個懶腰，才在一條惡狗面前轉過身。「我會去的，」他輕鬆地說，「這事下次再說，」他一邊說，一邊向門口走去。當他繞出門口，但話音還能傳進屋裡的時候，他說道，「我們全都知道，會有下一次的。」

萊福特林身子探過餐桌，伸手抓住門邊，用力將門摔上，震得桌子上的杯子全都跳了一下。「這個雜種，」他吼道，「這個沒良心的雜種！」

愛麗絲發現自己正在用雙臂緊抱住身子，不停地顫抖。她說話的時候，聲音也在打顫，「我不明白。他在說什麼？他想要和我談什麼？」

萊福特林一輩子都不曾這樣憤怒過。在盛怒之下，他知道那個該死的獵人也喚醒了他心中的恐懼，他害怕的不是傑斯錯誤判斷了愛麗絲的身分，而是傑斯的猜測有可能徹底毀掉他在愛麗絲眼中的好形象。

他不敢回答愛麗絲的問題，只能讓這個問題懸掛在他們之間。但他知道，這個問題會像鋒利的匕首一樣將他們兩個切成碎片。於是他選擇了唯一安全的方式。他向愛麗絲說了謊：「沒有事，愛麗絲。一切都會好起來的。」

不等愛麗絲問什麼沒有事，什麼會好起來，萊福特林已經用他唯一可能的方式止住了她的話語。他將愛麗絲拉起來，把她抱進懷中，緊緊地抱著她，向她低下頭。這一切都是錯的。他看見她那一雙柔嫩的小手按在他粗糙骯髒的襯衫上。她的髮絲間飄散出芳香的氣息，那一頭紅髮是如此纖細綿軟，輕輕摩擦著他留有鬍渣的下巴。他能感覺到她有多麼嬌小、多麼精緻。在他手裡的女上裝顯得格外輕柔。她皮膚上的暖意慢慢滲進他的手心裡。從任何角度講，她都站在他的對立面上。他沒有權利碰她，完全沒有權利。即使她不是一位已婚女士，即使她沒有受過教育，舉止不是如此高雅，像他們兩個這樣截然不同的人在一起，依然是個錯誤。

但她沒有掙扎，沒有高聲求救，兩隻手沒有捶打他的胸膛。那兩隻手緊緊抓住了他的粗布襯衫，把他向她拽過去，讓她緊挨著他。他們的每一寸一分都完全相反，但現在的每一點一滴又都是如此美妙。很長一段時間裡，他只是靜靜地抱著她，忘記了傑斯的狡詐，自己的弱點，還有他們都會面臨的危險。這時間又是如此短暫。但無論以後的道路會有多麼複雜，至少這一刻是如此簡單又完美。他希望自己能停留在這一刻，不再前行，甚至不再去想那些艱困複雜的危局。

「萊福特林。」愛麗絲靠在他的胸前，念著他的名字。

換做別的時候，別的地方，這代表著一種許可。但在此時此地，它只是打破了萊福特林的陶醉。這一刻他們短暫的擁抱結束了。這是萊福特林能夠從另一種人生中得到的一切。他又微微低下頭，讓自己的嘴唇擦過愛麗絲的頭髮。然後，他沉重地歎了口氣，放開愛麗絲，喃喃地說出違心的話：「抱歉。抱歉，愛麗絲，我不知道自己是怎麼了。我猜我不應該讓傑斯那樣激怒我。」

愛麗絲還抓著他的襯衫。兩隻小手沒有絲毫放鬆。她的眉毛抵住他的心口。他知道，她不想讓他離開。她不希望他停止這已經開始的一切，讓她鬆開手，就像是拽開一隻緊貼著自己的小貓。更為艱難的是，他自己也根本不想這樣做。他從沒有想到過會是自己輕輕將這位女士推開，「只是為了她好。」但他更沒有想到過自己會落到如此危險的地步。在尚未解決傑斯、徹底了結自己的問題之前，他不能讓愛麗絲做出任何錯事，不能讓她成為被用來攻擊他的武器。

「感覺水流變亂了，我要和斯沃格說一聲。」他說了謊。這能夠讓他離開船艙，離開她。這樣她就無法再問被傑斯引出來的那個問題。這也能讓萊福特林有機會確認傑斯真的離開駁船，去進行狩獵了。

當萊福特林將愛麗絲輕輕推開的時候，愛麗絲困惑不解地抬頭看著他：「萊福特林，我……」

「我不會去太久。」萊福特林做出承諾，然後就轉過了身。

「但是……」他聽見愛麗絲還在說話。但他已經將艙門輕輕關閉，隨後就快步走開了，直到離開了舷窗的視野，他才轉過身向船欄杆走去，他不需要和斯沃格或者其他任何人交談。他也不想讓任何船員知道他讓他們落入了怎樣一種境地。該死的傑斯和他狡詐的威脅，還有那個該死的恰斯商人和那個管不住自己嘴巴的該死木匠。而他自己更是該死，將所有這些人都捲進了他的一團亂的生活中。當他第一眼看到那塊巫木的時候，他就知道那東西會給他帶來大麻煩。為什麼他沒有把那塊木頭丟在原地？為什麼沒有向龍群與議會報告此事？萊福特林知道，現在任何人都不能占有巫木，更不能使用它。但他已經這樣做了。因為他愛他的船。

他感覺到一陣憂慮從柏油人的欄杆上湧過來。他抓住光滑的木欄杆，輕柔地對這艘活船說：「不，我一點也不後悔。這是你應得的。我只是滿足了你的需要。我才不在乎其他人是不是理解，我也不想找任何理由。我只希望這不會給我們帶來麻煩。就是這樣。我會想辦法解決這個問題。你看著吧。」

彷彿是在向船長表達自己的感激和忠誠，萊福特林感覺到這艘船的速度加快了。船舵那裡傳來斯沃格的笑聲。舵手又喃喃地說道：「天哪，怎麼這麼快？」撐篙手也全都加快腳步，好趕上船的節律。萊福特林雙手鬆開船欄杆，靠在艙室的牆壁上，把手插進衣兜裡，任由他的船員們自行去工作。他什麼都不需要對船員們說，那些船員們也都知道不要去打擾正在沉思中的船長。船長遇到了問題，他會自己解決問題，不需要他們之中任何人的幫助。這才是船長之道。

萊福特林從衣袋中掏出菸斗，又從另一隻衣袋中掏出菸草。當他意識到自己沒辦法回廚房去將菸斗點燃，便又將這兩樣東西塞回到了衣袋裡。他歎了口氣。按照雨野原貿易商的慣例，他是一名貿易商。利潤對他來說才是最重要的。但忠誠和良心又該放在什麼位置上？那些恰斯人找到他，帶給他一個能掙大錢的計畫。只要他願意背叛雨野原，將一隻有理智和情感的生靈當作牲畜一樣宰殺掉，他就能獲得一筆財富。他們披著威脅的外衣來和他做交易，這正是恰斯人標準的生意模式。先是在雨野原河口，一個「糧食商人」大搖大擺地登上了柏油人號。作為一個恰斯人，辛納德．亞力克算是把話說得夠明白了。恰斯大公將他的家人盡數關押當作人質，所以這名恰斯商人會不擇手段地為那個病弱的老人獲得龍的器官。

萊福特林本以為那個人在崔豪格上岸之後，他們就再不會有關係了，以為他和他的船受到的威脅就此結束，但事實絕非這麼簡單。當一個恰斯人抓住了你的把柄，他就絕不會鬆手。就在萊福特林到達卡薩里克，準備開始這次遠征的時候，有人上了船，在他的門外留下一隻小紙卷。這封密信告訴他，他的船上會有一個人執行收集巨龍器官的任務，如果萊福特林與那個人合作，就能得到豐厚的報酬。如果他不合作，他們就會告發他私自使用巫木的行為——這會毀了他，他會做不成船主，做不成貿易商，甚至無法做人，或許還會損害他在愛麗絲眼中的形象。

最後這個疑慮要比前三個更加嚴重。萊福特林從來都沒有覬覦過恰斯人的報酬，但他不知道自己是否會在他們的威脅下屈服。現在他知道了：自己不會。當他震驚地從巨龍守護者們的議論中聽到格瑞夫特的主張時，他就知道將會出賣他的人是誰了。不是格瑞夫特，這個年輕人自稱受過教育，整天談論他的激進思想，但萊福特林以前見過他的家人，這個孩子的政治主張和「新思想」，都太膚淺了，他只是受到了另一個年長者的蠱惑。也不是卡森，想到這裡，萊福特林會感到一些安慰。他不必在這件事上和一位老友為敵，這實在是值得慶幸的事情。

是傑斯。那個在卡薩里克上船的獵人。表面上他受雇於卡薩里克的雨野原商人議會，任務是在這一路上為龍群提供食物，或者是商人議會根本不知道傑斯還有另一個雇主，或者是那個議會的腐敗程度已經到了萊福特林不願去想的程度。現在這不是他能夠擔心的事情。那個獵人才是他關注的焦點。他親眼看到，傑斯和格瑞夫特交了朋友，每晚在營火邊教導他使用狩獵工具，趁機向他灌輸了那些想法。萊福特林看得出來，傑斯塑造那個年輕人的概念，在他們的交談中加入複雜的哲理思辨，並讓他以為的守護者同伴們都太過單純、缺乏教育，不可能理解這些道理。傑斯說服那個男孩，身為領袖，意味著要走在眾人之先，為了「更偉大的利益」做出不可思議的事情，因為其他人的心腸都過於軟弱，看不見必然的規律。傑斯強化了格瑞夫特的看法，讓他相信自己就是巨龍守護者們的首領。沒那麼簡單，我的朋友。萊福特林想起，其他守護者在提起格瑞夫特的主張時，都流露出了怎樣的表情——他們全都非常驚駭。就連總是跟著格瑞夫特的那兩個笨蛋——凱斯和博克斯特也不願意跟著他跳進這個陷坑。那時他們彼此對望著，就像兩隻小狗崽一樣滿臉困惑。很明顯，格瑞夫特以前根本沒有和他們聊過這種想法。

所以，萊福特林知道這種有毒的思想是從哪裡來的。傑斯。傑斯會讓這些謊言變得有道理又符合實際。傑斯會讓他相信，一位真正的領導者有時必須做出艱難的決定。真正的領導者有時必須採取危險的，不合人心的，甚至是不道德的行動，只要這樣做是為了追隨他的人，就是值得的。

比如肢解一頭龍出售給外國人，以填滿自己的荷包。

那個愚蠢的年輕人，完全聽從了比他更年長、更有智慧的獵人，甚至以為這些都是他自己的想法。在這種罪惡的主張被公開之後，只有格瑞夫特在承受人們的譴責。傑斯和另一些守護者的友誼更是不會有絲毫損失，他還能以此觀察絕大多數守護者對於屠龍獲利的看法。這是非常可惜的，萊福特林在內心中覺得格瑞夫特的確擁有成為這支隊伍首領的潛質，但他必須在這一路上解決掉自己的種種問題。萊福特林相信，現在他和其他守護者之間的分歧，就是他的問題之一。如果這個年輕人有勇氣，他會從這次失誤中學習到經驗並繼續前行。如果他做不到，那麼總有些水手能夠成長為船長，但另一些水手就連船副都混不上。

不管怎樣，格瑞夫特的不幸如同一盞明燈被高高舉到萊福特林眼前。他之前就一直都在懷疑傑斯，但直到那一天他才徹底確認，那時萊福特林第一次私下找到傑斯，指出他就是那個被恰斯商人雇傭的人，傑斯甚至連冷顫都沒有打一個。他立刻承認了這件事，並說既然事情已經挑明，他們的任務就會更加容易了。直到現在，當萊福特林想起那個虛偽的雜種是如何向他微笑的時候，都會禁不住咬緊牙關。那時傑斯建議他放慢船速，讓守護者、龍群和其他獵人走到前面去，那時他們就能輕而易舉地處置被落在最後面的那頭龍。「只要我們結束了那個可憐傢伙痛苦的生命，把它分割好，收拾起來，就能立刻調頭返回開闊河面。我們不需要在崔豪格和卡薩里克停泊，可以趁黑夜從那兩座城市旁邊溜過去，帶著我們的貨物徑直前往海岸。我有一種特殊的訊號粉末，只要到了那裡，我就能用一點火苗升起一股亮紅色的煙柱——用你的廚房中的爐子就行。到時候會有一艘船來接應我們。我們去恰斯國，就能得到你和你的船員們甚至想像不出該怎樣花用的大筆金錢。」

「柏油人號上並非只有我和我的船員。」萊福特林冷冷地向他指出。

「這一點我早就想到了。那個女人明顯是喜歡你的，當然，這件事我不會對別人說。你應該對她強硬一些。告訴他，你要帶她去恰斯國，讓她過上貴族生活。她會跟你走的。還有那個跟著她的漂亮小子。他只想回到文明世界中去。我相信他也不會在乎你帶他去哪裡，只要不是雨野原就好。如果你願意，這筆生意也可以算他一份。」說到這裡，傑斯的嘴咧得更大了，「或者直接除掉他。這對我沒什麼區別。」

「我絕對不會放棄柏油人號。我的駁船不適合前往恰斯國的海路。」

「是嗎？」這個恰斯人的走狗側過頭，「在我看來，你的駁船比看上去要厲害得多。它肯定能適應很多不同的水域。而且，如果賣掉龍的錢還不能讓你滿意，我打賭這艘駁船能讓你得到幾乎同樣多的一筆錢。畢竟它經過了『特殊設計』。無論整船出售還是分割成碎片，肯定都價值不菲。」

面對萊福特林憤怒的目光，傑斯絲毫沒有退縮，甚至臉上還帶著那種下流的笑容。他知道。他知道柏油人是什麼，也知道萊福特林曾經找到過什麼，又用找到的東西做了什麼。他在用微笑告訴萊福特林：他們彼此是一丘之貉，沒有什麼差別，萊福特林也曾經為了自己的利益做過龍肉買賣。

如果萊福特林揭發傑斯，傑斯一定也會還以顏色。萊福特林感覺到柏油人在向他探詢。他快步走到船欄杆後面，將雙手放在閃動銀色光澤的木欄上。「不會有事的，」他向他的船保證，「相信我。我會想出辦法。我一直都有辦法。」

然後他抽回雙手，向斯沃格走去——他擔心愛麗絲這時會碰巧來到甲板上。

斯沃格像以往一樣沉默寡言，正靠在舵柄上，雙眼盯著河面，彷彿陷入了某種遙遠的夢境。萊福特林突然意識到，他已經不年輕了。是啊，他知道自己也不再是一個年輕人了。他計算了一下他們在一起的歲月，想到他們一同經歷過的一切。那些日子有好也有壞。當萊福特林透露發現了，並表明將會如何使用它的時候，斯沃格完全沒有質疑過他的船長。他有權利在這件事上表明自己的態度，但他沒有。他可以要求得到一塊巫木作為封口費，然後帶著巫木離開駁船，用賣巫木的錢過上富足的生活。但他沒有。他只提了一個要求，一個他早就應該提出來的簡單的要求。「有一個女人，」那時他緩緩地說，「一個優秀的女水手，能在船上做很多事情。如果我現在留下來，我知道自己就要永遠留下來。她是那種很容易相處的女人，能夠永遠成為這艘船的一份子。你會喜歡她的，船長。我知道你會的。」

於是貝霖就成為了斯沃格簽下的契約的一部分。對於這份契約，沒有任何人絲毫感到後悔。貝霖上了船，掛起她的行李包，縫製了一幅簾子，讓她和斯沃格有了一點私人空間。柏油人從一開始就很喜歡她，於是柏油人成為了她的家，她成為了柏油人生活的一部分。她和斯沃格在很久以前就失去了他們和岸上親人的聯繫。斯沃格對自己的生活很滿足。現在，他用一雙大手抓住舵柄，做他每日不輟的工作。看到掌舵的舵手，萊福特林忽然想起斯沃格幾乎像他一樣了解柏油人，熟悉這艘船，並且對他無比鍾愛。

「他今天走得怎麼樣？」萊福特林問舵手，彷彿自己並不知道一樣。

斯沃格看了他一眼，似乎有一點因為這個無用的問題感到驚訝。「走得很好，船長。」他回答道。像以往一樣，舵手的聲音非常低沉，只有很熟悉他的耳朵才能分辨出他的意思，「他在隨心所欲地馳騁。這裡的河底很不錯。不像昨天那樣都是淤泥。我們正在順利前進。這一點毫無疑問。今天我們能走很遠。」

「很高興聽到你這樣說，斯沃格。」萊福特林說完這句話，就讓船夫繼續沉浸在自己的夢境。

柏油人在那一年經歷過一番艱難的轉變。當時萊福特林辭退了他的大部分船員，只將巫木的祕密和他將如何使用巫木的計畫，透露給了他認為能夠保守祕密並留下來的人。任何撐篙手只要在柏油人號上工作過，就會立刻察覺到他和普通駁船的不同。現在他的每一名船員都是他精心挑選的，願意一生都留在這艘船上。軒尼詩把一切都給了這艘船。貝霖喜愛這種船上生活。埃德爾的話比船錨多不了幾句。至於說絲凱莉。這艘船可以說就是她的財產。這個祕密應該是安全的。

但它還是沒能被守住。現在他們全都有了危險，包括他的船在內，如果商人議會知道了他做的事情，又會有什麼反應？龍群會有怎樣的反應？萊福特林攥緊拳頭，咬緊了牙。現在要回頭已經太晚了。

他繞著甲板緩慢地走了一圈，檢查各種不需要檢查的細節，發現一切都井井有條。傑斯和他的小船已經不見了。這樣很好。他思考片刻，拿出隨身攜帶的萊姆酒瓶，將一瓶酒都倒在船外的河水中。「願他不會再回來。」他殘忍地向埃爾祈禱。眾所周知，神明埃爾不會為祈禱所動，不過有時祂的確會接受賄賂。通常萊福特林敬拜的都是莎神，或者不信任何神明，但有時候，一位異教神的殘酷，也可以成為一個人最後的依靠。

或者還算不上是他的最後憑依，畢竟他還能親手殺死傑斯……

他不喜歡這樣想，並不止是因為他非常確定一定很難殺死那名獵人。他不喜歡自己成為一個遇到阻礙就靠殺人來解決的人。但傑斯已經清楚地表明，他會比一個阻礙可怕得多。

在水上，萊福特林知道許多殺人的辦法，而且有許多辦法都能讓謀殺看上去只是一起意外。他冷冷地考慮著這件事。傑斯強橫而且聰明，萊福特林覺得自己今天向他吼叫非常不明智，他應該裝作對傑斯的提議很感興趣，應該假意接近他，提議和他一同在深夜襲擊沉睡中的龍。這會是一個幹掉他的好機會。不過那個傢伙真的激怒了他，讓他完全沒有辦法進行策略性的思考。他痛恨傑斯向愛麗絲諂笑的樣子，那隻老鼠知道萊福特林對愛麗絲有著怎樣的感情。他有一種預感，傑斯會非常高興地毀掉他們的關係，只是因為他能這樣做。上一次愛麗絲帶著龍鱗回到船上，興奮地向所有人展示那片鱗的時候，萊福特林看見了傑斯的表情——那個獵人的眼睛裡燃燒著貪婪的火焰。那時萊福特林就為愛麗絲感到擔憂了。他一邊想著這些事，同時間彎腰整理一根已經盤捲得非常整齊的纜繩。

前天晚上，傑斯帶著他的新計畫來找萊福特林。他堅持塞德里克會參與「他們」的計畫，卻又拒絕講明他是根據什麼做出的這個推斷。這讓萊福特林感到很是惱火。不過萊福特林曾經兩次看到他在那個病人的屋外晃蕩。他臉上那種嘲諷的冷笑清楚地表明，他以為萊福特林、愛麗絲和塞德里克正在合謀對付那些龍，而他相信自己能夠擠進這個聯盟並讓這個聯盟為他所用。他遲早會找上塞德里克，而塞德里克當然會以為萊福特林早就和傑斯有串通。萊福特林完全能想像：當那個繽城人聽到傑斯說萊福特林可以綁架愛麗絲、帶她前往恰斯國的時候，會有怎樣的反應。傑斯肯定也認為只要有足夠多的錢，塞德里克同樣會高興地逃亡到恰斯國去。如果愛麗絲知道萊福特林正在等待一個機會宰殺一頭龍，她又會有什麼樣的反應？

那個獵人是一個無法控制的大炮，萊福特林必須將他幹掉，冰冷的決心在他的心中凝固。他能感覺到柏油人也接受了這個決定，得到活船的回應，船長幾乎鬆了一口氣。

殺死傑斯一定會造成一系列的後果。即使他能讓這件事看起來像是一起意外。如果失去了和傑斯的聯絡，恰斯商人辛納德．亞力克一定會懷疑他的雇員出了什麼事。那就讓他去懷疑吧！雨野原河是一個危險的地方，許多和傑斯一樣幹練強悍，甚至比他更優秀的人都死在了這裡，萊福特林感覺到自己的決心已經滲進了全身的骨髓裡。傑斯一定要死。

但傑斯必須配合他走上這條死路，這就意味著他必須說服傑斯相信他已經改變了心思。他不知道自己是否能讓傑斯相信他已失去了對愛麗絲的興趣。如果傑斯不將愛麗絲視作用於對付他的武器，也許就不會再去騷擾愛麗絲。在那以後，他只要等待正確的時機就好。

柏油人碰了他一下。「什麼？」他站起身問他的船，同時他的目光飛快地掃過周圍，卻沒有察覺到任何危險。儘管他以可能發生事故為理由，暫時離開愛麗絲的身邊，但這段河道實際上相當平緩，河兩岸是一直延伸進入水中的蘆葦，駁船就在蘆葦之間穿行。這裡一定很適合捕魚。萊福特林猜測龍群在今天的行進途中一定能找到不少食物。

這時他看見蘆葦叢後面的樹林抖動了一下。每一棵樹都在顫抖。還有幾棵樹掉落了一些枯葉和細枝。眨眼間，蘆葦叢中像是掀起了一片波濤，浪峰一直將河水捲入，河水連同水草一同抖動。衝擊波撞上船殼，又湧了過去，幾乎完全消失在深水中。

「地震！」斯沃格在船尾高聲喊道。

「地震！」大埃德爾向小船上的守護者們高聲示警。

「全體注意！」萊福特林大喊著發出命令，「讓柏油人儘量遠離河岸，但不要離開河底，小心！」

「小心！」撐篙手們紛紛用喊聲回應。

隨著柏油人一點點遠離河岸，萊福特林看到又一陣浪濤從樹林中掀過來。在河岸上，樹葉細枝和舊鳥巢如同雨點一般灑落下來。轉眼間，一道接一道蘆葦朝河面低頭，然後襲來撼動駁船的波浪。萊福特林皺起眉頭，但還是緊盯著樹林。地震在雨野原相當頻繁，大多是不會被人們注意到的小震動，強烈的地震不僅會危及在被埋葬的古靈城市中進行挖掘的工人，還會讓衰老朽爛的樹木倒入河中。即使這樣的大樹沒有直接擊中駁船，萊福特林也聽說過船隻被困在大片浮木中的情形。在他祖父的時代還發生過一棵參天大樹倒入河中，將河道徹底封死的事情。那時工人們用了將近六個月的時間才將河道疏通。萊福特林有些懷疑這個故事的真實性，但每一個傳說多少都有一些事實藏在裡面。毫無疑問，一定有一棵非常大的樹對河上交通造成了障礙，才會引發這樣的事。

「出什麼事了？」愛麗絲的聲音中充滿憂慮。她聽到喊聲，來到了甲板上。

萊福特林頭也不回地說道：「我們遇到了地震，而且是相當厲害的地震。現在還沒有什麼問題。看樣子，它只不過會把樹林狠狠晃一下子。沒有倒下任何一棵樹。除非隨後還會有更強烈的震動，否則我們應該不會有事。」

愛麗絲鎮定地點了點頭。整個天譴海岸很常發生地震，繽城居民也不會因為這種事而大驚小怪。不過萊福特林懷疑愛麗絲從沒有經歷過水上的地震，也不知道一顆大樹順流而下會造成怎樣的破壞。這時他想到愛麗絲可能對另一種危險也是一無所知。「有時候，地震會激發河水的酸性。不過現在河水還沒有變化。一般認為河中白色的酸性物質來自於上游的某個地方。在兩三天之內，我們也許會突然發現河水變白了，儘管這樣的事情也不一定會發生，但真正可怕的地震還會帶來一場髒雨。」

愛麗絲立刻意識到了這其中的危險。「如果河水變酸了，那麼龍該怎麼辦？守護者的那些小船，能夠抵抗住河水的侵蝕嗎？」

萊福特林深吸了一口氣，再從鼻孔中把氣呼出來。「不管怎樣，酸潮總是危險的。那些小船也許還能抵擋一段時間，但為了安全起見，如果酸性太強，我們就要將小船收到甲板並繫綁起來，守護者們也都要上駁船來。」

「那些龍呢？」

萊福特林搖搖頭。「根據我的觀察，他們的表皮很堅韌。這片荒原中的魚、鳥和一些獸類都能應對酸性的河水。當河水變白的時候，一些生物會躲避到岸上，但另一些卻彷彿渾然不知，重點是河水變白的程度，以及酸潮持續的長度。如果只是一天時間，我猜龍群應該能扛過去。我擔心的是酸潮時間可能遠超過一天。不過也許我們的運氣夠好，能找到一片相對堅固的河岸，讓龍群離開河水，等待最嚴重的酸潮過去。」

「如果沒有河岸呢？」愛麗絲低聲問。

「妳知道答案，」萊福特林回答。在他們的旅程中，這種情形只發生過一次。那天龍群一直走到晚上也沒有遇到可以休息的河岸。目力所及的範圍內只有泥水沼澤。龍群根本無法離開河水。儘管抱怨個不停，龍群還是只能在水中站了一夜，而守護者們都在柏油人的甲板上歇宿。龍很不喜歡那次經歷，但他們安然度過了那一晚。那時的水沒有強烈的酸性，天氣也很溫和。「他們只能挺過去。」萊福特林說道。他們都沒有提起強酸會如何腐蝕龍的傷口和身上柔軟的部位。

片刻的沉默過後，萊福特林又說道：「愛麗絲，在這趟旅程中，這個危險一直都是存在的。實際上，這正是我們永遠無法擺脫的最大危險。雨野原的第一批『定居者』其實已經放棄了這個地方。沒有任何神智清醒的人會出於自己的意願來到這裡。」

「我知道我們的歷史，」愛麗絲有些唐突地打斷了船長的話，然後她又略帶笑容說，「我來到這裡，肯定是出於我自己的意願。」

「是的，繽城的歷史也就是雨野原的歷史，但我認為我們居住在這裡的時間，還是要比你們長一些。」萊福特林靠在船欄杆上，感覺到腳下便是堅定的柏油人。他分別向大河的上下游各瞥了一眼，「這條河中有一些怪異的水流，會以我們想不到的方式影響到這裡的所有人。崔豪格在這個世界上肯定不算是容易居住的地方，卡薩里克也不會比它好。但沒有了這兩座城市，繽城就不會有古靈寶物能夠出售。所以，沒有雨野原，也就不會有繽城現在的樣子。但我要說的是，經歷了一個又一個世代，一個又一個十年，不斷有年輕的探險者們立誓要找到一個更好的安居之地。他們出發去探索上游，其中有些人再也沒能回來，回來的都做出了同樣的報告：那裡只有弗遠無界的廣闊山谷，還有許多樹林和溼地。越是深入森林，遇到的境況就越奇怪。所有沿這條河上溯的探險隊，回來之後，要不是說前方沒有了可以航行的水道，就是說大河變得越來越寬，最終在任何方向都看不到河岸。」

「但他們走得還不夠遠，對不對？我見到過許多關於克爾辛拉的描述，所以我知道那座城市的確是存在的。而且至今也還存在於某個地方。」

「令人傷心的事實是它可能就在我們的船身下面。對此我們完全無法確定，或者它距離我們只有半天路程，但位於密林深處，被苔蘚和爛泥層層包裹，或者它在我們未曾進入的一條支流上。我們已經發現的兩座古靈城市都沉沒在泥淖之中，沒有人知道他們遭遇了什麼，我們只知道它們被深埋在地下，同樣的事情也可能發生在克爾辛拉。我們知道，這裡在很久以前發生過大規模的災變。古靈文明在那場浩劫中被徹底毀滅，巨龍一族也幾乎滅絕殆盡。那場災難改變了一切。現在我們只是跟著龍群沿最有利於航行的水道前進，希望能夠有幸運的際遇。」

萊福特林向愛麗絲瞥了一眼，看到愛麗絲抿緊了雙唇，面龐在雀斑下變得慘白，於是船長讓自己的語氣變得更溫和一些：「愛麗絲，只有這種推論是合理的。如果克爾辛拉倖存下來，難道古靈不會生活在那其中嗎？如果還有古靈，難道他們不應該保護龍族生息繁衍嗎？在所有的織錦中，都顯示他們是在一起的。」

「但……如果你不相信我們能找到克爾辛拉，如果你從來都不相信我們能找到那座城市。為什麼你會參加這場遠征？」

萊福特林凝視著愛麗絲淺綠色的眼睛，「妳想要來，妳想讓我一起來。這樣我就能陪在妳身邊，即使只是暫時的。」他說出這番話的時候，愛麗絲的心意全映照在她的眼神裡。萊福特林將頭轉向一旁，「所以我做出這個決定。在此之前，當我第一次聽說這個任務的時候，我在心裡想：『哼，這個任務只有瘋子會接下。不可能有什麼成功的機會，而且我打賭，只有成功了，那些商人才會拿出一點酬金來。』不過他們的確給了我不少訂金，而且還承諾『成功之後』會給我更大的一筆錢。不管怎樣，這是一場值得期待的探險，這條河上沒有人不好奇那座城市到底藏在哪裡，我們總有機會找到它。而我一直都是一名賭徒，在這條河上討生活的人，多多少少都是在冒險，所以我接受了這場賭博。」

萊福特林終於鼓起勇氣放下了自己的賭注。愛麗絲的雙手就放在他身邊的船欄杆上。他抬起手，輕輕按住她如柔荑般柔嫩的雙手，兩個人的手碰在一起的時候，一陣顫慄湧過他的全身。愛麗絲的手被他握在手心裡，而愛麗絲的手心中正握著柏油人。一個想法飄過他的腦海。**我在這個世界上想要的一切都在這裡，就在我的手中。**

這一點心意不斷在他的心中回盪，撞擊著他的骨髓，撞進柏油人的龍骨，又共鳴回來，直到他無法分辨心緒的源頭到底在哪裡。

禱月第十二日
商人聯盟獨立第六年
來自艾瑞克，繽城信鴿管理人
致黛托茨，崔豪格信鴿管理人

密封在管子裡的信件，是高度機密的，收信人為貿易商紐弗。發信人付了額外費用，以確保這封信的蠟封不會有任何破損。

黛托茨：

我的學徒完成了各種工作。我要稱讚妳的家族養育了一個優秀的年輕人。很快就要舉行信鴿管理人的票選了，他很有可能得到晉升成為正式管理人。當然，我可以確定地告訴妳，在官方確認發布之前，他不會得到任何有關於此的訊息。

他工作做得這麼好，讓我甚至可以考慮休息一下了。我早就在考慮去雨野原進行一次旅行，參觀它的各種奇景。當然，我不會要求妳招待我的食宿，不過我非常想要和妳見一面。妳願意接受我的請求嗎？

艾瑞克

3 首次擊殺

當晃動的水面將小舟掀起的時候，所有守護者們立刻意識到了危險的到來。在他們的前方，龍突然停住了腳步，蹬直四足，用爪子緊抓住河底，等待地震波通過。銀龍發出銅號般的狂野吼聲，不停地轉動頭頸，想要同時看到所有地方。受驚的鳥雀從樹梢飛起，越過河面，用或粗或細的叫聲，宣告了災難的到來。

第二道地震波湧過來的時候，樹林中的細枝敗葉如同雨點般落下。在淺灘上，拉普斯卡喊道：「我們幸好沒有靠近河岸。那些大樹會不會倒下來砸到我們？」

還沒有聽到拉普斯卡提到這件事的時候，賽瑪拉還不曾為此擔心過。在水面上遭遇地震和在高高的樹梢上有什麼區別，她一直用心地比較著。她不知道自己的父母會不會感覺到這場地震。他們居住在崔豪格的樹冠高處，被稱為「蟋蟀籠」的、脆弱而廉價的房子裡，一場地震會讓那裡的一切都蹦跳起來。人們會高聲大喊，盡可能抓住樹枝。有時候，房屋也會在地震中掉落下去，無論是底層的沉重屋宇還是上層的簡陋棚戶，都不能倖免。這些回憶讓她的心中充滿了對父母的擔憂和思鄉之情，但拉普斯卡的好奇將她從回憶中猛然拉回，她意識到被倒下的大樹砸中和從樹冠上跌落，也許同樣危險。

「遠離岸邊。」她命令拉普斯卡，同時更加用力地把船槳戳進水中。他們很快就靠近了正停在河中的龍群。在他們周圍，守護者的船隊已經陷入一片混亂。

「不，地震結束了，看看那些龍。他們知道。他們又開始前進了。」

拉普斯卡是對的。在他們前方，龍群紛紛向彼此發出微弱的銅號般吼聲，隨後便繼續跋涉於淤泥淺水。地震時，默爾柯是他們之中第一個停下腳步的，他們也全都聚集在金龍身邊。現在他們又散開了隊形。默爾柯走在最前面，其他龍跟隨在後。賽瑪拉幾乎已經習慣於每天看到龍群在她前面涉水行進，但此時此刻，當龍群再次邁開步子，賽瑪拉發現他們已經在不知不覺中發生了改變。現在河中一共有十五頭神奇的巨獸，其中體型高大的卡羅幾乎已經相當於正常的巨龍，最小的紅銅龍肩膀幾乎不比賽瑪拉高。陽光照耀在河面上，在他們的鱗甲上映起點點輝煌。金色和紅色，淺紫色和橙色，潤澤的藍黑色和天藍色。他們的鱗甲將太陽的光輝撒回到了天空中。賽瑪拉察覺到，他們的色澤變得更加濃艷鮮明。這些巨龍不只是更乾淨了，而且顯然更加健康了。一些龍的身上出現了更多的色彩。辛泰拉的深藍色翅膀邊緣變成了銀色，她脖頸上的「肉穗」也變成了另外一種藍色。

所有這些龍都邁著沉重卻又不失優雅的步伐前進。卡羅和塞斯梯坎跟在默爾柯身後。他們一邊行走，一邊不住地揮動頭頸。賽瑪拉看到塞斯梯坎將頭探進河水中，叼起一條修長肥碩的水蛇。他用力一甩頭，不住扭動身體的水蛇突然軟綿綿地垂掛在他的口中。他一邊走一邊揚起頭，將蛇吞進肚子，就像是一隻鳥吃掉一條蟲子。

「我希望我的小荷比也能找到些吃的。我感覺到她很餓了。」

「如果她找不到吃的，我們今晚會盡力為她找到一些食物。」賽瑪拉幾乎是不假思索地說道。她突然發現，自己已經開始心甘情願地將晚間狩獵的成果與大家分享，而且她往往會先照顧最饑餓的龍。這當然不會讓辛泰拉更喜歡她，不過那頭藍龍女王對賽瑪拉一直都不算很好。應該讓她明白，忠誠是需要雙向的互動。

在那一天剩下的時間裡，賽瑪拉以為還會再遭遇一些餘震。不過就算有餘震發生，也都很微弱，賽瑪拉甚至沒有發覺。當那一晚他們在泥土河岸上紮營的時候，眾人議論的主題還是地震。大家都在擔心會有酸潮發生。吃飯的時候，所有人都在反復咀嚼著這個可能的危險，格瑞夫特突然站起身對這種擔憂表示反對。「會發生的就一定會發生，」他的語氣格外嚴厲，彷彿他認為有人會和他進行爭論，「擔心是沒有意義的，也不可能做出任何應對措施，所以我們在心裡有所準備就行了。」

他大步離開營火的光亮，走進黑暗中。在他離開之後的幾分鐘裡，沒有一個人說話。賽瑪拉感覺到了尷尬的氣氛。毫無疑問的，格瑞夫特在紅銅龍的事情上說的那些錯話，他仍然耿耿於懷，剛才他的發言只是表達了一個明顯的事實，這顯然是他又一次占據領導權的嘗試，只不過沒有取得什麼效果。現在就連他最親密的夥伴，似乎都在為他感到慚愧。凱斯和博克斯特都不再追隨他，甚至沒有朝他離開的方向看上一眼。賽瑪拉的眼睛一直盯著營火，不過從眼角的餘光中，她看到潔珥德很快就站起身，故作姿態地伸了個懶腰，然後也從人群中走開了。當她從賽瑪拉身後經過的時候，她用貓一樣的尖細嗓音道了一聲「晚安」。賽瑪拉咬緊牙，沒有回應。

「她最近怎麼了？」坐在賽瑪拉右邊的拉普斯卡高聲問道。

「她就是那種樣子。」刺青沒好氣地低聲說道。

「我相信，我不知道她是怎麼了。我要去睡了。」賽瑪拉說道。她想要離開火光，以免有人注意到她的表情是多麼尷尬。

「那麼，晚安。」刺青喃喃地說道。他的聲音有一點僵硬。彷彿賽瑪拉冰冷的回應，對他是一種責備。

「我馬上就去睡。」拉普斯卡快活地對賽瑪拉說。賽瑪拉想不出該怎樣告訴拉普斯卡，她並不真的希望拉普斯卡每晚都和她背靠在一起睡覺。有一次，她輕柔地對拉普斯卡說，她不需要別人守護她，拉普斯卡立刻快活地表示，很喜歡靠著她的後背睡覺。

「這樣更溫暖，而且如果有危險靠近，我相信妳會比我更快醒來，妳的匕首也比我的大。」於是，拉普斯卡除了白天是她的船伴之外，晚上又成為了她的床伴，這件事在其他人那裡引起了不少話題。

的確，賽瑪拉喜歡拉普斯卡，但拉普斯卡一直黏著她，讓她不由自主地感到有些氣惱。自從她看到格瑞夫特和潔珥德做的事情，她就為此苦惱不已。無論她怎樣深思苦想，都沒辦法為自己的問題找到滿意的答案。

格瑞夫特是否能為自己制定新的規矩？潔珥德也可以嗎？如果他們能做到這件事，那麼剩下的人呢？賽瑪拉非常想要找一個安靜的時間和刺青好好談一談，但拉普斯卡幾乎總是跟在她身邊。就算是拉普斯卡不在，希爾薇也總是跟著刺青。賽瑪拉更是不知道自己能告訴刺青她看見了什麼。不過她知道，她很想和某個人談談這件事。

她在那一晚剛剛回到營地的時候，的確認真想過是否應該去找萊福特林船長，讓他知道發生了什麼事。畢竟他是撐起這次遠征的駁船船長。但賽瑪拉想得越多，就越不願意去找萊福特林。她相信這樣做就算不是直接的背叛，也相當於洩露了他人的隱私。不，潔珥德和格瑞夫特所做的事情只和巨龍守護者有關，和其他人沒有關係。受到那些規矩束縛的是他們，而將這種規矩強加給他們的，正是像萊福特林船長這樣的人，他們也同樣有雨野原的印記，但他們的人生並不會因此受到限制。這樣公平嗎？讓另一些人決定她和所有守護者的命運，這樣對嗎？

每一次想到自己見到的情景，賽瑪拉的面頰還是會像發燒一樣熱。看到他們做的事情已經讓她感到不舒服了，而她甚至還知道他們在做什麼。更糟糕的是，他們還發現了她的偷窺。賽瑪拉覺得自己根本無法面對他們，一想到要一直躲避他們，她又覺得這同樣很不舒服。現在潔珥德那種帶刺的話和格瑞夫特盯住她時的得意眼神，讓她覺得彷彿自己才是犯錯的那個人。這實在是太令人懊惱了！犯錯的當然不可能是她，可能嗎？

格瑞夫特和潔珥德的所作所為，違背了賽瑪拉接受過的一切教育。即使他們結婚了，這件事也依然是錯的……他們本來就不會被允許結婚。當雨野原在一個新生兒身上留下沉重的印記，所有人都知道最好的辦法就是拋棄那個嬰兒，再嘗試懷孕。這種孩子很少能活過十五歲的生日。在一個人們普遍貧困之處，父母將精力和資源浪費在這樣的孩子，是愚蠢的。最好在他們出生時就拋棄他們，然後儘快懷上下一個孩子，而像賽瑪拉這樣因為僥倖或者頑強而存活下來的孩子，也會被禁止尋找配偶，更不要說是懷孕生子了。

那麼，如果他們做的才是錯的，為什麼會是賽瑪拉不僅感到愧疚，而且還覺得自己很愚蠢？賽瑪拉用毯子更緊地裹住自己的身體，茫然地盯著眼前的黑暗。她還能聽見其他人在火邊閒聊，偶爾還會傳來一陣笑聲。她希望自己能和他們在一起，希望自己還能享受與眾人併肩前行的樂趣。但潔珥德和格瑞夫特毀掉了她的心情。其他人是否也知道了這件事，只是都不會在乎？如果她將這件事告訴他們，他們又會怎麼看她？他們會指責格瑞夫特和潔珥德嗎？還是會被指責並被嘲笑，認為她還是個頑固守舊的蠢貨？她不知道答案，這讓她覺得自己是個什麼都不懂的孩子。

當拉普斯卡從他們的小船上拿來他的毯子時，賽瑪拉依然醒著。她從睫毛下面看著向她走過來的拉普斯卡，拉普斯卡抬腿邁過她的身子，背對著她坐下來，然後就躺倒並靠在她的背上，又滿足地舒了一口氣，沒過多久就酣然入夢了。

男孩的身體溫暖而沉重地壓在賽瑪拉的背上。賽瑪拉想像著自己翻過身面對著他，將他叫醒。但隨後又會發生什麼？拉普斯卡，奇怪的拉普斯卡，相貌英俊的拉普斯卡。他淺藍色的眼睛總是讓人心神不寧，又充滿了一種怪異的魅力。儘管身上布滿鱗片，但他深褐色的長睫毛絲毫沒有被鱗片覆蓋。賽瑪拉不愛他，嗯，不是那樣的愛，但他毋庸置疑是一個很有吸引力的男性。賽瑪拉咬住自己的下嘴唇，想著潔珥德和格瑞夫特做的那些事。她懷疑潔珥德並不愛格瑞夫特，格瑞夫特對潔珥德也沒有什麼感情。他們在做那件事之前還有過爭論。這意味著什麼？拉普斯卡的脊背透過兩層毯子，讓她感到很溫暖。但一陣寒顫突然湧過她的身體。只是打個哆嗦，不是寒顫，不過也有可能是寒顫。

賽瑪拉一點一點地讓身體離開拉普斯卡。不。不是在今晚。不能是一時衝動或不假思索。不，其他人怎麼做並不重要。她必須讓自己好好想一想這件事。

黎明到來得太快了，而賽瑪拉沒有從思考中得到任何答案。她僵直地坐起身子，不知道自己到底有沒有睡著。拉普斯卡還睡著，就像其他大多數人一樣。龍群中也沒有早起的，許多守護者已經起得幾乎像他們的龍一樣晚了，但對於賽瑪拉而言，舊習慣是很難被丟棄的。陽光總是能喚醒她，而且她早就從父親那裡知道，清晨時分是狩獵和採集的最好時光。所以，儘管依然疲憊不堪，賽瑪拉還是起了身。站起來之後，她又若有所思地看了拉普斯卡一會兒。這個男孩的深褐色睫毛落在下眼瞼上，雙唇微微張開，顯得豐滿又柔軟。他的雙手在下巴下面鬆鬆地握成拳頭，指甲顯得比原先更加粉紅。賽瑪拉俯下身，想要看得更清楚一些。沒錯，這些指甲正在改變，變成就像他的小龍一樣的紅色。賽瑪拉發現自己在微笑，才意識到自己能嗅到拉普斯卡的氣味。那是一種男性的氣味，一點也不讓她反感。她直起腰，從拉普斯卡身邊退開。她在想什麼？這個男孩的氣味很好聞？她有些好奇潔珥德是怎樣選中格瑞夫特的。她為什麼會好奇這種事？她一邊想著，一邊把毯子疊好，放到小船上。

在守護者營地，有一項每晚必做的工作，就是挖掘沙井。沙井要與河水保持一定距離，並在其中鋪覆帆布。滲進淺井中的水又被帆布過濾，酸性要比河水小得多。即使是這樣，賽瑪拉在使用這種水的時候也總是很小心。今天早晨，她寬慰地看到河水幾乎仍然是清的，於是她判斷用淺井中的水清洗手臉和飲用是安全的。冷水讓她打了個哆嗦，將昨晚殘存的倦意從她的腦海中一掃而空，該是迎接新一天的時候了。

其他人大多還圍繞著昨晚已經熄滅的營火，正裹在自己的毯子裡呼呼大睡，賽瑪拉覺得他們就像是一個個藍色的繭，龍的繭殼。她又打了個呵欠，決定拿著魚槍在河邊走一走。如果運氣好，她就有可能為自己找到一頓早飯，或者是給辛泰拉找到一份點心。

魚很不錯，如果是肉就更好。這個睡意沉沉的念頭從龍那裡傳過來，更加確定了她的衝動。

「魚，」賽瑪拉堅定地回應道。儘管是在和龍進行精神交流，她卻還是把話說出了口，「除非我恰巧在河邊遇到一頭小野獸。我可不打算在黎明時分進入森林。在大家都起床為出發做準備的時候，我不想遲到。」

妳確定不是因為害怕在那裡見到的事情？龍的提問，如同一根小刺。

「我不害怕。我只是不想看見它。」賽瑪拉反駁說。她努力想要將自己的意識關閉，不接受龍的碰觸。在一定程度上，她算是成功了。現在她可以拒絕聽到辛泰拉的言辭，但還是無法逃避開她的存在。

她發現那樁醜事的過程中，賽瑪拉早已思考過辛泰拉在其中扮演的角色。她相信那頭龍是故意讓她去跟蹤格瑞夫特和潔珥德。這就是說，辛泰拉早就知道他們打算幹什麼，而且不擇一切手段要確保賽瑪拉看到那一幕。當賽瑪拉想到辛泰拉用龍的魅力，迫使她進入森林跟蹤格瑞夫特，心中還是會感到一陣刺痛。

她不知道的是，**為什麼**這頭龍會讓她去看那種事。不過她並沒有直接問過辛泰拉。她早已知道，如果直接向辛泰拉提問，只會讓辛泰拉對她說謊。等待和傾聽才能讓她知道更多事情。**和對付我母親沒什麼區別**，她這樣想著，臉上露出一絲冷笑。

她將這個念頭推出腦海，開始專心狩獵，這樣能夠讓她找回內心的平靜。很少有守護者會在這麼早醒來。龍群之中會有一些動靜，但也不會有龍起身活動。龍更願意等到陽光更加明亮，將他們的身子曬暖的時候再開始行動。賽瑪拉靜靜地在水邊移動，手中舉起魚槍。現在河岸是屬於她一個人的。她忘記了一切瑣事，心中只有她和她的狩獵，整個世界在她周圍呈現出完美的平衡。天空如同大河上方的一條藍色綢帶。沿著河邊，河水幾乎算是清澈，齊膝高的蘆葦正擺動著。平滑的岸邊泥灘上，記錄了所有在昨晚從這裡經過的生物。在巨龍守護者們酣睡的時候，至少有兩頭沼澤麋鹿來到水邊又離開。有一種腳上生蹼的生物爬上了河岸，吃了一些蛤蜊，把殼丟棄在岸上，又滑入到水中。

賽瑪拉看見一條生有髭鬚的大魚正在探索淺水處的河底淤泥。那條魚似乎沒有看見她，只是專心地用髭鬚翻攪泥沙，突然一口吞下了一隻被它從泥中趕出來的小生物。大魚朝手舉魚槍的賽瑪拉游了過來。但是當魚槍刺出的時候，大魚一抖尾巴便消失得無影無蹤，只是在魚槍周圍留下了一團泥水。

「真倒楣。」賽瑪拉嘟囔一聲，將魚槍從泥中拔出來。

「聽起來可不像是在祈禱。」愛麗絲輕柔地責備她。

賽瑪拉竭力不顯露出吃驚的樣子。她重新端好魚槍，同時向身後的愛麗絲瞥了一眼，又開始了沿著河岸的緩步巡行。「我在捕魚，但失手了。」

「我知道，我看見了。」

賽瑪拉向前走去。她希望這個繽城女人能夠識趣一些，不要再來惹她。她沒有聽到愛麗絲的腳步聲，但她能夠從眼角瞥到愛麗絲的影子一直在跟著她。保持了一段時間的沉默之後，賽瑪拉決定自己不應該害怕這個女人。她對愛麗絲說道：「現在還很早，在這時候，妳一般不會出來溜達。」

「我睡不著。天還沒亮我就起來了。我承認，在沒有人的河岸上溜達一個小時，感覺很孤獨。能看到妳，讓我感覺很欣慰。」

愛麗絲的這番話遠比賽瑪拉想像中更加友好。為什麼這個女人會和她說話？她真的是那麼孤獨嗎？賽瑪拉想也不想便說道：「但妳有塞德里克作伴。妳怎麼會孤獨？」

「他的身體還不太好。而且，嗯，他最近和我的友情似乎也淡了。當然，這是有原因的，對此我也感到很慚愧。」

賽瑪拉盯著河水。她很高興這個繽城女人看不到她驚愕的表情。愛麗絲這麼容易就會信任她嗎？為什麼？她怎麼可能會以為她們能夠有相同之處？好奇心的爪子搔進賽瑪拉的心裡，而且一直掛在她的心上，讓她不得不再問一個問題：「是什麼原因，讓他不再是妳的朋友了？」賽瑪拉只希望自己的口氣聽起來能夠隨意又自然。

愛麗絲重重地歎了口氣。「是啊，妳知道他的狀況一直都不太好。塞德里克的身體原先非常健康，所以對他來說，得病更是一件難熬的事情，而當他處在一個他認為是非常不舒適的生活環境中時，這一切對他而言就都變得更加困難了。他的床又窄又硬，他不喜歡這艘船和這條河的氣味。這裡的食物在他看來都淡而無味，甚至讓他感到厭惡。他的房間很昏暗，這裡也沒有娛興節目能讓他高興。他的處境很悲慘。讓他來到這裡全都是我的錯。他不想來雨野原，更不要說參加這次遠行了。」

又一條大魚出現在淺水，開始在淤泥中翻找。片刻之間，牠彷彿看見了賽瑪拉。賽瑪拉一動不動地站立著。當大魚開始用髭鬚翻弄淤泥的時候，賽瑪拉出擊了。她確信自己肯定擊中了目標，而當淤泥落下，她發現魚槍只不過是插在了泥裡，不由得吃了一驚，只好將魚槍拽起來。

「妳又錯過了。」那個繽城女人說道。不過她的聲音中只有真誠的同情，「我本來以為妳一定能叉住這一條。但牠們的反應速度真的很快，不是嗎？我肯定一條也叉不到。」

「喔，只要練習就好。」賽瑪拉向愛麗絲保證，同時她的眼睛依然只是在盯著水面。不，那條魚跑掉了，早就跑掉了，不會再回來了。

「妳還是孩子的時候就在做這個嗎？」

「捕魚？不是。」賽瑪拉繼續在水邊巡行。愛麗絲一直跟著她。她壓低了聲音說道：「我主要是在樹冠上狩獵。那裡有鳥雀和一些小野獸，還有蜥蜴和一些漂亮的大蛇。捕魚和獵鳥沒有什麼太大區別，關鍵就是等待和突然襲擊。」

「妳覺得我能學會這種技藝嗎？」

賽瑪拉猛地停住腳步，轉過臉去看愛麗絲，「為什麼妳想要幹這個？」她對此的確感到很困惑。

愛麗絲臉上一紅，低垂下目光，「如果能夠做些真實的事情，感覺一定會很好。妳比我年輕這麼多，但妳已經有能力照顧自己了。我很羡慕妳。有時候，我看著妳和其他守護者，就覺得自己很沒用。這種感覺就像是一隻嬌生慣養的小家貓在看著野貓捕獵。近來我一直在試圖確認為什麼我要參加這次遠行，為什麼要拖著可憐的塞德里克來到這麼遠的地方。我告訴自己，我要收集關於龍的資訊。我告訴自己，這裡的人需要我說明他們和龍打交道。我告訴我的丈夫和塞德里克，這是一個無價的機會，讓我能夠學習智慧，使用我所學到的智慧。我告訴古靈麥爾妲，我知道那座失落的城市，有可能幫助巨龍找到返回那裡的道路。但這些事，我全都沒能做到。」

她的聲音低沉下去，語氣裡充滿了羞愧。

賽瑪拉沒有說話。這位高貴華美的繽城女士是在向她尋求安慰和鼓勵嗎？這感覺上全都錯了。就在她們之間的沉默即將變得過於明顯時，她終於找回了自己的舌頭：「我認為，妳幫助了那些龍。當萊福特林船長幫助我們除去銼刀蛇的時候，還有，當我們為銀龍包紮尾巴的時候，妳都出了很多力氣。我承認，我很驚訝。我一直都以為妳是一位很高貴的女士，不可能做得了這種辛苦活……」

「高貴的女士？」愛麗絲插口道，然後她發出一種古怪刺耳的笑聲，「妳認為我是一位高貴的女士？」

「呃……當然。看看妳的衣服。而且妳是從繽城來的，妳是一位學者。妳能夠書寫關於龍的卷軸，又知道一切關於古靈的事情。」她把能想到的理由都說了，然後就只是看著愛麗絲。直到今天，在黎明時分來到河岸邊的時候，這個女人還是整齊地將頭髮梳好並盤在頭上。她還戴了一頂帽子，以保護頭髮和面頰不會受到陽光照射。她穿著一件襯衫和一條長褲，這些衣服都很乾淨，並且被熨燙得很整齊。雖然新鮮的河泥黏在了她的腳上，但她的靴子上半部仍然黑得閃閃發亮。賽瑪拉向自己瞥了一眼。淤泥早已包裹住她的靴子和靴帶，變成一層泥殼。在很多天以前，她的靴子就是這樣了。她的襯衫和長褲全都有嚴重的磨損痕跡，而且能看出來幾乎沒有經過洗滌。她的頭髮呢？她下意識地伸手摸了摸自己深褐色的髮辮。她上次洗淨頭髮，在把它們梳理平順，重新紮起辮子是在什麼時候？她上次洗淨全身又是在什麼時候？

「我嫁給了一個富有的人。我的家族，嗯，我們自己的財富實際上很少。在繽城的時候，我可以把自己當作一名女士，也許那的確可以說是有些高貴。但在這裡，是的，在雨野原，我對自己的看法已經有了一點變化。而且我很希望能做一些和以前不同的事。」她的聲音變得微弱，然後她突然說：「賽瑪拉，如果妳願意，今天傍晚妳可以來我的房間，我能夠教妳盤頭髮的不同方法，而且如果妳想要洗澡的話，那裡也可以為妳提供一點隱私的空間，儘管那裡的浴盆還不夠大，幾乎沒辦法站進去。」

「我知道該如何洗乾淨自己！」賽瑪拉反駁道。她受到了刺激。

「我很抱歉。」愛麗絲立刻說道，面頰也變成了殷紅色。賽瑪拉從沒有見到過比她更紅潤的雙頰，「我不是說……我有些詞不達意。我看到妳在審視自己，就覺得我很自私，只是一個人霸占著洗澡和穿衣的隱私空間，而妳、希爾薇和潔珥德卻只能與男孩子和男人們，一同生活在室外粗陋的環境裡。我的意思不是……」

「我知道。」賽瑪拉心中思忖，這是不是自己說過的最傷人的話？也許不是，但它們的確很傷人。她沒有看愛麗絲的眼睛，只是強迫自己又開口說道，「我知道妳是好意，我的父親經常告誡我，我太容易自以為受到了冒犯。並非每一個人都對我有惡意。」她感覺自己的喉嚨變緊了。苦楚卻又無法釋放的淚水，正聚積在她的眼角內側。她本來還在強迫自己說話，但突然間，她心裡的話開始不受控制地脫口而出，「我從沒有想過人們會喜歡我，對我好。恰恰相反，我知道……」

「妳不必解釋。」愛麗絲突然說道，「我們之間的相似之處，要比妳想像中更多。」她顫抖著笑了一聲，「有時候，妳會不會故意找到理由去蔑視那些妳尚未謀面的人，因為這樣，妳就能夠在他們不喜歡妳之前，先不喜歡他們？」

「嗯，當然。」賽瑪拉承認。這讓她們一同笑了起來——儘管這笑聲難免還顯得有一點緊張和尷尬。一隻鳥從河岸邊飛過來，把她們兩個都嚇了一跳。然後她們的笑聲都變得更加自然了。最後，她們同時吸了一口氣。

愛麗絲抹去眼角的一點淚水。「我有些好奇，是不是辛泰拉想讓我在妳身上看到的就是這個。她在今天早晨強烈建議我來找妳。妳覺得她是不是希望我們發現我們並非是那樣不同？」在提起那頭龍的時候，這個女人的聲音變得很溫暖。但一陣寒意卻隨著她的話，掠過了賽瑪拉的脊背。

「不。」賽瑪拉低聲說道。她竭力仔細地梳理自己的思緒，以免傷害愛麗絲的感情。到現在為止，她還無法確定自己是否想要和這個繽城女人建立友情。這名繽城女人似乎對此很有興趣，但她已經不想再多費力氣去守護另一個人了。「不，我認為辛泰拉是在操縱妳，嗯，應該是在操縱我們兩個。幾天以前，她就慫恿我去做一件事，結果一切都變得很糟糕！」她向愛麗絲瞥了一眼——她很擔心自己的話會造成不好的效果。但那個繽城女人似乎沒有感覺受到冒犯，只是露出一副若有所思的神情。「我認為她也許是想要看看她對我們有多強的控制力。我早就感覺到了她的魅惑力量。妳呢？」

「當然。」愛麗絲繼續說道，「那就是她的一部分。我不知道龍是否能隨心所欲地控制施加在人類身上的效果，但那就是她的本性，就像人類會支配一隻寵物狗。」

「我不是她的寵物。」賽瑪拉反駁道。恐懼讓她的聲音變得尖利起來。辛泰拉對她的控制是不是已經超出了她的想像？

「妳當然不是。我也不是。不過我懷疑在她的眼裡，我只不過是她的寵物而已。我認為她是尊敬妳的，因為妳能狩獵，但她已經不止一次告訴我，我作為一名雌性是不合格的。我不確定是為什麼，但我認為，我已經讓她失望了。」

「她在今天早晨催促我去狩獵。我告訴她，我更想捕魚。」

「在妳狩獵的時候，他要我跟蹤妳。結果我只看見妳在河岸邊。」

賽瑪拉沉默了。她再一次舉起魚槍，沿河岸緩步前行，同時心中在反復思考：這是一種背叛嗎？然後她說道：「我知道她想要妳看到什麼，就是我看到的那種事。我覺得她想要妳知道，潔珥德和格瑞夫特一直都在交配。」

賽瑪拉在等待愛麗絲的反應。但愛麗絲沒有吭聲。她回過頭去看愛麗絲。那個繽城女人的面頰又變成了緋紅色。而愛麗絲只是儘量平靜地說道：「嗯，我覺得，現在這樣的生活，沒有隱私，也幾乎沒有人監督，任何年輕女子都有可能接受年輕男人的追求。他們不是第一對在餐桌擺好之前就偷嘗菜的情侶。妳知道他們會結婚嗎？」

賽瑪拉盯著愛麗絲，同時小心地組織起自己的言辭：「愛麗絲，像我這樣的人，像他們這樣的人，我們身上都有沉重的雨野原痕跡，我們是不能結婚的，也不能交配。他們正在打破雨野原最古老的規則之一。」

「那麼，這是一條法律嗎？」愛麗絲看起來有些困惑。

「我……我不知道這是不是法律。這是一項傳統。每一個人都知道並奉行這一傳統。如果一個嬰兒在出生時就已經發生了太大改變，和完全的人類有所不同，那麼他的父母就不會養育他。他們會將他『交給黑夜』，然後再次嘗試懷孕生產。我是被產婆丟出去之後又被我的爸爸抱回來的。他將我帶回家，一直養育我長大。」

「那裡有一條魚，一條真正的大魚，就在那段浮木的影子裡。看到了嗎？牠看上去就像是那片影子的一部分。」

愛麗絲的聲音顯得很興奮。突然改變的話題讓賽瑪拉心中生起一道波瀾。她一時衝動地將魚槍遞給愛麗絲。「妳來捉住牠。是妳先看見牠的。記住，不要直接叉那條魚，要朝著魚身子前面一點的地方，用力地叉下去。」

「還是應該由妳來叉住牠。」愛麗絲一邊說，一邊接過魚槍，「我一定叉不中。牠會逃走的。牠是那麼大的一條魚。」

「那麼牠就很適合作妳第一次練習的目標。來吧，試試看。」賽瑪拉說著慢慢向後退去，逐漸遠離了河面。

愛麗絲睜大了一雙淺色的眼睛，瞥了一下賽瑪拉，又轉回頭緊緊盯住那條魚，然後她顫抖著吸了兩口氣，突然攥緊魚槍，向那條魚跳過去。她落在齊膝深的水裡，激起大片水花，同時用毫無必要的巨大力氣，喊喝著將魚槍刺了下去。賽瑪拉張大了嘴，望著這名繽城女子雙手刺出魚槍，隨後還在不斷向魚槍上施加力量。那條魚肯定早就跑了。不，不是的，愛麗絲站在河水裡。被她緊緊按住的魚槍尖上穿著一條碩長肥大的魚，正在做臨死前最後的掙扎。

當魚終於停止了動作，愛麗絲轉向賽瑪拉，喘息著喊道：「我做到了！我做到了！我又中了一條魚！我殺死了牠！」

「是的，妳做到了。妳現在應該趕快離開河水，否則妳的鞋子就要毀掉了。」

「我不在乎。我抓住了一條魚。我能再試試嗎？能再殺一條魚嗎？」

「我認為妳可以。愛麗絲，我們先把這條魚放到岸上來，好不好？」

「不要丟掉牠！不要讓牠逃走！」愛麗絲這樣喊著。而賽瑪拉已經涉水過去，伸出一隻手抓住了魚槍。

「牠不會逃走了。牠早就死透了。我們必須先將魚槍從河底拔出來，這樣我們才能把魚送到岸上去。不用擔心，我們不會丟掉牠的。」

「我真的做到了，對不對？我殺死了一條魚。」

「妳做到了。」

將魚槍從河底拔出來頗費了一些力氣。那條魚要比賽瑪拉預料的更大。她們兩個人合力才將那條魚拖到河岸上。這條魚的樣子相當醜陋，全身布滿黑色的細鱗，一張鈍吻中生著長長的牙齒。她們拔起魚槍，將魚甩在岸上的時候，魚翻過身露出了亮紅色的肚子。賽瑪拉從沒有見過這樣的生物。「我不知道這東西能不能吃，」她猶豫地說道，「有時候，色彩鮮艷的動物體內會有毒素。」

「我們應該問問默爾柯。他一定知道。他記得許多事情。」愛麗絲蹲下身檢查她的戰利品。她伸出好奇的手指摸了一下魚，又立刻將手抽回來。「這可真是奇怪。所有龍書都有不同程度的回憶。有時候，我認為賽瑪拉拒絕回答我的問題，是因為她無法回答。但對於默爾柯，我總是覺得他似乎知道很多事，但就是不願意將它們說出來。他和我說話的時候，從不會提起龍和古靈。」

「在清楚這條魚的狀況以前，我不確定我們是否可以碰牠。」賽瑪拉也蹲在魚旁邊。愛麗絲點點頭。她站起身，又拿起魚槍，開始沿著河邊巡行。她的興奮之情早已溢於言表。

「讓我們看看還能抓住些什麼，然後我們去問問默爾柯這條魚又是什麼。」

賽瑪拉也站起身。沒有了魚槍作為武器，她有一點赤身裸體的感覺。而且跟在另一個正在狩獵的人身後也很奇怪。她不太喜歡這樣的感覺。她發現自己在說話，彷彿這樣就能讓她自己重新變得重要起來。「默爾柯似乎要比其他龍都更加老，對不對？更老，也更疲憊。」

「是的。」愛麗絲低聲說道。她的腳步不像賽瑪拉那樣平穩流暢，但她在努力。賽瑪拉能看出來，愛麗絲踮起腳尖，彎腰弓背的樣子實際上是對自己潛行時身姿的模仿，只不過這個繽城女人做得太誇張了些。她不知道自己是應該為此得意還是氣惱。這時愛麗絲繼續說道：「因為他記住的事情要比其他龍多很多。有時候，我會覺得一個人的年紀是由那個人做了什麼，記得什麼來決定的。記憶讓你知道自己有多老。我認為默爾柯記得很多，甚至記得自己還是海蛇時的情形。」

「在我眼中，他總是顯得很哀傷。他也很溫和。那是其他龍根本沒有的溫和。」

愛麗絲蹲下身，朝河面上的一片枯枝落葉下面望去。她回話的時候，語氣顯得專注卻又有些心煩意亂：「我認為他記住的事情，遠遠要比其他龍更多。我曾經和他交談過一整個黃昏。他對我的態度也遠比其他龍更加開放和直接。實際上，他也只是講了一些泛泛的事情，沒有和我具體說過任何來自於他祖先的記憶。但他已經告訴了我一些其他龍從沒有提起過的事情。」她伸出魚槍，試著撥開面前的一些雜草。就在她這樣做的時候，一條魚游了出來。她大喝一聲刺出魚槍，但魚已經游走了。

「下一次，如果妳認為什麼地方可能藏著一條魚，就直接刺下去。如果妳撥動了魚身邊的水，魚一定會跑掉的。盲目地試著刺一下，也許還能有所收穫。」

「好的。」愛麗絲誇張地喘了一口氣，又繼續沿著河岸邊走下去。

賽瑪拉跟在她身後。「默爾柯有沒有說過什麼不同尋常的事情？」她繼續問愛麗絲。

「喔，有的，他說過。他說了不少關於克爾辛拉的事。他說那是一座宏偉輝煌的城市，由巨龍和古靈共同居住。那裡有一種特殊的銀水，是巨龍們尤其喜愛的。他沒有具體向我解釋那到底是什麼樣的銀水。可能是不願解釋，或者是不能解釋。但他說那是一個重要的地方。因為古靈和巨龍們會在那裡齊集一堂，彼此達成各種協定。聽他的描述，我開始對古靈和巨龍之間的關係有了不同於以往的看法。現在我覺得他們就像是共同遵守各種協約，在很多地方都能相互照應的兩個毗鄰的王國。當我將這種設想告訴他的時候，他說那更像是一種共生關係。」

「共生關係？」

「他們以一種對雙方都有利的方式共同生活。不僅僅是對雙方有利，默爾柯沒有直接說明這一點，但我認為在他的記憶中，如果古靈能夠生存下來，巨龍就不會從這個世界消失這樣長的時間。讓巨龍能夠繼續存在於這個世界上，我相信他已經將恢復古靈視為關鍵因素之一。」

「是啊，所以我們才會有麥爾妲和雷恩，還有瑟丹。」

「但現在他們都不在這裡。」愛麗絲指出。她又向河邊走近了兩步，然後突然停下來，「妳看到那個地方的斑點了嗎？那是河底的一片影子，還是一條魚？」她向另一邊側過頭，「所以現在龍全都在依靠他們的守護者，守護者的所作所為，以前是古靈為龍們所做的各種工作。」她又歪了歪頭，「嗯，不知道會不會正是因為這一點，他們才會堅持要有守護者陪伴他們？另外還要有獵人。我一直在思考這件事。為什麼他們想要那麼多守護者？獵人卻只要三個就可以了？你們為他們做的哪些事情，是獵人不會做的？」

「嗯，我們為他們清潔身體。我們還很關注他們。妳知道他們有多麼喜愛受到奉承！」賽瑪拉停頓下來，想了想。為什麼這些龍會要求得到守護者？她看到愛麗絲凝視她的專注眼神，「如果妳認為那是一條魚，就刺過去！如果那只是一片影子，也沒什麼損失。如果是魚，就殺死牠。」

「好的。」愛麗絲深吸了一口氣。

「這次不要喊叫，也不要跳進水裡。妳肯定也不想嚇跑附近的其他獵物和魚。」

愛麗絲身子一僵。「我剛才喊叫了？」

塞拉瑪竭力壓抑住自己的笑聲。「是的。妳還跳進了水裡。這次只用魚槍就行了。身子先向後，手臂更是要向後伸展。這樣。現在看著妳的目標，刺出去。」**我說話的樣子就像是我的父親。**賽瑪拉突然意識到這一點。她忽然發現，自己很喜歡教導愛麗絲。

愛麗絲是一名好學生。她認真傾聽賽瑪拉的教導，然後深吸一口氣，將精神集中在她的目標上，刺出魚槍。賽瑪拉並不相信那裡會有魚，但魚槍真的刺中了一個活物。非常大的一片水面立刻掀起了無數浪花。「用力抓緊魚槍，用力抓緊！」賽瑪拉向愛麗絲喊道，同時打算衝上去，用自己的體重幫助這名繽城女子。愛麗絲刺中的東西非常大，有可能根本就不是一條魚。魚槍將牠牢牢釘在河底。牠有著一大片扁平的身體，還有一根鞭子一樣的長尾巴。現在這根鞭子正在水下拚命甩動。「牠可能有毒刺或者倒鉤！小心！」賽瑪拉警告愛麗絲。她以為愛麗絲會鬆開魚槍，而愛麗絲只是用力按著魚槍桿。

「再去找……一把魚槍……或者別的什麼！」愛麗絲喘息著說。

片刻之間，賽瑪拉只是僵在原地。然後她向小艇衝過去。刺青的小艇距離她最近，他的裝備就在上面。這時刺青剛剛醒來，正坐在小艇旁邊的地面上。「把你的魚槍借給我！」賽瑪拉對著他高喊。刺青還掙扎著要起來的時候，賽瑪拉已經抓起魚槍回頭跑去了。

「牠要逃了！」愛麗絲正在高喊。賽瑪拉衝了回來。有人跟在她身後。她回頭一瞥，看見拉普斯卡和希爾薇也跑了過來。再後面是萊福特林船長。在她和愛麗絲捕魚的時候，整個營地都已經甦醒了。愛麗絲完全不在意這條大魚抽動的尾巴。她已經走進水中，將更多體重壓在魚槍上。賽瑪拉咬緊牙關，也跑進水裡，猜測著那條魚身子的位置，將魚槍刺進渾濁的水中。魚槍的鋒刃深深地刺進了肌肉組織裡。那頭怪物狂暴地掙扎，槍桿差一點就脫離她的雙手。那條魚還在動，在將她和愛麗絲拖進深水，若再晚一點，大魚就要逃走了。

「我們只能放牠走了！」賽瑪拉喘息著說道。但在她身後，拉普斯卡高喊一聲：「不！」隨即就一頭衝進水裡。他完全不理會凶惡抽甩的魚尾，用他自己的魚槍連續刺了大魚幾下。深色的血溢出在渾濁的河水中，那條魚掙扎的力量卻只是變得更大了。

「拔出我的魚槍！不要讓它被魚帶走！」賽瑪拉向愛麗絲喊道。這時愛麗絲已經浸泡在齊腰深的河水中，卻還是死死抓著魚槍。

「也不要丟了我的！」刺青喊道，「賽瑪拉，那是我的最後一根了！」

「讓開！」辛泰拉發出銅號一般的吼聲。她根本沒有給人們時間來服從她的命令。當拉普斯卡拚命想要躲避這頭巨龍的時候，她已經轟然一聲衝進水裡。

「賽瑪拉！」刺青喊道。這時，辛泰拉張開的翅膀擊中了賽瑪拉，河水彷彿一下子跳起來將她裹住，魚槍猛地脫出了她的雙手。隨後，一個又大又扁平的活物擊中了她，刮破了她左臂的衣服和皮膚，又將她打進更深的水裡。她張開嘴想要呼喊抗議，卻被裹挾著泥沙的河水灌了進來。她將水吐出去，卻找不到空氣能夠填補自己的胸腔。她只能拚命屏住呼吸。她從沒有學過游泳。她是攀爬者，從出生時起就一直在樹冠上生活。現在她要在一種完全陌生的環境裡掙扎求生，而這裡的巨大力量已經緊緊抓住她，要將她帶到某個未知的地方去。

陽光突然照在她的臉上。但還沒有等她吸上一口氣，她已經再次沉入河中。她覺得有人叫嚷著什麼。她的眼睛感到一陣陣刺痛，手臂更是如同火燒。有什麼東西夾住了她，讓她的身軀完全落入其中。她的拳頭打在鱗甲上，她張開嘴，卻沒有氣息可以尖叫。那東西帶著她穿過河水，升到水面以上。一個思想穿透了她的意識。**我撈到她了！我撈到她了！**

然後她發現自己是掛在了默爾柯的口中，她能夠感覺到龍的牙齒穿透了自己的衣服。默爾柯只是非常輕地咬住了她，但那些利齒還是讓她感到疼痛。不等她在龍口中多做掙扎，默爾柯已經將她放在了泥土河岸上。高聲叫喊的人們立刻在她周圍聚攏成一圈，而她則只是不停地嘔吐著河水和沙子。帶著細沙的河水還從她的鼻孔中流淌出來。她抹了抹臉。有人將一條毯子塞進她的手中。她用毯子的一角把臉擦乾淨，然後眨了眨眼睛。她的視野很模糊，但終於還是慢慢恢復了清晰。

「妳還好嗎？妳還好嗎？」這樣問的是刺青。他跪在被河水浸透的賽瑪拉身邊，一遍又一遍地問著這個問題。

「都是我的錯！是我不想放那條魚走。喔，莎神原諒我。這全都是我的錯！她有事情嗎？她在流血！喔，誰把繃帶拿來！」愛麗絲面色蒼白，一頭紅髮溼漉漉地掛在臉上，河水還不斷從頭髮裡流出來。

拉普斯卡手忙腳亂地圍繞在賽瑪拉身邊，想要讓賽瑪拉躺在地上。賽瑪拉一把將他推開，坐起身，又吐出了更多帶著沙子的河水。「拜託，給我一些空間。」她說道。這時一片陰影移開，她才意識到有一頭龍一直站在她身旁。她不停地啐著嘴裡的沙子。她的眼睛酸痛難忍，卻又流不出眼淚。她用手指輕輕抹了抹眼睛。一股泥水流淌下來。

「仰起頭。」刺青粗聲粗氣地命令道。賽瑪拉照他的話做了。他立刻將清水倒在賽瑪拉的臉上。「現在要清洗妳的手臂了。」刺青警告她。清涼的水流讓賽瑪拉吸了一口冷氣，但也迅速緩解了她一直在竭力忍耐的那種灼痛。她突然打了個噴嚏，水和黏液從她的鼻孔中噴出來，灑得到處都是。她用毯子擦擦臉。卻聽到拉普斯卡高喊：「嘿，那是我的毯子！」

「你可以用我的。」賽瑪拉嗓音沙啞地說道。她突然意識到，自己沒有死，也沒有受致命傷，卻受到了所有人的關注。奇怪的是，這反而讓她感到很羞愧。她掙扎著想要站起來。刺青扶住她。她努力不將自己的手臂從刺青的懷裡拔出去，但她不喜歡在眾人面前顯得軟弱。片刻之後，愛麗絲一下子抱住了她，這讓她感覺更糟了。

「喔，賽瑪拉，我很抱歉！我差一點殺死了妳，全都只是為了一條魚！」

賽瑪拉從愛麗絲的懷裡掙脫出來，同時問道：「那是什麼樣的魚？」她想讓大家的注意力從她的身上移開。她手上的手臂還痛得厲害，她的衣服也浸透了河水。她將毯子裹在肩膀上，聽愛麗絲說道：「來看看吧。我從沒有見過這樣的生物。」

賽瑪拉也完全沒有見過。牠的形狀就像是倒扣的餐盤，只不過這只餐盤是賽瑪拉毯子的兩倍大。牠的身體上面還有兩顆球根狀的眼睛，一根鞭子一樣的長尾末端有一連串的倒鉤。牠的身體表面布滿了明暗斑駁的花紋，就像是河底的樣子。牠的腹部則是純白色的。在牠身上有十幾處魚槍傷痕，還有一處很大的傷口。那是辛泰拉將它拖上岸的時候留下的。「這是一條魚嗎？」賽瑪拉難以置信地問道。

「看上去有一點像鰩魚。是的，是一條魚。」萊福特林說道，「但我從沒有在河中見過這樣的魚。牠通常只出現在海水裡。我也從沒有見過這麼大的鰩魚。」

「這個歸我吃，」辛泰拉蠻橫地說道，「如果不是我，牠早就跑掉了。」

「妳的貪婪差一點殺死我，」賽瑪拉說道。她的聲音不高，但異常堅定。她很驚訝自己竟然還能夠如此平靜地說話，「妳把我打倒在河裡。我差一點就淹死了。」他看著辛泰拉，辛泰拉也看著她。她從這頭龍的身上沒有感覺到任何情緒，沒有後悔，沒有為自己辯護的衝動。她們一同走了這麼久。這頭龍已經變得越來越強壯，高大，而且肯定比以前更加美麗了。但和其他龍不一樣，辛泰拉完全沒有和她的守護者變得更加親密。在賽瑪拉心中泛起一種可怕的懊悔，辛泰拉每天都在變得更加美麗。毫無疑問地，她是賽瑪拉見到過的最輝煌耀眼的生物。賽瑪拉一直都夢想著能夠與這種神奇的生物為伴，夢想著沐浴在她的榮耀之下。她竭盡全力餵養這頭龍，每天為她洗刷身體，注意並幫助診治她的疾病，無時無刻不在讚美她，奉承她。她也在她眼前變得更加健康和強壯。

但今天，這頭龍差一點殺死了她。不是因為發怒，而是只因為對她毫不在意。她甚至沒有為自己的過失表露絲毫的悔意。剛才的那個問題又回到賽瑪拉的心裡。為什麼巨龍想要守護者？現在答案似乎已經很清楚了。成為他們的僕人，僅此而已。

賽瑪拉聽人們說過「心碎」這個詞。她一直都不知道這種感覺的確會讓心口很痛，就好像她的心真的被撕裂了。她看著自己的龍，掙扎著想要說些話出來。她可以說：「妳不再是我的龍了，我也不是妳的守護者。」但她沒有這樣說，因為突然間，這彷彿從來都不是真實的。她緩慢地向這只藍寶石色澤的美麗生物搖搖頭，然後就轉過了身，向聚集在周圍的守護者和龍環顧一圈。愛麗絲正大睜著一雙藍灰色的眼睛，定定地看著她。這位繽城女子全身也都溼透了。萊福特林船長將自己的外衣披在她的肩膀上。面對這位繽城女子無言的注視，賽瑪拉知道，只有愛麗絲一個人明白自己心中正在想著什麼。這實在是太讓人無法承受了。她轉身打算走開。面孔如同岩石一般的刺青退到一旁，為她讓開道路。

賽瑪拉剛走出十幾步，希爾薇就追上了她。默爾柯跟隨在希爾薇身邊，緩慢地邁動著步子。這個女孩低聲說道：「默爾柯在水裡找到妳，把妳拽了出來。」

賽瑪拉停下腳步。她恢復過來的時候，在她身上投下一片影子的，正是默爾柯。她下意識地摸了一下自己的肋骨。默爾柯的牙齒撕裂了她那裡的衣服，刺痛了她的皮膚。「謝謝，」她說道。然後她抬起頭，看著金龍輕輕旋轉的眼睛，「你救了我的命。」在她自己的龍將她推進河水中，對她棄之不顧的時候，是希爾薇的龍救了她。她無法承受這種反差，所以她沒辦法注視希爾薇和金龍，只能自顧自地走開。

愛麗絲幾乎無法去看走遠的賽瑪拉。她步履沉重的背影，彷彿正在散發出一陣陣痛苦。愛麗絲的目光轉向辛泰拉，但還沒等她想好應該說些什麼，那頭龍突然昂起頭，轉過身，甩動著尾巴大步走開了。一邊走，辛泰拉還張開翅膀用力一搧，完全不在意翅膀上的沙子和水會濺到周圍的人和龍。

一名年輕的守護者在寂靜中說道：「如果她不打算吃掉這條魚，那麼荷比能吃嗎？荷比很餓了。嗯，她一直都很餓。」

「讓龍吃掉牠安全嗎？牠是可食用的嗎？」愛麗絲憂心忡忡地問，「這些魚在我看來都很奇怪，應該小心為上。」

「這些都是大藍湖的魚，我早就認識牠們。這條紅肚子的魚可以讓龍吃，但對人類是有毒的。這條扁平的魚，任何生物都可以吃。」

愛麗絲向正在說話的默爾柯轉過頭。這頭金龍已經來到了人群旁邊。他的步伐沉重，卻又不失優雅和莊嚴。也許他不是群龍中最大的一頭，但他肯定是最引人矚目的。愛麗絲提高聲音向他問道：「大藍湖？」

「那是一座有數條河水注入的湖泊，也是你們所謂的雨野原河的源頭。那是一座非常大的湖，在雨季會變得更大。湖中的魚都非常美味。妳們在今天殺死的魚和我記憶中相比，都只能算是小魚。」隨著他的回憶，他的聲音也彷彿飄到了很遙遠的地方。「古靈的漁船上都撐著色彩鮮豔的帆篷。從天空中往下看去，點點亮麗的船帆點綴在遼闊的藍色湖面上，那真是一種非常美麗的景色。靠近湖岸的地方幾乎沒有永久性的古靈居所，因為湖水會週期性地氾濫上來。但富有的古靈會在高高的橋樁上建起房屋，或者乘坐屋船在大藍湖上度過夏天。」

「大藍湖距離克爾辛拉有多遠？」愛麗絲屏息凝神，等待著答案。

「以飛行的龍來看？不遠。」默爾柯的聲音中帶著打趣的意味，「我們越過大藍湖並不難，所以我們往往是從湖面上直接飛過去，而不是沿著蜿蜒曲折的河水行進。但我不認為在見到這些魚，就可以說我們距離大藍湖和克爾辛拉已經很近了。魚不會停留在一個地方。」他抬起頭，向周圍望了一眼，彷彿在審視天空，「龍也不應該停留在一個地方。白天的時光正在流逝。我們都應該吃些東西，然後離開這個地方。」

他沒有再多說一句話，只是大步走向那條紅肚子的魚，低垂下頭，一口將魚叼住。另外幾頭龍紛紛向那條扁平的魚走去。紅色的小荷比是第一個咬住那條魚的。守護者們紛紛後退，為龍讓出空間，他們似乎都不想分食這條魚。

隨著眾人散開，返回各自的被褥和煮食營火，萊福特林向愛麗絲抬起手臂。愛麗絲挽住他。他說道：「妳應該儘快脫掉這些溼衣服。今天的河水還算溫和，但這種水留在妳的皮膚上越久，妳就越有可能對它產生反應。」

彷彿是要證實船長的話，愛麗絲突然開始感覺到貼著脖子的衣領讓她感到很癢，還有長褲的腰部也蹭得她的皮膚很不舒服。「你說得對。」

「肯定是這樣。另外，妳怎麼會想到和賽瑪拉一起捕魚的？」

船長饒有興致的聲音讓愛麗絲有一點點氣惱。「我想要學習一些有用的東西。」她僵硬地說。

「要比學習龍的智慧更有用？」船長用安撫的語氣說道，而這卻讓愛麗絲更覺得受到了冒犯。

「我認為我學習的智慧很重要，只是我不確定它對於這次遠征是否有用。如果我掌握了一些更加實用的技巧，比如說尋找食物或者……」

「難道妳不認為妳剛剛從默爾柯那裡得到的情報非常有用嗎？我想不出除妳之外，還有誰能夠讓他說出這麼有價值的資訊。」

「我也不確定這個資訊是不是真的有價值。」愛麗絲說。她竭力讓自己顯出正在生氣的樣子。但萊福特林太了解她了，知道怎樣讓她平靜下來。而船長對於她和巨龍那一番談話的評價，也讓她有了更多的思考。

「默爾柯說魚不會停留在同一個地方，這話沒有錯。牠們會移動，但你剛剛也提到，我們以前從沒有見到過這樣的魚。我猜想，我們正在靠近巨龍曾經生活過的地方。如果這些魚的祖先來自於一座大湖，而這座大湖正處在通向克爾辛拉的水系所經過的地方，那麼我們前進的方向就是正確的。我們有希望找到那座城市。在此之前，我擔心我們已經走過了那座城市的遺址，卻沒有任何發現。」

聽到船長的話，愛麗絲不由得大吃一驚。「我從沒有想過會有這樣的情況發生。」

「其實，我也是最近才開始有這樣的擔心。看到妳的朋友塞德里克身體狀況變得那麼差，而妳的情緒又很低落，我便開始問自己，我們繼續這樣走下去是否還有意義。也許這只是一場沒有前途的冒險，我們根本找不到目的地，但我認為這些魚表明我們還在正確的路徑上，牠們會成為我繼續前進的動力。」

「這動力又能夠持續多久？」

萊福特林停頓了一下，回答道：「我想，應該是直到我們放棄。」

「那麼又會是什麼因素決定我們是否會放棄呢？」搔癢的感覺已經開始變成燒灼。愛麗絲的步伐加快了。萊福特林只是配合著愛麗絲的步伐，除此之外沒有任何更多的評論。

「當我們很清楚：希望完全不復存在的時候。」船長低聲說道，「當河水擴展到非常淺，即使柏油人也無法漂浮在上面，或者當冬季降下大雨，湍急的水流徹底將我們擋住的時候。一開始我就是這樣對自己說的。愛麗絲，實話對妳說，這次旅程和我預料中的完全不一樣。我本以那些龍現在都應該已經死掉或者奄奄一息了，守護者們會受傷，生病，甚至逃之夭夭。但所有這些壞事都沒有發生。儘管還不太願意承認，但我已經開始喜歡這些年輕人了。甚至對一些龍，我也會感到敬佩。比如那個默爾柯。他擁有偉大的勇氣和心靈。當時他直接向賽瑪拉衝過去。我還以為賽瑪拉這一次是死定了。」

船長「呵呵」地笑了兩聲，搖搖頭，「現在那個女孩已經變得很堅強。她沒有流淚，沒有抱怨，只是站起來，把這一切甩在身後。每一天，他們都在成長，無論是守護者還是龍，都是如此。」

「的確，他們在某些地方的成長，甚至會超出你的預料。」愛麗絲表示贊同。然後她扯鬆了自己的衣領，「萊福特林，我要去船上。我的皮膚已經開始感到灼痛了。」

「妳剛才的話是什麼意思？」萊福特林在她身後喊道。但愛麗絲沒有回答。她跑在了船長前面，輕鬆地超過了船長更加沉重的腳步，「我會為妳打些清水。」船長在她身後喊道。而愛麗絲只是帶著一身的燒灼感向柏油人跑去。

辛泰拉大步從岸邊走開，離開了險些被其他人丟失、完全是由她拖到岸上的那條魚。她甚至連一口魚肉都沒有吃。這全都是賽瑪拉的錯，在龍進入水中的時候，她怎能不趕快躲開。

辛泰拉完全無法忍受人類的愚蠢。那個女孩到底希望她怎樣？希望她成為她溺愛迷戀的寵物？希望她填滿她那渺小的人生中的每一點缺憾？如果賽瑪拉想要這種陪伴關係，她就應該去找一個交配伴侶。辛泰拉不明白，為什麼人類總是渴望這樣強烈的親密感。難道他們自己的思想無法讓他們滿足嗎？為什麼他們總是要尋找其他人來滿足他們的需求，而不是自己照顧好自己？

賽瑪拉的不快，像一隻嗡嗡叫的蚊子，在辛泰拉的耳朵旁邊打轉。自從賽瑪拉為她拔出鑽進體內的那條蛇時，她的血潑濺到賽瑪拉的臉和嘴唇，她就能以一種很不舒服的方式感知到這個女孩。這全都是賽瑪拉的錯。她根本就沒有打算將自己的血和賽瑪拉分享。而現在，她們之間的這種相互感知已經不可抹消了，現在賽瑪拉的身體正在發生越來越快的變化，這肯定也不是她有意為之的。她還不想創造出一個古靈，更不要說她還必須為此花費心思和時間塑造這個女孩。就讓其他人為這種陳舊的消遣方式去費力思考吧，人類的壽命實在是短促得荒謬，即使經過了龍的重塑，他們的壽命可以再延長數倍之久，卻仍然不過是巨龍壽命中的一個片段。既然古靈那麼快就會死掉，為什麼要費力去創造古靈，還要和他們連結在一起？

現在賽瑪拉自己跑到一邊去生悶氣了，或者是自怨自艾。有時候，這兩種情緒在辛泰拉看來根本沒有什麼差別。現在那個女孩在哭泣，彷彿哭泣能修正什麼事情一樣。其實那不過是人類在面對困難時的一種糟糕反應而已。辛泰拉痛恨自己不得不體會賽瑪拉疼痛的眼淚，不斷流出黏液的鼻子和疼痛的喉嚨。她想要狠狠咬一口那個女孩，但她知道，這只會讓那個女孩更加哀嚎連連。所以，她只能盡力克制住自己，溫柔地向賽瑪拉伸展過去。

賽瑪拉，請停止這樣無聊的事情吧。這只會讓我們兩個都不舒服。

拒絕溝通——這就是她從那個女孩那裡得到的。連一個明確的想法都沒有，女孩只是毫無意義地要將龍推出她的思想。她怎麼敢這樣無禮！難道辛泰拉想要讓她在自己的心裡有一席之地嗎？

藍色的巨龍女王在泥土河灘上找了一片有陽光的地方，伸展開身體。離開我的意識，她警告那個女孩，然後就毅然決然地將意識從女孩那裡轉開。但她仍然無法熄滅那一點孤獨和哀傷的感覺。

禱月第十四日
商人聯盟獨立第六年
來自黛托茨，崔豪格信鴿管理人
致艾瑞克，繽城信鴿管理人

活船金色黃昏號上除了有我的二十五隻信鴿以外，船長還為你帶去了崔豪格雨野原貿易商議會的款項。這筆款項足以購買三擔用以飼養鴿子的黃豌豆。

艾瑞克：

我終於讓議會信服了那些鴿子作為肉食禽類的價值。我還向他們展示了幾隻王鴿，包括兩隻半大鴿雛。我告訴他們，這種鳥能夠每隔十六天就下兩隻蛋，這和牠們的孵蛋週期正相符合，當鴿雛被孵出來時，牠們又能產下新的蛋了。這樣，這種放養鳥類就能夠為餐桌提供一種穩定的食材來源。他們對此似乎非常感興趣。

關於梅爾達和芬波克，我只能告訴你從卡薩里克聽到的一些傳聞。那名女子非常希望隨同遠征隊進行向上游的探險，為此她已經簽署了一份相關契約。梅爾達則似乎是只能與她同行。那艘船上沒有攜帶信鴿。在我看來，這是一個愚蠢的疏漏。在他們返回或者傳回噩耗之前，我們都不可能知道他們遭遇了什麼。很抱歉，我沒有更多詳細訊息可以告知他們的家人了。

黛托茨

4 藍墨水、黑雨

愛麗絲僵硬地坐在廚房餐桌旁邊。剛入夜，窗外暮色正漸漸變濃。她的衣著沒有什麼問題，只是有些有些怪異。穿在她身上的這件長袍是用一種柔軟布料做成的。僅憑觸摸，她說不出這到底是什麼材質，貝霖如同影子一般走過廚房，這是她特有的一種安靜而隱祕的行動方式。她向愛麗絲揚了揚那雙深褐色的眼眉，彷彿是對她身上的衣服感到驚奇與欣賞，然後這位女水手露出了一絲帶有陰謀意味的微笑，愛麗絲因此臉紅了，而女水手已經繼續去做自己的事情了。愛麗絲低下頭，露出微笑。

貝霖已經成為了她的朋友，一種愛麗絲以前從未有過的朋友。她們的交談總是很短暫，卻又讓人感到舒適。有一次，她來到愛麗絲身邊，和愛麗絲一同靠在船欄杆上，看著夜晚的天空。沉默片刻之後，她說道：「我們雨野原人的壽命都不長。我們必須用力抓住機會，或者儘快懂得有些機會不屬於我們，那樣我們就會放手，去尋找別的機會。但一個雨野原男人不可能永遠等下去，除非他願意就此耗盡自己的生命。」

她沒有等待愛麗絲的回答。貝霖似乎很懂得愛麗絲什麼時候需要時間來思考從她這裡聽到的話。但今晚，貝霖的微笑似乎是在暗示愛麗絲很快就會做出一個決定，一個她非常贊同的決定。愛麗絲吸了一口氣，又隨即歎口氣。貝霖是對的嗎？

經過了河中那場災禍，愛麗絲全身皮膚都開始火燒火燎地痛，幾乎無法碰觸任何衣物，於是萊福特林給了她這件絲綢的貼身長袍。現在距離皮膚沾上河水已經有兩天時間了，灼痛感依然沒有完全從愛麗絲的身上褪去。她確定這件長袍是古靈寶物，其閃爍的紅銅光澤，愛麗絲覺得它更像是一副極其精緻的金屬絲網，而不是一件縫製的衣物。當愛麗絲移動身體的時候，它就會和愛麗絲的皮膚一同輕聲絮語，彷彿是在講述古早以前那位已經被遺忘的古靈公主所擁有的各種深閨辛祕。愛麗絲皮膚上的傷痛得到了它的撫慰。一名河上駁船的船長竟然擁有這樣的寶物，愛麗絲對此不由得吃了一驚。

「進行貿易的商品而已，」萊福特林故作輕鬆地說道，「我希望妳能留下它。」他的語氣很生硬，彷彿他根本不知道如何送出一件禮物。愛麗絲真誠地向他表達謝意，他則是臉上一紅，從面頰上半部一直延伸到額頭的鱗片，如同銀色鎖鏈一般閃爍起了光芒。如果換作以往，這樣的情景也許會讓愛麗絲感到畏懼。但現在，她卻想像著自己的指尖撫過這一串鱗片，一種溫暖的欲望從心中油然而生，讓她渾身都禁不住地顫慄。她不得不從萊福特林面前轉開口，努力壓抑自己狂跳的心臟。

她撫摸大腿上紅銅色的光華絲綢，已經是第二天穿上這件長袍了，這件古靈寶物讓她感到涼爽和溫暖。酸性河水在她皮膚上造成的無數細小水皰，都隨著這件寶物的撫慰而平復。愛麗絲知道，這件過於伏貼的衣服緊裹住她的全身，有些過分地顯露出了她的身體曲線。當她走在甲板上的時候，就連古板的斯沃格也會帶著欣賞的意味多瞥她幾眼。這讓她有了一種少女般的眩暈感覺。幸好塞德里克一直躺在床上，這讓她幾乎鬆了一口氣。她相信：她的旅伴絕不會贊成她穿上這樣一件衣服。

廚房門忽然被打開，萊福特林從甲板上走進來。「還在寫字？妳真讓我吃驚！我的手如果握住鋼筆寫上超過五六行字，就肯定要抽筋了。妳都記下了什麼？」

「喔，你真會說笑！我看了你的所有筆記和對這條河的素描，你和我一樣，是一名忠實的記錄者。至於說我寫的。我正在補充我昨晚和蘭克洛斯的對話細節。沒有了塞德里克的幫助，我不得不自己在交談時進行記錄，隨後再予以補充。終於，那些龍終於開始和我分享一些他們的記憶了。現在還不是很多，其中一些也顯得雜亂無章，但每一點資訊都是有用的。把它們拼合起來，就能夠成為非常令人興奮的完整歷史。」她拍了拍自己的皮封日記本。當愛麗絲離開繽城的時候，這個本子和她的檔包都嶄新爍亮。現在，它們看上去全都有了許多磨損和傷痕，皮革表面因為過度使用而變暗了。愛麗絲微微一笑。它們看上去很像是一位冒險者的夥伴，而不再是一個柔弱主婦的心事筆記了。

「那麼，能不能給我讀一點妳寫下的內容？」萊福特林提出請求。隨著他的話語，他已經快步走過這間小廚房，從小爐子上提起沉重的水壺，給自己倒了一杯濃咖啡，然後坐到了愛麗絲對面。

愛麗絲突然覺得自己像是一個害羞的孩子。她不想高聲朗讀那些用學術語法和辭藻修飾過的論文，她擔心這樣會讓他們的交談顯得呆板枯燥。「我來總結一下吧，」她急忙說道，「蘭克洛斯提起了我手上和臉上的水皰。他說，如果這些水皰變成疤痕，那我才真正會變得很可愛。我問他是否因為這會讓我的皮膚更像是巨龍的皮膚。他對我說：『當然，沒有什麼能夠比巨龍的皮膚更可愛了。』然後他告訴我，或者說是向我暗示，人在巨龍身邊生活得越久，就越有機會變化成古靈。他暗示：在古早時代，一頭龍能夠讓這種變化在有價值的人身上加速發生。他沒有說龍是怎樣做到的，但依照他的話，我推測在古靈居住的古早城市裡，應該也有普通人類。他承認我的推測沒有錯。不過他說，人類往往居住在古靈城市的周邊。一些農夫和商人會生活在河對岸，遠離巨龍和古靈。」

「知道這件事很重要嗎？」萊福特林問。

愛麗絲微笑著說：「我收集到的每一點細小的事實都是重要的，船長。」

船長拍了拍愛麗絲厚重的檔包。「那麼這裡裝的又是什麼呢？我看到妳一直在妳的日記本上寫個不停，同時又總是把它帶在身邊。」

「喔，這可是我的寶貝，先生！這裡面全都是我在這些年的研究中搜集到的智慧。我很幸運，得到了幾樣非常罕見的卷軸，織錦，甚至是來自古靈時代的地圖。」她在這樣說的時候不禁笑了出來。她有些害怕自己現在的樣子會顯得很自大。

萊福特林揚了揚濃密的眉毛，那種樣子讓愛麗絲感覺到一種沒道理的可愛。「妳把它們全都帶到了這裡？」

「喔，當然不是！其中有許多實在是太脆弱了。而且它們都非常珍貴，不適合長途旅行。我帶來的只是我的抄本和翻譯。當然，還有我的筆記。我的對於原版檔一些損毀部分的內容推測，還有對於一些未知文字的嘗試性破解。所有這些。」說到這裡，她滿懷感情地拍了拍那只鼓脹的皮包。

「我能看看嗎？」

對於萊福特林的詢問，愛麗絲感到有些驚訝，「當然。只是我不知道你是否能看懂我潦草的字跡。」她抽出用牢固的黃銅扣鎖住的寬皮帶，打開文件包。每一次打開這只皮包，看見裡面一疊疊厚實的奶油色紙張，愛麗絲都會感到一陣顫慄的喜悅。萊福特林繞過桌子，站在她的肩膀後面，好奇地觀看她翻開一頁又一頁翻譯。他溫暖的呼吸吹在愛麗絲的耳朵上，愛麗絲不由得感到一點顫抖的誘惑，心中生出歡喜的情緒。

皮包裡還有愛麗絲辛苦謄抄的崔豪格第七層卷軸，愛麗絲一絲不苟地描摹出每一個古靈字母，又竭盡全力複製出圍繞這些文字的細膩圖畫。在品質一流的紙上，愛麗絲用上等黑墨水抄下了六份古靈卷軸的克裡梅爾譯本，又用紅墨水寫下了她自己的補充和修正內容，用深藍色的墨水插入了抄自其他卷軸的筆記和註釋。

「做得好詳細。」船長發出敬慕的讚歎，讓愛麗絲感到一陣溫暖。

「這都是許多年來積累的工作。」愛麗絲認真地回答道。她翻過幾頁紙，露出自己對一幅古靈壁掛的臨摹。充滿裝飾感的葉片、貝殼和游魚圍繞著一幅藍綠色調的抽像圖畫。「這一個……嗯……還沒有人弄清楚。也許它是受到了損傷，或者處於某種原因沒有能完成。」

萊福特林再一次挑起了眉毛。「嗯，在我看來，它的內容很清晰。這是一個河口的落錨點標記圖。」他伸出帶有鱗片的食指，小心地觸碰了一下這張圖紙，「看，這裡是最佳的巷道。它用不同的藍色標記出高潮線和低潮線。這條黑線也許是重載船的航路，或者是表明這裡有一道很強的水流或者伏流。」

愛麗絲看著那裡，又驚訝地抬起頭看向船長，「是的，我現在能看懂了。你認識這個地方嗎？」她的聲音顯露出興奮的情緒。

「不，我從沒有到過這樣的地方，但這的確是一條河道航線圖，它詳盡地描繪了那裡的水文狀況，陸地上的細節則完全被忽略了。我可以打賭，就是這樣。」

「你願意坐下來好好和我說一說嗎？」愛麗絲向船長發出邀請，「這些如同波浪般起伏的條紋又是什麼？」

船長遺憾地搖搖頭。「恐怕現在不行。我進來只是為了喝一杯咖啡，躲躲艙外的風雨。天越來越黑了，但龍還沒有要停下來的跡象。我最好馬上出去。如果一定要在夜間航行，那甲板上的眼睛肯定是越多越好。」

「你還害怕會有白潮從上游而來？」

萊福特林搔搔鬍子，搖了搖頭。「我認為危險已經過去了。不過這很難說。現在的雨水很髒，有一股煙灰的氣味。落在甲板上的水滴都是黑色的，所以，一定在某個地方有些事情發生。我一生裡只見過兩次真正的白潮。每一次都是在地震之後一天左右就發生了。河水酸度的變化從來都沒人能說得準。但我有一種感覺，如果我們會遭到白潮的襲擊，那麼一定就應該是現在。」

「嗯，聽起來挺讓人安心的。」愛麗絲搜腸刮肚地尋找著可以說的話，能夠讓萊福特林留在廚房和她談論的事情。但她知道，船長有自己的工作。想到自己這樣做是多麼愚蠢，她最終閉住了嘴。

「我最好去幹活了。」萊福特林不情願地說道。愛麗絲的心中突然冒出一個女孩子般的想法，她確信萊福特林一定也很想留下來。知道這一點，她反而更能夠說服自己，讓他離開。

「是的，柏油人需要你。」

「嗯，有時候，我也不知道柏油人是不是真的需要我們，但我最好還是出去看看河面。」他停頓了一下，又突然大著膽子說道，「其實我的眼睛只是想看著妳。」

愛麗絲深深地低下頭，船長的讚美讓她一下子面紅耳赤。萊福特林笑了，然後他就走出了廚房。河風將廚房門在他身後用力關緊。愛麗絲歎了一口氣，然後又微笑著回想，在他面前的自己顯得多麼蠢笨。

愛麗絲拿出鋼筆，打算將萊福特林的解釋記在那張河圖上。她決定使用藍色的墨水。是的，應該用藍色墨水，因為她相信他的理論。想到數十年以後的學者們看到萊福特林的名字，直到一位普通的內河船長破解了許多人苦思冥想而不得要領的謎題，愛麗絲覺得非常高興。她找到那只小墨水瓶，打開瓶塞，將鋼筆在裡面蘸了蘸，卻發現裡面的墨水已經乾了。

她將墨水瓶舉到燈光下。她已經寫下了這麼多日記？想來應該是這樣。她在這一路上見到了那麼多奇妙的景象，讓她有了許多新想法，也修正了她許多陳舊的概念。她想要向墨水瓶中加一些水，融化開乾結的色素，但她又皺了一下眉頭。不，這只能是她最後的手段。她想起塞德里克的便攜寫字台裡應該有充足的墨水，而且她從今天早晨開始就沒有見到過塞德里克。這是一個探望他的好理由。

塞德里克甦醒過來，他醒得並不突然，就像是從深深潛入的黑色水底慢慢浮出水面，睡眠從他的意識中滑走，就像離開他的頭髮和皮膚的一股流水。他睜開眼睛，看到這個熟悉的昏暗房間，但這裡的感覺有了少許不同，空氣稍稍涼爽清新了一些。有人最近剛剛打開屋門走了進來。

他察覺到一個人影蹲伏在他的行李前，又聽到一雙手鬼鬼祟祟地打開了他的衣箱。他慢慢移動身體，抬起頭越過床沿向外窺望。房間裡的光線很暗。外面的陽光正在消失，他也沒有點燈。負責為他的房間通風的氣窗，從那灑進來的最後一點陽光，是整個房間唯一的照明。

但他床邊地板上的那隻生物身上，卻閃爍著一種溫暖的紅銅色光彩，這種反光甚至比照在它上面的暮光更顯明亮。在塞德里克的注視下，那一點光亮在這隻生物覆蓋著鱗甲的脊背上來回游走。這隻生物正俯身在他的衣箱上來回翻找，肯定是在尋找藏有龍血的那個隱祕的抽屜。

恐懼充滿了塞德里克的內心，讓他差一點尿了褲子。「很抱歉！」他大聲喊道，「我非常，非常抱歉。我不知道妳是誰。求妳，求妳放過我，放過我的意識。求妳。」

「塞德里克？」那頭紅銅龍直起身子，突然變成了愛麗絲，「塞德里克！你還好嗎？你是發燒了，還是在做夢？」她將一隻溫暖的手放在塞德里克潮溼的額頭上。塞德里克卻痙攣一般地躲避開她的碰觸。是愛麗絲。只是愛麗絲而已。

「妳為什麼要披上一身龍皮？為什麼妳要翻我的東西？」在一陣驚駭之後，塞德里克用憤怒和責備的語氣說道。

「我……龍皮？喔，不，這只是一件長袍。是萊福特林船長借給我的。它是古靈製造的，非常漂亮。主要是它不會刺激我的皮膚。來，摸摸它的袖子。」愛麗絲將手臂遞給塞德里克。

塞德里克沒有心思去摸那種閃閃發光的布料。古靈做的，龍的物品，原來如此。「但這也無法解釋妳為什麼要溜進我的房間，翻檢我的東西。」塞德里克繼續暴躁地抱怨著。

「我沒有！我不是『溜進來』的！我敲了你的屋門，你沒有回應，我就進來了。這道門也沒有門上。你睡著了。最近你一直都是這麼疲憊，我不想吵醒你。就是這樣。我只想從你這裡拿一些墨水，一些藍墨水。難道你不是一直都將墨水放在那個便攜寫字台裡的嗎？啊，就是這個。我會倒出一些，然後就安靜地離開。」

「不！不要打開它！把它給我！」

正要撥開鎖栓的愛麗絲僵在原地。然後，她默默地將那個寫字台遞給塞德里克。塞德里克努力不讓自己從愛麗絲的手中把寫字台搶過來，但是當寫字台離開愛麗絲的雙手，被他抱進懷裡的時候，他那種寬慰的表情還是太過明顯了。他把寫字台放在床上，用自己的身子將它擋住，然後才將它打開一條縫，伸手進去摸索墨水瓶。愛麗絲站在旁邊自始至終一言不發。看來幸運還是在眷顧他的。他拿出一瓶藍墨水，交給愛麗絲，然後心不在焉地向愛麗絲表示了歉意：「妳進來的時候，我正在睡覺，所以才向妳發了脾氣。」

「你的確睡得很熟。」愛麗絲冷冷地回答，「我要的只是這個，謝謝你。」她從塞德里克手中拿過墨水瓶，就像門口走去，一邊還用塞德里克能聽到的聲音嘟囔著，「溜進來，真是的！」

「我很抱歉！」塞德里克喊道。但愛麗絲已經關上了屋門。

愛麗絲離開之後，塞德里克從床上翻身站起，牢牢閂住了門。然後他立刻跪倒在那個隱藏抽屜的旁邊。「只是愛麗絲而已。」他對自己說。是的，但又有誰知道那頭紅銅龍會向愛麗絲說些什麼？他笨拙地拉開抽屜。抽屜拉開一半就被卡住了。他努力讓自己平靜下來，小心地拿出那瓶紅銅龍的血。這瓶血是安全的。塞德里克還擁有它。

她也還擁有塞德里克。

自從嘗到龍血之後，塞德里克不知道經過了多少天。他的雙重知覺時隱時現，就如同腦袋被揍了一拳之後眼前出現的雙重影子。他幾乎還是他自己，儘管孤獨又沮喪，但還是塞德里克。只是另外那一種身體的感覺和混亂的記憶，總是會穿過他的身體，讓她那些混淆不清的感知和他的思維攪合在一起。有時候，他也嘗試去感覺她的世界。妳正在水中行走，不是在飛行。有時水會將妳托起來，讓妳幾乎踩不到地面，但這不是飛行。妳的翅膀太弱了，無法飛起來。

有時，他會鼓勵她。其他龍幾乎都要看不見了。妳必須努力移動得更快一些。妳能做到。向妳的左側走。那裡的水更淺。發現了嗎？現在走起來更容易了，對不對？真是個好女孩。繼續向前。我知道妳餓了。注意看河裡有沒有魚。也許妳能捉住一條魚，把牠吃掉。

有時，他依稀會為自己感到驕傲，因為自己對她很好。但在另一些時候，在照料一個蠢孩子的辛勞中，他又覺得自己可能要這樣度過全部人生了。如果費些力氣，他有時能夠將自己對於她的大部分知覺封鎖起來，但如果她感到疼痛、害怕，或者是過於饑餓，她模糊的意識就會進入他的心靈。即使他能夠讓自己不會變得像她一樣智力遲鈍，也無法逃避她持續不斷的疲憊和饑餓。她持續不斷地向他問著：「為什麼？」每一天、每一刻，這個問題都回盪在他的身邊，而他對於自己的命運也有著同樣的疑問。更糟糕的是，她還會竭力理解他的思想。她不明白有時候他會睡覺，會做夢。她總是闖進他的夢裡，提出要殺死詔諭，或者要陪伴他、安慰他。這都太奇怪了。他非常疲倦。因為睡眠被打擾和與她一起分擔那種沒有止境的，充滿挫敗感的掙扎，他感到自己遭受了雙重的消耗。

他覺得駁船上的生活變得異常奇怪，他只好盡可能躲在他的房間裡。但尋求一點清淨仍然是癡心妄想。就算是那頭龍不闖進他的意識裡，他也還有太多人需要應付。愛麗絲對他充滿愧疚，似乎根本不會撇下他一個人。每天早晨、每天下午和每天晚上入睡之前，愛麗絲都會來看他。她的來訪總是很短暫，卻仍然讓人感到不舒服。塞德里克不想聽她熱心地講述白天都發生了什麼，同時又不敢將心裡的任何事情告訴愛麗絲，而若直接命令愛麗絲閉嘴離開，肯定是失禮的。

那個男孩可怕的程度僅次於愛麗絲。塞德里克不明白，為什麼戴夫威會那麼喜歡他？為什麼每天不能簡單地放下他的食盤，然後便離開？每一次，這個男孩都用充滿渴望的眼神看著他，願意為他做各種事，甚至還主動提出要為他清洗襯衫和襪子——這個要求只是讓塞德里克打了個冷顫。有兩次，塞德里克對這個男孩說了粗話，塞德里克不喜歡這樣做，但這是將這個孩子趕出去的唯一辦法了。每一次，遭到塞德里克斥責的戴夫威都一副深受打擊的樣子，讓塞德里克覺得自己就像是一頭野獸。

塞德里克舉起握在手中的這一瓶龍血，再一次觀察它在瓶子裡旋轉，在昏暗的房間裡閃閃發光。儘管瓶子在塞德里克的手中紋絲不動，但盛在裡面的紅色液體卻仍然在緩慢地舞蹈。它擁有自己的光芒，赤血中蘊含著紅光。一絲絲的猩紅色在玻璃中相互盤繞、轉動不息——這是引誘還是迷惑？塞德里克問自己，卻沒有答案。龍血吸引著他。他的手中握著一位國王願意用大筆財富購買的寶物，只要他能夠將這東西帶到恰斯國。但現在擁有它對他而言忽然變得非常重要。他想要再嘗一嘗它嗎？他不知道。他不認為自己想要再次體驗龍血的滋味。他害怕自己如果屈服於這種並非他本來心願的衝動，結果只會讓他更加緊密地和那頭龍接合在一起，或者是和所有的龍結合在一起。

在那天臨近黃昏的時候，他曾經到甲板上去呼吸一下清涼的空氣，他聽到默爾柯在向其他龍發出呼喚。默爾柯直接喊出兩頭龍的名字：「賽斯梯坎，蘭克洛斯，不要吵鬧了，省下你們的力氣去與河水戰鬥吧。明天我們還要走很遠的路。」他站在甲板上。那頭金龍的話語在他的意識裡不住地閃動。他能清晰地聽到龍的語言了，他開始竭力回憶，龍那種銅號一般的吼聲裡，自己以前是否聽到過其中帶有任何明確的思想？他記不起來了。這些龍在彼此交談，話語中充滿理性，就像人類一樣。他感覺到一陣暈眩和自己的負罪感混合在一起。在心痛與昏亂中，他踉蹌著回到自己的房間裡，用力關上了門。「我不能這樣，不能。」他在自己的小空間裡開口說道。然後他幾乎是立刻感覺到了紅銅龍充滿憂慮的詢問。她感覺到了他激動的情緒，正在深深地為他擔心。

*不，我沒事。走開。別惹我！*他將她推開。她退走了，因為他的嚴厲而傷心不已。「我不能這樣下去。」他不斷地重複著這句話，只希望能夠回到以前的日子裡。那時無論是龍還是人，都不可能知道他的心思。他將這瓶龍血傾斜過來。如果他把這瓶血都喝光，他會死掉嗎？

如果他殺死那頭龍，他的意識會不會恢復完整，並且重新完全屬於自己？

一陣沉重的敲門聲響起。「等一下！」他喊道。恐懼和憤怒讓他的聲音有些過分高亢。現在沒有時間妥當地藏起這瓶血了。他將這只瓶子用一件被汗水浸透的襯衫包起來，塞到毯子下面。這樣耽誤了一段時間以後，他又喊道：「是誰？」

「是卡森。我想要和你說句話，請開門。」

卡森。又是一個似乎不肯放過塞德里克的人。白天的時候，這些獵人都會提前出發，去幹他們收了錢要做的事情。但如果塞德里克早些起來，或者在晚上走進廚房，卡森彷彿總是會出現在他的面前。有兩次，當戴夫威還在他的房間裡的時候，他會走進來提醒那個男孩不要打擾塞德里克。每一次那個男孩都會立刻離開，卻又掩飾不住自己憤懣的情緒。卡森則會在塞德里克的房間裡逗留一段時間，他似乎很想和塞德里克談一談，問問他生活在繽城那樣的繁華地方是什麼樣子，還有塞德里克是否還去過別的城市。塞德里克總是儘量簡短地回答他的每一個問題，但卡森似乎沒有意識到自己的詢問很是無禮。這名獵人總是以溫和殷勤的態度對待塞德里克，與他身上的粗布衣服和粗魯的職業相比，該種態度顯得很不相稱。

上回卡森將纏著塞德里克的男孩趕開之後，直接坐在塞德里克床腳的那個男孩位子上。他開始向塞德里克講起了自己的人生。他一直都生活得很孤獨，沒有妻子，沒有孩子，只是自己一個人，自己照顧自己，隨心所欲地活著。他收養了侄子戴夫威，因為他預見到戴夫威也會有同樣的人生——如果塞德里克能明白他的意思，但塞德里克不明白。他已經吃完了飯食，裝模作樣地打了一個大大的呵欠。

「我想，生病的你一定還覺得疲憊不堪。我希望你現在好一些了。」那時卡森對他說道，「你應該休息一會，我不打擾你了。」然後，他就像一個習慣於照顧自己的男人，手腳俐落地將塞德里克晚餐的餐具放進托盤裡準備端走。當他疊起在駁船上被當作餐巾使用的棉布方巾時，他忽然看看塞德里克，臉上露出一絲古怪的微笑。「坐著不要動，」他對塞德里克說了一聲，緊接著就用餐巾的一角擦掉了黏在塞德里克嘴邊的一點東西。「很明顯，你還不習慣有鬍鬚。它們是需要好好打理的。我認為你應該繼續把鬍子刮掉。」他又停頓了一下，意味深長地向這個不算整潔的房間看了一眼，「還應該洗一下澡，整理一下你的東西。我知道你在這裡並不高興。這一點不能怪你。但你不能因而放任自己。」

然後他就離開了，只剩下塞德里克感到震驚和受到了冒犯。他找出自己的小鏡子，貼到蠟燭旁邊細看自己的臉。是的，他的嘴角還有喝湯時留下的痕跡，就掛在剛冒出來的鬍渣上。他已經有幾天沒有刮過臉，也沒有好好清洗了。他審視著鏡子裡的自己，注意到自己的憔悴樣。在他沒有刮掉鬍鬚的面頰和眼睛之間，有一圈圈青黑色。他的頭髮從頭頂垂下來，完全沒有梳理。他想要到廚房去找一些熱水刮淨鬍鬚，好好洗一下，但這個念頭本身讓他感到疲憊。詔諭如果看到他現在這副樣子，不知道該有多麼吃驚！

他終究沒將這個想法付諸行動，而是坐回床上，愣愣地盯著黑暗。的確，他滿身汗水，又沒有刮鬍子，穿著髒衣服，待在一個淩亂的房間裡，但詔諭會怎樣看待他，已經不重要了。現在詔諭已經越來越不可能再見到他了。這是詔諭一手造成的，因為詔諭愚蠢的報復，他才會被趕到這裡來照顧愛麗絲。詔諭是否有想過他？有沒有擔心過他因為什麼事而久久不歸？對此他深表懷疑。

對於詔諭的很多事情，他都懷疑。

他撲倒在自己的船舖上。這張床更適合給狗睡，而不是人，但他還是打算就這樣睡一整天。

又一陣敲門聲將他猛地拽回到現實之中，「塞德里克？你還好嗎？回答我，否則我就進去了。」

「我沒事。」塞德里克一步就邁過了房間，挑起門住門的鉤子，「你可以進來了，如果你一定要進來的話。」

卡森可能沒有聽出塞德里克聲音中不歡迎的意味，或者他根本就不在乎。這名獵人打開門，向昏暗的房間裡看了一眼。「和這個封閉的小黑屋相比，我相信外面的光線和空氣能夠讓你感覺更好一些。」

「光線和空氣都治不好我的病。」塞德里克嘟囔著。他向這名留鬍鬚的大漢瞥了一眼，又將頭轉開。卡森一走進來彷彿就將這個小房間塞滿了。他有一副寬闊的前額，一雙深褐色的大眼睛被粗大的眉骨遮在。他被修得很短的鬍鬚和粗硬的頭髮都是薑黃色的。他的面頰被風吹成了紅色。他的嘴唇更有著紅寶石一般的光澤，而且輪廓很好看。他似乎感覺到塞德里克正在端詳他，便不自覺地用手理了理頭髮。

「你有什麼需要？」塞德里克問他。他說出這句突兀的話時並沒有多加思考。而卡森充滿友誼的眼神中一下子多了一絲戒備。

「實際上，是的，我有些事情。」卡森在身後關上屋門，房間裡立刻又昏暗下來。他掃視房間，想要找一個能坐下的地方，不等塞德里克邀請，就一屁股坐在床腳上。「聽著，我把該說的話說出來，然後就不打擾你了。我認為你明白，或者我會讓你明白，或者無論怎樣都好——戴夫威只是一個孩子，我不會讓他受到傷害，我也不會讓他被利用。他的爸爸和我就像兄弟一樣。我早就看出戴夫威將要走的路，要比他的母親更早得多。我懷疑他的母親現在也還沒有看出來。」這個男人短促地笑了一聲，又瞥了塞德里克一眼，彷彿是以為塞德里克會對他有所回應。但塞德里克什麼都沒有說。於是卡森又低頭看著自己的一雙大手，將那雙手相互揉搓，彷彿那些指節在讓他感到疼痛。「所以，你明白我的意思了？」他問塞德里克。

「你就像是戴夫威的父親？」塞德里克試著猜道。

卡森又大笑了一聲。「難道我真的願意做誰的父親嗎？」他高聲說道，又看著塞德里克，彷彿以為塞德里克一定會對他有所回應。而塞德里克只是和他對視著。

「我明白了，」獵人說道。他的聲音變得更低，也更加嚴肅，「我明白你，我向你承諾，這種情況不會再繼續下去。我會把話說清楚，然後就走。戴夫威只是一個年輕人。你也許是他見到過的最俊俏的男人。現在這個男孩已經對你神魂顛倒了。我一直在努力讓他懂得，他還太年輕，而你的社會地位要比他高很多。但幼稚的愛情總是會蒙蔽男孩的雙眼。我會盡力讓他遠離你，如果你也能保持和他的距離，我將感激不盡。一旦他認識到這不是他應該在的位置，他很快就會放棄。也許他還會有一點恨你，當然，你知道這是怎樣的情況。但如果你逗弄他，或者在其他人面前貶低他，我就要跟你算帳了。」

塞德里克盯著卡森，面孔像石頭一樣僵硬，但他的思維卻在飛快地轉動著。這名獵人話中有話，他已經充分感受到暗藏的意思了。

卡森刻板地看著塞德里克的眼睛。「如果我看錯了你，如果你是那種會占男孩子便宜的人，我會來找你。你明白我的意思嗎？」

「非常清楚。」塞德里克回答道。卡森的用意終於穿透了他的腦海。他感到震驚又羞窘，面頰如同火燒。他很高興昏暗的房間已幾乎暗得無法視物，這名獵人的眼睛依舊在緊緊地盯著他。他將目光轉向一旁。「關於你說的，我絕不會那樣在別人面前貶低那個男孩，我也要向你提出同樣的請求。至於說戴夫威的……迷戀，其實，」他吞了一口唾液，「我完全沒有注意到。即使我注意到了，也不會占他的便宜。他還那麼年輕，幾乎還是個孩子。」

卡森點點頭。一絲哀傷的微笑出現在他的嘴角。「很高興我沒有看錯你。你看上去不像是那種會占小孩子便宜的人，但這種事沒有人能說得清。尤其是像戴夫威這樣的孩子。他好像總喜歡把自己放在容易受傷的位置上。幾個月以前，在崔豪格，他就看錯了一個年輕人，還向那個人說了不該說的話。結果那個傢伙朝他的臉上連打了兩拳，把那個孩子打倒在地。那時我別無選擇，只好插手。而我也是有脾氣的。恐怕我們會有很長時間沒法回那家酒館了。這也是我簽約加入這次遠征的原因之一。我想要讓他遠離那座城市及其誘惑，過幾個月平靜的日子。讓他再成長一些，稍稍懂得一點謹慎和自控。我以為這樣能讓他避開麻煩，然而他一看到你，他的心就又飛了。但又有誰能責怪他呢？好了……」卡森突然站起身，「我要走了。那個男孩不會再為你送飯了。我從一開始就覺得這不是個好主意。不過我很難找一個理由阻止他。現在我會告訴萊福特林，我需要他早些起床跟著我去打獵，只有這樣才能讓龍群吃飽。每天我會更早地帶他離開。你可以自己去吃飯。或者也許愛麗絲能夠把飯為你送來。」他轉過身，將手按在屋門上，「你是在為她的丈夫工作？這是我遇到愛麗絲的第一個晚上，她在餐桌旁告訴我的。通常你都會跟著她的丈夫四處旅行。愛麗絲不明白為什麼這一次他的丈夫會派你跟著她，也不知道沒有了你，他的丈夫又該如何應對旅行途中的一切問題。你知道嗎？她格外為你感到憂心。因為這裡的一切都讓你悶悶不樂。」

「我知道。」

「但我猜，有很多事她都不知道。這也是你悶悶不樂的原因之一，我說的對嗎？」

塞德里克幾乎有些無法呼吸。「我不認為這是你應該關心的事情。」

卡森回頭向塞德里克瞥了一眼。「也許和我無關。但我認識萊福特林已經有很長，很長時間了，我從沒有見過他像看愛麗絲那樣，看過別的女人，而且我覺得愛麗絲對他也很不一般。在我看來，如果她的丈夫能夠在自己的人生中找一點樂子，那麼也許她也應該擁有同樣的幸福，也許萊福特林也是一樣。現在只要愛麗絲能放開自己的束縛，他們就都能找到幸福。」

卡森提起門閂鉤，輕輕將門推開。塞德里克終於找回了自己的聲音：「你打算告訴她嗎？」

那名大漢起初沒有回答。他握著半開的屋門，盯著外面。現在門外暮色已深。終於，他搖搖自己毛髮濃密的大頭，歎了口氣，「不，這不是我該說話的地方。但我認為你應該做些事情。」他像一隻大貓一樣滑出屋門，又將屋門在身後牢牢關閉，只留下塞德里克一個人沉陷在自己的思緒中。

他們在那一天比平時走得更遠。朦朧骯髒的雨水讓她的皮膚沾滿了砂礫，搔癢難忍。在那天的後半部分，河岸變得不再友善，生滿尖刺的粗硬藤蔓布滿在岸邊，這些藤蔓從伸展在河岸邊的樹枝上垂掛下來。在高處陽光能夠照到的地方，它們都結出了深紅色的果實。連續不斷的雨水，讓藤蔓上的葉片和果實閃閃發亮，又在河面上打出許多皺紋。哈裡金將小船靠向岸邊，想要摘一些紅色的果子，卻只是在身上添了不少刮傷和泥巴。賽瑪拉根本沒有進行任何嘗試。她憑經驗知道，要摘取那些果實，唯一的辦法是從上方靠近它們。即使是那樣，那仍然是一樁危險的勾當，身上帶一些傷痕總是難免的。如果現在要浪費時間找到爬到大樹頂的路徑，她和拉普斯卡一定會被別的小船遠遠落下。看到拉普斯卡不停地望著那些紅彤彤的大果子，賽瑪拉只好對他說：「也許今晚，等我們停船以後。」

但隨著陽光漸漸黯淡下去，河岸兩邊仍然找不到一處適合停靠的地方。賽瑪拉已經相信今天他們只能睡在柏油人號上，吃一點硬麵包加鹹魚當作晚餐了。如果沒有別的辦法，那些身披鱗甲的龍能夠靠近到大樹旁邊，過一個略微乾燥，卻仍然會很不舒服的晚上。賽瑪拉和其他守護者沒辦法這樣做。她最近的經驗已經向她證明，儘管她皮膚上的鱗片一直在增加，但它們仍然不可能成為龍鱗那樣的牢固護甲。默爾柯在救起她的時候，儘量不在雙顎上施加任何力量，但他的牙齒還是在賽瑪拉身上留下了不少傷痕。希爾薇幫助賽瑪拉脫下衣服，以協助處理龍牙的劃傷和左臂上那一道大傷口，賽瑪拉不得不讓這個女孩看到自己身上已經覆蓋了那麼大片的鱗甲，對此她感到困窘。她的大部分傷口都只是表皮破損，但至今背上有一處還會疼痛，摸上去仍然有些發熱。她很想現在就將小船停在岸邊，今晚好好休息一下，讓那處傷痛能夠得到緩解。但龍群顯然還在尋找一個更好的歇宿之地。他們一直在向前行進。守護者們別無選擇，只能緊緊跟隨。

當賽瑪拉和拉普斯卡追上龍群的時候，夜色已深。巨龍們已經離開波光粼粼的水面，看上去只是一個個黑色的剪影。他們登上了一座又寬又長的淤泥沙洲，這座沙洲隆起在河道中間，看起來還很年輕，看不見樹木，只有幾片灌木和草叢沿著沙洲的脊背生長，不過有許多大小不一的浮木被這片沙洲擋住，足以作為搭建營火堆的燃料。這裡看上去還算不錯。

賽瑪拉用力拉船槳，讓船頭撞上沙洲邊緣的淤泥。拉普斯卡放妥船槳，跳出小船，抓住船頭，把船拖上岸。賽瑪拉呻吟一聲，也放好自己的船槳，僵硬地站起身。持續不斷地划槳，已經讓她變得比原來更加強壯且更具耐力，但在每一天結束的時候，她還是感到疲憊不堪，全身酸痛。

拉普斯卡則彷彿完全沒有受到這種辛苦勞作的影響。「我們要生起一堆火，」他歡快地說道，「把身體烤乾。我希望獵人們能帶回一些肉。現在魚已經讓我噁心透了。」

「如果有肉當然好，」賽瑪拉表示同意，「還要有一堆好火。」在她的周圍，其他守護者們正在將小船拖上岸，或者疲憊地從小船中爬出來。

「希望能是這樣。」拉普斯卡答了一句，便頭也不回地跑進了黑暗中。

賽瑪拉看著他跑掉，歎了口氣。拉普斯卡無窮無盡的樂觀精神和體力，賽瑪拉對此感到振奮，卻也會因此從心中生出一種無力感。她氣惱地歎息一聲，便開始從船底收拾起拉普斯卡散亂的物品，又收拾好自己的背包，確保毯子和餐具放在最上面，然後就向拉普斯卡追了過去。守護者們已經在一根粗大浮木後面的背風處架起了營火堆。這根大原木能夠為他們提供燃料，並保存住營火的熱氣。一些小堆的營火也在各處亮起。拉普斯卡非常善於生火，而且樂此不疲。他總是將生火的工具收在一隻小口袋裡，掛到脖子下面。霧氣一般的雨水落在升騰的火焰上，發出一陣微弱的嘶嘶聲。

「累了？」刺青的聲音在賽瑪拉左側的黑暗中響起。

「累壞了，」賽瑪拉回答，「難道這條路就永遠都走不完嗎？在一個地方過上兩個晚上，我已經忘記是什麼感覺了。」

「比這個還要糟糕。一旦我們把龍群送到目的地，我們最終還要沿原路返回下游。」

賽瑪拉愣了一下。「你要離開你的龍？」她低聲向刺青問道。現在她還沒有和辛泰拉和好，當她想到那頭龍的時候，還是會感到心痛。但她依舊像以往一樣照顧那頭龍，為她清潔身體，尋找更多的食物，但現在她們很少有交談。當她看到其他守護者和他們的龍之間親密的關係時，更是只能感到自己的悲哀。刺青和芬提的關係就很親密。或者她其實是看錯了？

刺青將雙手握住賽瑪拉的肩膀，輕輕捏了一下。「我不知道。我想，這只能看情況了。有時候她似乎很需要我，甚至可以說是喜歡我。但另一些時候，嗯……」

賽瑪拉一聳肩，甩掉了刺青的雙手，但她酸痛的肌肉在刺青溫暖的手掌中還是感到非常舒服。刺青從賽瑪拉面前後退一步，顯然感受到賽瑪拉對他的責備之意。就像一陣湧起的熱潮，格瑞夫特和潔珥德糾纏在一起的身體忽然充滿在賽瑪拉的想像中。在一眨眼的時間裡，賽瑪拉突然很想面對刺青，大膽地幻想自己的雙手撫摸刺青溫暖且赤裸的脊背，但她馬上又想到刺青的兩隻手將會滑過她滿身的鱗片，就像撫摸一隻有溫度的蜥蜴。她開始嘲諷自己，並緊緊抿起嘴唇，不讓自己為這種不公而大聲喊叫。格瑞夫特和潔珥德能夠破壞禁忌，可能只是因為他們找到的伴侶和他們一樣，都是被放逐之人。雨野原同樣改變了他們兩個人的身體，讓他們對於彼此都是公平的。但刺青不一樣。他來自於紋身者，並非出生在雨野原。他的皮膚就像繽城女孩一樣光滑，沒有肉贅和鱗片，和賽瑪拉完全不一樣。

「真是漫長的一天。」當賽瑪拉陷入沉默的時候，刺青說道。

他擔心自己是否因為過分的舉動而激怒了賽瑪拉，因此語氣是試探性的。賽瑪拉嚥下自己對命運的憤怒，用平靜的聲音說：「的確是漫長的一天，我的身上還因為默爾柯的『援救』而感到疼痛。今晚如果能有一堆溫暖的火焰和一點熱餐，我會很高興的。」

彷佛是作為對賽瑪拉的回答，火焰突然從高高堆起的浮木上竄了起來。閃耀的火光照亮了聚集在大火堆周圍的朋友們。身材嬌小的希爾薇站在乾瘦的哈裡金身邊。他們全都在歡笑，長手長腳的沃肯正在狂亂地蹦跳著，甩下他滿頭亂髮和破舊襯衫上的火花。

博克斯特和凱斯如同兩道黑影。他們有親屬關係，總是在一起行動。萊克特大步從他們身邊走過。現在他後頸和脊背上的脊刺清晰地反射著火光。他不得不割開襯衫頸部，好讓這些脊刺能生長出來。這番情景給賽瑪拉帶來一陣安慰。*他們是我的朋友*，她心中想著，露出了微笑。他們就像她一樣，身上都布滿了標記。這時賽瑪拉瞥到了坐在一旁的潔珥德。她正坐在一段浮木上，格瑞夫特站在她身後，顯得強大有力，彷佛正在保護她。在賽瑪拉的注視下，潔珥德向後靠過去，頭枕在格瑞夫特的大腿上，和格瑞夫特說著話。格瑞夫特也向她低下頭。片刻間，他們緊貼在一起，彷佛變成了完整的一體，將整個世界都排除在外。

嫉妒切割著賽瑪拉的內心。她當然不想要格瑞夫特，只是她也希望能擁有這種被認為是理所當然的關係。潔珥德發出響亮的笑聲，格瑞夫特的肩頭抖動著，明顯是在回應她的愉悅。對於他們的親暱表現，其他人或者視而不見，或者完全接受。他們這種不加掩飾的示愛，賽瑪拉懷疑現在只有自己還為此感到憤怒和不安了。

賽瑪拉不假思索地跟著刺青走向營火堆。「你對潔珥德和格瑞夫特有什麼看法？」她開口問道，隨後又為自己竟然說出這樣的話而感到震驚。她很後悔如此草率地提出這個問題。刺青回過頭瞥她，顯然也對她的問題感到驚訝。

「潔珥德和格瑞夫特？」刺青說道。

「他們一起睡覺，在交配。」賽瑪拉聽出了自己的莽撞無禮，還有隱含在這番話後面的另一層憤怒，「一有機會，她就會找格瑞夫特。」

「只是暫時如此，」刺青不是很贊同賽瑪拉的看法，實際上，他似乎有些答非所問，「潔珥德可以去找任何人。格瑞夫特很快就會發現這一點了。又也許他已知道，只是不在乎。我清楚他的風格，凡是眼前能夠拿到的，他都會立刻拿到手，然後他會計畫去得到更好的。」他說出最後這句話的時候，又意味深長地看了賽瑪拉一眼，這讓賽瑪拉感到困惑又不舒服。

聽著刺青的話語，各種念頭像跳蚤一樣在賽瑪拉的腦海中蹦躂。他這話到底是什麼意思？賽瑪拉決定讓他們的對話輕鬆一些。「潔珥德會去找任何人？甚至是你嗎？」她成功地取笑了她的老朋友，並打算為此而大笑兩聲。但是刺青肩頭一緊，稍稍轉過頭去不再看她，這讓賽瑪拉剛剛出現的笑容一下子凍結在嘴唇邊。

「我？也許吧，」刺青粗聲粗氣地說，「這有那麼不可想像嗎？」

賽瑪拉突然想起那天晚上格瑞夫特用一番話將刺青從營火旁趕走，隨後不久，潔珥德也站起身離開了。第二天，他們兩個還共乘一條小船。之後的幾天裡……賽瑪拉明白了，她的雙腳瞬時定在原地。刺青將毯子鋪在潔珥德旁邊，在吃完飯的時候和她坐在一起。她怎麼還看不出那是什麼意思？嫉妒之火在賽瑪拉的體內燃燒，但還沒有等到這團火焰燒到她的心上，一股冰寒又將它壓滅了。她真是個傻瓜！當然是這樣，也許從他們離開崔豪格的第一個晚上就已是這樣。潔珥德、格瑞夫特、刺青，他們早就拋棄了那些規矩。只有死板愚蠢的賽瑪拉還在一心一意地信奉它們。

「我也有！」拉普斯卡高聲說著，不知從什麼地方跳了出來，成為這番對話中不受歡迎的加入者。

「你也有什麼？」刺青不太情願地問道。

拉普斯卡看著刺青，彷彿覺得刺青很愚蠢。「我也和潔珥德有過，比你還早發生，不過她不太喜歡我。她說和我很無趣。當時我們搞得一團亂，我忍不住大笑了起來。她說那只證明我是一個男孩，還不是男人。那一次之後，她對我說：『再也不要和你一起了！』我告訴她：『我不在乎。』我確實不在乎。為什麼要和那麼一本正經的人做事？賽瑪拉，我覺得和像妳這樣的人在一起才更有趣。妳懂得笑話。我是說，看看我們，我們配合得很好。妳從不會反對我的幽默感。」

「閉嘴，拉普斯卡！」賽瑪拉向他吼道，這證明了拉普斯卡真是大錯特錯。賽瑪拉大步走進黑暗裡，丟下兩個目瞪口呆的男人。她聽見刺青開始責備拉普斯卡，拉普斯卡則大喊著說他是無辜的。拉普斯卡？就連拉普斯卡也有過？滾燙的淚水從賽瑪拉的眼睛裡湧出來，在她生出細小鱗片的面頰上留下一道道鹽漬。她感到自己的臉在發熱。她是臉紅了嗎？她還能臉紅嗎？或者這只是因為強烈的怒火？

她真是個什麼都看不見的睜眼瞎。又瞎又蠢，隨便就輕信別人，簡直就是個小孩子。而這一切讓她感到如此痛心。她的腦子裡一直都塞滿了愚蠢的念頭，因為她一直在悄悄在意著刺青，而刺青對她也有著同樣的感情。她一直都認為自己的身體有問題，必須摒棄作為一個人的激情。難道她因此就可以相信刺青也會拋棄自己的欲望，只是因為刺青知道不能夠擁有她？真是白癡。

那麼拉普斯卡呢？賽瑪拉突然氣憤到了幾乎要窒息的程度。潔珥德怎麼能對單純無知的拉普斯卡做那種事？但不管怎樣，知道潔珥德讓拉普斯卡做過什麼之後，那個大男孩在賽瑪拉心目中的形象完全被破壞了。他那種嘻皮笑臉的樂觀主義精神和沒有止境的好脾氣，一下子完全變了味。賽瑪拉突然想到他每晚一定要在自己身邊睡，有時候還要貼著自己的後背取暖。賽瑪拉本以為這只是一種孩子氣的喜愛。而現在，一個憤慨的尖叫聲在她的心中響起。拉普斯卡在那些晚上都做了什麼樣的夢？其他人會如何看待他們的親密？他們是不是會以為她和拉普斯卡會在深夜裡抱在一起，就像潔珥德和格瑞夫特一樣？

刺青會這樣看她嗎？

一陣全新的怒火湧進她的心中。她看著營火，心中明白，儘管她全身溼透，肚子空空，但她今晚不會和那些人坐在一起了。她也不會允許拉普斯卡再睡在任何靠近自己的地方。她猛地轉過身，向岸邊的小船走去。今晚她要拿起毯子，睡在辛泰拉旁邊。她不會再在乎那頭蠢龍了。也許辛泰拉不在乎她，但那頭龍也要比她那些所謂的朋友更好。至少辛泰拉會清楚地表明自己對她的忽視。

賽瑪拉沒有注意到，柏油人已經貼著那些小船靠了岸。駁船正在用一雙同情的眼睛，看著這個憤怒的女孩從背包中拽出毯子與保存至今的肉乾。她今晚不想與任何人共進晚餐，但熱食的誘惑威脅到她的決心。她向柏油人瞥了一眼，不知道萊福特林是否會允許她上船，讓她在廚房的火爐旁烤一烤身體，也許還能喝一杯熱咖啡？她向駁船走近了一些。那位船長在他的甲板上嚴格地掌控著他的權威。沒有任何守護者能夠不得到邀請就登上他的船。也許她能得到愛麗絲的邀請？自從上次那場災禍之後，她一直都沒有機會和愛麗絲說幾句話。

就在這個想法出現在腦海中的時候，賽瑪拉忽然看見一個人影跨過船頭的欄杆，笨拙地爬下繩梯，來到岸上。那個人身材很瘦，而且也和賽瑪拉所認識的船員都不一樣。他蹣跚著從繩梯前走開，又輕聲罵了一句。賽瑪拉知道他是誰了。

「塞德里克！」賽瑪拉驚訝地喊道，「我聽說你生了重病。見到你真的很驚訝。你現在好些了嗎？」她覺得自己問了一個很愚蠢的問題。這個人的樣子看上去很糟糕，憔悴的面容顯示出長時間病痛的折磨。他的漂亮衣服鬆鬆垮垮地掛在身上。賽瑪拉聞出他已經很長時間沒有清洗過身體了。

那個人拖曳著腳步向賽瑪拉轉過身——這和賽瑪拉記憶中的優雅身姿完全不同。他氣惱地看了賽瑪拉一眼，不過還是回答道：「好些？不，賽瑪拉，一點也不好。不過也許很快我就能好起來了。」他的聲音很沙啞，彷彿他的喉嚨都乾裂了。賽瑪拉有些懷疑他可能喝了酒，但隨即又為這樣的想法而譴責自己。塞德里克病得很重，只是這樣而已。

塞德里克沒有向賽瑪拉道別就轉身走開了。賽瑪拉看到他托著一隻沉重的木盒子，正是這個重擔，讓他在下繩梯的時候很是笨拙。現在他走路的時候，身子還向一邊側傾著，彷彿那盒子對他來說實在是太過沉重了。賽瑪拉幾乎要跑上去幫他一把。但她阻止了自己。一個男人如果讓她看出自己有多麼羸弱，一定會感到羞恥的。最好還是不要去管他，讓他獨自做好該做的事情。

賽瑪拉扛起自己的毯子卷，轉身去龍群中尋找辛泰拉。肩頭的毯子卷隨著她的步伐，一下又一下跳動著。剛走出三步，賽瑪拉又放下毯子卷，把它抱在胸前。她手臂上的傷口已經結痂，癒合得很快。但她背上那一道長長的傷痕，彷彿完全沒有癒合的樣子，毯子碰到那裡還會讓她感到疼痛。在她身體的其他部位，鱗片都能擋住默爾柯的利齒，但在那裡的鱗片卻裂開了。那道傷是希爾薇第一個注意到的。她當時堅持要賽瑪拉脫下襯衫，好讓她能包紮她的手臂。當時那個女孩一看到她裸露的身體，便問道：「這是什麼？」

「什麼是什麼？」賽瑪拉一邊顫抖著一邊問希爾薇。

「這個，」希爾薇摸了摸賽瑪拉兩片肩胛骨之間的地方。那裡被碰到時感覺很痛，彷彿希爾薇戳到了一處膿瘡，「好像這裡被割開過，然後傷口又閉合了。這是什麼時候被割傷的？」

「我不知道。」

「我要讓裡面的膿水流出來。」希爾薇說道。不等賽瑪拉阻止，女孩已經掀開了那裡結痂的邊緣。賽瑪拉感覺到一股熱流從她的肩背處湧出來，沿著脊椎向下流淌。她轉過頭，看見希爾薇正帶著一臉嫌惡的表情為她擦拭。但這個女孩沒有說一句厭惡的話，只是細心地為賽瑪拉擦淨傷口，又用清水沖洗，然後給她綁上繃帶。現在那道傷口應該開始癒合了，但它還是不停地化膿、腫脹、疼痛，有時候還會在早晨流出膿液。賽瑪拉對它無可奈何。她很不想將自己的蜥蜴身體暴露出來，讓其他人查看。傷口會癒合的，她頑固地對自己說。她身上的傷總是能很快就癒合。這一次也不過需要長一點時間、多一點疼痛而已。

今天獵人們沒有多少收穫。賽瑪拉沒有聞到肉味，只有河魚在火上被烤熟。賽瑪拉曾經很喜歡魚肉，認為那是一種稀少的菜肴。而現在，儘管她現在餓得要命，她還是認為只要有肉乾就夠了。

龍也很失望。有幾頭高大的公龍悶悶不樂地在泥灘上遊蕩。蘭克洛斯涉入到淺水中，彷彿在那裡能找到更多食物一樣。只有在食物充足的夜晚，巨龍們才會聚集到營火周圍，和他們的守護者在一起享受火焰的溫暖。但今晚，這些巨獸在饑餓中全都在岸邊分散開了。

如果賽瑪拉只能使用雙眼，在這樣的黑暗中是很難找到辛泰拉的。不過現在她只需要沿著她們之間那道令人不快的連結摸索過去，就能找到那頭巨龍女王了。辛泰拉正在沙洲指向下游的尖端，盯著他們走過來的河道。

辛泰拉並非是獨處的。當賽瑪拉靠近她的時候，聽到了愛麗絲溫和的責備聲音：「她還毫無準備，妳卻故意讓她看到那種情景，這當然會讓她感到不安。我也不會願意在未經警告的情況下闖進那樣的事情裡。她本性很敏感，辛泰拉。我認為妳應該更注意照顧她的感受。」

「她承擔不起這種『敏感』的本性。」龍嚴厲地回答道。

賽瑪拉停住腳步，她想要聽一聽她們會怎樣說她。同時她又有些自嘲地想，自己真是很習慣於偷聽別人說話了。

「她已經很堅韌強壯了。」愛麗絲大膽地反駁了那頭龍，「讓她的心變得粗糙，不會讓她成為一個更好的人，只會讓她冷酷。我認為這對她不會是一件好事。」

「如果她繼續像現在這樣般柔順聽話，才不會是一件好事。被不是自己制定的規則束縛，總是堅守自己說過的話。在巨龍和古靈之中，我們知道每一位女性都是女王，能夠自由地做出決定，追隨自己的意志。如果要侍奉我，賽瑪拉就必須學會這一點。」

「侍奉妳！」愛麗絲激動地說道，「這就是妳的看法？她是妳的僕人？」

賽瑪拉想著，這麼多天裡，愛麗絲對辛泰拉說的每一句話，都充滿了讚譽有加的華美辭藻。而現在，她覺得愛麗絲和這頭龍之間的對話彷彿就是兩個女人的交談。她有些想知道自己是否也有了這樣的改變。或者也許是因為辛泰拉對她們已經有了足夠的信心，不會再費力魅惑她們。聽到愛麗絲為自己辯護，賽瑪拉露出了笑容。但片刻之後，她就付出了代價。

「她當然是在侍奉我。或者她至少還有這樣的潛力——只要她能夠更進一步，擁有女王的精神。一個會向其他人類匍匐乞憐的僕人對我又有什麼用？如果她總是對那些人百依百順，又怎麼能為我爭取利益？愛麗絲，我曾經以為妳也有這樣的潛力，能夠以這樣的方式侍奉我。但最近妳比賽瑪拉更讓我失望。我沒看到妳有改變的欲望。也許妳實在是太老了，早已失去了這樣的能力。」

受傷的感覺可以用沉默來表達。賽瑪拉突然明白了這一點。她聽出了愛麗絲的痛苦，這讓她轉身離開黑暗。她不在乎自己偷聽的舉動是否會暴露在別人面前，只是高聲為那位比自己年長的女性爭辯：「我不知道我們為什麼會想要侍奉像妳這樣的一個傲慢的、忘恩負義的怪物！」她一邊喊，一邊站到了她們中間。

「啊，晚上好，偷偷摸摸的小東西。妳很喜歡藏在黑暗中聽我們說話嗎？」敵意充滿在這頭龍的胸膛中，彷彿都要被自己的怒火照亮了。一片銀藍色的光暈包圍著她。那是她脖頸上的肉穗散發出的光彩。這頭龍發出的光照射到愛麗絲所穿的長袍上，又映出了一片古銅色的漣漪。這名女子渾身躍動著古銅色光輝，有一頭閃亮紅髮，她站在銀藍兩色的巨龍面前，這一番情景簡直美得令人無法呼吸，就像是古老的傳說成為現實，華麗織錦上的畫面也有了生命。如果賽瑪拉不是對這頭龍如此氣憤，她的美麗一定會俘獲賽瑪拉的心。辛泰拉感覺到了賽瑪拉心中的驚奇，便得意地振開雙持，閃耀起更加強烈的光輝。這對翅膀放射出乳白色的光芒，要比賽瑪拉記憶中更加巨大。

「我每一天都變得更加強壯和美麗。」巨龍毫不費力地讓自己的意念在兩個人類心中回盪，「那些說我永遠都飛不起來的人，總有一天會知道他們錯了。無論美麗還是力量，只有婷黛莉雅能與我競爭。總有一天，即使是她也無法和我匹敵。對於我自己，我可以坦然做出這樣的評價。我知道我是什麼。所以，為什麼我要容忍一頭柔弱的小草食動物作為我的同伴？如果她只懂得在尖叫和嗚咽中自怨自艾，甚至不懂得挑戰對自己有好感的雄性，那她又怎麼能配得上我？」

「挑戰雄性……」愛麗絲感到困惑。冰冷的聲音像是融化般，正一滴滴地流走。

「當然。」巨龍對於她低下的理解力表示嘲笑，「他已經展示了自己。他足夠強大，非常健康。他追趕妳，捕捉妳的氣味。他奉承妳，讚美妳的聰慧。妳無法向我隱瞞，妳懂得他對妳的欲望，妳也認為他很有魅力。但在妳抓住他之前，妳應該先給他一個挑戰。當然，妳做不到在飛行中交配，無法和他在天空中爭鬥，在他努力想要騎在妳身上的時候躲避他的撲擊，測試他的飛行技巧。但舊日的古靈有許多辦法來讓雄性證明自己。給他一個挑戰。」

「我不是古靈，」愛麗絲鄭重地說道。一旁的賽瑪拉注意到，愛麗絲並沒有否認辛泰拉之前的那些話。那麼，辛泰拉所認為的那個值得愛麗絲一試的追求者是誰？塞德里克——她一下子明白了。那個美麗的繽城男人看起來對愛麗絲有求必應。他今晚下船也是為了愛麗絲嗎？他是不是正在計畫和愛麗絲進行一場幽會？一陣窺探隱祕的刺激感覺隨著這個想法湧過賽瑪拉全身，讓她不由得心中一驚。她到底是怎麼了？她嚴厲地斥責了自己，潔珥德和格瑞夫特那樣將肚子緊貼在一起、發瘋似地來回擺動，他拒絕想像愛麗絲和塞德里克也變成這個樣子。

「我是一個已婚的女人。」愛麗絲的第二次抗議，不像是在陳述一個事實，而更像是在承認一場災難。

「為什麼妳把自己束縛在一個妳不想要的配偶身上？」龍問道。她的困惑顯得很真誠。「為什麼妳會服從一條只會讓妳感到沮喪的規則？妳又能從這裡面獲得什麼？」

「我遵守了我的諾言，」愛麗絲語音沉重地回答道，「還有我的榮譽。我們簽訂了契約，詔諭和我。我們以堅定的信念承諾擁有彼此，不再有別人。我希望我不曾簽下這份契約，做出這個承諾。的確，我當時根本就不明白自己放棄了什麼。為了一些卷軸，一個舒適的家和餐桌上的美食，我簽下契約出賣了自己。這是一份愚蠢的契約，但也是我們都要堅守的一份契約。所以，當這一切都結束之後，我會離開萊福特林和我的龍，還有我能夠感受到生命活力的這段日子。我會回家，盡可能為我的丈夫生育一個繼承人。這是我承諾的事情。如果妳認為我是一隻會尖叫和嗚咽、被捕食獸攫在爪子裡的食草動物，好吧，也許我的確就是這樣，但是當我全身的每一根骨頭都在哭喊著要我違背自己的諾言時，我還能守住它，也代表我有著另外一種不同的力量。」

辛泰拉輕蔑地哼了一聲。「妳根本就不相信他也守住了諾言。」

「我沒有證據能證明他打破了誓言。」

「不。妳就是他打破誓言的唯一證據。妳已經被打破了。」龍冷酷無情地做出宣告。

「也許吧。但我一直遵守著我的誓言，保護我的榮譽完好無缺。」愛麗絲的聲音變得越來越無力。她固守著自己的榮譽和誓言，但她還是將臉埋在雙手之中。一段時間裡，她哽咽著，一言不發。終於，她的嘴唇間傳出了沙啞哀苦的喘息聲。賽瑪拉向她靠近一步，猶豫著拍了拍她的肩膀。以前賽瑪拉從沒有試過安慰任何人。「我明白，」她低聲說道，「妳選擇了唯一能夠保全榮譽的道路，但這對妳很難。而當人們都認為妳是一個傻瓜，竟然會這樣堅守自己說過的話，妳若選擇這樣做，就只會更難。」

愛麗絲揚起滿是淚痕的臉。賽瑪拉一時衝動，伸出手臂將她抱住。「謝謝妳，」這位年長的女子斷斷續續地說道，「謝謝妳不認為我是傻瓜。」

雨水再次落下，這一次的雨更大。萊福特林拽下自己的編織帽子，遮住耳朵，乜斜眼睛向黑暗中的傾盆大雨望過去。他已經度過了漫長的一天，現在他真正想做的只是坐到廚房的餐桌旁邊，喝上一杯熱茶，吃一碗雜燴燉菜，給一位紅髮女子說兩個笑話，看著她露出微笑，向他殷勤的船員們說一聲「請」或「謝謝」。這樣的要求不算過分，他心中想道，這是一個男人應該有的生活。當他爬下船，大步走過泥濘的河灘，柏油人號那雙畫出來的大眼睛一直充滿同情地凝視著他。這艘船知道他要去做什麼，也知道他有多麼不喜歡那樣做。

只有像傑斯那樣的雜種，才會要求他在這種黑夜的大雨中和他在船外見面。最近這幾天裡，他們兩個只是在沉默中交換過幾次瞪視。萊福特林一直拒絕與那個男人單獨相處，從而成功地避免了和他對話。但是今晚，就在萊福特林已經準備好享受一下廚房火爐的溫暖時，他在自己的咖啡杯下面發現了一張紙條。

萊福特林竭力不惹人注意地離開了聚在一起的船員們。似乎沒有人注意到他的不告而別。他悄無聲息地在黑暗中前行，避開守護者們的營火。一陣風將那些年輕人的笑聲和烤魚的香氣吹到他這裡，也讓營火燒得更旺。今晚，萊福特林不希望任何人看到他上岸。

風、黑暗以及連續不斷的雨水，完全遮蔽了他。他正在向銀龍靠近。他能看出來，這裡是和傑斯會面的一個理想的隱祕之地。「和我在銀龍旁邊見面，否則祕密就會公開。」這是那張紙條的全部內容。萊福特林無法對這個威脅視而不見。銀龍正在用前爪按著什麼東西，從上面撕扯下一塊又一塊肉。萊福特林忽然有了一個瘋狂的想法，他希望銀龍正在吃的正是傑斯。他又向前走出兩步，才看清楚銀龍爪子下面是一隻四足野獸。那名獵人給這頭龍帶來了一份賄賂，讓他在他們談話的時候，只是專心地大吃大嚼。這個辦法很有效。萊福特林看到銀龍從獵物屍體上撕下一條腿。和萊福特林最初見到這頭銀龍時相比，這頭龍的身體狀況已經改善了很多。但他仍然比其他的龍更小，也沒有其他龍那樣健康。他的尾巴已經痊癒了，但他明顯要比其他龍更容易感染寄生蟲。銀龍察覺到了萊福特林的出現，一邊嚼著帶著蹄子的腿，一邊向船長轉過了頭。

「晚上好，船長，」傑斯從銀龍的肩膀後面繞出來，向萊福特林打著招呼，「今晚很適合出來散步。」

「我來了。你想要什麼？」

「不是很多，只是一點合作，僅此而已。今天下午，我看到了一個機會，我覺得我們不應該放過它。」

「一個機會？」

「沒有錯。」傑斯拍了拍那頭龍的肩膀。銀龍向那名獵人發出一聲低吼。但他的注意力仍然只是集中在肉上。「雖然他看上去很凶，但實際上他已經和我混得很熟了。只要有機會，我就會多給他一些肉。現在他一點也不介意我待在他的身邊。」獵人一邊說話啊，一邊掀開外衣，露出一把短柄斧，兩把長匕首，還有一把小刀。它們全都整齊地被插在鞘中，藏在他的馬甲背心的暗兜裡。他稍稍向銀龍一歪頭，「我們可以開始了嗎？」

「你瘋了。」萊福特林低聲說。

「當然沒有，」傑斯露出微笑，「他吃完這頭鹿以後，就會想要大睡一覺。從一開始，我就在為這種可能制定計畫，做各種準備。我割開了這頭鹿的肚子，在裡面放了大量纈草和罌粟。我相信它們足以讓一頭龍昏睡過去。結果如何，很快我們就能知道了。」他又在風雨中合攏外衣，笑著望向萊福特林。

「我不會幹這種事。我們不可能全身而退。我不幹。」

「我們當然能全身而退。我早就考慮好了。龍會完全睡死過去。我們要確保他永遠不會再醒過來。只需要一、兩個小時，我們就能神不知鬼不覺地拿走他身上最值錢的部位，把它們帶回柏油人號，然後我們調頭駛向下游，就在今晚。」

「守護者和其他龍呢？」

「在這樣的風雨中？他們什麼都不會注意到。等到他們察覺出了狀況，會發現他們的小船都被我們破壞了。我相信，以後再也不會有人得到他們的訊息了。」

「對於崔豪格人，我們該如何解釋？」

「我們甚至不會在那裡停留。我們一直順流而下，快得像箭一樣，直接前往恰斯國的海岸。你會在那裡生活得像一位國王，還帶著你的女士。我早就注意到你看她的樣子了。至少，這樣你還能得到她。」

「你是什麼意思？」

「我的意思是，如果換做別的情況，如果你拒絕我為你鋪好的路，那麼你將失去一切。我會告訴龍和守護者，你用龍繭為你寶貴的柏油人增添了大量巫木。很明顯，你的船員在這件事上也都有一份。他們全都明白為什麼他們不用費什麼力氣就能讓這艘船行駛如飛。你為了自己的利益而殺了一頭龍，我可不認為他的同族會因此而喜歡你。我相信他們一定會生氣的。而你那位漂亮的紅髮女士，可能也不會再把你看作是一個有榮譽的人。她會知道自己錯了，知道你其實只是一個騙子。而如果我的行動順利，你可以騙過他們。」

「所以，你應該明白，你可以幫助我得到一頭沒有心智、無人照看、發育不良的龍，然後帶著你的女士，你的船員和你自己在恰斯國過上悠閒富裕的生活，或者你可以繼續頑固下去，那樣我就只能將你的祕密公之於眾。到那時，無論是你所擁有的，還是你希望擁有的，就全毀於一旦了。」獵人微笑著，看了一眼大雨，然後又說道：「等到他們全都將你視作敵人，就算是你的船和你的女士全都落在我的手上，我也絲毫不會感到驚奇。當你浪費時間向那個小女人獻殷勤、被她搞得頭暈目眩的時候，我已經用了幾個晚上的時間，和那些守護者培養信任和友情。我相信，那個繽城來的花花公子也會成為我的盟友。難道你還能繼續裝作自己完全是無辜的，與任何陰謀都沒有關係？」

銀龍低下頭，將那頭鹿的肋骨咬在口中。他的雙顎一用力，肋骨紛紛斷裂。他開始慢慢咀嚼，咬碎這頭鹿的一塊塊軀幹。萊福特林向那頭銀龍走近一步，想要警告他不要吃鹿的肚子。銀龍雖然咬著滿口的肉，卻還是向他發出一陣吼聲。龍呼吸中的臭氣讓萊福特林面色一白，向後退去，躲開了這頭龍的威脅範圍。

「喔，他不信任你。」傑斯表現出惺惺作態的同情，「我可不認為他會讓你救他。該死的蠢蜥蜴。看樣子，我們馬上就要動手了，船長。只要他一趴下，屠宰時刻就到了。我馬上要去處理那些小船了。」

如果不是可能毀滅萊福特林一切夢想的威脅，這個傢伙的高傲自大早就要將他激怒了。他從萊福特林身邊走過，很快便會消失在大雨中了。萊福特林轉身向他撲去。他可以將這個傢伙打暈，把他餵給這頭龍。可憐的傑斯。**他一定是激怒了那頭蠢笨的猛獸。龍畢竟是龍，沒辦法責怪他，愛麗絲。**

但傑斯突然又轉回身，在歡快的獰笑中露出白森森的牙齒，一把匕首在手中閃閃發光。

辛泰拉看著兩名不知所謂的人類女性。這到底是什麼意思，她們為什麼抱在一起，又為什麼要一起痛哭？這不是狩獵，不是戰鬥，不是交配，不是任何辛泰拉能夠叫出名字的行動。辛泰拉只希望她們能夠停下來。「妳們兩個有沒有帶食物給我？」她問道。

賽瑪拉從愛麗絲身邊退開，用袖子抹了抹被淚水打溼的臉，「我今天沒有機會狩獵。我知道獵人捕到了一些魚。」

「我已經吃了幾條魚，卡森說那就是『我的一份』，那一點實在是太可憐了。」

「我想，我可以去……」

「安靜！」辛泰拉朝著賽瑪拉吼了一聲。遠處傳來一陣異響，有些像是狂風的咆哮。辛泰拉同時感覺到一陣來自於銀龍的悲苦和憤怒。像以往一樣，銀龍的思緒相當混亂，無法表達具體的內容，但一定是有什麼事情引起了他的警覺。

「出什麼事了？」辛泰拉向銀龍和其他所有龍發出吼聲。剛才那陣風嘯一般的聲音變得更加響亮，就連人類也能夠聽到了。辛泰拉看見賽瑪拉轉過頭去高聲呼喊。愛麗絲抓住賽瑪拉的手，來回轉頭，四處觀望，尋找那一陣咆哮聲的源頭。咆哮聲距離她們更近了，這肯定不是變強的風聲和雨聲。這聲音越來越大，其中還夾雜著許多突然的破碎和斷裂聲。

「是這條河！發洪水了！」默爾柯的吼聲猛然進入辛泰拉的意識。隨著金龍的警告，古老的記憶猛然躍入辛泰拉的腦海。

「飛！飛到水面以上！」辛泰拉用銅號般的聲音吼道。在這個時刻，她忘記了自己還只是一半的巨龍，還被束縛在地面上。黑暗無法完全遮住迫在眉睫的危險。辛泰拉向上游望去，看見白色的浪花堆積在一道灰色的崖壁上，許多粗大的樹幹都被裹挾在這這一座液體懸崖之中。

「向樹叢跑！」賽瑪拉喊道。但這時的水聲如雷鳴，也只有辛泰拉能夠聽到她那微不足道的聲音。巨龍女王一低頭，看到這兩個女人手牽著手向沙洲上跑去。

「來不及了！」辛泰拉向她們大吼一聲，伸出頭咬住愛麗絲的肩膀，把她按倒在地。那個女人不停地尖叫著。巨龍女王對此根本不予理睬，只是揚起脖子，將愛麗絲遮在自己的翅膀下面，同時向她發出警告：「抓緊我！」

賽瑪拉還在奔逃。辛泰拉撲向了她。

浪濤在此時擊中了她們。

這不只是水。巨浪還拋來了大石塊和厚重的泥沙，陳舊的浮木和剛剛被折斷的大樹混合在一起。辛泰拉被沖得四足離地，一直向遠處漂去。一根原木擊中了她的肋骨，將她打翻到一旁。混亂的水流無情地將她向下游推去。片刻間，她完全沒入水中。她努力掙扎出水面，拚命游向她希望是河岸的地方。黑暗，洪水，一切都陷入混沌之中。龍、人類、船、原木和大石塊，在激流中相互撞擊。辛泰拉將頭從水中揚起，但整個世界都已經失去了意義。她在水中旋轉，拚命划動四肢。她已經找不到岸在哪裡了。在她的周圍，河水在黑色的天空下形成一股股白色的激流。她瞥到了柏油人上的燈光，看見一艘無人駕駛的小船被斷樹的枝葉纏裹在其中。曾經被守護者們藉以生起大堆營火的那根巨大浮木，從辛泰拉身邊飄過。那根浮木上還在冒出一縷縷煙塵，浮木靠上方的枝幹上還閃動著炭火的光亮。

「賽瑪拉！」她聽見愛麗絲在叫喊。直到此時，她才察覺到這個女人還緊緊抓著自己的翅膀，「救救她！看，辛泰拉，我看見她了！在那邊！那邊！」

辛泰拉一開始還沒有看見那個守護者女孩。終於，她看見了。那個女孩正在努力掙脫一叢浮在水上的灌木。那叢灌木纏住了她的衣服。很快她就會被灌木死死纏住，被水浪淹沒。「愚蠢的人類！」辛泰拉吼了一聲。她向賽瑪拉撲去，卻又被隨水而至的蘭克洛斯撞在身側。當她恢復身體的平衡，再去看漂在水上的灌木叢時，那個女孩已經不見了。太晚了。

「賽瑪拉！賽瑪拉！」愛麗絲不停地尖叫著。但她的聲音已經變得越來越絕望。

「河岸是哪一邊？」辛泰拉向愛麗絲吼道。

「我不知道！」女人向龍尖叫。然後她又說道，「在那邊！那個方向，朝那個方向游。」愛麗絲顫抖的手指向了他們漂過來的方向。辛泰拉受到鼓舞，更加用力地揮動四肢。她不能爬上樹躲避洪水，但她能夠將自己的身體嵌在大樹中，等待洪峰過去。

「那邊！那邊！」愛麗絲再一次發出尖叫。不過這次她指的不是河岸，而是從水中浮起的一張蒼白的小臉。賽瑪拉向辛泰拉伸出雙手。

「求妳，救救她！」愛麗絲尖叫著。

辛泰拉低下頭，將她的守護者從大河中拽過來。「我的！」她抓住賽瑪拉軟綿綿的身體，用銅號一般的吼聲向周圍吼道，「我的！」

禱月第十七日
商人聯盟獨立第六年
來自艾瑞克，繽城信鴿管理人
致黛托茨，崔豪格信鴿管理人

一封來自於繽城貿易商克魯姆．芬波克的信，其中包含貿易商梅爾達和金卡羅恩的共同籲請，要求獲得關於愛麗絲．金卡羅恩．芬波克和塞德里克．梅爾達乘活船柏油人號離開之後的更多資訊。

黛托茨：

這裡要稍稍做一點說明。塞德里克．梅爾達和愛麗絲．芬波克的家人完全瘋了。他們全都宣稱，那兩個人不可能自願參加一場持續達數個月之久、卻至今沒有半點音訊的遠征。愛麗絲．芬波克的丈夫正在進行一次長途航海貿易，但她的岳父已經聽從她親人的勸說，願意提出一筆相當高額的懸賞，只為了能夠獲取更多訊息。如果妳知道有什麼人能夠帶上一、兩隻信鴿，並能迅速前往上游，那個人就有可能贏得一大筆賞金。

艾瑞克

5 白潮

萊福特林的手卡在傑斯的喉嚨上，這名獵人正用雨點一般的拳頭打向船長的胸腹，萊福特林覺得自己的肋骨一定有被打裂，他被打破的嘴唇使得嘴裡充滿了鮮血的味道。但他仍然只是緊緊掐著對方的喉嚨。現在一切都只是時間的問題。只要他能讓傑斯窒息足夠的時間，這種充滿痛苦的擊打就會停止。漸漸地，傑斯的拳頭失去了力量。他抬起兩隻手，抓住萊福特林的手腕。他知道，戰鬥已經結束了，現在所餘的只是最後拖延一段時間。儘管被獵人抓住了手腕，萊福特林的雙手卻有如鋼鉗。他的手非常堅硬，不僅是因為上面覆蓋著鱗片，更因為這雙手經常浸泡在河水中，受到腐蝕後產生的疤痕組織頑強地抵抗著傑斯的指甲。他看不見傑斯的臉，但現在這名獵人的眼睛一定已經從眼眶裡凸了出來。他更加用力地合攏手指，同時想像著獵人的舌頭也開始伸到口外。

在這兩個拚死爭鬥的人周圍，強風呼嘯，黑色的雨水如瓢潑般砸下。銀龍放棄了爪子下的美味。獵人藏在其中的麻藥沒有影響到他。此時他正笨拙地圍繞著這兩個人不停地奔跑，發出一陣陣銅號般的危難吼聲。萊福特林已經無暇擔心龍吼聲會吸引來守護者了。如果他們過來，他就會讓他們看傑斯身上的匕首，告訴他們，傑斯只是在假裝保護這頭龍。*抓緊*，他告誡自己疲憊的雙手和顫抖的手臂。*抓緊！*劇烈的疼痛讓他感到噁心。他的耳朵裡響起異樣的咆哮。他很害怕自己會在完成任務之前昏過去。他用力收緊手指。獵人還在掙扎，向前甩頭，徒勞地想要撞擊萊福特林的臉。

一道包裹著石塊和原木的水牆突然出現在傑斯身後。萊福特林的意識瞬間呆滯了，這一刻彷彿變得像十年那樣漫長。他清楚地看見了那些白色浪濤中的殘骸碎片。他知道，這道波浪中帶有大量泥沙，具有很強的酸性。這股洪水已經奔流了很長一段路，沿途聚集了許多浮木和從河岸邊撤下來的新樹。他瞥見一頭巨大的麋鹿屍體，正向他們而來，如同被拋上半空的玩具一樣不停地被翻滾著。

「柏油人！」他高聲呼喊，同時放開了傑斯的喉嚨，轉身向他的船跑去。如果有可能，他要拯救自己心愛的船。

但在這個瞬間，時間恢復了。洪水將他擊倒，吞沒了整個沙洲。他什麼都看不見，什麼都不知道，只能像一頭突然被扔進陌生環境的野獸那樣拚命掙扎。這裡沒有空氣，沒有光，沒有天與地，他體內的氣息被寒冷和不可抵擋的力量給擠了出來。**再見，**他愚蠢地想道，**再見，愛麗絲，至少我不必看到妳回到別的男人身邊。**被淹死總要比那種漫長的折磨更好。

有什麼東西撞在他身上。他用手腳抱住那東西，隨同它升出水面，撞進一片黑暗之中。他大口呼吸著空氣，水從他的頭髮與面頰上流了下來，他被水狠狠地嗆到了，又隨著翻滾的原木落入水中，然後又冒了出來。浪濤已經從他們身邊沖了過去。這整條河仍然奔湧不息，而且很可能是原先的兩倍深。急流將他帶進水下，陷入到一堆危險的樹幹、掙扎的野獸、屍體和浮木之中。他沒有試圖爬到自己抓住的原木上面，只是僅僅趴住原木，隨著水流規律性地上下起伏，希望河水能夠將自己留在河道中央。他能聽到各種碎片撞擊河岸邊的樹木，將它們從河岸上扯下來，或者把樹幹壓倒。他瞥到一頭龍正在拚命地划水。然後原木翻滾，讓他沒入水中，等他再浮上來的時候，那頭龍已經不見了。

河水漸漸平靜下來，他終於沿著樹幹向樹根處爬去，那裡的木質更厚實，樹根也有更多可以抓握的地方。他向上又爬高了一點，離開河水，開始搜索周圍。隨著河面恢復平靜，各種殘骸碎片也鋪散開來，隨著還在上漲的河水一同向下游移動。星光和月光在白色的水面上跳動。他看到許多黑色的浮屍。在遠處，他看到一團巨大的影子，那是一頭正在游水的龍。他高喊了一聲，但他懷疑龍根本聽不見他的聲音。湍急的水聲、樹木的呻吟聲和斷裂聲，各種物體撞擊的聲音完全淹沒了他的喊叫。

然後他看到了一點鼓舞人心的景象。閃爍的燈光，雖然非常黯淡，卻正在一點點變大。很快，遠處就泛起了一個完美的黃色光團。那只可能是柏油人的燈光。有人剛剛在船上重新點亮了一盞燈。這一點燈光突然讓周圍的重重黑暗裡增加了很多細節。柏油人在遠方，處在萊福特林的下游位置。萊福特林能看到那艘船低矮的黑色輪廓了。他朝自己飽受磨難的肺中深吸了一口氣，又因為肋骨的疼痛而打了個哆嗦。他沒有浪費自己的氣息去咒罵傑斯。如果沒有極度的好運，那個傢伙現在應該已經是一具屍體了。他抿起嘴唇，吹出了一個穩定而悠長的口哨。再吸一口氣，又是一聲口哨，比前一聲更加高亢。然後又是一口氣。

沒等他再次吹哨，他已經知道柏油人聽見了他。那一圈油燈的光暈微微晃動著，駁船已經調轉方向朝他駛來。燈光消失了。隨後的一段時間裡，萊福特林只能緊緊抓住原木，穩定住呼吸，持續等待著。然後，柏油人船頭的燈光被點亮。萊福特林吸一口氣，再次吹出口哨，同時看到船頭的燈光幾乎立刻就變大了。柏油人正在竭盡全力向他游來。這艘駁船有著短粗的腿和蹼狀的腳，所以他才能輕鬆地逆流而上。斯沃格會控制住舵柄，船員們也會用船槳幫助柏油人前進。當然，柏油人不會安靜地等著船員們把船槳划起來。這艘活船早已向船長趕來了。萊福特林又吹了一聲口哨。在靠近水面的地方，他看見了那雙閃爍著淺藍色光澤的大眼睛。援救馬上就到。現在他要做的，就是等待他的船把他撈起來。

也許辛泰拉是要把她放在愛麗絲旁邊，但藍龍失敗了，賽瑪拉掉在了繽城女人的身上，愛麗絲立刻伸出手臂將她抱住，防止她再滑落到水中，但愛麗絲的手按在了賽瑪拉後背的傷口上，立刻給她帶來了一陣強烈的痛楚。

賽瑪拉儘量不在愛麗絲的懷中掙扎。片刻之後，她們卻全都開始滑下巨龍覆滿光滑鱗片的肩膀。「抓住！」愛麗絲在賽瑪拉的耳邊喊道。賽瑪拉伸手尋找一切可能讓她抓牢的東西。她的爪子摳住了辛泰拉的鱗甲邊緣。如果不是正在為求生而奮力掙扎，這頭龍一定會憤怒地把她推開。

愛麗絲擁抱著賽瑪拉，原本是想拯救這個女孩，此時卻變成了讓自己能夠留在龍身上的救命手段。賽瑪拉冒險放開一隻手，想要尋找一個更加牢固的抓握點。她的爪子勾住了辛泰拉的翅膀和後背連接的關節。「抱緊我！」她喘息著對愛麗絲說道，然後用盡全力把她們拽到巨龍背上。

在龍背上座穩之後，賽瑪拉才讓愛麗絲抱住自己的雙臂鬆開一些，她才能向前滑過去。她坐在了辛泰拉的翅膀前面，伸開雙腿，用膝蓋夾住巨龍。這不是一個安全的位置，但也要比剛才的情況好得多。她感覺到愛麗絲也在自己身後坐下。繽城女人緊緊抓住了賽瑪拉的腰帶。她們方能有了一點安穩的時間，可以確認一下自己所處的環境。

「出了什麼事？」賽瑪拉向身後的愛麗絲喊道。

「我不知道！」愛麗絲緊貼著賽瑪拉，但她的聲音仍然只能勉強傳入賽瑪拉耳中。河水還在毫無止歇地在她們周圍咆哮。「上游下來了一道巨浪。萊福特林船長告訴過我，在發生地震以後，有時候河水會在一段時間裡變成白色。但他從沒有說過會有這樣的事。」

強風不停地吹起賽瑪拉溼透的黑辮子。她們周圍全是各種怒吼和咆哮。黯淡的月光下，賽瑪拉的眼睛完全分辨不出有些什麼，整條河已經變成了牛奶一樣的白色，她只能緊緊抓住奮力掙扎的辛泰拉，同時感受著這頭巨獸的惶恐與憤怒。她感覺到自己越來越衰弱。河水中滿滿漂浮著樹枝和樹幹的殘骸，一叢叢被連根拔起的灌木，還有許多被淹死的野獸屍體在急流中起伏旋轉。賽瑪拉盯住了河岸，河水漫過了森林，一直擴展到她看不見的地方。在她的眼前有一棵碩大無朋的巨樹開始晃動，以幾乎無法察覺的速度緩緩向她們傾斜而來。賽瑪拉發出恐懼的喊聲，但辛泰拉對這一切也是無能為力，甚至是無法逃避。那棵樹倒下了，就像是一座塔樓轟然倒塌。它傾斜一小段，發出一陣呻吟，然後又傾斜一段。突然間，湧起的河水沖過她們，將她們帶離了危險的區域。

「龍！」愛麗絲突然喊道。她愚蠢地將一隻手鬆開賽瑪拉的腰帶，向下游一指，「另一頭龍！我覺得那是維拉斯！」

的確是她。賽瑪拉認得那頭深綠色雌龍剛剛長出的頭冠。維拉斯還在游泳，但賽瑪拉能看出來，她正慢慢沉下去，彷彿在被過度的疲憊拖入水中。維拉斯是潔珥德的龍，賽瑪拉想知道她的守護者在哪裡。這時，彷彿是被又一陣水浪沖過頭頂，賽瑪拉突然意識到自己並非是唯一被洪水沖走的守護者。其他守護者那時都聚集在大營火堆的周圍。他們全都會被洪水淹沒。他們的小船和裝備呢？柏油人呢？還有所有其他那些龍呢？她怎麼能只想著自己？組成她現在人生的每一個人，每一樣東西都被洪水沖走了。她的目光掃過河面，開始拚命地搜尋，但現在光線太過昏暗，波濤翻滾的水面上又漂著太多的東西了。

在她的身下，她感覺到辛泰拉的肋骨在隆起——巨龍女王正在全力吸氣，一陣銅號般的吼聲從她的喉嚨裡爆發出來。遠處的維拉斯轉過頭，鳥叫般的聲音傳入賽瑪拉豎起的耳朵，然後又是一陣吼聲。這吼聲更加深沉悠遠。賽瑪拉轉過頭，看見一個游在水中的巨大影子。是蘭克洛斯。蘭克洛斯再次放聲長吼，吼聲中所包含的訊息也在同時進入了賽瑪拉的意識，「默爾柯說向岸邊游。樹能夠給我們支持。抓住岸邊的樹，直到水退下去。向岸邊游！」

辛泰拉的肋骨再次隆起。她用更大的力量吸氣，吼叫，將訊息傳給任何可能聽見的龍和人：「向岸邊游！向樹林游！」

賽瑪拉聽到遠方另一頭龍發出回應。也許這是那頭龍第二次發出回應了。隨後，她聽到一頭龍斷斷續續地發出了銅號般的吼聲。那聲音似乎是從岸邊的方向傳來的。「向那個聲音游！」她催促辛泰拉。

要依從賽瑪拉的建議並不是一件容易的事。水流牢牢地抓住了她們。各種漂浮的碎片形成了一個又一個障礙，辛泰拉奮力突破它們的阻攔，游向岸邊，但她們落進了一個漩渦裡，開始不停地旋轉，直到賽瑪拉也完全失去了方向感。

愛麗絲緊緊抓住賽瑪拉的腰帶，她的皮膚再一次感到強烈的灼痛，她咬緊牙關抵抗著。凡是她身上被紅銅色長袍包裹住的地方，皮膚都受到了保護，但她的面頰、前額和眼皮都因為酸水的浸泡而疼痛難忍。她向大雨揚起臉，感覺到清涼舒適的雨水。她就這樣繼續咬著牙，嘴唇翹起，露出一個充滿嘲諷的微笑。她隨時都會死在這裡，卻在為一點疼痛而憂心忡忡。這實在是太可笑了。她索性大聲笑了出來。

賽瑪拉轉過頭瞪著她。「妳還好嗎？」

片刻間，守護者女孩那雙在暗夜裡灼灼放光的淺藍色眼睛讓愛麗絲感到一絲不安。但她很快就用力點點頭。「完全沒有事。到現在為止，我已經找到了八頭龍。至少我覺得是這樣。有一些龍的吼聲，我也許數了兩遍。」

「我還沒有看見任何其他的守護者。也沒有看見柏油人號。妳呢？」

「沒。」愛麗絲短促地作了回答。現在她不會擔心了，她也不能擔心。柏油人號是一艘大船。它一定不會有事。萊福特林會來找她並救起她。他一定會來的。現在他是她唯一的希望。片刻間，愛麗絲不由得開始感歎自己竟然會如此信任一個男人。然後她又搖搖頭，將這些胡思亂想從腦海中甩掉。萊福特林是她擁有的一切，是她唯一能夠依靠的人。她現在絕不會懷疑他。

河水在她們周圍翻騰且咆哮，巨大的聲音緊壓在她的耳朵上。第一波怒濤過去了，但隨後的洪水讓河面暴漲，水流變得無比強勁。愛麗絲用膝蓋緊緊夾住龍背，就像是在騎著一匹馬。她的兩隻手緊抓住賽瑪拉的腰帶，心中不住地祈禱著。她的全部肌肉都因為長時間用力而酸痛難忍。甜美的莎神啊，這場恐怖的災難還會持續多久？在她的身下，巨龍女王還在抗爭。但現在她划水的力量似乎已經不如先前了。愛麗絲想知道洪水已經肆虐了多長時間。辛泰拉一定已經很累了。如果她放棄掙扎，那她們就都會死去。她知道，一旦失去巨龍的支撐，她在這場洪水中不可能生存下來。她朝龍頭方向俯下身去。

「不遠了，我的美人，我的女王。看，那裡就是樹林。妳能游到那裡。不要徑直向岸邊游，不要和水流抗爭，順流而下，同時向岸邊靠近。我的寶石，我無價的美人。」

她感覺到了龍的情緒，那是一種令人溫暖的力量，彷彿她這個渺小人類的言辭，真的能夠鼓勵巨龍女王，能幫助她戰勝這場向大自然的挑戰。

賽瑪拉也感覺到了。「偉大的女王，妳一定要活下來。妳全部祖先的記憶全都要依賴妳的承載，才能跨越漫長的時光。游啊！不要讓他們從這個世界上永遠消失。整個世界都將因此而黯然失色。妳必須活下來，一定要活下來！」

河岸距離她們越來越近，但接近的速度是如此緩慢。儘管有她們的鼓勵，辛泰拉的力量還是在迅速衰退。這時，銅號般的吼聲傳入她們耳中。不止一頭龍已經到了岸邊，將身體嵌入到大樹之間。他們在向辛泰拉發出召喚。而愛麗絲也在此時感到一陣顫慄湧過全身——她聽到了人類的喊聲。

「是辛泰拉！是賽瑪拉的藍龍女王！游啊，女王，游啊！不要放棄！」

「甜美的莎神啊，她的背上還有人！那是誰？她救了誰？」

「游啊，巨龍！游啊！妳一定可以的！」

賽瑪拉突然提高了聲音。「希爾薇？是妳嗎？愛麗絲和我在這裡，辛泰拉救了我們！」

希爾薇嘹亮的聲音向她們傳過來。「不要試圖爬上那些垃圾，妳會被纏住的。一直游，穿過垃圾，到達岸邊的大樹。我們會在妳身下放上大原木，妳就能休息了。辛泰拉，不要被纏住！那些垃圾就像網一樣。它們會捆住妳，讓妳沉進水裡。」

又過了幾分鐘，她們終於開始靠近岸邊。這時她們非常感激希爾薇的喊話，此刻河岸邊聚集了各種各樣的殘骸碎片。在水比較深的地方，漂浮的碎片還比較鬆散，但越靠近樹林，辛泰拉遇到的障礙就越發密集。賽瑪拉緊緊趴在她的龍身上，辛泰拉最後抗爭的這一段時間，彷彿持續了至少有一天。安全的大樹已經近在眼前，辛泰拉以前從沒有如此渴望讓自己的爪子能夠感覺到樹皮的支撐，能夠緊緊抓住一棵巨樹。她知道，只有到那個時候，自己才真正是安全的。一點微弱的晨曦已經開始穿透天空，照向一片混沌的水面。他們和洪水搏鬥了一整個晚上？賽瑪拉看到了樹下群龍巨大的身軀。每一頭龍都用爪子抓住樹幹，精疲力竭地漂浮著，依靠樹林來抵禦狂暴的水流，不時會有龍發出銅號一般的吼聲。賽瑪拉不知道他們在呼喚誰。樹林中也有一些守護者。他們都坐在低矮的樹枝上。賽瑪拉看不清這裡有多少人。但她開始有了希望，但願所有人都能平安無事。只是在幾個小時以前，她還以為只有她、愛麗絲和辛泰拉在這場災難中倖存下來。現在她已經開始期待他們全都能平安無事了。

辛泰拉還在用胸膛頂開那些垃圾，向樹林靠近。想到巨龍女王竟然會接受人類的建議，沒有嘗試爬上這些垃圾形成的浮墊，而是選擇了這種更加辛苦的方式，賽瑪拉不禁暗自感到驚奇。她能夠感覺到辛泰拉的疲憊。現在巨龍女王需要停下來好好休息了。當賽瑪拉看到希爾薇和刺青從濃密的樹枝上向她們跳過來的時候，她的心一下子喜悅地狂跳起來。「小心！」她向他們喊道，「如果你們掉下去，在這一堆垃圾下面，我們永遠也沒辦法找到你們。」

「我知道！」刺青回答道，「但我們必須為辛泰拉清出一條路，幫助她到達樹林。我們會在每一頭龍的胸口下面放至少一根漂浮的原木，幫助他們在水裡浮起來。」

「如果是那樣就太好了。」辛泰拉立刻回答道。聽到巨龍女王如此示弱的回應，賽瑪拉知道，她的疲憊一定遠遠超出了自己的想像。

「我們必須從她的身上下來，」賽瑪拉低聲對愛麗絲說，「這些垃圾浮毯看上去足夠厚實，能支撐我們。只要我們小心一些就行。」

愛麗絲已經解下了自己的腰帶。這條腰帶要比賽瑪拉預料中更長，因為繽城女子將它在腰間纏了兩圈。「把這個繫在妳的腰上，」她對賽瑪拉說，「我繫上它的另一頭。如果我們一個人滑倒了，另一個人還能拉住她。」

賽瑪拉首先爬了下去，半滑半跌地離開了辛泰拉光滑的肩膀。她很感謝愛麗絲讓她在腰間繫上了這根帶子。在她就要落到垃圾浮墊上的時候，愛麗絲拉住了她，讓她能夠從容地選擇一個落腳點。不遠處有一根原木，上面伸展出一根枝杈。賽瑪拉成功地跳到了上面。那根原木承受了女孩的體重，開始上下晃動，但並沒有側向翻滾，把賽瑪拉甩進水裡。賽瑪拉懷疑這根原木在水下還有很多枝杈和其他碎片彼此糾纏著，才讓它變得如此穩定。

「這裡可以！下來吧。」賽瑪拉向愛麗絲喊道。她回頭瞥了一眼，看見刺青也要踩到這根原木上，便急忙警告他，「不要下來！我先讓愛麗絲下來，踩在這上面，你先不要把你的體重壓上來。」刺青停住腳步。他顯然很不高興，滿臉都是焦急，但他還是聽從了賽瑪拉的指揮。愛麗絲這時也趴著辛泰拉的翅膀滑了下來。賽瑪拉又聽到希爾薇的聲音在辛泰拉身體的另一邊響起。

「我們必須慢慢來，否則妳會把我弄到水裡去。我會踩著這根原木向妳走過去。我的體重把它壓下去的時候，妳可以試著將一條前腿放上來。然後，我向後退，妳可以一點一點把身子挪上來。我們已經用這種方法幫助三頭龍浮起了身子。妳準備好了嗎？」

「完全準備好了。」藍龍回答道。她的口氣和平時很不一樣，其中幾乎可以說是帶著感激的意味。賽瑪拉差一點笑了起來。也許經過這場風波之後，辛泰拉看待守護者們的眼光也會不一樣了。

刺青一下子抓住賽瑪拉的手臂，讓賽瑪拉不由得驚呼了一聲。「我抓住妳了，」刺青用充滿慰藉的聲音說，「這邊走。」

「放開！你要讓我掉下去了。」看到刺青臉上受傷的表情，賽瑪拉又改成了安慰的口吻說道，「我們必須在這根原木上為愛麗絲讓出空間。回去，刺青。」刺青照她的話做了，她又壓低聲音說道，「非常高興能看到你還活著，我真不知道該對你說些什麼才好。」

「除了『放開』？」刺青的幽默中帶著一點苦澀。

「我沒有生你的氣。」賽瑪拉對他說。讓賽瑪拉有一點驚訝的是，她發覺這句話是真心的。「向左邊移動，愛麗絲！」她向那個繽城女人喊道。愛麗絲仍然趴在辛泰拉的翅膀上，正在尋找一個落腳的地方。「再來一點，再來一點……就是這裡。妳踩的地方沒有錯。慢慢把妳的體重放上來。」

那個繽城女人聽從賽瑪拉的指揮，站到原木上。原木承受了她的重量，稍稍向下一沉，引來她的一聲小小的尖叫。她又放下自己的另一隻腳，站穩身子，同時伸展開手臂，就像是一隻在暴風雨後想要曬乾自己翅膀的鳥。她的身體剛一離開辛泰拉，這頭藍龍就急忙伸出前腿搭在被希爾薇壓下去的原木上。巨龍的突然移動讓整片垃圾浮墊都晃動起來。愛麗絲驚呼一聲，搖擺著身體努力想要恢復平衡。賽瑪拉則完全不在乎個人形象，立刻蹲下身，又坐到原木上，「放低中心！」她向愛麗絲喊道，「我們在原木上只能爬著走，除非我們能找到一個更加牢固的地方。」

「我能保持平衡。」繽城女人回應道。儘管她的聲音有一點打顫，但她還是努力站直了身體。

「隨妳，」賽瑪拉說，「我可不打算站起來。」她多年的樹梢行走經驗早就教會她，除非迫不得已，否則不要冒險。她爬到了原木上最寬的一端，那裡有許多向外伸展的樹根。她抓住樹根之後才站立起來。刺青又來到她身邊，側目瞥了她一眼，然後說道：「我帶妳們離開這裡。這裡的一些垃圾層會更厚實一些。」

「謝謝。」賽瑪拉一邊回答，一邊等待愛麗絲牽著腰帶走過來。然後她又回頭看了一眼辛泰拉。現在她只能讓希爾薇照顧自己的龍，這讓她感到有一點慚愧。那個小女孩正自信地走在原木上，指揮藍龍照她的方法浮起身體。賽瑪拉寬慰地歎了口氣。希爾薇能夠把她的龍照顧好。

「希爾薇還找回了一條小船。」刺青回過頭說道，「也是她把我從洪水裡拖出來的。」

「我還記得那時我覺得她太小，太孩子氣，不適合參加這次遠征。」賽瑪拉說道。讓她驚訝的是，刺青在這時笑了起來。

「我想，是逆境激發了我們的能力。」他們來到了第一棵大樹下。賽瑪拉停下腳步，伸手按在樹幹上。這種感覺非常好。大樹在洪水的衝擊下不住地微微顫抖，但即使是這樣，它也要比賽瑪拉幾個小時以來接觸到的任何東西都更加牢固。她很想將自己的爪子刺進樹皮中，爬上這棵樹，但她還和愛麗絲拴在一起。

「那邊有一棵枝杈很低的樹。」刺青對她說。

「那裡應該不錯。」賽瑪拉回應道。樹下的垃圾浮墊堆積得更加緊密了。賽瑪拉每一步踏在上面的時候，這些垃圾還是會上下浮動，但踩著它們逐漸走向刺青所指的樹，已經很容易了。當賽瑪拉不再需要為生存而擔心，立刻就有另外一百個問題擠進她的腦海。但她沒有將這些問題說出口，只是跟隨著刺青的指引來到那棵大樹旁。賽瑪拉先用爪子摳住樹皮，向上爬了一小段，然後愛麗絲將刺青當作墊腳，在賽瑪拉的幫助下爬上了樹幹。這個繽城女人完全不會爬樹。但在刺青和賽瑪拉的扶持下，他們終於爬上了一根幾乎和地面平行的粗壯樹枝。這根樹枝寬得足以讓愛麗絲躺在上面。不過愛麗絲只是盤腿坐在樹枝正中，同時用手臂抱住了身子。

「妳冷嗎？」賽瑪拉問她。

「不。這件長袍暖和得讓我感到驚訝。不過我的臉和手被河水燒得很痛。」

「我覺得我的鱗片幫我擋住了河水的燒灼。」賽瑪拉說道。她有些吃驚的是，自己竟然把這句話說了出來。

繽城女子點點頭。「我真的很羨慕妳。這件古靈長袍似乎能夠保護我，它能擋住河水。我不明白它是如何做到的。我的身上會被打溼，但也會很快就變乾，被長袍包覆之處，都不會因為泡過河水而感到痛或癢。」

刺青聳了聳肩。「有許多古靈寶物都具有妳想不到的功能。風鈴在有風吹過的時候會響起動聽的旋律；金屬在被人碰觸的時候能夠發亮；珠寶會散發出香氣，光澤也永遠不會消褪。這全都是魔法。」

賽瑪拉點點頭，然後問道：「我們這裡有多少人和龍？」

「大部分都在了。」刺青說，「所有人多多少少都受了傷。凱斯的腿上有一個很大的傷口，不過河水的燒灼卻讓那道傷口封閉了，所以我覺得我們還算幸運，因為我們根本沒有東西可以為他包紮。蘭克洛斯被什麼東西撞在了肋骨上。他只要一哼哼，血就會從他的鼻子裡流出來，但他堅持說他沒有事，不讓我們檢查他的身體。哈裡金求我們照蘭克洛斯說的去做。他說蘭克洛斯不想看我們大驚小怪的樣子。博克斯特的臉被砸了一下，眼睛都變黑了。現在他只能勉強看見一點眼前的東西。火絨傷了翅膀。一開始諾泰爾還以為他的翅膀斷了。不過現在他翅膀上的腫脹已經消退下去，翅膀也可以活動了，所以我們認為他的翅膀只是遭到了嚴重的扭傷。大家受了很多傷，不過至少大部分都聚在一起了。」

賽瑪拉只是看著刺青。「不在的人呢？」愛麗絲問道。

刺青吸了一口氣。「埃魯姆不在，還有沃肯也不在。埃魯姆的龍亞布克一直在向他吼叫。我們懷疑他還活著。我們試著和亞布克說話，但沒有人能明白他的意思。那就像是和一個受驚的小孩子說話。他只是一直不停地吼叫，不斷重複他要埃魯姆回來，把他從水裡帶出去。沃肯的紅龍巴力佩爾一直保持著沉默，不和我們任何人說話。潔珥德的維拉斯也不見了。潔珥德到了這裡之後就一直哭。她說她『感覺不到』她的龍了。所以她認為她的龍淹死了。」

「我們看見維拉斯了！她還活著，正在奮力游泳，但水流把她帶到下游去了。」

「如果是這樣，我認為這是個好訊息。妳應該告訴她。」

刺青聲音裡的某些東西讓賽瑪拉感到警覺，似乎他還有更糟的訊息沒有說出口。賽瑪拉屏住呼吸，等待著，但愛麗絲已經開口問道：「柏油人和萊福特林船長呢？」

「我們有人看見了那艘船，就在第一陣洪峰沖過去的時候，洪水完全淹沒了柏油人。但我們看見它又從水裡冒了出來。白水沿著它的排水口全部排出去了。我們最後一次看見他的時候，他還穩穩地浮在河面上。但我們知道的也只有這些了。我們至今都沒有看到船員和獵人們，所以我們希望他們都還在船上，都能順利躲過洪水。」

「如果是這樣，他們一定會來找我們。萊福特林船長會來的。」愛麗絲的話語中充滿了信心，而賽瑪拉幾乎要為她感到傷心。她知道，如果萊福特林不出現，他們只能依靠自己走出災難，愛麗絲一定很難接受這個事實。

同時，賽瑪拉依然目不轉睛地看著刺青：「還有什麼事？」

「銀龍不在。那頭小紅銅龍芮普妲也不在。」

賽瑪拉歎了口氣。「我不知道他們能不能活下來。他們都不是很聰明，那頭紅銅龍一直都在生病。也許他們能這麼快就解脫，也是一種命運的仁慈。」她又向刺青看去，不知道刺青是否會同意她的看法。但刺青卻彷彿沒有在聽她說什麼。「還有人失蹤？」她直白地問道。

她的問題卻只是引來刺青的一陣沉默。彷彿整個世界都在這一刻停滯下來，在為即將到來的哀痛做著準備。「荷比，還有拉普斯卡。他們不見了。洪峰過去之後，就沒有人再看到他們了。」

「但我離開的時候，他還和你在一起！」賽瑪拉喊道，彷彿這全都是刺青的錯。她看到刺青瑟縮了一下，才知道刺青早就將這份責任壓在了自己身上。

「我知道。那時我們還在爭吵。但只是一轉眼，洪水就把我們沖倒了。那以後我就再沒有見過他。」

賽瑪拉蹲到了樹枝上，等待痛苦和淚水湧上來，但它們遲遲沒有出現，賽瑪拉只感覺到一種怪異的麻木從自己的心中泛起——是她殺死了拉普斯卡，她殺死了那個孩子，因為她生他的氣，決定不再照顧他。「我那時非常生他的氣。」她向刺青承認，「拉普斯卡說的話徹底破壞了我對他的印象。我那時決定不要再和他打交道，不要再讓他靠近我。現在，他卻真的走了。」

「破壞了妳對他的印象？」刺青好奇地問。

「我只是從沒有想過他會做那種事。我還以為他會守規矩，不會那麼做。」賽瑪拉笨拙地說道。她又說錯了話。她能看出，刺青也將她的這句判斷放在了自己身上。「也許我們都和其他人想像的不太一樣。」刺青說了這一句，隨即站起身，向樹幹走過去。賽瑪拉想不出任何話能把他叫回來。

愛麗絲向刺青喊道：「沒有人能確認拉普斯卡和荷比已經死了。他也許到了柏油人號，也許萊福特林船長能把他帶回來。」

刺青回頭瞥了一眼，用非常平淡的聲音說：「我要去告訴潔珥德，妳們有看見維拉斯，這也許能讓她感到一點安慰。格瑞夫特一直在試圖鼓勵她，但她根本不聽格瑞夫特的話。」

「你做得很對。」愛麗絲表示贊同，「告訴她，我們看到她的龍時，她的龍還在水上，游得很有力量。」

賽瑪拉沒有再說話。就讓刺青去安慰潔珥德好了，這對她而言沒有任何關係。她在丟下拉普斯卡的時候，就已經丟下了他。她對他們兩個都沒能做到真正地了解，把自己的心只保留給自己，也許這樣才會更好。賽瑪拉不知道自己是不是在犯傻。她必須死死攥住自己的傷痛和憤怒嗎？難道她不能丟下這些，然後原諒刺青，讓刺青重新成為她的朋友？片刻間，這彷彿成為了她最真心的決定。她能夠對刺青所做的事情仍然耿耿於懷，但也能夠一笑置之，只把它當作一件已經發生的事。若繼續為此而計較，只會傷害他們兩個。在她知道刺青和潔珥德之間的事情之前，刺青一直都是她的朋友。現在唯一改變的，只是她知道了而已。

「但我再不可能不知道了。」賽瑪拉悄聲對自己說道，「而知道了他會做那樣的事，也就是讓我知道了他和我曾經相信的那個人，並不是同一個人。」

「妳還好嗎？」愛麗絲問她，「妳是不是說了些什麼？」

「不，只是自言自語而已。」賽瑪拉抬起雙手捂住眼睛。她現在安全的。她的衣服也開始變得乾燥。她很餓，但饑餓完全無法和她的疲憊與傷痛相比。她可以等一等再去應付自己的肚子。「我認為我要去找個地方睡一會。」

「喔，」愛麗絲聽起來有些失望，「我本來希望我們能夠和其他人談一談，確認一下他們都看見了什麼，以及遭遇了什麼。」

「妳去吧。我不介意一個人待一陣。」

「但……」愛麗絲欲言又止。賽瑪拉突然明白了愛麗絲的難處。她以前可能從沒有爬過樹，更不要說在密布的枝杈之間行走。愛麗絲需要她的說明，卻又不想強人所難。賽瑪拉突然很想一個人好好睡一下，她不斷地感到頭痛，希望自己擁有一個私密的地方，能好好痛哭一場，直到昏昏睡去。拉普斯卡那無憂無慮的笑容和沒有底限的好脾氣，總在她的腦海中飄蕩。失去了，在不到一個晚上的時間裡，她失去了兩次，而且這一次很有可能再也回不來了。

賽瑪拉的下巴突然開始顫抖。她馬上就要在愛麗絲面前崩潰了，但這時希爾薇救了她。這個女孩像松鼠一樣爬上樹幹，哈裡金緊跟在她的身後。哈裡金爬樹時肚子緊貼著樹幹，就如同一條蜥蜴，這一點他和賽瑪拉很像。在樹枝上站穩之後，哈裡金就疊起自己細長的身子，背靠樹幹坐了下去。希爾薇在很髒的褲子上蹭了蹭雙手，對樹枝上的兩個女人說：「我們已經讓辛泰拉趴在浮木上，現在她能夠休息了。哈裡金幫我在她的胸口下面放了幾根原木。那些原木都靠在樹幹上，水流只會讓它們和樹幹貼得更緊。不過為了以防萬一，我們還是用藤條把它們捆在一起。辛泰拉不是很舒服，但她不會沉下去了。水位開始下降了。從樹皮上的水痕觀之，我們能夠確認這一點。」

「謝謝你們。」只是這樣一句簡單的話似乎還很不夠，但賽瑪拉已經找不到更好的東西可以給希爾薇了。

「沒什麼，」希爾薇回答道，「哈裡金和我現在很擅長做這種事了。我從沒有想過自己還要懂得如何讓龍浮在水面上。」她露出微笑，又用帶著血絲的眼睛瞥了賽瑪拉一眼，然後就走開了。

「默爾柯和蘭克洛斯怎麼樣了？」賽瑪拉問道。她不願提起拉普斯卡。將痛苦讓別人分擔不會有任何意義。

「默爾柯很疲憊，不過沒有其他問題。我問過他是否記得以前發生過這樣的事情。他說，有一次，他的一位先祖愚蠢地繞著一座山飛行，那是一座很高的山，明知就要爆炸的山，上面覆蓋著白雪和厚厚的堅冰。那位先祖想要看看火焰遇到冰層時會發生什麼。當火焰噴發出來的時候，無比厚重的冰雪立刻融化了，流下高山，沿途裹挾了岩石和泥沙，變成濃湯一樣的液體。他說那一片大水流得又快又遠，甚至超出了先祖的視野。他不知道這一次發生的，會不會也是同樣的狀況。災難的源頭來自於某一個遙遠的地方，只是現在波及到了我們。」

賽瑪拉沉默著，竭力想像著這樣的情景。然後她搖搖頭。希爾薇的講述完全超出了她的想像能力。一整座山融化並流走了？完全超出了飛龍的視野？這樣的事情有可能發生嗎？

「你的龍呢？蘭克洛斯怎麼樣了？」賽瑪拉又向哈裡金問道。

「蘭克洛斯在第一波洪峰到來的時候被一根原木砸中了，受了很重的挫傷，但至少他的皮沒有破裂，水沒有腐蝕他的血肉。」希爾薇代哈裡金作了回答。哈裡金緩慢地點點頭。他現在變得非常沉靜。看著他寶石一樣完全不眨動一下的眼睛，賽瑪拉覺得他更像是一條蜥蜴了。

「妳還找回了一條小船，還救了刺青？」

「這全都是運氣。當時我把餐盤忘在船裡了，魚快熟的時候，我回去取餐盤。洪峰到來的時候，我剛好爬進船裡翻找東西。當時我只能緊緊抓住小船，直到它重新沖出水面。那時我只能不停地向船外舀水。不過我的裝備全都被沖走了。除了身上的東西，我也是一無所有了。」

「有人還能剩下什麼東西嗎？」賽瑪拉傷心地想起了她的狩獵工具，她的毯子，甚至是她那一雙乾襪子。全都沒有了。

「我們一共找回了三條小船，不過船上的東西也都沒了。就連船槳都沒了。我們必須找一些東西代替船槳。格瑞夫特還保有他裝生火工具的小袋子，但現在那些東西也沒有什麼用。我們能在哪裡生活？如果水不退下去，恐怕今晚蚊子湧過來的時候，我們就要受罪了。我的朋友們，我們還有其他許多難關需要應對。」

愛麗絲說話了：「萊福特林船長會來找到我們。等到他過來，並等水退去，我們就繼續前進。」

「繼續前進？」哈裡金的聲音緩慢而微弱，彷彿他無法相信自己的耳朵。

繽城女子掃視了一下面前這幾位驚訝的夥伴，輕輕笑了一聲。「你們不知道你們的歷史嗎？這就是貿易商。我們會一直前進。而且……」她聳聳肩，「……我們也沒有別的事可以做。」

禱月第十九日
商人聯盟獨立第六年
來自黛托茨，崔豪格信鴿管理人
致艾瑞克，繽城信鴿管理人

被封錮在小管中的報告，是由卡薩里克雨野原貿易商議會向崔豪格雨野原貿易商議會發出的，報告中內容涉及地震、黑雨和白潮，以及有可能歿於這場災難的克爾辛拉遠征隊成員，柏油人號船員和全部巨龍的名單。

艾瑞克：

我們從沒有見到過這樣的洪水。兩個發掘遺址中都死了許多人，剛剛在卡薩里克建好的新碼頭毀於一旦。河岸邊的幾十棵巨樹都傾斜了。我們損失的房屋並不多，這也許完全是因為我們的好運氣。城市中的路橋和貿易商大堂都遭到了不同程度的破壞。我懷疑我們再也不會得到那些龍和守護者們的訊息了。一天前，我收到了你的信鴿，知道你要來雨野原遊覽。我希望你不在河道上。如果你一切平安，請在收到這封信之後，就儘快派一隻信鴿給我。

黛托茨

6

搭檔

水拍打著他的臉，他因此從惡夢中驚醒。他咳嗽著，啐出嘴裡的水。「不要這樣！」他嗆了一下，又努力讓自己的聲音顯露出威脅的意味，「離開我的房間。我要起來了。我不會遲到的。」但無論他怎樣求告，水還是再一次拍到他的臉上。他的蠢妹妹一定要吃些苦頭了！

他睜開眼睛，卻只看到一個新的惡夢。他正掛在一頭龍的嘴裡，而這頭龍正在一條白色的河中游動。天空中彷彿已經亮起了一點晨曦，塞德里克的頭幾乎就要碰到水面了，他能感覺到龍的牙齒輕輕抵著自己的胸口和背部。他的手臂和腿懸掛在龍嘴之外，沒入到河水中。河水一直在推動著游泳的龍，將他們不斷帶向下游。這頭龍已經很累了。但還是頑強地一下一下拍打著前腿。塞德里克轉過頭，發現這頭龍也只有肩膀和頭還在水面上。紅銅龍正在沉下去。等到她完全沒有了力氣，塞德里克也會和她一起淹死。

「出了什麼事？」塞德里克問道。他的聲音異常沙啞。

大水。紅銅龍發出回應的咯咯聲，但她的意念已經出現在塞德里克的腦海裡。她又將一副景象映在塞德里克的腦海中——一道高聳在半空中的白色水浪中裹挾著石塊、原木和野獸屍體。現在他們周圍的水面上仍然漂浮著許多垃圾碎片。紅銅龍正在被帶往下游，她的身邊是一片藤蔓和浮木碎片形成的浮毯。其中隱約能看到一具野獸屍體的四隻蹄子。這一片浮毯在河水中旋轉了一下，又散開了。

「其他人怎樣了？」龍沒有給他回應。現在他的雙眼距離水面太近，稍遠一點的地方都看不見。在他的視野中只有白濁的河水。真的只有這個？他緩慢地轉動了一下頭顱。沒有柏油人號，沒有小船，沒有守護者，沒有其他龍。只有他自己，紅銅龍，寬闊的白色河流，還有遠處的森林。

他竭力回憶自己之前做了什麼。他離開柏油人號。他和賽瑪拉說了話。他去尋找紅銅龍。他決定擺脫現在的局面。要用什麼辦法？在這裡，他的回憶中斷了。他在龍嘴中動了動。這喚醒了龍牙在他身上造成的幾處痛點。他垂下的兩條腿很冷，而且幾乎麻木了。他臉上的皮膚在感到一陣陣刺痛。他竭力移動手臂，發現自己的手還能動。但即使是這樣一點動作，也讓紅銅龍的頭歪了一下。紅銅龍挺起脖子，繼續向前游。但現在他距離水面更近了，水浪甚至隨時有可能潑進紅銅龍的嘴裡。

他想要看看他們距離岸邊有多遠，卻根本找不到河岸。在他們的一邊，他看見一排樹從水中冒出來。他將眼睛轉向另一邊，卻只能看見遼闊的河面。這條河什麼時候變得這麼寬了？他眨眨眼睛，嘗試集中目力。在他們周圍，天正變得越來越亮，陽光從白色的河面上反射上來。樹下也沒有岸，河水已經上漲到了令人吃驚的程度。

而這頭龍還在隨著水流向下游前進。

「紅銅。」他努力想要引起龍的注意。紅銅龍只是頑強地向前拍著水。

他搜索自己的意識，找到了龍的名字。「芮普妲，向岸邊游。不要順著水流游。向那些樹游。就是那邊。」他想要抬起手臂指一下，但這個動作讓他感到疼痛，而龍也隨著他的動作歪過頭，差一點把他的臉浸沒到水裡。同時她還是在不停地向下游打著水。

「該死的，聽我說！轉向岸邊！那是我們唯一的希望。帶我去那裡，到樹林去，然後妳想做什麼都可以。我不想死在這條河裡。」

他不知道紅銅龍是否注意到了他在說話。一下，又一下，他隨著紅銅龍打水的節律輕輕搖晃著。他不知道是不是能靠自己的力量游過去。在游泳時，他從來都沒有太大的力氣。不過強烈的恐懼也許能讓他得到一點力量。他嘗試著活動雙腿，結果又讓他在水裡浸了一會，同時他又發現寒冷已經侵入了他的骨髓。如果不能讓這頭龍將他帶到岸邊，他自己肯定不可能游過去。而看紅銅龍現在游泳的樣子，他懷疑就算是這頭龍也游不過去了。龍是他唯一的機會，他必須讓她聽自己的話。

他想到愛麗絲和辛泰拉，便抬起一隻手，撫摸芮普妲下巴上緊貼著鱗片的皮肉。他的手很溫柔。龍的皮膚因為長時間浸泡在河水中，上面出現了許多皺摺。這些皮膚也是紅色的。他懷疑如果自己能讓這些皮膚熱起來，它們可能會開始燃燒。現在不是想這種事的時候。

「我的美人，」他開口說道，同時又覺得自己很愚蠢。他幾乎是立刻就感覺到一陣關注的溫暖火花在自己的意識中綻放，「親愛的紅銅女王，如同一枚新鑄成的硬幣閃閃發光。請轉過妳旋轉的眼睛和閃耀的鱗甲，認真聽我說。」

聽你說。

「是的聽我說，轉過妳的頭。妳有沒有看到那裡的樹林？就是冒出在水面上的那一片樹。親愛的，如果你帶我去那裡，我們就都能休息。我可以為妳清洗身體，也許還能為妳找些食物。我知道妳很餓了。我能感覺到。」他不安地意識到，自己說的話是真實的。如果他讓自己的意識向外伸展，他就能感覺到芮普妲越來越強烈的疲憊。快離開她！「讓我們到那裡去，這樣妳就能得到妳所急需的休息，我也能夠有幸洗淨妳臉上的汙泥。」

他對此不是很擅長。除了告訴芮普妲她很漂亮以外，他完全不知道什麼樣的恭維能夠讓龍喜悅。說過這一番話以後，他等待著紅銅龍的反應。紅銅龍轉過頭，看到那些樹，同時繼續拍著水。他們並沒有直接向岸邊游去，但至少現在他們已經接近正確的方向了。

「妳是如此睿智，可愛的紅銅，美麗動人、閃耀奪目的紅銅。游向那些樹，聰明、漂亮的龍。」

他再一次感覺到溫暖的接觸，這讓他生出一種奇怪的感動。他肉體的疼痛似乎也隨之減輕了。他的用詞簡單又直接，但這似乎沒有對交流的效果造成妨礙。他不斷地給予她讚揚，她便越來越直接地游向河邊，每一次動作也變得越來越有力。片刻之間，他感覺到這樣用力在更加迅速地消耗掉紅銅龍的體力。這樣向芮普妲提出要求，他幾乎要感到羞愧。「但如果我不這樣做，我們兩個都活不下來。」他喃喃地說道，隱約感覺到芮普妲對他的贊同。

隨著他們逐漸靠近樹林，塞德里克的心沉了下來。這條河已經變得無比寬闊。樹下根本看不到河岸，甚至連泥沼都沒有。他們面前只有一道無法穿越的樹牆，粗大的樹幹就像牢籠鐵柵般，將芮普妲困在河中。在樹冠的陰影中，白色的水面變成一片沒有堤岸的平靜湖泊，並延伸到遠處的幽影裡。

但他終於看到了一點希望。在茂密樹林的一處凹陷裡，樹枝、浮木和各種垃圾被河水的迴流衝擊，因而堆積在一起，其中甚至有許多粗大的樹幹。它們形成了一層漂浮的墊子。看上去，這層墊子不會一直固定在這裡。但只要他們能夠游到浮墊旁邊，至少芮普妲能夠爬上去，暫時離開水面，也許還能在天黑之前曬乾身子。

現在他只能為自己爭取到這些了。沒有熱食和恢復精力的飲料，沒有乾燥潔淨的衣服，甚至沒有一張木板小床能夠躺一下。除了能夠暫時生存下來，他什麼都得不到。

而他知道，這頭龍能夠得到的更少。就算是那些堆在一起的原木和垃圾，能夠讓芮普妲暫時有一個棲身之地，她也沒有太大的希望能站上去。她已經在游泳中耗盡了自己的全部力氣，卻仍然沒有能脫離洪水。現在她已經沒有希望了，而他的希望也非常渺茫。

救不了我？

「我們要試一試。我不知道該怎樣做，但我們一定要試一試。」

在一段似乎很漫長的時間裡，塞德里克感覺芮普妲離開了他的意識。他開始感覺到皮膚的刺痛，感覺到龍牙刺進自己的身體，他的每一根肌肉都在強烈的酸痛中向他尖叫，寒冷讓他麻木，又在灼燒他的身體。然後，芮普妲回來了，帶來了她的溫暖，將塞德里克的苦難推向一旁。

能夠救你，芮普妲鄭重地說道。

塞德里克能夠感覺到自己被愛意包裹。為什麼？他不明白，為什麼她會這樣在意自己？

不再孤單。你讓世界變得有意義。是你和我說話。她的溫暖將他包裹在其中。

塞德里克深吸了一口氣。他在自己的一生中也感受過人們的愛。他的父母愛他。他認為詔諭曾經愛過他。愛麗絲也是愛他的。他知道什麼是愛，並且認為「愛」理所應當就是為他而存在的。但他以前從沒有體會過這樣的愛——從另一個生物身上散發出的愛意有如實質般將他托起，讓他感到溫暖和舒適。這太難以置信了。一個念頭慢慢出現在他的腦海中。

當我在意妳的時候，妳能感覺到嗎？

有時候。她謹慎地回答道，有時我知道那不是真的。但和善的話語，美麗的話語，即使那不是真的，感覺也很好。那就像在饑餓的時候，擁有食物的回憶。

突然間，羞愧之情充滿了塞德里克的心。他緩緩吸著氣，向芮普妲敞開自己感激的心。他讓自己的謝意從體內流出，感謝芮普妲原諒他偷竊她的血，感謝她救了自己，感謝她直到現在仍然在努力奮鬥，哪怕他給她的只有絕望。

彷彿他將油倒進了火裡，芮普妲的溫暖和對他的關注也隨之迅速增強。塞德里克真的感覺到自己的身體暖和了起來，而芮普妲一下又一下的划水，也變得更加有力。只要齊心協力，他們也許能活下來。他們兩個。

許多年裡，塞德里克第一次閉起雙眼，衷心向莎神做出禱告。

「拿著食物到上邊去，繼續觀察。」萊福特林對戴夫威說，「你要一直站在船艙頂上，搜索每一個方向。查看水面，查看所有漂浮在水上的碎片，看看有沒有人趴在上面，看看樹林邊上和樹林裡面有沒有人。然後再長吹三聲號。」

「是，船長。」戴夫威有些虛弱地說道。

「你能做到。」卡森在他背後說。然後拍拍這個精疲力竭的孩子的肩膀，輕輕推了他一下。這個男孩抓起兩個航船圓麵包，又拿起他的茶杯，就走出了船艙。

「他是個好小子。我知道他很累了。」萊福特林說。他這樣說，一半是為了如此粗暴地對待這個男孩道歉，另一半是為了感謝能夠讓他為自己奔忙。

「他想要找到他們，這一點心情就和這裡的任何人一樣。只要還能動，他就會去努力。」卡森猶豫了一下，然後又猶豫著問道：「柏油人怎麼樣了？他能幫助我們進行搜尋嗎？」

萊福特林提醒自己，這名獵人這樣問也是出於好意。但不管怎樣，他只是萊福特林的一位老朋友，不是船員。有些事情不能告訴家人以外的人，甚至是老朋友也不行。「我們正在儘量發揮這艘駁船的功能，卡森，現在它只差伸開翅膀在河面上飛行了。你能期待一艘船做什麼？」

「當然。」卡森點了一下頭。他明白萊福特林的意思，不會再深問下去。但他的理解幾乎像他的問題一樣讓萊福特林感到困擾。他知道萊福特林不是一個好脾氣的人。而現在萊福特林的心幾乎都要被哀痛和焦急撕碎了。但他還抱著希望，不顧一切地持續搜索。**愛麗絲，愛麗絲，我的愛人，為什麼我們還要彼此隱瞞。難道我們最終就要這樣失去彼此嗎？**

現在需要尋找的並不只是那一名女子，但莎神在上，對她的思念已經壓垮了他的心，摧毀了他的大腦，讓他無法再接受任何冰冷的邏輯。所有那些年輕人，他們全都失蹤了。每一頭龍都不見了，還有塞德里克也不知去了哪裡。如果他找到了愛麗絲，卻只能告訴她塞德里克不知下落，愛麗絲會怎樣想他？所有那些龍也都沒了。愛麗絲的夢想會隨著他們一同消失。他知道愛麗絲對那些龍和守護者有著怎樣的感情。他辜負了愛麗絲，徹底辜負了她。這次搜尋注定不會有好結果。絕不會有的。

「萊福特林！」

聽到有人喊自己的名字，他愣了一下。然後他才看見卡森的臉，明白這名獵人要和自己說話。

「抱歉，太長時間沒有睡覺了。」他用粗重的聲音說道。

那名獵人同情地點點頭，揉搓了一下自己遍布血絲的眼睛。「我知道。我們全都累了，但我們還有該死的運氣，所以現在我們只不過是有些疲憊而已。你遭受了一些撞擊，埃德爾也許斷了一、兩根肋骨，但總體而言，我們算是平安度過了危機。我們全都知道，現在不是休息的時候。現在我有一個主意。我的小船還在柏油人號上。這也是我們的運氣，我總是習慣每天晚上都把小船提到船上來，固定好。我想，我可以帶上船上的另外一支號角，自己乘小船出去，先用最快的速度向下游走一段，然後到岸邊去找找。你跟在我後面，仔細搜尋。隔一段時間，我就會吹三聲號，就像戴夫威那樣，讓你知道我的位置，也讓你知道我還在尋找。如果我們有任何發現，我們就用三聲短號告知對方。」

萊福特林認真地聽著獵人的建議。他知道卡森要尋找什麼——屍體，他的目標是屍體，以及在這種惡劣的環境，可能無法向援救者發出訊號的倖存者。卡森的建議很有道理。柏油人的速度非常慢。他先要逆流而上，到達大約是洪峰首先攻擊他們的地方，然後調頭返回，一路上在河面和河岸邊進行搜索。卡森的小船能夠隨著水流快速行動，迅速回到他們最開始進行搜索的地方，再從那裡順流而下，尋找各處淺灘。

「你需要有人陪著你嗎？」

卡森搖搖頭，「我更願意讓戴夫威留在你們身邊。這裡更安全。我一個人去。如果我找到任何人，我的船很小，我會馬上帶他們回來。」

「三聲短號代表我們有發現，哪怕那是一具屍體？」

卡森想了想，然後搖搖頭。「如果是屍體，我們就都無能為力了。沒有必要為此就發出召喚，這可能會讓我們失去拯救倖存者的機會。我想要一些油和一口大鍋。如果我們在日落之前還沒有會合，我會繼續前進，在船上生起火，整夜進行搜尋。火會讓我感到溫暖，還能讓倖存者看到我。如果我在接近天黑的時候找到了人，我就會用號角和火為你們指明方位。」

萊福特林點點頭，「帶上足夠的補給品和水。如果你找到倖存者，他們的狀況可能很糟糕。你會需要這些物資的。」

「我知道。」

「那麼，祝你好運。」

「莎神祝福你們。」

獵人口中說出這句話，只是讓萊福特林更加感到情況嚴峻。「莎神祝福。」他回應了一句，看著卡森轉身離去。「請……請你……一定要找到她。」他悄聲說道。然後他就回到甲板上，重新開始專注地掃視河面。

回到船員之中，萊福特林立刻感覺到他們對他的同情。斯沃格、貝霖、軒尼詩和大個子埃德爾都沉默著，其視線都避開他，彷彿在因為無法滿足船長的心願而感到羞愧。絲凱莉來到他的身邊，握住他粗硬的手，輕輕捏了一下。侄女緊緊抿住的嘴唇和用力地點頭，萊福特林知道，她也像自己一樣關心著那些失蹤的人們。然後，絲凱莉就離開船長，回到了自己的瞭望位置上。他們都是優秀的船員，萊福特林想到這裡，忽然感覺喉嚨有些發緊。他們都是二話不說，就追隨他踏上了這場前往未知流域的遠征。當然，這也是河上水手的天性：好奇，喜愛冒險，喜愛充分發揮他們的技巧。但更重要的原因是，他們會一直追隨他們的船長和柏油人。萊福特林的肩上擔負著他們的生命。有時候，對這一點的了解會讓萊福特林格外謙遜和謹慎。

萊福特林不知道自己為什麼還要向卡森隱瞞這艘船的祕密。那個人不是傻瓜，船員們的心照不宣也不可能繼續愚弄他。卡森知道這艘船有自己的感情。如果說以前他對此可能還有懷疑，但昨晚柏油人對萊福特林的援救早已清楚地向他說明了一切。聽到萊福特林的哨音，這艘駁船便徑直駛了過去。儘管水流湍急紊亂，柏油人卻能穩穩地越過水面，直到他的船長平安上船。

那時萊福特林裹著一條毯子，全身打著哆嗦，不停地往下滴水，而他一頭便闖進廚房，高聲問道：「愛麗絲沒事吧？」然後立刻從船員們的表情中明白了一切。

從那時起，他就沒有睡過覺。在找到愛麗絲之前，他一定也闔不上眼。

垃圾堆積地太厚了，卻又不夠牢固。

芮普妲將塞德里克送到了那裡。靠近垃圾浮墊的時候，芮普妲直接插了進去，就像是一隻勺子插進濃湯裡。浮木、荊棘藤蔓、掛滿樹葉的枝杈、長長的枯朽原木、剛剛被扯下來的樹木和一團團野草，紛紛從她拍打的前爪旁退開，又聚攏在她身後。用胸口頂著這些漂浮物，芮普妲判斷它們可以撐住塞德里克，才張口將他放下。塞德里克從紅銅龍的嘴裡掉出來，落在兩根漂浮的原木上，立刻開始向它們之間的縫隙滑下去。他拚命挪動自己僵硬的手腳，不顧肌肉的一陣陣尖叫，努力掙扎與攀爬，直到自己爬上了更大更粗的那一根原木。然後他就趴附在那裡，感覺到原木在水中沉浮不定。更糟糕的是，他感覺到這根原木正在漂移，馬上就要離開岸邊這些糾纏在一起的浮墊了——原來是紅銅龍也在揮動前爪，衝撞著這根原木，想要爬上來。

「芮普妲，不要，它撐不住妳。妳不能爬上來。這只是一段漂浮的小木頭。」他從芮普妲身邊跑開，到了另一片浮墊上。紅銅龍的掙扎對這裡的影響沒有那麼厲害。他能感覺到芮普妲心中漸漸強烈的恐慌，其中還夾雜著她的疲憊和絕望。她很累了。塞德里克愧疚地想道，如果芮普妲剛才將他拋棄，那麼她就能保留更多的體力。塞德里克再一次開始思考：為什麼紅銅龍在對自己如此不利的情況下，還要救他呢？

然後塞德里克又開始想，為什麼自己會袖手旁觀，不願去救芮普妲？

他很快就有了一個充滿負罪感的答案。只要芮普妲淹死，就會永遠離開他的意識。他知道現在她的腦海裡又一次只有他自己的思想了。等他回到繽城後，他能夠像以前那樣生活，並且……

他撇去私心，知道自己永遠也不可能回繽城了。他正在一條酸水河流上，腳下只踩著一些垃圾。他看了看自己刺痛的手臂，暴露在外面的皮膚就像是被煮熟的肉。他不知道自己身體的其他地方是什麼樣子。他太懦弱了，不敢去看。一陣寒顫湧過他全身。他抱緊自己，竭力想要了解自己所處的這個不可想像的環境。在這個野蠻之地，他所依賴的一切都沒有了。沒有船，沒有船員，沒有獵人，沒有任何種類的給養。愛麗絲可能已經死了。她的屍體也許正漂浮在這條河的某個地方。哀慟狠狠闖進他的心中。他想要將這股可怕的情緒趕走。他必須清理自己的意識，否則他就會和愛麗絲一樣。

他該做些什麼？他沒有工具，沒有火，沒有庇護所，沒有食物，也不知道該如何憑自己的力量得到這些東西。他看著紅銅龍。他已經將事實告訴了她。他不知道該如何救她。如果這頭龍死了。河水會將她沖走，然後他也會死。也許會死得比較慢，而且非常孤獨。在這片河面上，他是寸步難行的。所以，這頭龍是他現在能夠離開這裡的唯一希望，是他唯一的盟友。她剛剛冒著生命危險救了他，卻幾乎沒有向他要求任何回報。

芮普妲發出一聲短促的、銅號般的吼叫。塞德里克回過頭看著她，這時芮普妲已經進入到垃圾浮墊的深處。她將一隻前爪搭在了一根巨大原木上，正努力要將另一隻爪子也搭上去。但她抓住的是原木較細的一端。隨著她把體重壓上去，原木的另一端開始上翹，紅銅龍會將原木壓得豎起來，那時原木就會從她的身下滑走。這很可能會讓她完全沉入水中，被壓在這層浮墊下面。

「芮普妲，等等。妳要把身子放到原木的正中央。等等，我來了。」他審視芮普妲周圍的情況，竭力思考該如何救這頭龍。龍正在下沉，木頭在浮起。他不知道如果自己將體重壓到原木翹起來的一端，能不能把這段木頭壓下來，讓芮普妲能夠把另一隻爪子也搭上來。

紅銅龍當然不會聽他的話。她只是吃力地喘息著，努力要將另一條腿也搭上原木。她的掙扎正在將這一片浮墊撕開。許多碎片正在從浮墊邊緣脫落，漂回到洪水中。

塞德里克又試了一次。他向芮普妲集中起思想。「我的美人，妳必須讓我幫助妳。先不要動，暫時不要動，讓我為妳把這根原木壓下來。我馬上就來，可愛的猛獸，女王中的女王，我這就來侍奉妳。妳絕不能將這些堆積在一起的木頭撕開。這可能讓妳漂到下游去，並因此離開我。盡可能不要動，且讓我思考該怎麼做。」

他感覺到一點暖意，然後是一小段訊息。侍奉我？他感覺芮普妲放鬆下來，不再掙扎。芮普妲太可憐了，這麼輕易就相信了他。他的溼衣服緊貼在身上，摩擦著他發紅的皮膚，但他依然笨拙地從原木移動到漂浮的碎木上，再到原木上。沒有任何地方是穩定的，經常是在最後一刻，他才發現自己即將落腳的地方會沉進垃圾堆裡，但他終於平安到達了紅銅龍抓住的原木上，站在原木的另一端，緊緊抓住從這一端伸出的樹根。這根原木非常長，他距離紅銅龍很遠。他的體重雖然很小，但有這麼長的力臂，應該能夠把沉重的芮普妲撬起來了。他開始爬上糾纏在一起的樹根，以便能看到芮普妲的那一端是否抬起來了。隨後他發現自己錯了。他首先需要將原木的另一端壓下去，讓芮普妲能夠真正爬上來。他真希望自己在這件事上能夠更多一些經驗。他從來沒有幹過任何體力活，而這甚至是他一直引以為傲的事。他總覺得是自己的精明頭腦和舉止風範為他贏得了成功的人生。但現在，如果他不學會如何幫助他的龍，他的龍馬上就要死了。

「芮普妲，我光彩照人的紅銅女王，一定不要動。我要試著讓我這一端浮起來，把原木插到妳的胸口下面去。等它再浮起來的時候，也許就能稍微把妳托起來。」

他的計畫很糟糕。每當他想要抬起原木根部的這一端，他所站立的地方就會沉下去。有一次，他差一點失去平衡，掉進垃圾浮墊下面。終於，他成功地將原木向芮普妲的胸口下面推進去一點，但在他努力嘗試努力之後，芮普妲的處境也只是比剛才好了一點點。芮普妲停止了踢水，身子開始下沉，不過她的後背和頭還留在水面上。她定定地看著塞德里克。塞德里克注視著她的雙眼。那是一雙旋轉的池塘，深藍色和紅銅色盤繞在一起。所有那些色彩都在流動。這讓塞德里克想起了芮普妲的血不斷地在玻璃瓶裡轉動。負罪感狠狠地刺著他，他怎麼能對這樣一頭美麗的巨獸做出這種事？

累了。芮普妲向他發出哀鳴。這聲音衝擊著他的耳朵，紅銅龍精疲力竭的感覺湧進他的意識，讓他也不由得感到膝蓋發軟。他努力支撐住自己，儘量向紅銅龍傳遞溫暖和鼓勵。

「我知道，我的女王，我的愛人。但妳絕不能放棄。我正在竭盡全力，我一定能救妳。」他疲倦的意識不斷衡量一個個選項，又將它們拋棄掉。把小塊木頭塞進她的身子下面。不。它們只會漂走。或者他就會在這樣做的時候掉下去。

她抬起前爪，想要找一個更牢固的抓握點。原木挪動了一下，稍作翻滾，讓她差一點沒能抓住原木。更多碎片從浮墊邊緣漂走了，河中饑餓的湍流吞下去。「不要掙扎，我的愛人，妳趴住的原木很可能會把其他浮木撞走。盡可能不要動，讓我好好想一想。」

溫暖的波濤沖過他的心靈，減緩了他的憂慮。片刻間，他的心中蕩漾起一陣喜悅。他感覺到一陣情緒的波動，彷彿是一絲迷戀。但很快，那種感覺像出現時一樣又突然消失了。他緊緊攥住雙手。愛麗絲管這個叫什麼？巨龍的魅惑。這種感覺真好，令人陶醉，讓人充滿活力。他差一點就撲向了那種感覺，任由自己沉醉在其中。這時，芮普妲又開始掙扎，而他再一次險些跌入水中。不。如果要救芮普妲，他首先必須讓自己保持和她的距離，讓自己的意識恢復冷靜。而一個更加黑暗的理由讓他明白自己保持距離的必要——如果他任由芮普妲和自己的思緒深深糾纏在一起，當紅銅龍淹死的時候——想到也會經歷同樣的體驗，他就感到不寒而慄。

他看看紅銅龍，又看看天空，估計了一下時間。然後他環視了一圈周圍的樹林。他相信這些樹將是他們活下來最大的機會。這將是一項艱難的工作，但如果他能夠重新排布這些垃圾，讓水流將沉重的原木推向樹林，那麼芮普妲就會被帶過去，並在那裡找到一個更加穩固的位置。他看著芮普妲，一直等到芮普妲也轉過頭來看他，然後他努力將自己的思想向芮普妲推過去：「親愛的女王，我會移動浮木，讓妳到達一個更安全的位置。在我完成這件事之前，不要掙扎。就掛在那裡，相信我。妳能做到嗎？」

正在滑下去。

「我會儘快。不要放棄。」

「真是糟糕了。」有人用驚愕卻又帶著愉悅的聲音喊道。

塞德里克猛然轉過身。聽到人類的聲音，他的心立刻因為喜悅而加速跳動起來。他滑了一下，急忙維持住平衡，然後瞇起眼睛向昏暗的樹林中望過去。

「在這裡。」那個沙啞的人聲再次響起。

塞德里克轉動視線，終於看到一個人正從一棵樹上爬下來。他的兩隻手緊緊抓住樹皮的棱線，靴尖插在樹幹的裂縫裡，迅速下了樹，然後向塞德里克轉過臉。塞德里克才認出了他。是那名獵人，年紀比較大的那一個。他的名字叫傑斯。他們沒有過多少交談。傑斯顯然覺得他很沒有用，也從沒有解釋過那次闖入塞德里克房間的原因。這個人看上去很可怕，臉上全都是淤青。但他還活著，而且是人類，而且是他的同伴。

而且，塞德里克迅速意識到，他是一個知道如何搞到食物和水的人，一個能夠幫助他活下來的人。莎神終於回應了他的祈禱。

「你怎麼到這裡來的？」塞德里克向他問道，「我還以為我是唯一活下來的。」他立刻就向傑斯走了過去。

「被水送來的。」傑斯發出一陣凶狠的笑聲。他的聲音就像砂紙一樣刺耳，「關於是唯一倖存者這件事，我和你一樣有著這個令人歡快的想法。看樣子，幾天前我們經歷的那場小地震，還為我們保留了第二場驚喜。」

「這樣的事情經常會發生嗎？」塞德里克問道。他已經感覺到自己的怒火在升騰——以前從沒有人警告過他。

要滑下去了。龍沉悶的喊聲和她推向塞德里克的思緒，都明顯流露出悲苦的情緒。

「河水發生變化是很常見的，但這樣的洪水，似乎從來沒有發生過。我也是第一次經歷這種事，但對我們兩個來說，都不算是完全的壞運氣。」

「你是什麼意思？」

傑斯露出笑容。「命運似乎不僅是救了我們的命，還將我們扔在同一個地方，甚至向我們提供了我們所需要的一切，讓我們能結成搭檔，贏取巨大的利潤。比如就在不久之前，我剛從水裡露出頭，就發現了一條和我一樣順流而下的小船。不走運的是，那不是我的小船，不過那艘小船原來的主人還有些腦子，知道要把他的裝備緊緊捆住。」他又猛烈地咳嗽了一陣，然後用力清了清嗓子。但這仍然沒能改變他粗啞的聲音，「那條船裡有兩條毯子，一些釣魚工具，甚至還有一套生火工具和一隻罐子。也許是格瑞夫特的，但我打賭，他再也不需要這些了。擊中我們的那陣洪峰太猛烈，也太突然，很難相信我們之中還能有人倖存下來。我幾乎已經要相信這一切都是命運的安排了。也許眾神將我們聚在一起，就要看看我們有多聰明。因為如果你是一個聰明人，我們就能擁有我們需要的一切，過著非常舒適的新生活。」

傑斯一邊用沙啞的聲音大放厥詞，一邊從樹幹上爬下來，踩到一根原木上。原木承受了他的重量，稍稍下沉。傑斯的身材很高大，但他還是以相當輕巧的步伐快速走過了原木。他的一支手臂裡還抱著幾粒圓形的紅色水果。塞德里克不認識那些水果，但一看到它們，饑餓和乾渴立刻就在他的體內咆哮起來。

「你有水嗎？」塞德里克一邊問，一邊小心地踩著堆積的垃圾向獵人走去。傑斯沒有理他，只是一直走到他所在的大原木盡頭，從那裡下了水。塞德里克估計那條小船就繫在這根巨大浮木的後面。傑斯消失片刻，當他再站起來的時候，臂彎裡的水果都不見了。很顯然，他將水果放在了那條小船裡。一種扭動的不安感覺進入到塞德里克的肚子裡。情況已很明顯，這名獵人爬上樹，吃了水果。他剛才拿下來的一定是他打算儲存起來的口糧，是為他自己準備的。他一定也能看出塞德里克的情況有多麼嚴峻，但他只是站在他的小船裡，身上穿著乾衣服，還擁有食物，卻完全不打算幫助塞德里克。

傑斯將臂肘支在他和塞德里克之間的原木上，看著塞德里克。塞德里克停下腳步，竭力想要搞清楚眼前的局勢。在和塞德里克的對峙中，傑斯昂起頭，噴出一道鼻息，「你還沒有說明，你會為我們的這個新搭檔關係帶來些什麼。」

塞德里克目不轉睛地看著他。現在他們身邊只有一堆在樹林間漂浮的垃圾，距離任何有人居的地方都有數個星期的路程，而這個傢伙卻在這個時候向他要錢？這根本沒有道理。他聽見身後的龍傳來踢水的聲音，感覺到芮普妲焦慮的心情。不過芮普妲總算又平靜下來，因為她發現原木至少還有一部分在她的身下。**餓了**。塞德里克關於食物的想法刺激了她。或者也許是塞德里克感覺到了龍的饑餓。他不知道。他已經沒辦法完全分辨清楚自己和她的思緒了。害怕。這個想法無聲地從龍傳入塞德里克心中。**小心**。是不是芮普妲感覺到了某種塞德里克還沒有察覺的東西？

塞德里克竭力將自己的注意力集中到眼前這個荒謬的男人身上。「你想從我這裡得到什麼？看看我現在的樣子，我什麼都給不了你。在這裡不行。我相信，如果我們能夠回到繽城……」他沒有把話說完。如果讓傑斯知道他們就算是回到繽城，他也仍然是一文不名，那對他不會有任何好處。他試著想像自己在詔諭面前承認他失去了愛麗絲，也讓詔諭獲得繼承人，繼承權的希望從此徹底破滅。他不敢想像自己的家族會如何看待自己，更不要說是愛麗絲的家族了。他此行的任務是保護愛麗絲。什麼樣的保護者，會在自己的被保護人去世之後，仍然苟且偷生？如果他一個人回到繽城，他將得不到任何工作，也不會再有家族的支援。他根本沒有錢給這名海盜。

「沒錢？在我看來，你有的已經足夠多了。我一定要向你明白說出來嗎？還是你仍然認為能夠把這筆錢全部留給自己？」

獵人又彎下腰，從塞德里克的視野中消失了。他從小船上拿起了一隻工具袋。「從我的立場來看，如果你決定順從自己的貪婪，我認為你就已經死了。」他打開工具袋，在裡面找了找，臉上立刻露出了喜悅的微笑，「我相信這一定是格瑞夫特的小船。看看這個，匕首和磨石，全都仔細地被綁在一起。如果再大一些就好了，不過這個也能用。」他一邊說話，一邊拿出這兩樣東西，開始在磨石上慢慢打磨匕首。他的動作非常悠閒，彷彿他們兩個有的是時間。

塞德里克一動不動地站立著。這個人到底在向他要什麼？那把閃著寒光的利刃是一種威脅嗎？他所說的「你有的已經足夠多了」又是什麼意思？他是在提出性要求嗎？在此之前，他向塞德里克表達的只有蔑視。塞德里克吸了一口氣。他又餓又渴，那頭龍正在焦急地抓搔著他的神經，乞求他的關注。為了活下去，他要給傑斯什麼？他要給這個獵人什麼才能讓他援救芮普妲？

他想要的一切。

這個想法讓塞德里克打了個冷顫，但他接受了這個想法，「直接說你想要什麼吧。」塞德里克突然說道。這句話突兀地從他的嘴裡蹦出來，甚至讓他自己都感到出乎意料。

傑斯停住正在打磨的匕首，抬起頭盯著塞德里克。塞德里克站直身子，將雙臂交叉在胸前，與傑斯對視。傑斯向他揚起頭，又發出一陣沙啞的笑聲。「不是那個。不。我對那東西一點也不感興趣。你到底是很蠢還是很頑固？」

他等待著塞德里克的回應。但塞德里克沒有說話。於是傑斯搖搖頭，臉上的微笑也變得冷峻起來。他伸手到襯衫裡，掏出一隻小口袋，打開它，同時說道：「萊福特林以為我很愚蠢，其實真正愚蠢的是他。我知道發生了什麼。他看到了掙大錢的機會，他認為，如果讓他的人參與，他自己就能把事情做好，還能讓自己的那一份變得更多。但我可不會答應。沒有人能搶走傑斯．托克夫的錢。」他從那只口袋裡掏出一樣有手掌那麼大的東西。那東西呈現出紅寶石一般的耀眼光澤。他用拇指和食指捏住那東西，讓它在陽光下轉動，使它更加變得光芒閃爍。「看起來很熟悉吧？」他帶著嘲諷的語氣向塞德里克問道。塞德里克的臉上先是露出難以置信的表情，然後又騰起憤怒的火焰。而傑斯只是為此發出了一陣大笑。

那正是拉普斯卡給愛麗絲的紅龍鱗片。愛麗絲將它交給塞德里克，請塞德里克詳細地把它畫出來。然後愛麗絲忘記了塞德里克還拿著這片龍鱗。塞德里克也自然就把它納入到自己的收藏之中。

「那是我的，」塞德里克冷冷地說道，「你從我的房間裡把它偷走了。」

傑斯帶著微笑說道：「這是一個有趣的問題。這是不是有可能來自於一個賊呢？」他低頭看著在陽光中閃動的鱗片，「我拿著它已經有幾天時間了。如果你真的還記掛著它，那你也將自己的焦急掩飾得很好，但我懷疑你甚至不知道它不見了。你並不像你所以為的那樣擅長於隱藏物品。我在你那裡找到的大多是討人嫌的垃圾，不過這個不是。所以我拿走了它。當然，只是為了以防萬一，確保我在這場徒勞無功的遠征中，還能有一點可以拿得出手的收穫。看樣子，我做了一件好事。你獲得的其他東西，現在都已經沉到河底去了。」

塞德里克依然是一語不發。獵人不緊不慢地將紅龍鱗片放回到口袋裡，又將口袋塞回到襯衫裡面。「那麼，」他說道，「看樣子我們全都知道了對方的路數。現在我們應該可以考慮結成一個新聯盟了。萊福特林本來應該是我和辛納德．亞力克達成交易的參與者。他應該負責鋪平道路，讓這一切變得更加容易。但他沒有。這沒關係。他已經不在了。現在該輪到我們了。所以，你有兩個選擇。你可以加入，代替他在交易中的位置，我們一起分成。或者你可以不這麼做。」

「萊福特林和你有交易？」塞德里克努力要將所有這些碎片拼在一起。什麼樣的交易？搶劫船上的乘客？

累了，龍在塞德里克的心底深處哀告，**不安全**。

噓，讓我想一想。芮普妲沉重的頭從她疲倦的脖子垂了下來。塞德里克評估她的情況，心知如果自己不採取行動，芮普妲的嘴很快就會沉入水裡。現在他必須先解決最緊迫的問題。其他謎題可以放到以後再去探索。於是他對傑斯說道：「先把這些事放一放。你能幫我救救那頭龍嗎？她已經很累了，馬上就要沉下去。如果我不能幫助她浮起來，休息一下，她就要淹死了。」

一絲微笑緩緩地出現在獵人的臉上。「孩子，現在我們終於說到主題了。我當然會幫你救那頭龍。」他在手中轉動著匕首，讓匕首的鋒刃在陽光下閃爍。

「我不明白，」塞德里克的聲音有些顫抖。但他突然明白了。

獵人豎起一根拇指向紅銅龍一指。「我說的就是那頭龍。這是一大筆財富，屬於我們兩個。你幫我殺死牠，在河水取走牠的屍體之前，迅速將牠屠宰肢解，儘量把好東西放到小船上。然後我們就返回崔豪格。我在那裡認識一些人。只要有錢賺，那些人從不會多問一句。我可以趁夜晚進城，弄到我們所需要的一切，然後我們就能非常舒服地乘船順河而下。船上的人也不會問我們任何問題。想一想，其他人都死了。所有人都會認為你也死了。這意味著你不必和任何人分你的錢。沒有人會追查，會有懷疑。我們只是兩個生活在恰斯國的、非常富有的外國人。」

塞德里克本能地對紅銅龍封鎖住自己的意識，就像是在暴力發生時遮住孩子的眼睛。他努力想要這樣，但沒有完全成功。他感覺到了芮普妲的焦慮。而芮普妲也感覺到了他的激動，卻不理解他為什麼會這樣。紅銅龍看著獵人，認出了傑斯。*食物？*她充滿希望地問道。

「沒有食物，現在還沒有。」塞德里克不假思索地對芮普妲說道。

獵人發出一聲沙啞的嗤笑。「這就是你能放到檯面上的東西，我的小朋友。你能聽到她的想法。你還能和這個該死的東西說話。我能聽到他們的一點話音，但我儘量不去聽。我相信只有保持距離，才更容易確保自己的專業性。不過這解釋了你那一次為何能夠那麼靠近他，取得你想要的東西。老實說，那讓我感到驚訝。這些天，我一直在思考你是如何做到的。一個繽城來的花花公子竟然能夠到岸上，那麼輕易就把他要的東西搞到了手。」

「我不知道你在說些什麼。」塞德里克說了謊。他這樣做完全是下意識的。這個獵人沒有提到血。他是否知道那瓶龍血？而他是否知道，還有關係嗎？他們之間的這番對話簡直就是在發瘋。塞德里克需要食物，水和休息。他需要知道這個人會不會幫他。他盡可能用毫不急迫的聲音說，「聽著，幫我救那頭龍，給我一些你的水果，無論那是什麼。我需要吃些東西，休息一下。然後我們可以談談隨後要做什麼。」

傑斯仍然揚著頭，冷冷地說：「如果你不打算幫我，為什麼我要給你食物。直到現在你還在對我說謊，看起來，你是打定主意不想和我分成了。我看不出來你有什麼樣的計畫，不過我能把話說得更清楚。那天晚上，我醒過來，看見你全身是血地上了船。我的第一個想法是你打了一架，但我沒有聽見打架的聲音。而聲音在水面上能夠傳得很遠。不過，當你爬上梯子的時候，我瞥到了你攜帶的東西。他們向我描述過那種閃閃發光的紅色，龍血。就像我對你說過的，我感到非常驚訝，於是我跟蹤了你，看到你又走出自己的艙室，把你的衣服扔到船外。於是我能夠確定了。你從一頭龍身上取了血，卻沒有被吃掉，甚至沒有被發現。而且你也很懂得該如何把它們藏起來。我在你的房間裡搜了不止一次，才找到你的收藏。所以。讓我們承認吧，我們都是惡棍。惡棍應該誠實面對彼此……或者至少應該像惡棍那樣誠實。我們登上柏油人號全都是為了同一個原因。我願意上船，只是因為我得到了承諾，萊福特林船長會把收穫分我一份，但我懷疑他已經為那個女人發了瘋，不願意再和我分享利益了。也許他希望把一切都攥在手心裡，女人，要賣到恰斯國的龍，一切的一切。也有可能是你向他提供了一筆更好的交易。儘管我們最初達成的交易是他應該說明我，作為回報，他會因為要應付的麻煩事而得到一大筆酬金。非常大的一筆酬金。」

獵人的聲音消失了片刻。他又向小船裡彎下腰。當他再一次站起來的時候，他的手中多了一卷繩子。他皺了皺眉，把繩子放到匕首旁邊。

「而那個狗崽子竟然在昨晚想要殺死我。」他抬起手，小心地摸了摸脖子，滿面怒容地搖搖頭，又繼續開始安排他的工具。「我想，這只能說是命運弄人。那一陣浪濤擊中我們，讓他無法掐死我。我希望他已經死在那陣大浪裡了。他就是個為愛而瞎了眼的白癡。沒錯，我的運氣好一點，他死了。而你也有你的運氣——你還活著。」他拿出一把小斧頭，同樣皺起眉看了看它，一下把它砍在繩子旁邊的原木上。

「要完成這個工作，這些工具可算不上順手，不過有什麼就只能用什麼。不能像我們的船長。萊福特林太貪婪了，結果把一切都丟了。如果他能夠遵守規矩，把交易做下去，他就能和我們一樣有錢了。到時候那頭醜陋的老山羊就能得到他想要的任何女人。不管怎樣，他的損失就是我們的收穫。我們將擁有全部。財富，權勢，還有我們想要的任何女人，只要我們回到恰斯國。」他拋給塞德里克一個卑汙的眼神，露出他褐色的小牙齒說道，「或者你想要的任何人。」

他繼續檢查自己的工具。它們似乎還能讓他滿意。他已經將這些工具小心地擺成了一排。「所以，你要幫我。否則你也可以繼續頑固下去，試試看能不能把這些全都留給自己，而我則會拿走我想要的，但這件事對我來說並不容易，沒有人能幫我控制住這頭野獸，讓牠保持平靜，引誘牠靠近我的刀刃。不過這也能讓我得到更多的錢，讓我下半輩子的每一天都能活得像富豪一樣。」他用拇指摸了摸匕首的邊緣，自顧自地點點頭，然後徑直向塞德里克看過去。「好了，做決定的時間到了。我們要合作嗎？」

戴德里克嚥了一口唾沫。真相開始重新在他的周圍組織起來。萊福特林曾經和這個人一同計畫殺龍和販賣龍的器官？那麼他也許一直都只是在利用愛麗絲。愛麗絲上當了，而他也對正在自己身邊進行的陰謀全然不知。他本應該能猜到的。他應該知道並非只有自己一個人看到這樁有利可圖的生意，他早就應該看出來，那個看似為愛情而昏了頭的船長，心裡應該還藏著別樣的動機。那麼，現在該怎麼辦？他應該接受這個獵人的提議嗎？他能不能誘哄這頭龍平靜下來，直到傑斯足夠靠近她，然後將她殺死？

傑斯已經把一切都說清楚了。如果塞德里克願意幫忙，他就會幫助塞德里克去恰斯國，賣掉他們的收穫。他根本就不需要再回繽城了。他可以從恰斯國給詔諭送一封信，讓詔諭來恰斯國找他。只要有了足夠的錢，他們也就不再需要任何偽裝了。他們能夠去他們想去的任何地方，擁有他們喜歡的任何一種生活。他會得到他所夢想的一切。為了這個夢想，他已經付出了沉重的代價。難道為自己爭取到一點快樂，難道是錯誤的事情嗎？

傑斯正在密切地注視著他。獵人銼刀一樣的聲音中充滿了勸慰的語氣，聽不出半點威脅：「動物總是會死的。看看牠。牠也不是第一隻會被做成標本的野獸。而現在，牠馬上就要被淹死了。如果你能讓牠快一點結束，也算是做了一件善事，另外還能解決你自己的麻煩。」傑斯將匕首插在腰帶裡，抓起了擺在面前的魚槍，另一隻手拿起了那一盤繩子，「告訴牠不要掙扎，我是去救牠的。」他低聲命令塞德里克，「我現在只需要你讓牠保持平靜。就和牠說，我用繩子捆住牠是為了讓牠能漂浮在水面上。我們下手要快，在屍體沉下去之前，我們要拿到最值錢的部位：牙齒，爪子，鱗片。到時候一定會弄得一團亂，這種髒活你是不會喜歡的。但現在稍微把身子弄髒一點，可就意味著以後能得到很大一筆錢。」

紅銅龍滿是焦慮地看著他們。她在懷疑嗎？她能夠真正懂得多少？塞德里克責備自己的良心。獵人已經說過，她就要死了。如果任由她慢慢死掉，讓她的屍體沉進河底，被魚蝦吃掉，又會對誰有好處？難道這樣不是更好？他自己畢竟經過了這麼多磨難，難道不應該有一些收穫？得到一點小小的快樂？難道他不應該結束自己充滿欺騙的生活？

他一直看著自己的龍。而傑斯此時正在向芮普妲一點點逼近過去。芮普妲也只是看著塞德里克。她的眼睛像以往一樣不斷盤旋著，但金色和藍色之中彷彿混雜著一點黑暗。塞德里克能夠感覺到她在向自己發問，只是無法完全理解她在問些什麼。這是不是意味著她就要死了？傑斯說，現在讓她快些死去是對她做了一件善事，傑斯說的是實話嗎？

芮普妲的身子掛在那根原木上，一隻前爪抓住原木。樹下的水流不算很強。在她身後幽暗的森林深處，平靜的水面閃動著點點微光。塞德里克注意到樹幹上的水痕——水位正在開始下降，但下降的速度很慢。塞德里克懷疑紅銅龍撐不到堤岸重新露出水面的時候了。在塞德里克的注視下，芮普妲無力地踢了幾下後腿，想要將自己在原木上的位置推高一點。她已經沒有力氣將自己的頭挺到這樣不自然的高度上了。她很餓，很渴，還感到很冷。龍天生就應該生活在陽光曝曬的暖熱沙灘上。冷水正在不斷吸走她的力量，減慢她的心跳。塞德里克沒有想到會有這種狀況發生。她的眼睛越轉越慢。這頭紅銅龍原來就不夠強壯和健康。塞德里克看著她，感覺到巨大的哀傷闖進心房。他眨了眨眼睛，被芮普妲充滿的視野遮上了一層模糊的淚水。

你要丟下我了嗎？

是的，塞德里克遲遲沒有向她伸出援手，而她只能用這種孩子氣的想法解釋眼前的一切。這幾乎撕裂了塞德里克的心。塞德里克想要吸一口氣，卻彷彿喉嚨裡有一把刀子，讓他什麼都吸不進去。*紅銅小女王，我真希望你能夠飛翔。*

*我有翅膀！*疲憊的紅銅龍向他昂起頭，然後非常緩慢地將翅膀稍稍張開。兩片皮翼映射著太陽的光芒，如同被鍛鑄而成的金屬。它們要比塞德里克想像中更大、更精緻，皮質翼膜上覆蓋著蛛網般的紋理脈絡，還有鳥羽一般的鱗片。午後的陽光透過它們，它們彷彿是兩扇巨大的彩繪玻璃窗。

「它們真美。」塞德里克情不自禁地說道。他能感覺到紅銅龍在因為他的讚揚而快慰，他的心中也因此而更加充滿了哀傷。

「的確很美麗。傳說中，龍翼的皮革能夠持續數百年而不損壞。但它們太大了，我們拿不走。不等我們離開這條河，它們就會腐爛。」傑斯正踩著一棵倒下的大樹向紅銅龍靠近。掛滿葉片的樹枝成為了他路上的障礙，卻也為他提供了抓握借力的地方。看到塞德里克緊皺的眉頭，他忽然停下腳步，大笑起來。「不要這樣瞪我。你知道我說得沒有錯。讓牠保持平靜。牠的掙扎把那些碎片都打散了。這樣我會找不到牢固的落腳點。我可不想被牠打進水裡，再被這些垃圾壓在下面。」他一邊哼哧著，一邊小心地一步步踏在漂浮的樹幹上。

在距離紅銅龍一個人身長時，獵人停下腳步，仔細觀察這頭龍。他沒有再去看塞德里克，因為他知道這個花花公子別無選擇，只能幫助他。「等我再靠近一些，要牠向我伸出頭。我會用繩子拴住牠的脖子，然後我會領著牠靠近一棵大樹。只要牠還浮在水面上，不反抗我，我就能把牠綁到合適的位置上。」

塞德里克知道，這個獵人不會救芮普妲。芮普妲馬上就要死了。如果傑斯成功了，至少紅銅龍能快一些死去。這也是有意義的。至少他們兩個之中能有一個人過上正經的生活。獵人下手會很快。他是這樣說的。

*危險？*芮普妲看著最終向自己逼近的獵人。紅銅龍從他的身上感覺到了什麼？

獵人就要貼到紅銅龍身邊了。他在自己踩著的那棵大樹根部平衡了一下身體。距離他不遠處就是高高豎起的泥濘樹根。他正在把繩子抖開，同時眼睛死死地盯住了紅銅龍。塞德里克注意到他的另一隻手還攥著魚槍。這時傑斯的目光從龍跳向塞德里克，又跳回到龍身上。他瞄準了龍脖子，正在丈量目標和自己之間的距離。「現在，讓牠保持平靜，」他提醒塞德里克，「我的繩子不是很多，一旦纏住牠的脖子以後，我就要把牠向樹那邊牽，這樣也能讓牠的頭一直露在水面以上。」

他不能這樣做。但他也無法阻止必然會發生的事情。如果他要阻攔傑斯，傑斯同樣能把他殺死。那對這頭龍又有什麼好處？芮普妲注定難以逃脫這樣的結局。他看著紅銅龍，感覺到自己欠她那樣多，卻只能眼睜睜看著她落進這樣的結局。*我很抱歉*，他在心中對芮普妲說道，卻只得到一陣困惑的反應。

「好吧，我準備好了。」傑斯準備好了那一大卷繩索。他將魚槍夾在胳膊下面，將套索舉到身側，「告訴牠，把頭伸向我。速度要慢。告訴牠，我會來救牠。」

塞德里克深吸了一口氣。他的喉嚨緊得要命。就服從必然的命運吧——他這樣對自己說。「芮普妲，」他輕聲說道，「現在，聽我說，仔細聽我說。」

禱月第十九日
商人聯盟獨立第六年
來自艾瑞克，繽城信鴿管理人
致黛托茨，崔豪格信鴿管理人

封錮於小管之內的是貿易商維科夫寄給活船援助號大副喬司．皮爾森的信，活船援助號很快就將停泊於崔豪格。信中內容是告知：在這一天，他的妻子為他生了一對雙胞胎女兒。

黛托茨：

我的家人罹患了疾病，這迫使我不得不暫緩離開繽城的想法。我的父親病得很重。恐怕我暫時是無法實現訪問雨野原並和妳見面的希望。我很失望。

妳有沒有考慮過來繽城遊覽？我相信妳的侄子見到妳，一定會非常高興。

艾瑞克

7 援救

夜晚完全就像賽瑪拉所害怕的那樣難熬。守護者們聚集在一起，將漂浮的原木以不同的角度拼湊起來，搭建出一個平台，又在上面鋪了許多生滿樹葉的枝杈，把原木的凹凸之處墊平。這個臨時的「筏子」不算很牢固，但至少有足夠的空間讓他們能夠擠坐在一起，相互幫忙驅趕不斷襲擾他們的蚊子和其他吸血小蟲。他們沒有足夠平坦的地方可以躺下來睡一覺，賽瑪拉只是坐在一根稍寬的原木上面，她本來考慮到樹梢上去過夜，但最終還是決定與龍和其他守護者留在一起。每一次她開始打盹的時候，埃魯姆的龍都會發出悲哀的銅號吼聲，將她驚醒。他們在這個夜晚流了太多淚水。從其他人的竊竊私語中，賽瑪拉能夠聽出心存恐懼的並不是只有她一個。到了第二天黎明時分，無論是哀傷還是人和龍的聲音，哪怕是那些嗡嗡叫的吸血飛蟲或是屁股下面堅硬的樹幹節瘤，都無法再讓賽瑪拉保持清醒。她在瞌睡中經歷了一個個惡夢，然後是一陣充滿哀痛的熟睡。當她醒來的時候，感到全身寒冷僵硬，衣服都被清晨的露珠打溼了。

洪水正在緩緩退去。如果賽瑪拉此時站在水面上，她的肩頭就和最高水位時樹幹上留下的水線一樣高。在她身邊，愛麗絲將身體縮成一個球，睡得很熟。刺青在愛麗絲的另一邊，正發出粗重的鼻息聲。賽瑪拉注意到潔珥德蜷縮在格瑞夫特的懷裡，也還在睡夢中。片刻之間，賽瑪拉很羨慕他們兩個能夠分享彼此的體溫。但她很快就打消了這個念頭。這種事不適合她。博克斯特和諾泰爾坐在平台邊緣，正盯著淹沒森林的洪水，輕聲交談著。龍趴伏在長長的原木上。他們看上去很不舒服，處境很危險。但他們全都睡得很沉。寒冷的水和陰暗的森林讓他們一直陷入昏睡。也許要等到太陽高掛在天空中，或者更晚一點的時候，他們才會有動靜。

賽瑪拉用胳膊肘頂了頂希爾薇，悄聲說道：「我看看能不能找些食物。」然後她就走過睡夢中的夥伴們，一根圓木接一根圓木，她走過漂浮的垃圾，來到距離最近的大樹前。這棵樹在她伸手可及的地方，是沒有枝杈的，但她的爪子能夠牢牢地攀住樹皮。現在回到樹冠上的感覺有些奇怪，但確實讓她感到更加安全。她也許仍然感到饑餓、乾渴，還不停地被蚊蟲叮咬，但大樹一直都是她的朋友，會為她提供庇護。

她沒有走多遠，森林就給她提供了獎勵。她找到一株淩霄花，喝下了花朵中的蜜水。這讓她感到了些許的愧疚，她沒有辦法將每一朵花中不到一口的蜜水帶回去。她必須喝下它們，補充自己的體力，然後才有希望帶回一些別的食物。這一點液體並不能真正解除她的饑渴，但至少她的舌頭已經不再像皮革那樣乾燥了。在喝乾了每一朵花中的水以後，她繼續攀爬了上去。

她已經習慣了划船，而攀爬樹木對於她的手臂和肩膀上的肌肉有著不同的要求。很快，她背上的傷口就又開始滲出液體。它不像過去那樣痛了，但那裡的皮膚在她每次向上伸手尋找新的握點時，都會被拉扯著。從她的脊背上流下的液體讓她感到煩亂和氣惱，她對此無能為力。她有兩次看到鳥雀，如果她還有弓箭，那會成為很容易取得的獵物。還有一次，她匆忙落到下方的一根樹枝上，又跳上另一棵樹，因為她遭遇了一條大蟒蛇。那條蛇已經抬起頭，正很有興趣地盯著她。在那一刻，她知道自己睡在筏子上而不是枝杈間的決定是正確的。

她尋找著一根適切的水準樹枝，好讓她換到另一棵樹上，此時正好遇到諾泰爾。諾泰爾正坐在她選中的樹枝上。依照他打招呼的樣子，賽瑪拉判斷諾泰爾看到了她剛才跳下樹枝的過程。

「有沒有找到什麼可吃的？」諾泰爾問她。

「還沒有。我從一根淩霄花藤上得到了一些水，但我還沒有找到水果和堅果。」

諾泰爾緩慢地點點頭，然後問賽瑪拉：「只有妳一個人？」

賽瑪拉聳聳肩，不知為何，她覺得諾泰爾的問題讓自己感到不舒服。「是的。其他人還在睡覺。」

「我沒有睡。」

「是的，你在和博克斯特說話。我喜歡一個人狩獵和採集。我總是這樣。」她又向諾泰爾邁出一步，但諾泰爾絲毫沒有要挪開身子讓她過去的跡象。這根樹枝很寬，諾泰爾能夠輕鬆地讓到一旁，但他仍然只是坐在原地，看著賽瑪拉。賽瑪拉和諾泰爾不是很舒適，她從沒有發現諾泰爾的眼睛是綠色的，諾泰爾身上的鱗片也不像大多數其他男孩那樣發達。他眼睛周圍的鱗片就非常細小。當他眨眼的時候，他的睫毛會反射陽光，向賽瑪拉閃爍起點點銀芒。

過了不算短的一段時間，諾泰爾說道：「我為拉普斯卡感到傷心。我知道你們兩個的關係很近。」

賽瑪拉將目光轉向一旁。她一直都努力不去想拉普斯卡和荷比，不去揣測他們是很快就死去了，還是在洪水中搏鬥了很長時間。「我會想念他。」賽瑪拉說道。她的喉嚨在繃緊，嗓音也變得沙啞，「但今天就是今天，我需要看看能找到些什麼食物。請讓開好嗎？我要過去。」

「喔，當然。」諾泰爾沒有將身子挪向一邊，而是直接站立起來。他的個子要比賽瑪拉高。他在樹枝上側過身，示意賽瑪拉從他身邊過去。賽瑪拉猶豫了一下。諾泰爾是不是在向她發起挑戰？或者這只是她的錯覺？

賽瑪拉認為自己是在犯蠢。她從諾泰爾身邊側步走過去。這樣做的時候，她和諾泰爾難免有面對面的一刻。就在她從諾泰爾面前走過一半的時候，諾泰爾微微動了一下。賽瑪拉立刻將腳趾摳進樹皮中，警惕地從牙縫中噴出一口氣。諾泰爾一把抓住她的雙臂，讓她正面朝著自己。他的雙手非常有力，賽瑪拉和他之間的距離已經縮小到她很不喜歡的程度。「我不會讓妳掉下去。」諾泰爾對賽瑪拉承諾。他的表情很嚴肅，一雙綠色的眼睛凝視著賽瑪拉。

「我不會掉下去。放開。」

他沒有放手。他們就這樣凝固在樹枝上，彼此對視。如果現在發生爭鬥，他們之中的一個肯定會掉下去，或者就是兩個人一起遭殃。諾泰爾臉上的微笑很熱切，他的眼睛裡閃動著誘惑的光芒。

「我要生氣了。馬上放開我。」

熱情從諾泰爾的眼睛裡消失了。他服從了賽瑪拉的要求。但他在放手之後，又用掌心撫過了賽瑪拉的手臂。賽瑪拉從他身邊跳開，一邊還要抑制著推他一下的衝動。

「我不想讓妳生氣。」諾泰爾說道，「這只是……嗯，拉普斯卡已經走了。我知道妳是孤身一人。我也是。」

「我一直都是孤身一人。」她氣惱地對諾泰爾拋下這句話，就大步沿著樹枝走開了。她提醒自己，她不是在逃走，只是把諾泰爾丟下。當她到達另一棵大樹的時候，立刻以超過蜥蜴的速度爬上樹幹，甚至沒有回頭看一眼諾泰爾是不是還注視著他。她只是一心一意要爬得更高，一直到達樹冠的上層。在那裡，更多的陽光會讓她有更大的機會找到果實。

幸運再一次降臨，她找到一株寄生在手印樹上的麵包葉藤。這種黃色的葉片味道很好，裡面充滿了水分，口感很清脆。一段時間裡，她只是坐在樹枝上，直到把肚子塞飽，然後她扯下幾根生滿麵包葉片的藤條，將這些藤條繫成一個鬆鬆的圓環，掛在脖子上，讓它們從自己的背上垂下去。

她開始原路返回。這時她又看見幾棵樹之外就有一株酸梨樹。她爬過去。這棵樹上的果實已經度過了成熟期，開始有一點皺縮了。不過她相信她的朋友們不會挑剔這點小毛病。因為沒有別的運載工具，她只好將酸梨塞滿自己的襯衫前襟，然後以更加緩慢的速度在樹枝上爬行，唯恐壓壞這些果實。當她到達河邊，沿著樹幹下降到平台上的時候，她驚訝地發現許多守護者還在睡覺。刺青醒了。他和格瑞夫特正努力想要在一根大原木的根部生起一堆火。一縷細小的青煙已經飄蕩在早晨的空氣中。她到達平台上之後，看到希爾薇和哈裡金正匍匐在垃圾浮墊的邊緣。她看到希爾薇伸出一根長樹枝，在把什麼東西拖過來。更靠近一些之後，她才發現他們是在收集河中的死魚。哈裡金在收拾這些魚，用他的爪子劃開魚腹，掏出內臟。在他身邊已經擺了一排收拾好的生魚。

「龍都去哪裡了？」賽瑪拉焦慮地向他們喊道。

希爾薇給了賽瑪拉一個疲憊的微笑。「妳回來了！妳告訴我要去狩獵的時候，我還以為自己是在作夢。等我完全醒過來的時候，妳已經不見了。酸性的河水殺死了許多魚和其他生物。龍去上游了。他們發現了一個聚集了許多動物屍體的旋渦，就去那裡填飽肚皮了。我很高興他們能有東西吃。他們涉水走了一整天，又為了抵抗洪水游了很久，現在一定已經累壞了。但至少他們還不會捱餓。現在就連默爾柯的脾氣都變差了。我很擔心那幾頭大個子公龍會打架。」

「辛泰拉和他們在一起嗎？」

「他們全都在一起，全都急著要爭搶自己的食物，每頭龍都比其他龍更眼紅。妳帶回了什麼？」

「麵包葉和酸梨。我只能用襯衫兜滿酸梨。我想不出還有別的辦法攜帶它們。」

希爾薇笑了。「不管妳用什麼辦法把他們帶回來，我們都很高興能吃到它們。格瑞夫特和刺青正在努力把火生起來，這樣我們就能烤魚吃了。如果不能生火，我覺得吃點生魚應該也可以。」

「肯定比沒得吃要強。」

在她們交談的時候，哈裡金一直保持著沉默。他從來都不是一個健談的人。賽瑪拉第一次見到哈裡金的時候立刻就想到了蜥蜴。他的身材瘦長，要比希爾薇年長很多。但希爾薇卻似乎很願意和他在一起。在看見哈裡金使用爪子之前，賽瑪拉都沒有注意到他也有爪子。這時一直在收拾魚的哈裡金抬起了頭，發現賽瑪拉正在看他的手，便會意地向賽瑪拉點點頭。

短暫的沉默籠罩在這一小群人身上。這是對那些沒有說出口的問題的回答。沒有人提起拉普斯卡。賽瑪拉聽到遠處埃魯姆的龍發出一聲焦急的長吼。亞布克還在召喚他失蹤的守護者。沃肯的紅龍巴力佩爾在悲哀中保持著安靜。其餘守護者都聚集在一個用浮木拼成的筏子上。什麼都沒有改變。賽瑪拉的心中閃過一個念頭，如果他們的龍在這裡拋棄了他們，他們又會怎樣？龍會這樣做嗎？龍還需要他們嗎？如果龍決定獨自進軍呢？

賽瑪拉抬起頭，看到刺青向他們走來，不由得又開始思考自己現在的樣子會不會和刺青一樣糟糕。刺青的皮膚全都因為河水的刺激而變成了赤紅色，頭髮一叢一簇地豎在頭頂。河水也同樣腐蝕了他的衣服，讓他已經過度磨損的襯衫和長褲上出現了許多破洞。他看上去糟糕極了，但他還是努力向賽瑪拉露出微笑，開口問她：「妳穿的是什麼？」

「我們的早餐。麵包葉和酸梨。看起來，你們已經點起了烤魚的火。」

刺青回頭瞥了一眼格瑞夫特正在努力呵護的小火苗。潔珥德不知從什麼地方來到了格瑞夫特的身邊。她安靜地靠在格瑞夫特身上，看著格瑞夫特從那根原木上折下乾燥的樹根，填進正在原木最粗的位置上跳動的火苗裡。「現在點火真不是一件容易的事。而且我們還很擔心如果火太大，難免會蔓延到整個浮墊上，到時候我們就只能逃走了。我們在這裡不算安全，但好歹還能浮在水面上。」

「水正在退下去。但如果有必要，我們就只能向森林裡面走。把你的襯衫掀起來。」

刺青提起襯衫前襟。賽瑪拉將包裹在自己襯衫裡面的酸梨倒了出來。這些皺縮的水果和真正的梨子並沒有什麼關係，但賽瑪拉聽說它們的滋味很相似。倒空襯衫裡的酸梨後，她跟隨刺青向格瑞夫特的營火走過去。她有些害怕自己和那兩個人之間還會有尷尬，會聽到他們說些嘲諷的話語，但潔珥德只是從她面前轉開了臉。格瑞夫特簡單地說道：「謝謝。還能找到更多嗎？」

「現在結果的季節已經過了。不過我也許還能在那棵樹上找到一些。而有一根麵包葉藤生長的地方，通常就會有更多麵包葉藤。」

「這樣就太好了。在我們對身邊的情況有更多了解以前，我們必須小心處置能夠獲得的食物。」

「幸好河裡還有很多死魚。水流正在將它們推到浮墊這邊來。」這句話是希爾薇說的。她和哈裡金用一根細長的樹枝穿過魚鰓，將他們收拾好的魚提了過來。

「我們大概只有在這一、兩天裡能吃這些魚。」哈裡金低聲說道，「水中的強酸已經將它們泡軟了。也許我們不能吃它們的皮，只能吃肉。」

賽瑪拉從脖子上取下藤環，有條不紊地摘下上面的葉片。刺青將酸梨分成幾堆，然後也和賽馬拉一起摘麵包葉。魚的數量很多，每位守護者都能飽飽地吃一頓早餐。現在還沒有必要擔心晚餐的事。

格瑞夫特似乎也有同樣的想法。他提出建議：「我們應該保留一些食物供日後食用。」

「或者我們可以給每一名守護著一份食物，告訴他們：『這是今天的口糧，怎麼吃你們自己決定。』」刺青提出不同意見。

「並非所有人都足夠聰明，懂得自我約束。」格瑞夫特說道。不過他的語氣不像是要爭論。賽瑪拉猜測他們正在進行著一場已經開始的討論。

「我不認為我們之中任何人有權威來管理食物。」刺青說。

「即使是我們提供的食物？」格瑞夫特問道。

「賽瑪拉！」

賽瑪拉聽到愛麗絲的聲音，轉過頭。那名繽城女子正笨拙地沿一根原木走過來。看到愛麗絲的樣子，賽瑪拉不由得打了個哆嗦。她的臉上生滿了水皰。紅色的頭髮纏結在一起，垂在背上。以前的愛麗絲永遠都是那樣妝容亮麗且一塵不染。「妳去哪裡了？」在距離賽瑪拉還有大半根原木的時候，愛麗絲就問道。

「我去尋找食物。」

「妳自己一個人？不危險嗎？」

「一般都不會有什麼危險。我幾乎總是一個人狩獵和採集。」

「但妳不會遇到野獸嗎？」愛麗絲的聲音，充滿了對她真誠的關切。

「我所在的地方，我自己才是一頭大型野獸。只要我留意大蛇、樹貓和一些有毒的小東西，我就會很安全。」她忽然想到了諾泰爾。不，她可不會提起那樁意外。

「除了野生動物以外，還會有其他危險。」格瑞夫特陰沉地說道。

賽瑪拉氣惱地向他瞥了一眼。「我從生下來就在樹枝間遊走，格瑞夫特，我生活的地方要比今天我去的樹冠高多了。我不會摔下去。」

「他並非擔憂妳會掉下樹。」刺青低聲說。

「那某個人就應該說清楚他在擔心什麼。」塞拉瑪沒有好氣地說道。他們似乎正在談論她，卻又故意讓她聽不懂他們的話。

格瑞夫特向愛麗絲瞥了一眼，又將目光轉向遠處，只說了一句：「也許等以後吧。」賽瑪拉能看出愛麗絲生氣了。格瑞夫特的言辭和眼神已經指出愛麗絲是外人，不能讓她聽到關於守護者的事情。而賽瑪拉早就想要否認格瑞夫特強行施加給她的那些所謂年長男性的智慧，無論這是否會激怒格瑞夫特。從潔珥德的表情中能看出，格瑞夫特也同樣惹怒了她。她瞪了賽瑪拉一眼，目光中充滿了怨懟，但賽瑪拉沒辦法對潔珥德生氣。潔珥德失去了自己的龍，這已經讓她心如刀絞。她的淚水在臉上留下了紅色的痕跡。賽瑪拉忽然一時衝動，直接向潔珥德說道：

「關於維拉斯的事，我很難過。我希望她能夠回到我們身邊。我們的母龍本來就很少。」

「的確。」格瑞夫特說道，彷彿這證明了他的觀點。

潔珥德只是看著賽瑪拉，揣度著她的話。終於，她認為賽瑪拉是真誠的。「我感覺不到她——感覺很不清晰，但我又覺得她不應該死了。我很擔心她受了傷，或者迷失了方向，找不到我們了。」

「不會有事的，潔珥德。」格瑞夫特安慰她，「不要再折磨自己了。現在妳最不需要的就是這個。」

這一次，賽瑪拉和潔珥德都對格瑞夫特怒目而視。

「我只是在為妳著想。」格瑞夫特為自己辯護。

「但我所想的和所說的，都是我的龍。」潔珥德回答。

「也許我們最好在火苗滅掉之前，先把魚烤好。」希爾薇說道。大家迅速將魚用木棍插上，放到火中燻烤。飛快的速度說明了這種接近於爭吵的氣氛，讓每一個人都感到多麼不安。

「妳有沒有問過其他龍，他們是否能感覺到她？」希爾薇問潔珥德。這時他們已經開始將烤好的魚和其他食物送到木筏上去。博克斯特找到了蘑菇和洋蔥苔蘚，對於沒有什麼滋味的魚和水果，它們是很好的調劑品。

潔珥德無聲地搖了搖頭。

「聽著，親愛的，妳應該去問問他們！」愛麗絲微笑著對她說，「最好問問辛泰拉和默爾柯。我替妳問問辛泰拉好不好？」

愛麗絲是那樣天真，那麼充滿希望，一心只想要幫忙。這讓賽瑪拉不得不壓下心中的怒氣。「妳真的這樣想？」

「當然，她為什麼不會幫忙？」

「實際上，正因為她是辛泰拉。」賽瑪拉回答道。希爾薇笑了起來。

「我知道妳的意思，就在我以為自己懂得了默爾柯，相信他會滿足我的一點小要求時，默爾柯卻宣稱他是龍，不是我的玩物。但我認為他也許會在這件事上幫忙。」

潔珥德掙扎了片刻，然後低聲問道：「那麼，妳會問問他嗎？我覺得問其他龍是沒有用的，而且我覺得我應該知道她是死是活。我應該能感覺到，不必別人的幫助。」

「妳和維拉斯的關係已經那樣緊密了？」賽瑪拉問道，同時竭力不讓嫉妒的情緒從自己的聲音中流露出來。

「我以為我是的，」潔珥德低聲說，「我以為我是的。」

愛麗絲環顧這些巨龍守護者。她的兩隻手托著兩片寬闊肥厚的葉子，葉子上是一條沒有完全烤熟的魚。魚上擺著幾片蘑菇和一點蓬鬆的綠色苔蘚。她的腿上還放著一粒被賽瑪拉稱作「酸梨」的水果。每一名守護者也全都得到了這樣一份食物。賽瑪拉和她的關係不像其他守護者那樣疏遠，但對她也抱著一種敬而遠之的態度。愛麗絲能感覺到格瑞夫特對她的怨恨，但如果說這種恨意有什麼理由，愛麗絲能想到的只有自己不是雨野原人。這讓她感到格外孤獨。

而且她還是這樣沒用。這肯定不會讓她的心情能輕鬆一些。

她很羨慕其他人這麼快就適應了眼前的環境，並開始著手採取行動。對於眼前的災難，他們迅速改變了自身的生活狀態。與之相比，愛麗絲真是顯得又老又迂腐。對於自身的損失，他們極少會提起。潔珥德的確在哭泣，但她沒有一句抱怨。守護者們顯示出了幾乎不屬於正常人的平靜。愛麗絲很想知道，這是不是因為他們都在不斷的劫難中迅速成長了起來。地震對於他們來說不是罕見的事情，對續城人就更加普通了。但他們都知道，雨野原的地震更加危險。許多雨野原人都在地下工作，在被淤泥深埋的古早城市中尋找古靈寶物，地震有時會引發礦道塌方。是否這些守護者在自己年少的時候，也曾經受到過地震的傷害，或者因此而失去了親人？

愛麗絲希望他們不要如此沉默。她想要向月亮嚎叫，全身顫抖，大聲哭號，絕望地流淚，徹底崩潰掉。她渴望能談一談柏油人號和萊福特林船長，能夠問問他們是否認為那艘船能倖免於難，是否在期待船長前來尋找他們。當然，她知道，只是這樣空談不可能讓希望變成現實，但哪怕只是一遍又一遍地談論這些事，也會給人帶來一種沒有理由的安慰。而她只是看到所有這些年輕人，都在以最簡單的方式應對突然到來的災難，她又怎麼能肆意放縱自己軟弱的內心？

她用手指拈起燻魚，就著蘑菇和一絲絲洋蔥苔蘚吃下去。這種苔蘚的確有一股洋蔥的味道。吃完之後，她又吃掉了盛魚的那只「盤子」。麵包葉真是名不副實，沒有半點「麵包」的感覺。它很厚實，裡面含有很多澱粉，口感清脆，但毫無疑問是一種蔬菜。吃完這些之後，她感到饑餓。酸梨至少幫助她緩解了一些乾渴。儘管表皮都已經皺縮了，但裡面的果肉還有很多汁水。她吃得只剩一枚梨核，只希望它的果肉還能多一些。

但她在咀嚼每一口食物的時候，心中都在想著別的事情。萊福特林還好嗎？柏油人號有沒有經受住這場風浪？可憐的塞德里克一定要因為她而擔心得發狂了。他們正在尋找她和守護者，還有龍嗎？她想要相信這一點。她的心裡只有這個希望，以至於她發覺自己到現在都沒有做任何能夠改善他們現狀的事情。萊福特林船長和柏油人號會來援救他們。自從辛泰拉把她拽出洪水之後，她就一直對此堅信不疑。

「等到洪水退去，妳覺得還會有堅實的地面露出來嗎？」她問賽瑪拉。

賽瑪拉嚥下口中的食物，考慮著這個問題。「水面正在下降，但在陸地真正出現之前，我們是不可能知道的。即使真有陸地，在最近的一段時間裡也只會是泥濘和沼澤。洪水在雨野原來得很快，走得卻很慢。因為這裡的地面已經被水浸透了。我們不可能在上面行走。如果妳有這樣的打算，那妳可能要失望了。至少我們不可能在這種泥濘中走很遠。」

「那麼，我們要怎麼辦？」

「現在？現在，我們還可以採集或者狩獵，還可以儘量讓這裡的生活環境舒適一些。等到水退下去，我們就要看看還有其他什麼事可以做了。」

「龍還想要繼續前進嗎？」

「我不認為他們會想要留在這裡。」刺青說道。愛麗絲意識到他不是唯一傾聽她們交談的人。「大部分守護者都將注意力集中在了她們身上。「這裡不是他們可以久留的地方。如果可以，他們就會想要前進。無論我們是否會陪伴他們。」

「沒有我們，他們能生存下去嗎？」博克斯特問。

「不容易，肯定也活不好。但他們一直都走在我們前面，在大多數夜晚也會自己去尋找休息的地點。他們已經學會了一點狩獵的技巧，比我們剛剛啟程時更強壯、更堅韌。後面的旅程絕不會容易，但這以前的旅程也不輕鬆。當然，我不是說他們會完全不在意我們而自行上路。」

刺青說到這裡，停頓了一下。愛麗絲等待著，但接著刺青的思路說下去的是賽瑪拉：「但如果我們不能跟上他們，如果我們沒辦法陪著他們，他們就真的別無選擇了。在這裡停留時間太久的話，食物肯定會發生短缺。他們將不得不離開我們。」

「他們不能背著我們嗎？」愛麗絲問，「辛泰拉就將賽瑪拉和我背到了安全的地方。她要背著我們兩個人游泳，那對她來說很不容易。但如果他們是像往常一樣在淺灘涉水……」

「不，他們不會的。」格瑞夫特說道。

「這會過分損傷他們的自尊。」賽瑪拉低聲說，「辛泰拉救了我們，但對她而言，那和成為一頭讓我們騎乘的馱獸完全不一樣。」

「默爾柯也許會背我，」希爾薇插口道，「但他和其他龍的性格很不一樣。他對我要比其他大多數龍對他們的守護者都更加親切得多。有時候，我覺得他是他們之中最年長的一個，即使我知道他們是在同一天從繭殼中孵化出來的。」

「也許是因為他記得更多事情。」愛麗絲猜測，「我覺得他非常睿智。」

「也許。」希爾薇表示同意。她第一次和愛麗絲一同露出了一點羞赧的微笑。

「如果龍離開我們獨自前行，我們又會如何？」諾泰爾突然問道。他靠近了賽瑪拉。看上去，他只是在專心參與這場討論，但他的接近還是讓賽瑪拉感到不舒服。

「我們要盡全力求生，」刺青說，「無論是在這裡，還是在任何我們能找到的適合生存的地方。」

「這和建立崔豪格的歷史沒有多少不同，」格瑞夫特說，「最初的雨野原居民也是被迫逃亡到此地。他們所乘坐的船，本來應該幫助他們找到一個建立殖民地的理想場所。當然，他們的人數更多，但情況終究是類似的。」

「難道你們不打算返回崔豪格嗎？」愛麗絲問，「你們只有三艘小船。」在愛麗絲看來，如果龍拋棄他們，那麼回到崔豪格去就是理所當然的選擇。當然，這會是一趟艱苦的旅程，他們必須在沼澤泥濘中跋涉，或者在密林中穿行。但至少他們最後會回到安全的地方。

「我不會，」格瑞夫特低聲說，「哪怕有足夠裝下我們所有人的船和划船的槳。」

「我也不會，」潔珥德回應道，片刻之後，她又稍稍有些哽咽地說道，「我不能。」

愛麗絲看見格瑞夫特握住了潔珥德的手，潔珥德則轉過頭去看著水面。愛麗絲有些不情願地注意到，一些守護者不加掩飾地端詳著他們兩個，而另一些人則將視線轉開。他們兩個顯然是一對伴侶，而這一點也明顯讓另一些守護者感到困擾。賽瑪拉看著他們兩個。從賽瑪拉朦朧的眼神中，愛麗絲完全看不出她在想些什麼。

「現在還遠遠不是做出這種決定的時候，」刺青說，「我更關心的是，我們今天和今晚該怎麼辦？」

「我要去採集食物了，」賽瑪拉平靜地說道，「這是我擅長的。」

「我和妳去，我可以幫妳背東西。」刺青說。守護者中有幾個年輕人瞥了他一眼，又將目光轉開。諾泰爾低下頭，顯然很有些怒意。博克斯特流露出若有所思的神情。格瑞夫特張開嘴，彷彿是要說些什麼，但停頓一下之後又將嘴閉上，片刻之後，他說道：「這個計畫不錯。」愛麗絲相信這並不是他最初打算說的話。

「我們今晚能生起火來嗎？」希爾薇問，「煙能夠趕走蟲子。如果有人在尋找我們，火光就能為他們指明方向。」

「我可以幫忙生火，」愛麗絲立刻宣布說，「我們能建起一個小木筏，就像這個睡覺的木筏一樣，只是更小一些。我們在那個木筏上生火，這樣火就不會蔓延到我們睡覺之處。我們可以用藤蔓把小木筏拴住。」她俯過身，拿起一根被拔光了葉片的麵包葉藤，「當然，我們還需要更多這種藤條。」

「我們會帶更多的藤條回來。」刺青自告奮勇地說道。

「哈裡金和我能夠潛到水下去尋找泥巴。如果我們能想辦法把泥土帶上來，我們就能把泥巴敷在生火的木筏上。那肯定能讓生火木筏堅持更久一些。」萊克特說。

「但現在河水的酸度很高！」愛麗絲表示反對。她擔心的是他們兩個人的眼睛。現在這兩個年輕人全身都覆滿了鱗片，愛麗絲覺得他們的皮膚應該不會受到太大損傷。

「情況沒有那麼糟。」萊特克聳了聳自己生出脊刺的肩膀，「河水的酸性一直在下降。有時候地震之後就會是這樣。先是大股酸水湧來，然後酸度很快就恢復到了幾乎是正常的水準。」

幾乎恢復正常的河水，仍然足以灼痛愛麗絲的皮膚。但她還是點了點頭。「建起木筏，在上面塗滿泥巴，收集我們能找到的最乾燥的木頭，編出一根結實的纜繩將木筏拴住。在日落之前，我們還有很多事要做。」

「看樣子，我們不會有別的什麼方案了。」博克斯特說道。

「賽瑪拉，妳想要別人幫妳去採集食物嗎？」諾泰爾幾乎像是挑戰一樣拋出了這個問題。

「我有刺青，足夠了。」女孩回答道。

「我爬樹比他爬得更好，」諾泰爾武斷地說。

「這只是你的想法，」刺青立刻說道，「我可以給她需要的任何說明。」

賽瑪拉看看刺青，又看看諾泰爾，面色陰沉下來。片刻之間，她身上的鱗片彷彿更加鮮明奪目。然後她冷冷地說道：「實際上，我認為我根本不需要你們任何人的說明。不過如果刺青願意，他可以跟著我。趁著天色還明亮，我要出發了。」

她一邊說話，一邊站起了身，邁著輕盈的大步向森林中走去，再沒有回頭看上一眼。愛麗絲覺得她就像是在漂浮的原木上跳舞。到達距離他們最近的一棵大樹之後，她就像蜥蜴一樣飛快地爬了上去。刺青跟隨在她身後，在愛麗絲看來，那個男孩要非常努力才能跟上賽瑪拉的速度，他的人類雙手要不停地握住表面粗糙的樹枝，以便平衡身體。

諾泰爾站起身。格瑞夫特說話了：「諾泰爾，這裡需要你。你要幫我們把生火木筏建起來。」

諾泰爾的身子僵了一下。他用刻板的聲音說道：「我要去採集食物。」

「那你可要把精力全都用在採集食物上。諾泰爾，我們的人數不多，不能在我們內部發生爭執。」

「把這話去對刺青說吧。」諾泰爾丟下這一句就走開了。他選擇了另一棵樹爬了上去。但愛麗絲突然開始為賽瑪拉感到擔心。她很想跟上他們。這支隊伍中的一些事情發生了變化，她還無法確定這是怎樣的變化。她向格瑞夫特瞥了一眼，但格瑞夫特沒有迎上她的目光，只是轉過頭說道，「今天要做什麼已經清楚了，今晚要做的事差不多也確定下來了。不過我們還不知道明天的天氣會怎樣。現在我們已經很不舒服了，肯定更不想被雨水打溼。讓我們看看能不能建起一個棚子。」

愛麗絲覺得自己彷彿置身於一個她並不十分了解的大家庭裡。這裡有她無法辨識的暗流。突然間，她開始好奇自己作為一個外來者，在這個家庭中又有著怎樣的位置。賽瑪拉是她唯一自覺已經了解的人。她向希爾薇瞥了一眼。這個女孩至少會向她微笑。彷彿是感覺到了年長女子的目光，希爾薇轉頭看著愛麗絲說道：「我們來搭建營火平台吧。」

「讓她的頭伸出來，朝向我！」傑斯向塞德里克吼道。現在那名獵人正站在斷樹的末端，手中舉著臨時做成的套索，「如果她不把頭向我伸出來，我沒辦法套住她的脖子。」

塞德里克站立的原木微微晃動了一下，讓他忽然感到有些頭暈。他看著那根套索，竭力要做出一個決定。突然間，他用力一擺頭，猛地讓自己脫離了可能是龍對他造成的那種特殊恍惚狀態。結束這一切吧。她本來就要死了。只要她死了，塞德里克就能完全得回自己的意識，還能再得到一大筆錢。他還能擁有詔諭。如果在這一切事情之後，他還想要詔諭的話。

這最後一個念頭讓塞德里克感到一陣驚駭。他當然想要詔諭。他一直都想要詔諭。難道不是嗎？

難道詔諭和詔諭對他的愛不是他一直想要的嗎？他清了清喉嚨。他的愛……

「芮普妲。」

紅銅龍將旋轉的眼睛轉向他。

傑斯開始甩起套索。塞德里克現在能看出獵人的企圖了。用套索將龍套住，收緊繩子，殺死龍。這樣做不會容易，更絕不會很乾淨。芮普妲死去之前，會知道塞德里克背叛了她。塞德里克感到了痛苦。芮普妲會憤怒，會責怪他，而這一切都將被她死亡的痛苦所吞噬。她曾經救過他的命。而他對她的感謝就是用她的死亡來牟利。

這個代價太高了。詔諭不值得這樣的代價。

意識到這一點，更加強烈的驚駭衝擊著塞德里克的內心。但現在沒有時間細想了。

塞德里克向龍伸展過去，以自己的全部意志，全部心靈伸展過去。**芮普妲，離開傑斯，不要讓他靠近妳。他想要殺死妳！**塞德里克不敢用聲音告訴她。

殺？一陣警惕，然後是一陣困惑。芮普妲不明白。這頭精疲力竭的龍趴附在原木上，抬頭盯著她的劊子手。突然間，龍的眼睛轉動得更快了，但她沒有要逃走的意思。這訊息太複雜，讓她難以理解。塞德里克將太多事情塞進了向她傳遞的意念中。要讓訊息簡單，還要給她一些鼓勵！

「芮普妲，離開！逃走！不要讓他靠近妳。有危險。他有危險！」

危險？獵人帶來食物。逃走？太累了。

塞德里克伸手指著那名獵人。但這並不足以拯救芮普妲。傑斯的面孔扭曲了，他轉向塞德里克，露出了自己的牙齒：「你這個該死的小軟蛋！我本打算迅速了結她。好啊，你把我的計畫毀了，現在你們都要付出代價。」

獵人的動作很快。他丟下套索，轉身抓起魚槍。那件武器不大，不可能傷害紅銅龍。求您垂憐啊，莎神！「芮普妲，逃走！逃走！」

塞德里克已經開始行動。但他知道自己肯定不可能及時趕到。他抓住一根漂浮在水中的棍子，把它向傑斯擲過去。棍子甚至沒有打到傑斯。獵人大笑著，揚手高舉起魚槍，狠狠向龍刺了過去。

一陣劇痛穿透了塞德里克。痛感來自於塞德里克的肩頭。他的左臂立刻麻木了。他踉蹌一步，倒了下去。他的一條腿滑倒在浮木中間。他瘋狂地伸出手要抓住原木，不讓自己跌到垃圾浮墊下面去。無意間，他咬住了自己的舌頭。奇怪的是，這種疼痛趕走了另外一種疼痛。原木在上下顛簸，但他用一條腿跨住原木，掙扎著直起身子，沒有跌入水中。他急忙轉頭去看。一切都發生得太快了。

芮普妲發出淒厲的吼聲。魚槍擊中了她。耀眼的紅色鮮血流淌在她覆蓋鱗甲的肩膀上。她的翅膀半張開，不停地撲打著，無力地濺起一片片水花。而她的爪子還在努力不要從原木上滑下去。獵人落進了水裡。一定是紅銅龍的翅膀把他打倒了。很好。但獵人已經抓住了一根原木，正在向上爬。只消再過片刻，他就要爬上來了。塞德里克知道自己不可能與這名獵人作戰。這個人太高大，太強壯，更有著豐富的經驗。*武器，武器！*那把斧子！小船上的那把斧子。

塞德里克發瘋一般地跳過劇烈晃動的浮木，衝向小船。如果他不是被嚇壞了，他應該會手腳並用地爬過這些浮木，但面對即將到來的死亡，他就像是一隻被開水燙到的貓一樣不停地向前蹦跳，踩過一根根搖擺不定，隨時都會翻滾的原木。傑斯似乎立刻就明白了塞德里克的企圖。他站起身，罵了一句，啐了口唾沫，也開始拚命跳過堆積的浮木。獵人兩次掉進浮木的縫隙中，又急忙將自己拉起來。但他還是一下子站到了塞德里克和小船之間。一把匕首出現在他還在滴水的右手中。水不斷從他的頭髮裡流出來，沿著他布滿鱗片的面頰滑落。他對塞德里克說：「我要割碎了你，把你的內臟丟在這些垃圾上，然後把你丟在這裡等死。」

*我很抱歉。請不要殺我。我只想要活下去。我不能讓你殺死她。*塞德里克的意識中跳出上百句要說的話，然後又都被他丟棄開。這些話半點用處都沒有。

*逃走！逃走！*紅銅龍用銅號般的聲音向他吼叫。這似乎是一個很好的主意，也很符合塞德里克的

衝動。但他不敢在這名獵人的面前轉過身。如果他注定要死，那也不應該死在一把插進他後背的匕首上。他聽到一陣巨大的濺水聲。芮普妲鬆開了她維繫生命的原木，沉入水中。冷，溼，黑暗，沒有空氣。在這一霎那，塞德里克的身體完全凝固了。

傑斯撲向他，匕首向他刺來。因為獵人的重心突然改變，塞德里克腳下的原木開始晃動，塞德里克歪向一旁，結果匕首、握匕首的手和獵人，全都和他擦身而過，也讓他的抵抗完全無處施展。在慌亂之中，塞德里克的一隻手按到了傑斯的背上，又推了獵人一把，獵人一步跨出原木，踩在垃圾浮墊上。片刻間，糾纏在一起的野草碎木彷彿撐住了他，但他很快就氣急敗壞地驚呼一聲，穿過浮墊掉了下去。他伸開雙臂，抓住浮墊中的樹枝草葉，終於讓自己留在了水面以上。但他只能不停地咒罵塞德里克，一時還無法爬上來。

塞德里克已經兩步衝到了船上。他本以為這裡能夠牢固一些。但他一跳上船，小船就開始搖晃。他跪倒下去，划手坐板正好頂在他的肋骨上，讓他感到一陣疼痛。安全了，在小船上就安全了。斧頭在那裡？芮普妲在哪裡？「龍，妳在哪裡？」他喊道。然後他跪立起來，四處張望。讓他感到恐懼的是，他感覺不到芮普妲了。傑斯也消失不見了。他是沉到浮墊下面去了嗎？對那個獵人，他很難有任何哀傷的情緒。

突然間，傑斯從小船旁邊的水裡衝了出來，就像是一隻充滿仇恨的水妖。他抓住船，向船裡爬進來。小船隨之傾翻。塞德里克驚恐地喊叫著，他知道自己又要掉進那燒灼皮膚的酸水中去了。不過那個滿身是水的大漢先滾進船裡，讓小船恢復了平衡。塞德里克立刻就想要逃出小船，但傑斯抱住了他的兩條腿，讓他重重跌倒。他的肋骨和肚子撞了船，並靠在船邊的原木上。獵人抓住了他背上的襯衫和頭髮，把他拽回到船裡，狠狠地打他的臉。

除了還在孩子時期的一些嬉鬧，塞德里克從沒有真正打過架。有時候詔諭會對他動粗，用暴力的方式占有他，強迫他服從於他。他們在一起的最初一段日子裡，塞德里克往往會被這樣的暴力遊戲喚起激情。但在過去一年多的時間裡，似乎只是在塞德里克因為別的事情令他感到不悅時，詔諭才會這樣做。甚至有幾次，在這種充滿痛苦的狂暴遊戲中，他在詔諭的淩虐下，感到的不再是顫慄的驚喜，而是恐懼。他開始害怕自己的愛人會對他造成真正的傷害。有一次，詔諭扼住他的喉嚨，讓他差一點失去知覺，而詔諭仍然只是在一心尋求著歡樂。直到塞德里克從他的身下滾開，才能夠吸進一口空氣。那時他的視野中布滿了跳動的黑點。他喘息著問道：「為什麼？」

「當然是看看會有什麼感覺。不要抱怨了，你沒有受傷，你只是把自己的感覺給搞砸了。」

然後詔諭就站起身，離開了他。塞德里克接受了詔諭的判斷，認為自己並沒有真正受傷。當時的回憶閃過他的腦海，還讓他記起了在那以後很快就被埋進他心底的決定——絕不要再這樣，要反抗。

但傑斯的攻擊和詔諭的完全不同。這個壯漢的拳頭是如此堅硬，每一次砸在他的臉上都讓他感到驚駭和暈眩。他被獵人的另一隻手提著，自己卻連舉起雙手的力氣都找不到，更不要說揮拳攻擊了。這時，獵人發出巨大的笑聲，這聲音反而讓塞德里克在恐慌中尋找到一點力量。他竭盡全力向前揮出拳頭，打在傑斯的胸骨正下方。傑斯突然吐出一口氣，重重坐倒在小船上。

在不夠喘一口氣的時間裡，塞德里克已經撲在獵人身上，將雨點般的拳頭打向獵人，但他還在感到一陣陣暈眩，揮出的拳頭也沒什麼力量，傑斯反而一下子抱住塞德里克，毫不費力地翻身壓在塞德里克上面，就好像塞德里克只是一個小孩子。塞德里克被大漢的體重壓在下面，獵人厚重的雙手掐住了他的喉嚨。塞德里克的兩隻手只是抓住了獵人粗大的手腕。那兩隻手腕又溼又冷，上面還有光滑的鱗片。塞德里克完全抓不住它們。獵人將塞德里克壓到小船中央的坐板上，髒臭的船底積水浸透了塞德里克的身體，坐板死死地頂住他的後背。他瘋狂地踢蹬著，但他的腳什麼都碰不到。他身手去抓獵人的臉，但獵人的皮膚彷彿完全不會感到疼痛，更不會被抓破。

塞德里克放棄了對傑斯的攻擊，甚至放棄了自衛。現在他想做的只有逃跑。他揮舞的雙手不停地在小船側面尋找著。一隻手抓住了什麼，他想要將自己從獵人身子下面拽出去，但獵人的雙手死死卡住了他的喉嚨，沉重的身體越來越凶狠地壓迫著他。

塞德里克從沒有感到過如此無力。

不，他有過這樣的感覺。那時詔諭按著他，大笑著對他說：「一切都由我來決定。你喜歡這樣。你一直都喜歡這樣。」

但他不喜歡。並非一直都喜歡。他痛恨詔諭毫不在意他是否喜歡，痛恨詔諭對著被完全控制的他放聲大笑，突然間，所有這些憤怒都從他的心中迸發出來，而他瘋狂揮動的手也在此時找到了斧柄。

那把斧子還被牢牢地砍在小船邊的原木上。但他的力量來自於絕望中的怒火。他猛地拔起了斧頭，隨後的動作完全不受他的操控，只是因為幸運，突然拔起斧子的慣性，讓斧子的鈍頭擊中了傑斯的後腦。

但這一擊沒有能將獵人打暈，只是嚇了他一跳。獵人的雙手略微鬆開。塞德里克透過一片紅色的霧氣看見傑斯將頭轉向一旁，彷彿是去尋找那個意外的攻擊者。**和他戰鬥，和他戰鬥。**龍憤怒的思想向塞德里克體內灌注了力量。他再次揮起斧頭，笨拙卻又準確地發動了攻擊。他打中了。斧頭撞在獵人的下巴上，響亮地一聲把那只下巴打在一旁。傑斯尖叫一聲。塞德里克深吸一口氣，然後又是半口。傑斯發出了聲音。但塞德里克的耳朵一直在尖鳴。而傑斯被打壞的下巴又讓他無法把話說清楚。突然間，塞德里克聽到自己沙啞的聲音：「我要殺了你！我要殺了你！」

我要為你殺他。這個想法跳回到他的腦海中，是一個爬蟲類的回應。

最後一次劈砍落在獵人的雙眼之間，獵人一下子就不再動了。塞德里克手中沉重的斧頭落在船底。他用力一推傑斯。那名大漢在一聲呻吟中從他的身上倒向一旁，半翻過船，塞德里克覺得自己在片刻之間失去了知覺。「你這雜……！」他啞著嗓子說道，同時收回了自己的手臂。但塞德里克突然看見一隻粗大的拳頭向他撞來。

就在這時，一股巨大的水浪掀動了小船。芮普妲的頭和肩膀從各種碎片中衝出來，高聳在小船旁邊。獵人食物！她高喊著低下了頭。塞德里克從沒有真正看過巨龍口中的模樣。紅銅龍張開自己的大嘴。那嘴寬得令人難以置信。塞德里克能看到那張嘴裡粗大的吞噬肌肉，深深的喉嚨，還有向內彎曲的鋒利牙齒。紅銅龍的嘴一下子落在獵人的頭和肩膀上，就像是一名偷襲的獵人用口袋罩住了一隻兔子。在短暫的一瞬間，塞德里克瞥到了傑斯的眼睛，那雙眼睛瞪得那麼大，甚至貼著眼眶的一圈完全都是白色。然後，芮普妲閉住了嘴。

塞德里克聽到一個聲音，那聲音中夾雜著骨骼的斷裂和皮肉的撕扯。芮普妲揚起頭，鼻尖指向天空。然後她將頭猛甩了兩次，才把嘴裡的東西吃下去。

傑斯鮮血淋漓的腰臀和雙腿落在了小船裡，就倒在塞德里克的身邊。塞德里克在反射性的驚恐中朝它們踢了一腳。傑斯的骨盆帶著兩條腿滾到一邊。芮普妲抗議似的尖叫一聲，又俯身衝向那塊肉。龍掀起的波瀾猛烈地搖晃著小船。血和艙底汙水混合在一起，在落下的斧頭周圍來回湧動。

塞德里克靠在船幫上，盯著這一切，混沌地說道：「這些都沒有發生。」他抬起手背抹了一下嘴，然後將手拿開——全都是血。他有轉過頭，看著船底汙水中的那把斧頭。現在還有一絲絲血液從斧刃上流下來，混進汙水裡。那上面甚至還有一些毛髮。是傑斯的頭髮。「我殺了他。」塞德里克說道。這幾個字在他的耳朵裡顯得極為怪異。

好美味。

整個下午平安無事地過去了。賽瑪拉和刺青沒有說多少話。她沒什麼可以說的。而刺青為了能追上她，早就已經氣喘吁吁了。對此賽瑪拉也很清楚。

刺青這副猶猶豫豫的樣子，要比賽瑪拉自己的真實心意更讓她感到困擾。在其他人旁邊的時候，賽瑪拉還能比較容易地裝成他們之間什麼都沒有改變的樣子。這是否意味著他們之間真的是什麼都不曾改變過？她到底有沒有對他生氣？如果她生氣了，原因又是什麼？有時候，賽瑪拉能夠明白自己根本沒有任何生氣的理由。他們之間並沒有什麼共同的心意。刺青也沒有違背任何對她的承諾。他當然可以任憑自己喜歡去自由選擇，就像她一樣。對此她應該感到心平氣和。他和潔珥德交配了，這是他們的事情，不是她的事。現在，潔珥德和格瑞夫特在一起了，這就更不關她什麼事了。

但她還是有受傷的感覺。她再一次感到憤怒和被輕視。至少刺青應該讓她早一些知道吧！如果拉普錫卡都知道這種事，那這事還有什麼私密可言？為什麼他要在這麼長時間裡都瞞著她？這讓賽瑪拉覺得自己非常愚蠢，非常幼稚。**我的自尊，**她心中想道，**受傷害的是我的自尊，不是我的心，我沒有愛他。我不想完全占有他。我不想讓他占有我。我們只是朋友，很長時間以來都彼此熟識的朋友。他向我隱瞞了一件事，讓我覺得自己很愚蠢。**只是她的自尊而已。僅此而已！

這也許是真的，但她又覺得不是這樣。

受到情緒的刺激，賽瑪拉越爬越高，以比平時更快的速度穿過樹冠，讓刺青必須竭盡全力追趕她。直到她發現了食物，刺青才追上來。而此時她已經將食物收集得差不多了。刺青將自己的襯衫結成一個粗陋的背包。他一趕到，賽瑪拉就將收集到的東西放進刺青的背包裡，然後繼續向前跑。除了討論她找到了什麼食物，隨後要找什麼食物之外，他們之間幾乎沒有什麼交談。賽瑪拉能看出來，刺青知道她不想和他說話，但這傢伙似乎真的就願意讓這種僵局持續下去！

當天色變得太過昏暗，在樹下已經快要看不到東西的時候，他們回到了作為守護者臨時庇護所的飄浮平台上。遠處的落日還能在河面上灑下一點餘暉。其他人的工作都很成功。大木筏上被建起了一個棚子，另一隻小木筏也被建造起來，上面還燃起了營火。黃色的火光讓人看到就感到精神一振。按照愛麗絲的建議，小木筏被用藤條繫在他們睡覺的大木筏旁邊，如果火焰失去控制，小木筏就會被迅速推走。而現在，令人喜悅的火光正不斷地散發出溫暖，讓所有人都感到高興。博克斯特和凱斯在看護著營火。他們不斷折下帶有樹葉的枝杈，扔進火焰中，讓冒出的煙氣將蚊蟲趕走。賽瑪拉不確定自己是否因煙能趕走叮人的小蟲，而更能接受這股會刺激出眼淚的煙氣，她太累了，沒有心思和他們爭論這件事。

龍都回來過夜了。看到他們巨大的身體靠在大樹幹上，賽瑪拉不禁感到一陣安心。密集的樹幹讓他們無法進入森林深處，不過他們已經開始懂得自己收集原木，將身體壓在上面。賽瑪拉很想知道他們回來是因為想念人類，還是只不過因為他們知道他們的守護者會幫忙拴牢他們的原木，讓他們能夠安穩地漂浮在黑夜的水面上。希爾薇和哈裡金似乎發明出了一整套將數根原木固定在巨龍胸口下面的技術。這些龍不喜歡這種睡覺的方式，但這總要比讓身子泡在水裡更好。被酸水殺死的魚對於這些巨龍而言算是一種好處，卻也是一個麻煩。他們全都吃得肚皮滾圓，但被撐起來的大肚子，已經開始讓他們覺得不舒服了，而頂住他們肚子的原木，只會讓他們更不舒服。

「他們一直泡在水裡，已經很累了，真的很累了。有一些龍在抱怨他們的爪子都被泡軟了。」希爾薇說道。這時她正坐在賽瑪拉身邊，她們一同吃著晚飯。讓賽瑪拉驚訝的是，除了她和刺青採集到的水果和蔬菜以外，現在營火上還烤著肉。那是一頭迷失了方向的水野豬，因為愚蠢而耗盡體力，又被淹得半死，剛好爬上了他們的木筏。萊克特一棒子就敲死了牠。牠的個子不是很大，但豬肉很肥美。賽瑪拉覺得這次的烤肉非常好吃。

格瑞夫特走到她們身後，坐下說道：「無論他們怎樣抱怨爪子被泡軟，我們對此都無能為力。」

賽瑪拉向希爾薇翻翻眼睛。那個女孩將頭埋在盤子裡，藏起一個微笑。「我相信龍會將這種勸慰銘記於心的。」賽瑪拉嘟囔了一句。她們兩個全都輕聲笑了起來。賽瑪拉轉過頭，剛好看到格瑞夫特給了她一個陰沉的瞪視。她也用冷冷的目光看著格瑞夫特，然後繼續吃著她的食物。她不尊敬格瑞夫特，更拒絕在格瑞夫特面前表現出膽怯的樣子。

睡覺的棚子很小。地上儘管鋪了一層樹葉細枝，但還是很不平整。好的地方是大家擠在一起，每個人都能多一點溫暖，但這也意味著無論是誰只要改換一下姿勢，肯定都會打擾到身邊的另外兩個人。他們已經決定好要看護外面的營火，不斷向裡面添加木柴，並添加樹葉以產生煙霧。「火焰能給尋找我們的人發出訊號。煙能夠趕走蟲子。」格瑞夫特毫無必要地提醒眾人。

這個任務要比賽瑪拉想像中更加細緻。營火和浮木平台之間鋪了一層樹葉和一層泥土，輪到賽瑪拉值夜的時候，希爾薇過來叫醒她，並教會了她如何確保火焰燃燒，同時又不會讓下面的木筏被點燃。隨後，她一個人坐在主木筏的邊緣，身邊放著足量的樹葉枝杈和乾燥的碎木頭。

賽瑪拉歎了口氣，開始專心完成任務。她的背很痛，但那又和肌肉的酸痛不一樣。今天她把自己和刺青都逼得很緊。現在這樣疲憊，她只能怪自己。而最讓她感到難熬的，還是肩背處那完全不會停止的鈍痛。

夜晚最安靜的一段時間到來了。夜鳥停止了歌唱，也不再來回飛舞捕獵昆蟲。就連那些嗡嗡叫的蜇人小蟲彷彿也不那麼有活力了。賽瑪拉看著火光在水面上的倒影，偶爾會有一條好奇的魚，會緩緩在鏡面一般的水下映出一個影子，除此之外，整個世界彷彿都安寧下來。河水輕輕拍打著原木，彷彿不是在一天多前還瘋狂地要殺死他們的那條河。熟睡中的龍低垂著頭，半個身子還淹在水裡，看上去就像是一些奇怪的船。賽瑪拉試著單純地享受這裡的夜色，不做任何思考，但她的心思卻不斷地從拉普斯卡閃到銀龍，又閃到埃魯姆和沃肯。三名守護者失蹤了，也許是死了。還有四頭龍也不見了，其中三頭是雌龍。這是一個沉重的打擊。維拉斯仍然沒有出現。默爾柯已經告訴希爾薇，他沒有感覺到維拉斯死了，但這也不能保證維拉斯還活著。這樣的訊息只能讓潔珥德發瘋。聽到它以後，潔珥德流的眼淚更多了。

「我需要和妳談談。」

賽瑪拉被嚇了一跳，隨後又因為這樣的反應而對自己生起了氣。格瑞夫特像幽靈一般出現在她的身後。她甚至沒有感覺到因這個人走過來的木筏搖晃。她沒有察覺到格瑞夫特並非是一個意外，格瑞夫特有意要讓她吃驚。她抬起頭瞥了格瑞夫特一眼，保持著面無表情的樣子問道：「你要跟我談？」

「是的。這是為了我們所有人。我需要妳的答案。我們全都需要。」他蹲坐在賽瑪拉身邊，距離近得讓賽瑪拉感到不舒服。「簡單地說，是刺青嗎？」

「什麼是不是刺青？」這個問題讓賽瑪拉感到氣惱。她有意讓格瑞夫特聽到自己聲音中的火氣。如果格瑞夫特想要故弄玄虛，多管閒事，那她沒有義務對他有問必答。

格瑞夫特被鱗片覆蓋的扁平面孔緊繃了起來。他的嘴唇非常薄，以至於賽瑪拉很難判斷他是不是咬緊了牙——賽瑪拉懷疑他正在這樣做。他俯身到賽瑪拉耳邊，用低沉而嚴厲的聲音說道：「聽著，沒有人明白妳為什麼會選擇拉普斯卡，但我告訴他們，這不重要。妳做出了妳的選擇，我們必須尊重妳。有幾個人想要向拉普斯卡挑戰，我禁止他們這樣做。妳應該感激我。我尊重妳的第一次選擇，並保護了妳的和平。」

「但拉普斯卡已經不在了。為了我們所有人，這件事越早得到解決，對我們就越好。所以，選擇一個人，讓大家都清楚地知道。」

「我不知道你想要說什麼。但我認為我也不想知道。現在輪到我值夜，我在完成我的任務。走開。」賽瑪拉冷冷地說道。而她的心正在憤怒和恐懼之間搖擺，今晚她可能無法逃避格瑞夫特了。她必須應對這股力量，而這似乎又是一股她無法打敗的力量。格瑞夫特或者是在故作神祕，或者他其實已經說出了一個可怕的事實。到底是怎麼回事，塞拉瑪不想搞清楚。

但格瑞夫特不會讓她繼續無知下去。「不要裝作沒事的樣子。」他的語氣越發嚴厲，「妳不擅長偽裝。今天妳已經聽到我警告諾泰爾。如果妳選擇了刺青，那麼好，妳就選他吧。讓其他人都知道妳的選擇，就不會有任何問題了。我會保證一切平安無事，不會因為你選擇刺青而有所不同。但即使是在一個新地方，一個建立新的法則的時代，我也會尊重我們最古老的一些傳統。我是由我的母親養大的，她一直在遵循那些古老的規則——那些在雨野原最初建立的時候，就被奉行的規則。那時，貿易商們都同意女人和她們的丈夫有平等的地位，能夠做出她們自己的選擇。我能活到今天，全都是因為我母親的選擇。她養育了我，她要求他人尊重她這樣做的權利。所以我明白，讓女人有權利決定自己的生活是明智的，我願意尊重這一點，也會要求其他人尊重這份權利。」

「是誰讓你變成了國王？」賽瑪拉問。現在她感到害怕了。難道她也完全沒有發現這件事？其他人是否已經接受他作為首領？甚至不止是首領，而是某種能為他們設立規則、控制他們人生的人？

「我任命了自己，因為在我看來情況很明顯，沒有其他人能夠像我勝任這個任務。賽瑪拉，必須有人做出決定。我們不可能一直無憂無慮地率性而為，放任各種狀況發生。如果我們想要活下去，就不能這樣。」他拿起木頭，放進賽瑪拉的營火中，這讓賽瑪拉感到氣惱。火焰幾乎立刻從那塊木頭上跳躍起來。賽瑪拉故意將那塊木頭從火焰中撥進水裡，木頭發出一陣嗞嗞的聲音，從營火木筏旁邊冒出來。格瑞夫特明白了她發出的訊息。

「很好，妳可以藐視我。是的，妳可以試試看，但生活和命運是妳無法藐視的，命運現在給了我們一個很糟糕的比例。即使已經有三名男性離開，守護者的比例還是非常不理想。妳想要男人為妳而戰嗎？妳想要看到我們的同伴相互傷害，製造會持續一生的血仇嗎？這樣妳就會覺得自己很高貴？」他轉過頭，看著賽瑪拉。他深褐色的眼睛在火光中顯得深不可測，「或者妳在等著被強姦？這樣的事情會讓妳興奮？」

「我不想那樣！那太卑劣了！」

「那麼你就需要選擇一個妳能夠接受的人作為搭檔。就是現在，在所有男性為妳展開競爭之前。我們是一個小團體。我們不能讓男孩子們為了妳而彼此傷害。我們也不會允許任何人強迫妳。如果發生那樣的事情，結果肯定會比我的一切想像都更加可怕。選擇一個配偶，結束這種事情。」

「潔珥德就沒有選擇。她只是和她想要的人交配。」這是賽瑪拉唯一能找到的武器，「或者你還不知道？」

「這一點我很清楚！」格瑞夫特凶狠地做出回應，「否則妳以為我為什麼會介入這件事，管住她？她太愚蠢了，只會讓男人們彼此敵對。妳沒有看到那些人發青的眼圈和臉上的瘀傷嗎？這種情況已經開始惡化了。所以我占有她，讓她成為我的，這樣才能阻止其他人繼續爭鬥下去。如果妳想知道的話，她並不是我最初的選擇。我認為她不像妳那樣聰明，也沒有妳的生存能力。從一開始，我就讓妳知道了我的興趣，但妳更喜歡那個在我看來完全沒有頭腦的拉普斯卡。我強迫自己接受這個決定，即使我認為這是一個很糟糕的決定。不管怎樣，拉普斯卡現在已經離開了。我和潔珥德在一起，無論好壞，至少要等到孩子出生的時候。因為我只有用這種辦法，才能迫使其他人不再拚命想要贏得她的關注。我不能再讓妳也屬於我，在為了妳而引發的競爭變得暴力之前，妳最好做出選擇，然後堅守住妳的選擇。」

賽瑪拉猛地轉過了頭。孩子？潔珥德懷孕了？還有比此時此地更糟糕的懷孕時間和地點嗎？她到底在想什麼？還沒等到下一口氣喘上來，賽瑪拉已經開始憤怒地思考這些男人都在想些什麼。難道他們真的以為他們能做一個孩子的父親？難道像拉普斯卡和刺青那樣的人，只是因為她允許他們那樣做，因為他們能那樣做，他們就那樣做了？憤怒在賽瑪拉的心中湧動。

「誰是潔珥德孩子的父親？」

「這其實沒什麼關係，不是嗎？我會宣布擁有那孩子，就是這樣。」

「我認為你宣布擁有的東西太多了。格瑞夫特，你也許可以任命自己為國王或者首領，但我沒有什麼國王。我直接告訴你，我不接受你對我的權威。我肯定不會『選擇』一個『男人』，只是為了阻止其他人的爭鬥。如果他們愚蠢到會為了不屬於他們的東西而打架，那就讓他們去打吧。」

賽瑪拉差一點就要站起來走開。但她值夜的任務還沒有結束。她還有責任照看營火。她冷冷地看著格瑞夫特。「走開，不要煩我。」

格瑞夫特搖搖頭。「妳也許會希望這件事簡單地結束，但它不會。醒過來吧，賽瑪拉。如果妳不選擇一個保護者，如果我不確保妳做出選擇，誰會保護妳？我們孤身來到這裡，而且從沒有這樣孤獨過。我們有四個女性和七個男性。潔珥德是我的。希爾薇選擇了哈裡金。如果妳以為……」

「**四個**女性？我真無法相信自己的耳朵。你將愛麗絲也包括在你瘋狂的計畫裡了？」

「她在這裡，她是女性，所以她也要被包括在內。這不是我的選擇，這只是明白的現實。我會讓她調整一段時間，然後再和她談這件事。賽瑪拉，這就是現實。我們一同流亡到了這個地方，就像雨野原居民最開始時那樣。我們必須學會在這裡建立我們的家園。我們的孩子將在這裡出生，長大。我們眼前睡在這個木筏上的這一小群人，將是一個新的聚落的種子。」

「你瘋了。」

「我沒有瘋。我們之間的不同是妳非常年輕，妳認為所謂『那些規則』還有意義，哪怕它們已經沒有了強制懲罰作為支持。它們沒有意義了。如果妳不挑選一個人，公開妳的選擇，那麼就會有人選擇妳。或者會有幾個人同時選擇妳。妳或者會屬於在戰鬥中取勝的那個男人，或者會被幾個男人使用。我不願意看到這樣的結果。」

「我不選擇任何人。」

格瑞夫特緩緩站起身，一邊還在搖著頭。「我不認為妳擁有這個選項，賽瑪拉。」他轉身離開賽瑪拉，走出幾步之後，他又轉回頭，充滿輕蔑地說，「也許刺青**真的**是妳最佳的伴侶。妳也許能讓他繼續等下去，繼續牽著他的鼻子，直到妳的幻想得到滿足，願意上他的床。但我不會為妳選他，我也可以明白地告訴妳是為什麼。他的個子太高了。如果他給妳一個孩子，那孩子會太大，妳不可能很容易就把他生出來。我知道妳不會聽從我的建議，但我還是建議妳看看諾泰爾，他是和我們是一種人，而刺青永遠不會和我們一樣。而且他的身材也更合適。妳不必永遠和他在一起。很有可能妳最後會選擇另一個伴侶，或者妳一生中可能會選擇幾個人。」

格瑞夫特再一次邁開步子，卻又忽然再次停下，回頭看著賽瑪拉。這一次，他的目光中幾乎顯露出同情的神色，「不要以為這是我強加給妳的。我只是恰好能看出人們的狀態。當你們只知道在營火旁唱歌和講故事的時候，我在和傑斯交談，他是一個接受過書本教育、很有思想的人。他的離去讓我感到難過。他讓我睜開眼睛看到了許多事，比如那個更加廣闊的世界是如何運行的。賽瑪拉，我知道妳認為我在偷聽你們說話。但事實是，我只希望我們全都能生存下來。我不能強迫妳這樣做，我只能現在向妳指出，妳還有機會做出選擇。如果等待太久，哪怕只是幾天時間，妳可能就不會再有選擇的權力。一旦男人開始為妳爭鬥，其中一個男人占有了妳，就不可能再有人維護妳選擇伴侶的權利了。到那時，妳將只能接受現狀。」

「你就是個怪物！」賽瑪拉低聲吼道。

「生活才是怪物。」格瑞夫特平靜地回答道，「我只是儘量讓它對妳不要那樣凶惡，並讓妳知道，妳應該在還有機會的時候做出選擇。」

他無聲且從容地走過漂浮在水面上的幾根原木。賽瑪拉看著他重新走進那個棚子。今晚的一切平靜對她而言都不復存在了。關於他所說的那些關於潔珥德的事情，潔珥德自己知道嗎？格瑞夫特更喜歡賽瑪拉，這個想法讓賽瑪拉的脊骨掠過一陣顫慄，是那種感覺很糟糕的顫慄。現在她回想起來了，一開始的時候，她也覺得格瑞夫特很有吸引力，能夠得到一個年長男人的注意，甚至讓她感到有些受寵若驚。但她同樣記得，從那個時候開始，格瑞夫特就在談論什麼「改變規則」。他宣稱的那些所謂「尊重雨野原傳統、讓女人決定自己未來」之類的話語，在賽瑪拉聽來只是顯得格外虛偽。

「我不會就這樣任人擺布，」賽瑪拉高聲對黑夜說，「如果他們相互爭鬥，那是他們的問題，不是我的。如果他們之中有人以為能夠用這種方法占有我，那他就會發現他是大錯特錯了。」

賽瑪拉一直沒有注意到辛泰拉就蜷伏在自己的意識邊緣。那頭龍一邊打著瞌睡一邊回應道，**現在妳開始像女王那樣思考問題了，妳也許還有希望。**

禱月第二十一日
商人聯盟獨立第六年
來自黛托茨，崔豪格信鴿管理人
致艾瑞克，繽城信鴿管理人

封錮在小管中的是卡薩里克雨野原貿易商議會和崔豪格雨野原貿易商議會寄出的信件。在那場地震，洪水和城市發掘場地崩塌等一系列災難中，此信內容確認了罹難者名單，並要求將此名單張貼在繽城貿易商大堂中，並被載入貿易商史冊。

艾瑞克：

這是一份規模很大的名單。當你收到它的時候，請花一些時間，和我的侄子雷亞奧坐在一起，用溫和的語氣告訴他，我們的家族也遭受了損失。他的兩位堂兄弟在洪水來襲的時候，正在發掘現場工作。至今為止，我們都沒有找到任何他們留下的痕跡。這些小夥子都是和他一同長大的朋友。這個訊息也許會讓他很難接受。我們家族希望你能給他一些時間，讓他回家來和我們一同哀悼逝者。讓你的學徒暫時離開你，我知道會為你製造許多困難，但如果你能答應這個請求，我們將永遠對你心存感激。

黛托茨

8 號角

愛麗絲突然從睡夢中驚醒，如銅號一般的龍吼聲，喚醒了她。在這個擁擠的棚子裡，守護者們也紛紛跪立起來。木筏開始晃動，讓愛麗絲感到一陣暈眩。她只能咬緊牙關。她很想念在柏油人號上度過的每一個夜晚。當那艘駁船停泊在岸邊時，整個世界都安穩地在她身下。她很想念萊福特林，她甚至不敢細想這份想念有多麼強烈。

龍群再一次發出銅號一般的吼聲。他們的吼聲很不一致，但無疑是在回應一個愛麗絲以前不曾聽到過的聲音。辛泰拉的吼聲清澈彷彿碧空，默爾柯的吼聲如同公牛，芬提的吼聲長而且尖細，諾泰爾的紫龍吼聲，則有些像是弓弦的震動。「出什麼事了？」愛麗絲問道，但她只聽見好幾個人也在問著同樣的問題。大家全都爭著要從棚子裡出去。她一下子被擠到了昏暗的棚子深處。粗糙的木筏也在這時開始不停地顛簸。愛麗絲在原地等待著，透過用帶有樹葉的枝杈拼接出的棚頂縫隙望向藍天，心裡揣測著是不是有什麼新的災難就要落到他們頭上了。

等到她終於走出棚子，所有的龍已經全部挺起了身，興奮地吼叫著。在龍吼的短暫間歇中，愛麗絲聽到一陣綿長的號角聲和遠處另一陣龍吼聲。「維拉斯！是維拉斯！」潔珥德尖叫著。她跳過一根根原木，一直向浮墊不穩定的邊緣跑去。格瑞夫特急忙追上去抓住她的肩膀，將她及時拽了回來，才沒有讓她掉入水中。維拉斯這時已經向他們走了過來，跟在那頭龍身後的是一名柏油人號上的獵人，他正在一遍又一遍地連續吹出三聲短促的號音，如此不斷重複。愛麗絲的心一下子哽在喉嚨口，但在看清吹號的人之後，她的心又沉了下去。那是卡森，萊福特林的朋友。但他不是萊福特林。而那艘駁船也仍然沒有蹤影。

隨著維拉斯和獵人的靠近，木筏上的人立刻喊出了一連串的問題，但卡森沒有要回答他們的意思。他不再吹號，而是開始向岸邊全力划船，等到他能夠將一根纜繩扔給正在等待他的守護者時，維拉斯已經走進垃圾浮墊裡，任由泣不成聲的潔珥德不斷撫摸她的臉。愛麗絲和守護者們一起向前簇擁過去，想要聽聽獵人會給他們帶來什麼樣的訊息。

「你們全都在這裡嗎？都沒事嗎？」這是獵人首先提出的問題。格瑞夫特搖搖頭。獵人的臉上立刻出現了失望的皺紋。

「柏油人號和萊福特林船長就在前一個河道轉彎處。他們隨時都有可能趕來。等他一到，就會讓你們上船，吃上一頓熱餐。我們還沒辦法為龍做些什麼，不過河水的水位從黎明時起就在迅速下降。我希望等到晚上的時候，這裡能夠出現一些淺灘，讓他們至少能夠站上去休息一下。」

在卡森說話的時候，萊特克抓住繩子，將小艇拽到了木筏旁邊。獵人敏捷地從小艇爬上木筏，向周圍環視一圈，露出笑意。隨著他的目光逐一掃過每一個人的臉，他心中的希望慢慢地破滅了。「有誰不在？」他問道。

「誰在柏油人號上？」格瑞夫特反問道。

卡森顯然對這句問話有些氣惱，但他還是回答道：「萊福特林船長和全體船員都沒事。大埃德爾肋骨被撞傷了，不過我檢查過，骨頭沒有斷。我的孩子戴夫威也在船上。我們失去了另一名獵人，除非傑斯在你們這裡。還有，塞德里克怎麼樣了？他在嗎？」

「塞德里克！」愛麗絲驚呼出他的名字。塞德里克不見了？她一直都以為塞德里克還安全地待在柏油人號上。愛麗絲下船的時候，他還在他的房間裡。他怎麼可能會不見了？難道是駁船受到了浪濤的猛烈撞擊？塞德里克的小屋被從甲板上扯掉了。他就躺在床上被淹死了嗎？塞德里克失蹤了，萊福特林平安無事，很快就會來救她，毀滅性的訊息和令人歡欣鼓舞的喜訊，在愛麗絲心中狠狠撞擊在一起。兩種完全矛盾的情緒，將她卡在了中間。在一陣麻木中，她只感覺到自己的不忠。她繞過聚集在一起的守護者，從他們中間找到縫隙穿過去，一直來到卡森面前。一看到她，獵人的臉上突然現出一陣微笑。

「愛麗絲！妳也在！太好了，這樣船長就不會那麼擔心了。」然後，他的臉上又謹慎地顯現出一點希望的光亮，「塞德里克呢？他和妳在一起嗎？」

愛麗絲搖搖頭。卡森繞過格瑞夫特，站到愛麗絲的正對面。愛麗絲努力控制著自己的聲音和舌頭，但她幾乎沒有足夠的氣息能夠把要說的話推出唇間。「我還以為他在柏油人號上。」一陣令人心碎的負疚感讓她感到暈眩。是她迫使塞德里克不得不跟著她踏上這段旅程。而現在，塞德里克失蹤了，死了。塞德里克不怎麼會游泳，更不會爬樹。他一定是死了。這太難以想像了。這不可能。不要想這件事，不要允許它變成現實。愛麗絲清了清嗓子，她的舌頭不再顧及她的心情，明確地說道：「現在維拉斯回來了。我們還沒有找到的龍只有紅銅龍、銀龍和荷比。守護者之中還沒出現的有拉普斯卡，埃魯姆和沃肯。他們和你們在一起嗎？」

一陣沉默之後，卡森緩慢地搖搖頭。低沉的呻吟聲和歎息聲隨之響起。眾人心中的希望再一次被否認了。「那麼，就是他們還沒有回來。」愛麗絲高聲說道。她痛恨自己的最後這句話，聽起來就像是在宣布他們的死亡。

「我會繼續尋找。」卡森的話讓愛麗絲猛然回到了自己所在的世界裡。守護者們都在交頭接耳，試著了解他們剛剛得到的訊息。維拉斯已經加入到其他龍之中。潔珥德，希爾薇和哈裡金正一同幫助她用原木浮起自己的身子，讓她能夠休息。

「我發現她的時候，她正嵌在幾棵大樹之間。」卡森對愛麗絲說道。獵人和愛麗絲一同看著那頭龍。「她因為太過疲憊，無法再游泳，於是就爬上了樹。這也許救了她的命。但隨著水位下降，她發現自己被卡住了。如果她再餓瘦一點，也許自己就能出來。不過我還是很高興能及時找到她。」

愛麗絲看著卡森的眼睛。「你是不是要告訴我，其他人也有可能處在同樣的境況中。他們被困住了，但還活著？」

「我會一直秉持這樣的信念。等等，請見諒。」他從愛麗絲面前轉過身，將號角舉到唇邊，短促卻又響亮地吹了三聲。這一次，愛麗絲聽到遠方傳來另一支號角的回應。卡森微笑著向愛麗絲轉回頭，提高聲音，讓木筏上的所有人都能聽見。「那就是柏油人號上的號聲。我們會儘快讓你們登上駁船。這種讓龍漂浮在水面上的辦法很好。我們也許能用柏油人號上的纜繩將這些浮木再綁緊一些。不過如果河水繼續這樣回升，也許我們就不會再需要這些原木了。」

「傑斯還沒有音訊，我要繼續搜索，可能短時間之內都無法進行狩獵了。我建議你們盡可能搜集食物。隨後的幾天裡，你們將得依靠自己的力量來養活自己，直到我們能夠重新開始狩獵。」

格瑞夫特就站在卡森的肩膀後面。愛麗絲覺得這名守護者的神情顯得很不愉快。她不明白，什麼事會讓這個人在得到援救的時候反而感到氣憤。當格瑞夫特說話的時候，他的聲音聽起來更是充滿了指責的意味。

「如果你們和卡森聊完了，我還有一些很重要的事情要告訴他，希望他能認真聽一下。擊中我們的洪峰將我們大多數人困在了這片樹林裡。我聚集起我能找到的人。這些龍也彼此呼喚、相互找尋，於是我們才能在這個地方暫時棲身。我會組織一些守護者收集更多食物作為今天的晚餐。其中大多數只能是水果和蔬菜。幸運的是，我很聰明地找到了三條小船。不過船槳都沒有了。它們在洪水中經受了劇烈的震盪，船裡的裝備也都遺失了。這讓我們很難為龍獵捕野獸和魚。」

卡森緩慢地點點頭。「這太糟糕了。我們可以做一些船槳，這需要時間。而失去的裝備絕大部分都無法補充。我們也可以試著做一些魚槍，那可能只是一些帶尖的木棍。但至少你們都還活著。」

格瑞夫特瞇起了眼睛。愛麗絲意識到，這不是格瑞夫特預料之中會從獵人那裡得到的回應。「拯救生命似乎要比拯救裝備更重要一點，」這名守護者語帶譏諷地說道，「我實在是盡了全力。」

愛麗絲明白了，他在期待得到獵人的讚美，讓他得到拯救守護者的聲譽。「當然，賽瑪拉、辛泰拉還有我在這裡靠岸的時候，你出了不少力氣，幫助了我們。」愛麗絲插口道。她希望這番話能撫平這名守護者的逆毛。格瑞夫特向她瞥了一眼，那種眼神就像是抽了愛麗絲一耳光。愛麗絲突然想起詔諭。如果是在社交場合，當詔諭認為他在進行一場所謂的「男人的對話」，愛麗絲只要稍一開口就會換來丈夫的這種眼神。愛麗絲對於格瑞夫特的同情立刻化為烏有。她幾乎立刻就報復性地說道：「賽瑪拉為我們提供了大部分食物。我去和她談談尋找食物的問題。」

她轉過身，從眾人面前走開了。憤怒的力量湧過她的全身，也讓她感到吃驚。他不是詔諭。愛麗絲努力提醒自己。當她這樣做的時候，她意識到了自己憤怒的真正原因。再過不久，她已經愛上的那個男人就要回到她身邊了。

而她的丈夫仍然站在他們兩個之間。

三聲短號！

這是萊福特林第一次聽到這個號音回盪在河面上。他甚至已經不敢再抱有希望。在覆蓋了雨野原的大水之上，這號聲顯得很有些奇怪。萊福特林已經有幾個小時不曾見到卡森了。在沒有邊際的河面上，卡森繞過一大片樹林就不見了蹤影。柏油人耽擱了一些時間，因為戴夫威發現了萊福特林最害怕出現的東西：一具屍體被糾纏在樹林邊上的浮木與垃圾中間。

那是沃肯。他不是淹死的，而是被洪水裏挾的重物撞擊致死。他們小心地撈起那具年輕守護者的屍體，將他用一片帆布包裹好，放到駁船的甲板上。每一次走過這具屍體，萊福特林都彷彿是看到了一個噩兆。在今天結束之前，還有多少屍體將壓在柏油人的甲板上？

當他第一次清晰地聽到那三聲短號時，心中不由得多了一份謹慎。他和戴夫威發出回應的訊號，隨後便請求柏油人加速航行，就在這艘駁船加快速度的時候，萊福特林提醒自己，那三聲短號可能代表著各種意義。卡森有可能只是發現了更多屍體，而未發現倖存者。但隨著駁船繞過那個森林的拐角，萊福特林很快就看到了那座小營地和營地前生起的一點營火。他的心跳一下子就加快了。他已經依稀能夠看見那些大樹下的細小身影，立刻就開始努力分辨那裡有哪些人。

他看到了她，雖然距離還很遠，他完全無法辨別他們的容貌，但她炫目的紅色秀髮正在太陽下閃閃發光，絕對不會看錯的，他歡喜地高呼一聲，同時感覺到自己的船也如同回應他的心情一般，加快了速度。斯沃格高聲喊道：「放鬆，柏油人！我們很快就能到那裡了！」但這艘船卻不願意放慢速度。即使是活船，也不可能完全避開一條河上的每一處危險。現在可不是讓柏油人發現河底暗礁或者洪水沖積物的好時機。

卡森開始組織守護者們乘著小船分批登上柏油人。這個過程非常緩慢，耐心地留在甲板上等待大家上船，更是讓萊福特林感到急不可耐，但他不敢讓柏油人直接闖進樹林邊的浮墊中。這艘大船很可能會將浮墊撞得七零八落，甚至把守護者們撞進冰冷的河水裡。不，無論他多麼渴望衝過最後這一段將他們分開的距離，他仍然只能牢牢地站在甲板，等待著她。看到卡森第一批送過來的是格瑞夫特，潔珥德和希爾薇，他不由得低聲罵了一句。

儘管感到失望，他還是熱情地歡迎他們登船。這三個人看上去都有一些面容憔悴且疲憊不堪，但兩個女孩全都擁抱了他，感謝他找到他們。他讓他們去廚房喝一碗熱魚湯，暖暖身子。「給肚子裡填一些食物，你們就能恢復如昔了。不過我必須警告你們，使用清水的時候要小心一些！暫時我們大家只能用一桶水和一塊布巾擦擦身子。除非下一場雨到來，或者我們能找到挖濾水井的沙地，否則我們就必須注意保存淡水。快去吧！」

心存感激的女孩們聽話地跑走了。萊福特林看著卡森划著小船回去接其他人。

「船長。」格瑞夫特裝腔作勢的語氣讓萊福特林有些心煩。

「什麼事？」他問道。就連他都聽出了自己聲音中的不耐煩，於是他又說道，「你一定也像他們一樣又累又餓了。為什麼不去喝些熱湯？」

「馬上就去，」格瑞夫特生硬地回答道，「但首先，我們必須為隨後的事情制定計畫。三名守護者和三頭龍仍是失蹤。我們必須認真討論是不是要繼續搜尋。」

萊福特林瞪了這個年輕人一眼，「孩子，我勸你還是放輕鬆一些，聽聽我的計畫。首先，我很難過地告訴你，失蹤的守護者只剩兩人了。幾個小時以前，我們剛剛發現年輕的沃肯死在了河中。第二，我們會繼續搜索至少一天，也許是兩天。一旦其他守護者都上了船，卡森就會出發尋找其他人。我們或者留在這裡陪著龍，或者留下幾名守護者陪著龍，我們則在後面跟隨著卡森。這要看河道的變化。現在水退得很快。我認為從上游下來的洪峰已經快要完全離開我們了。」

「船長，在我看來，這樣耽擱我們的行程，並沒有什麼意義。你只是在浪費時間和珍貴的淡水。沃肯的事情讓我感到哀傷，但我們最初擺脫洪水的時候，我心中就已經存在著恐懼，這更加證實了我的恐懼。我認為其他人已經死了。我感覺……」

「去船艙感覺你的感覺吧，小子。在柏油人號上，唯一說話算數的只有船長，是的，你能看出來，那個人就是我。現在，去做你該做的事，吃些東西，睡上一覺。然後你就會更清楚地記得我是誰，你是誰，你正站在**我的**船上。」

萊福特林的話其實已經很溫和了。如果是一個水手忘記自己的身分，竟敢和船長這樣說話，肯定不會只是被這樣教訓兩句。而且萊福特林已經看見愛麗絲走進了卡森搖搖晃晃的小船裡。現在他只想心無旁騖地看著愛麗絲回到柏油人上。

他看見那個年輕人猛地咬緊了牙，也看見了他怨懟的目光。沒關係，這個年輕人會懂事的。如果他還不懂事，下一次他受到的教訓就會更嚴格一點。格瑞夫特走開了，萊福特林沒有理會，他的眼睛早就鎖定在了那條小船上。卡森這時正用船槳把愛麗絲一點點送過來。

萊福特林無法再裝模作樣了，他跳下艙頂平台，大步跑過甲板，來到船欄杆後面，一臉傻笑地等待她的到來。小船靠在駁船旁邊，愛麗絲那一雙灰藍色的眼睛定定地看著他。他看見愛麗絲被河水燒灼的臉，不由得為她感到深深的心痛。「喔，愛麗絲！」他沒有再說出別的話。愛麗絲的紅髮纏結在一起，垂在背後。她仍然穿著那件能夠為她帶來妥帖保護的紅銅色長袍。感謝莎神，感謝古靈的寶物。萊福特林在欄杆後面竭力俯下身，伸雙手輕輕握住她的手腕，幫助她爬上繩梯。

萊福特林將愛麗絲扶過欄杆，讓她在甲板上站穩。他並沒有放開她，而是將她輕輕抱在自己的雙臂中，小心地不要壓迫她受到河水燒蝕的皮膚。「我絕對，絕對不會讓妳再這樣遠離我了，愛麗絲。讚美莎神，妳平安地回來了。我不會讓妳再走了。我不在乎其他人會說些什麼。」

「萊福特林船長，」愛麗絲輕聲說道。她將自己的額頭貼在萊福特林的下巴上。這只是偶然嗎？她的嘴唇輕輕碰觸他的喉頭，只是他的想像嗎？一陣顫慄，一股熱流湧過萊福特林的全身。他只能一動不動地站在原地，彷彿一隻無比珍惜的小鳥正要落到他的肩頭。愛麗絲輕輕將自己從他的懷裡推開，抬起頭看著他的眼睛。「真高興能夠再平安地和你在一起。我知道你會來找我們。我早就知道。」

有什麼樣的話能比這番話更讓他感動？萊福特林是這樣高興，感到自己充滿了男子氣概，同時卻又覺得自己無比愚蠢。他滿臉都是燦爛的笑容，又將她抱緊了片刻。在她請求他放手之前，他鬆開了她。他絕對不想讓她感覺到他的強迫。

但愛麗絲隨後的兩句話讓萊福特林猛地又落回到地面上：「我們知道塞德里克的下落嗎？他是不是在洪水時掉到船外去了？」

「很抱歉，愛麗絲，我不知道。我一直都以為他還在他的房間裡。我當時上岸去……查看情況。第一陣洪峰襲來的時候，我還在岸上。」此時他必須儘快讓思緒得以敏捷，沒有人知道他是去見傑斯了，沒有人能將他和那個獵人聯繫在一起，只有他知道那個人是被他殺死的。他當時給了傑斯狠狠一擊，那傢伙不可能在這種洪水中活下來。他殺死了傑斯，他不會為這種事後悔，但這也不意味著他想要讓其他人知道自己做了什麼。這是他的祕密。他會將這個祕密帶到墳墓裡去。「純粹是因為好運氣，柏油人號才在黑夜中找到了我，讓我回到船上。」又是一個謊言。難道他要一直這樣向她隱瞞每一件事嗎？但他只能這樣把故事編下去。「塞德里克也許在駁船遇到洪峰的時候正好在甲板上，或者他有可能是去了岸上。我知道的只是當我去找他的時候，他不在房間裡。妳也不在房間裡。」

「這是我的錯，是我把他拖到了這樁事裡來。」愛麗絲的聲音很低，但是很堅定，彷彿這是一個她必須懺悔的錯誤。

「我不覺得是妳說的這樣。」萊福特林說。

「我覺得是這樣。」

愛麗絲聲音中的負罪感讓萊福特林感到不安。「好了，愛麗絲，我不認為妳這樣想能有什麼好處。我們一直都在尋找他，並且會繼續尋找他。我們沒有放棄。只要安置好那些龍，我們就能夠制定計畫，繼續搜尋。我們找到了妳，不是嗎？我們也會找到塞德里克的。」

「船長？」說話的是戴夫威。

「什麼事，小子？」

「上船的人全都是又渴又餓，我能夠給他們多少食物和飲水？」

這個問題背後隱藏的嚴峻事實，提醒了萊福特林，他意識到自己是一個男人，同時也是一名船長。他帶著歉意看了愛麗絲一眼，才從她的面前轉過身，同時說道：「現在必須去照顧倖存者了。不過我們會繼續搜索塞德里克，我向妳保證。」

船長沒有承諾一定能找到塞德里克，愛麗絲注意到這點。他無法做出這樣的承諾。她因為自己獲救而感到安慰，因為看見了萊福特林，知道他平安無事而欣喜若狂，但所有這些美好的情緒，在幾次心跳之間就蕩然無存了。她不得不擔心塞德里克在哪裡，正處在怎樣的環境中。對現在的她而言，一切喜悅和寬慰都太過自私了。塞德里克死了？還是正趴在不知哪裡的原木上，即將死去？還是仍然活著，但只是困在河上的某個地方而孤立無援？塞德里克根本不懂得如何照顧自己，尤其是在這種環境中。有那麼一瞬間，愛麗絲彷彿看見他就在自己身邊，短小精悍，聰明伶俐，臉上帶著和善的微笑。她的朋友。而她將這位朋友從他喜悅和珍視的一切事情中硬拽出來，把他帶到這個荒蠻的地方，又徹底毀了他。

愛麗絲走向自己的房間，慶幸地在背後關上屋門。用不了多久，她就又要去面對其他所有人了。但現在，她需要一點時間來找回自己。出於習慣，她脫掉了衣服。這件古靈長袍看上去還是完好無缺。她試著將長袍抖了抖。一片細沙從袍子上落下來，完全沒有泥土黏附在上面。長袍上也看不見任何皺褶和破損。她將長袍放在手上，覺得它就像是一股熔融的紅銅瀑布。這真是一件神奇的寶物！一名已婚女子，絕不應當從不是自己丈夫的男人那裡接受如此貴重的禮物。這個想法突然出現在她的腦海中，隨後立刻被她無情地拋開。

她離開河水之後，這件長袍很快就完全乾燥了。在那幾個難捱的夜晚，它讓愛麗絲感到溫暖舒適。不知為什麼，愛麗絲身上被它碰觸到的地方，河水造成的灼傷就會減輕很多。突然間，愛麗絲下意識地用雙手摸了摸面頰，又碰碰自己一團亂的頭髮。她的皮膚變得粗糙乾燥，頭髮就像是一捆稻草。在昏暗的光線裡，她看看自己的雙手。手上的皮膚完全變成了紅色，指甲參差不齊，感覺異常粗硬。她感到雙重慚愧，不僅是因為她現在的樣子竟然這樣糟糕，還因為她竟然在這樣的時候還會關心自己的容貌。

雖然感到自己很淺薄，但她還是找出護膚油，擦了擦雙手和面頰。然後她又穿上已經磨損相當嚴重的舊衣服，又用了一些時間梳理了一下纏結在一起的頭髮。她成功地讓自己沉浸在這一連串的自我整理和修飾。但在這項工作結束之後，一陣新的絕望心情又向她撲來。失落和負罪感在她的心中咆哮。在短暫的一刻，她試著引誘自己去廚房喝一杯熱茶，吃一片航船麵包。她已經有好幾天沒喝過熱茶了，那一定能給她帶來好心情。

塞德里克沒有茶。

這個想法突兀又愚蠢，但還是立刻就讓她的眼睛裡湧出淚說。一陣顫慄湧過她的全身。隨後，她的身子停滯在原地。「我不要想這件事。」她高聲對自己說。當她還在樹林裡的時候，她可以讓自己相信，塞德里克還安全地和萊福特林船長在一起待在船上，即使她完全沒有理由相信萊福特林和柏油人號就安然無恙。她一直將自己的恐懼藏在心底。而現在，當她不得不面對這份恐懼的時候，她還在努力要將它埋沒，妄圖用皸裂的雙手、粗糙的頭髮和一杯熱茶把它隱藏起來。該是面對它的時候了。

她離開房間，快步走向塞德里克的房間。守護者們大部分都已經上了船。她能聽到廚房中的議論紛紛。她走過戴夫威。這個船上的男孩正悶悶不樂地盯著水面。她繞過這個悶頭沉思的男孩，繼續向前走去。絲凱莉正在和萊克特說話。他們的臉上都充滿了哀傷。萊特克的目光一直停留在這個女孩的臉上。愛麗絲聽到絲凱莉向萊克特問起了埃魯姆。萊克特搖搖頭，下巴上的長刺也隨之顫抖了幾下。愛麗絲也無聲地從他們身邊走了過去。

她敲了敲塞德里克的屋門。半次心跳之後，她罵了一句愚蠢的自己，然後就打開門走進那個房間，又在身後將門關好。

朋友的離去是否讓她的知覺變得更加敏銳了？這個房間裡的一切似乎都不正常。房間裡充滿了一股久未洗滌的衣服散發出的汗臭氣。床上的毯子堆在一起，就像是野獸的窩巢，地上到處都丟著衣服。這種滿目狼藉的情形很不像是塞德里克的作風，更別提這裡還很骯髒。愛麗絲的負罪感如同雙重鋒刃再次擊中了她。自從吃壞了肚子，塞德里克已經連續多日處在極為憂鬱的精神狀態裡。愛麗絲不由得質問自己：怎麼能就這樣丟下他一個人？儘管他一直都對愛麗絲冷言冷語，只知道發洩他的不滿。愛麗絲哪怕只是在這個房間裡待上幾分鐘，就足以知道塞德里克現在的狀態是多麼消沉！她本應該為塞德里克整理一下房間，儘量讓這裡保持清潔和明亮。塞德里克的憂鬱心態充分顯示在這個房間的每一個角落。愛麗絲不由得心中感到一陣惶惑，她甚至懷疑塞德里克在那場洪水中主動跳下船了。

愛麗絲知道自己的這個想法很荒謬。儘管明白現在做什麼都已經晚了，她還是收拾起塞德里克的髒衣服，仔細地將它們疊好，放到一旁，等待船上有足夠的清水時再行洗滌。然後她抖開塞德里克的床褥，重新為他把床鋪好。她向自己做了一個承諾——一個愚蠢的承諾——如果塞德里克能回來，就一定會有一個整潔的房間在等待他。她拿起那個被塞德里克當作枕頭用的包裹，想要將它抖鬆一些。

當她這樣做的時候，一樣東西掉在地上。她俯身到地上摸索了一番。最後她的手指碰到了一根細長的鏈子。她將那根鏈子提到陽光下——是一根項鍊，上面還掛著項鍊盒。即使在昏暗的光線中，它也閃爍著金色的光彩。愛麗絲從沒有看見塞德里克戴過這根項鍊。當這個項鍊從塞德里克的枕頭裡滾出來的時候，她知道這一定是某種非常私密的物品。雖然感到心痛，但她還是忍不住笑了笑。她從沒有懷疑過塞德里克會有情人，而擁有情人的項鍊盒當然是再自然不過的事情。這又讓愛麗絲更加感到心如刀絞。她能夠體會塞德里克在被迫離開繽城的時候是有多麼不情願，離開家鄉那麼長時間，真不知道他正在經歷著怎樣的煎熬。為什麼塞德里克不告訴她？他明明可以向她一訴衷腸，那樣她就會懂得他是多麼想要回家。過去這個星期裡，塞德里克的憂鬱突然閃耀起一種完全不同的色彩。他在想念愛人。愛麗絲用另一隻手握住了在項鍊下面微微搖晃的項鍊盒。

愛麗絲不打算打開它。她不是那種喜歡偷窺別人隱私的女人。但就在她合攏手掌握住這只項鍊盒的時候，小盒子的機簧被按下，項鍊盒在她的手中彈開了一點。她慌張地驚呼了一聲，看到一卷閃爍著光澤的黑髮從這個黃金牢籠中脫落出來。她打開項鍊盒，想要將黑髮放回去，卻又一下子僵住了。項鍊盒中那個正在盯著她的肖像屬於一個她認識的人。繪製這幅微縮肖像的畫師一定技藝高超，而且很了解這個人，完全能夠捕捉到他面容上的種種細節，讓這幅畫像凝固在他即將開懷大笑的前一刻。他瞇起了綠色的眼睛，如同精心雕鑿出的嘴唇稍稍緊繃，露出潔白的牙齒。愛麗絲低頭看著這個向自己微笑的詔諭。這是什麼意思？這可能是什麼意思？

她緩緩地坐倒在塞德里克的床上，用不住顫抖的手指將這一卷被金線束住的黑髮塞回到項鍊盒中。然後她試了三次才將項鍊盒緊緊扣住。隨著這只盒子被關緊，愛麗絲心中的謎團卻只是在越變越大。這只黃金小盒的外面只刻著一個詞。「永遠。」愛麗絲悄聲對自己說道。

她坐了很長時間，看著從小窗外照進來的午後陽光慢慢黯淡下去。這只可能有一個解釋。詔諭製作了這枚項鍊盒，並將它交給塞德里克，讓塞德里克轉送給她。為什麼詔諭會這樣做？

永遠。這個來自於詔諭的詞對她又有什麼意義？他是害怕失去她嗎？他真的在意她？卻礙於某種特殊的原因，讓他無法當面向她承認？這就是這枚項鍊盒應該告訴她的？或者這是一種威脅，表明他將「永遠」占有她？無論她去哪裡，無論她走多麼遠，離開他多長時間，詔諭仍然牽著拴住她的韁繩。永遠。永遠。她看著手掌中的這枚項鍊盒，然後小心翼翼地提起這根金項鍊，將它盤捲在緊閉的項鍊盒周圍，握緊它，將拳頭伸進塞德里克的枕頭裡，把它丟在那裡，又小心翼翼地把枕頭放在床上。

她的目光掃過這個她迫使塞德里克居住的小房間。昏暗、狹小、擁擠、淩亂不堪，完全不像是塞德里克在繽城家中的居所。塞德里克喜歡高高的天花板和能夠讓微風吹進來的高大窗戶。他的書桌和書架總是整齊有序。詔諭的僕人每天都會用鮮花裝點他的房間。他喜歡散發芬芳氣息的蘋果木在小壁爐中燃燒，喜歡用琺瑯托盤送來的熱茶。夜晚會有香氣蠟燭被點亮，配上加香料的紅酒，但愛麗絲將他的這一切都奪走了，只把他扔在了這裡。「塞德里克，我會補償你。我向你承諾。一定要活下來。讓我們能找到你。我的朋友，我曾經對你很壞，但我發誓，這不是我有意要如此。我發誓。」

愛麗絲站起身，踮起腳尖打開窗戶，讓傍晚的河風吹進來。只要他們有了能夠用於洗滌的清水，她就會把塞德里克的衣服洗得乾乾淨淨，掛在衣櫥裡。這是她唯一能做的事情了。她拒絕去思考這些承諾對於一個死人還會有什麼意義。塞德里克一定要活下來，一定要被找到。這是她現在唯一關心的事情。

「這根本不可能。」賽瑪拉堅定地說道。

「我們不是在請求妳，」辛泰拉反駁道，「這是他的權利。」

「我們不會吃掉我們的死者。」刺青僵硬地說。

暮色低垂，讓大家感到安慰的是，河面終於降落到幾乎正常的水準。龍的肚子仍然泡在水裡，但現在他們終於可以站在河底了。儘管此時的河底覆蓋著一層厚厚的淤泥和砂礫。船員們將駁船移動到一處靠近龍群的停泊錨地，同時又確保駁船不會有擱淺的危險。每一名守護者都吃了一頓熱飯，儘管飯量不多。

第二天的行動計畫也確定了。在隨後的兩天，守護者、龍和駁船會裡停留在原地，卡森則用一整天時間沿河向下游尋找倖存者或者屍體，然後再用一天時間返回。戴夫威想要和他一起去，但是遭到了卡森的拒絕。「我不能讓這條小船在出發時就坐滿了人。小子，我需要空間帶回我找到的每一個人。」

凱斯提出划另一條船與他同行，但他們臨時做成的槳並不好用。卡森說這樣只會拖慢他的速度。「利用我離開的這段時間，看看你們能不能做出合用的船槳來。戴夫威和我還有一些額外的長矛和箭頭。傑斯在他船上的箱子裡儲備了大量的狩獵工具。但現在先不要動他的東西。我們還有希望能夠活著找到他。他是一個很懂得在河上討生活的人。我打賭，一陣大浪幹不掉他。」

一切都決定好了。一些守護者已經開始為過夜做準備。就在這時，龍群來到駁船周圍，巴力佩爾提出了他的無理要求。

現在，默爾柯說話了：「你們無論想吃什麼或不想吃什麼，都是你們的自由。我們也是一樣。我們會吞下我們的逝者，巴力佩爾有權利吃掉他的守護者的屍體。在沃肯的肉繼續腐爛下去之前，應該被交給巴力佩爾。」金龍轉過頭，看著他自己的守護者，「我說得還不夠清楚嗎？為什麼還要耽擱？」

「默爾柯，你在我心中就如同輝映的太陽和光采月亮的明鏡，而你的要求卻違背了我們的傳統。」希爾薇看上去很平靜，但她的聲音還是微微有一些顫抖。賽瑪拉懷疑這個女孩並不曾經常拒絕她的龍。

巨大的金龍用旋轉的雙眼盯著希爾薇。「我不是在提出要求。為了得到沃肯的屍體，巴力佩爾可能早就要摧毀你們的船了。但我們認為這會讓你們全都感到難過。所以，為了你們著想，我們建議你們將他的屍體扔到船外。」

「不管怎樣，我們很快就會這樣做。」萊福特林船長低聲說道，「我們沒有地方可以埋葬他。他終究會被拋入河中，而只要他掉進水裡，龍就會得到他。他們就是這樣，我的朋友們。」

如果這個船長是想要安慰他們，賽瑪拉覺得他的安慰之詞實在是很奇怪。看著沃肯被帆布包裹的屍體，他們無法不想像自己躺在那裡的樣子。

辛泰拉發覺了賽瑪拉腦海中的想像，立刻向她轉過頭。「如果妳明天死去，妳又希望會怎樣？是爛在這條河裡，被魚吃掉？還是被我吞下，讓妳的記憶常存在我體內？」

「反正我已經死了，我不會在乎的。」賽瑪拉直率地回答道。她感覺到這頭龍正在利用她以對抗全體守護者，這讓她感覺很不舒服。

「這正是我的觀點。」辛泰拉發出一陣喉音，「沃肯死了。他已經對任何事都不在乎了。巴力佩爾卻很在乎他。把他給巴力佩爾吧。」

哈裡金突然說話了：「我不想沉在河底的爛泥裡。我會把我交給蘭克洛斯。現在我想要這裡的每一個人都聽到我的囑託。如果我出了事，就把我的屍體交給我的龍。」

「我也是，」凱斯說道。不出所料，博克斯特也回應道：「我也一樣。」

「還有我，」希爾薇說，「我是默爾柯的，無論生還是死。」

「當然，」潔珥德表示贊同。格瑞夫特也說，「我也是這樣。」

守護者們紛紛應和。又輪到賽瑪拉說話的時候，她咬住嘴唇，保持著沉默。辛泰拉揚起前爪，從水中人立起來，低頭看著她，向這個女孩問道：「怎樣？」

賽瑪拉向龍抬起頭，平靜地說：「我是屬於我自己的。要得到我，妳必須也給予我，辛泰拉。」

「我把妳從河裡救了出來！」巨龍如同銅號般的怒吼響徹了陰沉的天空。

「我從遇到妳的那一天開始就在侍奉妳，」賽瑪拉回答道，「但我並不覺得我們的連結完整了。所以我會保留我的想法，直到我必須做出決定的時候。而現在這件事，我交給我的守護者同伴們來決定。」

「無禮的人類！妳以為妳……」

「換一個時間吧。」默爾柯打斷了她們的爭吵，「先讓巴力佩爾得到他應得的。」

「沃肯在這件事上是不會有猶豫的。」萊克特篤定地說。靠在船欄杆上的他站直了身子，「我來做吧。」

「我來幫忙。」刺青低聲說道。

「守護者們做出了決定，」萊福特林宣布道。彷彿這些年輕人正在等待他的許可，「斯沃格會教你們如何用木板將他的屍體送出船舷。如果你們想要向死者致辭，我可以作為致辭人。」

「應該有送別他的話，」萊克特說，「沃肯的母親也會想要這樣的。」

於是，葬禮開始了。賽瑪拉看著儀式的進行，不由得對他們形成的這個奇怪的小團體心生疑問。

我是這些人中的一份子，又不是他們的一份子，她一邊傾聽萊福特林簡單的悼詞，看著沃肯的屍體從一塊木板上滑過船欄杆，一邊在心中思忖。她想要轉過頭，不理會隨後會發生的事情，卻又不知為何無法這樣做。她告訴自己，她需要見證這一幕，需要看到守護者們和他們的龍是如何糾纏在一起。這樣一個令人毛骨悚然的無禮要求，是如何變成理所當然，甚至是無可避免的。

巴力佩爾還在等待。屍體從裹屍布下面滑落到河中。龍立刻低下頭，咬住那具屍體。沃肯的頭和腳掛在這頭龍的口邊，就這樣被巴力佩爾叼走了。賽瑪拉注意到，其他龍並沒有跟隨那頭紅龍，而是轉過身，以游泳或是涉水的姿態，紛紛走回到河邊的淺灘上。巴力佩爾則單獨帶著他的守護者的屍體，消失在上游的夜色中。看樣子，他並不是要簡單地吞掉一塊被人類遺棄的肉。這有著一種特殊的含義，不只是對於沃肯的龍，而是對於他們所有的龍，而且這意義非常重要，所以當巴力佩爾的要求最初被拒絕之後，他們才會聚集起來，齊心協力地支持巴力佩爾。

賽瑪拉感覺到，守護者們在這件事上和龍似乎有一些相似的地方。他們安靜地從船欄杆後面散開。沒有人哭泣，但這並不意味著沒有人想要哭泣。他們看到了沃肯的死亡，真正的死亡，這讓拉普斯卡的失蹤也變得更加真實。拉普斯卡至今仍然不見蹤影。當他們再看見他的時候，很可能他也會像沃肯一樣，滿身傷痕，被河水泡漲了身體，一動不動。

守護者們三三兩兩聚在一起。潔珥德當然和格瑞夫特在一起。希爾薇跟著哈裡金和萊克特。博克斯特和凱斯這對堂兄弟像以往一樣總是形影不離。諾泰爾跟隨著他們。賽瑪拉沒有靠近任何人。她經常都是這種樣子。他們之中也只有她向她的龍表示了拒絕，只有她彷彿從來都不知道這支團隊到底拋棄了哪些規則，又遵守著哪些規則。她感到自己後背疼得厲害。河水燒傷了她的皮膚，蟲子不斷地叮咬她。孤獨感充滿了她，可能隨時都會讓她的身體炸裂。她想念愛麗絲的陪伴，但現在他們回到了駁船上，愛麗絲回到了船長的身邊。她可能不會再想要花費時間來陪伴賽瑪拉了。

她也很想念拉普斯卡。這種強烈的思念甚至讓她自己感到震驚。

「妳還好嗎？」

她轉過身，驚訝地發現刺青正站在她身邊。「我想我應該沒事。這件事很奇怪，也很難以接受，不是嗎？」

「從某些角度來說，這是最簡單的解決方式。萊克特和沃肯共度過許多時光。在大多數日子裡，他們都結伴划船。所以我願意相信，他知道沃肯會想要什麼。」

「我相信他知道。」賽瑪拉低聲回應。

他們就這樣站了一段時間，盯著河面。龍全都散開了。賽瑪拉還能感覺到辛泰拉對她的怒意，就像是放射出一陣陣寒氣的烈火。賽瑪拉不在乎。她全身的皮膚都痛得厲害。肩膀處的傷口更是彷彿火燒一樣痛。她不屬於任何地方。

「我甚至已經不能回家了。」

刺青沒有問她這句話是什麼意思。「我們都不能回家了。我們在崔豪格都不曾有過一個真正的家。只有在這裡，在今晚的這艘駁船上，我們才得到了一個最接近於家的地方。愛麗絲和萊福特林船長，還有他的船員都是我們的家人。」

「但我甚至無法融入這裡。」

「妳可以，只要妳決定融入進來，賽瑪拉。妳和大夥的距離感，是妳自己造成的。」他伸出手，不是握住賽瑪拉的手，而只是將手掌放在賽瑪拉身邊的欄杆上，並能夠碰到賽瑪拉的手。

賽瑪拉的第一個衝動是將手挪開。但她努力阻止了自己這樣做。她不知道自己為什麼想要將手挪開，為什麼又沒有這樣做。對於這兩個問題，她都沒有答案。所以她向刺青問了一個關於自己的問題：「你知道格瑞夫特是如何對我談論你的嗎？」

刺青的嘴角抽動了一下。「不知道。但我相信那不是誇讚。我希望妳記得，妳遠比格瑞夫特更了解我。」

看樣子，那個讓單身女性做選擇的計畫，至少不是這些男人們合謀出來的。這讓賽瑪拉對自己的這位守護者同伴的看法稍稍提高了一些。她保持著聲音的平穩和冷漠，彷彿是正在閒聊這個夜晚有多麼令人愉悅，「我昨晚值夜的時候，他走過來問我是不是選了你。他說，如果我選了你，最好清楚地選不出來，或者至少讓他知道，這樣他就能保護我的選擇，不讓其他人搗亂。他還說，如果我不這麼做，男人之間就會發生許多競爭。會有其他守護者甚至會向你挑戰，或者與你打鬥。」

刺青在沉默了很長一段時間之後才說道：「格瑞夫特就是一頭浮誇的蠢驢，總以為他能代表所有人。」就在賽瑪拉已經準備將格瑞夫特的瘋話丟到腦後的時候，刺青又說道，「不過，如果妳對大家說妳選了我，我也會很高興。關於這一點，他是對的，這會讓事情變得更加簡單。」

「這會讓什麼『事情』變得更加簡單？」

刺青側目看了賽瑪拉一眼。他們兩個全都知道，現在他踩到了懸崖邊上。「嗯，首先，這樣就能給我一個答案。一個我很想得到的答案。另外……」

「你甚至都沒有問過我問題。」賽瑪拉的話脫口而出。在不經意間說出這句話之後，她才驚慌地發現她已經把他們一起推進了沼澤。

賽瑪拉想要逃走，躲開這一堆愚蠢的麻煩。這全都是愚蠢的格瑞夫特說出的那番蠢話才造成的。刺青似乎明白她的心思。他伸出滿是老繭的手，按住了賽瑪拉的手。賽瑪拉能夠感覺到他柔軟的手掌撫過自己手背上的鱗片。一股暖流從那只手中湧進她的身體。片刻間，她連呼吸都停止了。她的腦海中閃過了潔珥德和格瑞夫特——他們的身體纏繞在一起，激烈地顫動。不。她禁止自己這樣想。她提醒自己，她被刺青握住的那隻手布滿了鱗片，又冷又滑，就像是一條魚。刺青沒有低頭看那隻被他捉住的手。他深吸一口氣，悄悄說道：「這不是一個問題，不是一個具體的問題。這，嗯，我很想我們像格瑞夫特和潔珥德那樣。」

她也想。

不！她當然不想！她否認了這個念頭。

「潔珥德和格瑞夫特那樣？你是說交配？」賽瑪拉沒有能完全掩飾住自己指責的語氣。

「不。嗯，是的。但他們對彼此有著與不同於他人的約定。這才是我想的。」刺青將目光從賽瑪拉身上轉開，說話的聲音也變得更加輕柔，彷彿賽瑪拉真的有多麼脆弱一樣，「我知道拉普斯卡還沒有離開多久，但……」

「怎麼誰都以為我和拉普斯卡不是簡單的朋友？」賽瑪拉差一點氣憤地吼起來。她猛地將手從刺青手中抽出來，又用這只手將臉上的頭髮拂到耳後。

刺青卻顯得很驚訝。「妳總是和他在一起，一直都是……自從我們離開卡薩里克之後。你們總是坐一條船，總是睡在一起……」

「他總是要躺在我身邊。也沒有其他人提出要和我一起划船。我喜歡他，只要他不妨礙我，或者說些奇怪的話讓我生氣。」突然間，賽瑪拉感覺自己這樣說拉普斯卡是對朋友的不忠誠。她急忙止住話頭，又用很小的聲音承認道，「我很喜歡他，但我從沒有想過我會愛上他。我也不認為他會這樣看待我。實際上，我很確定，他只是我的一個很特別的朋友，總是能看到事情陽光的一面，總是有一副好脾氣。每次都是他來找我，我不用費力就得到了他這樣一位朋友。」

「他的確是那種人。」刺青低聲表示同意。隨後一段時間裡，兩個人陷入沉默，彷彿正在哀悼逝去的朋友。賽瑪拉覺得自己和刺青之間的距離更緊了，這是她以前從未有過的感覺。最終，賽瑪拉打破了沉默，「你要說的另一個理由是什麼？」

「什麼？」

「你剛才正要說，結果被我打斷了。你說還因為另一個原因，我應該宣布我是……我是和你在一起了。」賽瑪拉努力想把話說得委婉一些，但最終還是沒能做到。她索性把這件事直接說出來，隨後便雙眼直視刺青，等待他的回答。

「這能夠免去一些麻煩。結束掉一些人的胡思亂想……嗯……避免其他人的一些不好的情緒，比如諾泰爾就說了一些話……」

「什麼話？」賽瑪拉直接問道。

刺青也顯得有些氣憤。「我不是你們的一員，妳屬於你們自己的人，屬於真正能理解妳的人。」

「聽起來又像是格瑞夫特在搗亂。」

「也許吧。格瑞夫特說過好多這樣的話。昨天晚上，在營火堆旁。他經常是在女孩們去睡覺之後才會這樣說。他還說起我們到達克爾辛拉之後會是怎樣。根據他的說法，我們會在那裡建造我們的城市。當然，那在最開始不會是一座城市，但我們會定居在那裡，建立家園。最終也會有其他人來加入我們。而我們這些守護者就是那座城市的奠基人，那裡的規則都要由我們來制定。」

「他這樣說的時候，總是把話講得很有邏輯，彷彿一切事情真的會像他所說的那樣發展。很多事的確就像他說的那樣發生了。當我們發現潔珥德，嗯，發現她懷了孩子的時候，他說必須有人為此負責，即使潔珥德不知道那是誰的孩子。他說他會豎立榜樣。他的確是這樣做了。後來，他說希爾薇還太年輕，沒辦法為自己做選擇。他為希爾薇選了哈裡金，因為哈裡金更年長，更有自控能力。他要哈裡金從作為希爾薇的保護者開始。哈裡金那樣做了，而希爾薇也的確選了他。」

「希爾薇這樣說了？」賽瑪拉非常驚訝。

「嗯，沒有直接說過。但我們都能看出來。格瑞夫特還說，儘管沒有人能明白妳為什麼要選拉普斯卡，但事情已經這樣了，任何人都不能橫加干涉。一開始這讓我很生氣。我不相信妳『選了』他。但我，嗯，他那樣說的時候，我正和潔珥德在一起。所以我沒辦法說……」刺青的聲音小了下去。他吸了一口氣，又努力張開口，「所有人都會聽他的話。沒有人試著要插到你們中間來，但拉普斯卡現在走了，我希望他能夠回來，但如果他回不來了，我希望妳知道，我，嗯，正在等待著，並希望著。」

賽瑪拉決定結束這一切，立刻結束掉。「刺青，我喜歡你，非常喜歡你。很長時間以來，我們一直都是朋友。我相信如果有人能夠明白我，那一定會是你。但我沒有『選擇』你或者其他任何人。現在沒有，也許永遠都不會有。」

「但……永遠都不會？為什麼？」

賽瑪拉真的生氣了。「因為。這就是為什麼。因為這全要由我來決定，而不是格瑞夫特，不是你，不是其他任何人。我不會接受一個命令，必須『選擇』一個人，就好像必須在一定時間內完成任務。這種選擇不是我的選擇。我想要你，格瑞夫特和其他每一個人都知道，也許不從你們中間選一個人，也有可能是我的選擇。」

「賽瑪拉！」刺青用反對的語氣說道。

「不，」賽瑪拉用冰冷的語氣阻止了刺青想要說出的一切話語，「不，這事就這樣結束了。你可以去告訴格瑞夫特，或者他可以來找我談，我會當面告訴他。」

「賽瑪拉，這不……」

格瑞夫特剛剛說出口的話，被遠處的一陣聲音打斷了。一開始，賽瑪拉以為那是號角聲，她已經知道卡森會去尋找其他倖存者，但她還不知道卡森是今晚就會出發，還是要等到明天早晨。然後她再一次聽到那個聲音，終於意識到那不是號角聲，而是龍的吼聲。

在河邊的泥灘裡，默爾柯第一個做出回應，然後是芬提。卡羅用他公牛一樣的聲音不住地長吼，賽斯梯坎也開始吼叫。

「那是誰？」刺青在黑暗中問道。

賽瑪拉的心突然因為希望而加快了跳動。她努力支起耳朵，仔細傾聽遠處的龍吼。然後她失望地搖搖頭，「不是荷比。荷比的聲音要更加尖銳。」

亞布克突然發出銅號般清晰而悠長的吼聲。這頭銀綠兩色的龍從河灘走向深水。月光照在他的身上，他全身都彷彿閃耀著喜悅的光芒。他在河水中穩定地游動著，一直向那頭尚未露面的龍游去。當他再一次發出吼聲的時候，他的意念也隨著這吼聲一同爆發出來：「埃魯姆！埃魯姆，我來了！」

刺青和賽瑪拉俯身在船欄杆上，努力伸長脖子，想要在黑暗中看得更遠一些。其他守護者也都紛紛湊過來。賽瑪拉聽到萊福特林船長的喊聲：「那是誰？有沒有人認出來？」

「是銀龍！」船尾突然有人喊道，「是那頭小銀龍！埃魯姆和他在一起！他們全都活著。」

「銀龍！你還活著！」希爾薇的喊聲充滿了喜悅。銀龍向她轉過頭，片刻間，這頭龍的眼睛裡幾乎閃爍起了智慧的光芒。

「我真高興！」刺青喊道。賽瑪拉無聲地點點頭。她看著回家的人和龍，心中只有羨慕。埃魯姆要擁抱他的龍。但亞布克已經長得太大了。埃魯姆從小銀龍的背上跳到亞布克寬闊的脊背，撲倒在亞布克身上，彷彿要將自己的心和亞布克緊貼在一起，要和亞布克融為一體。

賽瑪拉不知道自己是怎麼了，為什麼她和辛泰拉之間沒有這樣的連結？為什麼她和所有人都是這樣疏離？她偷偷瞥了刺青一眼。刺青正努力向船欄杆外探出身子，滿臉都是歡笑。為什麼她不乾脆地宣布——她選擇了他？為什麼她不能像潔珥德那樣從容應對這一切？潔珥德顯然曾與不少男性交歡，現在格瑞夫特宣布潔珥德是屬於他的，而她對此似乎沒有任何不高興。這樣做就這麼難嗎？只要接受下來，不要有那麼多抱怨不好嗎？

銀龍顯然也很高興，他用尾巴將河水抽打出一片片泡沫，又伸展開翅膀，在一片片水花中「飛」向淺灘上的其他龍。其餘的守護者們聚集在船欄杆後面，笑著，喊叫著，不住地指指點點。而賽瑪拉則已經將目光轉開了。

毫無警告地，刺青再一次握住她的手，將她拽過去，讓她看著自己。「不要這麼傷心，拉普斯卡和荷比也許還活著。我們現在不能放棄希望。」

賽瑪拉抬起頭看著他。他並不比她高多少。但這次遠征改變了他。他的身上隆起了肌肉，因為長時間划船，肩膀和胸膛等一些不會被用於爬樹的肌肉，已變得格外發達，賽瑪拉很喜歡他現在的樣子。她的目光移動到他的臉上，微弱的光線中，她還能看清這張飽經風霜的臉，在他光滑的皮膚上唯一的印記是一匹馬的刺青，那是他在嬰兒時就留下的奴隸標記，而另外的那個蜘蛛網圖案的刺青已經快要消失了。現在她靠他這麼近，甚至能嗅到他身上的氣味，這氣味也不讓她反感。看到他的眼睛，她才意識到那雙眼睛是那麼黑。他的氣味忽然改變了。賽瑪拉意識到自己正在吮吸著自己的下唇。她看到他吸了一口氣，似乎是在努力鼓足勇氣。

不等他做出決定，她已經有了行動。她向前靠過去，稍稍抬起頭，將自己的嘴唇湊向他的嘴唇。應該就是這樣做嗎？她從沒有吻過任何人的嘴。她的心中一下子生出焦慮，她感覺自己很笨。刺青的手臂突然伸出來，將她抱住，把她的身體向他拉過去。他的嘴唇也向她貼近過來。他知道怎樣做，賽瑪拉心中想道，然後她又想到他是從哪裡學的，不由得從心底深處燃起一團怒火。沒錯，她不是潔珥德，不管她吻得對不對，刺青很快就會發現，她有自己做事的方法。她緩緩地搖搖頭，將嘴唇稍稍後退，又向前按在他的唇上。鱗片碰在溫軟的肉上，她心中想，隨後她就暫時迷失在了這種感覺中。他的雙手撫過她的脊背，碰到了她肩胛處的那一片柔軟的部分，讓她疼得打了個哆嗦。

「怎麼了？」他問道。

賽瑪拉只覺得一陣困窘，「沒什麼。我在河水裡被割傷了。那裡還很痛。」

「喔，抱歉，感覺那裡腫起來了。」

「那裡很敏感。」

「我會小心的。」

刺青低下頭，再一次吻她。她放縱著他的種種愛撫。就在這時，她聽到船上有人高聲提出一個問題，另一個人做出回答。這裡並不是只有他們兩個人。不是的。

賽瑪拉讓嘴唇離開刺青，低下頭。刺青將她抱緊，貪婪地親吻著她的頭頂。她感覺到溫暖的呼吸，自己全身隨之湧過一陣顫慄。刺青輕輕笑著問她：「這就是我的答案嗎？」她從沒有聽過這樣渾厚動聽的聲音。

「什麼問題的答案？」賽瑪拉真心有些困惑。

「妳選擇了我嗎？」

賽瑪拉幾乎想要向他說謊。但她沒有。「刺青，我要以我的意志選擇。我不要被迫的選擇，現在不要，只要我不想，我就不要。」

「那麼，那麼這又是什麼意思？」刺青沒有放開她。但他的擁抱中出現了一種不曾有過的僵硬。

「這個意思是我想要吻你。」

「就是這樣？」刺青抬起頭。她也抬頭看著他的臉。

「暫時，」她承認道，「就是這樣。」

她和他四目對視。一點星光在刺青深褐色的眼睛裡閃動。他慢慢向她點點頭。

「暫時，這樣就足夠了。」

禱月第二十二日
商人聯盟獨立第六年
來自黛托茨，崔豪格信鴿管理人
致艾瑞克，繽城信鴿管理人

在封錮的小管中是一封貿易商斯沃金寄給貿易商科勒比的機密信件，這封以斯沃金的印章予以蠟封的信，必須被交到他的家人手中。

艾瑞克：

我因為你父親患病的訊息感到傷心，又因為得知你不在我們的大河上而感到安慰。我很希望向你展示我們一家人的熱情好客，如果你有機會能夠來我們這裡進行遊覽就好了。如果其他信鴿管理人能夠照顧你的鴿群，暫時代理你的工作，也許你能在雷亞奧回家的時候和他一同來崔豪格。如果此行能夠成真，我會非常高興，在相互飛鴿傳書這麼多年之後，我們終於能夠見面了。

黛托茨

9 發現

塞德里克。

「不，走開，讓我睡覺。」

塞德里克。

「我只想睡覺。」

塞德里克。

「什麼？」塞德里克將自己所有的氣惱都集中到這個詞裡面。他感到很痛。他抬手摸了摸下巴，又輕輕摸了摸自己的半張臉。真的很痛。傑斯在他身上留下的傷痛中，這一塊疼得最厲害。他的一隻眼睛仍然無法完全睜開。

「我餓了。」芮普妲真正發出的是一種低沉的轆轆聲，就像是漱口的聲音。她的意念會直接進入塞德里克的腦海。現在沒有時間擔心自己的傷痛了。紅銅龍的憂慮已經將塞德里克自身的疼痛推到了一旁。她很餓了。

「可是，我沒有更多獵人可以餵妳了。」

？？？？

「沒關係，我馬上起來，讓我看看能為妳做些什麼。」

他還在竭力忘記昨天發生的事情，以及那一幕血腥的場景。

芮普妲第二次竄出水面的時候，傑斯的下半身也被她叼在口中。塞德里克再一次看到了那令人驚駭的屍塊，而紅銅龍已經愉快地將這段殘屍拋入空中，又接住它，讓它剛好能滑進自己的喉嚨。甩動兩下之後，獵人的腰和腿也被她吞進肚子。

塞德里克轉過頭，絕望地乾嘔著。直到他聽見一陣濺水聲，感覺到小船在搖晃，他才猜測現在回頭應該是安全了。芮普妲又消失在水下。塞德里克顫抖著吸了一口氣，又向前彎下腰。這讓他看到了小船底部鮮血和河水混合在一起的渾濁液體。他急忙爬出小船，坐到船邊的原木上，竭力絲毫自己下一步應該怎樣做。

獵人已經死了，他和龍一起殺死了傑斯。如果他們沒有殺他，傑斯一定會殺死他們兩個。但這一切看上去仍然是那樣怪誕和瘋狂，完全超出了他的體驗，讓他根本無從理解。他從沒有想過自己會殺人，從沒有想到過會和人爭鬥，把人砍傷。為什麼會是他？如果他留在自己正確的人生位置，即留在繽城、繼續作為詔諭的助手，這一切就都不會落在他頭上。

如果他留在詔諭身邊，這樣的事情肯定不會發生。

突然間，這個念頭卻如同一把雙刃劍，引發了塞德里克的另一番思慮。

龍又一下子衝出水面。*好多了*，她對塞德里克說，*不是那麼餓了*。

「真為妳感到高興。」

這無非是一句空泛的客套話，但紅銅龍卻給了他一股熱情的洪流。這份關愛使得塞德里克暫時趕走了一切肉體的痛苦。芮普妲隨後又向他提出一個請求。*需要幫助，要再爬到木頭上*。

「我來了。」塞德里克這次終於幫助紅銅龍安全地趴到了原木上。她可以休息了。

在快要接近傍晚的時候，塞德里克終於恢復了體力。他已經吃掉了傑斯採摘的水果。他的嘴唇破了，臉上被傑斯打過的地方都在隱隱作痛，但他吃東西的時候，完全沒有在意這些痛苦。水果同時緩解了他的饑渴。對於自己身體復原的程度，他著實是吃了一驚。隨後，他又清點了小船上的物品。最令人高興的收穫是一條羊毛毯子。儘管這條毯子已經被浸溼了，還散發著一股味道，但他還是將毯子攤開，讓它在天黑之前盡可能變得乾燥一些。

他強迫自己採取理智的行動，甚至收集起了傑斯掉落的繩子和魚槍。芮普妲從棲身的原木上看著他。當他拿起那根魚槍的時候，芮普妲打了個哆嗦。他感覺到了龍對這件武器的厭惡。

「我也許能夠用這個為我們捕到食物。」塞德里克若有所思地說道。

是的，也許。但很痛。要看看嗎？

塞德里克不得不檢查了一下芮普妲的傷口。那道傷口還在流血，但紅銅龍沒入水中的時候，一部分傷口似乎因為河水的燒灼而被隱蔽了。「妳要盡可能保持傷口的乾燥，」塞德里克對她說，「不要再潛水了。」

塞德里克在生氣嗎？

她的詢問顯得很擔憂，這讓塞德里克不由得認真考慮了一下這個問題。「不，」他誠實地回答，「並不生氣，我們做了我們必須做的事情。我們必須殺死他，否則他就會殺死我們。妳吃了他，因為……嗯……因為這就是龍的方式。妳餓了，我並不生氣。」

塞德里克，擊殺；塞德里克，保護；塞德里克餵了芮普妲。

經過一段時間驚恐的反思之後，塞德里克說道：「我想，應該是這樣。我想應該是這樣。」

塞德里克是我的守護者。你會改變的。

「我已經在改變了。」塞德里克承認。

是的，改變。

塞德里克不確定自己是否喜歡思考這件事。

那天晚上，那條潮溼的毯子為他擋住了一些不停嗡嗡鳴叫的飛蟲，但它無法擋住那些刺痛了塞德里克的思緒。他該怎麼做？他有一條船，但他不會划船，有一頭受了輕傷的龍，有幾樣他不懂得如何使用的工具。他不知道其他人是不是活下來了，不知道自己是該去上游還是去下游找他們。無論他朝哪個方向走，他都非常確定這頭龍一定會跟著他。

跟著，芮普妲向他保證，跟著塞德里克。芮普妲和塞德里克在一起。

就在他接受了這個想法的時候，芮普妲又一下子把他的思緒引到了一個新的方向上，思考更容易了，和你在這裡交談也更容易了。因為擔心塞德里克不明白她的意思，她又透過他們的連結向塞德里克送來一股暖意。

這種交流持續了很長時間，直到塞德里克沉沉睡去。現在，他從睡夢中醒來，卻發現沒有任何一個問題能夠變得更簡單一些。龍顯然在等待他的餵養。他小心地揉搓了一下腫脹的雙眼，將散發出怪味的毯子扔到一旁，然後慢慢坐起身，笨拙地從小船裡爬出來。他的身子變得非常僵硬，無論如何挪動，都只會感到不舒服，他碰到的每一個地方都在晃動，每一次晃動都讓他感到真實的噁心。他很餓，也很渴，他的半張臉完全腫起來了。他的衣服貼在皮膚上，讓他感到又癢又痛。他的頭髮完全黏在了頭皮上。突然間，他停止了向自己陳述這一樁樁苦難。除了讓自己更加悲慘之外，想這些事沒有任何用處。

修補。

暖流再一次充滿了他。這一次，隨著暖流退去，所有傷痛都減輕了。

「妳對我進行了治療？」他好奇地問。

不，只是不讓你那麼常想到痛苦。

就像麻藥，他心中想。這不像能夠得到治療那樣讓他安心，但痛苦少一些也是好的。所以，他應該做什麼？

為我找食物。

他的思維更清晰，也更有力量，而他也害怕自己的意識正變得更加不屬於自己。他將這個想法從腦海中趕開，現在不是擔心這種事的時候。他必須馬上找到辦法餵飽這頭龍，哪怕只是為了減輕一些她傳遞給他的饑餓感，但他該怎麼做？

對於這一點，他沒有能快速找到而且令人滿意的答案。天氣很溫和，河水逐漸平靜下來，也不像原先那樣白濁了。他有了狩獵的工具，只是不具備獵人的技巧。他還有一條小船。還有一頭龍。現在他需要做的是決定該如何使用這些資源。

他最容易決定的事情是走出小船，向河裡撒一泡尿。完成這件事以後，他說道：「那麼，芮普妲，我們現在應該做什麼？」

找到食物。

「好主意。只是我不知道該如何去找。」

去狩獵。塞德里克感覺到了龍在推動他的意識。這種感覺並不舒服。

他想要和龍爭論，卻又覺得這樣做毫無意義。芮普妲是對的。他們全都很餓了，唯一解決問題的辦法，就是他們其中之一去找食物。龍肯定是不會去做這件事的。他回憶起曾經看見傑斯帶著水果從樹上下來。如果那名獵人能夠在樹上找到水果，那麼很可能那裡還會有更多的水果。就在上面的某個地方。

肉，魚，芮普妲堅持著。她很不舒服地在原木上動了動身子。原木的一段突然從糾纏的浮墊上脫落下來，落入水中。**要滑下去了！**芮普妲大聲吼叫著，她的恐懼猛地撞進塞德里克的腦海中。紅銅龍拚命伸出前爪，想要抓住第二根原木。她抓住了。那根原木很快就被她拽到身下，有兩根原木也撐起她某部分的身子。

「好女孩！聰明的龍！」塞德里克讚揚她。

作為回應，塞德里克又收到了那種能夠緩和身體疼痛的暖流，但隨著那股暖流，塞德里克又收到另一個意念。**累了，好累，還很冷。**

「我知道，芮普妲，我知道。」塞德里克並不只是在安慰芮普妲。他的確知道芮普妲現在有多麼累，正在被怎樣的疲倦折磨著。因為一直抓住原木，芮普妲的前腿早已而酸痛難忍。她的爪子感覺也很奇怪，彷彿被泡軟了，而且疼得很厲害。她的後腿和尾巴都因為不斷打水而沒有了一點力氣。突然間，她張開翅膀，用力拍打它們，想要將自己在原木上提高一些。這雙翅膀比塞德里克想像中更強壯。他感覺到它們鼓起的強風，看見龍的胸口幾乎出離了水面。但這完全沒有能給芮普妲帶來任何幫助，反而打散了浮墊中的浮木和各種碎片。就在塞德里克的眼前，一大團野草離開浮墊，向下游漂去。這不是好事情。

「芮普妲，芮普妲，聽我說。我們必須在妳的胸口下面再墊一些原木，妳才能好好休息。等到妳安全以後，我就能為妳去獵捕食物了。」

休息。這個詞中充滿了整個世界的渴望。

她睡得很晚。但是當她來到甲板上的時候，卻發現一些守護者還在睡覺。愛麗絲不知道壓倒他們的是疲倦還是悲傷。兩個沒有睡覺的守護者是賽瑪拉和潔珥德。這兩個女孩正在柏油人號的船頭，她們坐在船欄杆上面，把腿垂到船外，正聊著天。看到她們兩個在一起，愛麗絲不由得有些驚訝。她沒有想過她們之間會存在友誼，而在賽瑪拉和她說過潔珥德的事情以後，她更不相信她們對彼此會有好感了。愛麗絲有些想知道她們正在談論什麼，如果自己就這樣過去，她們會不會歡迎她加入談話。愛麗絲在繽城也有女性朋友，有些女人對友誼非常重視，但她從沒有這樣的經驗。她的心中保留著太多事情，也許別的女人會認為她是一個冷漠的人。關於婚姻中的那些最私密的細節，她從來沒辦法向她的朋友們傾訴，儘管有許多人都堅持要將這種事告訴她。

不過她現在覺得自己很希望能夠得到另一個女人的想法。因為昨天發現的那個項鍊盒，她的理智和情感全都處在一團混亂的狀態。為什麼詔諭會製作這樣一件禮物？為什麼要把它交給塞德里克？為什麼塞德里克到現在都不把這件禮物交給她？她沒辦法向萊福特林提出這些問題。如果這會帶來任何負罪感，那只應該由她一個人來背負。這些問題只有塞德里克能夠回答，但塞德里克已經不在了。愛麗絲勒住自己思緒，不讓它們再次陷入哀傷。現在還不到時候。她還不會為他而哀悼。塞德里克還有希望。

她在船上遊蕩，尋找貝霖。她在船員艙室裡找到了這名撐篙手。貝霖正坐在絲凱莉的舖位上。這名撐篙手握著絲凱莉的雙手，面色異常嚴肅。能看出來，絲凱莉的面頰上剛剛滾落了許多淚珠。貝霖的目光向愛麗絲閃動了一下，她表情中一點非常細微的變化讓愛麗絲知道，自己應該安靜地離開，不要驚動絲凱莉。愛麗絲微微一點頭，就悄悄退出水手艙室，繼續在甲板上轉圈。

賽瑪拉將褲腿捲到了膝蓋上，兩條腿在船舷外一下又一下地蕩著，上面的鱗片也在陽光中閃爍著點點銀色。她弓著身子，聳起肩膀。潔珥德則坐得筆直，幾乎要將肚子挺出去。愛麗絲很羨慕她們：她們是那樣自由。沒有人會因為她們露出了太多小腿，甚至可能掉進河裡而大驚小怪。船上的人們都相信她們知道該做些什麼，對她們的行動從不加以干涉。她們讓愛麗絲想到了艾惜雅·特瑞爾在典範號甲板上行走的英姿。愛麗絲提醒起自己，艾惜雅也是繽城貿易商的後代，就像她一樣。所以她不能將自己的境遇全部怪罪給自己所受到的限制。不，她慢慢明白了。正是她自己接受了這些限制，將它們施加在自己身上。是她在帶著這些規矩的約束過著自己的人生。

她想到萊福特林，心中感到憤恨，又充滿渴望。她能感覺到他的溫柔，還有他的激情，她從沒有在詔諭身上感到過這兩樣東西。萊福特林也喚醒了她身上同樣的東西。為什麼她不能去找他，將自己交給他，就像她所渴望的那樣？那個男人顯然很想要她，而她也同樣想要那個男人。

在她的心中有一個狂野的聲音在對她大喊，她正在一條怪異河流的遙遠的上游，她不需要擔心回到繽城以後會發生什麼事情。這個聲音甚至相信她永遠都不會回去了。不管她是死在這場瘋狂的探險中，還是最終能夠活下來，難道她不應該痛快地投入這段人生，盡情擁有它的一切？為什麼她還要如此矜持和保守？她甚至冰冷地意識到，塞德里克已經不在這裡，用一雙陰沉的，充滿責備意味的眼睛盯著她。看守她良心的那個人已經被這場大水沖走了，她能夠隨心所欲了。

「親愛的，能看到妳站在甲板上，這一天都變得更加美好了。」

聽到這個聲音，愛麗絲立刻感覺到一陣喜悅的溫暖。她轉過身，看到萊福特林船長正向她走來。船長的手中還端著兩杯熱茶。從船長生滿老繭和鱗片的手中，愛麗絲接過不算乾淨的杯子，她不由得想到只是在一個月以前，自己也許還會打著冷顫躲開他。她會擔心這只杯子是否衛生，對杯子裡的陳茶充滿反感。而現在，她知道這只杯子只是稍微在水裡涮了一下，或者只是用抹布擦了擦。但她不在乎。至於說這茶，沒關係……她和船長碰了一下杯子，「這是方圓百里之內最好的茶了！」

「正是，」萊福特林表示同意，「我認為妳是全世界最好的飲茶同伴。」

愛麗絲輕聲一笑，低頭看看自己的雙手。她的雀斑在被水燒灼過的皮膚上顯得更深了。她不打算去多想自己的臉和頭髮。她在自己房間裡梳理並盤好頭髮的時候，曾經看了一眼那面模糊的小鏡子，然後她就徹底絕望了。「你怎麼能給我這樣匪夷所思的恭維，聽起來卻又一點都不顯得蠢？」

「也許妳正是應該聽到這些話的人。也許我不在乎自己聽起來很愚蠢，因為我知道我說的都是實話。」

「喔，萊福特林。」愛麗絲將茶杯放到船欄杆上，轉頭望向河面，「我們要怎麼做？」她不知道自己會問出這句話。這個問題自然而然地從她的嘴裡說出來，就像是從她的茶杯裡冒起來的蒸汽。

萊福特林故意誤解了她。「嗯，卡森在黎明之前就出發了。我們要留在這裡等待一天。龍可以稍微休息一下，再找一些東西吃。他們在上游又發現了一個漩渦，裡面全都是被酸殺死的魚。所以我們就讓他們儘量進食與休息，同時卡森繼續進行搜索。他會用一整天的時間向下游尋找。如果找到倖存者，他就會帶他們回來。如果什麼都沒有找到，他就要放棄尋找，回來與我們會合。他身邊還帶著號角。號角聲能夠傳過很遠的距離。就在不久之前，我還聽到他吹出了三聲長號。」

「我沒有聽見。」

「嗯，那聲音很微弱。我是已經習慣捕捉這種聲音了。」船長的聲音有些奇怪。愛麗絲感覺到船長的心裡有一個祕密。不過現在愛麗絲不打算追究這件事。

「你認為他還能找到倖存者嗎？」

「不可能推測這樣的事情，但我們發現幾乎全部倖存者都聚集在一個地方。我認為這與河水的流向有關。也許這條河在這裡存在向上捲起的湧浪，但在其他地方卻可能是下沉的水流。」

萊福特林沒有把話說下去。但愛麗絲已經明白了他的邏輯。「所以你認為，能找到的倖存者可能都和我們在一起。」

船長不情願地點點頭，「最有可能是這樣。但我們畢竟還找到了那頭失散的龍。」

「還有沃肯的屍體。」

「還有屍體，」船長表示同意，「這讓我知道，這一帶被洪峰擊中的所有東西，大概都會被帶到這個地方。」

愛麗絲沉默了片刻，「荷比和拉普斯卡呢？還有那頭紅銅龍呢？」

「也許是沉在河底了，或者被埋在垃圾下面，但像龍那樣大的屍體不會很難被發現的。」

「那麼，塞德里克呢？」

這一次船長比愛麗絲沉默了更長時間。終於，他說道：「說實話，愛麗絲，守護者們能夠活下來，是因為他們都很強壯和堅韌。他們的皮膚能夠抵抗酸水，他們全都知道如何爬樹，他們的人生全都是在這個地方度過的。但塞德里克不是，那個人的身上根本沒有多少肌肉，在此之前，他又在床上躺了很久，不管他是否病了，這只會進一步讓他變得虛弱。我曾經試圖想像他在這樣的波濤中游泳，但我完全無法想像。我擔心他已經不在了。這不是妳的錯。我也不認為這是我的錯。我相信這就是命運。」

他會談到這是誰的錯，會不會因為他其實暗中知道，這正是愛麗絲的錯？愛麗絲反駁道：「萊福特林，是我帶他來到這裡。我知道，你不認為他是個有力量的人。但他的確有著自己的優勢和能力。他是一個很有才幹的人。他是詔諭的左右手。我從來都想不明白，為什麼詔諭會派他跟著我。」說到這裡，愛麗絲一下子頓住了。除非詔諭相信她值得讓塞德里克這樣的人來看護。

「我並不是說他沒有能力，我只是懷疑他沒有游泳的能力。」萊福特林溫和地說道，「我們也還沒有放棄希望。我們已經派遣了一名強壯的人去尋找他。我認為卡森也像妳一樣迫不及待地想要找到他。」

「我對他萬分感激。真不知道我該如何感謝他的這份努力和決心。」

萊福特林輕聲咳嗽了一下，「呃，我認為他更希望得到塞德里克的感謝，畢竟他們是一樣的男人。」

「一樣的男人？我想像不出還有比他們更加截然不同的人了。」

萊福特林古怪地看了愛麗絲一眼，然後聳聳肩。「我相信，他們相同之處，對他們而言是很重要的。不過我們不必聊這種事了。妳只需要知道，卡森絕對不會輕易放棄。」

「那麼，為什麼妳要這樣做？既然妳不覺得，嗯，不覺得妳愛他？」

潔珥德聳了聳一側的肩膀，「我猜我只是決定要在離開崔豪格以後，能過上自己的人生。這就像是對我自己做出的一個承諾。而且……」她露出一個促狹的微笑，「……他是我的第一個。我猜，我是覺得一個有柔軟皮膚的男人想要我，這證明了我很不錯。我不必向妳解釋這個。妳也和我一樣，窮盡一生，都在聽別人說沒有人應該碰我們、沒有人可以碰我們，因為我們生來就太像是怪物。而現在有一個皮膚柔軟的男孩，態度很溫柔，又不在乎這種事……這讓我感覺到我是自由的，所以我決定讓自己自由。」

「所以……」賽瑪拉嚥了一口唾沫，竭力構思自己的下一個問題。是她主動來找潔珥德的，而這個女孩完全沒有拒絕她想要談話的嘗試，她感到很驚訝。她們都沒有提起賽瑪拉對她和格瑞夫特的窺視。如果運氣好一些，她們到最後也不必提起這件事。也許潔珥德就像她一樣對這件事感到很不舒服。賽瑪拉最後一次考慮了自己的問題。她真的想要知道嗎？

「所以……那麼，是他來找妳的，不是妳找他的。」

潔珥德瞥了賽瑪拉一眼，滿臉都是輕蔑。「我跟著他進了樹林。這就是妳要問的嗎？或者妳想問我們是誰先碰了誰？因為我已經有些不記得了……」她又將身子稍稍坐直了一些，把手放在微微隆起的肚子上，然後問道，「說實話，妳為什麼在意這個？」

賽瑪拉突然能確定，潔珥德一定記得，而且記得非常清楚。她彷彿眼睜睜地看到了自己將一把小匕首交給了身邊的這個女孩。現在潔珥德只要願意，隨時都能用這把匕首來戳她。「我不知道，」她說了謊，「我只是好奇。」

「如果妳想要他，妳就能得到他。」潔珥德慷慨地說道，「妳明白，我已經有了格瑞夫特。我也不可能永遠都想要刺青。我不會把他從妳身邊奪走的。」

所以，潔珥德以為她隨時都能奪走刺青。她能嗎？「妳也沒有想過永遠占有拉普斯卡？」賽瑪拉反唇相譏，「沒想過永遠占有他們之中的任何人？」

如果賽瑪拉想要戳這個女孩一下，那她完全失算了。潔珥德笑了一聲。「沒有，當然不會是拉普斯卡！儘管他很甜蜜，那麼孩子氣，還那麼英俊。但和他有過一次對我來說已經夠了！他只會傻笑，那樣子真氣人。喔！不過他不在了，我還是很難過。我知道你們很親密，我相信妳肯定不覺得他那副傻樣子很氣人。對妳來說，失去他一定是一件很傷心的事。」

這條母狗。賽瑪拉只希望自己的喉嚨不要突然變得這麼緊，眼睛裡不要一下子湧出淚水。她失敗了。當然，她不愛拉普斯卡。那個男孩實在是太奇怪了，但拉普斯卡是她的朋友。他的離去，在她的生命中留下了一個空洞。

「這的確很傷心，非常傷心。」賽瑪拉沒有告辭，也沒有解釋，直接將兩條腿收回到船裡，跳到甲板上。腳底碰到甲板的時候，她感覺到柏油人一陣同情的共鳴。她扶著船欄杆向遠處走去，讓這艘船知道自己和他有著同樣的心境。她發現大副軒尼詩正在用奇怪的眼光看著她，便急忙將手從船欄杆上舉起來。看著這位從面前走過的女孩，軒尼詩給了一個緩慢的、不帶微笑的點頭。賽瑪拉剛剛越線了，而她自己明白這一點。她不是柏油人的船員，沒有權利這樣和這艘船進行溝通，哪怕這是由柏油人先開始的。

這件事又讓賽瑪拉想起了潔珥德說過的那些關於刺青的話——這種比較讓她非常不高興，但她還是強迫自己思考這件事。如果是刺青主動找的潔珥德，這很重要嗎？難道這不是一件已經結束、已經過去的事情？

「現在，就這樣待著。好好休息不要動。我會去為妳找吃的。」

「很好。」

塞德里克又看了一眼趴在原木床上的龍，不由得為他們的成就感到驚歎。他們竟然搬運了這麼多原木，而他竟然能夠設計和創造出這樣的平台，還能夠讓沉重的龍離開水面趴伏上去，這些都讓他對自己的能力感到驚訝。在尋找原木，並將它們挪動到龍身邊的過程中，塞德里克發現了幾條大魚漂浮在水中，還有一具野獸的屍體，也許是一隻猴子。碰觸這些綿軟的死物讓他感到噁心。不新鮮了，芮普妲向他抱怨，但她還是把它們都吃了下去。儘管河水的刺激性還很強烈，塞德里克仍然用它洗掉了黏在手上的汙物。

「我們一起合作得很好。」芮普妲同時在他的耳邊和意識中說道。

「是的。」塞德里克表示同意。究竟是不是一件好事？他竭力地不去多想。

他們做這件事，用了一個上午和半個下午的時間。剛開始，塞德里克發現，如果自己能將幾根大原木靠在樹幹上，也許就可以把它們固定在那裡，做出一個可以支撐龍的木筏。他從一根牢牢插在幾根粗大樹幹之間的原木著手。河水的渦流已經將那根原木擠壓在樹幹上。塞德里克開始將它和另一根原木之間的灌木、小樹枝和其他雜物清理分開。這是一項繁重的工作，而且他的身上會不斷濺上河水。被河水浸透的衣服，更加地磨痛了已經遭到河水侵蝕的皮膚。距離完成這個工作還非常遙遠，他的雙手已經變得僵硬，更是無比疼痛，他的背也酸痛得厲害。他覺得自己隨時都有可能暈倒過去。芮普妲在他工作的時候，就已經變得很不耐煩，不斷散發出悲苦和畏懼的心緒。慢慢地，龍的焦慮中出現了氣惱甚至憤怒。

救救我！要滑下去了。救命。不要搞木頭了。救我！

「我正在努力。我要為妳搭建一個平台，讓妳能夠待在上面。」

憤怒的龍揮舞著尾巴和翅膀，差一點把塞德里克打進水裡。「現在就救我！以後再搭建！」

「芮普妲，我必須先搭建，然後再救妳。」

不！龍狂野的吼聲撕裂了天空，強大的精神力量讓塞德里克腳步踉蹌。

「不要這麼做，」塞德里克警告她，「如果我掉進河裡淹死了，妳就只剩一個人了。沒有人會來救妳。」

掉進去，我吃了你！然後就不用搭建了。芮普妲無聲地將這樣的心緒傳遞給塞德里克，其中的力量絲毫沒有減弱。

「芮普妲！」片刻間，塞德里克對於龍的威脅感到憤慨又恐懼。但一股畏懼的寒冷涓流又從龍的心中滲出來，悄悄進入了塞德里克的心。她不明白。她以為塞德里克不理她了。「芮普妲，聽我說：如果我可以將這裡足夠多的大樹推到一起，讓它們固定住，然後……」

馬上救芮普妲！

紅銅龍將自己的意念推向塞德里克，讓他差一點暈過去。塞德里克憤怒地回應道：「看看我正在做的事情！」他用力將意念推回到芮普妲那顆頑固的小蜥蜴腦子裡，連同自己的許多思緒——原木和樹枝組成的粗大木筏，芮普妲安全地蜷縮在上面。

芮普妲氣憤地哼了一聲，用翅膀擊打水面，濺了塞德里克一身水。然後她驚呼一聲，**喔，我明白了。原來是這樣。我來幫你。**

紅銅龍突然的通情達理讓塞德里克感到驚愕。「怎麼回事？」

我會幫你把原木推過去，清理擋在原木之間的灌木，讓它們能緊貼在一起。

她在塞德里克的意識裡，使用著塞德里克的視野，想法和話語。這種突然出現的親密無間，讓塞德里克打了個哆嗦，芮普妲也同樣抖動了一下自己的鱗甲。塞德里克努力想要從芮普妲的意識中退出來，卻無法做到。他又試了一次，芮普妲才不情願地將自己的心神和他的分開。

芮普妲，來幫我？

「好的，芮普妲來幫你。」塞德里克回答道。他終於感覺能夠再一次說出自己的話了。

儘管紅銅龍疲憊不堪，被河水泡軟的爪子也疼痛難忍，她還是游了過來，將雜物推出去，把塞德里克選中的原木推向大樹。他們第一次努力建起的筏子一下子散開了。芮普妲發出一陣尖利的吼聲，其中充滿了悲憤和絕望。而當塞德里克召喚她回來繼續這個任務時，她立刻就回來了，她聽從塞德里克的指揮，將原木壓進水中，塞進另一排原木下面。當塞德里克命令她暫時游開，好讓他用短得可憐的繩子將這些原木捆在一起，她也聽話地照做了。終於，她小心地爬上了這張凹凸不平的原木床，躺倒在上面。她的身體變得溫暖起來。塞德里克完全沒有意識到芮普妲已經有多麼累了。當這頭龍突然放鬆下來，強烈的疲憊感猛然沖向塞德里克，讓他差一點昏厥過去。

要睡覺。

「好的，妳睡覺。這是妳現在最需要的。」

塞德里克自己則更需要食物，還有淡水。這是多麼可憐的欲望啊，不是葡萄酒和佳餚美味，而只是一點簡單的淡水。而現在，他又要重新面對自己在數個小時之前就無法解決的問題，而且現在大部分白天都已經過去了，夜晚很快就會降臨，他還要回到那條小船裡，披上散發出一股怪味的毯子。塞德里克向天空瞥了一眼，決定自己至少要找到傑斯曾經找到過的那棵果樹。

肉。昏昏欲睡的瑞達又向他傳來這個意念。關於水果的想法讓她很不喜歡。找到肉，她讓自己強烈的饑餓感碰觸到塞德里克。這讓塞德里克大吃一驚。他才剛剛餵過她！

不夠。

「也許我能找到一些肉。」塞德里克努力接受他們這種令人絕望的狀況，強迫自己說道，「我會盡力的。」

他走到小船前面，仔細查看那些能夠殺死動物的工具。那把斧子還被扔在血水中。塞德里克忍著反胃的感覺把它撿起來，放到座位上晾乾。傑斯的血被黏滑的水所稀釋，卻還黏在他的手上。他跪下去，將手伸過垃圾浮墊，插進河水中，沖洗掉上面的汙物。讓他驚訝的是，這一次河水不像以前那樣讓他感到刺痛了。他已經習慣這種腐蝕了嗎？他向周圍的河面瞥了一眼，才發現現在河水中的酸度不僅降低了很多，而且水位也下降了不少。樹幹上最高處的水線，現在已經超過他站起時的頭頂了。

在河邊這一片被密集樹幹環繞的地方，他從一根原木踏向另一根原木，有時候這些原木下沉的幅度要比他預料中更大。有一根原木在他的腳下發生了轉動，差一點讓他掉進河裡，但他終於站到了森林的邊緣。他知道，自己就是看見傑斯從這樣的一棵樹上爬下來的。但這些樹突然之間似乎變得比原先光滑了很多。他最後一次爬樹是在什麼時候？那時他應該還不到十歲。而且那是一棵非常好爬的蘋果樹，樹枝上掛滿了甜美的果實。關於那些蘋果的回憶讓他吃力地嚥了一口唾沫，壓下腹中的饑餓。不管怎樣，想這些是沒有用的，他必須爬上去。

微弱而悠遠的號角聲驚動了塞德里克，他向號聲傳來的方向轉過身，而芮普妲已經抬起頭，發出銅號一般的吼聲作為回應。那聲音彷彿來自四面八方。他拚命地朝四下裡張望，甚至抬頭看了看樹冠，芮普妲則只是盯著上游的方向。塞德里克看到她再一次揚起頭，發出銅號般的吼聲。

塞德里克連蹦帶跳地跑到垃圾浮墊的邊緣，向上游努力望去。水光晃花了他的眼睛。一時間，他什麼都看不見。然後，彷彿是他最渴望的美夢成真，救援終於出現了。他看見一條小船和船上正在划槳的人。隨著那條船向他們駛來，塞德里克開始拚命在頭頂揮舞雙臂，大聲呼喊：「嗨！這邊，這邊！」船上的那個人也舉起一隻手，向他揮了揮。

非常非常緩慢地，那條船和船上的人越來越大。塞德里克的眼睛裡流露出淚水，這並非都是因為河水反光對他眼睛的刺激。不等塞德里克看清船上的人，卡森已經先認出了他。「**塞德里克！**」充滿喜悅的喊聲從獵人寬大的胸廓中爆發出來，越過水面，然後獵人開始加倍用力划船，但塞德里克覺得自己依舊等待了一段永恆的時間，才跪下去，借助卡森拋給他的繩子。他將小船拽到原木旁邊，卻又不知道該做些什麼，只是臉上帶著愚蠢的笑容，因為終於放鬆下來而全身顫抖。

「感謝莎神，你還活著！那頭龍也還活著？這真是雙重的奇蹟。她已經在水面上了！你是怎麼做到的？看看你自己！這都是河水對你做的，是不是？好了，把剩下的事情交給我吧，我會照顧好她。首先，你需要什麼？水？食物？我本以為即使能找到你，你也已經是半個死人了！」

塞德里克只能在原地搖晃著，聽著卡森不停地說話。沒過多久，卡森的小船已經被綁在這片垃圾島的邊緣。不用塞德里克多說，卡森已經將一隻水囊遞給他。塞德里克貪婪地喝著水，稍稍停下來嘟囔了一聲：「讚美莎神，感謝你。」然後就又開始痛飲起來。卡森看著他，咧嘴笑著，讓白色的牙齒從鬍鬚中露出來。他看上去也很疲憊了，卻又滿臉都閃耀著勝利的欣喜。

隨著塞德里克將水囊遞回給卡森，這名獵人又將一片航船餅乾遞到他的手中。食物的香氣讓塞德里克感到頭暈。也許是看到塞德里克身體搖擺的幅度太大了，卡森一把抓住他的臂肘。「坐下，坐下慢慢吃。你現在沒事了。你度過了很糟糕的一段時間，但現在一切都會好起來了。妳也會好起來的！」他又向芮普妲說道。那頭紅銅龍正在大聲抗議，塞德里克有東西吃而她卻沒有。塞德里克非常感激，但突然襲來的饑餓，讓他完全無法集中精神傾聽卡森的話和芮普妲的抱怨。他掰下一塊硬麵包，慢慢地咀嚼著。他的下巴還很痛，讓他沒辦法用被毆打過的那一側牙齒嚼東西。吞嚥食物也同樣痛苦。他又撕下一塊麵包，緩慢地吃著。

卡森離開他，走過去和龍說話。他回來的時候，還在欽佩地搖著頭。「你做得很好。如果她的身體大幅度挪動，那個木筏也許會散開，但她的確得到了一個比其他龍都要好的休息場所。」

獵人的話慢慢穿透了塞德里克的意識。除了食物和水，他開始想起這個世界上還有其他事情需要考慮。他用自己塞滿食物的受傷的嘴說道：「還有誰活下來了？」

「嗯，倖存的人要比失蹤的多。我們用了一、兩天的時間，將大部分人都找到了。現在我又找到了你和紅銅龍。失蹤的就只剩下拉普斯卡和他的龍以及傑斯了。我們發現可憐的沃肯死了，蘭克洛斯受了很重的挫傷，但其他人除了有一些輕傷以外都還不錯。你怎麼樣？看上去你受的傷比其他人都要嚴重。」

塞德里克下意識地摸了摸臉，「還可以。」

卡森輕輕笑了一聲。「在我看來，可遠不只是『還可以』。那麼，這裡就只有你和這頭龍，沒有別人了？」

「只有我們。」塞德里克有些戒備地回答道。如果卡森知道他和拉普斯卡殺死了另外那個獵人，又會怎麼想？塞德里克經常看到他們兩個一起乘著小船去上游打獵。現在不能冒險得罪他的救星。只要他不提起傑斯，就沒有人會知道發生了什麼。

除非芮普妲多嘴。

一陣恐懼的顫慄湧過塞德里克全身。龍立刻也有了反應。危險？吃掉獵人？

「不，芮普妲，不。沒有危險。這位獵人會為妳找到食物，但不是馬上。」他盡可能修飾芮普妲說出的話，然後他又低聲向卡森說道，「在那道大浪之後，她變得有一點更加混亂了。」

「嗯，我想我們全都是這樣。而她尤其是有原因的。她必須大吃一頓。一直以來她吃到的食物都不多。看上去，她在這兩天更是剛剛經歷過嚴重的消耗。芮普妲？我知道龍都喜歡吃鮮肉，不過我在距離這裡不遠的地方發現了一頭麋鹿的身體。我能帶妳去那裡嗎？」

「帶回來給芮普妲。芮普妲累了。」

「卡森也累了。」獵人嘟囔了一句，不過這只是一句好脾氣的抱怨。「我會去用繩子拴住那個發臭的東西，把它拖到這裡來。你想要我把水留給你嗎？」

「不要走！」這句話不由自主地從塞德里克的嘴裡冒了出來。他的救星才剛剛出現，就又要走了。

卡森笑著將一隻手輕柔地按在塞德里克的肩膀上。「不用擔心，我會回來的。我克服了一切困難才找到你。我不會把你丟在這裡。」卡森和塞德里克四目相對，獵人的話彷彿是從他的心裡說出來的。塞德里克一時竟不知道該說些什麼。

「謝謝，」他的唇間終於迸出這兩個字。他轉過頭，不再看獵人那最誠摯的目光，「我在你眼裡一定是一個懦夫，或者是一個軟弱無能的白癡。」

「我向你保證，肯定不是。我不會離開很久。我也會把水留給你。這是我們現在所有的水了，所以一定要儘量省著喝。」

「這是我們全部的水了？為什麼你還要讓我喝那麼多？」塞德里克驚恐地問道。

「因為你需要它。好了，我要去給芮普妲找到那頭漂亮的爛麋鹿。然後我就會回來。也許到時候還能有足夠的陽光，讓我爬上樹去為我們再多找一些食物。」

「傑斯……」塞德里克猛然閉住了嘴。他差一點就要向卡森說，傑斯已經在附近的樹上找到了水果。愚蠢，愚蠢，愚蠢。不要提起另一個獵人。

「什麼？」

「只是一定要小心。」

「喔，我一直都很小心。我很快就回來。」

河水還在繼續下降。河中還有大量死魚可以吃。它們都不新鮮了，不過也足以填飽肚子。她沒有死。至少現在還沒有。

辛泰拉挪動了一下自己的體重。她的腳已經因為持續浸泡在水中而開始感到疼痛。現在水中的酸性降低了，但她的爪子還是很軟，彷彿它們正在腐爛。到現在為止，她還從沒有對自己失去過希望。

她，辛泰拉，本應該統治海洋，天空和大地的巨龍，現在卻匍匐在泥塘裡，頭幾乎要垂到腳踵上，就像是被鷹抓住的一隻兔子。她頹然地歎了一口氣。不，她還不如兔子，她就是一隻趴在原木上，等待被淹死的老鼠。「沒有巨龍受過我們這樣的苦，」她說道，「沒有巨龍這樣墮落過。」

「事關生存，何談『墮落』。」默爾柯否定了她的話。金龍的聲音仍然保持著鎮定，幾乎完全沒有受到現實處境的影響，「辛泰拉，妳應該將此當作一種辛苦贏得的歷練。當妳死亡，或被吃掉，甚至當妳的後代從繭殼中孵化出來的時候，他們都會擁有妳此時的記憶。度過難關不是損失。這其中有智慧可以學習，是可以贏取某些利益的。」

「但也有你這種令人厭煩的老生常談。」紅龍蘭克洛斯嘟囔了一聲。這頭紅龍還在咳嗽，辛泰拉聞到了血腥氣。她向蘭克洛斯靠近了一些。在群龍中，蘭克洛斯的傷是最重的。他在洪水中翻滾的時候，肋骨遭到了重物撞擊。辛泰拉能夠感覺到紅龍每一次呼吸的疼痛。他們全身的鱗甲，為他們提供了很強的保護。賽斯梯坎撞傷了翅膀。現在他每次展翅都會疼痛。維拉斯一直在抱怨喉嚨灼痛，因為她吞下了不少酸水。其他一些小傷幾乎不值一提，他們是龍，他們會痊癒的。

隨著太陽漸漸落下，河水一直在消退。現在他們終於能踩到泥土了。在一道長長的泥灘上，布滿了裹纏著死去藤蔓的灌木叢。能夠再一次站立起來，甚至能讓肚子離開水面，這讓辛泰拉鬆了一口氣。但在這種厚厚的淤泥上行走，幾乎就像游泳一樣消耗力氣。

「那麼，你想讓我說些什麼，蘭克洛斯？我們已經走了這麼久，克服了這樣多的艱難險阻，我們現在應該躺下死掉了？」默爾柯步履蹣跚地走向他們。辛泰拉意識到，彼此之間如此靠近不是龍一般的行為，但他們也不是一般的龍。在靠近卡薩里克的那一片面積狹小的河灘上，他們經年累月地擠在一起。這給他們造成了很大的改變。在這樣的時候，當他們感到疲憊和猶疑的時刻，他們更願意聚在一起。在蘭克洛斯身邊躺倒入睡會讓辛泰拉感到安慰。但辛泰拉現在不能躺下。這裡的淤泥太深了。她今晚只能站立著打盹，在夢中尋找沙漠和乾熱的沙子。

「不。至少不能是這裡。」蘭克洛斯疲倦地回答。

巨大的藍龍賽斯梯坎搖搖晃晃地走過來。他天空顏色的表皮上全都是一道道汙泥。「我也同意。明天我們就繼續向前走。」

「沒什麼需要同意的。」默爾柯溫和地回答道。金龍張開翅膀，輕輕振動它們。水和泥沙被甩落下來。他身上的孔雀尾羽花紋上也全都是泥巴。自從離開卡薩里克之後，辛泰拉就沒有見過他曾經如此骯髒過。

「奇怪，」賽斯梯坎有些刻薄地評論道，「在我聽來，我們是決定不要躺下來死在這裡了，所以我認為另一個選擇應該是繼續前進，走向克爾辛拉。」

「克爾辛拉。」芬提說道。在她的口中，這個名字彷彿是一種詛咒。這頭小綠龍揚起了她還沒有發育完全的鬃毛。如果她能夠真正成長起來，那些鬃毛一定會顯得很有威脅感。而現在，辛泰拉只是覺得那就像是一根細長莖幹上開出的金綠色花朵。

「我也看不出還有什麼理由要在這裡等待守護者。我們不需要他們。」卡羅也走過來。他一邊走，一邊伸展開自己藍黑色的翅膀，抖掉上面的泥土。這雙翅膀要比默爾柯的更大。他是不是想要提醒他們，他才是這一群龍中最大，最有力量的雄性？

「你把泥巴都甩到我身上了，停下。」辛泰拉豎起了脖子上的摺皺。她相信自己至少會像卡羅一樣氣勢迫人。

「妳的身上本來就全都是泥巴，真不知道妳在說些什麼。」卡羅抱怨著。但他還是收起了自己的翅膀。

辛泰拉的心情沒有因為卡羅這麼容易就退讓而變好。「你也許不需要你的守護者，但我還要用到我的。明天，我會讓他們兩個為我洗淨身子。我也許要站在爛泥裡，但這不意味著我必須用泥巴裹住身子。」

「我的守護者從來都不在乎我。他是個懶貨，心裡只想著自己，又對所有人都感到憤怒。」卡羅的眼睛裡轉動著怒火和不快。

「他還以為屠宰一頭龍並賣掉，就能解決他的問題？」賽斯梯坎則很樂於逗弄卡羅。

一聽到這句話，卡羅立刻揚起了頭。無論他多少次抱怨格瑞夫特是多麼糟糕的守護者，他絕不會容忍其他龍對格瑞夫特的批評。即使在格瑞夫特提出那個可憎的建議之後，卡羅仍然會對敢於指責他的守護者的龍露出凶相。所以現在他張開了自己的大口，向賽斯梯坎發出了響亮的嘶嘶聲。

當一團青藍色的毒霧從他的口中噴出，片刻間瀰漫在空氣中的時候，卡羅顯得和其他龍一樣驚訝。辛泰拉落下內眼瞼，將頭轉開。「你在幹什麼？」芬提憤怒地問道。這頭小綠龍快步跑出了毒霧瀰漫的範圍，結果濺了其他龍一身泥水。賽斯梯坎立刻也張開大嘴，開始吸氣。

「停下！」默爾柯命令道，「你們兩個都停下！」

默爾柯並不比其他龍更有權力。但不管怎樣，這從來不會阻止他發號施令，辛泰拉心中想道。而其他龍也幾乎總是會服從默爾柯。默爾柯有一種與眾不同之處，讓他能夠獲得群龍的尊敬，甚至是忠誠。現在他涉水走到卡羅面前。那頭藍黑色的大龍站在原地，甚至稍稍抬起了翅膀，彷彿是要挑戰默爾柯。但金龍顯然不打算和他打鬥。他只是專注地盯著這頭高大的公龍，黑色的眼睛旋轉著，彷彿在凝聚它們周圍的幽暗。

「現在，再做一遍。」默爾柯向卡羅說道。但他的口吻不是公龍與公龍之間的挑戰。他緊盯著卡羅，彷彿不相信剛才自己所見到的情景。有默爾柯這種心態的，並不只是他一個，其他龍這時也感受到了默爾柯聲音中的急迫，紛紛靠近過來。

「一定要在我們的下風處！」賽斯梯坎插口道。

「用心一些。」默爾柯又加了一句。

卡羅以緩慢的速度收疊起翅膀，然後他以同樣緩慢的節奏從龍群面前轉過身，面朝著他們的下風方向。也許他想要讓自己顯得並非是服從默爾柯的命令，那麼辛泰拉覺得他是失敗了。不過辛泰拉只是將這個想法藏在自己心裡，因為她也很想看看卡羅是否能噴吐出酸液攻擊。他們在鑽出繭殼之後就都應該有這樣的能力，但至今為止，他們之中沒有一個能夠穩定有效地使用這種巨龍最基本的武器。卡羅可以嗎？辛泰拉看到這頭公龍的肋骨隨著吸入空氣而隆起，看到了他啟動喉嚨中的毒腺，看到他粗壯脖頸上的肌肉一根根繃緊。卡羅揚起頭，張大了嘴，猛地將頭向前甩去。一片青藍色的毒霧隨著他的咆哮聲噴薄而出，化作一團濃雲懸浮在水面上。辛泰拉不是唯一發出讚歎喉音的龍。她看著毒霧漸漸消散，聽到強酸落在水面上時發出的一陣微弱的嘶嘶聲。

不等其他龍有所反應，芬提已經沖進開闊的河面。她全身抖動，大張開翅膀，高高地揚起頭，在如同女人尖叫的吼聲中噴出毒液。她的一團毒雲體積更小，但濃度更高。她一次又一次地尖叫著，噴吐毒液，直到第四次的時候，她面前的空氣中沒有再出現明顯的青藍色。儘管如此，她還是轉向龍群，高聲說道：「看清楚了，你們也許都比我高大，但我像你們一樣致命。你們要尊重我！」

「與其炫耀妳的毒液，倒不如留著用於狩獵，這才更明智，」默爾柯溫和地責備她，「妳不知道要過多長時間才能讓它們復原。如果妳現在看見獵物，牠就能從妳的面前逃走了。」

那頭小綠龍猛地轉過頭。現在她那些不成熟的鬃毛僵硬地豎在脖子周圍，如同層層波浪。她抖動了它們一下，那動作更像是長蛇，而不是龍。「不要和我說教什麼明智不明智，金龍，也不要談什麼狩獵。我不需要你的建議。現在我又有了毒液，我可不知道是不是還需要你們作伴了。」

「那妳還需要守護者嗎？」蘭克洛斯有些好奇地問。

「這要走著瞧，」芬提強橫地說道，「刺青會為我清潔身體，聽到他的讚美，我也會感到愉快。我也許可以保留他。但擁有守護者，不意味著我還要跟著你們和其他那些亂七八糟的守護者。我也不需要再聽那些狂妄的守護者說什麼『像宰牛一樣宰殺一頭龍了』。」她一振翅膀，搧起一股強風和無數水滴，「我已經有了我的毒素，很快我就能飛了。到那時，除了我自己，我誰也不需要了。」

「荷比也提到過飛行。」賽斯梯坎低聲說道。

「荷比。那甚至不是她真正的名字。她甚至已經記不起自己的真名了。荷比。那是一條狗或者一匹蠢馬的名字，不是一頭龍的。」

「不要胡說，」默爾柯勸告她，「她的結局也許是我們都可能遇到的。」

「她沒有什麼結局，因為她根本就沒有過開始。」芬提反駁道，「半龍根本就不是龍。」

在內心裡，辛泰拉同意芬提的話。那些神智昏暗的龍，至今還在以一種辛泰拉無法解釋的方式讓她感到苦惱。她不喜歡看到那些擁有龍的形體、卻沒有龍的心智的生物，一直跟在自己身邊。有一天晚上，她聽見一些守護者在相互講著一些「鬼」故事，不由得有些好奇人類的鬼是不是就和那些半龍一樣。明明就在眼前，卻又不在。儘管形體讓她感到熟悉，但那熟悉的身體卻只是一副空殼。

現在辛泰拉看著那頭正吃力地爬進河中的無名銀龍，心中就是這樣的感覺。那頭龍的尾巴早已被治癒了。但他還是僵硬地提起那條尾巴，彷彿那裡的皮膚有些太緊。他的身體已經因為長時間行走而隆起了肌肉。自從守護者們將鑽進他體內的蟲子取出來以後，他的肌膚顯然都變得更加健康了。他的腿還是短得可憐，不過現在他張開的翅膀幾乎已經是正常的了。所有的龍都靜靜地看著他小心地舉起翅膀，效仿芬提的樣子搧動了幾下，然後又揚起頭。當他張大了嘴，向前甩頭的時候，辛泰拉看見他的牙齒有芬提牙齒的兩倍大，而且他口中有兩排牙齒。從他的喉嚨中被吼出的毒雲非常濃厚，幾乎呈現出紫色。大滴毒液落進河水，發出響亮的嘶嘶聲。強烈的酸味和毒氣，讓辛泰拉不由得轉過了頭。

「這個半龍，」銀龍說道，「能夠讓你們根本做不了龍。」他轉過頭等著他們，確認他們都懂得他的威脅，「名字？我給自己起了名字。『噴毒』就是我的名字。我以我的行動為名。芬提，說出我的名字。」

小綠龍從銀龍面前轉過身，竭力以威嚴的姿態走開。但龍的身體本就不適合游泳。芬提離開銀龍的噴吐範圍時，顯得又匆忙又笨拙。噴毒大笑起來。芬提轉過頭向他發出嘶吼，他便向芬提噴出一小團飄浮的毒霧。河風在芬提受到真正傷害之前就將毒霧吹散了。儘管如此，默爾柯還是對此作出反應。

「噴毒，保留你的毒液。我們的一名獵人已經消失了，我們的守護者也損失了數條船隻和幾乎全部武器，他們無法再向過去那樣高效地為我們捕獵了，我們必須更加努力地使用我們自己的技能。保留你的毒液。它們會有更大的用場。」

「也許我可以吃了芬提。」噴吐狠毒地說道。但他還是轉過身，游回到了淺水中，走上泥灘，毫不在意地上的骯髒，撲倒就睡。辛泰拉突然很羨慕這頭銀龍，能夠這樣趴下睡覺真好。她也想這樣睡覺，等她醒來的時候，賽瑪拉和愛麗絲能為她清潔身體。她已經很髒了，身上再多一點泥巴也不會有什麼區別。現在也該是她們兩個向她表達一些感激的時候了，畢竟是她救了她們兩個的命。

隨著腦海中不停地轉動著這樣的想法，辛泰拉走到她認為是這片泥土河岸的最高點，臥倒下來。軟泥承載著她的身體，一開始還有些冷。不過她只是一動不動地躺著。而這些泥土幾乎就像是一張厚實的草墊，逐漸溫暖起來。她將頭枕在自己的前腿上，確保鼻子離開泥濘，然後她閉上了眼睛。能夠躺下實在是太好了。

她聽到其他龍也學著她的樣子，在她周圍紛紛躺下。蘭克洛斯還在她身邊的老位置上，讓她能夠享受到這頭紅龍身體左側的體溫。賽斯梯坎趴到了她的另外一邊。

龍群入睡了。

禱月第二十四日
商人聯盟獨立第六年
來自艾瑞克，繽城信鴿管理人
致黛托茨，崔豪格信鴿管理人

這支小匣裡是一封詔諭·芬波克的信，由信鴿從遮瑪里亞寄來，被要求以最快速的方式寄至駁船柏油人號，呈給船上的乘客塞德里克·梅爾達和愛麗絲·芬波克。詔諭·芬波克命令他們儘快返回繽城。卡薩里克和崔豪格的貿易商都將從貿易商大堂張貼的告示得知，這兩個人在禱月第三十日以後欠下的任何債務，都與芬波克家族沒有半點關係。

黛托茨：

看起來有人已經非常不高興了！我承認，我對這件事也開始有興趣了。她是不是跟著他私奔了？但為什麼他們要逃到雨野原去？這裡的人們都說他們兩個看上去對各自的生活都很滿意，所以這件事讓大家全都大吃了一驚。

艾瑞克

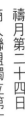

10 坦白

芮普妲撕扯著麋鹿的屍體，絲毫不抱怨它有多麼臭。塞德里克真希望自己也能像她一樣，在這股惡臭面前如此從容不迫。此時這頭紅銅龍時時刻刻都處在他的思維和情感的邊緣。麋鹿肉的臭氣和更加惡臭的滋味，如同揮之不去的記憶一樣存在於他的嘴裡。他只能竭力將這股味道推開，不讓它汙染了卡森採來的香甜水果。

獵人就像他承諾的一樣回來了。芮普妲仍然不願進入水中，於是兩個人只好將麋鹿的屍體一直推到木筏的邊緣。這具屍體上全都是汙泥，還被食腐鳥劫掠過。但芮普妲絲毫不在意，在得到這頭麋鹿以後，她唯一的念頭就是填滿自己的肚皮。

對於那些表皮光滑的大樹，塞德里克無可奈何，卻難不倒卡森。卡森的身材很高大，動作卻格外靈活。他就像一隻跑上牆壁的蜘蛛，毫不困難地便爬上了樹幹。塞德里克也試著想要跟隨他，但他被河水燒傷的手太軟弱無力，根本抓不住樹皮。他剛剛沿著樹幹爬上兩倍於自己的身高就放棄了。而甚至他在下樹的時候都感到很困難。當他跳下最後一段高度，重重地摔在地上。現在他的腳踝也沒什麼力氣了。

天色即將全黑的時候，卡森從樹上下來了，他的衣服前襟裡兜滿了水果。除了傑斯採摘過的那種水果，還有另外兩種，其中一種是黃色的，很甜；另一種有塞德里克的拳頭那麼大，又硬又綠。雨野原生長著這麼多草木，而塞德里克對它們幾乎一無所知。他拿起一顆綠色的果實，用雙手轉動它，直到卡森一言不發地從他手中拿過那一粒水果，在他們之間的原木上磕了一下，就好像那是一粒水煮蛋。綠色的厚殼被剝下來，露出了裡面裹著一層白皮的果肉。「全都吃掉，」卡森對他說，「它沒什麼味道，但有很多水分。」

卡森不停地說著話。塞德里克在被水浪推動的小船中聽著他的各種故事。他們是如何在洪水中救起船長，然後發現了大部分失散的守護者。塞德里克這時才震驚地得知愛麗絲並沒有安全地待在船上。聽說愛麗絲終於得到了營救，他才鬆了一口氣。他一直都沒有說話，只是靜靜地傾聽。這名獵人在講述中看著塞德里克，看得很認真，不過並沒有直瞪著他，而只是從眼角或者透過睫毛覷著他。他將水果在兩個人之間平均分配，完全沒有提過塞德里克不曾為這份收穫出一分力。甚至在將紅銅龍餵飽之後，塞德里克還在等待著卡森提出殺掉芮普妲，用她來換取暴利的計畫。如果獵人傑斯和船長都參與了這個陰謀，那麼卡森理所當然應該也是他們的同夥。如果傑斯已經將塞德里克偷取龍血的事情告訴了卡森，那麼卡森和戴夫威頻繁走進他的房間也就可以得到解釋了。他們兩個都知道他把龍血帶到了柏油人號上。只要找到那份寶藏，他們就能發大財了。

水果吃完以後，卡森從自己的小船上拿出一隻沉重的鐵鍋，在裡面倒了一點油，把它點燃。然後他又從乾燥的浮木上砍下一些木塊和富有油脂的樹枝，全都放進了著火的鍋裡。鍋中冒起帶著黑煙的火光，散發出令人舒適的熱量，同時趕走了飛蟲。兩個人坐在火旁，看著河面上夜色漸深。一長條布滿星星的帶子，開始出現在他們頭頂的天空中。

卡森清了清嗓子：「我還以為你不會和龍說話，完全無法理解他們的意思。」

塞德里克沒有想到他會提起這件事。他只好讓自己的回答儘量接近事實。「我在他們身邊待過一段時間之後，就發生了變化。在她救出我、將我帶到這裡以後，嗯，我們就能更好地理解彼此了。」確實如此。這個回答夠真實。塞德里克也很容易記住這個解釋。這是最好的一種謊言。他的眼睛一直盯著風平浪靜的河面。

「你不太愛說話，是不是？」卡森問道。

「說得不多。」塞德里克謹慎地回答道。然後，他忽然覺得自己這樣做很失禮。「但我要感謝你。」他強迫自己轉過身，看著卡森真誠的眼睛，「謝謝你來找我們。我根本不知道該怎麼做。我沒辦法爬上樹去尋找果實，我也沒有任何狩獵和捕魚的經驗。」他又以更加正式的口吻說道，「我欠你很多。」在貿易商中間，這樣的話絕不僅僅是禮節性的用辭。這是承認一份真正的債務。

「喔，看起來你處理得很好。」卡森慷慨大度地回答道，「不過一個像你這樣剛剛度過難關的人通常都有很多話想要說。洪峰是怎樣擊中了你，你都做了什麼……」卡森的聲音低了下去，他在充滿希望地等待著。

塞德里克望進黑暗之中。盡可能真實地講述自己的經歷，這樣是安全的。「我不記得自己被洪水擊中時的情形了。我到了岸上，想要活動一下雙腿。當我被洪水捲起來，芮普妲叼住了我，保持我的頭部一直在水面上方，就這樣帶著我隨著洪峰向下漂去。我用了很長一段時間說服她，讓她明白我們需要靠近這片樹林。在到達這裡之前，我一直都很擔心她會用盡氣力，再也游不動了。不過我們還是堅持了下來。」

「是的，我們堅持住了。」龍叼著一滿口肉高聲說道。聽到塞德里克講述自己如何救了他，芮普妲很高興，對自己的表現感到很滿意。

「你忘記那時的事情並不讓我感到驚訝。看樣子，你的頭部受到了重擊。」

塞德里克抬手摸了摸他腫脹的臉，低聲說道：「是的。」他想要終止這段對話，只想坐在嗶啵作響的火堆旁邊，享受這寧靜的夜色，這樣他已經很滿意了。儘管他仍然感到饑餓，全身都在疼痛，但他至少不必擔心自己第二天該如何活下去。卡森會照顧他，會帶他返回柏油人號。現在他的那個充滿味道的小房間正在向他發出聲聲召喚。和毫無遮攔的水面以及饑渴的感覺相比，那裡實在是一個美好的庇護所。那裡會有乾淨的衣服，還有熱水和剃刀。廚房裡有煮好的食物。這些簡單的東西在他眼中突然變得無比珍貴。**這可不是什麼值得欽佩的事情**，他心中想。今天早些時候，他還能照顧自己和一頭龍。昨天，他能夠殺死敵人，存活下來。而現在，他已經準備好拋棄一切能力的偽裝，讓另一個人去擔心所有事情了。

怪不得詔諭這麼容易就能拋棄他。

這麼多年裡，密謀將龍的器官走私到恰斯國，是最接近於他個人計畫的一件事。看看現在這個計畫變成了什麼！就像他最開始建議詔諭娶愛麗絲時一樣，那時他還以為這能讓他們三個人都快樂。他是在什麼時候放棄了自己的人生？什麼時候變成了一塊浮木，在詔諭這條河中隨波逐流，任由他拋擲砍削，最終和其他垃圾一起被沖到了這裡？他無聊地看著卡森將一根扭曲的白色樹枝扔進火中。是的，這就是他。成為燃料，只為了另一個人的火焰燃燒。

卡森突然歎了口氣。他似乎很失望，但還是努力尋找著話題。「嗯，那就說說我們明天的計畫吧。我會儘量早起，只要能見度可以，我們就沿河上溯，返回柏油人號。萊福特林船長和我都同意，我向下游搜索的時間不能超過一天。不過我承認，我行經的里程要比我預想的長很多。我也許要很用力地划槳，才能在明天日落之前和船長見面。你的龍能準備好走完這段路嗎？」

他的龍。芮普妲現在是他的龍了？

一想到這個問題，紅銅龍的知覺立刻找上了他。

是的，你是我的守護者。我明天能夠準備好向上游前進，前往克爾辛拉！

「前往克爾辛拉，」塞德里克低聲確認，「我們已經準備好要出發了。」

卡森露出笑容。這一抹微笑和火光改變了這個人的臉。塞德里克忽然意識到，這名獵人並不比他年長多少。「克爾辛拉，」卡森表示同意，「彩虹的終點。」

「你不相信我們能到達那裡？」

獵人聳聳肩。「誰在乎？如果我們做到了，就能有一個更好的故事。但我也曾經為了平凡得多的目標走過比這更遠的路。我會參加這次探險有許多原因，其中一個是為了讓戴夫威遠離危險。但我認為，我這樣做也有著和萊福特林同樣的原因。一個人總會想做一些能夠在歷史中留名的事情。如果我們找到那座城市，甚至如果我們只要找到那座城市曾經所在的地方，我們就足以讓雨野原人和繽城人高高豎起他們的耳朵了。一個人能有多少機會做出這樣的事？就算這些願望都沒能達成，我們至少擴展了地圖。每天晚上，斯沃格都會坐下來完成素描和記錄。萊福特林船長會添加好他的註釋。傑斯也有著他自己的一份日誌。我會在船長的紀錄中添加一、兩處內容，寫下我們捕捉到的獵物，在河邊發現的樹木種類。所有這些資訊都會被妥善保存在雨野原貿易商的大堂裡。在以後的歲月中，只要有人想要在這裡落錨過夜，他們就會認真參考我們的資訊。我們的名字因此會被人們記住。『柏油人號前往克爾辛拉的遠征』——那份紀錄會有這樣一個名字——你知道，這是有價值的。對於其他人，這也是很有價值的。」

在卡森說話的時候，塞德里克一直盯著火盆。他偷偷瞥了獵人一眼，第一次在他的臉上看到了熱情的光彩。卡森那雙深陷在眼眶裡的褐色眼睛，是如此閃閃發亮。他鬍鬚中的嘴唇翹起，露出滿足的微笑。有人能這麼興高采烈地談論如此虛無縹緲的東西，塞德里克從沒這樣的經驗。他見到過詔諭因為完成了一筆利潤豐厚的交易而欣喜若狂，也見證過他的父親酒氣熏熏地和商旅夥伴一同慶祝，而所有這些快樂都需要結合財富和金錢，還有隨之而來的權勢和地位。一個人的價值只能由他在繽城貿易商中的地位來評判。無論在恰斯國，遮瑪里亞，還是他曾經訪問過的任何文明社會裡，這一點都大同小異。所以他只是看著卡森，等待這名獵人的嘴唇扭曲，或者發出苦笑，暴露出他這些話只不過是一番自我嘲諷。

但他等待的事情沒有發生。儘管卡森說他參加這次遠征的目的和萊福特林一樣，但他根本就沒有提起要割取龍的器官，以此獲得令人垂涎的財富。

「聽起來就像是個夢。」塞德里克說道。他之所以這樣說，只不過是為了填補他們對話中出現的一段空白，不過他也想試著刺激一下這個獵人，看看他會不會向他坦白一個更加龐大的計畫。在返回柏油人號之前，他需要知道萊福特林船長到底有多殘忍無情。愛麗絲會不會因為那個人而遭受危險？

「我想是的。每一個人都有一個夢。只不過我一直沒有和你說過罷了。你和愛麗絲，你們繪製龍的形貌，請他們講述關於古靈的回憶。這和我探索無人到達的未知世界也是一樣——至少是在這個時代中人們所不知道的世界。」

「做這種事能有錢賺。」塞德里克進一步開始了刺探。

卡森大笑起來。「也許吧。不過我很懷疑。如果這件事真的有利可圖，那也很可能是在我進墳墓之後了。喔，有一些守護者也有這種看法。」卡森微笑著搖搖頭，「格瑞夫特的心裡一直有著他自己的主意。他要成為一個新雨野原聚落的奠基者。守護者們會占有克爾辛拉的財富。巨龍們會幫助他們守衛這筆財富。會有更多船隻和工人到上游來。他們會進行貿易，他會變成大富翁。」

「這是格瑞夫特說的？」塞德里克非常驚訝。他敬重格瑞夫特的聰明才智，但那個年輕人似乎總是對他充滿敵意，從不向他透露自己的打算。

「當然不是對我說的。不過他會將這種話悄悄講給其他守護者聽。好像他真的以為說出口的話會留在原地不動。我懷疑他的許多想法都來自於傑斯。傑斯很喜歡炫耀自己受過良好的教育，擁有過人的智慧。在我看來，他的意思大概是他曾經讀過一本書。但他已經在那個男孩的腦子裡填滿了各種胡話。」卡森俯過身，從一段浮木上掰下一根樹枝。他的動作表明他感到非常氣憤。

當卡森再度開口的時候，他的聲音也平靜了一些。「喔，也許最終的結果是我們找到了克爾辛拉，並在那裡建立起聚落。不過那很可能不是格瑞夫特所幻想的那種樣子。首先，他沒有足夠多的人口。而且他們之中的女性太少了。那一點人連一個村莊都建立不起來，更不要說是一座城市。我相信你也知道，雨野原人的生育本身就很不容易。他們生出的嬰兒有時連一年都活不了。而一個雨野原人到四十歲就算是老人了。」卡森搔了搔自己鬍子上方覆蓋著鱗片的面頰。「即使真的有一個大發現，能夠吸引來一整船的新移民，那些新來的人在數量上也要遠遠超過他們。到時候新移民就會有更多的發言權。也許格瑞夫特和其他守護者們能夠發現寶藏，但你不可能用古靈寶物來填飽肚子。這一點我們不都很清楚嗎！只要古靈寶物還留在雨野原，它就對任何人都沒有好處。我們必須把它們運到會有很多人願意購買它們的地方。正因為如此，成為大型貿易中心的才是繽城，而不是崔豪格。如果我們不做貿易，我們就會餓肚子。即使我們找到了克爾辛拉，即使那裡有寶藏，也只有一直從事這一行買賣的貿易商才更加了解它們。那些人會蜂擁而至，他們很懂得如何榨出這場生意中的每一滴油水。格瑞夫特國王只能坐在談判桌旁，被他們的規矩耍得團團轉。不過，等到戴夫威成年的時候，他在克爾辛拉也許會有一個更燦爛的未來。」

卡森清了清嗓子，又將一根乾樹枝放進火盆裡。塞德里克默不作聲，只是想像著格瑞夫特或者其他守護者在談判桌上面對詔諭的樣子。詔諭會活吞了他們，再用他們骨頭剔牙。

一條銀色的大魚突然從水中跳出來，撲向一群低飛在水面上的蟲子。隨著一聲水響，牠又落回到自己的世界裡。卡森大笑了一聲：「你一直都在聽我說話，看我編織各種夢想和故事，就好像我是個吟遊歌者。不管怎樣，如果克爾辛拉存留了下來，如果我們找到它……」

「如果我們什麼都沒有找到呢？」

「嗯，我也想過這種情況。如果萊福特林船長突然放棄了，要返回崔豪格，那又會怎麼樣？說是，我看不出他會這樣做。最重要的一點，守護者和龍是不能回去了。崔豪格已經沒有了他們的位置。萊福特林必須繼續前進，找到一個能讓龍生存下去的地方。而如果我們找到了一個這樣的地方，這將是一個足以和克爾辛拉相媲美的重大發現。」卡森若有所思地搔了搔鬍子，「而且，只要萊福特林一直向前，愛麗絲就會一直留在他身邊。當他調轉船頭的時候，他也就開始了失去她的日子。」他向塞德里克挑起一道眼眉，又說道，「如果我說話有失禮之處，還請原諒，但這就是我所看見的。我聽到了萊福特林和斯沃格一天晚上的談話。萊福特林比大多數船長都更願意傾聽船員們的意見，這也是為什麼會有那麼多人願意一直跟著他。他想要知道：是否斯沃格和貝霖已經厭倦了這次漫長的旅程，想要回去了？斯沃格說：『船長，我們是一體的。那些樹林裡沒有我們的家。而這條河總會有一個源頭。我們只要沿著它走足夠久，就總能遇到些什麼。』萊福特林笑著說：『我們以前就到過這裡。』所以，我認為他們會繼續前進，直到發現克爾辛拉，或者直到柏油人號也寸步難行的時候。」

卡森又戳了戳火盆，似乎只是在高興地觀賞著被他撥起來的那一縷如同龍尾的火花。「我會跟著他們。畢竟我在崔豪格也沒有什麼可留戀的東西和人，在其他地方也沒有。」

獵人的這句話彷彿是在以委婉的方式向塞德里克提出同樣的問題。塞德里克考慮了一下，然後聳聳肩，回答道：「我已經別無選擇了，我有嗎？繽城的生活在等我回去。那是一種我很擅長的生活，而我在這裡憑自己的力量甚至根本活不下去。但我沒辦法再回去了。所以我只能跟你一起回柏油人號，無論隨後會發生什麼，我也只能忍受下去。我被困住了。」

事實就是如此，卡森對此也應該看得一清二楚。但塞德里克還是覺得有些困窘，在卡森的那番慷慨熱烈的講述之後，他的這幾句話實在是顯得太過平庸渺小了。

卡森的表情變了。他的嘴角低垂下去，眼神也嚴肅起來。他將一直用來撥火的木棍扔進火盆，身子稍稍挺起，用一雙大手將落在臉上的亂髮梳回到腦後。當他說話的時候，他的聲音中多了一份力量。「你不必非得回去，塞德里克。如果你是那樣痛恨這種漂泊的生活，那就不必回去。我有這條船，還有討生活的基本工具。我能夠帶你順流而下。這趟旅程不會很容易，但我可以送你回崔豪格，你可以從那裡回家。」

「其他人呢？」塞德里克不情願地問道。他在努意壓抑自己聲音中的興奮。但他很快就想到，事情不會有這麼簡單。「那麼，那頭龍呢？」

是的，我該怎麼辦？芮普妲的聲音中充滿了睡意。

「喔，對啊，還有龍。」卡森露出遺憾的微笑，「真是奇怪，像龍這樣大的一個細節，怎麼可能直接從我的腦子裡滑走了。估計我還是把你當作了愛麗絲的助手，而不是一名巨龍守護者。」他沉默下來。而提前返回繽城的興奮心情，也如同泡沫一樣，在塞德里克的心中破滅了。

卡森聳聳肩。「我們可以先送她回到龍群裡。那以後她就能照顧自己了。不管怎樣，我們還是要先回上游去。我不能就這樣憑空消失。萊福特林會以為我死了。戴夫威一定會因為恐懼和悲傷發瘋的。我不會這樣對待我的朋友，更不要說還有一個要依靠我的孩子。我會請求萊福特林讓我放棄簽訂的獵人契約。儘管在這個時候提出這種要求的確很不好。畢竟傑斯已經失蹤了。而且，你一定也想和愛麗絲告別，我相信……」他的聲音稍稍停頓了一下，「我猜我們都不像我們所以為的、那樣的自由。」他又輕聲說了一句，「太糟糕了。」

「太糟糕了。」塞德里克無力地表示同意。他又沉默了片刻，然後說道，「只是在幾分鐘以前，你還在談論能夠參加這樣一場宏大的遠征，是一件多麼神奇而精彩的事情，那些關於繪製河道地圖或是尋找古代城市的種種。為什麼你突然又願意拋棄這一切，只為了送我回崔豪格？」

卡森笑了。他坦率地看著塞德里克的眼睛，「我喜歡你，塞德里克。我**真的**喜歡你。難道你還沒有看出來嗎？」

這個人的坦誠讓塞德里克大吃了一驚。他盯著這名獵人，看著他鬍子上方覆蓋鱗片的面頰，他蓬鬆的亂髮，還有他破舊的衣服。他還能和詔諭有更多的不一樣嗎？

在愣了太久之後，塞德里克才突然意識到，自己應該對這個誠實的告白做出一些反應。而此時卡森已經將目光轉開，稍稍聳了一下肩說道：「我知道有人在等你回去。我認為他一定是個白癡，才會讓你來這裡。當然，我不會忘記我們之間的區別。我知道我是什麼人，我在這個世界上有著怎樣的位置。在大多數時間裡，我對我的生活都很滿意。」

塞德里克終於找回了自己的聲音。「我也希望能夠這樣說。」他說出這句話，就知道自己說錯了，「我的意思是，我也希望能夠對自己的生活滿意。只是事實並非如此。」生活的確曾經很讓自己滿意，塞德里克心中想。他和詔諭曾經拜訪過一些比這裡更加奇異的城市；一同享受上等美酒，珍奇食物，在華麗的旅店中度過漫長而愉悅的夜晚。這就是讓他滿意的生活嗎？塞德里克突然開始懷疑，或者那些肉體的享樂與飽足，卻是對精神的麻痺？在一陣不安中，他感覺到卡森是對的。他們之間的差別太大了。他突然對自己深感羞恥，又有一點憤怒。他是那麼喜歡精緻的東西，那麼享受生活能夠提供給他的各種精緻，但他本不是這樣淺薄的。他並不只是一個隻想著享受詔諭金錢的人。卡森的聲音將他喚回現實。他能聽出來，那聲音中帶著放棄的意味。

「已經晚了。我們要睡一覺。你可以蓋這條毯子。」

「另一條船裡也有一條毯子。」塞德里克說。

「另一條船？」卡森問道。

他實在是太不小心了，事實就這樣從他的嘴裡滑了出去。不過他也不由得想著：自己他又能夠欺瞞多久呢？難道明天還能繼續保持沉默，並丟棄那些在離開崔豪格之後、已經變得越來越寶貴的物資裝備嗎？

「那條船就拴在那根大原木的另一邊。」塞德里克朝那個方向一擺頭，然後就坐下來，在負罪感中陷入了沉默。卡森則敏捷地站起身，走過一根根晃動的原木，查看塞德里克所說的地方。塞德里克只是盯著霍恩。他聽見那名大漢輕輕跳進了那條小船。只是片刻之後，卡森的聲音從暮色中傳過來，「是格瑞夫特的小船和他的裝備。他至少有一個優點，那就是很懂得管理自己的物品。如果我是你，我就會小心對待他的東西。他肯定想要回全部這些東西，而且會希望它們全都完好無損。」

片刻之後，卡森回來了，肩頭掛著那條毯子。他將毯子丟給塞德里克，動作不重，也不算輕。塞德里克抓住毯子。毯子上還有一些地方是潮溼的。他本打算把毯子鋪開在太陽下晾曬，只是忘記了。

「那麼，」卡森再一次坐到原木上說道，「格瑞夫特的小船在這裡。你打開了捆住那些物品的繩結。完整的故事又是怎樣？為什麼你不講給我聽？」他的聲音中流露出一絲寒意，以及一點憤怒的火星。

塞德里克突然感到非常疲憊，無心再做任何掩飾。他太累了，只想把實情完全說出來。「我和你說過我在洪水爆發時的遭遇。我看見了聚集在這裡的原木。芮普妲把我帶過來。然後我發現傑斯已經在這裡了。他也受到了洪水的衝擊，不過他找到了一條船。他比我早到這裡。」

「傑斯在這裡？」

一個簡單的問題，如果誠實回答，卡森又會有怎樣的反應？塞德里克無聲地看著獵人。現在他想不出任何謊言，又不敢說出實情。他的手指撫摸過臉側的瘀傷，思考該從那裡開始。卡森深陷在眼眶中的眼睛緊緊地盯著他，眉宇之間已經出現了一道深深的溝壑，嘴角的紋路裡充滿了懷疑。**說吧，說些什麼。**

「他想要殺死芮普妲，把她的器官帶到恰斯國去賣掉。」

片刻之間，卡森什麼話都沒有說。然後他緩緩地點點頭。「這聽起來像是傑斯能做出來的事。他大概在鼓動格瑞夫特說服守護者們同意這樣做。那麼，後來又發生了什麼？」

「我們打了起來。我砍了他一斧頭。」

「我吃了他。」芮普妲滿足地低聲咕噥著。

紅銅龍將卡森的注意力完全吸引了過去。獵人猛地將頭轉向她。「妳吃了他？妳吃了傑斯？」他用完全難以置信的語氣說道。

「龍就是這麼幹的。」芮普妲則用為自己辯護的語氣回答道。這是塞德里克要說的話，只不過是從龍的嘴裡冒出來的。

塞德里克發現自己認為這樣做沒有錯。「傑斯想要我幫他引誘芮普妲，好方便他向芮普妲動手。我沒有答應，於是他用魚槍刺了芮普妲，又來攻擊我。卡森，他要殺死她，把她切碎賣掉，而且他根本不在乎是否要為這件事而殺死我。」

獵人又轉回頭看著塞德里克，臉上全是懷疑的神情。他的目光掃過塞德里克全身，注意到他青腫的臉和幾處傷口。這些在他的目光中有了新的意義。在這種注視下，塞德里克感覺自己身上的肌肉繃緊了。他害怕獵人立刻就會判決他有罪，但他發現獵人臉上的懷疑，漸漸變成了驚歎和欽佩。

「傑斯是我曾經與之共事的最凶惡的傢伙。他一直都有『心黑手狠』的名聲。打架的時候，就算是別人討饒了，他也不會停手。你為了一頭龍而寧願對抗他？」他又瞥了芮普妲一眼。那具麋鹿的屍體已經連一根毛都看不見了，全都被她吃進了肚裡。

「我只能如此。」塞德里克低聲說。

「你還贏了？」

塞德里克看著卡森。「我不確定能不能將這個描述為勝利。」

讓塞德里克吃驚的是，他的回答卻引來了卡森一陣大笑。芮普妲這時又插嘴說道：

「我吃了他。塞德里克把他餵給了我。」那似乎是一段讓她感到很美好的回憶。

「嚴格來說不是這樣。」塞德里克急忙表示異議，「我從沒有希望會發生這種事。但我承認，在那個時候，我只覺得鬆了一口氣。因為我不知道還有什麼辦法能阻止他。」

「那麼，你的臉，是因為傑斯才變成這樣的？」

塞德里克又抬手摸了摸下巴。他的顴骨還是很痛，面頰內部的腫脹總塞在他的牙齒之間。但奇怪的是，他現在卻幾乎有一點為自己受的傷而感到驕傲。「是的，是傑斯。我以前從沒有這樣被打過臉。」

卡森又笑著哼了一聲。「真希望能這樣說的是我！我的臉上挨過許多拳頭。不過看到你身上發生的事，我真的為你感到傷心。」

獵人幾乎有些不忍地伸出一隻大手。他粗硬的手指碰到塞德里克的臉時，顯得格外溫柔。塞德里克感到驚訝，這樣輕微的一點碰觸，如此強烈的感覺竟然從他的面頰湧向他的全身。卡森的手指輕輕撫過他的眼眶，然後是他的顴骨。他一動不動地坐著，不知道卡森是否會一直這樣摸下去，不知道如果他一直這樣，自己又該如何反應。但卡森已經放下了手，轉開臉，嗓音沙啞地說：「我覺得骨頭沒有受傷。你應該能痊癒。」片刻之後，他又向火盆裡扔了一根木棍。「我們應該早些睡了，明天還要早起。」

「傑斯說萊福特林也有參與。」塞德里克的嘴裡突然冒出這樣一句。他想要知道卡森的看法。

「參與什麼？」

「殺死龍，出賣龍的器官，牙齒、血、鱗片。他說派他來的人告訴他，萊福特林會幫助他。」

卡森陰沉的目光中顯露出困擾。「萊福特林的確有參與嗎？」

「不。傑斯只是在這樣抱怨。他似乎是認為萊福特林騙了他。」

卡森的表情稍稍明朗了一些。「這在我看來是合理的。我認識萊福特林已經有很長時間了。這些年裡，他的確有一、兩次被捲進一些……嗯，我認為有些可疑的事情裡。但殺了龍，再賣掉他們的器官？不。賣給恰斯人？絕不可能。有很多原因讓我無法相信他會參與這種事，柏油人就是一個很大的原因。」他盯著火焰，緊皺起眉頭，「不過，傑斯為什麼會這麼想？這其中的原因，一定也很有趣。」

獵人搖搖頭，然後緩緩慢地站起身，活動了一下肩膀。像他這樣高大魁梧的人，竟然能夠擁有如此敏捷的身手，這讓塞德里克一直都感到非常驚訝。他從原木上走進自己的小船，每一步都輕鬆地保持著完美的平衡。他自己的毯子被整齊地疊好，緊貼著坐板朝下的一面，以防止被河水打溼。塞德里克還抓著卡森丟給他的那條潮溼褶皺的毯子。他看著卡森的船。那條船上的每一樣東西都擺放得井井有條，絲毫不亂。突然間，他感到很羞愧，覺得自己就像是一個完全不懂生活的小孩子。在另一條船上，還有一把短柄斧可能正在船底的血水中生銹。卡森一到這裡就滿足了他和龍的一切需求，沒有任何一個動作是浪費的。塞德里克甚至不記得攤開晾乾自己的毯子。

他不知道卡森是怎樣看他的。無能？任性？被寵壞的富家子？**我並不真的是這樣的**，他在心中想，**我只是暫時不在我的地方。如果我們回到繽城，他倒要看看我是如何為詔諭的商業談判做準備**，他就會看到真正的我。在那裡，卡森會變成無能又無用的人，而這種想法讓塞德里克更覺得自己是個被寵壞的任性孩子，只有小孩子才會這樣想要向別人炫耀自己。卡森如何看他又有什麼關係？他從什麼時候開始在意一個無知的雨野原獵人對他的看法了？

他抖開那條有味道的毯子，用它裹住肩膀。在這條毯子的庇護裡，他抱緊自己，陷入了思考。

柏油人周圍的夜幕已經完全降下來了，萊福特林船長走在自己的甲板上，黑夜中的天空變成了一條遍布星光的帶子。在駁船的一邊，河水仍然淹沒了遠處的堤岸，另一邊則是黑沉沉的森林，讓這艘駁船顯得格外渺小。那片森林腳下有一道窄長的泥岸。群龍都睡在那裡。在甲板艙室的頂上是熟睡中的守護者，看上去倒像是一些排列整齊的屍體。只有萊福特林無法入睡。

現在值夜的應該是斯沃格，但萊福特林讓他也去睡覺了。船員們全都在艙室中睡著了。河面還在下降，柏油人安全地靠在泥岸旁邊過夜。他的船員應該好好休息一下。自從遭受洪水襲擊之後，這是他們第一次能睡上一整晚。他們全都需要休息。大家都需要睡眠。

就連愛麗絲也不例外，所以她早早就回了房間，她到現在仍然顯得疲憊不堪。萊福特林又開始緩步在甲板上轉起了圈子，他不需要這樣在船上來回走動，現在一切都很安全，很平靜，他本來也可以到自己的床上去睡一覺，只讓柏油人自己照顧自己。沒有人會覺得他這樣做有什麼錯。

他走過愛麗絲的房門口，門縫下面沒有燈光透出來。毫無疑問，愛麗絲已經睡了。如果她想要他的陪伴，她就會留在廚房的餐桌旁。她沒有那樣。在晚餐以後，她立刻就消失了。萊福特林本來希望她會留下來，現在他必須坦誠面對這消逝的希望了。這本來會是他們第一個，可能也是唯一的夜晚，他們可以結伴在他的船上度過，沒有塞德里克提醒她是什麼人、有什麼身分。萊福特林本來希望可以從她的繽城人生中偷出這個夜晚，讓這個夜晚只屬於他們兩個。

但愛麗絲很早就從餐桌旁告退，消失在她自己的房間裡。

這意味著什麼？

也許愛麗絲要比他聰明很多。萊福特林告訴自己，這一點他一直都知道。聰明的女人怎麼會想要把韁繩交給一個比自己愚蠢的男性？他的愛麗絲很聰明，他早就知道這一點。不只是受過良好的教育，而且很聰明。

但在這個特別的夜晚，萊福特林還是希望愛麗絲選擇不夠聰明。

他到底是什麼樣的男人，竟然會感到塞德里克的離去是一種快慰，而不是損失？塞德里克從孩提時代起就是愛麗絲的朋友，這件事萊福特林已經知道了。也許對於萊福特林而言，塞德里克只是一個可笑又令人氣惱，被寵壞了的年輕人，但愛麗絲關心他。也許愛麗絲一直在擔心他是不是死了，或者身陷絕境，而粗魯如他，卻只想著那個監視他們的人消失了。

萊福特林完成了對船的環行巡查，在柏油人的寬船頭上站了一段時間，俯身在船欄杆上，看著「河岸」。龍正睡在那裡的爛泥中，但他看不見他們。在他的視野中，那座森林是一片純粹的黑暗。於是他開始和自己的船說起了話。

「明天就是另外一天了，柏油人。不管是怎樣的一天，卡森都會回來。然後呢？我們繼續前進？」

當然。

「你似乎對此很確定。」

我還記得它。

「所以你告訴了我，但那不是它現在的樣子。」

不是。確實如此。

「但你認為我們應該繼續前進？」

其他龍和人已經沒有選擇了。我認為至少我們可以為他們做到這個。

萊福特林什麼都沒有說。他輕輕撫摸船頭欄杆，思考著。柏油人是一艘老船，要比這條河上的任何其他活船都更老。他是第一艘用巫木建造的船，並因此而出名。它並沒有被設計成任何形式的貿易船隻，只是一艘簡單的駁船，厚實的船殼完全用唯一能夠抵抗雨野原酸性河水的木材榫接而成。依照一個比繽城、甚至比遮瑪里亞還要古老的傳統，萊福特林的先人在這艘船上畫出了兩隻眼睛。這不僅讓這艘船有了睿智的相貌，而且在傳說中，這樣的駁船將有能力在危險的水路上「親眼」觀察一切。在那個時代，人們對於巫木的了解僅限於它非常堅硬和沉重，能夠抵抗酸水的侵蝕。沒有人知道，經過數代人在船上生活之後，一艘活船便會生出自我意識。直到第一批有船首像的帆船活過來的時候，人們才發現了這個奇蹟。

柏油人沒有船首像，但這不意味著他沒有自己的心，更不意味著他的船長不知道他的存在，甚至感覺不到他的意識。

萊福特林的船員都知道他們的船有特別之處，尤其是那些在這艘船的甲板上長大的人。他們一生都睡在柏油人號上，在柏油人的甲板上玩耍。他們與這艘駁船和這條河，都有著密切的關係。他們幾乎能憑藉直覺在這條河上航行，在變化無常的沙洲和森林水路中，他們躲避開隱藏的種種障礙。他們會做奇怪的夢，但他們很少會將這些夢告訴外人，只會與家人分享。出現在這些夢中的，並不只是河流，也不只是穿行於迅捷輕盈的河中。他們還會夢到飛行，有時候會夢到在一片深不見底的藍色世界裡游泳。

柏油人有自己的意識，全部活船最終都會如此，但柏油人沒有嘴能夠說話，也沒有被雕刻出手和人臉。他一直保持著沉默，只有一雙眼睛中閃爍著古早且洞悉一切的智慧。

也許萊福特林應該讓他繼續保持這種樣子。他們的生活一直都很好。為什麼他還想要讓生活變得更好？

那根巫木原木是他的一個意外收穫，而他的人生也因此變得複雜起來。

他是那樣謹慎地制定了計畫：將船員的人數減少到屈指可數，剩下的人都是他可以信任的；他找到能夠加工巫木的人，這個人以自己的誠實和高超的木匠技藝而擁有了良好的聲譽；他一點一點地收集，保留並收購他所需要的工具。在一切準備就緒之後，他才將這些人帶到他找到並收藏那根巫木原木的地方。

他這樣做的時候，已經知道那不是原木，更不是木頭。

他讓柏油人在岸邊擱淺，然後用搜集來的纜繩和滑輪，將這艘駁船拉上河岸邊一個僻靜的地方。他用一整個夏天完成了這項工程，巫木原木必須先被切割成粗木板和相應配件，然後才能被固定在柏油人上。這艘駁船被用石塊墊起來，好讓工人能夠在他的船底進行工作。河邊柔軟的地面，意味著每天船底的石塊墊腳都必須被加固並重新調整平衡。

但在工程完成之後，脫胎換骨的柏油人實現了萊福特林最大的願望。船殼上增加了四根有蹼足的短腿和一根長尾巴。現在柏油人幾乎能去他的船長想要去的任何地方了。

柏油人用了幾個星期的時間，才能夠靈活自如地運用自己的新肢體。當墊船的石塊從船殼下面被移走的時候，萊福特林曾經非常擔心自己的計畫是否能成功。但柏油人成功地運用了自己的四肢和尾巴，雖然很困難，卻還是緩慢地把自己拖回到水中。這艘船在淺水中嘗試著來回游動，眼睛裡閃爍起滿足的光彩。現在他能夠在水中游動，也能在淺灘上爬行。他的船員們所謂的工作，往往只是在裝裝樣子，為的是讓人們以為柏油人只不過是一艘普通的駁船。

剩下的全部「木料」作為襯墊之用，被收儲在柏油人的艙內。萊福特林沒有出售任何一片巫木——因為這將是對他的船的背叛。這些巨龍的遺存被用來製造柏油人，他對它們感到尊重。在幾個月之後，他就感覺到這艘船已經吸收了新材料的記憶，並將它們和自己融為一體。柏油人的溫馴本性發生了變化，它變得更有獨立性，更富於冒險精神。有時候，他甚至還會有些惡作劇。萊福特林很喜歡這艘船的變化。彷彿他正看著一個孩子成長為大人。柏油人的眼睛也開始表達出了更多的情緒。他在他的船長面前變得更加健談了。他作為一艘駁船的效率更是令人吃驚。如果其他貿易商對萊福特林的祕密有所懷疑，他們也不曾就此問過任何問題。幾乎每一名貿易商都擁有絕不會向他人洩露的魔法或者技術，過分刺探別人的事務不是貿易商應有的品質。萊福特林一直在河上平安無事地做著買賣，他的利潤也在穩步增長。

一切都很順利，直到為他改造船隻的工匠，不小心將這件事透露給一名恰斯貿易商，隨後就是那名獵人上船，對他們造成威脅。也許他真的和那個獵人是同一類人。想到此，萊福特林的牙齒咬得咯咯直響。他的手掌能感覺到柏油人正在憤怒，憤怒地將腳踏進淤泥裡。**背叛！背叛是不能被容忍的。叛徒必須受到懲罰。**

萊福特林立刻鬆開船欄杆，讓自己的情緒平靜下來。活船的船長永遠都要束縛住自己黑暗的思想。他的情緒會影響他的船，刺激活船做出危險的事情。柏油人所做出的反應是如此清晰而又強勁，這讓萊福特林吃了一驚，他很少會如此直接地將自己的情緒傳遞給他的船，更沒有想到這艘船對於那名獵人的反應是如此強烈。於是，萊福特林又平靜地告訴活船，這條河已經幫他們處理了這件事。傑斯失蹤了，最大的可能是已經淹死了。

想到此，萊福特林從活船那裡感受到了一種冷酷的滿足，其中還摻雜著一點嗜血的愉悅。這艘船會不會比他更了解傑斯的命運？萊福特林不安地懷疑，但隨後又急忙轉開自己的意識，不讓自己再想這件事。活船有權利保留自己的祕密。如果他見到了傑斯在河水中掙扎，卻故意調頭離開，那也是這艘船的事，和萊福特林無關。

不要為這件事困擾了。我根本不需要這麼殘酷。

這艘船話語中有種特別的興致，萊福特林並沒有忽略掉。「嗯，那我為此感到很高興，柏油人。我很高興。沒錯，我也不想去應付這種事。很高興這件事不必由我來決定。」他感覺到這艘船在無聲中對他的贊同，「明天，我們就能看到卡森回來了吧。」

是的，你說得沒有錯。

有時候，這艘船會比他知道得更多。當卡森第一次找到倖存者的時候，就是柏油人首先聽到號角聲，並告訴了萊福特林。這位船長早就明白，這艘船知道許多事情，而他是如何知道的，對此不必深問，更不要對任何事刨根問底。如果柏油人想要告訴他什麼事，也只會說：有時候這條河會將它的祕密告訴我，但只是有時候，不是一直都如此。比如今晚，萊福特林就只是接受了明天獵人會回來的這個事實，他沒有提出更多問題，只是說道：「你覺得我們明天就回向上游出發了嗎？還是會再停泊一個晚上？」

也許會在這裡多留一個晚上。龍還需要休息，這裡還有死魚可以餵飽他們。即使這些食物都已經臭了，他們還是喜歡在有食物的地方休息。

「他們會因為吃臭魚而生病嗎？」

龍不是人類那樣的孱弱種族。腐肉的味道不好，吃得太多會肚子痛，但龍能夠吃掉他們必須吃掉的東西，當他們只有死魚的時候，他們就會吃死魚，吃完後繼續前進。

「那我們也會這樣。」萊福特林向他確認。

就像我們所達成的協議。馱船提醒他。

「就像我們所達成的協議。」船長表示同意。在這件小事上，他沒有完全向愛麗絲說實話。其實在他進入卡薩里克之前，他已經知道了柏油人會護送龍群前往上游。也正因為如此，他才能夠那樣迅速地載滿一切物資，及時隨龍群出發。這和愛麗絲的計畫銜接得如此緊密，只能說這也許就是他的命運，彷彿他命中注定能夠得到愛麗絲的陪伴。看到愛麗絲在那場和貿易商的會議上大放異彩，他只感到驚奇而且高興。

她沒有睡。她在那個鬼鬼祟祟的軟腳蝦的房間裡。

「我覺得我也許可以去看一看，確認她是否難以入睡。」

你以為你能治癒她的失眠症？這艘船饒有興致地問萊福特林。

「也許能夠和一位朋友安靜地聊一聊。」萊福特林竭力鄭重其事地回答道。

我還不知道你只是將她當作你的「朋友」。你去吧，我會看著這裡。

「小心說話！」萊福特林責備他的船。但他只感覺到柏油人看熱鬧的心情，「你今晚的話還挺多。」他這樣說不僅是為了轉移這艘船的注意力，還因為他很少會從柏油人那裡得到如此清晰的思維。通常他只會做一個有些特別的夢，或者從和這條船的連結中感覺到某種情緒。和柏油人的直接交談是極不尋常的一件事。他對此很有些感到驚訝。

有時候會是這樣。船對他的驚訝表示同意，有時候，當河水情況平穩，當龍群就在我身邊，思考彷彿也變得更加容易和清晰。沉默了一段時間之後，柏油人又說道，有時候，你也更願意傾聽我的聲音。當我們的思想同步的時候，當我們全都想要同一樣東西的時候。現在，我們就都知道你想要什麼。

萊福特林從欄杆上抬起雙手，轉身去找愛麗絲。儘管他在口頭上責備了他的船，但他的臉上卻流露出一點微笑。柏油人太了解他了。

他在塞德里克門外的黑暗中站了一會兒。柏油人是對的。一點非常微弱的光亮從門縫下面透出來。他輕輕敲了敲門，隨後便耐心地等待著，四周一片沉寂，然後他聽到一點輕微的腳步聲，屋門被打開一條縫。愛麗絲從門裡望了出來。微弱的燭光照亮了她的臉。

「喔！」她顯得有些驚訝。

「我看到有光從門縫下面透出來。我覺得最好還是來查看一下。」

「只有我在這裡。」愛麗絲的聲音中流露出一種沮喪。

「我知道了。我能進去嗎？」

「我……我只穿著睡衣。因為睡不著，我才離開我的房間來到這裡。」

萊福特林也能看出這一點。愛麗絲的白色睡袍很長，也很樸素。簡單的布料線條，因它們所包裹的身體而變得凹凸有致。她的紅髮經過梳理，被結成了兩根長辮子，讓她彷彿年輕了好幾歲。她赤裸的小腳從睡袍下面隱約露出來。如果她知道自己現在的樣子是多麼充滿了誘惑，她絕對不敢向任何人打開這道門！

但看到她的眼睛和鼻頭，萊福特林確定她一定是剛剛哭過。這讓他一步就跨進了房間，緊緊在身後關上房門，將愛麗絲抱進懷中。愛麗絲的身子僵硬了一下，但沒有抗拒當萊福特林將她拉近、吻在她的頭頂。她的身上怎麼還會散發出鮮花的香氣？萊福特林閉起眼睛，將她抱在懷裡，重重地歎了一口氣。「妳一定是哭過，」他對她說，「我們還沒有放棄希望。妳絕不應該哭泣，不應該這樣折磨自己。這對任何人都沒有好處。」

他拒絕再去想任何事，只是彎下腰去吻她的左眼。她驚呼了一聲。

當他吻到她的另一隻眼睛時，她抬起手臂，緊緊抱住了他的脖子。他吻上她的雙唇。她輕輕張開嘴，讓他的心跳一下子就快了起來。她在顫抖，在用雙手緊緊按住他。他繼續著這個吻，感覺和品嘗著她溫暖的小嘴。當他直起身，她仍然緊抱著他，不讓他中斷這個吻。他輕鬆地將她抱起，她用兩條腿環抱住他的腰，沒有任何矜持，完全不懂得併起腿來偽裝一下。

「愛麗絲。」他喘息著，警告她。

「不要說話！」她激動地回應著，「一個字都不要說！」

於是他沒有再說話。

兩步跨過這個小房間，他將她放在床上，儘量不要壓到她，但她不會放他走，於是他一下子倒在了她的身上。他在她的兩腿之間，只有他的帆布褲子和她堆在一起的睡袍擋住了他們。他將自己的身體壓住她，這是對她最後的警告，無論他是多麼想要她。而她完全不在意他的警告，只是向他挺起自己的身體。他再一次親吻她，發現她的乳房已經從睡袍下面袒露出來。他握起她軟軟的胸脯，親吻它們，找到那成熟的乳頭，輕輕逗弄它們。她從喉嚨深處發出一點聲音，用自己的身體頂住他的手掌。

他的膽子大了起來。他將一隻手滑向她的腹部，微微抬起自己的身體，用手指觸摸她。她喘息著，全身都開始顫慄，毫無疑問，這是女人到達高潮時的反應。他的心中充滿了驚訝和無可抑制的喜悅。他甚至還沒有進入她！

但如果他真的以為僅僅是觸摸就能滿足她，那麼他就大錯特錯了。當她張開眼睛看著他，她的眼神中充滿了狂野和饑渴。「不要停。」她警告他。

「愛麗絲，妳確定……」

他甚至沒有能說完這句話。她已經用自己的雙唇阻止了他。她的手摸索著找到了他，明白無疑地顯露出她的欲望。

愛麗絲張開自己的另一隻手。詔諭的項鍊盒掉落下去，落在床上，落到地下，它可以一直滾到河裡。愛麗絲並不在乎。

禱月第五日
商人聯盟獨立第六年
來自艾瑞克，繽城信鴿管理人
致黛托茨，崔豪格信鴿管理人

封錮在小管中的的一份公函，是繽城貿易商議會寄給崔豪格和卡薩里克雨野原貿易商議會。上面公示了繽城貿易商這一年的支出和收入，以及相關的稅款分配。每一項帳目都會由信鴿寄送三份，由船寄送一份。

黛托茨：

我相信所有人都在焦慮地等待著，想要知道今年我們的稅率又會怎樣上升！繽城裡有一些被恰斯人毀壞的公共事業和大市場，至今還在重建，卡薩里克和崔豪格還需要資金來支援採掘工程。我懷疑稅率肯定無法降到五年以前的水準。我的父親終於開始痊癒了，但這場病讓他和我的母親又開始為我感到焦慮，因為我還沒有妻子兒女。我可真傻，竟然以為這只是**我的**事情！

艾瑞克

11 真情

黎明將至的時候，她喚醒了他。「我們應該回到各自的床上了。」她悄聲說道。

他遺憾地長歎了一聲，然後說道：「再等一分鐘。」他說了謊。他輕輕撫過她的頭髮，將她的一縷捲髮纏繞在自己的手指上，又讓它們彈回去，看著它們在喜悅中跳動。

「我做了一個夢。」愛麗絲聽到自己在說話。

「妳？我也是。很好的夢。」

愛麗絲看著身邊的黑暗，露出微笑。「我夢到了克爾辛拉。萊福特林，那是一個奇怪的夢。我覺得我在夢中是一頭龍。因為我看見了那座城市，嗯，它在地面上，顯得很小。我正在空中俯視它。我從沒有想像過這樣看到一座城市。所有那些屋頂和尖塔，那些如同樹葉脈絡的道路，還有那條河就像是一條銀色的大道，是下方最寬闊的一條大道。它是那樣寬，但那座城市仍然橫亙在它的兩岸。你知道嗎，在我的夢裡，彷彿那座城市的設計者，從一開始就要讓它成為一片從天空中俯視才能看到的美景……就像是一種奇特的藝術品……」

愛麗絲的聲音漸漸變得縹緲。在她身邊的床上，萊福特林動了一下身子。這讓愛麗絲更加真切地感覺到了他，他身體的碰觸，他的氣息。愛麗絲不情願地說：「我想，我們應該回到我們的房間。」

蠟燭早已熄滅。塞德里克的小房間裡一片漆黑。萊福特林緩緩坐起身。愛麗絲失去了他溫熱的肉體，取而代之的只是冰冷的空氣。愛麗絲對自己笑了笑。她一直睡在一個赤裸的男人身邊。實際上，這個男人一直用手臂環抱著她，她的面頰一直貼在他的胸毛上，他們的腿糾纏在一起。

她以前從沒有體驗過這樣的感覺。

在黑暗中，愛麗絲聽到萊福特林找到了褲子和襯衫。帆布長褲摩擦他腿上的皮膚，發出一種有趣的聲音。愛麗絲又聽到他的肩膀被套進襯衫的聲音。隨後，萊福特林找到他的鞋子，把它們拿起來。

「我會送妳到妳的門口。」他悄聲說道。但她只是對他說：「不。去吧。我不會有事的。」

萊福特林沒有問她為什麼想要他離開。對此，愛麗絲對他非常感激。聽到屋門開啟和關閉的聲音之後，她起了床。她的睡袍掉在了地上，感覺很涼，而且有些地方還溼了，但她依舊把它從頭頂上套下去。她注意到自己的一根辮子鬆了，便也鬆開了另一根辮子，然後摸著黑撫平了塞德里克床上被揉皺的毯子。她找到塞德里克的「枕頭」，把它放回到原位，又在床褥和地板上摸索了一番，卻沒有找到那只項鍊盒。她再次告訴自己，她不在乎那東西。那只是一件毫無價值的裝飾品，來自於一段與她再無關係的生活。她從塞德里克的房間裡溜出去，在背後關好房門。

回到自己的房間，用不了多少時間。她在背後關上門，找到自己的床，鑽到毯子下面。這些毯子很平整，也很涼。她的腹股溝在隱隱作痛，她的臉和胸脯也全都被他的鬍鬚刺痛了。她全身都是他的氣味。她開始為自己所做的一切感到驚奇。她當然不在乎，但她依然無法閉上眼睛。她的確在乎自己所做的事情，比她此前一生中做出的任何決定都更加在乎。她盯著上方的黑暗，心中沒有絲毫後悔，而是努力地回憶著剛才的每一分一秒。他的雙手對她的撫摸，他在狂喜中的輕聲呼喊，他親吻她的胸部，他的鬍鬚也在那裡輕輕撩撥。

這一切對於她都是這樣新鮮。她不知道自己是太過淫蕩，還是這才算得上女人正常的反應。他們這樣是禽獸的行徑嗎？還是相愛的人們都會這樣相互撫摸、品嘗和吞吻？她覺得自己彷彿是第一次體驗到了性愛。

也許這才是她真正的第一次。

她合上眼睛：塞德里克的命運、縯城的詔諭、她的那些正經朋友、她的母親的尊嚴——她最終還是會回到那種生活裡——這些全都讓她感到威脅。

「不。」她開口說道，「不會是在今晚。」

她閉著眼睛，沉沉睡去。

他赤腳站在甲板上，看著河岸。他提著他的鞋。「柏油人，你打算幹什麼？」他對他的船輕聲問道。

船的回應一片朦朧。他沒有能聽清。他覺得這一陣回應穿透了他踩在甲板上的腳，又直接響起在自己的心中。這艘船有著自己的主意。

他又試了一下：「柏油人，我知道那個夢。我還以為那是我的夢。原來是你想讓我看見。」

這一次，空氣閃爍過一陣贊同。只是瞬間的閃爍，然後又歸於平靜。

「柏油人？」他繼續問道。

但這次連回應都沒有了。過了一段時間，柏油人號的船長提著他的鞋子，回去了自己的鋪位。

卡森用繩子將兩條小船連在一起，這讓塞德里克感到有些羞愧，就好像他騎的馬要由別人牽著韁繩，但他很感激獵人的細心，沒有表示反對，只是奮盡全力儘量讓那段繩子不至於太緊。該如何讓一條小船避開河中水流最湍急的地方、一直向上游移動？他可以承認自己不懂得這點，但他不願意承認在有人領路的時候，自己連划船的力氣都沒有。

為了這一點自尊，他正在付出代價，每一次推動船槳都變成了一種負擔，他的雙手磨出了水皰，水皰又被磨破，流出液體。現在他是在用一雙破爛的手緊緊抓住木柄。卡森轉過頭來對他喊道：「沒有多遠了！看到你帶著一頭龍和一條船回來，大家都會高興的！你為我們避免了巨大的損失。」

也許損失一個繽城的花花公子，的確比不上損失一頭龍和一條船，塞德里克沒好氣地想道。他知道卡森這樣說當然不是要羞辱他，只是在告訴他，他們將以三倍的熱情歡迎他，但這些都無法給他帶來安慰。在過去的一天一夜中，他已經開始用一種不同的眼光來看待自己了。而這種眼光肯定無法提高他在自己心中的位置。在繽城生意圈裡，他是一個有能力又很聰明的人，那裡所有的上等酒館都歡迎他，因為他是一名嗓音優美嘹亮的男高音，以善於詠唱祝酒歌而聞名，紅酒店舖都會為他留下最好的美酒，更沒有人會質疑他對於絲綢的品味。在他為詔諭制定行程表的時候，他們的每一次旅行都完美無瑕。他清楚地記得所有這一切，但他在這個地方仍然一無是處。

因為這些「才能」，在這裡都顯得不重要。他曾經完全不在意卡森的看法，只想熬過駁船上的這一段無聊的日子，最終回到繽城過上他的正常生活。而此刻在這個遠離談判桌的地方，他發現自己只渴望著能夠顯示出自己的才能。當然，還有需要遠離詔諭臥室的這個念頭，仍隱隱出現在他的腦海中。這一次，他開始正視這個想法。詔諭真的足夠重視他，將他視為自己的商業夥伴嗎？還是只為了能夠從他身上得到快樂，能夠讓他在臥室裡屈意承歡，才會將他留在身邊？

在小船的旁邊，紅銅龍正走在淺水中。這條河幾乎已經回落到先前的水準。芮普妲似乎很高興能夠再次向上游行進。很快，她就能夠和其他龍會合。他們沒有盡頭的遠征也將得以繼續。她大步向前走著，有時候會從水中高舉起尾巴，有時候只是將尾巴拖在身後。她一直輕輕碰觸著塞德里克的意識，就像是一個小孩子抓住了母親的裙襬。塞德里克感知著她，同時也不讓她太過深入自己的思維。太陽照在她的背上，她的腳下踩著泥巴，而她剛剛開始感覺到餓了。他們很快就必須幫她尋找食物，否則她就會開始發怒。但暫時，她還擁有著想要從生命中得到的一切，並因此而感到心滿意足。她是一頭如此隨心所欲的生物，幾乎要向塞德里克施加魅惑，這讓塞德里克意識到：她完全沒有道德禮教的概念。

就像詔諭一樣。

這個想法突然闖進塞德里克的腦海，一下子打亂了他划船的節奏。他盯著正前方，竭力想要搞清楚自己是剛剛發現了這兩者的相似性，還是只不過再一次沉陷進對詔諭的怒火？兩條小船之間的繩子繃緊了，小船突然的前衝把他拋回到座位裡，也讓卡森回過頭來看他。那名獵人讓河水將自己推回到塞德里克的小船旁邊。「你累了嗎？如果你累了，我們可以在這片樹林旁邊休息一下。」他褐色的眼睛裡充滿了同情。他知道塞德里克不習慣這種體力勞動。今天早晨，他就提出讓塞德里克坐在他的船裡，由他來划這兩條船。

塞德里克很想這樣做。但這就相當於承認自己很軟弱，沒有能力在這裡生存。「不，我只是搔了搔鼻子。抱歉！」

「好吧，如果你需要休息，就告訴我。」卡森認真地說道。塞德里克想要從他的語氣中找到嘲諷的意味，但沒有成功。那名獵人再次推動船槳，將他的船向前划去。

塞德里克也向前俯身，推出木柄。卡森已經將目光轉回到河面上。塞德里克看著他的背影，竭力模仿他划槳的動作。他寬闊的肩膀和肌肉虬結的手臂穩定地前後移動著，像是一頭野獸在輕鬆地一呼一吸。他一邊划船，還一邊微微左右擺頭以觀察水面：樹林，龍，然後又是水面。塞德里克突然感覺他就像是一頭龍。他很清楚自己在做什麼，而且做得很好，這對他來說就足夠了。塞德里克一時對這名獵人充滿了羨慕。他自己的生活如果也這樣簡單，該有多好。

他可以嗎？

當然不可以。

他自己的生活已經是一團糟了。他來到這裡，遠離一切他能夠取得成功的地方。他偷了一頭龍的血，更糟糕的是，他還嘗了那血。現在他開始明白自己做的事情和打算做的事情有多麼卑劣。他怎麼能只是將他們看做普通的動物？就像豬樣一樣可以讓人隨意宰殺？他想到自己和那個名叫貝佳斯提的商人簽訂的契約，不由得打了個冷顫。難道他能夠出售一個孩子的心臟或者是一個女人的手指嗎？

而正是那個邪惡的計畫把他帶到了這裡。他遠離了家鄉，而且每一天都在走得更遠。他本來打算牟取不可想像的財富，讓自己和詔諭遠離繽城。而此刻，這個如意算盤正變得越來越不可能，越來越應該遭到唾棄。

他試著描摹出他的幻想。他想像自己和詔諭在一個美麗的房間裡，坐在擺滿美味佳餚的桌子兩邊，深情對望。在他的夢裡，這個房間總是有一道敞開的大門，門外是落日下鮮花絢爛的花園。在他的夢裡，詔諭正大吃一驚，正在著急地詢問他是如何為他們贏得了這一切，而他只是靠在椅子裡，一隻手握著酒杯，靜靜地向詔諭微笑。

他巨細靡遺地想像著這一切：擺滿瓷器的側櫃、他手中的美酒、絲綢襯衫，以及黃昏中的花園裡，在樹叢間飛行鳴叫的小鳥，他能夠回憶起自己夢中的每一個碎片，但他沒有辦法再讓這個夢活起來，沒有辦法再聽到詔諭興致勃勃、急不可耐的提問，沒有辦法再讓自己微笑著搖頭、拒絕說出答案。這一切都脫出了他的控制，美夢變成了惡夢。因為他知道詔諭根本不會喝下他的美酒，更會拒絕為他端上的魚，說那條魚被煮過頭了。當侍從男孩過來為詔諭收拾碗碟時，詔諭還會用淫邪的目光瞥那男孩。真正的詔諭會問他是不是靠在街上出賣肉體而換得了這些錢。真正的詔諭會對塞德里克獻給他的一切不屑一顧，會批評酒的味道不好，會嫌棄房間布置太過花哨，會抱怨說食物太過油膩。

在這兩年裡，現實生活逐漸發生變化的詔諭，已經取代了他夢中的詔諭。這個新的詔諭尖酸刻薄，對他只有冷嘲熱諷。他根本就無法取悅這個詔諭。這個專橫跋扈的詔諭將塞德里克驅逐到這裡，只是因為塞德里克說了一句不合他心意的話。這個詔諭已經習慣於恫嚇塞德里克，越來越頻繁地提醒塞德里克花銷的錢全都是他的，是他供養著塞德里克，讓他有漂亮的衣服可以穿，讓他晚上有地方可以睡。那麼塞德里克自己又有什麼打算？成為財富的源頭，控制住財富，以此讓詔諭變回成他心目中的那個人？

還是他想要成為詔諭，想要成為掌握一切的人？

塞德里克的船槳深深插進水裡。他的後背，脖子，肩膀和手臂全都酸痛難忍。他的兩隻手在火燒火燎地痛著，但就算是這些疼痛，也無法淹沒刺痛他的現實。從一開始，從他們最初在一起的時候，詔諭就在享受控制他的快感。永遠都只能是他向塞德里克發號施令，塞德里克只能永遠追隨他。那個人從不曾給過他溫柔，從不曾為他考慮過，從不曾真正對他好過。他會因為自己留在塞德里克身上的瘀傷而發笑。而塞德里克也只能低下頭，露出苦澀的笑容，接受他所給的一切，彷彿這才是自己應得的。當然，詔諭從沒有做出真正過分的事。只是有一次，當他喝醉的時候，塞德里克幫他登上旅店的樓梯，不知怎麼激怒了他。那一次，詔諭真正對塞德里克暴力相向，把他打倒在樓梯上，讓他流了血，但只有那一次。喔，還有一次，詔諭相信一個商人有意欺騙了他，而塞德里克對此並不認同，他只認為那一樁交易裡出了錯誤。為了報復塞德里克，詔諭坐著馬車離開旅店，卻沒有帶上他。塞德里克不得不跑過某個恰斯城鎮中最危險的野蠻之處，只為了能夠登上他們搭乘的航船，而那艘船在他登船幾分鐘之後就啟航了。詔諭從沒有為這件事道過歉，還將這件事告訴了幾個和他一同旅行的夥伴，和他們一同譏笑塞德里克。

塞德里克記得，那幾個人中的其中一個，現在正和詔諭在一起。是科普，面色紅潤的科普。他有著豐滿的小嘴和短粗的手指，總是圍繞在詔諭身邊，附和他說的每一句話。總是說著塞德里克的笑話，渴望從詔諭那裡贏得一個微笑。是的，科普現在贏得詔諭了。塞德里克恨恨地想著，希望那個傢伙從詔諭那裡吃夠苦頭。也許這樣才會讓他發現，他夢寐以求的獎勵和他的想像完全不同。

賽瑪拉一大早就離開了駁船。她向萊福特林船長請求使用小船。今天這位船長的情緒似乎特別好，對任何要求都非常慷慨。他命令戴夫威划船送賽瑪拉到岸上，並告訴她：想要回來的時候，只需要從樹上喊一聲就行。賽瑪拉拿了兩隻背包，說她會盡力多找回一些水果和蔬菜。

她沒有告訴刺青自己的行動計畫。實際上，她沒有將這件事告訴任何人。不過當刺青來幫他們將小船放出船舷的時候，她一點也不感到驚訝。看到刺青爬下繩梯，坐到她身邊，她同樣也不驚訝。

戴夫威將小船划到岸邊需要一段時間。在這段時間，她賽瑪拉思考著該如何應對刺青的出現。戴夫威友善的交談已經纏住了刺青。很明顯，這個年輕獵人剛剛和萊克特成為了朋友，現在正對那名守護者充滿了好奇。刺青盡可能回答了他的問題。萊克特對任何人都有一點疏遠，他們對於他都不算很了解。賽瑪拉為戴夫威感到高興，她和戴夫威沒有打過什麼交道，但她早就注意到了這個男孩顯得很孤獨。她理解萊福特林讓船員和守護者保持距離的決定，但戴夫威是柏油人號上唯一的年輕人。這一點難免讓賽瑪拉有些可憐他。為了他，賽瑪拉也希望萊福特林能夠將船上的規矩放鬆一些，讓他和萊克特的友誼能夠繼續下去。

戴夫威盡可能讓小船靠近河岸邊的突出的樹根。賽瑪拉和刺青跳上了樹根。然後賽瑪拉縱身躍向樹幹，用爪子摳住樹皮，就此攀援而上。刺青向戴夫威道了別，然後稍稍有些吃力地跟上賽瑪拉。攀上樹枝以後，他們就能走得輕鬆一些了。一段時間裡，他們的交談僅限於：「小心，這裡很滑，」或者：「有咬人的螞蟻，走快點。」

賽瑪拉走在前面，刺青一直跟隨著她。他們一直沿著河岸邊，朝上游方向行進。同時賽瑪拉不斷攀上更高的樹枝。

「我們要去哪裡？」刺青終於向她問道。

「去找水果藤，就是那種和氣根長在一起的藤蔓，它們喜歡河岸邊的光線。」

「很好，今天我不太想一直爬到樹冠上。」

「我也不想，那樣會使我們在爬上爬下的時候，浪費掉大部分時間。我想要在今天收集盡可能多的食物。」

「好主意，現在讓大家吃飽飯變得更加困難了。我們的大部分捕魚工具和其他裝備都沒了。我們的毯子也沒了，還丟了很多小刀。」

「確實是更困難了。」賽瑪拉表示同意，「但龍已經越來越擅長於捕獵食物。我相信我們能堅持過去。」

刺青沉默了一段時間，只是跟隨賽瑪拉沿著平行伸展的樹枝前進。然後他問道：「如果妳能返回崔豪格，妳會回去嗎？」

「什麼？」

「昨天晚上，妳說妳不能回家了。我不知道妳是不是真的在這樣想。」他又無聲地跟隨她走了一段，才繼續說道，「因為如果妳還想回家的話，我會想辦法帶妳回去。」

賽瑪拉停下腳步，轉回身，看著刺青的眼睛。刺青的目光是那樣真誠。而賽瑪拉突然覺得自己彷彿有些老了。「刺青。如果我真的想要回家，我會想辦法的。我簽下了契約，加入這次遠征。如果我現在離開……嗯，這一切就都變得沒有意義了，不是嗎？我將只是賽瑪拉，偷偷溜回到家裡，生活在我父親的房子裡，服從我母親的管教。」

刺青皺起眉。「『只是賽瑪拉』，我不認為這是一件不好的事情。妳想要成為什麼？」

這個問題讓賽瑪拉一時語塞。「我不知道。但我知道，我不想只做父親的女兒。我想要證明自己。當我的爸爸問我：『為什麼想要參加這次遠征？』我就是這樣對他說的。這是我的真心話。」他們走到下一棵大樹上。賽瑪拉開始向上攀爬。一下下將爪子刺入到樹幹中。正是這四隻爪子讓她在崔豪格只能算是半個人，在這裡卻成為了她有力的工具。

刺青跟在她後面，速度要比她滿。賽瑪拉到達了一根適合落腳的樹枝，停下來等待刺青。刺青終於爬了上來。他的臉上已經滲出了汗水。「我還以為只有男孩會有這樣的心情。」

「什麼樣的心情？」

「我們必須證明自己，唯有這樣，人們才會知道我們已經是男人，而不再是男孩了。」

「為什麼女孩不會有這樣的心情？」賽瑪拉的眼睛捕捉到一點閃動的黃色。她朝那裡一指，刺青點了點頭。在這根樹枝伸向河面的末端纏繞著幾根寄生藤，許多黃色的果實沉甸甸地綴在藤上，壓彎了樹枝。在那些果實之間，賽瑪拉還看見有翅膀在抖動。一些鳥正在那裡吃果子。這證明那些果子已經熟了。「我要到那裡去。我不知道這根樹枝能不能撐住你的重量。」

「我會確認。」刺青說。

「隨你。不過不要跟我跟得太近。」

「我會小心的。我從另一根樹枝過去。」

刺青說完就開始行動了。賽瑪拉沿著她的樹枝走出去。刺青去了旁邊的一根樹枝。賽瑪拉俯下身，用爪子緊緊扣住樹枝，逐漸向藤蔓靠近。越向前走，樹枝就擺動得越厲害。

「這裡距離河面很高，而這下面的河水很淺。」刺青提醒她。

「就好像我不知道一樣。」賽瑪拉嘟囔了一句。她轉過頭瞥了刺青一眼。刺青正趴伏在他的樹枝上，一點點向前挪動。賽瑪拉能夠看出他很害怕。同時她也知道，刺青不會在她之前回去。證明自己。

「為什麼一個女孩不會想要證明自己？」

「嗯。」刺青哼了一聲，繼續向前挪動著身體。賽瑪拉不得不欽佩他的勇氣。他要比賽瑪拉更重，而他的樹枝已經開始被他的體重壓彎了。「一個女孩沒有必要證明自己。沒有人會對她有這樣的期待。要知道，她只需要做一個女孩就好了。」

「結婚，生孩子。」賽瑪拉說。

「嗯，就是這樣。不一定是馬上就要孩子。不過，嗯，我猜沒有人會期待一個女孩，嗯……」

「做其他任何事。」賽瑪拉替他把話說完。她已經不敢再向前走了，但水果和她還有一步之遙。她伸長手臂，小心地抓住藤蔓上的一片葉子，慢慢把藤蔓向自己拽過來，竭力不要把那片葉子拽掉。等到藤蔓足夠靠近她以後，她便用另一隻手把藤蔓拽過來，一邊小心翼翼地在樹枝上向後退去。大多數寄生藤都很粗壯堅韌。她能夠將這根藤蔓拽到這裡已經很不錯了。於是她立刻盡可能地將上面的果實摘下來。

刺青看到她已經拽走了藤蔓。她相信刺青現在最聰明的選擇就是停止冒險，立刻從樹枝上原路返回。刺青微微歎了口氣，看著賽瑪拉：「妳知道我的意思。」

「我知道。但最早的貿易商們可不是這樣的。在那個時代，女性往往那些新殖民者中最堅強的成員。她們必須堅強，因為她們不僅要養活自己，還要養育她們的孩子。」

「所以也許在那時養育孩子就是女孩證明自己的方法。」刺青刻意指出這一點。他的聲音中流露出一點勝利的意味。

「也許，」賽瑪拉承認，「在某種程度上可能是這樣。但那還是在這裡的樹上城市被建成以前，崔豪格還沒有得到發掘。最開始來到雨野原的人們全都必須為生存而奮鬥。他們要找到可以飲用的水，建起能夠保持乾燥的房子，製造不會被河水腐蝕的船隻……」

「現在這些都已經是很明確的事情了。」刺青正在反復搖晃一根小一些的樹枝。

「通常是這樣，我們的先人想出了很多辦法。」

刺青對著賽瑪拉笑了笑。這時他已經折斷了那根樹枝，正在將枝頭的葉片全都揪下來。然後，他將手中的樹枝伸出去，勾住了另一根藤蔓，又小心地把藤蔓慢慢拽到他伸手可及的地方。賽瑪拉一抿嘴唇，也向刺青笑笑，承認了他的聰明。此時的賽瑪拉正把口袋張開，有條不紊地將藤蔓上的果實摘下來放進袋子裡。「不管怎樣，在那個時候，女人必須能夠做很多不同的事情，想出許多解決不同問題的辦法。」

「那麼男人就不需要做這些事了嗎？」刺青天真地問道。

賽瑪拉看到了那一粒被鳥啄過的果子。她將果子摘下來，向刺青擲過去，然後繼續採摘果實。

「他們當然要做。但這並不會改變我的觀點。」

「什麼觀點？」刺青也打開自己的袋子，向裡面裝著果實。

她的觀點是什麼？「以前，女性貿易商會證明自己和男人一樣能夠在這裡生存下來。」賽瑪拉雙手的動作慢了下來。她的目光穿過樹葉，越過河面，飄向遠方。河對岸完全被浸沒在一片霧氣裡。直到現在，賽瑪拉才意識到這條河已經蔓延到了那麼遠的地方。她努力整理著自己紛亂的思緒。刺青問她的問題，也正是她一直在問自己的問題。她不僅要回答刺青，更是要給自己一個答案。

「當我出生的時候，」賽瑪拉開了口，她小心地不去看刺青，「我被認為無法活下來。我的父親救回被丟棄在荒野中的我，但他這樣做只是在向他自己做出證明。這其實和我並沒有關係。在我長大的過程中，我漸漸能夠看出來，人們都不認為應該活著。」包括她的母親。她不會向刺青提起這一點。即使是在她自己聽來，這也很像是自怨自憐，而且這更和她要說的話沒有關係。不是嗎？「我和我的父親一起工作。我採集到的食物和他一樣多。我做了我應該做的一切事情，但這仍然不足以證明我值得活下來。人們認為我應該做的只有去死。這就是雨野原的女兒應該做的事情。」賽瑪拉終於轉過頭，看著刺青，「我要證明我可以做一個普通人，無論我有著什麼樣的外表，而現在我所做的一切根本就不夠。」

刺青不停地將水果摘下來，放進他的背包裡，他的兩隻手被太陽曬成了褐色，看上去就像兩隻靈巧的小動物。賽瑪拉一直都很喜歡他的手。「為什麼這對妳來說還不夠？」他問她。

這正是令人惱火的地方——賽瑪拉自己也不知道。「就是不夠，」她生硬地說道，「我想要讓他們承認，我就像他們一樣優秀，甚至比他們之中的一些人更優秀。」

「然後會發生什麼？」

賽瑪拉沉默了一段時間。她在思考。她暫時停止採集，吃起了一粒黃色的果實。她的父親給這種果子起了一個名字，但她已經不記得了。這種水果在崔豪格附近並不多見。它們很甜，也很肥美。在市場上，它們能賣一個好價錢。賽瑪拉一直吃到帶絨毛的果核，又用牙齒刮下最後一口果肉，才將果核扔掉。「也許會讓他們更加恨我。」她承認。然後她微笑著、對自己點點頭，又說道，「但至少他們就能有一個恨我的好理由。」

刺青的背包已經裝滿了。他抽緊了包口的繩子。賽瑪拉以前從沒有見過這只背包。也許是船上的裝備。他又摘下一粒果子，咬了一口，然後問道：「那麼，對於妳而言，證明自己並不是為了能夠打破他們的規矩？能夠結婚，生孩子？」

賽瑪拉想了一下。「不，並不是。也許只要讓他們承認我應該能活下去，這就足夠了。」她又轉過頭說道，「我不認為我真的只是想要『結婚，生孩子』。規矩就是規矩。」

「格瑞夫特不這麼想。」刺青搖搖頭。他已經吃完了手中的果子，又將果核放在嘴裡嚼了一陣，才把它啐出去。

「格瑞夫特和他的新規矩。」賽瑪拉喃喃地說道。

「妳從來都不想擺脫他們的規矩？只做自己想做的事情？」

「那些規矩對我和對他，是不一樣的。」賽瑪拉緩緩地說。

「怎麼不一樣？」

「嗯，他是男人。像我這樣的女人……我們生下來的孩子經常活不下來，或者不應該活下來。我們自己就經常沒辦法活下來。他們的規矩禁止我們擁有丈夫和孩子，我的父親說這些規矩其實正是對我的保護。」賽瑪拉聳了聳一側的肩膀，「格瑞夫特改變了規矩，這並不需要讓他自己冒險，不是嗎？他不需要在這一片沒有助產士的荒野中生下孩子。他不是看著自己的孩子一點點死去的那個人。

我相信他根本就沒有想過，如果潔珥德死了，孩子卻還活著，他要怎麼辦。」

「妳怎麼會想這些事？」刺青驚訝地問道。

「你怎麼能不想這些事？」賽瑪拉反駁道。她放開藤蔓，將口袋背到肩頭，抬起頭，透過樹葉盯著遙遠的河對岸。一段時間之後，她用更加低沉的聲音說道，「格瑞夫特盡可以大談特談他的新規矩。但是他要求我『必須儘快做出選擇』的時候，我真的被惹火了。難道我唯一的選擇就只有男人？對他而言，這件事可能很簡單。這裡沒有權威能夠禁止他做某件事，於是他什麼都可以做。他從沒有想過一條規矩被制定出來的原因。對於他，規矩只是阻止他為所欲為的障礙。」

賽瑪拉轉回頭看著刺青。「你能明白嗎？這只不過是他加在我頭上的又一條規矩。他規定我必須選擇一個伴侶。『為了所有守護者』，防止男孩子們為我打鬥。這又比那些老規矩好在哪裡？」

刺青沒有回答。賽瑪拉的目光回到了河面上。「知道嗎，我剛剛發覺一件事。潔珥德和格瑞夫特，他們以為打破規矩就是證明了自己。之於我，打破一條舊規矩唯一的意義，就是這條規矩被打破了。我不會因為潔珥德這樣做了就認為她更勇敢，或者更強壯，或者更有能力。實際上，現在有一個嬰兒正在她的肚子裡長大。她變得更加脆弱，更需要依賴我們其餘的人，無論這會增加多少困難。所以，潔珥德又憑這個證明了什麼？那些和她睡覺的男孩又證明了什麼？」

賽瑪拉一心想要表明自己的想法，卻忘記了和自己說話的對象。她忽然看到刺青震驚的表情，不由得閉住了嘴。她想要道歉，想要說她不是這樣的意思，但她的舌頭找不到謊言。沉默片刻之後，她低聲說：「我的袋子已經滿了，我們把果子送回到船上吧。」

刺青急忙點頭表示同意，卻沒有再用眼睛看她。她是不是羞辱了他？讓他生氣了？突然間，這一切讓賽瑪拉感到很累。她不想去理解刺青的心情，也不希望刺青理解她。這實在是太麻煩了。孤身一人才容易得多。賽瑪拉站起身，首先向回走去。

就在距離小船隻剩下三棵樹的時候，賽瑪拉看見諾泰爾正沿著她所在的大樹向她爬上來。賽瑪拉停住腳步，在樹枝上後退幾步，為諾泰爾讓出地方。諾泰爾爬得很快。到達賽瑪拉所在的樹枝以後，他就停下來，看看她，又看看刺青，最終目光回到了賽瑪拉身上。因為剛費力地爬著樹，他一直在喘著氣。「你們去哪裡了？」他質問道。這個出乎意外的問題，一下子激怒了賽瑪拉。

「去摘水果。」刺青搶在賽瑪拉前面說道。

「你認為這樣公平嗎？」諾泰爾問刺青，「你已經聽到格瑞夫特說的話了。我們全都同意了。她要做出她的決定，**然後**我們全都要接受她的決定。」

「我沒有……」刺青開口說道。但賽瑪拉突然抬起一隻手，止住了他的話頭。她看著這兩個男孩。「**格瑞夫特說的話**。」她將諾泰爾的話重複了一遍。很明顯，她在要求他們說清楚格瑞夫特到底說了什麼。

諾泰爾的目光落在賽瑪拉身上，「他說，我們必須公平競爭，不能占妳的便宜。」他的目光又轉回到刺青身上，「但你正在這麼做，對不對？利用你們是老朋友，利用她為拉普斯卡傷心。你在利用每一個機會，一直在她身邊轉圈，不讓其他任何人有機會和她說話。」

「我和她去摘水果。我們已經失去了狩獵裝備，需要盡可能採集食物。」刺青用刻板的聲音說道。他的話很有道理，但他眼睛裡的火星卻沒有半點道理。賽瑪拉突然明白了，他們在相互挑戰。她看到了諾泰爾隆起的胸膛，看到一絲淺紫色的光芒在他的綠眼睛深處亮起。他讓賽瑪拉想起了他的龍。賽瑪拉一下子明白了自己看到的是什麼——一個雄性向所有競爭者挑戰，要贏得與她交配的權利。一種怪異的顫慄感湧過賽瑪拉的全身。她感覺到自己的心跳在加速，自己的皮膚開始發熱。

「停下！」賽瑪拉低吼一聲。她是在對這兩個雄性動物喊，也是在對自己喊。不必轉頭，她就知道刺青正在應對諾泰爾的挑戰。「我不在乎格瑞夫特說了什麼蠢話。他不能設立規矩，規定誰在什麼時候能和我說話。他也不能要我做出什麼符合他的想法的『決定』。我不打算選任何人。現在不會，也許永遠都不會。」

諾泰爾舔了舔自己的薄嘴唇，用指責的口氣對刺青說：「你對她說了些什麼，是不是？所以她現在才會反對這件事。」

「不，我沒有！」

「諾泰爾！和我說話，不是和他說話！」

諾泰爾的視線在他們兩個之間來回移動。「我正想這樣。刺青，離開。賽瑪拉想要和我說話。」

「那要看你能不能讓我離開。」

「停下！」賽瑪拉痛恨自己尖細的聲音，讓她甚至連話都說不清楚。聽起來，她彷彿有些歇斯底里，又有些害怕，但實際上她非常憤怒，「我不想這樣。」她竭力讓自己的聲音恢復平靜和理智，「你們這樣不會給我留下任何好印象。」

就彷彿她根本沒有說話一樣。諾泰爾端起肩膀，稍稍將身體歪向一旁，越過賽瑪拉瞪著刺青。

「我可以讓你離開，只要你想這樣。」

「那就來試試看。」

賽瑪拉突然對他們兩個非常厭惡。「你們想的話就打吧。」她宣布道，「無論是對我，還是對其他任何人，這都證明不了什麼。這不會改變任何事。」她將袋子緊緊抱在胸前，估量了一下到下方一根樹枝的距離，隨後縱身跳了下去。那根樹枝距離她並不遠，她已經伸出爪子，做好了準備。也許是因為袋子讓她的重心出現了偏差，她落下的位置稍稍有一點遠離樹枝的中心。她滑了一下，驚叫一聲，突然跌落下去。

她只向下落了大約十幾尺遠，便伸出雙手抓住了另一根樹枝。多年樹上行走的經驗讓她緊緊抓住樹枝，淩空悠了一圈，一下子落在樹枝上面。就在此時，後背突然傳來的劇痛讓她不得不坐倒在樹枝上，緊咬住牙關。剛才她在惶恐中不小心抽動了背上的肌肉，導致背上的傷口感覺像是被撕裂了一樣。她的那道傷口一直都很不舒服，但至少已經穩定下來，也許要開始癒合了。但現在，她絕覺得那道傷口不僅裂開了，而且裡面彷彿還塞著什麼東西。她小心地伸手向背後摸去，卻發現只是這樣一個動作，就已經痛得她無法動彈。她甚至沒法碰到傷口，看看那裡有沒有流血。

在她的上方，兩個男孩全都驚叫著她的名字，然後又全都指責對方是讓她跌下去的人。就讓他們去爭鬥吧。這對於她毫無意義。愚蠢，愚蠢，愚蠢。而更加愚蠢的是，淚水在這時刺痛了賽瑪拉的眼睛。

他們什麼都沒有看見，就先聽見了號角聲。三次悠長的號聲宣布卡森回來了，而且還有所發現。萊福特林看到守護者們聚集在駁船的甲板上，全都努力向下游望去，同時還在不住地竊竊私語，是拉普斯卡和荷比？紅銅龍？傑斯？塞德里克？

萊福特林不太相信那會是傑斯。他已經竭盡全力，試圖在洪峰來襲的時候，讓那位獵人不可能恢復其意識。但如果傑斯活下來了，那又會怎樣？他會說出什麼話？又會對誰說？沒過多久，紅銅龍進入了眾人的視野，在她旁邊還有兩條小船。守護者們發出一陣寬慰和喜悅的喊聲。萊福特林乜斜起眼睛望過去。看到有兩條小船時，他稍稍吃了一驚。仔細分辨了第二條小船上正在划船的人，他突然吼道：「是塞德里克！他找到了塞德里克！愛麗絲！愛麗絲！卡森找到了塞德里克！他還活著，看上去也沒有受傷。」

他聽到一陣急促的腳步聲。片刻之後，愛麗絲上到甲板船艙頂，來到他身邊。「在哪裡？他在哪裡？」她喘息不定地問道。

「那裡，」萊福特林向下游一指，「在第二條小船上划船的那一個。」

「塞德里克划船？」愛麗絲懷疑地說道。但沒過多久她便喊道，「是的，就是他。我認得他襯衫的顏色。真不敢相信！他還活著！」

「是的。」萊福特林說道，他悄悄握住了愛麗絲的手。他不想用話語問愛麗絲，但他必須知道，塞德里克的生還是否會改變他們之間的一切？

愛麗絲捏了一下他的手，又將他的手放開。他的心沉了下去。

愛麗絲看著那兩條小船漸漸靠近，同時卻又在竭力分辨自己心中的情緒。她的朋友塞德里克活下來了，這讓她非常高興。她丈夫的眼線回來了，這讓她又心存忐忑。她更是對塞德里克感到憤怒，因為塞德里克藏起詔諭送給她的信物。而看到塞德里克竟然會全力以赴地划船，她又不由得會感到驚訝。

群龍向紅銅龍發出銅號般的吼聲。芮普妲也歡快地予以回應。這一次，這一陣陣龍吼在愛麗絲的耳朵中只是單純的吼聲。她發現只有在龍想要人類聽見和理解他們的時候，她才能明白龍在說些什麼。雖然無法證實，但她猜測龍之間有著只屬於他們自己的聯絡方式。她認為自己應該在日記中記下這個想法，這讓她忽然又感到一陣愧疚。她已經有幾天不曾更新過日記、增添對於龍的觀察結果了。她明白，這段時間裡她都在努力生存下來，還有重新發現自己。但她應該仔細寫下自己在水中被巨龍拯救的經歷。那麼昨天晚上呢？那只屬於她一個人，永遠都是。

她和萊福特林沒有再提起那件事。今天，當他們在餐桌旁相遇，以及隨後她在甲板上和他一同漫步的時候，他們又恢復成了原先彬彬有禮的樣子。她竭力不讓自己臉紅，竭力不盯住他的眼睛。他們的沉默要比他們的對話更有意味。她不打算成為守護者們私下談論的對相，她相信萊福特林也會向他的船員們完全保守這個祕密。現在她只想知道，自己是否能再一次有機會和萊福特林單獨在一起，和他相談這件事之於她的意義。

塞德里克的回歸，彷彿意味著她在繽城的過去將完全回來，將徹底吞沒她。當塞德里克再度踏上甲板的時候，她就已經不再是簡單的愛麗絲。她是愛麗絲・芬波克，詔諭・芬波克的妻子。她的丈夫終有一日會變成貿易商芬波克，掌管繽城貿易商議會中芬波克家族的投票權。根據他們的婚姻條款，她不僅虧欠了對詔諭的忠誠，還未曾實現他對於得到繼承人的希望。除此之外，她更是損害了芬波克家族和她自己家族的禮教規範，這是每一個人在那個社會中生存下來的必要條件。

她不希望塞德里克回來。她不想讓他死，但如果能用一個願望，將塞德里克平安地送回繽城，她會立刻就這樣做。

禱月第二十六日
商人聯盟獨立第六年
來自艾瑞克，繽城信鴿管理人
致黛托茨，崔豪格信鴿管理人

一封來自於繽城信鴿管理人艾瑞克的信，收信人為崔豪格信鴿管理人黛托茨。在封錮的小管中，是學徒雷亞奧回家參加親人哀悼的行程安排，以及相關的信鴿費用。二十五隻快速信鴿和六隻王鴿將由雷亞奧送至崔豪格。此信並致上我們最深摯的同情和最熱切的祝願。

12

項鍊盒

「我吃了一個人！我吃了那個獵人！」芮普妲用銅號般的吼聲將這個訊息傳達給所有龍。他們還沒有真正與她會合，就都知道了這件事。她走出淺水，來到泥岸上，對群龍說，「他威脅我的守護者！我們和他戰鬥，我們吃掉了他！」她隨後的話讓錯愕的群龍更加感到不安，「我的守護者證明了他的價值。他喝了我的血，能夠和我說話，現在他是我的了。我要讓他成為古靈，第一個新古靈。」

「這還沒有經過討論！」默爾柯表示反對。

「妳把妳的血給了他？」

「妳怎麼讓他變成古靈？」

「她在說什麼？」

「**安靜！**」蘭克洛斯向龍群咆哮了一聲。當其他龍在震驚中陷入沉默之後，他才轉向那頭小紅銅龍，「妳幹了什麼？」他問芮普妲，「妳，智慧還不到一頭龍的一半，卻把血給了一個人類？妳開始改變他了？那些人只是因為靠近我們就發生了改變，這已經夠糟的了。許多世紀以前做出的那個決定，難道你不記得了嗎？難道妳忘記異種了嗎？妳還要讓更多異種出現嗎？」

「你在說什麼？」辛泰拉怒氣沖沖地說道，「不要說謎語！這對我們有危險嗎？她到底做了什麼？」

「首先，她吃了一個獵人。獵人應該能幫助我們取得食物！」蘭克洛斯的聲音更加憤怒。

噴毒哼了一聲。「我現在能自己狩獵了。不需要獵人和守護者。」

「人類已經連續幾天不曾為我們帶來任何種類的食物了。」維拉斯平靜地指出。

「他們不需要。這裡有足夠的死魚讓我們吃。」賽斯梯坎說。

現在天色已近黃昏，龍群回到了駁船附近。河水還在繼續下降。泥灘上重新出現了灌木和草叢。辛泰拉期待著今晚至少可以睡在一片相對乾燥的地方了。等到明天，他們會繼續前往上游的旅程。隨著紅銅龍的回歸，群龍都覺得生活似乎已經恢復正常了。

「我們之中的一個應該和她談談。我們不能一起說話，否則我們根本得不到任何有價值的資訊。」辛泰拉離開其他龍，向紅銅龍走過來，雙眼緊盯著這頭龍。芮普妲的確發生了改變。現在她的一舉一動更加篤定，她和其他龍的溝通也更加清晰。她的身上發生了一些事。辛泰拉將注意力集中在小紅銅龍身上，向這頭最小的雌龍問道：「芮普妲，為什麼妳要吃掉那個獵人？他已經死了嗎？」

芮普妲一邊從河水中走出來，登上泥岸，向龍群靠近，一邊思考著這個問題。「他沒死。但他想要殺死我。於是我的守護者攻擊了他。然後，當我看到我的守護者要殺他，我就把他當作了一塊肉。那是我很好的一次擊殺。」紅銅龍向周圍掃視了一圈，「這裡有魚？」

「魚已經被吃掉了。明天我們將繼續前進。」辛泰拉要把話題拉回來。她注意到其他龍都在安靜地傾聽著，「妳說妳的守護者喝了血，是什麼意思？妳讓誰成為了妳的守護者？」

芮普妲低下頭，用前腿蹭了蹭臉。這給她臉上增添的汙泥要比擦掉的更多。「塞德里克，」她說道，「塞德里克現在是我的守護者。他來找到我，取了我的血，喝了下去，為了和我更加親密。我們現在有共同的思想。現在一切對於我都變得更清晰了。我要讓他成為我的古靈。這是我的權利。」

「妳要製造一個古靈？」賽斯梯坎顯得很困惑。

「我正在搞清楚她的狀況！安靜！」辛泰拉嘶吼道。

「我們不能改變人類，除非我們願意被他們改變。」默爾柯疲憊地說道。他完全沒有在意辛泰拉的命令。而他的話卻讓辛泰拉身子一僵。這句話有著特殊的含義，某種她應該能記得的含義。

「是不能？還是不應該？」賽斯梯坎問。

「我不明白！」芬提甩動著尾巴。

「那麼就安靜地聽著！」辛泰拉向那頭比自己小的雌龍張開大口，這個動作帶著威脅的意味，辛泰拉隨時可以向她噴出毒液。芬提閃到一旁，然後又轉回頭向她嘶吼了一聲。

「停下！」蘭克洛斯咆哮道，「妳們兩個都停下！」

默爾柯哀傷地掃視著他們。金龍的眼睛中，黑色疊加著黑色，緩緩地旋轉著。「我們竟然失去了那麼多。儘管我們正在變得更加強壯，更接近於真正的龍，但我每天仍然在為我們記憶中的那些空洞而感到恐懼。我知道，我不應該假設你們全都記得我所記得的一切，但我的估計仍然遠遠不足。芬提，在我看來，芮普妲回憶起了一些你們都已忘記的事情。古靈能夠由巨龍刻意製造出來。有時候，人類會僅僅因為和我們進行交流就發生改變，就像我們的守護者一樣。在古靈和巨龍共同生活在城市中的時代，古靈由喜愛他們的巨龍塑造出來，就如同人類園丁修剪一棵樹。巨龍會謹慎地選擇一個對相，從而創造出一名古靈。隨著我族離開這個世界，許多雨野原人的身上也都出現了一些古靈的跡象，但他們並沒有從中得到任何好處。」

「怎麼會這樣？」辛泰拉問，「既然沒有了巨龍，他們為什麼會發生變化？」

「他們還會受到影響，」蘭克洛斯用低沉的聲音說，「那些將繭中巨龍殺死的人，那些割開和雕鑿正在孵化的巨龍的人。那些偷竊和使用古靈魔法物品的人，他們所承受的影響最深。這完全可以理解。他們竊取了不屬於他們的東西。他們擅自使用巨龍的骨血。於是他們發生了改變，並將這改變遺傳給他們的子孫，讓他們的生命縮短，讓他們生下死胎。這是他們應得的。」

「這只是你的憑空揣測。」默爾柯提醒他。

「我的推測是有道理的。這並非巧合。那些人類心裡很清楚這一點。看看他們給我們挑出來的『守護者』，那些人的身體都發生了最嚴重的變異，讓他們幾乎無法在其他人類中生存。他們有鱗片和利爪，這讓他們很難生育。他們的壽命也因此而縮短。如果人類偷竊不屬於他們的魔法，就會落得這樣的下場。他們在使用我們的血和骨頭，所以他們發生了變化。但沒有巨龍引導這種變化，他們就變成了怪物。」

「那麼異種呢？」默爾柯用他渾厚如同雷鳴的聲音問，「他們又該如何解釋？他們也受到了應得的懲罰嗎？」

「也許，」蘭克洛斯不假思索地回答道，「就像你說的。巨龍若要改變人類，必須冒險接受人類的改變。這種懷疑很早就有了——與古靈和人類交往太深的龍，也會傷害到自己和他們的後代。龍卵中孵化出不應有的……」

「我們必須要討論這種穢惡的話題嗎？難道我們不應為自己留下一些體面嗎？」默爾柯和蘭克洛斯的交談喚醒了辛泰拉的記憶。那是沉睡已久的記憶。曾經，她的一位祖先選擇了一個人類，為自己塑造出一名古靈——這一過程中肉體的變化，只是比較小的一部分——經過充分準備之後，一名古靈能夠大幅度延長自己的壽命。儘管仍然遠遠比不上巨龍的壽命，但也足以讓古靈獲得一些最低限度的智慧和對世界的洞察。擁有這樣一個古靈，不僅是有趣，甚至讓她的那位祖先感到非常舒適。古靈對她的頌揚，用美好的繪畫和詩歌表現出她的「不朽」，這些都讓她感到喜悅。古靈成為了巨龍的伴侶，這種關係甚至是其他巨龍無法替代的。古靈不會和巨龍競爭，只會以他們的仰慕來安慰巨龍，以勤勞的梳洗來取悅巨龍，當然，還有向巨龍說出種種鼓舞的話語。

但在這許多享受中卻存在著一種危險。一些巨龍用了太多時間和他們的古靈在一起，這讓他們自己發生了改變。這不是可以隨意談論的話題。沒有巨龍願意以這種汙穢的事情來指責其他巨龍，但這又是無可否認的。和人類共處太長時間的巨龍，皆發生了變化。這種改變並不像在巨龍身邊生活太久的人類那樣地明顯，但也同樣不容忽略。有一種猜測，就是兩頭這樣的巨龍交配後所產下的卵孵化出的將不是長蛇，而是異種。

龍族不會向外人承認這件事。甚至不會在自己的族群中討論這件事。辛泰拉從群龍面前轉過身。這種粗鄙的談話已經激怒了她。默爾柯沒有理會她的鄙視，轉而以嚴厲的語氣向芮普妲開了口。

「我認為妳做了一件蠢事，芮普妲。我不確定你是否能夠引導人類進入古靈狀態。如果妳不夠小心，或者不具備充分的技巧，甚至可能只是因為妳失去了太多記憶，那個人類都有可能承受巨大的損害，其後果有可能是致命的。這是一個甚至完全沒有開始變化的人類。妳怎麼會想到選擇他承受此榮耀？」

「當他第一次出現在我們面前的時候，甚至無法聽到我們說話。」辛泰拉插口道，「他以為我們是野獸，是牛一樣的畜生。他那時非常傲慢，而且極度無知。還能有比他更不值得接受這種榮耀的人類？我無法想像。」

芮普妲警告性地一甩尾巴。「我已經做出了這個決定。這是我的權利。他來找到我，要和我發生關係。當我感覺到他的意識碰觸我的意識，我就選中了他。現在，他被我選中了。你們需要知道的只有這個。我不記得創造古靈是需要所有龍共同作出的決定。現在也不是。」

「儘管妳處在憤怒的狀態，不過妳的言語和思維都更清晰了。」默爾柯平靜地說道。

「我使用了他的意識。這和你無關。」

「這是妳的事。但妳有可能會因此而後悔。如果他不願意和妳建立關係呢？如果他決定離開，回到他的繽城去呢？」

「他不會的。」芮普妲決絕地說道。

辛泰拉走開了。她的心中充滿困擾。這不是她第一次被迫面對自己缺失的記憶。她竭力集中精神，撿拾這次交談在她腦海中攪起的記憶殘片。她的一位祖先曾經主動創造了一名古靈。她能否回憶起她的祖先是怎樣做的？

只有一些殘片。辛泰拉知道，這個過程中用到了血。是否還需要做一些別的事情，比如給出一個身體標記？一片鱗？一定需要做些什麼。一些捉摸不定的記憶，一直浮游在她的意識邊緣。

「辛泰拉。」

她一直陷入沉思之中，甚至沒有注意到默爾柯已經來到自己身邊。她努力表現出毫不吃驚的樣子，轉向金龍，「什麼事？」

「妳知道妳的守護者正在發生的變化嗎？」

辛泰拉盯著默爾柯，沉默了片刻之後才冷淡地問道，「哪個守護者？」

默爾柯波瀾不驚地說：「那個被人類描述為『嚴重受到雨野原影響』的，賽瑪拉。」

「我沒有費力氣去注意她的變化，不過她和旅程開始時比，身上的鱗片的確是變多了。」

「那麼說，她身上的其他變化不是有意為之的了？它們不是妳的禮物？」

什麼其他變化？「她不值得我賜給什麼禮物。她很傲慢，根本不懂得要服從我，不敬慕我，不讚美我，不渴望我的注意。為什麼我會選擇她並賜給她禮物？」

「無論是誰的守護者發生了明顯的變化，我都會向他提出這個問題。儘管芮普妲公開宣布了她的心儀對相，但如果有其他龍暗中也做出了這種選擇，我絲毫不會感到驚訝。」

「他們有嗎？」辛泰拉突然有些好奇。

「只有芮普妲為她的守護者提供了改變之血。」

默爾柯的這句話讓辛泰拉思考了片刻。然後辛泰拉說道：「當然，還有其他辦法能夠創造出古靈。」她的語氣不像是提問，倒更像是突然有了一個想法。

「是的。通常那些辦法更加耗時，而且不是那麼激進。對於發生變化的人類，如果龍們不夠小心謹慎，那些辦法也會同樣危險。」

「不小心的是她，不是我。當她將那條銼刀蛇從我身體裡拔出去的時候，我的一些血濺到了她的臉上。也許血進入了她的口中或者眼睛裡。」

默爾柯沉默了一段時間。「那就是她改變的原因了。一場龍血轉變。如果妳不引導這種轉變，那對她就將是非常危險的。」

辛泰拉再一次從金龍面前轉過身。「在我看來，這很奇怪，一頭龍竟然需要關照人類的危險。」

「這是很奇怪，」默爾柯承認，「但這就像我告訴你們的，也像芮普妲的新能力所表現出來的，龍不可能只改變人類，同時又不讓自己發生改變。」

默爾柯又等待了一段時間。辛泰拉沒有看他，也沒有做出任何反應，他便走開了。

簡單的享受。簡單的，人類的享受。熱餐和熱飲，能夠洗滌身體的溫水，能夠撫慰皮膚傷痛的香膏，乾淨的衣服。他甚至不用多說話。卡森已經妥善應對了所有的問題，向充滿好奇心的聽眾們繪聲繪色地講述了一個省去了很多事實、又增加了不少修飾的故事。塞德里克只是將注意力集中在面前那一大盤冒著熱氣的燉菜和一大杯熱茶。此時，連像石頭一樣堅硬的航船麵包，在燉肉汁裡被泡軟之後，也幾乎是一種美味。

萊福特林也在廚房裡。愛麗絲看上去愧疚又悔恨。她坐在塞德里克身邊。重逢之時，她和塞德里克擁抱在一起，隨後就幾乎沒有說什麼話，只是專注地看著他吃東西。飯後，她又為塞德里克準備了溫水，甚至將冒著熱氣的水桶提到了塞德里克的房間門口。聽到她敲門，塞德里克將門打開，讓她把水提進來。

「很抱歉，現在我們的水很少，沒辦法洗浴。等到河水再下降一些，我們就應該能挖掘沙井了。現在沙井中的水還很渾濁，我們只能得到一些泥湯。」

「這樣很好了，愛麗絲，已經足夠了。我只想擦一下身子，給被灼傷的皮膚抹一點油。很高興看到妳平安無事。但我現在已經非常累了。」塞德里克有意忽略了他和愛麗絲的關係。和打發戴夫威的用辭相比，他與愛麗絲說的這段話並沒什麼區別。此刻他不願同任何人交流。他需要一段獨處的時間，需要遠離所有人，尤其是愛麗絲。

愛麗絲意識到了塞德里克在他們之間設下的這段距離，她的用辭同樣彬彬有禮，但她依然想要和塞德里克有所交流：「當然，當然。我不會在這個時候打擾你。先好好休整一下。不過之後……塞德里克，我知道你累了，但我需要和你談談。只是在你休息之前和你說幾句話。」

「如果妳認為有必要的話。」塞德里克疲憊地說，「我們稍後再談。」

「那，如你所願。很高興你還活著，重新回到我們中間。」

隨後，愛麗絲就離開了。塞德里克坐倒在自己的創傷，讓全身放鬆下來。真奇怪，在經歷過這一切之後，這個冰冷發黴的小房間，竟讓他感到一種舒適和溫馨，甚至連這張有些淩亂的床，也顯得非常舒服。

他將自己破爛的髒衣服扔在地板上，然後將全身好好清洗了一下，他的皮膚幾乎是一碰就痛。雖然夢想著能有一隻盛滿熱水的浴缸，也想要有擦身的肥皂，他仍然非常慶幸現在的這一點享受。當他洗完身體的時候，這一桶水已經涼了，而且變成了骯髒的褐色。他找出一件乾淨的睡衣，穿在身上。能夠讓自己被灼傷的皮膚接觸到一些柔軟的東西，這種感覺給他帶來了不可思議的喜悅。在清洗身體的時候，他才發現自己臉上的大片瘀傷，只是傑斯對他造成的最明顯的一處傷害。他的背部和腿上還都有瘀傷，他幾乎已經不記得自己是怎樣受了這些傷。

用這有限的一點水盡可能洗淨身體之後，他將潤膚香膏塗抹在被灼傷最嚴重的地方。這時他不由得皺了皺眉。他的香膏所剩不多了。不過已有人為他洗淨了衣服。他穿著乾淨的衣服，看著地上的髒衣服，才意識到那些衣服幾乎已經只是幾片破布了。他用腳將那些衣服踢向門口。

這時他聽到一點金屬撞擊地板的聲音。他舉起蠟燭，走過去仔細觀瞧，不知道自己掉落了什麼。落在地板上的是他的項鍊盒。出於習慣，他打開項鍊盒。在昏暗的燭光中，詔諭正在看著他。

他聘請繽城最優秀的一位微縮肖像畫師，為詔諭繪製了這個小畫像，那名畫師的工作非常出色。詔諭只在他面前坐下過兩次，而且兩次都很不耐煩。詔諭會接受這個請求，只是因為塞德里克苦苦哀求他，希望用這個作為自己的生日禮物。詔諭則認為這種禮物過於感情用事，而且也很危險。「我警告你，如果有任何人看到你戴上它，我只會說我毫不知情，讓你去接受他們的嘲笑。」

「我明白。」塞德里克那時回答道。現在他才明白，即使是在那個時候，他已經開始接受了這個事實——也許他用情要比詔諭更深。現在他看著詔諭那目空一切的笑容，才發現那位畫家對於詔諭微微翹起的嘴角捕捉得是多麼精確。即使是在別人為他作畫的時候，詔諭也不會有絲毫敬重之心，更何況是愛情。

「是我對你有太多的幻想嗎？」塞德里克向這幅小畫像問道，「你有沒有成為過我心目中的那個人？」他用力關上項鍊盒，將細長的金鏈堆在自己的手心裡，合攏手掌，然後坐到自己的硬床墊上，兩隻手鬆鬆地握成拳頭狀，並輕按在額角。他閉上眼睛，在自己的記憶中尋找：一個詔諭主動給他的、溫柔而不強制的吻，一次純粹出於關愛的手心的撫觸，一句只有讚美或關心、不帶絲毫嘲諷的話語。他相信自己的生活中一定存在著這樣的時刻，但他就是無法在自己的回憶中找出來。

在不經意間，他忽然想到了卡森撫摸他受傷的臉。真奇怪，獵人的那只生滿老繭的手，要比他從高貴的詔諭那裡得到的任何撫摸，都更加的溫柔。

他從沒有遇到過像卡森這樣的人。他沒有求卡森隱瞞自己殺死傑斯的事實，但是當卡森講述救援塞德里克的過程時，另外那個獵人的名詞完全沒有出現在他的口中。卡森也沒有提起找到的那條小船，只是讓其他人按照他們各自的想像去推測找回小船的過程。在離開那片垃圾浮墊之前，卡森堅持對那條船進行了清潔，洗掉上面的血汙，舀去了汙水，還清洗了那把斧頭，將它插回到鞘裡。他自始至終都沒有提過一句：這是為了掩蓋謀殺的痕跡。

卡森一直在保護他，替他擋住種種問題。但塞德里克覺得這件事遲早都會暴露。芮普妲對於吃掉獵人這件事非常驕傲，肯定不會永遠保持沉默，但塞德里克還是很慶幸還不必為這件事而擔心。傑斯的死亡和他自己的祕密有著太過密切的關係。他不希望任何人抽絲剝繭，將他想要隱瞞的一切都揭露出來。儘管卡森不相信萊福特林和傑斯有瓜葛，但塞德里克對此仍然沒有多少信心。因為唯有這樣，才能解釋萊福特林的許多反常之處：為什麼他願意參加這樣一場荒謬絕倫，又無利可圖的冒險？為什麼要對愛麗絲大獻殷勤？為什麼傑斯能如此輕易就成為遠征隊的一員？是的，塞德里克相信萊福特林也藏著一些不可告人的祕密。他很害怕，如果萊福特林認為自己的祕密有被揭穿的可能，也許會採用非常手段。他從一開始就覺得那名船長什麼事情都能做出來。發現萊福特林的祕密，只是進一步證實了他的看法。

那麼塞德里克對自己又有著怎樣的看法？他的那些骯髒的小祕密呢？

塞德里克將手放到面前，看著仍然握在手心裡的那個關閉的項鍊盒。

把它扔到河裡去。

不。他沒辦法讓自己這樣做。現在還不行。但他也不會戴上這根項鍊，不會再將它放在自己的枕頭下面，讓它陪伴自己入睡。他決定將這只項鍊盒收起來，這樣他就不會在無意中看到它了。它和其他所有令他感到羞恥的紀念品，他會全部收起來。

他正跪在地上，打算把這些東西都藏進衣箱的時候，一陣敲門聲傳來。「等一下！」他一邊叫喊著，一邊急忙坐回到床上，然後才想起要問一句：「是誰？」

「是愛麗絲。」愛麗絲一邊說話，一邊推開了門。她的手中舉著一支蠟燭。沒有得到塞德里克的邀請，她已經走進他的房間，將房門在背後關好。然後她在原地站了片刻，仔細端詳塞德里克，又突然驚呼道：「我可憐的塞德里克。讓你在這裡受了這麼多苦，我真的感到很抱歉。我真希望能夠替你受這些苦。」

「妳的樣子也不比我好多少。」塞德里克回答道。讓他吃驚的是，他說的這句話很誠實。

他看到愛麗絲伸手捂住臉，眼睛裡閃過一絲慘痛的光芒。「哎，是的，我臉和手也像你一樣都被燒傷了。這條河的水對我們都不仁慈。如果不是辛泰拉和賽瑪拉，我應該已經被淹死了。不過，我們總算都還活著，也沒有受什麼重傷。」愛麗絲露出抱歉的微笑。

「我本以為妳一直安全地待在船上。」塞德里克有些感到奇怪，「看來妳也落進那陣洪峰裡了。」

「確實。就連萊福特林船長也被洪水沖走了。幸運的是，他的船員很快就找到了他。但賽瑪拉和我只比你提前一天回到柏油人號。」

「愛麗絲，我很抱歉，我完全沒有想到妳都遭遇過什麼磨難。我甚至完全沒有問過妳的經歷。現在和我說說吧。」**不要再問我都遇到什麼事情了。**

愛麗絲的微笑變得更加溫暖。她坐到塞德里克的床邊上。「我沒有太多可以說的事情。洪峰擊中了我們。辛泰拉將我們從洪水中救出來，背著我們向被洪水淹沒的河岸游過去。我們在那裡找到了許多守護者。不幸的是，並非全體守護者都在那裡。我相信你已經知道，我們失去了沃肯和年少的拉普斯卡，還有他的紅龍荷比。不過我們的狀況還是非常令人欣慰的。我們大多數人都只是受了一些挫傷和皮外傷。而你看上去好像受了很多的罪。」

塞德里克摸了摸臉側的瘀傷，聳聳肩，「這點傷已經開始痊癒了。」

「我很高興。」愛麗絲只用這一句回答輕輕放過了這個話題。塞德里克立刻就明白，她的腦子裡還想著別的事情。愛麗絲的眼睛一直在掃視著他的小房間，並且不時會瞥向床旁邊的地板，彷彿正在尋找著什麼。一股焦慮的心情開始攪動塞德里克的腸胃。他知道，自己不在的時候，愛麗絲來過這裡。這個房間曾經被愛麗絲整理過。難道愛麗絲已經找到了他收藏龍器官的暗格？不，這不可能。如果愛麗絲真的懷疑他做出了如此卑鄙的事情，一定會立刻對他進行譴責。一定還有別的原因。他在等待著。當愛麗絲再度開口的時候，她說出的話把塞德里克嚇了一跳。

「塞德里克，詔諭愛我嗎？」

這個問題實在很古怪，而愛麗絲的口氣更像是一個天真的孩子。她的聲音中同時帶著渴望和畏懼，這一點也和小孩子非常像。塞德里克只能竭力思考：愛麗絲到底想要一個怎樣的答案？他穩了穩心神，向愛麗絲說道：「我肯定不是可以回答這個問題的人。他娶了你，不是嗎？難道他不是幾乎把妳要求的一切都給了妳嗎？包括這次長途旅行。」

「他只是把他必須給我的一切給了我，我們的契約中規定他要給我的一切。我得到了他的名字和與之相符的身分，可以隨意使用的金錢，我可以將自己的全部自由時間用於研究古早的卷軸，我有美麗的衣服，優秀的廚師，華美的住宅。按照他的意願，我會招待他的客人。我做了一切他期待我做的事情。我……我一直在配合他，幫助他從我這裡得到繼承人……」

直到此時，愛麗絲都嚴格地控制著自己的嗓音和表情。但突然之間，在她氣弱猶絲地說出最後那句話時，她的面容突然崩潰了。她的鼻子開始泛紅，一連串的淚水從她的眼睛裡湧出來。這種轉變突然得簡直令人震驚。在一次心跳的瞬間，向來都鎮定若素的愛麗絲，變成了一個塞德里克完全不認識的人。她在塞德里克的床腳彎下腰，用雙手捂住臉，毫不顧忌形象地放聲哭泣。一種警惕的情緒不由自主地從塞德里克心中生了出來。「愛麗絲，愛麗絲。」他連聲懇求。而愛麗絲的啜泣只是變得更加劇烈。她的全身都在顫抖。塞德里克坐直身子，全身的每一根肌肉都感到無比酸痛，但他還是小心地伸出手臂將愛麗絲抱住。愛麗絲轉過身，和他擁抱在一起。她的肩膀正因為深深的哀傷而抽搐，塞德里克能清楚地感受。

「這是怎麼了？」塞德里克問她。他不知道愛麗絲即將向他說出什麼樣的祕密，這讓他感到非常害怕，「愛麗絲，出什麼事了？妳為什麼會這樣？」

他的問題似乎終於讓愛麗絲清醒了一些。也許這是因為愛麗絲從他這裡得到許可，能夠傾訴一直壓在她心頭的傷痛了。她坐直身體，拿出手絹。她的手絹也已經髒汙破舊，更適合遮瑪里亞的街頭頑童，而不是一位貿易商的妻子。不管怎樣，她還是用這塊手絹擦去臉上的淚水，沒有再看塞德里克一眼，而是深吸一口氣，抬起頭看著祝台上的蠟燭，開始講述。

「當詔諭開始追求我的時候，我很懷疑他有著什麼樣的意圖。他是那樣一名優秀的單身漢，是繽城女人競相爭奪的錦標。而我呢，一個普通的少女，不夠美麗，也沒有什麼家世，連嫁妝都少得可憐。實際上，他一開始追求我的時候，我甚至有些憤怒。我以為那只是他在和別人打賭，或者是某種殘忍的惡作劇。我甚至怨恨他干擾了我的生活和工作。但隨著我們共處的時間變長，他向我展現出那樣誘人的魅力。於是我說服了自己，讓我相信不僅是我迷戀上了他，而且他對我也有著同樣的感情。」說到這裡，愛麗絲發出一陣乾澀的笑聲。

「實際上，他將自己的真實意圖隱瞞得非常好。在我們這些年的婚姻中，他一直都沒有向我表露過真心。他用最聰明的方法曲解各種言辭，用虛偽的恭維讓餐桌前的每一個人都向我微笑，而只有我能夠感覺到那些話語中的倒刺。對於其他所有人，他都展現出一副美好的面孔。我的朋友和家人都認為他是一位很照顧我，甚至是溺愛我的丈夫。但在我心裡……」她突然轉過頭看著塞德里克，「這是我的問題嗎，塞德里克？是不是我要求得太多了？所有男人都像他一樣嗎？我的父親有時對我的母親會很溫柔，有時會戲弄她，對她一直都很和善。這只是他在孩子面前演戲嗎？當他們單獨相處的時候，他也會是冷酷、粗野和殘忍的嗎？」

愛麗絲是如此急迫地想要知道答案，她的困惑是如此真實，以至於塞德里克恍惚間覺得他們彷彿回到了少年時代。在那時，愛麗絲偶爾會這樣詢問他，因為她相信比她年長的塞德里克更有智慧，更懂得這個世界的道理。塞德里克不假思索地握住愛麗絲的手，卻又不由得對自己感到驚奇。他怎麼會如此真切地感受到愛麗絲的心情？他流落到這片蠻荒的土地上，被困在這艘簡陋的航船上，現在又和一頭心思簡單的龍緊緊結合在一起，這些全都是愛麗絲的錯。但他怎麼又會這樣同情愛麗絲？

也許是因為愛麗絲被困在這樣一場婚姻裡，大部分是他的錯。將一生寄託在一位只將她看作是癲皮狗的男人身上，這和被流放到一個蠻荒世界裡，是不是一樣的？

「詔諭和我們不同。」塞德里克說道。他依稀覺得這是自己這輩子說的最真實的一句話，「我不知道他有沒有愛過什麼人，不知道他的愛和我們所說的那個詞，是不是一樣的。他肯定很重視妳。他知道，妳是他得到繼承人的希望。」塞德里克突然覺得自己油滑的口齒彷彿一下子都變得乾澀無比，「喔，愛麗絲，」他歎了一口氣，伸出手臂抱住自己這位朋友的嬌小肩膀，「不，他不愛妳。妳對他只是一個方便結婚的人，一個便利的妻子且容易安置，並能夠給他一個繼承人。他的父母一直在要求他成為一名受人尊敬的貿易商之子。因為得到了妳，他才能顯示出那些所謂『受人尊敬』的品質，同時又不比讓自己的生活改變太多。我很抱歉，我的朋友，他不愛妳，他從沒有愛過妳。」

塞德里克打起精神，準備竭盡全力來安慰精神崩潰，痛哭失聲的愛麗絲。但讓他沒有想到的是，愛麗絲突然坐直身子，挺起了肩膀。她深深地歎了一口氣，卻沒有再流出新的淚水。她又抽了兩下鼻子，然後平靜地說道：「那麼，就這樣吧。和我想的一樣。也許這是我應得的。我和他做了一筆交易。我一直都這樣告訴自己。也許現在我只是從你口中聽到了事實。我完全可以相信你的話。我也要決定自己該如何對待這件事。」

這些話聽起來很危險。「愛麗絲，親愛的，妳對此完全無能為力，只能儘量讓自己過得更好一些。回家去，繼續受人尊敬的生活，繼續妳的研究，將妳從這場遠征中所知道的一切，擴充至妳的研究中，然後生一個孩子，或者多生幾個。他們會給妳應得的愛。」

「並且我也會愛他們，給他們一個像詔諭那樣的父親？」

塞德里克不知該說什麼。他試著去想像詔諭作為父親的樣子，卻完全想不出來。孩子和聰明而冰冷的詔諭彷彿完全格格不入。高雅地哭鼻子的小嬰兒？一個五歲的孩子帶著目空一切的微笑、並且送出一朵花？這些想法只會讓他不停地打冷顫。他慢慢地明白了，愛麗絲是對的。詔諭可能想要一個孩子，需要一個孩子，但這只是為了讓他自己能得到繼承人的資格。但詔諭是任何孩子都最不需要的那種父親。孩子不應該得到這樣一個父親。

愛麗絲從泛紅的雙頰上抹去淚水。「那麼，我就沒有辦法解決我的困境了。我承諾過作他的妻子，和他同床共枕，盡力給他一個孩子。我已經許下諾言。這肯定是一個很壞的開端。但我該怎麼做？乘船到上游去，永遠消失？」

塞德里克幾乎從她的問話中聽出了期盼，就好像愛麗絲以為他會贊同這個瘋狂的想法。

「妳不能。」塞德里克直白地說道。愛麗絲想不到的是，塞德里克其實也是在回答自己心中的問題。他幾乎像愛麗絲一樣想要一走了之。但雨野原不是他們兩個能夠容身的地方。確實，他們在自己的家鄉也會遇到許多難題，但他們畢竟不屬於這裡。儘管塞德里克現在經常會對自己說，他回不去了，但他更加清楚的是，他不可能留在這裡。

愛麗絲抱住頭，看著地面，幾乎就像是在尋找什麼東西。她忽然又抬起眼睛看著塞德里克，一團紅暈讓她已經受到河水和陽光侵蝕的面頰變得更加陰暗了。「你不在的時候，我走進過你的房間。我那時以為你淹死了，再也不會回來。我想到一直以來對你的忽略，覺得自己非常糟糕。我想像著你遭遇了各種各樣恐怖的事情。你死了，或者是受了重傷，躺在某個地方，奄奄一息，又孤立無援。」她的目光掃過塞德里克的臉，停留在那一片青紫色的傷痕上，「所以我為你整理了房間，收拾起你的衣服準備清洗。我想的是如果你能回來，你就會知道我其實很在意你。我我你整理船舖的時候，我……那是什麼？」

塞德里克早已變得心驚膽戰。愛麗絲一定是發現了他的祕密櫥格，還有收藏在那裡的龍鱗和龍血。但現在愛麗絲臉上驚駭的表情反而讓他吃了一驚。愛麗絲向他俯過身，抬起一隻手。塞德里克下意識地想要躲避愛麗絲。愛麗絲還是碰到了他的臉側。她的手指滑過塞德里克的面頰，又輕輕撫摸他的下巴。她從沒有這樣摸過塞德里克，更不曾用這種恐怖的眼神看過他。

「甜美的莎神，憐憫我們吧。」愛麗絲喘息不定地說道，「塞德里克。你生出鱗片了。」

「不！」塞德里克的反應十分強烈。他猛地揚起臉，離開愛麗絲的碰觸，自己伸出雙手摸索面頰。他的手指在臉上一寸寸地移動著。他摸到了什麼？這是什麼？「不，這只是皮膚變粗糙了，愛麗絲。河水灼傷了我，然後我又一直被風吹，被太陽曬。這不是鱗片！為什麼我會長出鱗片？我又不是雨野原人！不要犯傻了，愛麗絲！不要犯傻了！」

愛麗絲只是愣愣地看著他，臉上的表情又是驚恐，又是憐惜。塞德里克突然從自己的床上站起來，向衣櫃走去，拿出自己用來刮臉的小鏡子。他回到船上以後還沒有刮過臉——愛麗絲看到的只是鬍渣和粗皮。他專注地看著鏡子，同時盡可能讓自己的下巴貼近蠟燭。他那裡的皮膚地區額很粗糙，只是很粗糙而已。「我需要刮刮鬍子，僅此而已。愛麗絲，妳把我嚇壞了！妳的想法太瘋狂了。我累了，不過我明天早晨會把鬍子刮乾淨，在臉上塗一點油膏。到時候妳就能看清楚了。鱗片，這真是太瘋狂了！」

愛麗絲依舊只是盯著他。他看著愛麗絲的眼睛，彷彿是要禁止愛麗絲對他的話提出異議。愛麗絲咬住嘴唇，對自己搖了搖頭。

「我很累了，愛麗絲。我相信妳一定能理解。」*離開我吧，求妳了*。塞德里克想要更仔細地看看自己的臉，但他不能在愛麗絲面前這樣做。

「我知道你一定已經很累了。我很抱歉。其實，我剛才說的那些都不是我來找你的原因。我不知道該如何說出這件事，又能讓我們都不感到受傷。塞德里克，在我離開繽城之前，在我們計畫這次旅行的時候……詔諭有沒有囑託你將一件信物交給我？一件紀念品？也許你應該在我們的旅程中將那樣一件東西交給我？」

塞德里克盯著愛麗絲。這一次他真的是糊塗了。一件詔諭要送給愛麗絲的紀念品？愛麗絲怎麼會這樣想？詔諭根本不是那種會送給別人禮物以作紀念的人，更不要說是一個剛剛讓他大發脾氣的人了。塞德里克當然沒有這樣說。他只是搖了搖頭，保持著沉默。愛麗絲瞇起眼睛，用懷疑的眼神看著他。這讓他不由得有些激動地說道：「不，愛麗絲，他沒有給我任何要我轉交妳的東西。我發誓。」

「塞德里克。」愛麗絲的語氣彷彿是要讓塞德里克別再偽裝下去了，「也許他曾經要求你不能將這件事告訴我，也不能把那東西給我，除非我，喔，我不知道，也許是除非我放棄自我，滿足他的期待，或者……我不知道。塞德里克，明白告訴我吧。我知道那枚項鍊盒。我為你整理船舖的時候找到它了。那枚放有詔諭肖像的項鍊盒。那枚背面刻著『永遠』二字的項鍊盒。」

愛麗絲一提起這枚項鍊盒，塞德里克就覺得自己的心顫抖了一下，隨後又狂跳起來。他感到一陣暈眩，無數黑點在他的眼前跳躍。這枚項鍊盒。他怎麼會這樣愚蠢，把它丟在能夠被別人看到的地方？他剛剛做好這枚項鍊盒的時候，就向自己承諾會永遠將它帶在身邊，每時每刻都不要讓自己忘記，是誰改變了自己的生活。**永遠**。他將這個詞雕刻在這只小盒子上。這只黃金小盒子是他自己出錢購買的。這是他送給自己的生日禮物。這是多麼一個愚蠢，欠缺思考又可憐的主意啊！

現在，塞德里克保持沉默的時間有些太長了。愛麗絲盯著他，眼眸中現出一種悲哀的、極不情願的勝利光彩。「塞德里克。」她說道。

「喔，那個項鍊盒。」一個謊言，他需要一個謊言。某種藉口，某種他會擁有這件物品的理由。「實際上，它是我的，是我的。」

這句話是如此容易就被說了出來。它們懸浮在凝滯的空氣，毋庸置疑，也無法再改變。一切都安靜下來。塞德里克沒有看愛麗絲。如果愛麗絲還在呼吸，他也聽不見。他自己正在呼吸，是嗎？又慢又淺的呼吸。有誰能回到片刻之前嗎？現在他只希望這一刻不曾出現過，只想用自己的沉默，讓此刻的一切都消失。

但愛麗絲說話了。她用最斬釘截鐵的言辭，確實了塞德里克剛剛的確說出的那句話。「塞德里克，我不明白。」

「妳當然不明白，」塞德里克輕鬆卻又冷漠地回答道，彷彿承認這一點對於他來說已經完全不重要了，「大多數人都不會明白。實際上，現在我要承認，我幾乎也不太明白自己了。詔諭？詔諭和『永遠』被放在同一個項鍊盒上？這種組合有誰能明白？」他大笑起來，但這笑聲卻變成苦澀的碎片，落在他的周圍。為什麼會笑，他卻說不出來。他伸手到被他用作枕頭的包裹中，拿出那枚項鍊盒，「給妳，如果願意，妳就拿著它吧。但這是我的禮物，不是詔諭的。」

「所以你……我還是不明白，塞德里克。你製作了它？你製作了它，打算把它給我？但詔諭一定知道這件事吧。他至少要坐下來讓人給他畫像，對不對？這幅畫這麼像他，一定是畫師看著他畫出來的！」

塞德里克毫不畏懼地一按機簧，打開了項鍊盒。詔諭看著他們兩個人，彷彿正在冷冷地嘲笑這兩個把自己的人生搞得一團糟的傢伙，嘲笑他們之間那麼多年的友誼，卻被他的手指輕輕一搓就碾個粉碎。塞德里克看著詔諭的眼睛說道，「喔，是的，這是他坐在畫師面前畫出來的。我委託羅雷繪製了這幅肖像。這幅肖像非常昂貴，而詔諭在作畫時和觀看成品時的態度，也徹底把羅雷激怒了。他本來約定是與羅雷見面六次，每次都在黃昏之後，一個非常僻靜的地方。但他只去了兩次。羅雷想要將這幅肖像裝入項鍊盒之前，先讓他過目，但他根本沒有去，只是托我對畫家說聲謝謝。總之，一切麻煩都被丟給了我。如果說羅雷對我有什麼不禮貌的地方，我也無法責怪她。在製作這枚項鍊盒的全部過程中，詔諭都顯得很不高興，擺出一副高人一等的派頭。他告訴羅雷：關於為他作畫和這幅肖像，如果那位畫家聰明一點，就不要將此事告訴任何人。」

塞德里克一邊說，一邊瞥著愛麗絲。愛麗絲坐在床邊，滿臉雀斑，一點也不漂亮。在她還帶有風吹雨打痕跡的額頭和面頰上，她的滿頭紅髮顯得蓬亂不堪，甚至從別針裡脫出來，變成一個個散亂的髮捲。愛麗絲的衣服很乾淨，但已經有了磨損的痕跡。她的罩衫在邊緣處甚至出現了毛邊。她看上去就像剛剛和詔諭結婚時的樣子，一名有教養的繽城女子，但只屬於普通的中層階級。愛麗絲的眼睛裡

只有困惑，甚至絲毫沒有察覺塞德里克話中的真相

「我不明白，塞德里克，為什麼你要付錢讓畫師給他畫像，還要把他的畫像放到項鍊盒裡。如果你想要給……」

「愛麗絲，我知道妳年紀不算大，但妳真的是這麼無知嗎？我明說吧，我愛妳的丈夫。我愛他已經有許多年了，甚至在他想到要找人結婚，給自己一個體面的外表之前，我就已經在愛他了。現在妳明白了？」

愛麗絲開始明白了。她的臉上漸漸現出粉紅色。她的眼睛卻在驚駭中瞪大了。塞德里克沒有等她問出那個她一定會問的問題。

「是的。他是我的愛人。當我們一同乘船出海，甚至在你們的家裡，當妳在深夜睡下的時候，我們都會睡到一起。再不會有別人能夠打動我，只有詔諭。我以為我們會這樣直到永遠，所以我愚蠢地給自己做了這個該死的項鍊盒。拿著它吧，如果願意，它就是妳的了，『永遠』或者無論怎樣。我希望我能把詔諭和這個一起給妳，但我懷疑他從來就不曾是我的，我無法保留他，更不可能把他交給別人。」

愛麗絲盯著這枚項鍊盒，彷彿塞德里克掌心盤卷著一條小蛇，而不是一件珠寶。塞德里克手一歪，項鍊盒滑落在他們之間的床板上。而塞德里克也隨之微微打了一個哆嗦。這麼多年裡，他一直在想像著自己向愛麗絲承認事實的這一刻。他想像過許多種情形，卻從沒有想過會是這種樣子。他和愛麗絲會在這樣一個昏暗的小房間裡，一同坐在一張窄床上，全都束手無策地陷在自己的苦惱中。他本以為詔諭將說明這件事實，他們會一同告訴愛麗絲，然後愛麗絲的丈夫就會徹底被他偷走。他想像過愛麗絲發出尖叫、威脅地揮舞拳頭、拋擲物品、抽他們的嘴巴、歇斯底里、大發雷霆，但愛麗絲只是靜靜地坐在他身邊，體會著這些年的背叛和欺騙，並重新認識塞德里克及自己的人生。她始終一言不發。一段時間之後，她微微晃動了一下，就像是一棵疾風中的樹。在那一瞬間，塞德里克非常擔心她

會暈倒。

「你和詔諭？」愛麗絲終於笨拙地開了口，「你們彼此相愛。他擁抱你，親吻你，撫摸你。你就是這樣的意思？」愛麗絲碰了碰那條盤卷的項鍊，又抽回手指，彷彿冰冷金屬燙傷了她。她的問題卻已經燙傷了塞德里克。

到現在為止，塞德里克都處在一種怪異的平靜狀態。他將自己人生中最大的祕密告訴了愛麗絲，沒有釋放出自己的任何情緒。但突然間，淚水湧出他的眼睛。他的喉嚨緊縮起來，彷彿有一隻手扼住了他。「我愛過他。我覺得他不愛我了，或者他從沒有真正地愛過我。」他將臉埋進手掌裡，淚水就從手掌間一滴滴落下。他是不是以為自己早已把他最深的祕密告訴愛麗絲了？他錯了，藏在他人生最深處的祕密剛剛被他第一次說出了口。他甚至一直在向自己隱瞞著這一份欺騙。

他感覺到愛麗絲站了起來。現在愛麗絲要打他了。愛麗絲會把那樣的稱呼甩在他的頭上，那是他從男孩時起就害怕的事情。他等待著。

但他感覺到愛麗絲的雙手有些猶豫地按在他的頭上，撫平了他的頭髮，就像小時候他的媽媽撫摸他時一樣。「我好為你感到難過，塞德里克。我很憤怒，感覺受到了傷害，我從沒有想到，你能夠給我們的友誼帶來這樣的欺騙和背叛。但我終究只是為我們兩個感到難過。尤其是你，你怎麼能愛上這樣一個男人？你怎麼會將自己的拋擲在一個如此毫無價值的地方。看看，我們兩個人的生活被毀成了什麼樣子。在詔諭身邊，我們都不可能有任何快樂。而且我相信他對此完全不會在乎。」

塞德里克什麼都說不出來。他沒辦法將自己的臉從手上抬起來，甚至沒辦法向愛麗絲說一聲「抱歉」。他感覺愛麗絲走過了房間。愛麗絲帶走了她的蠟燭。當她離開的時候，房間中的光消失了一半，屋門被緊緊關上了。

塞德里克頹然坐在自己的床上。好了，一切都結束了。

他剛剛毀掉了自己生活中最後一件美好的事情。他和愛麗絲的友誼不復存在了，被他和詔諭對愛麗絲所做的一切打得粉碎。想到自己竟然曾經建議詔諭接受這樣一樁婚姻，塞德里克就感到無比羞愧，即使那時他是喝醉了。而在這件事上對詔諭的縱容和默許，更讓他感到慚愧不已。但他又有什麼辦法阻止這件事發生？難道要悄悄告訴愛麗絲，關於詔諭真實的欲望？這當然也會向愛麗絲暴露他的取向。而這很可能會讓他陷入極為悲慘的境地。毫無疑問地，詔諭會拋棄他，並且會想辦法徹底敗壞他的信譽。

為什麼直到現在，他才會向自己承認那個人是多麼殘忍無情？如果現在他回到詔諭身邊一個小時，如果詔諭輕巧地伸出手臂摟住他的肩膀，或者在這個黃昏與他共用美酒佳餚，他會不會忘記詔諭對他做的一切，並且原諒他？當詔諭將注意力集中在他的身上的時候，當詔諭帶著他一起在異國城市中肆意放縱，尋求快樂，做著各種惡作劇的時候，他能讓塞德里克感覺自己擁有了整個世界。成為詔諭的伴侶，和他整晚放縱狂歡，享受整個世界的新奇，體驗塞德里克從不曾想像過的美妙，這無疑是最令人心醉神迷的事情。即使是現在，在深深的絕望中，回憶起那些夜晚，塞德里克的嘴角仍然會漾起一絲苦澀的微笑。

和詔諭手臂挽著手臂，周圍都是衣冠楚楚的朋友，他們大步走過從恰斯國到遮瑪里亞的會堂和劇場。只要詔諭願意，他能運用己身魅力，說服最頑固的酒館老闆通宵開門營業，付錢讓酒館中的藝人們再多表演一個小時。他優雅動人的微笑和塞滿錢幣的荷包，總是讓他能夠獲得位置最好的桌子，以及戲院包廂中最好的座位、最美味的肉和最香醇的酒。人們在將這些給他的時候總是會笑容可掬。只認識他人前一面的人們，都覺得他充滿魅力、和藹可親，又機敏睿智。每一個人都想要成為他的夥伴，都想被他選中，都想與他一同舉杯痛飲、享受人們的讚美和歡呼。

微笑漸漸從塞德里克的臉上淡去，只留下苦澀。再也不會那樣了。他再也不會跟隨塞德里克一起接受人們的欽羨了。

他也不必再為此而付出代價，在私底下裡遭受詔諭的羞辱和輕蔑了。

這個念頭本應該讓塞德里克感到高興。他只是想著一個沒有詔諭的人生，想著自己返回繽城，卻被詔諭趕出門外，被愛麗絲惡語相向。愛麗絲會把他的事情告訴其他人嗎？恐懼張開大口，要將他吞噬。但這時忽然又有一個殘忍的想法給他帶來了安慰。愛麗絲不會對別人揭穿他，否則她就會同時讓其他人知道自己是如何被騙的，她的婚姻從一開始就是一個謊言。如果她說了，她就會失去一切：她的圖書館，他的研究，她的社會地位。她將不得不回到她父親的房子裡，生活在貧困的邊緣，成為被所有認識她的人憐憫或嘲諷的對相。

如果愛麗絲說了，那麼同樣的命運也會等待著塞德里克。

但即使愛麗絲不說，塞德里克很擔心情況也不會好多少。他現在已經非常確信，詔諭是打定主意要將他趕走了。他懷疑自己回去的時候會發現已經有其他人取代了他。他也將不得不帶著羞恥回到父親的家中，希望能夠得到一份工作。詔諭那些家世顯赫的朋友們曾經都對他很好，現在也不一定會疏遠他，至少一開始不會。但他沒辦法再和他們一樣揮霍金錢了。一旦他們發現詔諭徹底冷落了他，他們也就不會再把他當作朋友了。詔諭對他的反感，絕不是失去一位多年老友或熟人那樣簡單。詔諭有許多張面孔，對於他不喜歡的人，他會露出一張非常醜陋的面孔。以前塞德里克還能對此視而不見。但現在，這將是詔諭對他的唯一一張面孔了。

不。他回不去了。完全回不去了。

塞德里克的心沉了下去。憂鬱的陰影將他重重包裹。就連這個房間彷彿也變得更加陰暗了。他閉上眼睛，不知道自己還有多少勇氣能夠面對這樣的結局。他曾經想過自己可以跳進河中淹死，只是這個決定一旦被付諸實施，一切就再也無法挽回了。現在他已經很清楚了，如果自己落進水裡，一定會拚命掙扎。不管他是否願意，他都會大聲求救。

我會來救你的。再一次來救你。

隨著這個想法侵入他的腦海，一股暖意也在他的體內擴散開來，讓他感到舒適和滿足，讓他覺得自己就像是一隻盛滿了熱茶的陶土杯子。他的精神毫無道理地振作起來。他又掙扎了一下，想要回到剛才那種悲慘的心情中去。但就像是燈芯被點燃，火苗猛地竄起，他突然開始自問，為什麼要緊抓住那種悲慘的心情不放手？他再一次拋棄了那些心情。龍的關愛充滿了他，讓他全身溫暖，一下子釋放了他長期被擠壓的痛苦。

就是這樣，明白了嗎？我們都會好起來，我們兩個都會的。

「我的老朋友，我們需要私下裡說兩句話。」

緊皺雙眉盯著咖啡杯的萊福特林抬起頭，這是今天用同樣的咖啡渣子煮出來的第二壺咖啡了。它的味道又薄又苦。萊福特林想把這杯咖啡倒掉，卻又提醒自己，這總要比煮沸的白水好一點。他轉向自己的老朋友。「要找一個能夠私下裡說話的地方可不容易。」他和卡森同時轉過身，背靠在船尾的欄杆上，看著柏油人號的甲板。守護者們和船員們正聚在一起先聊著。哈裡金、希爾薇和絲凱莉盤腿坐在甲板船艙頂上。絲凱莉指著天空中的星星，向他們兩個說著話。博克斯特和凱斯趴在甲板上，正在掰手腕。埃魯姆和諾泰爾在給他們當裁判。潔珥德笑著觀賞這場杯賽。格瑞夫特站在她身邊，面色陰沉。萊福特林看到那個男孩不停地活動著嘴巴，又用手揉搓下頜兩側，彷彿感到那裡很痛。他的面孔形狀正在發生改變，看上去讓人感到很不舒服。

在守護者身後，萊福特林能夠看到斯沃格和貝林的身影。他們靠著欄杆，頭湊在一起，正在說話。船長的目光掃過整個甲板，想要找一個安靜的地方，卻始終都沒有找到。

「去我的船艙吧。」萊福特林低聲說道。卡森跟在他身後。他一直走進水手艙，點燃一支蠟燭，然後領著卡森向他的小船艙走去。

「那麼，你想說什麼？」萊福特林在關上艙門以後問道。他將蠟燭插進燭台裡，坐到自己的床上。卡森面色凝重，坐到了水圖桌旁邊的椅子裡，重重地喘了一口氣。

「傑斯死了。不管我們是否相信，是塞德里克和紅銅龍殺了他。塞德里克說他不得不殺死傑斯，因為他打算殺死塞德里克的龍，把龍肉賣到恰斯國去。」

「塞德里克殺死了傑斯？」萊福特林顯得格外難以置信。他曾經那樣確信是自己殺死了傑斯。那個雜種怎麼能從他的手指和洪水中活下來？這可真是個奇蹟。然後他又被一個繽城小少爺和一頭沒腦子的龍殺掉了？

「他和龍都是這樣說的。」

萊福特林努力整理著思路。「不要誤會我，那傢伙該殺，無論誰殺死他都是對的。只是塞德里克實在不像能幹出這種事的人，更不要說他是為了保護一頭龍……」萊福特林沒有把話說完。如果是卡森殺死了那個獵人，又不知出於怎樣的考慮把這件事按到塞德里克頭上，萊福特林希望卡森明白，他完全可以爽快地承認這件事，萊福特林絲毫不會因此而看低他。

「我到那裡的時候，事情已經幹完了。除了格瑞夫特的小船上還有一點血跡，傑斯什麼都沒有留下。龍吃了他。」

「嗯，這個結果很合適他。」萊福特林低聲說道，同時竭力不讓自己露出笑容。他不會告訴卡森，也許他早先與那名獵人的打鬥，已經消耗了傑斯的一些實力，所以塞德里克才能成功。這件事已經結束了。他歎了一口氣，既是因為寬慰，也是因為驚愕。塞德里克幹了他沒能幹成的事。他欠那個傢伙一個感謝。

「這個結果合適他，因為傑斯上船的目的只是為了殺龍並賣掉，對不對？你知道這件事。也許還同意他這麼幹？」

寂靜充滿了船艙，就像是冷水充滿了一艘沉沒的船。萊福特林沒有想到卡森會這樣說。卡森在沉默中等待著。萊福特林清了清嗓子，做出決定。現在只能說實話。「是這樣，卡森，仔細聽我說。有人抓住了我的把柄，以為他們能夠要脅我這樣做。他們說他們會派人參加這場遠征。那些人上船的實際目的就是為恰斯大公獵取龍。我沒有同意。但事情已經發生了。一開始，我甚至不知道他們派來的人是誰。我甚至以為那可能是你，因為你說過可疑的話。但就在不久以前，傑斯向我挑明了身分，並要求得到我的幫助。」

卡森安靜地坐著，傾聽萊福特林說的每一句話，緩慢地點著頭，讓萊福特林有足夠的時間思考該如何講述他的故事。

「就在洪峰襲來之前，我正在岸上，竭盡全力要把傑斯幹掉。那時我以為我已經得手了，或者洪水也會把他淹死。所以知道是塞德里克殺死了他的時候，我很驚訝。但我承認，我很高興這件事已經結束了。」

「所以就是這樣？你不打算殺掉一頭龍，把龍肉賣給恰斯人？」

萊福特林搖搖頭，「卡森，我幹過很多事，其中有不少事情見不得人。但我從沒有這樣背叛過雨野原。」

「也不會這樣背叛愛麗絲？」卡森看著萊福特林的臉問道。

「不會背叛愛麗絲。」萊福特林表示贊同。

禱月第二十九日

商人聯盟獨立第六年

來自艾瑞克，繽城信鴿管理人

致黛托茨，崔豪格信鴿管理人

在一個封錮的小管中，存放著一位朋友寄給傑斯·托克夫的信，這封信又被那位朋友的璽戒蠟印封住。它起初被留在青蛙和船槳酒館，由酒館老闆多斯特寄出。

黛托茨：

請派一隻鴿子送信給我，讓我知道雷亞奧已經平安到達。如果妳願意，我們可以試試他帶過去的那種快速鴿子。我有一個有趣的點子，妳是否可以在同一天的黎明放出兩隻鴿子？一隻快速鴿，一隻普通鴿子，讓他們帶上同樣信。我想要嘗試：我們耗費心力培養的快速鴿，是否具有速度上的優勢。至於說那些王鴿，他們很大也很可愛，但我沒能讓他們成為信使。他們的身子太重了，不可能飛得很快。而且他們之中有很多似乎對於返回原先的鴿籠不是很感興趣，恐怕他們只能作為肉鴿飼養了。

艾瑞克

13
選擇

再一次啟程向上游前進的感覺，實在很怪異，彷彿什麼都沒有發生過一樣。賽瑪拉站在柏油人號的甲板上。看著兩岸的叢林在眼前緩緩滑過，甚至忘記了手中的工具。當她划著自己的小船逆流而上的時候，她從不曾真正有機會觀賞一下岸邊的景色，觀察河岸在每一個小時中都會發生什麼樣的變化。她想念自己在小船中的生活，但也幾乎很高興那段生活終於結束了。如果她還要繼續划船，那就只能和拉普斯卡以外的人成為搭檔。想到這一點，她感到傷心。

包含卡森的小船，現在他們的小船數量已經減少到五條，而且其中只有三條裝備完整。柏油人號上有多餘的槳可以供所有小船使用，這讓賽瑪拉鬆了一口氣。即使是這樣，守護者們也只能輪流划船前進。不划船的時候，他們就在駁船上做著船長分派的各種工作。

現在這支遠征隊的一切物資都短少了，匕首，弓箭，魚槍和其他捕魚裝備都丟失了，更不要說毯子、換洗的衣服，以及每一名守護者一直帶在身邊的個人物品。格瑞夫特不停地誇耀自己是如何妥當地保留了自己的裝備，這讓賽瑪拉很想打他一拳。他的小船和那個繽城人被沖到了同一片河岸邊，這只能說是他的運氣好。否則格瑞夫特也會像他們一樣變得一無所有。因為裝備還在，格瑞夫特現在成為與卡森一同行動的獵人。他們會在黎明時乘兩條小船先行出發。戴夫威是卡森的助手，諾泰爾和格瑞夫特乘一條船。賽瑪拉很高興這樣的安排。諾泰爾曾經帶著臉上的瘀傷來到她面前，低聲嘟囔著向她道歉，說：「不應該像對待貨物一樣對待她。」然後便走開了。賽瑪拉不知道這句話是他想出來的，還是刺青教他的，也不知道刺青是否希望強迫諾泰爾向她道歉而獲得些什麼。

這是另一個讓賽瑪拉感到苦惱的問題。她不願意去想拉普斯卡的死亡，也不想浪費時間去思考格瑞夫特對於他們的生活所做出的愚蠢安排。

「這樣可不算完工。」

刺青的聲音將賽瑪拉從沉思中喚醒。她看了看自己打算切削成船槳的這片木頭。對於木工，她幾乎是一無所知，但就算這樣，她也能看出自己的作品實在是很糟糕。

「反正也只能湊合一下。」賽瑪拉沒好氣地說，「而且，就算是我能讓它被使用，只消幾天，河水也就會把它吃掉了。就連我們原先的船槳，邊緣也都開始變軟和消解掉了。它們還特意做了抗酸處理。」

「即使是這樣，」刺青說，「等到現正使用的槳被報廢，此刻我們雕刻的船槳，也將成為唯一的替代品，所以我們最好趕快做一些。」他的作品看上去也不比賽瑪拉的好多少，不過至少要比賽瑪拉的更有些模樣了，「有船槳總比沒有好，」他一邊說著自我安慰的話，一邊看著自己的作品，「我用鉋子的時候，妳能幫我把它撐住嗎？」

「當然。」賽瑪拉很高興能放下自己的工具。她的兩隻手已經又累又酸了。她撐住半完工的船槳，讓刺青將它刨平。刺青笨拙地使用著工具，不過還是在木柄上刨出了一個蜷曲的小刨花，突然，鉋子在一個木節上滑了一下，彈開了。

「那天的事情，我很抱歉。」刺青低聲說道。

那件事發生之後，他們再也沒有提起過它。刺青也再沒有抱住過賽瑪拉，親吻她。也許他是明白了賽瑪拉的界線。他的臉上不像諾泰爾那樣糟糕，但也還有一隻正在慢慢褪色的青眼圈。「我知道。」賽瑪拉只回了這三個字。

「我要諾泰爾必須向妳道歉。」

「這個我也知道。我想，這意味著你贏了。」

「當然！」賽瑪拉半是疑問的語氣似乎讓刺青感覺受到了侮辱。

他已經一腳踏進了賽瑪拉的陷阱。「刺青，你贏的是和諾泰爾的打鬥。你沒有贏得我。」

「這個我也知道。」刺青已經開始從道歉變成發怒了。

「很好。」賽瑪拉的牙齒間又蹦出這麼兩個字。她再一次拿起了鑿子，開始考慮該從自己這塊木頭上鑿哪一塊下來。這時，刺青清了清喉嚨。

「嗯，我知道妳在生我的氣。我還想加工一下這支槳，妳能繼續幫我扶住它嗎？」

刺青的這句話並不算是真正在詢問她。賽瑪拉拿起那支船槳的一端，再把它撐好。「我們是朋友，」她說道，「即使我生你的氣，但我並不屬於你。」

「好的。」刺青小心地將鉋子放在船槳上，沿著木柄拉動它。刺青看著他褐色的雙手抓住工具握柄，他小臂肌肉凸起的線條。這一次，他刨出的刨花更長了。「這樣把它轉一下。」他一邊說，一邊讓船槳轉了半個圈，又將鉋子貼在木柄上，同時問道，「賽瑪拉，我該怎樣做才能贏得妳？」

賽瑪拉從沒有想過這個問題。她在沉默中思考的時候，刺青又說道：「因為我很想要贏得妳，這個妳知道。」

賽瑪拉愣了一下。「你連我會提出什麼樣的要求都不知道，你又能怎樣做？」

「因為我了解妳，也許我對妳的了解要比妳以為的更多。聽我說，自從離開崔豪格之後，我做了一些蠢事。這個我承認。但……」

「刺青，等等。我不希望讓你以為我會給你一張清單，上面列出你必須去完成的任務。我不會的。因為我也不知道那些任務是什麼。我們最近遇到了很多事，而你正在要我做出一個很大的決定。我不會等待你去做出什麼，或者給我什麼，或者是變成什麼人。我是在等待我自己。關於這一點，無論你做什麼都是無法改變的，格瑞夫特同樣也無法改變。」

「我不是格瑞夫特。」刺青立刻又生氣了。

「我也不是潔珥德。」賽瑪拉回答道。片刻間，他們只是瞪著彼此。賽瑪拉眯起眼睛，昂起下巴。刺青兩次開口想要說話，卻都沒有發出聲音。終於，他說道：「我們先把這支槳做好吧，好不好？」

「很好。」賽瑪拉回答。

當塞德里克走出房間的時候，夜色已經降臨。白天，他一個人待在房間裡，直到天黑，他的最後一根蠟燭燒光了，而他又不想請任何人為他拿新蠟燭來。他也還沒有吃任何東西。他本以為戴夫威會捧著一盤食物來敲他的門，但這樣的事情沒有發生。然後他想起卡森告訴過他，會讓那個男孩遠離他。這樣也好。**如果所有人都遠遠離開我，也是好事**，他心中想道。他聽出了這個想法中的自怨自艾，不由得又對自己生出一股蔑視。

又餓又渴，精神頹廢的他在落日的餘暉中走上甲板。他發現駁船的船頭指向了一條小溪。雨野原河上有很多這種匯入主流的小溪。有時候，這樣的溪水很淡，幾乎沒有一點酸味。這條小溪看來就是如此。大多數守護者和船員都已經到了岸上。船上幾乎空無一人。塞德里克在船欄杆後面駐足觀看。男孩子們正在打水仗。溪水又寬又淺，水流在沙質河床上快速地奔淌。赤著上身的守護者男孩們不停地彎下腰，向彼此潑水，呼喊著，大笑著。夏日斜陽最後一縷光輝閃耀在他們鋪滿鱗片的背上。綠色、藍色還有朱紅色，燦爛奪目。在這短暫的一刻，塞德里克看到了他們身上變異的美麗。

在更遠處，他看到貝霖正跪在溪水邊，絲凱莉將溪水澆在她打滿肥皂的頭髮上。很好，至少現在他們有足夠的清水補給。

龍也在享受著這條溪流。他們耀眼奪目的鱗甲，意味著年輕的守護者們已經好好為他們洗刷一番。芮普妲也在他們之間，閃亮得如同一枚新鑄的銅幣。塞德里克想知道是誰為她洗淨了身子，同時又感到一分愧疚。他應該將芮普妲照顧得更好一些，但他不知道該怎樣做，他甚至不知道該如何照顧自己，更不要說是照顧一頭龍了。

靠近溪口的河岸並不是很寬闊，但也足夠龍群舒適地度過一晚。守護者們建起營火，此時營火還不大，不過塞德里克看見兩名守護者抱來了許多常綠樹的樹枝，扔進了火中。片刻間，塞德里克以為他們是要將營火壓滅，不過黑煙很快就從燃燒的松針上冒起來，隨之就是突然躍起的火舌。松脂燃燒的香甜氣味縈繞在傍晚的空氣中。洪水在河岸上留下了許多可供燃燒的樹木，所以今晚他們能夠建起一堆很大的營火，守護者們會在岸上睡覺。

塞德里克嗅嗅空氣，察覺到營火的煙中，還帶著烤魚的香氣。他的胃開始咕咕作響。突然間，他變得非常餓，也非常渴。他不知道愛麗絲和萊福特林去了哪裡，此刻塞德里克最不想遇到他們。不想見愛麗絲，是因為愛麗絲知道他是什麼人；不想見萊福特林，是因為他知道萊福特林是什麼人。至今為止，他都還沒有和愛麗絲提起過這件事。他根本不想和愛麗絲說話，更不要說是打碎她的夢了。但他不會再背叛愛麗絲了，當愛麗絲受到欺騙的時候，他不會再袖手旁觀。

他無聲地，幾乎是有些偷偷摸摸地走過甲板。在甲板船艙門口，他停下腳步傾聽了一下，船艙裡非常安靜。幾乎每一個人都到岸上去了，他們都在忙著洗淨身體，享受營火，分享新鮮的熱食。他推開門，就像偷竊剩飯的老鼠一樣悄悄走進去。如同他希望的一樣，一大壺咖啡正放在廚房的小鐵爐後面。整個房間裡唯一的光源，就是在鐵爐中嗶啵作響的一點火苗。一隻被蓋住的鍋正發出微弱的咕嘟聲，也許是隨時供船員取食的熱魚湯。塞德里克一直見到船員們將水、魚和蔬菜放進那只鍋裡，卻從不記得那只鍋曾被倒空或被清洗過。沒關係。他離群索居的日子已經讓他足夠飢餓，餓到可以吃下任何東西。

對於這間小廚房到底有些什麼，他並不是很清楚。他小心地在昏暗的光線中移動，找到一些掛在鉤子上的杯子，還有豎著插在架子上的碟子。他給自己倒了一杯那種可疑的咖啡，並終於在一只有護欄的架子上找到了一堆碗。他拿下一個碗，盛好了湯，又從麻袋裡找出一塊航船麵包。他沒有找到勺子和叉子，便一個人坐到廚房的小餐桌旁，喝了一口咖啡。

味道又薄又苦，但畢竟還是咖啡。他雙手捧起湯碗，沿著碗邊喝起了湯。湯裡有一股濃烈的魚味和烹煮過度的大蒜味。他喝下湯，感覺暖意和力量沿著喉嚨進入了身體。這種感覺很好。這不是什麼美味，甚至說不上好吃，但能給他很好的感覺。他突然明白了紅銅龍吃爛魚時的感覺。從一個基本層面上來看，當一個人或者一頭龍足夠饑餓的時候，任何食物都是好的。

他吃著碗底綿軟的魚肉和蔬菜，用手指舀起它們。當艙門打開的時候，他的身子一僵。他希望無論是誰進來，都會徑直向船員艙走去。但她走進了廚房。

愛麗絲看著他在食物後面縮起身子，便一言不發地打開一隻碗櫃，伸手到一隻罐子裡，拿出一把勺子，放到他身邊的桌子上。

然後，她仍然在沉默中為自己倒了一杯那種恐怖的咖啡，站在廚房裡，雙手捧著杯子。在一片昏暗中，塞德里克不知道她是不是在盯著自己。然後她歎了一口氣，來到桌邊，坐到塞德里克的對面。

「今天我已經厭惡並鄙視你幾個小時了。」她終於還願意和他說話。

塞德里克點點頭，接受了愛麗絲的譴責，同時想著她能不能看見自己在黑暗中的臉。

「不過我已經放下這件事了。」愛麗絲的聲音並不溫和，只是充滿無奈，「塞德里克，我不恨你。我甚至不能責怪你。」

塞德里克也找到了自己的聲音：「我希望我也能這樣對自己說。」

「這些年裡，我已經習慣了你這種詼諧的措辭。」死心了。這就是愛麗絲的聲音向他傳達的，死心了，「它們不像以前那樣有趣了。」

「我是認真的，愛麗絲，我對自己感到羞恥。」

「只是現在而已。」

「聽起來，妳還是很生氣。」

「是的，我還是在生氣。我不恨你——這是我的決定。但我的心裡有一種以前從沒有過的憤怒。我相信，如果我恨你的話，我就能感覺到對你的恨。但我意識到，只有我愛的人能夠這樣深地傷害我，於是我明白了，我其實並不恨你。而這也是這樣生氣的原因。」

「我很抱歉，愛麗絲。」

「我知道，這沒什麼用，但我知道你感到抱歉了。至少現在是這樣。」

「我為此感到抱歉已經有很長時間了。幾乎從一開始就是。」

愛麗絲伸手捂住塞德里克的嘴，彷彿是要禁止他為自己找理由。然後她吮了一口咖啡，彷彿又在和自己爭論著什麼。塞德里克等待著。終於，她說話了，以一種幾乎可以算是平靜的聲音。「我必須知道一件事，在我能夠繼續走下去之前，在我能夠做出任何決定之前，我必須知道。你和詔諭，你們是不是曾經拿我取樂？嘲笑我是多麼容易被騙，我這麼輕易就被蒙在鼓裡，甚至沒有半點懷疑！詔諭其他的朋友知道嗎？我認識的那些人，那些被我當作朋友的人，他們知道我是多麼愚蠢嗎？我到底被欺騙到了何種程度？」

塞德里克沉默了。他想起了一些小型宴會。那些宴會都是在晚上舉辦的，宴會地點是在繽城旅店私密的上層房間。而詔諭在家中的時候，晚餐之後經常會在自己的房間裡，和他的一些圈裡朋友喝幾杯白蘭地，聊幾句天。這些事情，都是愛麗絲敲門向他們道過晚安、回房間去睡覺之後的事了。

「塞德里克，我必須知道。」愛麗絲的話語將塞德里克拉回到這個狹小骯髒的船艙裡。她正在看著塞德里克。雖然光線昏暗，塞德里克還是能看到她蒼白的面孔。她在等待答案。

塞德里克知道，如果換做自己是愛麗絲，他一樣也會需要這個答案。他需要知道自己在人們的眼中到底有多愚蠢，到底有多少人知道了他所不知道的真相。「是的，」塞德里克說道，這個詞割痛了他的嘴，「但我從沒有笑過，愛麗絲，有時候我會為妳說話。」

「有時候你不會。」愛麗絲無情地說道。她歎息一聲，將杯子放在桌面上。在安靜的船艙裡，這一聲並不大。她抬起雙手，將臉藏在掌心裡。塞德里克很擔心她會哭泣。如果愛麗絲哭了，他知道自己必須安慰愛麗絲，但若這樣做，只會讓他覺得自己像是一個騙子。他的確參加過這樣羞辱愛麗絲的聚會。他怎麼還有資格安慰這樣的一位朋友？他一動不動地坐在凳子上，沉默不語，只是等待愛麗絲發出聲音。

但愛麗絲只是放下捂住臉的雙手，重重地歎了口氣。然後她拿起杯子，又吮了一口咖啡。「有多少？」愛麗絲平靜地說道，「繽城有多少人知道：愛麗絲是個傻瓜？」

「愛麗絲，妳不是傻瓜。」

「有多少人，塞德里克？」

「我不知道。」

「超過十個？」愛麗絲不情願地問。

「是的。」

「超過二十？」

「我認為是的。」

「超過三十？」

「有可能。」塞德里克吸了一口氣，「也許吧。」

愛麗絲發出苦苦的笑聲，「所以你們說話的時候並不是那麼謹慎，對不對？我是不是唯一被蒙在鼓裡的人？」

「愛麗絲……妳不明白。像我們這樣的男人，我們有我們的社交圈子，一個絕大多數繽城人都不知道的社交圈子。我們創造了我們的世界。我們必須如此，因為如果我們不這樣，我們不可能被允許……妳不是唯一不了解自己丈夫的妻子，也有一些繽城人的妻子知道這件事，也接受了它。我的妹妹相信妳就是這樣的一位妻子，她和我這樣說過。另外一些丈夫和父親，他們的確也愛他們的妻子，以他們自己的方式。這只是……嗯……」

愛麗絲將雙手攥成拳頭。「蘇菲知道？」

「是的，蘇菲知道。聽她說話的意思，她相信妳知道，並且接受了這件事。有一段時間，我真的希望妳能夠如此。有一天我和詔諭提起了這件事，他卻只是笑話我。」

愛麗絲的眉毛擰在一起，她努力思考著這件事。然後她突然問道：「蘇菲怎麼會知道？你告訴她的？」

「我沒有必要告訴她。她是我的妹妹。她就是知道。」塞德里克停頓一下，想了想，又低聲說，「她一直都知道。」

愛麗絲輕輕吸了一口氣，又將它歎出去，「說實話，我不知道哪一件事更令人羞恥。讓你的妹妹認為我是一個被欺騙的傻瓜，還是讓她以為我已經和你們達成了協定。」她的目光離開了塞德里克。「至少詔諭沒有裝作很在意我。回看這些往事，實際上，我覺得他是在以某種怪異的方式向我說實話。我知道他不想要我，他來到我的床上只是因為他必須如此。他要有一個孩子。我以為他有別的女人，我從來都不明白，為什麼他不和自己真正喜歡的人結婚。但現在我知道了。他做不到。」

在愛麗絲冰冷的推論中，塞德里克低下了頭。

「當我試著去想像你和他在一起，當我想到你擁抱他，親吻他的嘴，他也將你緊緊抱住……就在我們居住的那棟房子裡。在整晚的尋歡作樂之後，你們兩個一同下樓來和我吃早餐，你們兩個一同謀畫……」

塞德里克驚慌地說：「求妳不要，愛麗絲。我不想談論這件事。」

「他對你溫柔嗎，塞德里克？他有沒有說過他愛你，會不會送你小禮物？是不是記得你喜歡什麼香氣，或者什麼樣的甜點？」

愛麗絲不會放過他。這是他欠愛麗絲的嗎？他必須要承受這些嗎？他深吸一口氣，承認道：「沒有，我對他是這樣。但他從來沒有這樣對過我。」

「那麼他是怎樣對待你的？」愛麗絲的聲音中流露出一點落淚的意味，「他做了什麼事情，讓你會愛上他？」

塞德里克開始思考這個問題，而這種思考讓他感到又一陣傷痛。「他是詔諭。妳知道他。要愛上他實在是太容易了。他很英俊，衣著又很華美，在舞池中風度翩翩，渾身上下都散發著魅力。只要他想要這麼做，他就能將全部心神放在妳的身上，讓妳成為這個世界上最重要的人。他很強大。我感覺……受到了他的保護。我被他高高舉了起來。我無法相信他竟然會想要我，竟然選中了我。他是那樣美麗，只要能得到他的注意，我就得到了我能想像的全部禮物。我完全為他所傾倒。他的確給我買過禮物——衣服、菸斗、一匹馬。現在我回想過去的事情，發現那些東西並非真的是為我準備的禮物。他給我那些，因為那樣我才能變成他需要我變成的樣子。只有那樣，我才不會因為衣衫粗劣和對馬匹毫無品味而讓他蒙羞。我就像是……像是一塊布，他需要裁剪縫紉，才能把我變成一件合適他的禮服。」

塞德里克一直盯著桌子，盯著自己面前幾乎已經空了的碗，還有那只廉價的陶土杯子，那把不曾被用過的勺子。現在他抬起眼睛看著愛麗絲。在昏暗的光線中，愛麗絲的面孔就像是一張白紙做成的面具，上面只切割出兩個孔洞，露出她的眼睛。塞德里克覺得她完全一動不動。但實際上並非如此，一切的平靜都只是表面上的。在表面以下，愛麗絲的烈火正在奔竄。

「我不會回去。」

塞德里克盯著她，搞不清楚自己所說的話和愛麗絲的回答之間有什麼聯繫。

「我絕對不會回去繽城。」愛麗絲更加清晰地做出回答，「我絕不會回到那個人們認識我、知道我是怎樣被欺騙、知道我有多麼羞恥的地方。這都是因為詔諭對我做的一切，因為他以這樣的方式利用了我。但我不會再讓他這樣對我予取予求，我不會讓他對我剪裁縫紉，然後變成他合身的衣服。」

「愛麗絲……」

「他違背了向我立下的誓言。他讓我們的契約成為一紙空文。塞德里克，我已經不再受到他的束縛了，我也沒有理由再回到他身邊。我要留在這裡，留在柏油人號上。我要和萊福特林在一起，我知道他會接受我。我不在乎他是不是想和我結婚，我要和他在一起。」

「妳不能。妳不應該。」現在不是告訴她那件事的時候。塞德里克不想讓這兩件事在愛麗絲的腦子裡混為一談。但他不能讓愛麗絲就這樣一無所知地離開餐桌，走出這個房間。他不能讓愛麗絲做出無可挽回的事情，不能再讓另一個男人欺騙愛麗絲。

「愛麗絲，妳不應該信任他。」塞德里克的話語攔住了愛麗絲。此時愛麗絲的手正按在門板上。

「我知道你在想什麼，塞德里克。」愛麗絲甚至沒有轉回頭來看他，「我知道你認為他沒有受過教育，社會地位比我低，粗俗不知禮儀。你又知道什麼？他就是這樣的人。但他愛我，我也愛他。我已經發現，這一點比你認為至關重要的那些事情，都更重要。」她推開了艙門。

「愛麗絲，他在欺騙妳。」

片刻間，愛麗絲站在艙門口，一動不動。然後，她又輕輕將門關上。塞德里克看不見愛麗絲的臉，但他能想像愛麗絲的眼睛裡閃爍著怎樣忐忑不安的眼神。一個男人已經讓她變成了傻瓜。一個她所信任的朋友也欺騙了她許多年。她還能夠信任自己的判斷嗎？這樣的事情會不會再次發生？

「我不願意告訴妳這件事。」

「你其實很想對我說，」愛麗絲嚴厲地說道，「你就說吧。他怎麼欺騙了我？他有什麼祕密？一個我不知道的妻子？巨大的債務？他是個殺人犯？一個騙子？一個賊？還是什麼？」

賽德雷克咬緊了牙。他不知道自己該如何向愛麗絲說明這件事，又不必暴露自己和傑斯之死的關聯。他想要保守這個祕密。龍和卡森知道這件事已經夠糟糕的了。他很驚訝地意識到，自己不單想要隱瞞他所做的一切，也同樣想要為他的龍進行隱瞞。他不希望其他守護者知道芮普妲殺死並吃掉了一個人。只要和愛麗絲說萊福特林的事情就好了，沒有必要說出他是怎樣知道的。「妳一定知道，恰斯大公生了病。他已經發出公告，任何能夠將治癒病痛的巨龍器官帶給他的人，都能夠得到豐厚的獎賞。所以，現在只要能夠將龍的器官送到市場上去，就能賣一個很高的價格。」

「這個我當然知道。我怎麼可能研究龍這麼多年，卻不知曉龍鱗、龍血、龍肝和龍牙一直被認為有藥用價值？我也相信這種傳統認知有一部分是正確的。那又如何？」

該說的就說吧。「萊福特林和一些打算逢迎恰斯大公的人有勾結。他打算收集一些龍的標本出售給恰斯人，或者他可能已經這樣做了。」

「他不會的。」愛麗絲剛一開口，又停頓了一下。她在自問這件事有沒有可能，「他沒有時間，沒有機會！」她開始反駁塞德里克，「他需要駕駛這艘船，這耗去他的全部時間。」

「他也曾經去過龍群那裡，幫助你們清除銼刀蛇，給龍的傷口塗上柏油。愛麗絲，他能夠這樣做。這裡拿一、兩片鱗，那裡取一些血。他還在等待機會，看是否能從將死或者死掉的龍身上偷取更多東西。這會是他在這場遠征中的巨大收益。如果一頭龍死了或者受了傷，他就能收集那頭龍的器官，然後他就會拋棄守護者和龍，立刻調頭前往恰斯國，以取得一大筆財富。」

「這太瘋狂了！我不會、也不能相信這種事。」

「這是真的。」

「你怎麼知道的？」

「我不能說。」

「喔。」愛麗絲將整個世界的厭惡都丟棄在這一個字裡。「坊間傳聞，流言蜚語。好吧，塞德里克，我會結束這一切。我只需要問問他就好了。」

「妳不應該這樣做，愛麗絲。我非常相信妳不了解他，不知道他都能做出什麼事。傑斯，獵人傑斯，是他告訴我的。好了，現在妳知道了。傑斯告訴我，他會和萊福特林合作取得巨龍器官。他告訴我，他們有計畫，只要拿到他們所需要的東西，就會在雨野原河口與恰斯人的船會合。但他們發生了內訌，結果引發了一場鬥毆。」

「為什麼傑斯會和你說這些事？竟然會這樣信任你？」塞德里克聽出愛麗絲的腦海裡正在冒出各種懷疑。也許能夠用一些細節說服她。

「不管妳是否相信，他認為我能夠幫助他接近那些龍。因為我曾與妳一起和那些龍打過交道。他知道妳將那片紅色的龍鱗交給我，要我將那片鱗畫在紙上。我生病的時候，他將那片鱗從我的房間裡偷走了。他說只是那一片鱗就已經能換取一筆小財富了。他認為，如果我們能夠從龍身上得到一片鱗，也許我們就能得到更多東西，足夠讓我們全都變成富人。」

愛麗絲在一片幽暗中盯著塞德里克。塞德里克能夠聽見她呼吸的聲音。「萊福特林不會參與這種卑劣的勾當。」

「他有。我恐怕他有。我恐怕如果妳和他明說這件事，他會向妳施加暴力，或者想辦法把我們兩個都除掉。愛麗絲，我和妳說的都是實話。妳必須問問妳自己，妳是否真的了解他？對於他，妳還有什麼是不知道的？」

「我認為我了解他。我對他的了解，要比你所想的更多。」

愛麗絲將這一番話甩到塞德里克的臉上。塞德里克立刻明白了。他所承受的巨大打擊讓他自己也吃了一驚。愛麗絲和這個男人上床了。這位河上男人是如此滿身酒氣且愚昧無知，但她竟然和他上床了。愛麗絲，他從小就認識的那個甜美的小女孩，那位受人尊敬的繽城女士，上了這樣一個男人的床。片刻間，強烈的沮喪和惶恐讓塞德里克無言以對。然後他知道，自己必須採取行動。他要採用他最終的武器來對抗這種盲目的迷戀。

「愛麗絲，妳以為妳了解他。但妳也曾經以為了解我，還有詔諭。我們都欺騙了妳很多年，妳卻從沒有懷疑過。對此我感到很抱歉，真的很抱歉。也正是因為這樣，我才會竭盡全力阻止妳再一次成為這種騙局的俘虜。萊福特林配不上妳，愛麗絲。妳一定要離他遠一些。」

在這間廚房微弱的光線裡，塞德里克能看見愛麗絲肩膀的一起一落。她正在努力壓抑自己的抽噎。她屏住了呼吸，但因為過於緊繃的喉嚨，她的聲音還是變得非常尖細，「我有沒有說過我不恨你，塞德里克？我認為我錯了。」

「那麼，就恨我吧。」塞德里克回答道，「這也許是我應得的。我會接受它作為我必須付出的代價，我騙了妳這麼多年，這是我欠妳的。但不要把自己浪費在那個笨伯的身上，愛麗絲。妳應該得到更好的生活。」

愛麗絲沒有回答，只是走出房間，重重關上了門。

塞德里克久久地坐在房間裡，一個人沉陷在黑暗中。他下意識地拿起杯子，喝光了最後一口冰冷苦澀的咖啡。當他站起身準備離開的時候，又看了一眼桌上的杯碗。他應該整理好這些物品，不要再做人們口中的那個繽城懶鬼。也許等到明天吧。今晚就算了。和愛麗絲的爭論已經讓他身心俱疲。頹敗的精神重重地壓在他的身上，由此而生的疲憊感，是睡眠和休息無法緩解的。他只希望自己能夠讓一切都停下來，哪怕只是暫時的停頓也好。他歎了口氣，搔搔面頰。明天，船上就能有更多盥洗用水。他就能用熱水刮一下鬍子。他以前從沒有留過鬍子，更不曾意識到鬍鬚會讓他這麼癢。他又搔了一下，這一次更加用力。

毛髮隨著他的指甲脫落下來。他甩甩手，掉落的毛髮在視窗射進來的月光中閃爍了一下。這是什麼？他以前從沒有掉過毛髮！他又搔了搔頭頂，把手放到眼前，發現幾根長髮就掛在他的指甲上。

這全都是因為過於擔憂，心情太過壓抑——他這樣告訴自己，一定是酸性河水的作用。就是這樣。他沿著自己的下巴更加緩慢地搔了兩下。他的指甲刮到了什麼東西，將那東西掀了起來。不。他小心地移動自己的手指，找到下一片鱗的邊緣。他揪住那片鱗，把它拉起來，直到皮膚感到疼痛。不是一片汙泥，不是乾皮，是生長在他臉上的鱗。他的下巴上出現了一排鱗片。他一下子感覺到頭暈又噁心。

他的手指撫過後頸，感覺到鱗片沿著脊骨生長出來，形成一條細線。現在它們還很細小扁平，就像是一條鱒魚的鱗。他的頭皮上也生長出了細鱗，讓他的頭髮脫落。顯然它們會將頭髮取代掉。他又用手指摸了摸自己皸裂的嘴唇。這裡還沒有什麼異樣。他的呼吸變快了。很快他的嘴唇也要保不住了。他下巴上，額頭上和頸後的鱗片會逐漸變厚，生出棱線和凸角，會像馬蹄一樣硬。

你不高興嗎？

塞德里克用力關閉了自己的意識，芮普妲的困惑漂浮在他的腦海邊緣，而他選擇完全不予以理會。他的心跳在震動著他的耳鼓。這會是真的嗎？這真是一個可怕的夢。他鼓足勇氣，輕輕用雙手搔搔頭，又突然狂暴地搔了起來。當他放下雙手，看到手指上全是一簇簇頭髮。他甩掉那些頭髮，匆忙離開了廚房，將門重重地摔在門框上。

他向自己的房間跑去，卻又在半路上突然止住腳步。他打算去幹什麼？鑽進他那個美其名曰「居所」的板條箱裡？蜷縮在窄床的一堆破布裡悄悄哭泣？難道最近這樣的事情他做得還少嗎？難道他還不明白，這樣做根本於事無補？

此刻，船頭正指向溪流的三角洲沙灘。從這裡，塞德里克能看到營火和龍，還有正聚在一起吃飯聊天的守護者們。他轉身向船尾走去。在這裡，他能看到閃動著粼粼波光的河水快速地從船邊流過。頭頂上方，閃爍群星中的月亮已經接近飽滿。塞德里克眼前看不到任何人類活動的跡象。守護者們充滿生活氣息的聲音從身後傳來，不斷進入他的耳朵。今晚他們很快活，有大量的清水和烤魚。在他們簡單的世界裡，一切都很好。但對他則不然。

「我已經一無所有了。」塞德里克對著黑夜說道。他點數了一下自己的損失。沒有了詔諭，沒有了繽城的家，沒有了財富，他和愛麗絲的友誼也瓦解冰消，他甚至連臉都沒有了。如果他回到繽城，人們一定會厭惡地對他唯恐避之不及，因為詔諭拋棄了他，更因為他的美麗已經蕩然無存。在他的小圈子裡，和與詔諭反目的人交朋友是非常危險的。沒有了體面的身分，沒有了生活的前途。那麼他還有些什麼？

沒有了。他面前只有空無一物的人生。

在呼吸三次之後，他考慮了一下愛麗絲的方案。留在雨野原，永遠不要回家。但有人願意接納並照顧愛麗絲。這裡卻沒有人願意接納塞德里克，只除了一頭龍以外。一頭對他一心一意的龍。但這種情形又能持續多久？如果芮普妲發現了他最初來到雨野原的動機呢？這件事他不敢想得太多，唯恐芮普妲會發現他的想法。他不明白，芮普妲怎麼會記不住他在深夜裡溜到她身邊，拔下她的鱗片，用瓶子裝滿她的血。她真的不記得了？如果她知道了這件事，還能繼續這樣喜歡他嗎？

總有一天，芮普妲會知道。

塞德里克開始思考這意味著什麼。當芮普妲的思想碰觸到他的時候，他在人生中第一次真正感覺到了另一個生物對他的愛。每一天，芮普妲的意識都在發展。她的想法變得越來越清晰和強壯。當她明白了塞德里克去找她的目的，她會怎樣看待塞德里克？不再是一位朋友，而是一名屠夫？

她會不會將這種感覺也分享給塞德里克？就像分享對他的愛？體驗她對自己的憎恨和厭惡，又會是怎樣的感覺？

一陣顫慄湧過塞德里克全身。塞德里克突然意識到，他還沒有失去一切。他還擁有一頭單純生物的愛和關懷。但他找不到辦法能夠讓自己不必失去這一切，更無法想像自己該如何承受這樣的後果。他的心中生出一種充滿惡寒的篤定感，該如何解決所有這些問題，他看到了唯一的通道。

不要想他打算做什麼，不要讓龍發覺他的想法，要阻止他。但塞德里克對自己的警告，已經引來了龍的注意。塞德里克想要和她道別，告訴她：這不是她的錯。這當然不是她的錯。芮普妲為他竭盡了全力，一次又一次地拯救了他。想到這樣會傷害那頭龍，塞德里克驚訝地感覺到自己的心被深深的歉意刺痛了。他一時衝動地想要脫下靴子和外衣。這個想法有多麼傻？這又會有什麼區別？

塞德里克？塞德里克？

現在不行，親愛的。

你的身上有鱗片了？有什麼東西要獵殺你？有什麼東西要來傷害你？

不。沒有，我很好。一切都很正常。

不，你很害怕。哀傷。發生了很糟糕的事。

塞德里克盡可能輕柔地將芮普妲從自己的意識裡推開。現在不能浪費時間。他能夠感覺到紅銅龍在他的牆壁外面焦急地喊嚷，並已心生警惕。該結束這一切了，不要等到芮普妲搞清楚他想要做什麼。塞德里克仔細審視了一番環繞船尾的水面，選了一個能夠看到河水流動的地方。他爬上船尾欄杆，又仔細看了看下方發亮的黑色水面。這裡的水夠深嗎？流速夠快嗎？應該用不了多少時間。他從來都不是很會游泳。跳下去，只要跳下去，不再掙扎，一切就都結束了。他有意呼出一口氣，彎下身，向下一跳。

他重重地落了下去，肋側被狠狠撞了一下。隨後他的頭也撞上了什麼東西，讓他眼前全是金星。他以為自己已經把氣吐乾淨了，但重壓在他身上的東西又從他的肺裡擠出了一口氣。沒有水。這不合理……「不能……呼吸了……」他吃力地說道。

那個重量滾開了。塞德里克終於吸進一口氣。在隨後的短暫時間裡，他只感到頭暈眼花，無從分辨自己在哪裡，剛剛發生了什麼事。他凝聚起目光，才發現自己正面對面地躺在獵人卡森的身邊，他們是在柏油人號的甲板上。

「我早就知道你會做出蠢事。」卡森喘著氣在他耳邊說，「你離開廚房的時候，我就已經從你的眼神裡看出來了。我告訴了你的龍，想要知道她是不是在為你擔憂。她果然非常擔心。」卡森吸了一口氣，「我不得不從營火旁一路跑過來。你很幸運，我及時趕到了。」

塞德里克的身體需要空氣。現在他能做的只有不停地喘息。真滑稽，他是那麼想要死，但是當他的身體想要空氣的時候，卻絲毫不在意他的心境。在得到足夠的空氣之前，他的一切思考都停止了。在狠狠地吸了三口氣之後，他苦澀地問道：「幸運？」

「正是。我也很幸運。我及時抓住了你，不必為了救你而把全身打溼了。」卡森露出了很淡的微笑。他的深褐色眼睛凝視著塞德里克的臉，「為什麼你要淹死自己？」

「我的人生完了。我還是死了比較好。」

「怎麼會這樣？」

「你應該放我走。我想要死。我已經失去了一切。」

「一切？」

「一切。詔諭和我的關係完了。現在我完全看清了這件事。所以他才會派我來跟著愛麗絲。我把一切都向她承認了。她現在非常恨我。或者她是非常生我的氣，具體是哪種情緒，她也還不明白。我一直都沒有能保護她。作為她的朋友，我背叛了她，而現在她又犯下了一個可怕的錯誤。她已經不相信我了，所以我對她的警告根本沒有用處。如果我回到繽城，我也只會是一個沒有工作的窮光蛋。詔諭會讓我們圈子裡的每一個人都鄙視我。所以我回不去了。」塞德里克的話語越來越不連貫。他覺得自己非常孩子氣，竟然這樣語無倫次地向卡森傾訴自己的苦難。直到他差一點說出關於龍的事情時，他才及時咬住了舌頭。他畢竟還有一點機會將這個祕密帶進墳墓裡。他面前的大漢只是帶著似笑非笑的表情，用那雙深褐色的眼睛看著他，這當然不會讓他的心情有絲毫改善。他試著想要坐起來，想要離開卡森，但卡森抱住他的手臂突然變得沉重起來，將他壓倒下去。

「別著急，讓呼吸平靜下來。還有事情在困擾你，是什麼事？」獵人深沉的目光穿透了他，要求他的回應。

這個簡單的問題，彷彿具有塞德里克無法抵抗的魅力。他聽見自己結結巴巴地說出了心中最後的祕密，「那頭龍在我的腦子裡。我們連結在一起了。我無法擺脫她。她……她愛我。但這只能讓我的感覺更糟，因為我不配得到這份愛。她是一個好心的小生物……」

「小？」卡森難以置信地問道。

「那麼，可以說是很年輕。作為一頭龍，她是那樣年輕、天真。她一直都在惦記著我，尤其是當我想到她的時候。」淚水從塞德里克的眼睛裡滑落出來。他為自己的眼淚感到羞恥。他哭泣的時候，詔諭總是會嘲笑他。他從卡森面前轉開臉，抬起頭看著天空。他已經能感覺到那頭龍了。芮普妲向他送來溫暖。她正在努力用自己的溫暖將他包裹住，希望他能安心，但他只是將自己緊緊裹在用強烈的悲苦做成的繭殼中，把芮普妲擋在外面。他感覺到一隻手摸到了自己的下巴，不由得打了個哆嗦。

「放鬆，」卡森說道，「沒有人會傷害你。」獵人輕輕將他的臉轉回來。「我不認為有人愛你會是這樣可怕的事情，即使她是一頭龍。那麼，到底是什麼事將你逼到了這步境地？什麼是你真正無法逾越的、可怕的災難？」

塞德里克嚥了一口唾沫。卡森的手沒有離開他的臉。他的食指小心地抹去了塞德里克臉頰上的一顆淚珠。上一次有人帶著這樣單純的善意觸摸他，是什麼時候？

「我的身上生出了鱗片。」這句話從他繃緊的喉嚨裡冒出來，顯得格外高亢。他無法避免自己聲音中的恐慌，「沿著我的下巴，還有我的脖子後面。」

「成年人的身上並不常出現這種情況。讓我看看。」卡森用臂肘支撐身子，仔細觀察塞德里克的下頷，並用手指撫過那裡，「嗯，你是對的。這裡的確有一些小鱗片。」他露出一絲淡淡的微笑，「你的鬍鬚軟得就像小狗的毛。我再看一下你的頭後。」他伸手觸摸塞德里克的頭顱後面，讓他的手指撫過他頭後的一道紋路，「你的確是有了，」他輕聲說，「鱗片。」

他深吸一口氣，繼續輕聲說道：「越來越好了。」他的聲音中流露出喜悅，不知為什麼，塞德里克卻感到很受傷。為什麼卡森會因為他的厄運而高興？就在這時，獵人的一隻手還環繞著塞德里克的脖頸，同時緩緩向塞德里克俯下身，親吻了他。塞德里克驚愕得完全無法動彈。卡森的嘴唇很輕柔，但絕不退縮。結束了這個吻之後，塞德里克發現卡森將他抱在了懷中，用力量支撐起他的身體，卻沒有半點殘忍。就這樣被擁抱著，塞德里克的心中有某種東西破碎了。他將臉埋在卡森的粗布襯衫上，哭泣起來。哭聲從他的喉頭發出，徹底打垮了他。為了所有那些他以為自己擁有、卻從不曾得到過的東西，為了他任由詔諭對自己所做的一切，為了自己對愛麗絲的欺騙，為了對芮普妲的傷害而痛哭不止，他哭了。他會流淚，是因為他突然覺得自己安全了。獵人什麼都沒有說。他只是將獵人拉得更近。當最後一滴淚水終於離開塞德里克的時候，他感覺到龍的關愛正在環繞著他。

我知道你取了我的血。即使是這樣，你也沒有想過要殺我。你喝下我的血，讓我和你的意識有了連結，也清理了我的思維。這樣很好，塞德里克。我不會把這件事說出去。沒有人需要知道這件事。

這種簡單的接納和原諒，如同洪水一般，正沖刷滌蕩著塞德里克，讓他傾覆，將他淹沒，這又是任何浪濤無法做到的。他無法抵抗，卻又發現自己根本不願抵抗。無意識的暖流再次湧過他的全身，帶走了他的一切憂愁和思慮，沖走了絕望，只留下安慰。

他感覺到自己全身放鬆下來。

卡森用兩根手指撐住他的下巴，抬起他的臉，再一次親吻他。

一段時間之後，獵人將嘴唇移開，用沙啞的聲音說道：「如果你改變了想法，不打算再殺死自己，我已經想到今晚你還有一些別的事情可以做。」

塞德里克竭力尋找自己的思緒，想要重新拾起那些讓他充滿絕望的事情。卡森一定已經從他的表情中看出了這一點。

「不要，」獵人輕聲說道，「不要這樣。現在不要。也不要質疑，不要猶豫。」他離開緊貼自己的塞德里克，站起身，然後又俯身向塞德里克伸出一隻手。塞德里克握住那只手，感覺到獵人滿是老繭的粗硬手心，然後任由卡森將自己拉起來。

「我帶你回房間吧。」卡森低聲說。

「好的。」

賽瑪拉從營火旁走開，進入到黑夜之中。夜色很柔和，這應該是一個美好的夜晚。她的肚子裡裝滿了魚肉和溪水中的綠色青苔。今天下午，她終於能夠好好洗一下身子和頭髮，而且想喝多少水就喝多少水。她將辛泰拉擦洗得乾乾淨淨，在夏日晴空之下，那頭傲慢的巨龍女王全身閃耀起奪目的藍色光彩。她從沒有用語言讚美過辛泰拉。而辛泰拉卻對她說道：「妳心中所想的，一點也沒有錯。這裡沒有任何龍能夠和我相比。」這反而讓賽瑪拉的心中感到一陣氣惱。

辛泰拉從沒有因為賽瑪拉努力為她清潔身體而感謝過她，賽瑪拉早已因此而怒火中燒，但她一直保持著沉默。洗乾淨辛泰拉的身體之後，她就離開那頭藍龍。在下午剩餘的時間裡，她幫助刺青、哈裡金和希爾薇洗淨了那些沒有守護者的龍。這對他們無疑是一場挑戰。

巴力佩爾一直孤僻地待在一旁，很不配合守護者們的擦洗。他還在哀悼逝去的沃肯。噴毒則完全是另一個極端。現在他變得冒失莽撞，很有攻擊性。這頭小銀龍享受著幾名守護者共同的關注，不想讓任何人離開他。當剛剛洗過澡，頭髮還溼漉漉的愛麗絲過來幫助他們時，噴毒的注意力完全被她吸引了，賽瑪拉才總算是鬆了一口氣。可憐的芮普妲順從地讓他們清潔身體，但她的眼睛一直盯著柏油人號。她顯然是在思念塞德里克。看著芮普妲的樣子，賽瑪拉感到非常氣憤。「什麼樣的人，在被龍救了以後，又對這個可憐的生物完全視而不見？」她問愛麗絲。讓她吃驚的是，愛麗絲竟然會為塞德里克辯護，她說道：「我並不驚訝。他現在還有他自己的問題得應對。最好不要現在去打擾他。」

紅銅龍的反應則要比愛麗絲更直接，「我的守護者！」她向賽瑪拉嘶聲說道。儘管她噴出的口氣中沒有毒液，賽瑪拉還是立刻停止了對塞德里克的抱怨。

暮色低垂的時候，他們聚集在營火周圍，享受著火焰的熱量，一同吃著晚餐。其他人都在從各種損失中恢復過來，賽瑪拉她為他們感到高興。所有人都很想念傑斯講述的那些故事。當戴夫威拿出笛子開始吹奏時，那樂聲也變得單薄孤寂了。就在這時，讓所有人驚訝的是，貝霖從柏油人號上下來，還帶來了她的笛子。她一句話都沒有說，直接坐到戴夫威身邊，和著男孩的旋律吹了起來，用一種和諧的伴音，襯托出戴夫威優美的笛聲。豐沛動聽的樂曲立刻充滿了營火周圍的夜晚。沉默寡言的斯沃格面色比他的妻子更加紅潤，顯然是在為他妻子的才藝而感到驕傲。這一段笛聲的合奏，真是美妙極了。

但就在這時，賽瑪拉悄悄離開了營火。她轉向拉普斯卡，想要與他分享自己的驚訝和愉悅時，拉普斯卡卻已經不在了。

她覺得自己殘忍又罪惡。她竟然忘記了拉普斯卡，儘管只是在很短的一段時間裡。拉普斯卡死了，永遠離開了他們。她覺得自己背叛了他們的友誼。突然間，美好的音樂只能狠狠地刺痛她，讓她不得不離開那些坐在營火旁嬉鬧歡慶的人們。她邁著遲鈍的腳步走進黑暗裡，直到溪流擋住她的步伐。於是她坐在一根倒下的樹幹上，傾聽溪水的呢喃。在她身後，營火的光芒和溫暖，還有那動人的音樂，彷彿都來自於另一個世界。賽瑪拉不知道自己是否還屬於那個世界。

寂靜的森林在她的耳朵裡一點也不平靜。水在流動，昆蟲在樹皮和青苔中鳴叫。在她的頭頂上方，某種有爪子的小東西正在樹枝間散步，也許是一隻小樹貓，正在尋找因為夜晚的寒冷而停止了動作的蜥蜴。賽瑪拉專注地傾聽著所有這些聲音，最終聽到一下撲擊的聲音和一點尖叫聲，然後是那頭小捕食獸發出了短促而滿足的嗚嗚聲。緊接著，牠又銷聲匿跡了。也許是牠要用自己的技巧悄悄回到一個安全的地方，享受剛剛到手的獵物。

「如果我留在這裡又會怎樣？」賽瑪拉向著平靜的夜晚問道，「這裡有潔淨的水，有我見到過的最堅固的陸地。這條溪流底下是沙子，而不是淤泥。這應該是一個很適合狩獵的地方，我又有什麼東西是這裡無法給我的？」

「陪伴？」刺青在黑暗中說道。賽瑪拉轉過身，看見他就像是橙色火光中的一片剪影，「或者妳的人已經夠了？介意我加入嗎？」

賽瑪拉沒有回答，只是在原木上挪了挪身子。她不知道該怎樣回答。

「現在他已經讓所有人都跳起舞來了。」刺青對著黑暗說道。

賽瑪拉無聲地點點頭。刺青走過來，握住她的手。她沒有反對。刺青就這樣坐在黑暗中，讓自己的拇指撫過她的手掌，數著她的手指。他的指甲輕輕划過賽瑪拉的爪子，「還記得妳以為這些是壞東西的時候嗎？」他平靜地問道。

賽瑪拉忽然覺得有些難為情，她抽回手，放在自己的膝蓋上。「我可不知道自己有沒有真的這樣想過。它們一直都對我很有用。我只知道：有一些人因為它們而輕視我，而我曾經不得不和他們生活在一起。」

「是的，其實，在這次遠征中，我不止一次希望能有妳這樣的爪子。」刺青的語氣很認真，他重新捉住賽瑪拉的手，用自己的一雙手掌捂熱它。這種感覺很好，賽瑪拉甚至沒有察覺到自己的手一直感到酸痛。刺青溫柔地揉搓著她的手，讓那種酸痛的感覺和緩下來。賽瑪拉的身體也不再感到那樣緊張了。刺青稍稍向她靠近了一點，對她說：「把妳的另一隻手給我。」賽瑪拉沒有多想就聽從了他。刺青用自己的雙手握著她的雙手，輕輕為她按摩。

一段時間裡，他們都沉默不語。營火旁的各種聲音飄進他們耳中。一頭龍發出警惕的鼻音，彷彿是有什麼特別的發現，但那不是辛泰拉，所以賽瑪拉也沒有理會那聲音。當刺青伸出手臂摟住她，將她拉進懷裡的時候，賽瑪拉只是任由他這樣做。刺青將面頰貼在她的頭髮上。當他低下頭來親吻自己的時候，賽瑪拉一點也不驚訝。讓他這樣做很容易，讓擴散的暖流趕走腦海中的全部思慮，也很容易。

刺青的手第二次撫過她的胸脯時，她知道了這並非偶然。她想要這樣嗎？是的。這樣做也許會導致一些事情，一些她還沒有準備好容許刺青去做的事，但她拒絕思考。如果有這樣的事情發生，她總是可以拒絕的。現在她還不必拒絕什麼。

刺青親吻了她的頸側，她的喉頭。她仰起身，縱容刺青這樣做。刺青的嘴唇向下滑去。突然間一個聲音說道：「看樣子，一個決定已經做出來了。」

兩個人立刻分開。刺青跳起身轉向格瑞夫特，兩隻手已經攥成拳頭。「你這個偷窺的小人！」他嘶聲吼道。

格瑞夫特笑了。「你一直都需要公平競爭。問問賽瑪拉好了。」他轉過身，完全不理會刺青的挑戰，「我會替你去告訴其他人，我認為他們有權知道。」然後他就走開了。

「什麼都沒有決定，沒有！」賽瑪拉沖朝著著格瑞夫特的後背喊道。

格瑞夫特發出嘲諷的笑聲，繼續向營火走去。他走路的時候不停地摸著一側的屁股。賽瑪拉心中自私地希望格瑞夫特的雨野原變化，能夠讓他感到非常疼痛。

「這個雜種。」刺青氣惱地說道。然後他轉向賽瑪拉，一歪頭，向她問道：「沒有？」

「這……這還不是一個決定。」賽瑪拉說，「我們只是在接吻。」

在黑暗中，他們沒有任何碰觸。刺青彷彿距離她非常遙遠。「只是接吻？」他問賽瑪拉，「或者只是調情？」他將雙臂抱在胸前。賽瑪拉在黑夜裡幾乎無法看見他。

「我沒有調情。」賽瑪拉為自己辯護。然後她又用更低的聲音說：「我沒有想過我們要做什麼。」片刻之間，刺青只是保持著沉默。賽瑪拉的身體仍然渴望著他的碰觸。她覺得自己可以靠近他，讓他繼續剛才被中斷的事情。也許刺青也有著同樣的想法。但他突然說：「賽瑪拉，是或者不是？」

賽瑪拉對此不必多想。她強迫自己在能夠改變主意之前快速說道：「不，刺青，現在仍然不是。」

刺青轉過身，向營火走去，只留賽瑪拉一個人在黑暗中。

金月第三日
商人聯盟獨立第六年
來自黛托茨，崔豪格信鴿管理人
致艾瑞克，繽城信鴿管理人

被封錮在小管中的，是發給全體雨野原貿易商和繽城貿易商的正式邀請函，他們受邀前往崔豪格的雨野原貿易商大堂，參加即將到來的收穫節舞會。這份邀請函要廣為張貼，並複製多份，一定要送到函中貿易商名錄所標明的每一位貿易商手中。

艾瑞克：

依照你的要求，在今天的黎明，我放飛了四隻信鴿。他們離巢的時刻完全一樣，並且皆帶著確認雷亞奧已經安全到家的信。其中兩隻是雷亞奧兩天以前帶來的快速鴿，兩隻是標準信鴿。我延遲了兩天才讓他們出發，是為了讓快速鴿有時間從旅途勞頓中恢復過來，並在飛行鴿籠中充分活動他們的翅膀。這四隻鴿子在被放飛的一刻，都立刻騰空而去。不得不承認，當我看著他們遠去的時候，心中也生出了一絲嫉妒。真希望我也能如此輕鬆自在地開始前往繽城之旅。請將實驗的結果告訴我。我很想知道他們會用多少天完成這次旅行。還有快速鴿是否比我們的標準信鴿速度更快。我已經將王鴿放入了孵育籠中，每次只允許一對鴿子中的一隻出籠飛行。至今為止，他們似乎都很適應這裡的生活，並且全都選定了築巢箱。關於這一專案的進展情況，我也會不斷地告知你。如果它在小範圍內獲得了成功，我就能確保普通家庭也能夠有財力購買這種肉食。很高興聽到你的父親恢復健康。你並不是唯一被家族要求尋找伴侶，過上固定生活的人。無論是誰聽到我的媽媽嘮叨著說我需要趕快找一個丈夫的時候，肯定都會認為她早已經為我準備好了築巢箱！

黛托茨

14

分歧

兩天連綿不斷的降雨之後，天氣突然發生了變化。明亮的藍色天空虛偽地承諾著夏天又回來了。水霧和烏雲都消失了，讓人們能夠清楚地看到河岸發生的變化。河道也在逐漸改變著。距離他們較遠的那一邊河岸，正重新向他們靠近過來。也許——萊福特林心中想道——他們終於走過了群龍所說的那一片寬闊湖泊。但這只是一種可能。他對斯沃格說：「這裡已經和他們記憶中完全不一樣了。他們向我們描述的一切都有可能毫無用處，甚至會誤導我們。如果我們只聽信他們的話，而不依從我們的行船直覺，那我們就有可能犯錯，會一頭撞進各種麻煩裡。」

斯沃格嚴肅地點點頭，但什麼話都沒有說。他一直都是這樣。萊福特林從不曾以為自己能夠真正和他進行一場交談，儘管他每一次都希望這位老舵手能夠不只是向他點一下頭。最近，萊福特林感覺到自己常常被一個人留在自己的思緒裡。愛麗絲連續幾天都很安靜，幾乎是在迴避他。喔，她還會對他微笑，有那麼一兩次，她還會握住他的手，所以他覺得愛麗絲並沒有因為他們的那一次激情而感到後悔，但愛麗絲也沒有表現出再與他一同點燃激情火焰的欲望。有一天晚上，他看到愛麗絲的房間裡沒有亮光，便輕輕敲了敲房門，但愛麗絲沒有回答。在焦急地閒逛了一陣之後，他不由得開始咒罵自己就像是一個愚蠢的男孩。如果愛麗絲想要，自然會對他有所表露。這一點她已經表現得很清楚了。當她不想要的時候，他不必在她的門口晃蕩。

有一次，萊福特林發現愛麗絲在沉默中孤獨地凝視著船頭。他大起膽子問愛麗絲是否有什麼與他相關的麻煩事。愛麗絲用力搖搖頭，甚至讓淚水滾落在面頰上。「求你，」她說道，「請不要問我這個。現在不行。萊福特林，我只能自己想清楚這件事。如果我覺得能夠告訴你了，我會告訴你。但此刻我只能獨自面對。」

隨後，她仍然是那種樣子。

萊福特林懷疑這和塞德里克有關。那個人仍然常常只是待在自己的房間裡。離開房間的時候，他總是會站在船頭，看著他的龍吃力而遲緩地在水中行走。最近塞德里克每晚都會到岸上探看紅銅龍。每一天，他都努力為那頭龍擦洗乾淨身體。他似乎也正在思考著某個難題。萊福特林覺得他很像是大病初癒之後正在恢復體力的人，似乎已經不是很在意自己的靴子會不會沾上汙泥，或者會在意頭髮有沒有被梳理整齊了。萊福特林曾經驚訝地看到貝霖和塞德里克一同坐在廚房裡，在餐桌旁啜飲咖啡。更讓他吃驚的，戴夫威還會教塞德里克如何將魚鉤固定在繩子上，然後在夜裡釣河底的魚。有一次，萊福特林還看見卡森和塞德里克一同靠在船欄杆上。他不知道他們之間新出現的這種關係，是否是愛麗絲不高興的原因。卡森最近也很古怪，總是保持著那種獵人緊盯獵物時紋絲不動的姿態。他的心中也有事情，但他同樣沒有向萊福特林吐露分毫。如果這個「事情」是他和塞德里克的關係，那麼柏油人號的船長決定對此保持禮貌的無視。他還有很多事情要擔心，現在他的腦子已經沒有空閒在意其他人的問題了。

這場遠征發生了變化，到現在為止還沒有人因為這些變化而感到高興。他們沒有足夠的小船和船槳讓守護者們能夠追隨他們的龍，因此每天都有一些守護者不得不留在船上。當他們遊手好閒地在船上待了一天之後，萊福特林就認識到這其中的危險，為他們所有人都找了工作。只要有時間，他就會監督他們為剩餘的小船製造新的船槳，以及幹其他各種雜活。柏油人不是一艘大船。有時候很難找到足夠的工作讓他們全都忙碌起來。但不管怎樣，萊福特林和軒尼詩還是儘量讓這些年輕人有事可做。

以他的經驗，一艘船上無事可做的手，只會製造麻煩。

實際上，他已經看到了麻煩出現的跡象。貝霖來找過他。這名水手顯得不安又慚愧。她告訴萊福特林，她和絲凱莉談過關於埃魯姆的事。「他們都沒有惡意，但他們的確彼此相互吸引。他們都很年輕，又每天都能相見。我已經提醒過她了。你最好和那個男孩談談，不要等到他們有太多希望或者傷害已經造成的時候。」

萊福特林痛恨這個任務。但這件事只能由他來做。他是船長，也是絲凱莉的叔叔。絲凱莉最近幾天裡一直在躲著他。埃魯姆顯得有些驕傲，但也非常尊重他，從那時起，他就會在每天早晨坐著格瑞夫特的小船離開柏油人號。格瑞夫特很感謝埃魯姆的幫忙，但這名年紀稍長的守護者不是萊福特林願意為埃魯姆選擇的夥伴。他已經越來越清楚，格瑞夫特不尊重他的權威，並且願意煽動一場嘩變。不過現在只能這樣。格瑞夫特重新占有了卡森和塞德里克帶回來的小船。守護者們讓格瑞夫特占有小船，萊福特林覺得是一件很短視的行為。他們剛剛出發的時候，全部小船都是他們共有的。但萊福特林不會介入守護者的事務，他自己的事情已經夠他忙了。格瑞夫特代替傑斯成為了獵人，大家似乎都很願意讓他去幹那個活。

柏油人已經讓萊福特林提前知道：即將有一條大支流出現。河上的一切變化，都逃不過這艘船的知覺。今天很早的時候，柏油人就感覺到了它。那時柏油人嘗到河水的改變，立刻就告訴了萊福特林。柏油人總是喜歡選擇更淺的河道。隨著河水開始加深，他再一次緊貼在東岸上。在他們到達那條支流的河口前數個小時、萊福特林還完全沒有看見它的時候，他就已經從柏油人的知覺裡聽到和感覺到它。當他們最終到達兩條支流的交匯點時，他們清楚地看到是哪一條支流給雨野原河帶來了強烈的酸性和之前差一點摧毀他們的洪濤。西側的支流顯得非常寬闊，兩岸布滿了洪水留下的碎片垃圾。致命的洪峰就是從那裡過來，沿途摧毀了無數草木植被，把它們變成各種碎屑斷枝，又扔在河岸邊。陽光照亮了灰色的河水，而它們流淌的河道又直又寬，看上去很利於行船。

一座生滿了鬱鬱蔥蔥的高大蘆葦和燈芯草的三角洲，將渾濁的西側支流和更加安靜的東側支流分隔開。東側的支流顯得迂迴曲折，水淺了很多，河兩岸懸垂著許多藤蔓，又覆滿了粗大的草葉和灌木。龍群貼著河岸，毫不猶豫地向寬闊的水道走去。像以往一樣，他們活動於離駁船很遠的前方。不過平直的河道讓萊福特林能夠清楚地看見他們。在開闊的水面上，太陽照得那些龍閃閃發光。金色的默爾柯走在最前面，隨後便是高大的卡羅。其他龍，綠色、紅色、紫色、橙色和藍色，紛紛尾隨在黑龍卡羅身後，形成了一片五彩斑斕的壯麗景色。紅銅龍芮普妲和自稱為噴毒的小龍走在整支隊伍的隊尾處。燦爛的陽光下，寬闊的河道彷彿正在邀請柏油人號進入，繼續向前行駛應該是很容易的。萊福特林突然有了一種感覺，克爾辛拉似乎已經不再那樣遙遠了。如果這裡有一座古靈城市，那麼它一定坐落在陽光燦爛的河道旁。

他期待他們會有一整個下午輕鬆的旅程，但他腳下突然一晃，柏油人在三角洲前開始轉向，踏著河底跑動起來。萊福特林踉蹌一步，抓住船欄杆，以免自己會掉下去。一連串驚訝的喊聲從船上每一個人的喉嚨裡迸發出來。「該死，斯沃格！」萊福特林高聲喊道。舵手也向他叫喊：「不是我！」斯沃格的聲音中流露出一點氣惱。

萊福特林俯身在船欄杆上向下望去。兩條河交匯的地方幾乎總會有一道沙壩——這是三角洲的延伸。如同每一名河上水手，柏油人也知道這一點，而且柏油人從不會跑過這樣的沙壩。許多年以來一直都是如此，萊福特林甚至沒有機會提醒他不要做這種事。但現在，他們卻撞在沙壩上，牢牢地嵌進泥中。而這艘船絲毫沒有要讓自己解脫出來的意思。這太沒有道理了。

萊福特林倚在欄杆上，在喉嚨中低聲吼道：「柏油人，你要幹什麼？」

他沒有從這艘船得到任何能夠理解的回應。他只知道，他的船完全被淤泥吸住了。

「船長？」說話的是軒尼詩。他的臉上全都是困惑。

「我不知道。」萊福特林低聲回答了大副沒有問出口的問題。他惱恨地歎了一口氣，「拿出多餘的船篙。守護者們今天也許能為自己掙得一些榮譽了。我們把船從泥巴裡撐出來，繼續前進。」

「是，船長。」軒尼詩回應一聲，立刻喊起了召集號令。萊福特林捏了一下船欄杆，低聲向他承諾：「我們要把你從泥裡救出來，很快我們就能繼續上路了。」但他剛一將手從船欄杆上抬起來，就開始尋思：他的船剛剛給他的回應，到底是讚許還是打趣？

守護者們聚集在前甲板上。在聽到軒尼斯的喊聲之後，他們都跑了過來。賽瑪拉一直在廚房工作，努力擦拭這艘船的鍋子底部那些經年累月的油灰。船突然傾側的時候，她一下子撞到了餐桌上。隨後她就急忙跑出廚房，想要看看外面出了什麼事。結果她震驚地發現他們被卡住了，這樣的事情在以前從沒有發生過。他們早就經過了無數條匯入雨野原河的小支流，有一些只是在樹林間蜿蜒曲折的小溪，直接流入雨野原河，與主河道相比沒有任何存在感，也有一些是足夠寬闊的大河，在森林中留下了許多岸邊沼澤，河口規模也能夠與主河道相匹敵，從而形成分隔兩條河的三角洲和延伸沙壩。柏油人從沒有在這樣的三角洲前卡住過。這一次真是出乎意外。

賽瑪拉的左邊是一條寬闊筆直的大河。很顯然，最近那場洪水就是從這條河上沖過來的。被損壞的樹木掛著殘枝斷葉和滿是泥濘的垃圾碎片，遍布在河的兩岸。河水的色澤要比在與另一條河交匯被稀釋之後更加白濁。差一點殺死他們並且讓雨野原河變白的禍源，就在那條河的上游。這條河和河兩岸的森林，一直向遠方延伸到無法想像的距離之外。在更加遙遠的地平線上，一道青藍色的陰影映襯在天空之下。那可能是一片山峰，或者也可能只是賽瑪拉的想像。正在向上游前進的龍，已變成了靠近地平線的一片彩色的影子。

在賽瑪拉的注視中，一群尾巴上帶有黃色條紋的鳥從樹林中飛起，越過一段距離，又落回到樹上，隨後林中就傳出一陣狩獵的貓發出的惱怒吼聲。賽瑪拉微微一笑，這片從不曾被人類碰觸過的繁茂森林，已經深深地吸引著她，她相信在這裡狩獵和採集都會很容易。她希望他們能留在這裡過夜，若能如此，她就能在森林裡進行一番探索。但沒有了狩獵和捕魚的工具，她能夠為同伴們提供的也只能是水果和蔬菜。她很想借用一下格瑞夫特的裝備，但格瑞夫特從沒有將他的東西借給過任何人，而賽瑪拉也不會向格瑞夫特提出任何請求。

賽瑪拉很快就跑到船頭，在船頭欄杆後面找到一個地方，讓她能夠清楚地看到這片兩河交匯的三角洲。現在她轉回頭，看到聚集在前甲板上，紛紛伸頭觀望的夥伴們。軒尼詩和斯沃格正在拿出多餘的船篙，將它們分發給身體強壯的守護者。刺青笑著接過一根船篙。賽瑪拉突然覺得，刺青肯定早就想要找機會試試撐船的活計。

片刻之間，賽瑪拉覺得眼前的夥伴彷彿全都變成了陌生人。他們一開始有十三個人，現在只剩下了十一個。和之前相比，現在的他們全都是衣衫襤褸，滿面風霜。男孩們都成長了許多，身上幾乎全都凸起了男人的肌肉曲線。如今他們的一舉一動，也都和賽瑪拉最初見到他們的時候不一樣了，變得更像是在水上和陸地上工作的人，而不是樹上居民。賽瑪拉發現希爾薇也長大了，擁有了女人的曲線。哈裡金仍然如影隨形地跟著她。儘管年齡很不相稱，但他們似乎很滿意彼此的陪伴。賽瑪拉從不曾鼓起勇氣問一下希爾薇，她是否知道他們的關係是格瑞夫特安排的。在過去幾天裡，賽瑪拉開始認為這並不重要。他們似乎很適合彼此。那麼這段關係是由誰安排的，又有什麼關係？

潔珥德站在一旁，看著忙亂的人群。她的面色顯得很蒼白。儘管潔珥德經常會拍拍肚子，並表現出與眾不同的樣子，但她懷孕的身體特徵還不是很明顯。變化巨大的只有她的脾氣。最近，她對所有人都很不高興。她幾乎每天早晨都會犯噁心，不停地抱怨船上的氣味、食物和不斷晃動的甲板。賽瑪拉覺得應該對她保持同情的態度，這也會讓賽瑪拉自己好過一些。潔珥德總要每個人放下自己的心事，轉而去關心她的抱怨——賽瑪拉希望她不要那麼地堅持，如果懷孕的人都是這種樣子，賽瑪拉可不想要小孩。現在就連格瑞夫特也開始厭倦了潔珥德對他連續不斷的尖刻話語。格瑞夫特曾粗暴地回應潔珥德，賽瑪拉就聽到過兩次，每一次潔珥德都顯得非常激動，流淚不止。有一次，格瑞夫特幾乎是狂野地問潔珥德，是不是她以為只有她一個人在承受身體變化的痛苦。埃魯姆站了出來。賽瑪拉以為他會阻止格瑞夫特。但還沒有等埃魯姆開口，潔珥德已經哭著跑開了。她躲在廚房裡一直哭個不停。而格瑞夫特則憤恨地高聲說，他寧可去對付鷂鱷，也不願意伺候「那種女孩」。

船員的變化幾乎就像守護者們一樣大。賽瑪拉已經與絲凱莉和戴夫威熟識起來。顯而易見的是，他們也很想和守護者有所交流，畢竟他們和大多數守護者年紀相當。萊福特林船長一直努力維持著船員和守護者之間的界線，不過這道邊界已經開始漸漸出現了缺口。現在賽瑪拉知道，埃魯姆已經迷上了絲凱莉，而他們兩個之間非同一般的關係，已遭受船長的斥責。戴夫威和萊克特之間有著一種默默的情誼，這一點似乎大家都還沒有發現。這讓賽瑪拉覺得有些不對勁。不過想到這件事的時候，賽瑪拉也只會在嘴角邊露出一絲壞笑，畢竟萊福特林船長很少會向她尋求關於管理這艘船的意見。

愛麗絲來到了甲板上。她站到了甲板船艙頂上，手中拿著她的寫生簿子，似乎是要將這一幕情景描繪下來。賽瑪拉看著這位來自繽城的女士，覺得自己幾乎已經不認識她了。和她們在卡薩里克的第一次見面相比，現在的愛麗絲摘掉了寬簷帽，頭髮上閃亮的光澤完全不見了。太陽和風讓她的膚色變深，雀斑倍增。她的衣服上明顯出現了過度磨損的痕跡。在她褲子的膝蓋處還有了補丁。褲腳更是全都被磨毛了。她的襯衫袖口都被捲了起來，兩隻手和手臂也都被太陽曬成了褐色，所有這些改變讓她顯得比原先更真實、更有活力，甚至在她靜默和哀傷時也不例外。塞德里克則讓賽瑪拉想起了正在褪毛的漂亮小鳥，他那些可愛的色彩和優雅的舉止全都從他身上脫落了。他現在很少會和愛麗絲說話，卻帶著一種笨拙的真誠努力照顧剛剛屬於他的龍——這甚至讓賽瑪拉很有些感動。在他的關照下，那頭紅銅小龍變得活潑起來，甚至開始變成了一隻話匣子。只要塞德里克不在她身邊，她就會嘮叨個不停。現在紅銅龍的語言和思維都變得越來越清晰了，身上的寄生蟲也明顯在減少，身體也開始迅速長大，唯一阻礙她的，只是每天還不夠充足的食物。

紅銅龍不是在洪水過後唯一發生變化的。現在自稱為噴毒的銀龍幾乎已經有些危險了，他的脾氣很暴躁，總是充滿惡意，他已經在無意中傷到了博克斯特，而博克斯特並沒有做任何刺激他的事情，只是當噴毒向其他龍發怒的時候，剛好從他的地盤上走過。當時默爾柯迅速衝過來，向噴毒大聲咆哮。博克斯特很幸運，他只是稍稍接觸到了酸霧，沒有直接遭受龍毒的噴吐。他的手臂被燒傷了，不過他迅速脫下襯衫，避免了更嚴重的傷害。隨後，他竭盡全力阻止了自己的龍去找噴毒的麻煩。一切紛爭平息之後，其他守護者才為他處理並包紮了手臂處的傷口。如果不是博克斯特的手臂上已經覆蓋了鱗片，他受到的傷害會更加嚴重得多。

一些龍已經對這種長途旅行感到不滿和厭倦了，另一些龍則依然像遠征剛開始時那樣堅定。他們對於這次遠行的態度和他們對於守護者的態度，同樣發生著變化。一些龍和他們的守護者關係變得非常密切。默爾柯和希爾薇總是讓賽瑪拉想到共同度過了漫長歲月的老夫婦。他們彼此了解，喜歡對方的陪伴。賽瑪拉和辛泰拉仍然無法彌合她們的分歧。每一天，賽瑪拉都在懷疑她們是否能夠真正成為美好的伴侶。藍龍女王似乎在生她的氣，但賽瑪拉不知道她生氣的原因到底是什麼。辛泰拉仍然對她頤指氣使，命令她清理自己的身體並去除眼睛周圍的寄生蟲。賽瑪拉忠實地履行著自己的契約，悉心照顧這頭藍龍。儘管辛泰拉總是對她怒氣難消，但她感覺到她們之間的連結越來越強了。她現在非常清楚辛泰拉的需求。辛泰拉對她說話的時候，似乎不需要言辭就能表達自己的意思，有某種比好感或關愛更加強大也更深沉的力量，將她們彼此連結在一起。對於他們倆而言，這種連結並不總是很舒服，但它是真實存在的。而它為什麼存在，對於賽瑪拉而言依舊是一個未解之謎。愛麗絲還會經常來拜訪辛泰拉，但辛泰拉對於愛麗絲的關注卻越來越少了。奇怪的是，愛麗絲似乎也不是很在意。有時候賽瑪拉會覺得有某種東西讓愛麗絲分了心，不再像以前那樣關心巨龍了。不過這很可能只是因為愛麗絲終於察覺：對於龍來說，自己並非是那樣重要。

沒有了沃肯，巴力佩爾變得格外孤單。守護者們輪流為他清潔身體，但他很少和他們說話，對於人類也沒有了什麼興趣。另外一些龍似乎懂得他的哀傷，但也有一些龍似乎只注意到他正在變得軟弱。潔珥德的維拉斯很不喜歡她的守護者對她缺乏關注，並且她會毫不在意地讓別人知道自己的這種心情。格瑞夫特還在照顧卡羅，不過他做得非常敷衍。卡羅在最近一個星期裡脾氣開始變得非常糟糕。賽瑪拉感覺到有些事情正在龍群中醞釀，一些他們不會告訴守護者的事情。她開始為此感到擔心。當她心神遊蕩的時候，她的腦子裡就開始冒出各種可能——龍會拋棄他們，龍會吃掉他們。白天的時候，這種想像似乎都很愚蠢，但在死寂的夜晚，它們就會變得很真實。

「妳！賽瑪拉！妳以為妳是裝飾品嗎？這裡還有一根船篙。抓住它。」

軒尼詩的命令將賽瑪拉從胡思亂想中驚醒過來。賽瑪拉臉上一紅，急忙跑過去拿起最後一根船篙。潔珥德還站在一旁，一隻手捂在肚子上。希爾薇站在她身邊，抱著手臂，不以為然地噘著嘴。很明顯，儘管身材嬌小，她也很想能夠和別人一起撐篙。

軒尼詩還在高聲喝喊著：「我知道你們還不懂得該怎麼做，但我希望你們能夠幫上忙。這很簡單。把船篙杵進泥裡。聽我的號令，所有人都用力推船篙。我們需要很大的力氣才能把船推出來。離開淤泥之後，就把你們的船篙收回來。不要和別人的船篙相碰。剩下的事情交給船員來做。準備好了嗎？」

賽瑪拉在絲凱莉身邊找到一個位置。水手女孩沖她一笑。「不必擔心，姐妹，這其實很簡單。等到船出來，妳就能回廚房去繼續擦鍋子了。」

「喔，是的，我正渴望著去繼續那份工作呢。」賽瑪拉也給了絲凱莉一個笑容。她看著絲凱莉的雙手，模仿絲凱莉的樣子抓住船篙，又仿效絲凱莉的姿勢站穩雙腳。水手女孩讚許地向她點了點頭。

「現在，推！」軒尼詩喊道。他們全都用上了十足的力氣。

駁船晃動一下，重心開始移動，又晃動一下。所有人都咬著牙，繃緊了肌肉。

柏油人號陷得更深了。

漫長的下午，時間顯得非常緩慢。

船員和守護者們都在努力推動自己的船篙。他們撐起船篙的時候，駁船會微微移動，然後再次紮進泥裡。很長一段時間之後，萊福特林開始相信，是柏油人在反抗解救他的努力，無論船上人怎樣全力以赴地工作，這艘船都在頑固地和他們作對。先是軒尼詩將他叫到一旁，然後是斯沃格和貝霖一起來找他。絲凱莉知道他的心情，沒有來麻煩他。對於每一個問題，他的回答都很簡潔。是的，他能看出駁船是故意要陷在泥裡。是的，他知道這不是意外。不，他不想停下來。不，他不知道這艘船在為什麼事而感到不安。

在柏油人的所有家族故事裡，萊福特林從沒有聽說過這艘船會直接拒絕的船長的意志，因此他到現在還不太能相信會發生這種事。「船，是什麼事在讓你煩惱？」他抓住船欄杆，喃喃地說道。但現在他周圍有太多聲音。聚集在一起，議論紛紛的守護者們，焦急的船員們，還有萊福特林自己的沮喪情緒，全都遮蔽了他和船溝通的能力。他只知道，當人們努力想要移動柏油人的時候，這艘船不單在淤泥裡越紮越深，還傳達著一陣陣激動的情緒。

萊福特林已經不止一次將雙手按在船欄杆上，竭力想要搞清楚到底是什麼在困擾這柏油人。他一遍遍問柏油人，到底有什麼不對，而柏油人只是一遍又一遍地對他說：這樣不對。

終於，船長充滿挫敗感地大吼了一聲：「到底是怎麼不對了？」

所有人都轉過頭看著他。絲凱莉更是驚駭地張大了嘴。他從柏油人那裡得到的回應仍然毫無道理可言：水不對，河不對。這種回答沒有任何意義。萊福特林將腳跟牢牢地紮在甲板上，就像柏油人的爪子牢牢抓住了沙壩，船員和守護者們無論怎樣忙碌，都沒辦法把它推出來。駁船兩次發生大幅度的擺動，幾乎馬上就要離開沙壩了，但船的另一端卻突然又陷進沙壩裡。萊福特林的船感覺到了人們的辛苦努力，卻彷彿只是覺得他們白費力氣的樣子非常有趣，對於船長挫敗惱怒的情緒，這當然無異於火上澆油。

萊福特林命令大家稍事休息的時候，斯沃格和軒尼詩一同來到他面前。「船長，我們認為這可能和這艘船新的……呃……和船殼的設計有關。」

說話的是斯沃格。軒尼詩又補充說：「如果是這樣，我們也許最好先搞清楚，到底是什麼讓柏油人這樣倔強，再考慮解決問題的辦法。」

萊福特林還在思考該如何回答這兩位船員的時候。有人喊道：「守護者的小船回來了，獵人們也回來了。還有龍群也正回頭向我們走來。」

萊福特林瞥了一眼天空，然後又看看慢慢靠近的小船和龍。那些龍和划船的人們也許終於發現駁船沒有跟上他們。他們在這裡耽擱了大半天的時間，而他們的給養儲備已經不多了。這無法讓萊福特林感到高興。他的目光掃過他的船員們。這可能是駁船被改造以來他們經過的最艱難的一天。每一名船員都已經筋疲力竭，而且憂心忡忡。守護者們看上去也很疲憊。他終於放棄了。

「把船篙收起來。就算我們今晚能離開淤泥，我們也只能找一個好地方過夜了。所以，我們先留在這裡。守護者們，你們可以到岸上去，看看能不能找到一些木柴，建一堆營火。我們全都休息一下。等到明天早晨，我希望看到一切都煥然一新。」他轉過身，在眾人困惑的目光中走開了。柏油人如願了，萊福特林感覺到他滿意的心情，當然，這不會使船長的心情變得比較好。

愛麗絲看見賽瑪拉爬過船欄杆，便急忙向她喊道：「我能和妳一起嗎？」

賽瑪拉停下來，顯得有些吃驚。她的肩膀上掛著一隻大口袋。她的頭髮也剛剛被重新梳成幾根黑色的長辮子，一起在腦後結成一個圓髻。「我已經查看過辛泰拉了。現在我要趁著還有些陽光的時候，去查看另外那條支流。」

「和我想的一樣。我能和妳一起去嗎？求妳。」愛麗絲在說到最後的時候刻意加強了語氣。她已經看出這個女孩有些不願意了。

「如果妳想的話。」賽瑪拉的語氣聽起來更像是無奈，而不是歡迎。愛麗絲知道，她仍然很想念她的朋友。

愛麗絲跟隨這個雨野原女孩來到船欄杆旁邊，和她一起下到泥岸上。龍群準備在兩條河之間的三角洲上過夜，他們正迅速地踏平那裡的一切植物，雖然需要耗費一番力氣，但這片三角洲無疑是他們這段時間裡最舒適的一處安睡之地了。在這片幾乎可以說是乾燥的土地上，零星生長著幾棵表皮如同白紙的樹。更遠處是一片讓愛麗絲幾乎感到有些熟悉的樹林——一些普通的小樹，其間還有幾片空地。

但賽瑪拉並沒有向那裡前進，而是朝另一條河走去。一段時間裡，愛麗絲只是安靜地跟著她，決定不能讓自己拖慢女孩的速度。賽瑪拉走得很快。愛麗絲對此絕不抱怨。但是當他們到達那條水流更加平緩的河邊，開始向它的岸上走去時，賽瑪拉放慢了腳步，皺起眉頭觀察四周的樹木、苔蘚和青草。

「這裡竟然這麼不一樣。」她最終說道。

「這裡更像是森林，」愛麗絲點頭表示同意，「至少在我看來是如此。」

「這裡的水這麼清。」

在愛麗絲眼裡，這裡的水不算很清澈。但她立刻就明白了賽瑪拉的意思。「水裡沒有白色。沒有一點酸性，或者至少是非常非常弱的酸性。」

「我從沒有見過這樣一條河。」賽瑪拉沿著被苔蘚覆蓋的河岸繼續向前走去，忽然又俯下身。經過片刻猶豫之後，她將手指探入水中，又讓水滴落在自己的舌頭上。「我從沒有嘗過這樣的水。就好像這水是有生命的。」

愛麗絲沒有笑。「在我看來，這很像是普通的河水。不過我在進入雨野原以後，的確沒有再見過這樣的河水了。喔，我們沿途也經過了一些清水溪流，但就像妳說的，這樣的水，從沒有過。」

「噓。」

愛麗絲立刻閉住嘴，順著賽瑪拉的視線望過去。在河對岸，一群鹿正在喝水。一頭生有大角的公鹿，兩頭小角公鹿，還有幾頭母鹿。只有其中一頭注意到了這兩個人。大公鹿抬起頭，鼻尖上還有水滴滾落。他盯著這兩個人類，其他鹿這時紛紛走過來，開始喝水。

「我沒有弓。」賽瑪拉歎了口氣。

公鹿的大耳朵前後抖動了兩下，從喉嚨裡發出一陣低沉的吼聲。他的同伴們立刻都抬起頭。他沒有做出任何愛麗絲能夠識別的動作，但鹿群立刻退進了樹林深處。大公鹿直到最後才轉身離開。愛麗絲在心中有些高興賽瑪拉沒有武器。她不願意看到那頭雄偉的鹿死去，更不願意幫忙屠宰那頭鹿。

「如果愚蠢的格瑞夫特不那麼自私，願意把弓箭借給我。我們今晚就能有新鮮的鹿肉吃了。」

「也許獵人們今天能帶回些食物來。」

「也許不會。」賽瑪拉沒好氣地回了一句。她繼續沿河岸向前走。愛麗絲跟在她身後。「為什麼妳想要和我一起？」賽瑪拉突然問道。她的語氣中只有困惑，沒有敵意。

「想要看看妳會做些什麼，是怎樣做的。想和妳一起度過一段時間。」

賽瑪拉回頭瞥了她一眼，女孩顯得很驚訝。「我？」

「有時候，能夠和另一個女人作伴，是很讓人高興的事情。貝霖對我很好，但斯沃格能滿足她的一切所需。當我和她在一起的時候，我知道她是在有意用她的時間來陪著我。絲凱莉很忙碌，她在意的是那艘船。希爾薇是一個甜心，但她太小了。潔珥德……」

「潔珥德是一條壞脾氣的母狗。」在愛麗絲尋找適切詞彙的時候，賽瑪拉替她說完了這句話。

「的確，」愛麗絲表示同意，又有些愧疚地笑笑，「至少現在是這樣。在她懷孕之前，她的興趣全在那些男孩身上，也沒有心思和我說話。而現在，她的生活全都集中在了她的肚子上。可憐的女人，現在她的環境實在不太好。」

「也許她在落得這般境地之前就應該仔細想一想。」賽瑪拉說。

「我相信她的確應該有所考慮。但現在，嗯，她已經這樣了，現在我們都應該對她好一些。」

「為什麼？」賽瑪拉一邊問，一邊爬過一段原木，然後停下腳步等待愛麗絲過來，「妳認為，如果易位相處，她會好好地對待妳，或是好好地對待我嗎？」

愛麗絲想了一下。「也許不會。但我們不能因為這樣就做出不正確的事。」但愛麗絲自己也覺得這番話有一點太過自以為是了。她偷偷看了賽瑪拉一眼，想要確認一下女孩的反應。但這名雨野原女孩只是仰起頭向樹上看去。

「妳有沒有聞到什麼？」

愛麗絲什麼都沒有聞到。她努力吸了吸鼻子，然後謹慎地說道：「好像……某種甜味？幾乎有些腐爛？」

賽瑪拉點點頭。「妳介意我把妳留在這裡，然後我到樹上去嗎？我認為那裡也許有水果藤。」

愛麗絲看著樹幹，突然意識到賽瑪拉可能正是因為她，才只在地面上行走。「不介意，當然不介意，去吧。我在這裡不會有事的。」

「我很快就回來。」賽瑪拉向愛麗絲做出保證。然後她選了身邊的一棵樹，將爪子插進樹皮中，爬了上去。愛麗絲站在地上，看著雨野原女孩飛快地爬到了自己絕不可能到達的高度。她的臉上帶著微笑，但她的心悄悄沉了下去。

我在想什麼？隨著賽瑪拉消失在樹冠裡，愛麗絲歎息著問自己，那樣的女孩會願意和我做朋友，會體察我的心事嗎？就算我們年齡沒有差這麼多，我們也太不相似了。她在樹旁邊走了幾步，想要看看賽瑪拉的世界。而這只是讓她越發感到希望渺茫。*我看到的是鹿，她看到的是肉。我在地上，她在樹梢。我憐憫潔珥德，她認為她的事情應該自己負責。*愛麗絲又看看周圍的森林。這片森林和雨野原的叢林完全不一樣，顯得更加友善。愛麗絲又用了一點時間才察覺到這裡的氣味也不一樣。她在旅途中已經習慣的那種酸性氣息，在這裡淡了很多。當她抬起頭向樹冠望去的時候，她覺得樹枝上有更多鳥雀和野生動物。*一個更加溫和的地方。*她心中想道。

賽瑪拉說過馬上就會回來。這是否意味著她應該稍微等待賽瑪拉？她跟著這名雨野原女孩，本以為和她共處幾個小時，能夠幫助自己審視自己的人生，而現在她只是在一個人在這裡等待女孩回來。

她搖搖頭，意識到也許自己現在已經對人生有了新的看法——賽瑪拉在做事，而愛麗絲只是在等待事情的發生。難道過去這幾天裡，她不就是這個樣子？為了萊福特林和塞德里克所說的話而苦惱，為了詔諭對她做的一切而苦惱、思考、想像，並且忐忑不安，那她又能做些什麼？她能夠採取什麼行動讓事情發生？一個行動立刻出現在她的腦海中。她搖搖頭。她很驚訝自己對這麼有興趣！跑到萊福特林的床上，絕不是能夠解決任何問題的真正辦法。

她開始建議自己沿河岸繼續走下去——彷彿這將會是一個意義深遠的決定。她不會等待那個女孩。賽瑪拉下來的時候，她或者會沿河前進，或者會回到船上去。愛麗絲知道自己在哪裡。在她和賽瑪拉會合之前，如果天已經開始黑了，她只需要沿著河岸返回駁船就好。她不會迷路的。

至少，她已經不可能比現在更迷失了。她已經沒有家了。

自從塞德里克洩露了他的祕密之後，愛麗絲就感覺自己和繽城的過往已經一刀兩斷。她回不去了。很簡單，她沒辦法回去。無論這次遠征中發生了什麼，她也不會回到繽城的家裡去見詔諭。她絕對不會再與他和他的朋友們見面。她絕對不會帶著愚蠢的微笑環顧餐桌旁的賓客，在心中猜測到底有多少人知道她有名無實的婚姻。她更不會看著詔諭冰冷的微笑，任由他享受對自己的欺騙和束縛。是的，她不會再接受束縛了。在繽城，一場婚姻終究只是一項貿易商的合約。她能夠輕易證明詔諭沒有遵守契約的條款。在性生活上，詔諭從沒有對她忠誠過，從沒有意圖讓她成為他的生命伴侶。詔諭已經違背了誓言，這一樁婚姻合約也就無法再以誓言來約束愛麗絲。她不必對詔諭忠誠。她可以自由地去找萊福特林。

但塞德里克又將另外的謠言丟給了她——這個謠言，讓她再一次開始懷疑自己的判斷力是否可以信任。塞德里克對這個謠言堅信不疑，但他所知道的一切，全部來自於那個消失的獵人傑斯。從那時起，愛麗絲就有了一種無能為力的感覺，彷彿她沒辦法再朝任何方向前進了。她想要萊福特林，她的一生中從沒有這樣想要過什麼東西或什麼人。但一想到萊福特林可能並不是她所相信的那個人，也許真正的萊福特林和她想像中的愛人截然不同，她就感到全身都僵硬了。她見到了萊福特林眼中的困惑和耐心。萊福特林沒有責備過她，也沒有給過她任何壓力。她很清楚，儘管他們共度了那個夜晚，但那個男人並不認為自己有權利占有她。她應該認真思考這其中的意義，難道不是嗎？

或者這只代表她對他並不像他對她那樣重要？她只是他萍水相逢的一時快樂？只是一樣他能夠輕易忘記的東西？愛麗絲意識中的一個角落，以一種殘忍的方式回顧了那一晚。那時她很主動，甚至很有侵略性。那麼這件事之所以發生，是不是只因為她讓它發生了？認為它是這樣很傻。認為它不是這樣則很愚蠢。

「詛咒你，塞德里克。你奪走了我的一切，我的尊嚴，我對自己判斷力的信任，還有能夠讓我生活下去的假像——一直以來，我都以為繽城沒有人真正了解我羞恥的婚姻。你要把這個也從我這裡奪走嗎？你要奪走我對萊福特林的信任嗎？」

對他的信任一旦被奪走，還有可能再恢復嗎？或者她的一切都已經毀了。她的懷疑變成了杯子的裂縫。這只杯子還能再容納快樂嗎？

一條小溪出現在她的面前。她跳過小溪，繼續向前走去。慢慢地，她發覺自己正走在一條野獸小徑上。她低頭鑽過一片樹枝，意識到腳下的路是實在的土壤。不是泥濘。土壤，這片土地正變得越來越牢固。這片森林仍然很密集，無法讓龍這樣巨大的生物自由行動和狩獵。但人類能夠在這裡來去自如。她停下腳步，好奇地向周圍張望。一片牢固的土地，在雨野原。

萊福特林帶著疲憊的身體和傷痛的心躺到自己的創傷。他的船怎麼能這樣對他？

剛剛上床的時候，他還能聽到守護者和獵人們在營火旁的說話聲。龍今天在路上遇到了一群睡覺的水野豬，所以都填飽了肚子。卡森也獵到了一頭豬。他將獵物一直拖回到柏油人號，與船員和守護者們共用。烤豬肉成為晚宴中最受歡迎的一道菜。愛麗絲和賽瑪拉帶著滿口袋的水果回來，並告訴大家另一條支流有牢固的土地。在柏油人擱淺在三角洲之處，哈裡金和希爾薇找到了一片淡水蛤蚌的棲息地。不管怎樣，大家有了一頓豐盛的晚餐，可以彌補他們這一天的勞頓和白白浪費的時間。他們的水桶也再一次被裝滿了。儘管駁船耽擱了行程，但守護者和船員們的興致都很高。如果這艘船不是那麼頑固，這應該是一個好日子。

萊福特林在天剛一擦黑的時候就上了床，愛麗絲依舊和他保持著距離，柏油人的不合作更是讓他氣惱又擔心。所有守護者似乎都相信明天他們將按計畫繼續行進，他們全都認為船長能夠解決眼前的問題。他的船員們則沒有這樣樂觀。軒尼詩和斯沃格對於柏油人古怪而又堅決的行為，全都感到憂心忡忡。他們沒有再和萊福特林討論這件事，但船員們的眼神和竊竊私語已經讓他知道，他們像他一樣有些不知所措。這完全不像是他們所認識和心愛的那艘船。難道這就是將更多巫木加在他的船殼上的結果？如果是這樣，那麼這件事最終又會有怎樣的結果？

和其他所有活船都不一樣，柏油人沒有能夠向船長和船員們說話的船首像。他只有一雙剛剛超過水面的眼睛。那雙眼睛很大，有很豐富的感情，但它們不能表達他的每一個想法。柏油人的許多思緒都只藏在他的心裡，將來也依然會是這樣。當萊福特林將雙手放在柏油人的欄杆上時，他能夠感覺到這艘船的一些願望。這位船長知道，自己也正是因此想到了要將偶然發現的巫木用在柏油人的身體上，讓柏油人擁有了更多一點獨立的人格。船長突然覺得有些奇怪，柏油人從沒有向他要求過得到一具船首像，或者是一雙手臂。不，這艘老駁船只想讓自己能夠有更加獨立的行動力。

他有一百種方式能夠解釋自己對他的船做出的決定。那一晚，他在腦子裡思考著所有這些決定。在岸上的喧嘩聲消失之後很久，在他的船艙頂棚上營火的光亮隱沒之後很久，他還在想著那些事。

不知什麼時候，他睡著了。

他們一同走在克爾辛拉的街道上，彼此手挽著手。愛麗絲的另一隻手提著籃子。那只籃子隨著他們的腳步一下又一下地晃動著。她已經為這一天做好了計畫，現在正一點點地把要做的事情告訴他，但他沒有聽。他不需要聽愛麗絲的計畫，他只是享受著她的聲音，還有照在肩頭的溫暖陽光。他將帽子推到腦後，悠閒地散著步。愛麗絲的手默契地放在他的臂彎裡。這條街道上，人來人往，他們經過用帶有銀色紋路的黑石頭建造的雄偉建築。在寬大的十字路口上，噴泉跳躍舞蹈，演奏著一曲永遠都在變化、又永遠都很動聽的旋律。樂聲和集市的氣息飄蕩在空氣中。也許那裡就是她要帶他去的地方。他們是要去購買絲綢、香料和肉食，還是那只籃子裡放著用布蓋住的野餐，對他來說都不重要。他們在一起。她的聲音在他耳中很甜美，她的手在他的臂彎裡很溫暖，一切都很好。在克爾辛拉，一切都很好。

萊福特林在黑暗和寂靜中醒來。夢中那種溫暖和篤定的感覺驟然消失了。他的心在渴望著那些東西。在醒來的世界裡，它們對於他是那樣難得。「克爾辛拉。」他在安靜的房間中悄聲說道。在這一瞬間，他像龍一樣確信，只要他們到達那個傳說中的城市，一切都會好起來。真的嗎？他們到達那裡的時候，真的會是那樣嗎？在他的夢裡，那座城市中有眾多的居民，他和愛麗絲一直都住在那裡，他們一直都屬於那個地方，沒有人能夠將他們分開。但他知道，這些都只是夢。

一個比格裡格斯比的抓搔聲更輕的聲音，從門口傳來。「貓？」他有些疑惑地問。

「不。」她在黑暗中說道。愛麗絲輕輕推開屋門，她的白色睡袍被從窗戶裡照進來的一點月光照亮了。萊福特林屏住了呼吸。她將門關上的聲音比他的心跳聲還要小。她悄無聲息地來到他的床邊。他仍然一動不動地躺著，不知道自己的夢是不是還沒有結束，唯恐只要自己動一下就會醒來。她沒有在床邊坐下，而是直接掀起他的毯子，讓身子滑到他身邊。他的手臂輕輕摟住了她。她將一雙冰涼的小腳放在他的腳踝上，胸脯抵住了他的胸膛，柔軟的腹部貼在他的腰間，和他躺在一隻枕頭上，面對著面。

「這麼好，」他喃喃地說，「是夢嗎？」

「也許。」她說道。她的氣息落在他的臉上。這真是一種奇妙的感覺，這樣溫柔，卻又如此令人振奮。「我和你一起走在克爾辛拉。我突然知道，只要我們到了那裡，一切都會變得很美好。如果一切都會很好，那麼其實就是一切都已經很好了。至少我認為是這樣。」

一種奇怪的寧靜充滿了他，從他的心中湧出來。他向那種感覺撲過去。是的，他也認為是這樣。「我們一起走在克爾辛拉。妳的手裡提著一隻籃子。我們是要去購物，還是去野餐？」

一點緊張的顫慄撩動著她的身體。她在他的嘴邊說道：「那只籃子很重。那裡有新鮮麵包，一瓶葡萄酒，還有一小罐軟乳酪。」她小小地吸了一口氣，「我喜歡你那樣戴著帽子。」

「把帽子掀起來，這樣陽光就能照到我的臉上。」

「是的。」她的身體再一次開始顫抖，他將她摟得更緊。她覺得他們幾乎已經不能貼得更緊了，「我們怎麼會做同樣的夢？」

「我們怎麼不能？」他不假思索地說道。然後他吸了一口氣，又說道，「我的船喜歡妳。妳知道柏油人是一艘活船，對不對？」

「當然，但……」

他打斷了她。「我知道，沒有船首像，但活船都是一樣的。」他歎息一聲，感覺到自己的氣息溫暖了他們之間的空隙，「一艘活船會知道他的家人。相信妳一定也知道這一點。柏油人不能說話，但他有其他辦法和我們交流。」

一段時間裡，她沒有回話。她將自己的身體又向他貼近一點，這是她交流的方式。然後她問了一個問題。「我第一次夢到在克爾辛拉上空飛翔，俯視大地，那是來自於柏油人的巨龍之夢？」

「這個問題只有他能回答，但我相信是這樣。」

「他記得克爾辛拉。他讓我看到了我無法想像的壯麗景觀，但那景色與我所知道的克爾辛拉非常契合。現在我已經無法以別的方式來看待那座城市了。我的心裡只有他給我的風景。」愛麗絲猶豫一下，又問道，「為什麼他會對我說話？」

「他在向我們兩個傾訴。他給了你我共同的訊息。」

「那是什麼樣的訊息？」她在他的唇邊悄聲說道。

他親吻了她。她的嘴唇順從地和他依偎在一起。很長的一段時間裡，他們都忘記了那個他無法回答的問題。

那一晚，她沒有回到自己的床上去。天色還很早的時候，他喚醒她，覺得自己有必要維護她的名譽。「愛麗絲，天就要亮了。很快船員們就要起來了。」

他不需要再多說什麼。她一直背靠在他的懷裡，她的頭就在他的下巴下面。他的手臂一直環抱著她，讓她感覺安全又溫暖。她沒有從枕頭上抬起頭。「我不在乎有誰知道。你呢？」

他想了一下。唯一會對這件事有忌諱的可能是絲凱莉。如果他們的關係一直持續下去，絲凱莉也許會失去繼承人的位置。現在想到這件事也讓他覺得有些奇怪。他自己的孩子？他不知道絲凱莉是否會因為這件事而不高興，甚至感到憤怒。也許吧。無論怎樣，他都不會放棄愛麗絲，絲凱莉知道得越早越好。

「我沒有問題，塞德里克呢？」

「我有沒有問過他這些天都在和誰睡覺？」

看來她是知道塞德里克和卡森的事了。嗯，這兩個傢伙一開始還挺謹慎的，但現在也許已經不夠謹慎了。愛麗絲的問話中明顯流露出一滴苦澀。這裡有一些事情，一些他現在不想，也許永遠都不想知道的事情，所以他沒有回答。他親吻她的頭髮，爬過她的身子，摘下牆鉤上的衣服，一邊穿著衣服一邊問道：「我會生起廚房裡的火，煮上咖啡。妳想要吃什麼早餐？」

「嗯，也許我會多睡一會兒。」

看樣子，她真的不在乎有誰知道他們的事情，甚至不在乎他們的事情被傳得盡人皆知。他努力思考這樣可能導致的問題，然後再一次決定，這不會改變他的主意。難道他不是這艘船的船長嗎？遲早他都要去應對任何人的任何問題。她已經再次閉上眼睛，將他的毯子拉到了下巴上。他久久地看著她，看到她的紅髮披散在枕頭上，她在床上顯露出的美妙曲線。然後他登上靴子，離開了房間，輕輕將房門在身後關好。

他還沒有走到廚房就嗅到了新鮮的咖啡香味。絲凱莉已經在他之前坐到了餐桌旁，面前放著一隻盛滿了濃咖啡的白色杯子。她抬起頭看著萊福特林走進來。萊福特林躲開她的目光。他很擔心在侄女的眼睛裡看到譴責的神色。懦夫。他給自己倒了一杯絲凱莉剛剛煮好的咖啡，坐到她的對面。「妳用了許多咖啡。難道我沒有告訴妳，我們必須小心使用剩餘的給養？」

絲凱莉向他昂起頭。「也許我像你一樣，也許我認為應該盡情享受現在的一切，而不是一點點地只得到零星的快樂。」她的臉上掠過一點狡猾的微笑，然後她大膽地問道，「你同意嗎？」

萊福特林看著侄女的眼睛。「是的。」罐子裡的糖蜜不多了。他舀了一大勺，放進自己的杯子裡，然後用尋常的口氣問道：「妳怎麼知道的？」

「我看到你走在克爾辛拉的街道上。我被人潮擋住了，但我很想追上你們。我喊了你的名字。你卻沒有聽見。」

「我們的柏油人昨晚一定很忙。」萊福特林吮了一口咖啡，讓自己的心思沉澱了一下，「如果我只是妳的叔叔，不是妳的船長，妳會對我說什麼？」

絲凱莉低頭看著自己的杯子，「我為你感到高興，高興你能夠和你選中的人在一起。」真是一擊中的。「我沒有給過其他任何人承諾。」

「她結婚了。」

「她曾經結婚了。」

「那麼她現在不再有婚姻了？」

萊福特林想了一下，「我相信她已經知道自己擺脫了什麼。」

絲凱莉也想了想，然後緩慢地點了一下頭。萊福特林努力讓自己說出的話，能夠保持絕對公平：「妳要知道，這會改變妳的許多的事，許許多多的。如果我們有了一個孩子。」

絲凱莉的笑容變得更加燦爛了。「我知道。」

「妳有沒有想過這意味著什麼？」

「天亮以前就想過。」

「然後呢？」

「崔豪格的那個男孩？得到我父母的允諾，會和我結婚的人？他認為那樣就能讓他成為柏油人號的繼承人。如果他發現事實可能並非如此，他也許會尋找一個更有前景的新娘。」

的確是這樣。萊福特林第一次想到自己的決定，可能產生多麼廣泛的影響。

絲凱莉還沒有說完。「在我看來，這艘船就是我的人生。這是我了解的地方，我對於其他地方的任何人都沒什麼價值。叔叔，我這樣說不是因為冷酷，但即使是你明天就有了孩子，我還是很有可能許多年內都做柏油人號的船長。這就是我想要的。我不是要擁有它，沒有人能夠擁有他，但我有機會成為他的船長。也許我也有機會和我選的人在一起。」她啜了一口咖啡，笑著看向萊福特林，「看樣子你也會同意。」

「不要這麼厚臉皮，女孩。」萊福特林努力壓抑住要在他的臉上迸發出來的微笑。

「說話的是船長還是叔叔？」

「船長。」

「是，船長。」絲凱莉立刻抹去了臉上的笑容。這讓萊福特林不由得有些好奇，她的侄女這樣做過多少次，才讓表情變化得這麼自然。但現在他還有別的事情要關心。

「那麼說，柏油人昨天讓妳做了一點夢，是嗎？」

「是的。克爾辛拉。就像我見到過的其他城市一樣清晰。是一個好地方。真的讓我很想到那裡去。」

「我也是。」

絲凱莉的聲音變得更加猶豫了一些。「我認為柏油人記得那裡。這也許就是他想讓我們知道的。」

「所以昨天到底是怎麼回事？」

「我不知道。但我打賭，我們今天一定能知道。」

金月第四日

商人聯盟獨立第六年

來自艾瑞克，繽城信鴿管理人

致黛托茨，崔豪格信鴿管理人

被封錮在小管中的信件帶有官方印章，其內容為繽城貿易商議會之建造委員會公布的木材競標方案，其中詳細標注了所需木材品質和類型。這一批木材將被用於建造位於繽城的繽城貿易商大堂副館。必須注意的是，一切競標必須在雨月第一日之前遞交。全部木料要在更月第一日之前送達繽城，競標方要能保證這點。

黛托茨：

他們竟然和我們說，我們沒有足夠的資金完成主市場前面環形街的修復了，同時他們卻又拿出了這個擴展貿易商大堂的詳細方案！在花錢這件事上，我相信崔豪格議會一定能有更精確的能力！

艾瑞克

15

柏油人

黎明後沒多久，賽瑪拉便醒了過來。現在她已經在一根繩子上串了兩條銀光閃爍的魚。牠們都很肥美，而且還在不斷掙扎。辛泰拉對魚沒有什麼好感。她在這一生裡已經吃過太多魚。不過，牠們畢竟是食物，而且很新鮮。

「我自己做了長矛，為妳捕到的這些。」賽瑪拉一邊說，一邊將穿過魚鰓的繩子抽出來，「我沒有矛尖，但我在火裡燒硬了木頭，看樣子，這樣做很有效。」

「值得稱讚。」辛泰拉說道。她在等待著。

賽瑪拉將第一條魚舉起來，又突然問道：「妳對我做了什麼？」

「我在等著妳的魚。」龍尖刻地向賽瑪拉指出。

賽瑪拉沒有把魚給她：「我一輩子都沒有這麼快地發生過變化。我的皮膚瘙癢，鱗片迅速在上面生長出來。我的後背一直都很痛。就連我的牙齒似乎也變得更尖利了。這都是妳對我做的？」

「那條魚。」辛泰拉堅持道。賽瑪拉扔出了第一條魚。辛泰拉用嘴接住牠，又仰頭將魚拋起，讓牠再次落到嘴裡，滑進她的喉嚨。

「妳也在改變。妳長大了，比原先更大、更強壯，而且妳不再只是單調的藍色。妳的身上閃耀著藍寶石和天空的光彩，還有每一種不同的藍色。妳的尾巴更長了。昨天，我看見妳從翅膀上甩掉水珠。那雙翅膀正變得越來越美麗。它們的表面流動著一層銀色的羅網，彷彿是精美的刺繡，它們也比以前更加寬大了。」

「如果我吃得更多，說得更少，我就能長得更快。」辛泰拉打斷了賽瑪拉的話，但她的聲音中也流露出了難以抑制的喜悅。藍寶石和藍天。她不得不承認，人類還是很懂得使用形容詞的，「鈷藍，天藍，靛藍。」她又說道。這時賽瑪拉正解下第二條魚。

女孩抬起頭。「是的，還有所有這些顏色。」

「還有黑色，和銀色，如果妳仔細看就能發現。」

「是的，妳張開翅膀的時候，上面還有綠色，就像是蕾絲花紋覆蓋在銀絲上。我注意到妳的各種花紋也變得更加清晰了。」

「魚。」辛泰拉提醒她。賽瑪拉歎了口氣，服從了命令。

「是妳對我做了什麼？還是這種事自然就發生了？」賽瑪拉向正在忙著吞嚥的龍問道。

辛泰拉也不是很確定。她回答：「人類在龍身邊生活久了，肯定會發生變化。接受它們吧。」

「龍在人身邊生活久了，同樣也會發生變化。」默爾柯走過來插入她們的交談之中。也許他是想要來看看還有沒有魚剩下。魚已經沒有了，所以辛泰拉對於他的打擾不是很介意。不過默爾柯隨後做的事情嚴重冒犯了辛泰拉——金龍低垂下頭，小心地嗅了嗅辛泰拉的守護者，又低聲問道：「妳感到疼痛嗎，女孩？」

「有一點。」賽瑪拉轉過身。金龍對她的注意，讓她感到有些不舒服。

金龍將目光轉向辛泰拉。他的眼睛中黑色疊加在一起，旋轉著顯露出指責的意味。「妳不能忽略這樣的事情，」他警告辛泰拉，「連結是雙向的。一方受到的影響，最終會讓雙方都受影響。妳會在守護者中造成極大的不滿。」

「他是什麼意思？」賽瑪拉焦急地問。

「龍的事情就是龍的事情。」辛泰拉武斷地說道。

默爾柯也沒有回答女孩的問題。「就像是妳的名字，辛泰拉，」他冷冷地說道，「我一開始不會管妳，但我終究還是會插手，為了對妳負責。也許我也會插手，為妳的守護者而負責。」

辛泰拉張開翅膀，伸長脖子。她終於能感覺到自己脖頸上的摺皺長刺立了起來。但即使是這樣，默爾柯仍舊比她更加龐大。金龍黑色的眼睛裡閃爍出一絲感到有趣的光亮，這當然只會讓辛泰拉更加憤怒。「你絕對不能帶走我的守護者。」藍龍嘶吼道。隨著她的話語，最赤裸裸的毒液威脅也浮現出來，「我的只能由我來管。」賽瑪拉抬起手臂遮住臉和眼睛，後退了幾步。

「注意自己所做的事情，」默爾柯友好地回答道，「為妳的守護者負起應負的責任，妳就沒有什麼可以生氣的，小女王。」

金龍的這種輕蔑態度，讓辛泰拉失去了理智。她張大嘴，猛地伸長脖子。默爾柯一轉身，巨大的金色翅膀狠狠打在辛泰拉的肋骨接頭處。辛泰拉也揮出小一些的翅膀，但她的腳步一個踉蹌，翅膀打在金龍的身上幾乎沒有什麼力道。賽瑪拉發出尖叫。在他們周圍的泥濘三角洲上，群龍紛紛抬起頭，張開翅膀，注視著這場爭執。守護者們也像被捅破蟻巢的螞蟻們一樣衝過來，發出一陣陣叫喊。

「妳需要幫助嗎，辛泰拉？」賽斯梯坎問道。這頭藍色的大龍向衝突中的兩頭龍邁出一步，高舉起翅膀，脖子上的摺皺也挑戰般地完全張開了。

「不！賽斯梯坎。」萊克特喊道。但賽斯梯坎根本沒有理會他的守護者。他旋轉的眼睛只是緊緊盯住默爾柯。這兩頭龍全都張開翅膀，左右擺頭，氣勢洶洶地對峙起來。

「我是女王！我不需要誰的說明，」辛泰拉高傲地回答道，「守護者！我想要去那條清水河中洗乾淨身體。拿上妳的工具，跟我來。」

這不是撤退。辛泰拉一邊昂首闊步地向前走著，一邊憤怒地想道。對於他們會做的事情或者會說的話，她只是不感興趣。她不會允許公龍在地面上為她而戰，這種被束縛在泥土中的戰鬥不能證明任何事，更不可能贏得她的好感。不，等到那個時刻到來的時候，她會在天空中翱翔，所有公龍，他們之中的每一個，都會為了贏得她的注視而爭鬥得鮮血淋漓。當他們只剩下一個的時候，她更是會在天空中遠遠超過他，只給他丟下無盡的蔑視。默爾柯絕對控制不了她。

「也許你可以和他講講道理。」

萊福特林等著絲凱莉。女孩抿起嘴唇，將頭轉開。萊福特林並不是對她生氣，但是和柏油人講道理這種事，只會讓他平添氣惱。他在今天早晨走上甲板的時候，發現他的船比昨天晚上在泥裡陷得更深了。萊福特林已經聚集了他能找到的全部人手，試圖將這艘船從岸邊推開。已耗去半個上午，駁船故意和他作對的行為，肯定不可能繼續視而不見了。每一名船員都很清楚這一點，困惑和憂慮的情緒在他們的眼睛裡顯露無疑。

守護者們也都開始被不安的情緒感染了。現在他們一定都已經知道了柏油人是一艘活船，但他們卻似乎仍然無法完全理解活船到底是什麼。想到這一點，萊福特林總會覺得有些怪異。他們似乎都已經忘記了，從內心來講，柏油人正是巨龍的親族，他也同樣會發脾氣，甚至很危險。

萊福特林瞥了絲凱莉一眼。絲凱莉沒有看他，只是將手中的船篙再次插到沙壩上，準備按照船長的號令用力推船。萊福特林壓低聲音，只讓她一個人聽到。「我會試一試。妳跟我來。」

「幫我拿著這個好嗎？」絲凱莉將自己的船篙交給貝霖，然後就跟到船長身後，「他讓我們看到了克爾辛拉，」女孩悄聲說道，「為什麼他又要這樣做？為什麼要卡在這裡的泥濘中？為什麼他又讓我們想去那裡，又拒絕前進？」

「我不知道，但我知道，我們正在浪費白天的時間。再過不久，龍就會準備出發了。我們必須做好跟隨他們的準備，而不是這樣被泥巴困住。」

「今天早晨龍群發生了什麼事？」

「不知道，大概是某種爭鬥。我覺得不是很嚴重，因為它結束得非常快。也許只是為了彼此較量，看究竟是誰更強。任何生物群落中都會有這樣的事情發生，無論是動物還是人，龍也不會例外。」

萊福特林聽到自己的話語，意識到自己以前沒有思考過的一個事實。對他而言，龍不是鹿和鳥那樣的動物，但他們也不是人類。突然間，萊福特林覺得這是一個非常重要的事實。當他還是一個正在長大的男孩時，他就已經學會將生物分成兩類：動物和人。而現在，他的生活中出現了龍。他不由得開始回想自己是在什麼時候建立起這種區別性的認知？當他們開始這場遠征的時候，龍對於他來說只是動物。是會說話的，奇怪的智慧動物。但現在，他們是龍，不是動物，也不是人。

那麼，柏油人又是什麼？

他來到船頭，卻沒有將手放在船欄杆上。皮膚接觸木頭，他總是用這種方式感受和傾聽柏油人。但現在他只是將雙臂抱在胸前，重新梳理自己的想法，思考著自己到底想讓這艘船知道些什麼。柏油人顯然能夠輕而易舉地進入他的夢中。那麼他每天的想法，到底又有多少能夠被這艘船覺察？

絲凱莉已經將雙手放在了船欄杆上。「克爾辛拉很美，」她低聲說道，「那是我能夠想像的最美好的地方。我想要到那裡去。我現在就想走在克爾辛拉的街道上。所以，柏油人，老朋友，為什麼我們要陷在這堆淤泥裡？到底出了什麼問題？」

她不認為自己的問題會得到直接回答。萊福特林也不這樣認為。直接給出答案是不符合龍的本性的。萊福特林突然明白，這正是自己現在要解決的問題。實際上，他就像那些年輕人一樣，也是一名巨龍守護者。只是他的龍擁有一艘駁船的形體。他伸出雙臂，將手掌按在船欄杆上，而柏油人也在這時做出了回答。整艘船晃了一下，萊福特林在驚訝中罵了一句髒話，急忙抓緊了船欄杆。他就這樣隨駁船晃動，聽到船員們和船上的守護者們發出慌亂的喊聲。此時駁船又晃了一下，隨後又是一下。船身揚起，又落下，揚起，又落下。那些粗壯的巫木腿和帶鰭的四足推動、撐起船身的樣子，萊福特林是能夠想像的，這和一隻蟾蜍在泥淖中挪動身子沒有什麼區別。但在每一次大幅度擺動中，柏油人船頭的指向都會發生變化。

「出什麼事了？」格瑞夫特抓著船欄杆，踉踉蹌蹌地走了過來。他薄薄的銀色嘴唇撅起，露出了牙齒，顯得很是痛苦。

「不知道。抓緊。」萊福特林厲聲說道。他的船正在做著某件事，他只想把注意力集中在柏油人上，不想因某個自大的年輕人而浪費唾沫。

也許格瑞夫特領會了船長的意思，也許絲凱莉對他的瞪視讓他閉住了嘴。他滿面陰沉地抓緊欄杆。柏油人則繼續劇烈地上下顛簸。當駁船終於穩定下來的時候，萊福特林又等了幾分鐘。現在這艘船的船尾已經自由地漂在水中了。只需要船篙輕輕一點，就足以讓它的船頭離開泥岸。

但此時最重要的改變是柏油人號的船頭離開主河道，指向了清水支流。片刻間，萊福特林思考了一下自己眼前的情景，隨後他就做出結論，並對他們船表示完全同意。

「沒有什麼問題了！」他向仍然在大呼小叫，議論紛紛的船員和守護者們喊道。眾人都被他的喊聲嚇了一跳，閉住嘴巴。他便在一片安靜中清楚地說道：「我們之前走錯了路。就是這樣。克爾辛拉在這條河的上游，而不是那一條河。」

「你怎麼可能知道？」格瑞夫特質問道。

萊福特林給了他一個冷冷的微笑。「我的活船剛剛這樣告訴我。」

格瑞夫特向聚集在岸邊的龍群一指，暗藏著嘲諷的語氣問道：「他們會同意嗎？」一頭龍突然發出咆哮，打破了河面上的平靜。

「你們看到了嗎？」

賽瑪拉看到了。她剛剛用清涼的河水為辛泰拉匆匆洗刷，才正要返回駁船。現在她全身溼透，感到非常寒冷。她不相信藍龍想要洗澡，或者是喜歡這樣被沖洗身體。她懷疑辛泰拉只是將此作為藉口，好避開那些凶橫的公龍和他們狂野的爭鬥。在賽瑪拉為她進行清洗的整個過程中，她都很少和自己的守護者說話。賽瑪拉也只是將問題藏在自己的心裡。賽瑪拉相信希爾薇將是她最好情報來源。她有一種不安的感覺，她身體的變化絕不僅僅是鱗片增多這麼簡單。哈裡金曾在無意中提起他的鱗片和他的龍有關係，但是當賽瑪拉想要知道具體有什麼樣的關係時，他又陷入了沉默。而辛泰拉在這件事上完全幫不了她。

這麼冷，這麼溼，心中惴惴不安，背上的疼痛又越來越強烈。賽瑪拉快步向駁船跑去，她希望能夠趕快回到船上，在今天的行程開始之前，能先在廚房的爐火前烤烤身子。今天該輪到她划一條剩下的守護者小船。在那之前，她想讓自己先暖和起來。

突然間，她看到駁船開始晃動，彷彿有一道波浪從下面將它托了起來。船上傳來一陣陣喊聲。聽到這個聲音，所有龍都轉向了那裡。她聽到默爾柯銅號般的驚訝吼聲。蘭克洛斯環顧周圍，一聲聲地咆哮著，尋找可能的危險來源。那艘船突然又穩定下來，只是從舷側擠出了一點小波浪。

賽瑪拉在塞德里克身邊停了下來。她沒有發現這個繽城人也上岸了。塞德里克問她：「妳看見了嗎？」現在他潮溼的袖子挽到了臂肘，手中拿著一隻船上的桶和一把刷子。賽瑪拉知道他是要去為他的紅銅龍洗刷身子，不過她懷疑塞德里克借這兩樣東西的時候，並沒有求得許可，她只希望萊福特林船長不會因此而生他的氣。

「看到了。」賽瑪拉回答道。這時，這艘船又被抬高，發生晃動，然後又穩定下來。「有一頭龍在後面推那艘船嗎？」

「不。」默爾柯聽到了賽瑪拉的問題。金龍來到她身邊，「柏油人是一艘活船，而且是最非同尋常的一艘。他能夠自己移動。」

「怎麼會？」賽瑪拉問道。但只是在下一個瞬間，她就親眼看到了她的答案。這艘船從三角洲的一側移動到另一側，以巨大的力量撐起了自己。片刻之間，賽瑪拉瞥到了蹲伏的前腿。那雙前腿彎曲下去的時候，駁船也再一次在淺水和泥濘中落穩。賽瑪拉驚愕地盯著那艘船，目光無意間掃過那艘船的眼睛。她一直都覺得那雙眼睛很和善。而現在，她只覺得柏油人的眼神異常堅定。駁船最後一次晃動的時候，河水潑到了那雙眼睛上。賽瑪拉盯著它們，心中暗自開始懷疑，自己是否真的只是在看著用油漆描繪出的圖畫。

片刻之後，這艘船凝聚起力量，再次抬升，移動，落下。毫無疑問，他在調轉自己的船頭。

「他要讓自己離開淤泥了，」塞德里克有些顫抖地猜測，「應該是這樣。」

「我覺得不是這麼簡單。」賽瑪拉盯著那艘船，低聲嘟囔著。

「我也覺得不那麼簡單。」默爾柯附和道。

蘭克洛斯也走近過來。這一次，當駁船抬升時，他掀動鼻翼，突然張開了脖子上的肉穗。「我嗅到了龍！」他高聲宣布。然後他又微微張開雙翼，低垂下頭。

「你嗅到的是那艘船。你嗅到了柏油人。」默爾柯糾正了他。

蘭克洛斯低下頭，伸長脖子，再加上他張開的雙翼，這頭龍讓賽瑪拉想到了求歡的鳥雀。他一步步向活船靠過去，鼻翼仍然在不停地掀動著。

默爾柯用一種彷彿是對傻瓜們感到無奈的語氣，說道：「蘭克洛斯，柏油人是活船。他的船殼是用龍繭做成的，再也不會孵化的龍繭。」他停頓一下，看著那艘船再次揚起身子，移動方向，然後低伏下去，「但他舊日的龍繭最近又被覆蓋了新繭。他的一部分來自於和我們一同上溯雨野原河的一條長蛇。柏油人屬於他那一類，同時又是我們的一員。」

「屬於他那一類？『屬於』他那一『類』？這是什麼意思，默爾柯？一個幽靈被困在奴隸的軀殼中嗎？」蘭克洛斯的銀色眼睛閃耀著光芒，這頭紅龍高高揚起頭，甚至短暫地抬起前腿，人立起來。

亞布克發出銅號般的尖利吼叫；芬提甩動著尾巴，發出低沉的咆哮聲。

巴力佩爾說道：「他完全不對。他的氣味不對，他的存在不對。讓人類騎在任何形式的龍身上都是不對的，更不要說讓他們奴役一頭龍的靈魂。我們應該將他撕碎，吃掉他。如此一來，束縛在他的『木頭』裡的記憶，就會回到我們身上。它們本就屬於我們。」他猛地張開自己猩紅色的翅膀，也揚起頭和前爪，顯示出意欲攻擊的樣子。

「我不認同。」這聲音來自卡羅。這頭最高大的藍黑色巨龍穿過聚集的龍群，走上前，迫使小個子的龍紛紛向左右退讓。巴力佩爾沒有讓路，卡羅粗暴地用肩膀將他頂到一旁，讓他一下子撞到芬提身上。綠色的小母龍憤怒地尖叫一聲，攻擊了巴力佩爾，在他的肩膀上留下了一些輕微的齒痕。那頭紅龍用翅膀抽打芬提，把小母龍打倒在泥濘裡。芬提遭到威脅時，賽瑪拉聽到刺青發出一聲憤怒的吼聲。刺青正站在柏油人的甲板上，望著幾乎要把整個龍群捲進來的衝突，瞪大的眼睛裡淨是惶恐。

「停下！」默爾柯喊道。但沒有一頭龍理會金龍的喊聲。

「停下，否則我殺死你們！」卡羅放聲怒吼。

所有龍都陷入寂靜。巨大的黑龍緩緩轉動頭顱，審視著這些擠在一起的龍。有幾名守護者站在龍群中間。塞德里克靠近了賽瑪拉。希爾薇蜷縮在默爾柯的一條前腿旁邊。

芬提開始站起身。

「不要！」卡羅警告她。黑龍張開大口，向所有龍展示出喉嚨裡鮮艷的綠色毒腺。那些毒腺都已經完全鼓脹起來，隨著他的憤怒脈動著，「我不是噴毒，不需要炫耀我的力量。無論是誰反對我，我都會讓你感受到我的毒液。」

群龍一動不動。卡羅閉住嘴，但他喉嚨上的尖刺依然直立著。他緩緩說道：「我無法回憶一頭龍應該記得的一切，卻記得很多龍不應該記得的事情。我曾是克拉羅，墨金長蛇群的一員。我跟隨著墨金，一條偉大的黃金長蛇，我從不懷疑他。」他的銀色眼睛突然盯住了默爾柯。片刻之間，金龍似乎有些困惑，但他很快就低垂下頭，表示贊同，「我曾是克拉羅，塞蘇利亞是我的同伴。」他的目光轉向柏油人，「我更強壯，但有時候，他更睿智。」黑龍的目光再次掃過龍群，「如果我們將那智慧撕成碎片，各自分食一份，那麼我們還能擁有那完整的智慧嗎？我們之中是否能有誰知道柏油人所知道的事情？龍們，張開你們的嘴和你們的鼻孔，龍和長蛇進行交流的方法，並非只有一個。」

賽瑪拉驚訝地發現自己抱住了塞德里克的手臂，而且抱得還很緊。這裡發生了一些事，一些讓她感到害怕的事。駁船上傳來尖叫和呼喊。那艘船正再一次抬高身體。有那麼一瞬間，賽瑪拉清楚地看到那雙強有力的前腿蹲踞下去，又瞥到了在水中收起又蹬出的後腿。一陣臭氣傳來，將賽瑪拉包裹住。那很像是龍從繭殼中孵化時散發出的氣味。賽瑪拉感覺到眼睛刺痛，不由得用袖子掩住了口鼻，吃力地喘息著。就在這時，駁船徹底調過了頭。柏油人的船頭落到了河面上。隨後他強有力的後腿就將他從三角洲旁推開，一片渾水隨之湧到了岸上。

駁船進入到河中。他的船頭不再指向水流湍急，開闊筆直的酸水河道，而是進入了賽瑪拉昨天探索過的那條綠色的清水河道。賽瑪拉和塞德里克同時意識到發生什麼事。

「柏油人要丟下我們了！」

「等等！」希爾薇發出一聲狂亂的尖叫。賽瑪拉朝她那裡瞥了一眼，卻無法判斷希爾薇叫喊的對相是駁船還是默爾柯。龍群也開始行動了。巨龍們紛紛追隨駁船而去。柏油人正駛入河道的深水處。船上沒有人撐篙，但活船還是抵抗著水流，堅定地向上游駛去。賽瑪拉看到船尾處現出一道道亂流。她猜測那是一條擺動的尾巴。

「我們要被丟下了。快！」賽瑪拉本來一直抓著塞德里克的手臂。現在塞德里克卻甩脫了她，反而抓住她的手。她的另一隻手抓住了還在發愣的希爾薇。「跑！」塞德里克對她們說，「快！」

他們衝下三角洲，向岸邊跑去。柏油人的甲板上充滿了氣惱和慌亂的喊聲。這讓賽瑪拉知道，船員和守護者們都沒辦法讓這艘船停下來。賽瑪拉忽然想到了那些獵人們。依照習慣，獵人會在天亮之前就出發去尋找獵物。他們肯定已經駛入了流淌酸水的主河道。他們要過多久才能發現駁船和龍都已經沿著另一條河走掉了？

他們不是唯一被丟在岸邊的守護者。現在他們只能乘坐還留在岸邊的三條小船了。凱斯和博克斯特坐上了格瑞夫特的小船。不過他們都還站在船上，想看看是否還要帶上多一個守護者。埃魯姆在另一條船上。賽瑪拉看到他正在和哈裡金說話。第三條小船還空著。「你們走吧！」賽瑪拉向身邊的兩個人喊道，「我們坐那條船。」

「好！」埃魯姆用喊聲回應她。然後他們的小船很快就駛離了岸邊。駁船正毫不遲疑地沿河道快速前進。龍群分開，繞過這三條小船，在靠近河岸的地方涉水跟著駁船。他們很快就會超過駁船了。凱斯和博克斯特也拿起船槳，讓小船開始進入河中。

當賽瑪拉、希爾薇和塞德里克到達最後一條小船前面的時候，河岸邊只剩下了他們三個。賽瑪拉回頭向營地瞥了一眼。不，那裡已經什麼都沒有剩下了。潮溼的泥地上還有一點餘燼在燃燒，除此之外，也只剩下滿地的腳印和嫋嫋升起的青煙，能證明他們曾經來過這裡。

「這條船能容下三個人嗎？」塞德里克不無擔心地問。

「不會很舒服，但我們都上去應該沒問題。而且我們也沒有別的選擇了。你能夠將你的桶倒扣在船底，坐在上面。我懷疑我們要再過很久才能追上柏油人。到那時，我們就能讓他們把你接上船，如果你願意的話。」賽瑪拉轉頭看著希爾薇。她對這個女孩沉默不語的態度感到奇怪，現在希爾薇的臉上更是一副深受打擊的樣子，「怎麼了？」

希爾薇緩慢地搖搖頭。「他就那樣和其他龍一起走了。默爾柯甚至沒有看一下我是不是能跟上，他就那樣走了。」女孩眨眨眼睛，一滴粉紅色的淚水落在她的面頰上。

「喔，希爾薇。」賽瑪拉為她感到難過，但也難以壓抑心中的急躁。現在不是放縱情緒的時候。他們必須先追上駁船。

「默爾柯並不傻。他知道岸邊就有小船，而且妳一直以來都能很好地照顧自己。他必須率領龍群踏上征程，以免他們之中還有誰會三心二意。他沒有拋棄過妳，他只是認為妳很有能力。讓我們證明他的看法是對的。」塞德里克匆忙地說道。他要消解掉即將發生的紛爭。他已經厭倦了一切衝突。

他將桶倒扣在船底正中，坐到了上面，這讓他有了一個稍微高一點的位置，能夠以一個不同的角度來觀察這條河。賽瑪拉將小船推入河中。希爾薇一直在努力推著船槳。兩個女孩全力以赴，想讓小船走得更快一些。船上沒有人說話，大家都知道，現在爭取時間才是最重要的。

這是塞德里克第一次有機會從這個角度觀察這條河和周圍的森林。上一次他坐在小船中的時候，只是忙著追趕卡森，根本沒有時間環顧周圍。現在他出神地望著自己平生僅見的最茂密蔥翠的森林。針葉樹和闊葉樹在此混雜而生，粗大的樹枝一直延伸到水面上。藤蔓從一些枝頭垂掛下來。樹下的植被也很繁盛。蘆葦和燈芯草在青苔覆蓋的河岸上隨處可見。

「這裡的生命力真旺盛。」希爾薇用充滿驚奇的聲音說道。

塞德里克還沒有想到這裡和酸水河兩岸的區別。

「甚至這裡的氣味都不一樣。這裡，嗯，到處都是綠色。愛麗絲和我昨天在這裡稍微走了一下，我們那時就注意到了。這裡的水中沒有酸性，看不見一點白濁。這裡的生命也要豐富很多。昨天我看見青蛙在水裡游泳。就在我們身邊的水裡。」

「青蛙經常會在水裡游泳。」塞德里克說。

「也許在靠近繽城的地方是那樣。但在雨野原，我們只能在樹上找到青蛙。河裡是沒有的。」

塞德里克想了一下。每次當他自以為理解了自己的生活發生了多麼巨大的變化時，都會有新的狀況在他的周圍發生。他無聲地點點頭。

這條支流和主河道完全不同。它輕緩地流過森林。樹木都向河道傾斜過來，尋找陽光，也遮蔽了上游的景色。一段時間裡，他們只是追逐著龍群和駁船。但隨著河道轉過一個彎，他們的視野中就只剩下另外兩條小船了。他們一直綴在隊尾。如果現在他們的小船傾覆了，或者他們在河岸邊遇到一群鷂鱷……片刻間，塞德里克感到自己的腸子彷彿被揪住了，但一個奇怪的想法，隨即出現在他的腦海中。

無論他遭遇什麼事，卡森都會來找他。

卡森。

一抹微笑讓他的臉放鬆下來。他知道，自己的想法沒有錯。卡森會來找他。

直到現在，他還在努力讓那個人和他對生活的概念融合在一起。他從沒有遇到過一個像卡森那樣的男人，從來不知道有誰能夠如此溫柔地使用自己的力量。卡森沒有受過教育，也沒有什麼禮儀概念。對於紅酒，他一無所知，甚至從沒有離開過雨野原。他一輩子唯讀過不到十幾本書。卡森的生活不存在支持塞德里克自尊的一切框架，卡森對那些事都不感興趣。那麼他怎麼會欣賞塞德里克？為什麼這名獵人會喜歡他？這對他一直都是一個謎。

只有叢林和水的世界支撐了卡森的人生。他知道這裡動物的生存方式，會帶著充滿親切感和敬意的語氣談論牠們，但他也會殺死牠們。塞德里克曾經看見過他屠宰動物，看到他砍開野獸的胯部關節，用雙手將股骨從髖關節裡拽出來。「一旦你知道動物是如何構成的，要將牠拆解開就容易多了。」卡森一邊完成了手中鮮血淋漓的工作，讓肉成為可供烹調的食材，一邊這樣向塞德里克解釋。

塞德里克一直看著他工作的雙手。他手腕上的血，他指甲縫裡的碎肉，同時想著這雙強壯的手撫摸自己身體的樣子。一陣顫慄掠過他的脊背，讓他恐懼，又勾起他的欲望，讓他無比興奮。在塞德里克的身體上，卡森是溫柔的，幾乎時時刻刻都是那樣小心翼翼。有幾次，塞德里克反而成為了攻的那一方。控制的感覺讓他興奮，也讓他感受到一種自由。在他昏暗的小房間裡，他看到卡森的眼睛和嘴，在獵人的臉上看不到絲毫恐懼和怨恨，而掌控一切的是塞德里克。有時他也會想到詔諭對這樣的事情有過怎樣的反應。「不要和我說你想要什麼，」詔諭曾經輕蔑地命令他，「你能得到什麼，我自然會告訴你。」

他已經越來越少地想到詔諭了。在最近這幾天裡，當他將那個過去的愛人與卡森作比較的時候，詔諭似乎就像一個漸漸褪色的幽影。想到詔諭，會讓塞德里克感到悔恨，但就連這種情緒也不再強烈了。塞德里克並不遺憾失去了詔諭，讓他懊悔的是曾經和詔諭在一起。

這兩個女孩划船時很有節奏。小船走得又輕又快，但還是無法拉近和龍群與駁船的距離，甚至也追不上另外兩條守護者的小船。他們經過一根低垂的樹枝時，一群橙紅色鸚鵡突然飛起，嚇了他們一跳。這些鳥尖叫著突然從枝頭躍起，散開，又落在一棵更高的樹上，重新聚集起來。他們三個驚訝地看著那些鳥，突然爆發出一陣笑聲。笑聲打破了塞德里克一直沒有注意到的沉寂。突然間，塞德里克不想再一個人迷失在自己的思緒裡了。

「我很想替妳划一陣船。」他主動說道。

「我沒事。」希爾薇轉回頭給了塞德里克一個微笑。陽光在那一瞬間閃過她的眼睛，讓塞德里克看到一抹淺藍色的光暈。當希爾薇再度低下頭的時候，塞德里克不禁注意到陽光照亮了她頭皮上粉紅色鱗甲。希爾薇的頭髮比他們出發時更少了。她的襯衫在肩膀的接縫處也有一點破損。每當她划槳的時候，那一點破口中就會閃過一線鱗片的光芒。

「再過一陣，也許你可以頂替我。」賽瑪拉承認。這讓塞德里克吃了一驚。他一直以為賽瑪拉是兩個女孩中比較強壯的一個。

希爾薇轉過頭，看著河面說道：「妳的後背還很難受嗎？妳是在哪裡受的傷？」

賽瑪拉沉默了一段時間，然後又不情願地承認道：「是的，它一直都沒能癒合。後來我在洪水中被浸泡過之後，它就更嚴重了。」

小船繼續前行。靠近河岸邊有一片平靜的水面，上面漂著許多平坦的葉片和橙色的花朵。塞德里克聞到一股馥鬱到接近於腐爛的香氣。

希爾薇說道：「妳有沒有問過妳的龍？」她的聲音有些猶豫，但最終還是顯得很堅決。

「關於什麼？」賽瑪拉彷彿也同樣下定了決心。

「妳的後背，還有妳越來越多的鱗片。」

沉默如同一塊石頭砸在小船上，將小船徹底充滿。塞德里克覺得自己在這種沉重的氣氛中幾乎無法呼吸了。

當賽瑪拉再度開口的時候，她已經無法掩飾自己的謊言了。「我不覺得我的背和我的鱗片有什麼關係。」

希爾薇繼續划著船。她沒有回頭去看另一個女孩。她說話的時候，彷彿傾聽她的只有河面。「妳忘記了。我看見過它。我知道現在它是什麼樣子。」

「因為妳也在發生同樣的變化。」賽瑪拉將這句話擲回給希爾薇。

塞德里克感覺自己被卡在了她們兩個中間。希爾薇到底為什麼會提起這個話題？這種隱私的事情，應該只在守護者之間討論，而現在他還在這條小船上！

就在這時，一種恐懼的感覺落在塞德里克的胃裡。

賽瑪拉不是希爾薇說話的對相。他才是。他的手按在自己的脖子後面。覆蓋在那裡的一線鱗片正在沿著他的脊椎向下延伸。卡森曾經向他保證過，它們還不是很明顯。他說過它們甚至還沒有顏色，和希爾薇的粉色鱗片以及卡森自己的銀色鱗片都不一樣。塞德里克仍然一語不發。

「我正在改變，」希爾薇承認，「但我可以選擇。這是我選擇的。我信任默爾柯。」

「但他今天丟下了妳。」賽瑪拉向她指出。塞德里克不知道賽瑪拉這樣說，是出於殘酷，還是只不過是不夠明智。

「這一點我想過了。塞德里克也說過。如果今晚，我不在集合地點，默爾柯就會回來找我。這個我知道。但我會到達那裡，我會以自己的力量到達那裡。他相信我能做到。我不是寵物，也不是孩子。他相信我不僅能照顧好自己，還值得一頭龍的關注。即使沒有龍在身邊，我也能生存下來。」

賽瑪拉繼續提問的時候，彷彿她的喉嚨被哽住了。「為什麼他會相信妳？妳是怎樣讓他信服的？」

希爾薇回頭瞥了他們一眼，一抹與常人不同的微笑閃過她的面龐。「我不知道。但他給了我機會，我把握住了機會。我還不是古靈。但我很快就會成為古靈了。」

「什麼？」賽瑪拉和塞德里克同聲問道。

然後賽瑪拉又多問了一句：「怎麼成為古靈？」

「一點點血。」希爾薇用接近於耳語的聲音說道。塞德里克全身都涼了。一點點血？一點點是多少？他竭力回憶自己在那一晚碰了多少血，真正流進他體內的又有多少？

「默爾柯把他的血給了妳？」賽瑪拉難以置信地問，「妳是怎麼接受的？」

希爾薇的聲音很低，彷彿她在講述某件很神聖，或者非常恐怖的事情。「他要我從他的臉上摘下一小片鱗。我照做了。一、兩滴血湧了出來。他要我用那片鱗抹上那一點血，然後將鱗片吃掉。」女孩屏住了呼吸，划槳的節律也停止了。「那……很美味。不，那並不美味。那是一種感覺……是魔法。它改變了我。」

隨著兩下有力的划槳，賽瑪拉將他們帶出水流，讓船進入淺灘。她伸手抓住一根樹枝，把船拽停。

「為什麼？」這一句話從賽瑪拉的口中爆發出來，就好像她在質疑宇宙的真理，彷彿是她在對不公的命運發出了絕望的吶喊。但回答她的是希爾薇。

「賽瑪拉，妳知道我們是什麼。妳知道為什麼我們之中的一些人在出生時就被拋棄，也知道為什麼我們如果變化得太多太快，就會被禁止結婚生子。如果人們在我們出生時就發現我們的特徵，我們就不會有任何未來。這是因為我們的改變會讓我們成為怪物，會讓我們死亡，甚至讓我們生出無法存活的怪物。這些改變會發生在一切長期生活在龍身邊的人類身上，默爾柯是相信這點的。」

「這根本沒有道理！第一代在這裡定居的雨野原人就已經發生了變化。那時龍還遠遠沒有回到這個世界上。孩子們的身上生出鱗片，那時懷孕的女人已經會生出怪物了！」

「那的確是遠在龍回歸世界以前，但我們一直居住在他們所生活的地方，紮根在古靈舊日的家園。我們在洗劫他們的財富，穿戴他們的珠寶，用龍繭做成木材。也許我們中間沒有巨龍存在，但我們一直存在於他們的世界裡。」

在一陣沉默中，賽瑪拉消化著這些話語。河水流過他們的小舟。塞德里克仍然感到寒意徹骨。血。一頭龍身上的血改變了希爾薇。一小片鱗上的兩滴血就足夠了。他又喝下了多少？他引發了自身怎樣的改變？她們剛才一直說到怪物。生命短促的怪物，沒有未來的怪物。塞德里克感覺體內的一些東西開始被勒緊，發生扭曲，扭曲到讓他疼痛難忍。他微微向前彎下腰。不過兩個女孩似乎都沒有注意到。

「但他給妳的血，會讓妳發生更多改變？」

「因為他的血，他說他將塑造我的變化。他警告我，這樣並非總是會成功，他也並不全都記得一頭龍該如何操縱這種變化。但他說：古靈並非是憑空出現的，每一名古靈都曾經是一頭龍的同伴。嗯，幾乎每一名都是如此。有時候，人類也會發生變化，甚至沒有經過龍的引導，而這種變化也沒有殺死那個人。他們注意到照料巨龍結繭和見證巨龍孵化的人身上，也會有這種變化。一些人因此而變得美麗並擁有漫長的壽命，但大多數沒有這種運氣。不過，凡是被巨龍選中、擁有足夠價值、並經過精心引導的人類，都會變得超凡脫俗，壽命更是可以跨越許多個世代。」

賽瑪拉一時卻感到無言以對。

「我不明白。」

「是『藝術』，賽瑪拉。古靈是巨龍在那個時代塑造的藝術品。他們找到有潛力的人類，讓他們充分發展。所以巨龍非常珍視古靈。每一個人都會珍視他們創造的藝術品。每一頭巨龍也是如此。」

「那麼我的變化呢？我出生時就帶有很老的女人身上才會有的變化。自從我們離開崔豪格之後，我還在不停地發生改變。這些變化的速度甚至越來越快了。」

「我已經注意到了。所以我問過默爾柯，辛泰拉是否改變了妳。默爾柯說他會去問問辛泰拉。」

「我已經問過辛泰拉了。」賽瑪拉承認，「我也懷疑她對我做了些什麼。我聽哈裡金提起過。他的龍是不是也在改變他？」

「是的。辛泰拉正在改變妳。」

又是一陣沉默。然後辛泰拉承認說：「不。她說她沒有。默爾柯說如果他不控制我的變化，那麼他就會插手。」

「什麼？」

希爾薇難以置信的口氣中還夾雜著什麼？一點嫉妒？還是帶有懷疑？

賽瑪拉似乎也聽出了女孩語氣的異常。她憂鬱地回答道：「不必擔心。他不會的。辛泰拉說她絕對不會允許任何人奪走她的守護者。我注定是屬於她的，即使她不想要我。我也注定會改變，無論這改變是好是壞。」她深吸了一口氣，「我們最好繼續划船，我甚至已經看不到那兩條小船了。」

「妳想要我划一段時間嗎？」塞德里克問。

「不。謝謝你。」辛泰拉又低聲說，「我認為我還想繼續工作。」

塞德里克清了清嗓子，強迫自己說出了最困難的一句話：「我也在變。」

三個人都沉默了。最後希爾薇委婉地說：「是的，我們注意到了。」

隨後一句話該怎麼說，塞德里克想了十幾種辦法。最終他找到了一種可以避免談及龍血和他飲下龍血的對話方式：「有時，我擔心芮普妲不知道該如何控制這種變化。」

「我認為，我們對此都會有一點害怕。」希爾薇同情地說道。塞德里克想不出該怎樣回應。賽瑪拉用力推槳，讓他們離開河岸。他們向前行進著，對抗著遲緩的水流。

金月第九日
商人聯盟獨立第六年
來自艾瑞克，繽城信鴿管理人
致黛托茨，崔豪格信鴿管理人

一份來自於詔諭．芬波克的法律告示，致崔豪格和卡薩里克的全體商人，客棧和給養供應者。此告示將公開張貼並免費發放。請注意，從金月第一日起，詔諭．芬波克將不再為塞德里克．梅爾達和愛麗絲．金卡羅恩的一切債務負責。

黛托茨：

快速信鴿比起常規信鴿，提前一天半到達。多雨的天氣對他們都造成了妨礙，而快速信鴿的速度甚至超出了我的預料。很明顯，這次繁育計畫成功了，而且是大獲成功。我會為這些信鴿仔細設計出一個鳥類環志系統，以供我們區分其中速度最快的個體，這樣我們就有可能更加精準地培養這一特性。

艾瑞克

金月第十日

商人聯盟獨立第六年

來自艾瑞克，繽城信鴿管理人

致黛托茨，崔豪格信鴿管理人

封錮在小管中的是一份貿易商梅爾達家族和貿易商金卡羅恩家族的告示。這兩個家族願意給出一筆豐厚的獎金。任何人只要能夠告知塞德里克．梅爾達和愛麗絲．金卡羅恩．芬波克所在地點和當前狀況，就能獲得這筆獎金。這份告示將被公開張貼並免費發放，其中一份抄本應被迅速寄給卡薩里克信鴿管理人，相關服務的一切費用，都已事先結清。

黛托茨：

想要像我們的鴿子一樣、飛快地走過我們這兩座城市之間遙遠路程的人，並非只有妳一個。我用了許多個小時的時間，研究該在這些快速信鴿的環志系統上添加什麼樣的標記。我相信，如果我們能夠用一個下午的時間共同研究，我們就一定能夠設計出一套優秀的標記系統。我也一直很好奇，妳在雨野原那樣的危險地方，是如何管理妳的鴿舍和鴿群的，我相信，如果我能夠訪問並研究一下妳的鴿群管理，對於所有信鴿管理人都將會很有益處。只要雷亞奧能夠回來接管我的事務，我就打算暫時告假離開繽城。只希望我前往雨野原的拜訪，不會讓妳感到非常不便。

艾瑞克

金月第十二日
商人聯盟獨立第六年
來自艾瑞克，繽城信鴿管理人
致黛托茨，崔豪格信鴿管理人

寄自蘇菲・梅爾達・洛克遜，在封錮的小管中是一封錢款授權信，供塞德里克・梅爾達和愛麗絲・金卡羅恩使用，以備他們不時之需。此授權信將為他們保留在崔豪格貿易商大堂，關於它寄到的通知，將被寄往卡薩里克貿易商大堂。

黛托茨：

我很擔心，我寄給妳的上一封短信中的用辭，有些也許過於激進。我的意思只是我知道我們對我們的鴿子都有很大的興趣，而我們之間的會面將對我們的鴿群大有裨益。當然，只有在妳認為方便並且有意如此的前提下，這樣的會面才得以可能。

艾瑞克

16

蘆葦

隨著暮色降臨，河水兩側仍然沒有可以辨識的河岸。萊福特林站在駁船的船頭，看著寬闊的河面。他的左右都是高高的蘆葦和茂密到不可思議的香蒲。真正的河道很淺，寬度只有駁船寬的三倍。龍群在前方緩慢地涉水前進，顯得憂鬱沉悶。目力所及的地方，找不到一點陸地的影子。這很可能將是他們連續第二個晚上站在水中過夜了。黑暗正從他們的頭頂壓下來，一顆明亮的星星出現在深藍色的天空中。很快，獵人和守護者們就會將小船划回來，然後在駁船上歇宿。在如此平靜的水面上，站在柏油人的甲板上，抬頭仰望無比寬闊的天空，這種感覺非常奇怪。很遠的地平線上，能夠看到森林環繞著他的船。但生滿水草的寬闊淺水讓他無法到達那裡。頭頂上方，成群的水鳥和小鳥正在盤旋飛舞。很快他們也會落下來準備過夜。水鳥經過一陣滑行之後，紛紛落到水面上。小鳥就棲息在水生植物的穗子上。小魚，青蛙，還有一些像是水中蜥蜴一樣的生物，在這些淺水中到處可見。群龍很不喜歡費力去吃這些小東西，但他們至少不會餓肚子。昨天他們遇到了非常巨大的一群長腿水鳥，那些大鳥至少有一人高，身體非常肥大。牠們絢爛奪目的羽翼更是令人驚歎，那些羽毛呈現出所有種類的藍色。不等萊福特林一飽眼福，龍群就已經衝了過去。大多數鳥都逃走了。在牠們全速飛起之前，牠們幾乎能夠在水面上奔跑一段，跑不及的就成為了龍的美餐。萊福特林讓戴夫威從水面上收集了幾片漂浮的藍羽，以供愛麗絲記錄和收藏。這條河上充滿了生命，其豐富的種類更是萊福特林從未見過，甚至從沒有想像過的。

「至少這裡都是淡水，沒有一點酸味。」愛麗絲一邊走過來一邊說道，「這是一點非常值得感激的小小幸運。不過，龍肯定不會因為整夜站在水裡而感到高興的。」她站到船長身邊。萊福特林看著她將雙手輕輕放在船頭欄杆上。她這樣做已經有多久了？萊福特林心中想著這個問題，卻沒有問出口。柏油人接受了她的碰觸，甚至會主動歡迎她。她用手撫摸著欄杆，就像格裡格斯比在認可她之後跳到她的膝頭時，她輕輕撫摸那隻小貓。這是一種用指尖的輕撫。愛麗絲明白，這艘船隻屬於他自己，她能夠觸碰這艘船，卻絕不會擁有他。

是的。萊福特林所知道的柏油人就是這樣，甚至在這艘船被改造之前也一直都是如此。自從他們進入清水支流以後，這艘船就開始了一種頑固的快速行進。萊福特林熟悉他的這種航行方式，但從沒有見他如此專注而執著過。船長從他的船那裡感到一種篤定，無論守護者和龍都體會不到這種感覺。這種感覺也瀰漫到他晚上的睡夢裡。現在唯有這件事，能讓他在早晨醒來之後，以樂觀的態度面對嶄新的每一天。

愛麗絲將手放在了他的手上。

是啊，也許讓他高興的並不只是那一件事。當每天晚上都有這樣一位女子，用極盡溫柔又充滿激情的身體擁抱著他，他又怎麼可能感到氣餒呢？她喚醒了萊福特林從不知道自己所擁有的欲望，又讓他的欲望得到了無比的滿足。船員和守護者們幾乎是立刻就接受了他們的新關係，這一點萊福特林比愛麗絲更感到驚訝。他本以為至少塞德里克會對他們予以阻擾。儘管愛麗絲通常還是會與他分宿兩處，但她已經開始公開進出船長艙室，並對此既沒有道歉，也沒有解釋。塞德里克則一直保持著沉默。萊福特林等待了兩天，三天，然後他問愛麗絲是不是應該和塞德里克挑明這件事。

「他知道，」愛麗絲毫不避諱地說，「他不贊成這樣。他認為你在占我的便宜，他更認為我總有一天會因為對你的信任而後悔不已。」愛麗絲這樣說的時候，眼睛一直看著萊福特林，彷彿要看到他的靈魂，「對於這件事，我想了一段時間。最終我決定，如果你欺騙了我，至少是我的選擇。」一點奇怪的微笑出現在她的嘴角，「而且我非常享受這樣的欺騙，無論它能持續多久。」

萊福特林將她抱進自己的懷裡。「這不是欺騙，」他向她允諾，「我們會一直這樣下去。也許有一天，妳會對我感到失望。也許妳最終會厭倦我，去找一個更加聰明或者更加富有的人。但現在，甜美的夏天女士，我打算全心全意享受和妳在一起的日子。」他們站在他的船艙裡，面對著面。當他說出最後這番話的時候，他俯身抱起她，將她放到床上。她在被攔腰抱起的時候微微驚呼了一聲，然後，隨著自己的身體安穩地落在床上，她從喉嚨裡發出一陣咯咯的笑聲，讓他的臉上泛起了喜悅的紅暈。這位繽城女士的身上有一點放蕩的味道，這個發現讓他覺得很有趣。他懷疑愛麗絲也是剛剛發現這一點。

現在，他們並肩站立，看著水面，周圍一片靜瑟。許久之後，愛麗絲才輕柔地提出一個問題：

「你認為柏油人帶我們走的這條路，是正確的嗎？」

萊福特林從船欄杆上抬起手，握住了她的手。就算沒有他的疑慮，現在這艘船也已經相當敏感了。「我就像他一樣有信心。」說完這一句，他又壓低聲音說道，「我們還有什麼路可以走，愛麗絲？如果龍群強烈地感覺到應該走另一條路，我相信他們一定會提出反對的。」

「我只是想，嗯，那邊看上去應該更適宜通航。我覺得一座像克爾辛拉那樣的大城市，一定應該建造在一條適宜通航的大河旁邊。」

「這話有道理。」萊福特林也不止一次有過這樣的想法。他很想和愛麗絲探討這個問題，就像和自己探討一樣，「但和古靈時代相比，一切都已經改變了。那時，這也許是一片很深的湖泊，或者也許是一條兩岸有許多農田的大河。這個我們已經無從知曉。相信柏油人，走這條路，這也許和選擇另外那條路，一樣是有道理的。」

「那就是說，我們有一半的機會能找到克爾辛拉。」

萊福特林撓了撓自己的鬍鬚。「走兩條路的機會都是一半。愛麗絲，在許多天以前，我們可能就經過了那座城市沉沒的廢墟，或者這條支流會將我們帶往一座在百年以前就已經被泥沙和植物淹沒的城市。我們不知道。妳想要放棄這次遠征，現在就回家嗎？」

愛麗絲思考了很長時間，然後低聲說：「我永遠都不想回去。」

「那麼我們就繼續向前。」萊福特林一邊說，一邊向遠處斜睨了一眼，「看那邊，妳覺得那片蘆葦是不是有什麼不正常？」

愛麗絲向前探頭，將身體壓在萊福特林的手臂上。萊福特林喜悅地感覺到她柔軟的身體，他知道這很傻，很孩子氣，但還是禁不住會如此。隨後愛麗絲的舉動把他嚇了一跳。愛麗絲抓住船欄杆，高聲說道：「柏油人，我們要去那裡看看！走吧！」

萊福特林不知道是應該大笑，還是感覺船長的權威受到了冒犯——他感覺到自己的船真的按照愛麗絲的話調轉了方向。

「那是一塊完美的長方形。看看那裡，又有一塊，只是更小一些。」儘管愛麗絲努力讓自己保持平靜，但她還是露出了激動的笑容，就連聲音都在顫抖。她坐在小船上，將身子遠遠探出到船舷外，向水中望去。萊福特林不得不向小船的另一邊傾斜身子，並伸手抓住愛麗絲的襯衫背襟。「我不會掉下去的。」愛麗絲只對萊福特林說了這樣一句，同時完全沒有直起身子的意思。

「妳認為它們是沉沒的屋頂嗎？」

「我想有可能，但它們太平坦了，與古靈時代流傳下來的織錦和繪畫都不一樣。我知道，古靈很少會建造沒有裝飾的平頂房子。有一些城市，比如位於崔豪格的那一座沉沒城市中建築物，往往是一個相互連通的整體，而不是我們的城市中那種一幢幢獨立的房屋。發掘卡薩里克的難點之一，就在於那裡的建築物不像在崔豪格的那樣連接在一起。為什麼不同的古靈，其城市建造風格會有如此大的差別？這一點我們還不知道。」愛麗絲抬起眼睛，掃視這一片淺水。這裡的河面上有著極為繁盛的植物，平坦的睡蓮葉片在和緩的水流中幾乎紋風不動。一叢叢蘆葦揚起它們的纓穗。萊福特林握著船槳，讓小船停住不動。在他們周圍的一片完美的長方形範圍之內，水草都很短。這種整齊的樣子顯然不是天然形成的。愛麗絲又看了一眼船下的淺水，便說道：「我要到船外去。」

「愛麗絲！」不等萊福特林開口，塞德里克已經出聲反對。但愛麗絲已經脫下鞋子，捲起了褲管。

「不記得嗎？這裡的水很乾淨。而且這裡這麼淺，就連蘆葦都無法紮根長高。萊福特林首先注意到的不就是這一點？不必擔心。」愛麗絲跨出小船，同時慶幸自己的動作沒有讓小船傾翻。河水拍打到她的大腿上，她的兩隻腳陷進了泥地裡。

「那麼水蛭呢？會不會有銼刀蛇？」

「我不會有事的。」愛麗絲重複道，但她也希望塞德里克不要提到那些東西。塞德里克堅持要和他們一起坐小船來探索這些生長在方塊中的矮小蘆葦，他不知道這是為什麼，而現在她只能咬緊牙，用她的赤腳撥開淤泥，想要知道泥下面是什麼。沉積物漂浮起來，遮住了她的視線。她捲起袖子，將雙手探入水中。這座沉沒建築上的水很淺，差不多只到她的膝蓋。但把手伸下去的時候，她的臉也幾乎貼到了水面上。她挖開淤泥和盤結的蘆葦跟，用手指撫摸暴露出來的東西。然後她站起身，身上滴著水，臉上帶著笑容。「是泥灰和石塊。那些石頭摸起來很方正，應該是經過加工之後被拼合在一起的。」

「那麼這到底是什麼？我們找到了什麼？」

萊福特林讓柏油人號停下，然後划著小船來到這片蘆葦進行探索的時候，龍群也停下腳步，又返回來看看人類在做什麼。默爾柯和另外兩頭龍正探過頭來進行調查。默爾柯抬起一隻腳，踩了踩這片方形的矮草地，然後直接登上這座建築物，站到愛麗絲身邊。「小心，」愛麗絲警惕地喊道，「也許它會被踩塌。」

「不會，」默爾柯回答道，「它就是為了能夠乘載龍的重量而建造的。」他走到長方形的另一邊，又走回來，一邊嘟囔著：「應該在這裡。啊，是這裡。」

然後他用拽走抓住一樣東西，用力一拉，又嘟囔了一聲：「卡住了。」

「那是什麼？」愛麗絲問。萊福特林也問道：「你在做什麼？」。而此時金龍發出一聲吃力的咆哮，拖動了水下的一樣東西。

默爾柯的行動立刻就有了結果。愛麗絲發出一聲畏懼的喊叫。她腳下的泥和水突然變得溫暖起來。一種藍色的光芒開始在長方形上以不均勻的方式瀰散開。一些地方的水變得清澈如同玻璃，不過還是有一些地方完全被草根遮住。愛麗絲急忙向小船退去。她感到自己周圍的水在迅速變熱。她抓住小船邊緣，萊福特林完全不顧及她的端莊，伸出手抓住她的衣領和褲腰，把她直接從水裡拽了出來。

「把船向後划！」他向塞德里克喊道。兩個男人迅速用船槳將小船從那個發出光亮和嗡鳴聲的長方形旁邊推開了。

「默爾柯，默爾柯，小心！」愛麗絲向金龍喊道。但那頭龍只是平靜地躺倒在水中。蘭克洛斯和賽斯梯坎也都來到了他身邊。其他龍全都在緩慢地向他們移動。

默爾柯抬起頭，彷彿作夢一樣說道：「它們不應該在水下。它們曾經位於湖濱最好的一些地方。它們是為龍建造的，為了歡迎來至此地的巨龍。在清冷的黃昏或者雨天裡，它們可以為龍提供溫暖舒適的休憩場所。」

「為龍準備的客床。」愛麗絲有些虛弱地說。

「嗯，可以這樣說。讓我們感到愉悅的溫暖。即使是現在，這種熱度還是很好。」

在愛麗絲眼前，賽斯梯坎也躺倒在水中，重重地歎了口氣，伸展開四肢。龍群周圍的河水全都開始散發出熱量。卡羅也登上這片長方形，為自己找到足夠多的地方，同樣躺倒下去。其他龍也都紛紛靠近過來，羨慕地看著平台上的三頭龍，並且儘量靠近溫暖的平台。水面上這時開始冒起了熱氣和泡泡。

「那麼你們是否知道我們在哪裡？我們靠近克爾辛拉了嗎？這裡是不是克爾辛拉的一部分？」愛麗絲向充滿喜悅的龍們大聲喊出她的問題。

在她身邊，塞德里克突然打了一個呵欠。「妳不會從他們那裡得到答案。」他低聲說，「他們一直都在尋求這種溫暖。現在他們已經都沉醉在其中了。」

的確，這些擠在一起的龍，愛麗絲覺得更像是一群牛，他們彼此倚靠著環繞在長方平台周圍。塞德里克的呼吸此時也變得遲緩沉重起來。愛麗絲盯著他，感到驚駭又奇異。塞德里克的眼皮正一點點墜下來。

「這是怎麼回事……」萊福特林說道。不過愛麗絲按住他的手臂，止住了他的話頭。然後愛麗絲靠近到塞德里克身邊問：「芮普妲記得這個地方嗎？」

塞德里克歎了口氣。「有很多地方都和這裡一樣。各地的古靈想要為巨龍準備舒適的休憩場所。他們在為了爭得巨龍的寵愛而競爭，尤其是那些最強大的巨龍。富有的古靈們都不遺餘力地款待他們巨大的客人。」

「所以這裡應該有很多巨龍臥床？」

塞德里克又用了更長的時間才回答道：「城市中反而不會有這樣的臥床。克爾辛拉有一整座能夠保持溫熱的廣場。只是在有古靈生活的鄉村莊園，或者是北方群島和更偏北的古靈聚落，才有這種特意要讓巨龍感到舒適的建築。」他睜開眼睛，竭力讓視線恢復聚焦，然後深吸了一口氣，讓自己清醒起來，他的聲音也稍微發生了變化。「崔豪格有一些房子的頂棚是玻璃的。那些高大的房屋足以讓巨龍在其中活動。當巨龍來訪時，這樣的房屋會一直保持溫暖。古靈會在其中種植美麗的植物，並安放噴泉。」

「原來是這樣。」愛麗絲低聲說道。她回憶起人們在崔豪格挖掘出的、被稱為「加冕者殿堂」的大型房屋，「婷黛莉雅孵化的地方，是一座有著高大門楣和厚重玻璃幕牆的房間。那裡一年四季都會有陽光射入，卻又能遮擋冬季的雨水。據推測，在一場巨大的地震或者其他災難之後，一些龍繭被放入那個房間。這樣做本來是為了保護她們。但在那座城市被埋葬的時候，那些龍也一同被埋入泥土了。」

「所以。」萊福特林皺起眉頭，「我們在這裡能找到什麼？被埋葬的城市廢墟？克爾辛拉？」

「不。」愛麗絲堅定地說。她的身子激動得打顫。她知道，她真切地知道，「群龍用於取暖的這座平台位於水下。顯然是水位上漲將它淹沒了，但這也表明水位並沒有上漲很多。如果我們在這裡停泊，進行搜索，我敢說，我們一定能找到其他古靈生活的遺跡——古早的石雕噴泉，也許還有更多為巨龍提供溫暖的平台。但這裡不是城市。克爾辛拉擁有許多巨型石砌殿堂、噴泉、廣場和高塔。如果這裡是克爾辛拉，甚至只是克爾辛拉的郊外，我們也一定能看到那些建築的遺跡。畢竟就連這些供龍取暖的平台，都只是剛剛被水淹沒。不，萊福特林，我們只是找到了一處古靈聚落，但這不是克爾辛拉。塞德里克！醒醒。我們要進行測量和記錄。在天黑之前，我們需要盡可能勘察這一地區。」

「也會做好關於這裡的水文筆記。」萊福特林說道。他們看著彼此，臉上都露出了笑容。這時卡森乘著另一條小船向他們靠近過來。獵人的臉上全都是興奮之情。

「這裡還有一處廢墟。我進入到了蘆葦蕩裡，在周圍找了找。它就在更靠下游的地方。那裡有一座延伸很長的建築，也許是一座石砌碼頭，本來是位於河邊或者湖岸上的。現在它也沉沒在水下了。但我們還能看到它大致的形態。很令人興奮吧，對不對？」

讓愛麗絲吃驚的是，塞德里克這時首先笑著做出了回應：「這就是你想要參加這次探險的原因，對不對？找尋這樣的遺跡？」

「這只是一個開始，」獵人回答道，「不過我們現在已經有收穫了。在我看來，找到克爾辛拉的可能是更加真實了。」他又向正在變黑的天空瞥了一眼，愛麗絲也隨著他的視線向遠處望去。

越來越多的星星出現在天空中。閃爍著微光的河水散發出一股溫熱的氣味。那種奇異的藍光照亮了群龍，改變了他們的色彩。他們全都閉著眼睛，耷拉著頭，看上去更像一座座雕像，而不是真正的生物。「他們要整晚在這裡被水煮嗎？」愛麗絲不由得出聲說道。

「喔，是的，」塞德里克回答道，「我認為這是芮普妲體驗過的最溫暖的時刻了。一直以來，她是覺得多麼地寒冷，而我從來沒有真正意識到這點。」塞德里克停頓一下又說道，「明天想讓他們繼續前進，也許會很難。」

「也許我們也可以在這裡停留一天。」愛麗絲說，「記錄我們的發現，再進行一點探索。」

這時，默爾柯睜開眼睛，抬起了頭，讓所有人都吃了一驚。金龍說道：「不，我們走得太慢，耽擱得太頻繁。明天我們會繼續上路。夏天已經離開了。當秋雨落下的時候，河水會上漲，我們需要在大雨再次落下前，抵達克爾辛拉。」

賽瑪拉屏住呼吸，刺青的手也在同一時刻停下來。「不。」賽瑪拉對他說道。這個字中蘊含的決心，要遠比她對他的渴望更加堅定。賽瑪拉不情願地歎息一聲，從刺青面前退開。而刺青的聲音還要更加沮喪得多。

現在天色已經很晚了。他們兩個正站在駁船的船尾。黑暗裡，甲板上空無一人。其他守護者都睡了。有一些睡在船艙頂上，另一些睡在廚房裡或者前甲板上。賽瑪拉同意和刺青在這裡見面「說話」。她知道，他們兩個真正想要的都不是說話。讓刺青撫摸她，這幾乎成為了對他們兩個共同的折磨，她試著想讓自己為此而後悔，但刺青的親吻和撫摸已經喚醒了她體內的熱血，至今它們還在她的體內奔淌不息，要制止自己比要拒絕他更難。現在他們的每一次共處總是會依循同樣的模式。會彼此交談，然後其中一方會先陷入衝動，緊接著他們就會接吻，會相互撫摸。但最終卻也總是一樣。

「為什麼？」刺青突兀地問道，「為什麼妳會讓我碰妳，卻又中途讓我停止？妳認為這很有趣嗎？」

「不。我只是……」刺青聲音中的憤怒和受傷的感，覺讓賽瑪拉感到慌亂不安。她吸了一口氣，決定向刺青說實話，「我喜歡這種感覺。我知道我完全不應該讓你碰我，但……」

「妳喜歡這樣？」

「我當然喜歡。但……」

「那就讓我和妳在一起。賽瑪拉，求妳。我是這麼想要妳。我知道妳也想要我。」

「我只是害怕……」

「我會很溫柔，我向妳保證。妳可以相信我。」

「讓我說話。你一直在打斷我！」

刺青稍稍後退，卻沒有放開她。「那好，那妳來說。」他的語氣顯得有些粗魯，但他依然沒有將賽瑪拉從懷中放開。他們的大腿還緊貼在一起。賽瑪拉能夠感覺到刺青的血液在急促地湧動。她主動將自己和刺青分開，後退了一步。

「刺青，我不害怕你，也不害怕和你在一起。我只是害怕懷孕。看看潔珥德。她現在有多麼悲慘，每天早晨都要嘔吐。現在她還總是哭鼻子，或者發火，或者又哭又發火。她幾乎已經不再做任何分內的事情了。我聽到了她的龍在抱怨。前天是希爾薇為維拉斯做了清潔，去除了她眼睛周圍的寄生蟲。我不想變得和潔珥德一樣。」

「妳不想要孩子？」刺青的話幾乎帶有指責的意味。

對刺青的反應，賽瑪拉有些難以置信，她不由得生氣了。「什麼？現在？當然不！你想要嗎？」

刺青動了動一側的肩膀。「這不會有那麼糟糕的。」

「也許對你不會！但即使我很容易就能懷孕，我也無法想像現在有一個孩子。我們還在尋找克爾辛拉。你真的對你剛才說的話認真思考過嗎？哺育一個孩子，找到適切的東西為他做尿布，你能找到他可以用的毯子嗎？孩子出生以後，潔珥德要睡在哪裡？格瑞夫特仍然願意管她，但是自從她不再和他睡覺以後，格瑞夫特在她身上花的時間也越來越少了。喔，不要這樣看著我。這不是祕密！她現在睡得很早，而且幾乎吃不下東西。她怎麼還可能對他有性欲？」

刺青向一旁側過身子。「我們不一樣。我在意妳。如果我讓妳懷了孕，我不會拋棄妳的。」

賽瑪拉突然非常堅定地說道：「你這樣說，只是因為你知道我是多麼不可能懷孕。你只是心存僥倖。」

「的確，當潔珥德懷上孩子時，所有人都很吃驚。我早就聽人們說過，這是多麼不可能的事。」

「是啊，如果你和女孩們聊過這件事，就會知道這是多麼令人驚訝。」賽瑪拉搖搖頭，突然做出一個決定，「刺青，我不會和你做愛。只要我們還在這樣的探險途中。我……」她想要告訴刺青，她仍然希望能夠和他接吻，能夠撫摸他，被他撫摸，但這似乎很不公平。這時刺青說話了。

「那麼我不知道我們該如何繼續下去。」他的聲音顯得很受傷，但也帶有一點威脅的影子，這激怒了賽瑪拉。

「喔，我明白了。」賽瑪拉咬著牙說道，「如果我讓你上了我，為你懷上孩子，你就會在乎我，會留在我身邊，陪我經歷各種難關。但很明顯，如果我不願意把身子給你，你就不會在乎我，不願意陪著我！這就是你的意思？」

刺青保持著沉默，這讓賽瑪拉很不舒服。然後，他突然說道：「是的。是這樣，因為這意味著妳也在乎我，就像我在乎妳一樣。現在，我們所做的事情就像是對我的戲弄。當妳突然要我停下來，拒絕我，我覺得自己就像是一個傻瓜，像一個從妳那裡要不到糖的小孩子。當人們彼此相愛的時候，是不會拒絕對方的。」

刺青不容置疑的口吻，讓賽瑪拉幾乎連呼吸都停止了。「就算是結了婚的人們，也會彼此拒絕的！」她想到了總是吵架的父母，卻又忽然停下來，不知道婚姻是否真的就像自己所說的一樣。她的父親和母親的確經常會發生爭執，但其他一同度過漫長歲月的夫妻也都是這樣嗎？

「我已經厭倦了妳拿我當傻瓜，賽瑪拉。」刺青在她面前轉過身。

「我沒有拿你當傻瓜，」賽瑪拉聲音嘶啞地向背對著他的刺青說道，「我只是不想懷孕！難道你不明白嗎？」

「我明白妳不在乎我，甚至不願意和我試一試。我們全都知道，我和妳有孩子的可能性很小。這樣一點風險，你都不願意冒險！」

賽瑪拉吸了一口氣，還想要說話，但她突然發現自己不知道應該說些什麼。刺青說的是實話，他是對的。賽瑪拉喜歡刺青，甚至有一點愛他。他的撫摸會讓賽瑪拉心跳加速，全身每一寸皮膚都變得溫暖。但是當她權衡這種喜悅和懷孕的風險時，她全身的血液總是會立刻冷卻下來，她的肚子也會因為恐懼而抽緊——現在的她就是這樣。她竭力想找一些話來說，找一個能夠讓刺青明白她的感受的方法。

就在這時，一頭龍憤怒的咆哮撕裂了夜空。賽瑪拉感覺到整艘船都在自己的腳下顫抖。她聽到人們被從睡夢中驚醒時的氣惱喊叫聲。

緊隨在那一聲咆哮之後，是一位男人恐懼的尖叫聲。

賽瑪拉聽到艙門被撞開，萊福特林喊道：「軒尼詩！斯沃格！埃德爾！把燈點亮！外面出什麼事了？」

又是一聲龍吼。這一次，賽瑪拉認出了那頭龍的聲音。是卡羅。她聽到一陣高亢的叫聲在夜空中抖動。在距離駁船不遠的地方，傳來水浪拍擊的聲音。卡羅怒不可遏的言辭，震撼著賽瑪拉的每一根神經。「你不是我的守護者，格瑞夫特！我再也不會同你說話！你再也不能碰觸我！」

「有人落水了！」絲凱莉喊道。

「我去救他！」是埃魯姆的聲音。這兩個聲音全都是從駁船中部傳來的。賽瑪拉猛地向那裡轉過頭。現在肯定所有人都像她一樣很想知道這些事為什麼會在半夜裡的同一時間發生。賽瑪拉聽到又一陣濺水聲，是埃魯姆跳下河了。片刻之後，數盞油燈同時出現在駁船一側。賽瑪拉和刺青也快步跑過去，加入到聚集在那裡的旁觀人群中。

斯沃格高舉著油燈，照亮了水中的埃魯姆。現在那個男孩正快速向一個漂在水上的人游去。賽瑪拉看到他將那個人翻過來，又聽到埃魯姆喘息著說：「是格瑞夫特！扔繩梯下來。」

當埃魯姆把格瑞夫特綿軟的身體拖到駁船旁邊的時候，斯沃格已經沿著繩梯爬了下去，正等著他過來。他們一同將格瑞夫特抬上了船。「把他抬到廚房去！」萊福特林喊道。刺青走上前，抬起格瑞夫特的雙腳。他們剛剛走出幾步，格瑞夫特就已經開始掙扎起來。他們讓格瑞夫特站起身，格瑞夫特走到船欄杆後面，咳嗽著吐出河水。斯沃格舉起油燈，耐心地等待著。格瑞夫特的襯衫碎成幾片，掛在身上。賽瑪拉在他的胸前瞥到兩道長長的劃痕，在他的背上瞥到了另一道劃痕。

「我沒事。」格瑞夫特突兀地說道，「我不需要幫忙。我很好。」

「你在流血。」賽瑪拉對他說。

格瑞夫特轉向賽瑪拉，滿臉都是狂暴的怒氣。他對著賽瑪拉吼道：「我**很好**。我說了，不要管我！」

萊福特林伸手拍在格瑞夫特的肩頭，猛地把他轉過來，然後又放開他。格瑞夫特差一點摔倒。萊福特林卻毫不在意地向格瑞夫特高聲喝喊：「你很好，而我是船長，這意味著你必須告訴我，剛剛發生了什麼事。」

「這和你沒關係。這沒有發生在你的船上。」

萊福特林一動不動地站在格瑞夫特面前，如同一根石柱。賽瑪拉不知道他是不是因為格瑞夫特的話而感到震驚，是不是以前從沒有人這樣對他說過話。但不等船長眨一下眼，大埃德爾已經抓住了格瑞夫特的肩膀，將他提起來，向船舷走去，毫不費力地把他舉到船欄杆外面。格瑞夫特發出無聲的怒吼，但也只能緊緊抓住這名大漢粗壯的手腕。賽瑪拉注意到格瑞夫特沒有掙扎。現在無論是誰都能看出來，埃德爾只要一鬆手，就能把那傢伙丟進河裡。或者是格瑞夫特剛剛遭受了太沉重的打擊，連抵抗的力氣都沒有了。

萊福特林稍稍吸了一口氣，平靜地說道：「你現在不在我的船上了。我想，現在無論發生什麼都和我無關了。」

「我去查看我的龍。他向我發火，把我叼起來，扔了出去。我不再是卡羅的守護者了！」他朝著夜空、喊出最後那句話，充滿了挑釁的意味。作為回應，黑龍發出一聲怒吼。其他龍也紛紛應和。隨後龍群中又傳來一陣咕咕噥噥的低吼聲，好像他們正在低聲交談。

「這頂多只是一半的事實。到底發生了什麼？」萊福特林繼續問道。

賽瑪拉從沒有見到船長如此憤怒。愛麗絲出現在甲板上，穿著萊福特林送給她的古靈長袍，頭髮鬆散地披在肩膀上，眼神顯得很是畏懼。其他守護者和船員早就聚集了過來，讓甲板上顯得非常擁擠。

「我去看我的龍。」格瑞夫特很頑固。他的雙手緊緊抓住埃德爾的手腕。賽瑪拉不知道那名一直伸著手臂的大漢會不會感到疲憊。

「在半夜裡嗎？」萊福特林質問道。

「是的。」格瑞夫特冷冷地回答。

「為什麼？」萊福特林沒有放過他。

格瑞夫特摸了一下胸前的傷痕，看看自己手指上的血跡，突然，他承認說：「向他要血。」

「血？為什麼？」萊福特林感到震驚。

「因為我想要成為像其他人一樣的古靈！」惱恨和嫉妒的話語從格瑞夫特的口中爆發出來，「我聽到他們的悄聲議論了。我知道其他龍都將血給了他們的守護者，幫助他們產生改變，其他龍正在讓他們的守護者成為古靈。昨天，我去找了卡羅，問他什麼時候會把血給我，什麼時候要開始控制我的變化。」

船長的眼睛裡閃爍著犀利的光芒。他低聲說道：「埃德爾，把他放到船上來。」

埃德爾就像一台起重機一樣，轉過身，將格瑞夫特扔在甲板上。格瑞夫特踉蹌了兩步，然後才直起身子，帶著挑釁的神情向周圍瞪了一眼。

希爾薇突然從人群中走出來。「那時我和默爾柯在一起。我聽到你向卡羅要血。我聽到卡羅拒絕了。」

女孩面色蒼白，全身顫抖。賽瑪拉第一次看到了希爾薇是多麼畏懼格瑞夫特。賽瑪拉不想去探究這其中的原因。哈裡金如影隨形地跟隨在女孩身後，將雙手輕輕放到她的肩膀上，安慰地說：「這樣沒有什麼問題。」

「不，有問題。」希爾薇的聲音在顫抖，但她仍然直視著格瑞夫特，「我聽到卡羅說的話了。他說他不會把血給你，因為他已經不再信任你了。你也許並不是想用血來變化自己，而只是為了將血賣掉。」希爾薇的手猛然抓住了格瑞夫特襯衫被撕裂的前襟，一扯他的衣袋。一隻小玻璃瓶掉落下來，在甲板上滾了一圈。瓶子是空的。希爾薇指著瓶子說道：「改變一個人，不需要用到一瓶血，只要一滴就可以。那麼，格瑞夫特，這又是做什麼的？我們之中出現叛徒了嗎？」

賽瑪拉猛吸了一口冷氣。就在希爾薇說話的時候，默爾柯突然出現在駁船旁邊。巨龍的聲音和想法同時回應著他的守護者：「我們之中出現叛徒了嗎？」

格瑞夫特瘋狂地掃視著周圍的人群。所有人都在驚訝中一言不發。賽瑪拉看到塞德里克將臉轉向一旁，那張臉已經因為恐懼而變得異常蒼白。愛麗絲的面孔如同石雕一般冰冷。萊福特林的目光變得越來越嚴厲。他們都在等待著。

「我不是唯一的！」格瑞夫特喊道，「你們這些騙子！你們都是騙子！傑斯告訴我了，他把一切都告訴我了。他對我說，這次探險只不過是為了讓龍群遠遠離開崔豪格，讓人們不知道對這些龍的宰殺，讓買家能夠方便下手。他告訴我，萊福特林也知道這件事，他只是假意簽下了契約！雨野原貿易商議會，甚至是卡薩里克的那個小議會都知道！否則你們以為他們為什麼會同意發起這次探險？這只是一場鬧劇！就連那個從繽城來的『專家』和他的助手，也都有份。根本沒有什麼克爾辛拉，我們的遠征根本沒有最終的目的地。這個計畫就是要讓龍離開崔豪格，然後把這些龍殺死，讓滿載龍屍的駁船前往恰斯國，將這些龍全都賣給恰斯大公。」

他用挑釁的目光瞪著所有人。在他這番吼叫之後，船上只剩下了驚駭中的沉默。他向所有人露出了充滿惡意的，嘲諷的微笑。「難道你們不明白嗎？傻瓜們，你們以為議會為什麼會選中你們？就是為了甩掉你們！你們就算全完蛋了也不會有人在乎。只要你們帶著龍在河上走得足夠遠，就再沒有人需要你們了。龍都是要被殺死的，然後駁船才能裝滿龍的各種器官前往恰斯國。到時候所有人都會很高興。雨野原人不必再餵養龍群了，崔豪格除掉了一群不被人群接受的怪物，恰斯大公會恢復健康，並與雨野原結盟，許多人會便得非常非常富有，而且一切都會做得悄無聲息！你們這群騙子！不要這樣看我！你們知道，我說的是實話！為什麼你們全都要繼續偽裝下去？」

博克斯特擠開人群，走到前面。淚水已經從他的眼睛裡滾落下來。「但你說過……你說過許多事情！我們會有我們自己的城市，建立新的規則，還有所有那一切！」現在這名守護者就像是一個遇到巨大謎題的男孩。片刻間，賽瑪拉想到了拉普斯卡和他各種天真的問題，心中一下子充滿了哀傷。但博克斯特不是拉普斯卡，怒火已經開始在他的臉上燃燒，讓他變得格外凶惡。「你這個騙子！你對我們說，不要去打擾那些女孩。然後你卻去找上她們！你說什麼要訂立分享一切的規則，卻把最好的都留給了你自己。我們知道你幹了什麼。凱斯和我，我們不是傻瓜。」

「你們不是？」格瑞夫特冷笑一聲。博克斯特揮起拳頭。格瑞夫特急忙向後一閃，但博克斯特的拳頭還是擦到了他的下巴，讓他的牙齒撞在一起。

「夠了！」萊福特林喊道。斯沃格突然抱住了博克斯特的雙臂。

一道細長的血跡從格瑞夫特的嘴角流下來。他沒有理會自己受的傷，只是用輕蔑的目光掃過一個又一個人。當他發現所有人都對他充滿敵意的時候，他吸了一口氣。「一開始，我還相信我們所做的事情。是傑斯讓我明白的。」他看著萊福特林，眼睛裡全是指控的神色。「傑斯遇到了什麼事，萊福特林船長？他告訴我，你想要反悔和他的交易，他說你想要讓那個女人上你的床，如果你殺了他，你就能夠把龍血給那個女人，換得你想要的。是不是這樣？」他又將指控的瞪視轉向愛麗絲，「美麗的繽城女士，為了龍血，妳當了娼妓？」

「萊福特林！」愛麗絲驚呼一聲，但船長的拳頭已經結實地砸在格瑞夫特的嘴。強猛的力量，讓格瑞夫特的脊背猛然撞上了甲板船艙，腦袋在脖子上晃了兩下。但他終於還是站直了身子。他瞪著所有旁觀者，然後故意將血啐在柏油人的甲板上。絲凱莉恐慌地高喊了一聲，跳過去用袖子擦去那片血汙。格瑞夫特故意向萊福特林探過頭。愛麗絲抓住船長的手臂，竭力要拉住他。但賽瑪拉知道，是船長的意志克制了自己的拳頭。這位船長腮邊和胸前的肌肉，此時全都展現出一根根剛硬的棱線。

「我已經厭倦了偽裝！」格瑞夫特說道。他的聲音中流露出那樣強烈的幻滅和破敗的感覺，甚至讓賽瑪拉一時間覺得他很可憐，「我本以為議會終於給了我們一個機會。我以為我在這裡會有未來。所以我才報了名。」他環顧人群，眼睛裡淨是指責的意味。

「我想要讓你們全都看清我們的未來。我想要讓你們明白我們能夠改變所有這一切。但你們之中的一些人，就是不想有任何改變。」他瞪著賽瑪拉，「你們之中的一些人，只想讓別人為你們思考，只想要別人告訴你們該做什麼！」他指責的目光又回到博克斯特身上。凱斯站到了他堂親的身邊，一隻手按在博克斯特的肩膀上。不過斯沃格依然沒有放開博克斯特。

「莎神啊，我真是累了！」格瑞夫特向天空中喊出這一句。然後他再一次瞪視著所有人，「但你們根本就不聽我的話。是傑斯告訴了我為什麼。他告訴我，這一整樁事情是怎樣一張謊言的羅網。是的，現在他死了，不存在了，我可不認為這是一樁意外。我早就聽說有龍在改變他們的守護者，將自己的血給了守護者。但卡羅不這樣做。不。他不給格瑞夫特，什麼都不給格瑞夫特。我費力照顧那個怪物。我為他狩獵，給他餵食，擦洗他的身體，除去他身上的汙物。但他有沒有給我一滴血，一片鱗？不。他不會用一滴血來改變我，不會讓我的身體變得正常，不會給我任何能夠讓我賣掉、換回一個新人生的東西。」他繼續掃視著眾人，憤憤不平，怒氣沖沖。血從他的傷口中滲出來。賽瑪拉猜測，卡羅一定是咬住他，把他甩了出去，才會在他身上造成這樣的傷口。讓她感到驚訝的是，龍竟然沒有將他咬成兩段，也沒有吃掉他。

格瑞夫特的聲音突然平靜下來。「我早就知道，我不可能得到別人應該得到的許多東西，不可能被尊重，甚至不可能有正常的壽命。像我這樣，像我們這樣的人，我們會在年紀輕輕的時候就死掉。除非有一頭龍接納我們，糾正我們身體的錯誤。現在我知道了這些。我聽到希爾薇和哈裡金在晚上的談話。他們說現在盡可以等待，因為他們也許能夠在一起度過數百年的光陰，因為他們的龍改變了他們。但格瑞夫特沒有，我沒有。所以我今晚去取應該屬於我的東西。我一直都在擦洗他，餵養他。他們當然應該給我一片鱗，幾滴血。但沒有，沒有！」

格瑞夫特從鼻孔中彈出一口氣，看著包圍他的人們，緩慢地搖搖頭，彷彿無法相信自己的厄運，無法相信命運對他竟然如此嚴苛，執意要將他毀掉。

「我很快就要死了。」他最後說道。聽他的口氣，彷彿這全都是他們的錯，「我身體的情況正變得越來越糟糕。我能感覺到。我饑餓的時候會感到胃痛，當我吃東西的時候，我的胃會痛得更厲害。我的嘴巴正在變形，讓我無法咀嚼，甚至閉上嘴也不舒服。我的眼睛很乾澀，但我沒辦法完全合攏眼皮。一切本來很簡單的事情，都變得不再簡單了。我沒辦法用鼻子呼吸，我用嘴呼吸的時候，我的喉嚨就會乾到讓我咳血。」他又看了他們一眼，這一次他的目光落在了賽瑪拉的身上。「這就是我的生活，」他低聲說，「或者是我的死亡，一個改變者的死亡，只因為沒有龍引導他的改變。因為出生時就受到雨野原的影響，我甚至沒辦法活到中年，更不要說是老年了。」

突然間，他在人群中顯得格外孤獨，沒有人願意碰他。當他走出人群的時候，人們一語不發地為他讓開道路。愛麗絲俯下身，拿起那只掉在地板上的小玻璃瓶，看著這只瓶子，然後又向驚慌失措的塞德里克瞥了一眼。「這看起來像是一隻墨水瓶。」她說道。

塞德里克聳聳肩，緊緊抿住嘴唇，面色蒼白，看上去好像生了病。卡森靠近到他身邊。愛麗絲又緩緩地將目光轉向萊福特林。「這不是真的，對不對？獵人對那個男孩說了謊，對不對？」

萊福特林看著她，沉默了很長時間，然後又看了一眼圍觀的守護者們。「有人以為能夠強迫我做這樣的事情。因為他們知道柏油人，知道他的身上有多少巫木。但我從沒有同意過，愛麗絲。我從沒有接受過他們的逼迫，也從沒有打算過做這種事。」

一點皺紋出現在愛麗絲的雙眼之間。「所以那一天他才會那樣說話，對不對？就是那一天傑斯在廚房裡？他以為塞德里克和我是來幫你的？」

「他有許多特別的想法。但他已經不復存在了，愛麗絲，我對妳說的都是真的。我從沒有同意過走私龍血或者龍的器官。」他看著愛麗絲，又用很低的聲音說道，「我以柏油人發誓。我以我的活船發誓。」

隨後的一段時間裡，愛麗絲站在船長面前，臉上的神情猶豫不決。賽瑪拉注視著愛麗絲，又讓自己的目光掃過萊福特林及塞德里克，最終又回到愛麗絲身上。這時，愛麗絲伸手挽住萊福特林的手臂，眼睛只看著他。「我相信你，」她說道，彷彿她已經做出了一個決定，「我相信你，萊福特林。」

金月第十二日
商人聯盟獨立第六年
來自黛托茨，崔豪格信鴿管理人
致艾瑞克，繽城信鴿管理人

此密封信函由崔豪格雨野原貿易商議會寄往繽城之貿易商議會，其內容為重建崔豪格公有碼頭的全部費用統計。在此次重建中，繽城貿易商應當分擔的費用都已詳細標明。像以往一樣，如果能迅速得到款項撥付，雨野原人將不勝感激。

艾瑞克：

兩天後的金月十四日，雷亞奧將乘船出發以返回繽城。我們的家族非常感謝所有信鴿管理人的幫助，讓他能夠有時間回家參加我們的哀悼。我尤其感謝你的理解，也感謝你在這些年向我們的家族所展示的善意。我會讓雷亞奧帶去兩隻雛鳥，相信他們一定會讓你高興的。他們的父母是我的鴿群中色彩最艷麗的，他們的羽毛邊緣都閃爍著真正的藍色。他們很健康。儘管飛行速度不算最快，但他們能夠毫無差失地返回家鄉的鴿籠。我相信你一定會喜歡他們。

黛托茨

17

變化

塞德里克赤腳在甲板上來回踱步，又站定腳步看看周圍。東方黎明的天空中，顯露出一些晨曦的條紋。頭頂上方，寬廣的天空淨是一片灰藍，只有遠方掛著一些漣漪般的潔白雲絮。他從沒有見到過這樣廣闊無邊的天空，一切都是這樣寧靜安詳。落錨的船外，水面平穩得如同池塘。更遠一些的地方，龍群還在打盹。發熱的平台將一縷縷蒸汽送入半空。塞德里克的目光剛落在群龍身上，他就感覺到芮普妲因為他的關注而抖動了一下。他輕輕收回自己的目光。就讓她儘量在熱水中多睡一會兒吧。很快，他們就又要上路了。

塞德里克摸了摸後腦袋，他的手指循著一線鱗片一直滑落到脖頸。「是紅銅色。」卡森昨晚告訴他，「就像閃閃發光的銅罐。塞德里克，我認為這已經回答了你的問題。她一定在引導你的變化，或者至少是在嘗試引導你，否則我相信你的鱗片絕不會變成這種顏色。我的鱗片就幾乎是無色的。」

「我注意到了。」塞德里克說道，「卡森……」他還想要說話，但獵人搖搖頭。當獵人說話的時候，他的呼吸輕輕拂過了塞德里克的頸後。「不要再問了，」他輕輕地說著，輕輕親吻塞德里克頸根處的骨節，「我不願思索你會如何變成一個古靈，我不想考慮你會比我更高、比我活得更久。現在不想。」

那個吻的回憶讓一陣顫慄掠過塞德里克的脊背。片刻之後，一雙手臂從後面將他抱緊。「冷嗎？」卡森在他的耳邊問道。

「不，並不很冷。」塞德里克回答。但他還是用雙手按住卡森的手臂，讓它們更緊地抱住自己，彷彿是披上了一件外衣。片刻間，他們就這樣擁抱著。然後塞德里克歎息一聲，放開自己的手，輕柔地擺脫了卡森的手臂。「大家很快就要醒了。」他用抱歉的口氣說道。

「我可不覺得有誰會在乎，」卡森說。他的聲音是如此深沉，塞德里克必須仔細去聽才能分辨他說的每一個字，「你也知道，戴夫威和萊克特就不會這麼遮遮掩掩的。我已經和戴夫威說過兩次，讓他不要太過張揚。」

「我也注意到了。」塞德里克說道，但他沒有靠回到卡森的懷抱中，卻只是問道，「我們變成了什麼？」

「我不知道。嗯，知道一點。我相信你將會變成古靈，在你的身上已經一些改變。塞德里克，你的鱗片生長速度變快了。你的雙手和雙腳也似乎比以前更長，更纖細了。你有沒有直接問過芮普妲，她是否引導著你的改變？」

「具體細節，還沒問過。」塞德里克承認。他不想和芮普妲談及這個話題。芮普妲是否完全回憶起了那一晚他是怎樣取走了她的血？有時候，她似乎就像是個甜美的、頭腦簡單的孩子，會原諒一個她並不完全明白的錯誤。但最近，她已經有那麼一兩次清楚地向塞德里克顯示出她是一頭龍，不能被糊弄。塞德里克在喝下她的血的時候，會不會也讓她的記憶開始逐漸甦醒？那時芮普妲是否察覺到了他？是不是曾經誘使他品嘗她的血？還是當她回憶起那一天真正的情形時，會轉而成為他的仇敵？

「我把一切事情都搞得一團糟。」塞德里克說道。

「你和我是『一團糟』嗎？」卡森輕柔地問。

「不。」

「塞德里克，你盡可以對我說實話。我知道我只是一個很普通的人。我知道我沒有受過教育，更不懂得人情世故。我知道我不是……」

「重要的是你是什麼，而並非你不是什麼。」塞德里克轉向他，又向周圍瞥了一眼。就在卡森對他的謹慎露出笑容的時候，他已經轉回頭，親吻了那名獵人的嘴唇。這讓卡森又吃驚，又歡喜。但是當獵人要再次擁抱他的時候，塞德里克搖著頭向後退去。「你是我一生中極少的幾件沒有被我搞糟的事情之一。我過去不值得被你擁有，即使是現在也配不上你。也許這是我的不幸，但我搞糟的大部分事情，都是我咎由自取。」

「比如？」卡森放棄了對他的擁抱，在清晨的寒意中用雙臂抱住胸膛。

「我相信愛麗絲在生我的氣。她認為我向她指控萊福特林，是對她說謊。」

「我認為你說的，的確可能不是實情。」卡森用關愛的話語向他指出。

「我只是在重複傑斯告訴過我的事情，我有充分的理由相信那是真的。」

「也許如果你先和我談談，我就能幫你將這件事想清楚。」

「那時我才剛認識你。」

「塞德里克，親愛的，你**現在**也才剛剛認識我。」

「看，龍群已經醒了。」

「你要改變話題了。」

「是的，正是如此。」塞德里克絲毫不介意承認這一點。他已經搞砸了太多事情，而且他絕不想和卡森討論這些事。就讓卡森認為他是一個好人吧。他知道自己不是，他更知道卡森應該得到一個更好的人，但他沒辦法放棄卡森。現在還不行。很快他就能看清楚了，但現在還不行。於是他轉移了注意力，「甜美的莎神啊，看看他們的色彩。那些溫暖的水的確對他們產生了作用。」

那些龍讓塞德里克想到了一群鵝或者天鵝。他們之中有幾頭剛剛醒來，另外一些已經在伸展肢體，用力振動翅膀。水滴從翅膀上四散紛飛。熱水中升騰的蒸汽，他們看上去彷彿來自於夢境。今天，所有這些龍彷彿都變大了。他們的翅膀變得更長且更強勁。塞德里克感覺到芮普妲在悄聲贊同他的想法。熱量讓我們成長，熱量讓我們強壯。

突然間，芮普妲從龍群中鑽出來。她要比閃亮的銅幣更加耀眼，全身都散發著溫暖的光芒。你覺得我很美麗。她讚揚塞德里克。她張開翅膀，讓塞德里克能夠好好欣賞它們。在前一個晚上，這雙翅膀生出了一系列黑色的花紋。那圖案讓塞德里克響起冬季窗玻璃上的冰花。突然間，芮普妲用力搧動翅膀。她的身體沒有離開水面，但她的確靠水的浮力「飛行」過來，落在駁船邊上，抬起頭看著塞德里克。

「我是這麼美麗！」

「喔，真的呢，我可愛的龍。」

「你在夢中感到害怕。不必害怕，我會讓你像我一樣美麗。」

塞德里克俯身到船欄杆外面，當他這樣做的時候，他真切地感覺到柏油人在頂他的肚子。「原來妳知道如何塑造古靈。」

芮普妲注視著自己翅膀上如同羽毛一般的鱗片。「這不會很難。」對塞德里克的擔憂，她全然不以為意。然後她又回過頭向龍群望去。「默爾柯來了，還有卡羅。卡羅很傷心。今天會有變化發生。不必害怕，我會保護你。」

這不是龍的行為，辛泰拉心中想。每一頭龍總會有自己的主張。他們不會委屈自己與別人相處，讓自己意志受到壓抑。

但龍的確也會這樣做。比如當他們對待古靈的時候。一點記憶在辛泰拉的腦海中展開，他們的確達成過協定，關於取食牲畜的規則，關於在田地裡打滾的規則。必要的規則對大家都有好處，龍群聚集在一起所創造的規則。這個想法讓辛泰拉感到驚訝，也讓她不由得懷念起過去那些美好的時光。

她在溫暖平台的邊緣占據了一個位置，一整晚都頑固地拒絕移動，哪怕只是稍稍移動一下，靠在平台上讓她感覺很舒服，帶有療癒能力的暖意擴展到她的全身。熱量和陽光對於龍非常重要，就像新鮮的肉和潔淨的水一樣重要。自從他們進入這條支流以後，她的生命就發生了變化。她不必再去喝從河岸邊的小坑裡滲出來的那種充滿沙粒的泥湯。清涼甜美的水，她想喝多少就有多少。她能夠隨意打滾洗浴，不必再擔心自己的眼睛和鼻孔受傷。她感覺到自己的身體中充滿了淨水。

還有食物。這條河裡的食物很小，但很充足，只不過需要一些力氣才能捉到。她必須有犀利的目光，才能叼到河中的魚，或者是低垂藤蔓上的猴子。不過吞下新鮮而溫暖的肉會帶來很好的感覺，而成功擊殺獵物還會給她帶來充分的滿足感。這條清水河流正在改變她。

昨天晚上的溫暖則給她帶來了最大的改變，隨著熱水的撫慰，辛泰拉感覺到自己的身體內發生了一些事情，尤其是她的翅膀。在體內擴散的熱量給她一種特殊的感覺，就好像她是一株吸收了水分的植物，在長久的乾枯之後終於能夠挺直莖幹，伸展枝葉。她張開翅膀，在陽光下欣賞它們，仔細觀察點點光芒在藍色的鱗片上躍動。現在她能夠看見血液強勁地在皮翼中流動。她搧動翅膀，一次，兩次，三次。她的身體隨之離開水面，而她的心中也湧出一股升騰的精神。現在這雙翅膀還沒辦法將她帶上晴空，但看起來，它們總有一天能夠實現這個使命。

她不想離開舒適的溫暖，但在昨天那個漫長的夜晚，他們全都同意在清晨到來時，就去見他們的守護者。格瑞夫特所做的事情是無法接受的。*卡羅應該殺了他*，辛泰拉再一次想道，*如果卡羅殺了他，將他吃掉，就不會再有這種事了*。一名人類竟敢趁夜晚來到他們之間，且不是侍奉他們，而是偷竊，想盜取他們的血和鱗甲，就好像他們是產奶的母牛或者要被剪毛的羊。卡羅和他的守護者之間出現了嚴重的問題。他只應該結束這個問題，一了百了。

他們離開崔豪格的時候，一共有十三條龍。辛泰拉那時並沒有將芮普妲和噴毒當作龍看待。現在，他們損失了荷比，但還有十四頭龍聚在一起。十四頭龍，全都要比離開崔豪格的時候更強壯，更有能力。這十四頭生物再也不會被視為弱小的龍了。

隨著天色漸明，他們從容不迫地涉水向駁船走去。辛泰拉嗅到了煙氣。有人在船上生起了煮食的火焰。卡森和塞德里克正在甲板上看著他們。那個繽城人在向他美麗的龍微笑，他的心直接映照在他的眼睛裡。至少這個人類對於巨龍的態度還是正確的。

「醒來，來見我們！」默爾柯銅號般的吼聲震碎了清晨的寂靜。一群水鳥受到驚嚇，從蘆葦中飛起，「嘎嘎」叫著逃往上游。卡羅將肩膀抵住駁船，突然推了一下。「醒來！」黑龍高聲咆哮。船中人類的尖叫聲比鴨子的叫聲更大。甲板上的兩個人全都恐懼地抓緊了欄杆。

「耐心，卡羅，」默爾柯低聲勸告自己的同伴，「你的莽撞會嚇到他們，那樣我們就無法與他們進行交流，讓他們滿足我們的意願了。」

辛泰拉覺得默爾柯的警告發出得太晚了。這時人類已經從船內部竄了出來，就像白蟻逃出被壓塌的蟻巢。他們發出的不同聲音給辛泰拉留下了深刻的印象。有些人在咒罵，有一個人在哭泣，還有幾個在叫喊。那個船長跑了出來，吼叫著，向所有敢於攻擊柏油人的生物發出威脅。愛麗絲在他的身邊，也和他一樣憤怒。她的伴侶和這艘船所釋放出的無言的憂慮情緒一陣陣湧過她的全身。不，辛泰拉心中想，愛麗絲不合適。在這件事上她沒有看錯。儘管愛麗絲對於巨龍的態度是端正的，但她不是一名合格的守護者，也不是能夠成為古靈的材料。她這麼快就將自己的全部忠誠，轉向了一個人類配偶和一艘活船。辛泰拉看著那個曾經對她崇敬有加的女人，她正用雙手撫摸密布銀絲的船欄杆，就好像是在安撫一隻受到驚嚇的貓。

「安靜！」萊福特林向他的船上的人類發出咆哮。然後他俯身在船欄杆上，瞪視著默爾柯。「如果你們和我或者我的任何船員有問題，那就直接和我說，讓我來負責。如果你們之中有誰再碰一下我的船，小心我用魚叉對付你們。」

「你有魚叉？」默爾柯問話的口氣顯得非常好奇，辛泰拉甚至聽到有人——也許是賽瑪拉——不小心發出一點緊張的笑聲，又急忙把那笑聲壓抑下去。

船長沒有回答他的問題。「龍，你們有什麼不平？」

「昨天晚上，你們的一個人來到我們中間，趁我們睡覺的時候要傷害卡羅。不只是傷害，而是要盜取他的血和鱗，去賣給其他人類。」

萊福特林並不懷疑龍說的是事實。「這不是我和我的船員所做的。」

「格瑞夫特不再是我的守護者了！」卡羅怒吼一聲。辛泰拉為他感到羞愧。他根本不懂得壓抑自己的憤怒和受傷的感覺。真是羞恥啊，竟然承認人類的忠誠對他是那麼重要。

「很好。」這名船長的憤怒卻能夠幫助他保持鎮定。辛泰拉幾乎已經能看到怒火在他的身上燃燒了，「格瑞夫特不再是你的守護者。對此我毫無異議。只是你撞擊我的船，這就是問題了！」

卡羅張開大口。片刻間，辛泰拉有些害怕他會噴出一團毒霧。最近所有的這些巨大爬蟲都獲得了足以造成危害的毒液，而卡羅是他們之中最大的，脾氣也總是很糟糕。他也許會噴出劇毒，殺死柏油人號上的每一個人，同時也對這艘活船造成嚴重的傷害。在甲板上，一些守護者都已經驚慌地退散開去。萊福特林將雙臂抱在胸前，劈開腿站立在欄杆後面。在他的身邊，愛麗絲握住萊福特林的手臂，分開的嘴唇間露出了緊咬的牙齒。當守護者們向船尾退過去的時候，船員們則紛紛站到了他們船長的兩側。就連柏油人也知道自己過於笨重，不可能逃避這樣的攻擊。辛泰拉感覺到活船那根隱藏的尾巴甩了一下，讓它固定在原地，面對著卡羅。

就在辛泰拉繃緊肌肉，準備將卡羅撞到一旁，阻止他發動攻擊的時候。卡羅頭低垂到了胸口。辛泰拉打了個寒顫，想像著卡羅腫脹的毒腺中噴出的液體會造成多麼強烈的燒灼，但卡羅並沒有放開毒腺。他緩緩抬起頭，厲聲說道：「我要求得到一名新的守護者。一名由我挑選的守護者。」

大多數守護者都已經鼓起勇氣，重新走上前，看著這場龍與人的對話。辛泰拉看見賽瑪拉走在守護者的最前面。走在她身邊的希爾薇則顯得格外苦惱。她一直都在盯著默爾柯，用眼神懇求金龍不要逼迫她在巨龍和她的人類夥伴中間做出選擇。愚蠢，愚蠢的女孩。如果她不站在巨龍這一邊，她就注定要失去一切了。

賽瑪拉則完全沒有這種不知所從的跡象。她看著辛泰拉，嘴唇抿成一條細線。辛泰拉認為這一點並不出乎自己的預料。她看著那個女孩，看著她挑釁的瞪視，感覺這樣很有趣。是的。賽瑪拉早就明白她是什麼，早就清楚巨龍就應該像巨龍那樣做事。

萊福特林回頭瞥了一眼聚集在自己身後甲板上的守護者們。「這是守護者的事情，」他冷冷地說，「這和我的船和船員都沒有關係。你們要和守護者討論這件事。」

「所有守護者都已經被占有了。」卡羅說道，「他們的人數一直都不夠。」

「我沒有守護者！」銀龍突然吼道，「我不是一頭龍嗎？侍奉我的人在哪裡？」

「安靜！」卡羅向他吼了一聲，「這是我的時間，廢物！」

噴毒立刻昂起了頭。辛泰拉知道下一刻會發生什麼，而且她能清楚地看到，噴毒的毒液不僅會擊中卡羅，更會飄散到整艘船和守護者的人群中。賽瑪拉伸手按住船欄杆，正驚恐地盯著那頭龍。

辛泰拉和默爾柯同時從兩側擊中了噴毒，將小銀龍按進水中。辛泰拉一直擔心河水不夠深。但他們兩個的力量成功地按倒銀龍，讓他完全沉到了河面以下。銀灰色的毒液完全融入了河水。在他們周圍，群龍紛紛發出銅號般憤怒或者驚慌的吼聲，匆忙躲開擴散的毒液。這裡的水流速度不夠快。當毒液進一步擴散的時候，柏油人也用自己粗壯的四肢站起來，避開了毒液流動的方向。他的船錨還被一直拖在屁股後面。在船上，守護者和船員們都在慌亂和恐懼中大呼小叫，只有萊福特林船長咆哮著要對噴毒進行報復。各種喧嘩和騷亂持續了很長一段時間。噴毒掙扎著站起來。默爾柯一口咬住這頭小龍的喉嚨，將他拽起，同時透過牙齒縫說道：「我們說話的時候，你是打算保持和平，還是我現在就殺了你？」

噴毒飛快地轉動著眼睛。像默爾柯散發出這樣的威脅，從來沒有過先例。他沒有權力這樣做，畢竟這不是為了爭奪配偶而戰，況且其他龍都沒有對噴毒給予任何支持。即使這樣，噴毒也沒有做出讓步。他被扼住喉嚨，無法發出銅號般的吼聲，但他的意念已經強烈地被釋放出來：「我有權利得到守護者！我比卡羅更有權利！他沒有教會他的守護者懂得尊敬，現在他丟棄了那個守護者，又要求一個新的。而我從來都不曾擁有一個！這公平嗎？這應該嗎？」

默爾柯沒有放鬆自己的雙顎。恰恰相反，他將頭抬得更高，完全拉直了噴毒銀色的喉嚨。小龍發出一陣聲音，那聲音裡有痛苦，卻絕沒有投降。默爾柯從牙齒縫裡咆哮一聲：「你沒有被忽視。我的守護者在你身上用了許多時間，其他守護者也是。他們為你潔淨身體並為你帶來肉食，而那時你比一頭水野豬好不了多少。沒有誰欠你的。我現在放開你。在卡羅的事情結束之前，你要保持安靜。然後你可以說出你的話。但如果你再噴毒，或者又想如此，我會殺了你，吃掉你的記憶。」

然後金龍就輕蔑地把小龍甩到一旁。噴毒倒在淺水中，急忙站穩身子，跑開一段距離，又轉回頭看著龍和人，收緊了頭和脖子。這是一個威脅的姿勢，彷彿他正在充滿自己的毒囊。當默爾柯緩緩地轉過頭盯著他的時候，這頭小龍咕噥了幾聲，但還是抬起了頭。他旋轉的銀色眼睛裡顯露出憤怒的紅光。有幾滴血沿著他的脖子流下來，把他的鱗片也染成了猩紅色。

卡羅緩慢地靠近柏油人號。這頭藍黑色的大龍在離開崔豪格之後，便不停地成長。現在他站到駁船旁邊，俯視著這艘船和船上的人們。「我需要一名守護者。」他平靜地說道。

萊福特林穩穩地站在甲板上。「所有守護者都有職屬了，除非你想要讓格瑞夫特重新為你服務。」

船尾處傳來格瑞夫特怒恨的喊聲，「我不會侍奉任何龍！」

潔珥德一直站在他身邊。她看了格瑞夫特一眼。那個眼神中有許多辛泰拉無從解讀的情緒。然後她便從格瑞夫特身邊走開，加入到那些站在船欄杆後面，焦慮地看著各自巨龍的守護者之中。

讓辛泰拉感到驚駭的是，賽瑪拉竟然在這時舉起了手。「卡羅！我會侍奉你。只要這樣能夠讓船和船上的人不受傷害。辛泰拉早已不止一次表明她對我很不滿意，不過我還是會一直在為她狩獵，為她清潔身體，只要她向我提出要求。我也會為你做這些事，只要這樣能帶來和平。」

「那我呢？」不等卡羅開口，噴毒便激動地問道。同時有數頭龍都轉向他，發出「嘶嘶」的威脅聲音。

卡羅仍然沒有來得及說話，辛泰拉已經衝了上去。她抬起頭，緊緊盯住賽瑪拉。「我沒有允許妳離開我，人類。」然後她轉回頭瞪著卡羅。黑龍顯然對那個女孩很感興趣。「你不能選這個女孩。她有了我的血，正在被我塑造。她不是你的。」

「妳的血！」賽瑪拉氣憤地高聲說道，「妳從沒有把妳的血給過我，更不要說塑造我了。」

「不管怎樣，妳已經有了我的血，我一直在感知著妳的塑造。我不需要和妳說這些，一切都是我的選擇！這一個是我的，卡羅。我擁有她。另選一個吧。」

「我已經告訴過你們，沒有別人了！」萊福特林竭力讓自己的聲音更加洪亮，但還是失敗了。卡羅的頭懸在駁船上方，仔細打量著守護者們，彷佛是要從群恐不安的羊群中挑出一頭母羊。古早的回憶清晰地出現在辛泰拉的腦海中。它們都來自於那些美好的時代。巨龍在克爾辛拉郊外，輕鬆地在牧場上捕食。那裡肥美的牛羊都是為他們準備的。從大片豐饒的農田中收穫來的燕麥，成為這些牲畜最好的飼料。在高高的山坡上，眾多丘陵和群山中還有鮮美的山羊和各種獵物。片刻間，辛泰拉的心緒和生活全都飄向了另一段時光。那時的她是一頭受到精心照料，擁有豐富食物的巨龍。侍奉她的不是一個渺小的人類，而是一座古靈城市和眾多為古靈服務的人類。

在沉迷於這些遐思的同時，辛泰拉看見卡羅低垂下頭，看見那些守護者縮頭聳肩，就像羊群擁擠在巨龍的面前。但卡羅的目光掃過他們，轉向了萊福特林的船員和站在船艙頂上的獵人。他用自己的長吻推了一下一個男孩，差一點讓他從甲板船艙上掉下去。「我要這個。」

「不。」卡森喊道。但不等那名獵人再說一個字，那個男孩已經喊道，「好的！」戴夫威轉向卡森，迅速而清楚地說道，「我想要這樣，叔叔。」他低頭瞥了一眼聚集在一起的守護者，與他們之中的一個人四目相對，露出笑容。然後他又轉向卡森，「我會成為卡羅的守護者。」

「為什麼他會選擇你，戴夫威？」卡森問道。

黑龍在男孩之前作出回答：「我見到他在我們之中行走。他很會狩獵。他從沒有顯示出恐懼。我就要他。」

「這樣很好。」戴夫威回應道，「你會明白的，叔叔。我認為在這個世界裡，這才是我一直在尋找的地方。在這裡會有我的朋友。」

「你寧可留在龍和你的朋友們中間，也不願跟隨我？」

戴夫威看著卡森。「叔叔，我了解你。你也會留下來的。」

「那麼他就能成為**我的**守護者！」這一聲吶喊是噴毒發出的，「如果卡羅可以要一個獵人，那我也能要一個獵人。我要獵人卡森成為我的守護者，他要照料我，依照我的要求，且被我改變。好了，就是這樣。」

「什麼都沒好！」萊福特林再一次咆哮起來。這一次，他的聲音真的是夠大了，「我們不是你們的牲畜！」

「萊福特林，這樣很好。」

聽到卡森答應了噴毒的要求，辛泰拉不由得吃了一驚。是因為這個男孩嗎？她看到這名獵人瞥了男孩一眼，又瞥了身邊的那個男人兩眼——塞德里克。為什麼現在會有一名守護者和獵人站在一起？為什麼他不和其他守護者在一起？這很讓她感到好奇，不過她不覺得自己有必要去搞清楚這種事。畢竟，人類只是人類。他們的智力因為短促的生命周圍而變得非常有限。也許正是因為如此，卡森才會願意侍奉噴毒。那頭銀龍幾乎肯定會將他塑造成為古靈。現在這名人類已經發生了幅度不小的變化，而且他也不像其他守護者那樣年輕了。如果噴毒想要在足夠長久的歲月中擁有一名僕人，那麼他就必須改變這個人，以增加他的壽命。

就像她必須改變賽瑪拉一樣。辛泰拉轉過頭盯著她的守護者。是的，對於噴毒來說，合理的事情對於她也是合理的，她必須注意那個女孩的變化，以免那些變化導致女孩死亡。如果她要讓那個女孩活得比短命的普通人類更長久，那麼她也就要讓她在有用的同時，還要擁有攝人心魄的魅力。辛泰拉以這些日子以來都不曾有過的認真，細緻地觀察賽瑪拉，結果幾乎大吃了一驚。是的，這很不同尋常，尤其是對於未加導引的變化而言。辛泰拉搜索自己的記憶，卻完全沒有找到這種特殊發展的先例。是的，變化已經開始了。她能夠改變它們，卻無法消除它們。這個女孩可能活下來，也可能死去，當然，人類一直都是這樣。這時賽瑪拉也在看著她。辛泰拉發現女孩的眼神也很沒有自信，就像辛泰拉此時的心情。這幾乎讓辛泰拉對女孩生出一股暖意。這個人類不想完全依附於她，躲藏在她的陰影裡。這樣很好。辛泰拉也不想因為這樣而被拖累。

「默爾柯！」萊福特林再次開了口，但龍群已經不再理睬他了。事情已經結束了。無論那個小人類再說些什麼，都已經不重要了。

「該出發了。」默爾柯宣布道。

辛泰拉不是唯一向那片溫暖之地投去依戀目光的龍，但在感覺到巨龍離開之後，那個平台就不再放射出暖意。現在那裡只是一片蘆葦蕩中的水面。辛泰拉抬起頭，掃視這個地方，希望能夠將這裡對應上自己記憶中的古靈聚落，但她實在是不記得自己的祖先是否來過這裡。或者這裡已經發生了巨大的變化，和從前已經沒有半點不同了。一點小小的恐懼出現在她的心中。如果克爾辛拉也發生了同樣的巨變呢？如果那座神奇壯麗的城市和環繞它的那些富饒土地，都已經不復存在了呢？

默爾柯似乎感覺到了她的擔憂。「水總是從高處流向低處。如果我們繼續逆流而上，我們一定會到達更高的地方。在這個世界上，一定有屬於龍的家園。我們會找到它。」

卡羅發出響亮的銅號吼聲，開始邁步向前。龍群跟隨在他身後。他們都沒有再回頭看一眼駁船是否會跟上來。它會跟上來的。它必須跟上來。

金月第十九日
商人聯盟獨立第六年
來自黛托茨，崔豪格信鴿管理人
致艾瑞克，繽城信鴿管理人

封錮在小管中的，是寄給崔豪格信鴿管理人艾瑞克的一封邀請函。發出邀請函的是杜珊克貿易商家族。艾瑞克如果方便，請前來訪問我們位於崔豪格的家。

艾瑞克：

請千萬不要讓我的父親和母親知道我在他們的正式邀請函外面，還寫了這個紙條。我的父母堅持說這件事必須「堂堂正正」，於是我的父親便自行決定寄出這封邀請函！他要表明他和我的母親是正式邀請你前來崔豪格，邀請你來訪問我們家。我希望你不會認為他們行事風格很自大。請忽略他們暗示你和我相見的目的，並不止於看看我的鴿籠和鴿子（寫到這裡，我不禁都要感到臉紅）。我很擔心我的父母會讓我們兩個感到尷尬。我們必須非常堅定地讓他們明白你此次訪問的目的。我還要預先告訴你，我的父親為我們的飛行鴿籠，發明了一種他認為是非常聰明的籠門。這種門能夠讓鴿子在白天自由出入，但到了晚上，我的父親會調節籠門，讓鴿子只能進入，卻無法再出去。他對於這個發明非常驕傲。請盡可能早一些回覆我。在我們從你那裡得到確切答覆之前，我懷疑他們每個小時都會問我一遍：「艾瑞克會不會來？」

黛托茨

金月第二十二日
商人聯盟獨立第六年
來自黛托茨，崔豪格信鴿管理人
致艾瑞克，繽城信鴿管理人

雨野原貿易商艾爾斯賓寄給繽城貿易商克維思的封緘信函。信中內容為要求立即支付若干筆過期款項。此信為最後通牒。隨後我將向繽城貿易商議會提起正式控告，要求償付欠款得到強制執行。

艾瑞克：

請不要誤會。你一定已經收到我的前一封信了。你一定要知道，如果你能來訪問，我們所有人都將是多麼高興。我希望你能夠做好安排，盡可能在我們這裡待久一些。這樣我就能帶你參觀整個崔豪格了！

黛托茨

18

迷路

賽瑪拉眨眨眼，又用力將眼睛閉上。她仍然感到一陣頭暈。她一直坐在柏油人的船頭上，將雙腿耷拉在船舷外，心中想著這個世界是多麼廣大。過去幾天裡，始終遮蔽了天空的濃密雲層和持續不斷的雨水終於消散了。現在她的頭頂上方是布滿繁星的廣闊穹窿，從一側的地平線一直延伸到另一側的地平線。她盯著那些星星看了太長時間，突然感覺自己彷彿要從甲板上一直掉落到那無盡的星空裡。她只好閉上眼睛，重新睜開眼睛的時候，她將目光轉向了水面。

森林已經不見了。隨著柏油人向上游前進，河兩岸的樹木不斷向遠方退去，此刻幾乎和遠方的地平線融合在一起。柏油人彷彿迷失在了密布的蘆葦和燈芯草叢中，偶爾能見到一些由氣根支撐的矮小樹木和灌木形成的小片樹林。他們知道，這種自然環境，不單意味著這裡的水很淺，而且還是鷊鱷享受陽光的理想地點。龍不怕鷊鱷，他們反而會將這種猛獸當作多肉的獵物。但體型龐大的鷊鱷顯然對於乘坐在小船上的守護者也有著同樣的興趣。守護者們都會留在後面，讓龍先吃掉埋伏在灌木氣根中的鷊鱷，然後再靠近那些小樹林。龍喜歡在小樹林的旁邊過夜。他們早已厭倦了站立在水中，但至少樹林旁邊的水會淺一些。萊福特林船長一直跟隨著這些龍。但賽瑪拉知道，船長很擔心會讓柏油人號進入到太淺的水中，陷進這艘活船也無法擺脫的淤泥裡。

不斷後退的森林，也帶走了一切賽瑪拉熟悉的食物資源。現在守護者們只能在夜裡張網捕魚，拔出蘆葦和燈芯草，將它們肥大的澱粉質根莖作為食物。幾天以前，卡森的漁網很幸運地纏住了一群水鳥。這些鳥為他們提供了一頓鮮肉，但他們也為此花費了很多時間修補破爛的漁網。賽瑪拉不喜歡這種單調的食物，更不喜歡自己毫無用處的感覺。她的狩獵工具在洪水中丟失了，現在她能做的只有採集食物，而她能夠採集的只有含澱粉的草根和高草穗子裡的種籽。

不過，至少辛泰拉對她的關注更多了，雖然這些關注中並沒有多少友善。現在那頭龍每晚都要求賽瑪拉為她清潔身體。因為沒有可以站立的地面，她不得不允許賽瑪拉爬到她的背上和脖子上。用蘆葦草葉做成的簡陋刷子，除掉了巨龍身上的蟲子，擦亮了巨龍的鱗甲。但這種刷子也會磨損人類的雙手，對於那些手上沒有那麼多鱗片的人，賽瑪拉為他們感到難過。

儘管清潔工作變得很困難，辛泰拉還是堅持要賽瑪拉將這件事做到一絲不苟。賽瑪拉傍晚的大部分時間都要被用在清掃龍翼上。儘管對這頭龍頗有微詞，但賽瑪拉還是很喜歡做這件事。現在當辛泰拉張開翅膀的時候，那些骨骼和軟骨上精緻的花紋和絢爛的色彩，讓賽瑪拉覺得自己彷彿正在打掃巨大的彩繪玻璃窗。翅膀邊緣排列成鋸齒形狀的鱗片，讓賽瑪拉想到了透明的羽毛。巨龍的翅膀非常寬大，覆蓋在上面的皮膜則又輕又薄，皮膜上是一層幾乎無法單獨分開的緻密鱗片。這雙翅膀在折疊起來的時候又會變得非常緊湊，讓人很難想像那麼巨大的兩片鱗甲皮翼，怎麼能如此貼合地折疊在龍背上。如果有小蟲子爬進那些翅膀的摺皺裡，就會是一件很煩惱的事情，況且河水的潮氣也讓翅膀很容易發生潰瘍。毫無疑問，辛泰拉的翅膀需要每天進行嚴格的護理，但這頭不斷在水中跋涉的巨龍，是很難做到這點的。即使如此，賽瑪拉還是看到辛泰拉在這雙翅膀上花費了難以計數的時間。另外辛泰拉還一遍又一遍地要求賽瑪拉讚美她日益豐富的色彩和身體花紋。賽瑪拉也由此更真切地注意到了巨龍翅膀精細的構造和強大的力量，還有兩側翅骨上那兩隻細小的倒鉤利爪。

正因為如此，儘管賽瑪拉今天白天是在駁船上度過的，並沒有划小船，她仍然感到很是疲憊。疲憊感一直滲透進她的骨頭裡，讓全身每一根骨頭都在感到酸痛。她的手也很痛，還有她背上那道永遠都不會癒合的傷口。她已經逐漸習慣那裡的疼痛，很少會去想它，除非它偶爾被碰到，引起令人難以忍受的劇痛。她經常會偷偷回頭去看自己的後背。當她確定周圍沒有人的時候，就會將手探到襯衫下面，小心地觸摸肩胛中間的那片地方。那裡很熱，而且已經高高腫起，沿著脊椎還有一道感覺很骯髒的結痂溝壑，讓她感到噁心。刺青現在不經常找她說話了，更沒有再和她接吻或是撫摸她。這幾乎讓她鬆了一口氣。對於賽瑪拉而言，讓刺青那雙手遠離自己的後背幾乎是一種挑戰，而且也總是讓刺青感到迷惑。賽瑪拉覺得自己真應該讓他碰一下那裡，這樣就能迅速結束自己對他的熱情了。

賽瑪拉歎了口氣。拉普斯卡又出現在她的腦海中。這已經不是她第一次這樣強烈地想念那位朋友了。如果拉普斯卡還活著，今晚就一定能坐在她身邊，和她聊一些空洞又樂觀的話題，讓空氣中充滿歡快的氣氛。他是她的朋友，對她沒有任何要求和企圖。賽瑪拉不需要努力讓他喜歡自己，而他也一直都相信賽瑪拉應該喜歡他。他讓友誼變得這麼簡單，這樣讓賽瑪拉思念。今天，賽瑪拉格外渴望著這樣的友誼。

賽瑪拉轉過頭向甲板上望去。所有守護者都已經回到了船上。他們之中的一些人正坐在甲板船艙頂上玩著骰子，直到天色太黑，骰子上的點數也看不清了。現在博克斯特正在講述著他的媽媽經常會做給他吃的香料卷餅，為每一位聽眾都帶來了無盡的折磨。希爾薇、凱斯和埃魯姆圍坐在一堆燈芯草根旁，將草根堅硬的外殼剝去，把裡面的塊莖交給貝霖。貝霖會把它們切成小塊，為明天的早餐做準備。賽瑪拉知道自己應該過去幫忙。

「格瑞夫特，能和你說句話嗎？」

賽瑪拉聽出這是刺青的聲音。他和哈裡金正站在格瑞夫特身後。賽瑪拉沒有注意到格瑞夫特正靠在離她不遠的船欄杆上。最近格瑞夫特變得非常安靜而且孤僻，對其他守護者都充滿了敵意。對他敬而遠之才是聰明的做法。賽瑪拉相信，刺青一定是有重要的原因才會去招惹他。

「你已經說了一句話了。」格瑞夫特語帶諷刺地回答道。現在他的咬字變得很不清晰。賽瑪拉不知道這是不是因為他的嘴唇正在變得僵硬。她聽說過，這種事會發生在一些鱗甲厚重的人身上。萊福特林打他已經是幾天前的事情。現在他的嘴應該癒合了。

「我們注意到你今天沒有乘小船出去。」

「我感覺不好。」

「嗯，是的，我也覺得是這樣。所以哈裡金和我明天想要划船出去，看看能不能捕到一些魚或者我們在這裡看見的水豚。哪怕如果能抓到一隻鷸鱷也好。龍似乎認為鷸鱷很好吃。守護者和船員們都需要吃一些鮮肉。」

賽瑪拉注意到刺青沒有向格瑞夫特詢問是否願意把小船借給他。他只是告訴格瑞夫特他們會乘船出去捕獵。哈裡金沒有說話，但一直站在刺青身邊。格瑞夫特的目光不斷在他們兩個人之間移動。他說話的時候，聲音低沉而又嚴肅。「我不喜歡把我的東西借給別人，不。」

「那些都是守護者的裝備。」刺青說。

「也是守護者的小船。」哈裡金說道。

格瑞夫特盯著他們兩個。「裝備是發給我的。我一直在照管、保存它們，所以我現在擁有它們。」賽瑪拉注意到格瑞夫特只會說出必要的詞句。她懷疑說話會讓格瑞夫特感到痛苦，或者是吃力。

「好運氣，」刺青堅持說，「只是好運氣，格瑞夫特。你不是唯一用心保管裝備的守護者。只是因為運氣好，你的小船被洪水沖走以後，又被找到了，僅此而已。你把它們私藏起來，不給大家使用，這不公平。」

「它們是我的。」

刺青稍稍壓低了聲音。「我似乎還記得，你曾經站在一頭被賽瑪拉獵殺的麋鹿旁邊，用另一種腔調說過：一切物品都應該由大家共用。」

柏油人不算是一艘很大的船。刺青的話讓甲板上立時安靜下來。甲板船艙頂上的交談也戛然而止。大家全都把頭轉了過來。

「這不一樣。」格瑞夫特努力清了清喉嚨，俯身向船外啐了一口。但他的痰液沒有完全從口中被啐掉。他用破爛的袖子抹了一下嘴，盯著刺青和哈裡金。「不然，來打架啊。」

刺青和哈裡金交換了一個眼神。刺青再次開口。「格瑞夫特，我們不打架。我知道你不是一個健康的人。我也不想冒犯萊福特林，不想在他的船上打人。我來找你不是為了打你，我是要讓你知道，明天我們會在天亮的時候坐小船，帶上狩獵工具出發，正經進行一些狩獵和捕魚。沒有人想要讓你蒙羞，但你也不能再私藏那些工具了。為了我們所有人，哈裡金和我才會站出來。我們需要使用那條小船和那些裝備。」

格瑞夫特在他們面前轉過身，看著水面。「不。」他的語調平靜但很認真。他是故意露出後背，刺激刺青攻擊他嗎？如果是這樣，刺青沒有上當。

「我只是說明我們要做什麼。」刺青低聲說道。他瞥了一眼哈裡金。後者點點頭。隨後他們就轉身離開了。他們走遠之後，黑暗中的悄聲耳語變成了低聲議論。賽瑪拉還坐在船邊上，她轉回頭，望著黑暗的水面。她絲毫不在乎格瑞夫特會怎麼想，她只是為今天發生的這件事感到痛心。

格瑞夫特彷彿感覺到了賽瑪拉剛才對自己的關注。「妳覺得有趣嗎？」他的聲音顯得格外嚴厲。

「不，」賽瑪拉簡單地回答道，「一個悲劇。我為你變成現在這種樣子感到難過，格瑞夫特。這不值得，我只是在可憐你。」

格瑞夫特轉過身看著賽瑪拉，一雙藍色的眼睛閃耀著怒火。「把妳的可憐收起來吧。沒用的、愚蠢的妓女。」

這個侮辱讓賽瑪拉感到震驚。她感覺到了格瑞夫特聲音中的憤怒和憎恨，更對格瑞夫特的用詞感到大惑不解。沒用？愚蠢？妓女？格瑞夫特轉身走開了。賽瑪拉這才意識到，這個人的辱罵根本沒有任何意義，只是為了傷害她。實際上，格瑞夫特真心以為：賽瑪拉因為他的厄運而感到幸災樂禍。

「你根本就不了解我。」賽瑪拉對走遠的格瑞夫特說道。她又向其他守護者們瞥了一眼，「沒有人了解我。」

其他守護者都繼續做起了各自正在做的事情。埃魯姆在試著給博克斯特修剪頭髮。凱斯和萊克特在向他提出各種建議。戴夫威在一旁看著，笑個不停。刺青和哈裡金坐在一起。希爾薇靠在哈裡金身邊。他們三個正低聲談論著某件事。「我想念你，拉普斯卡，」黑夜裡，賽瑪拉說著，「我想要有一個朋友。」

一個意料之外的聲音忽然回盪在她的心中。**別犯傻了。妳有一頭龍。妳不再需要人類同伴了。去睡覺吧。**

「晚安，辛泰拉。」賽瑪拉嘟囔了一聲，接受了巨龍的建議。

河道不復存在了。現在已經到了必須承認這一點的時候。萊福特林不確定該如何稱呼他腳下的這片水體。或者這根本就不能算是一種水體。連續三天時間，柏油人都只能以令人痛苦的緩慢速度向前挪動。他們跟隨著龍群，但萊福特林懷疑那些龍也不知道自己正在走向何處。他們是沿著主河道前進嗎？這裡有所謂的主河道嗎？這裡的水流已經很難察覺。黎明時，他看著日出陽光倒映在靜止不動的水面上，只有當晨風吹過蘆葦和燈芯草叢，水面才會泛起微弱的漣漪。

曾經遮住整個世界的森林牆壁，完全退開了。站在柏油人的甲板上，目力所及之處，只有擁擠著水生植物的無盡泥沼。即使從甲板船艙的頂上向遠處望去，萊福特林仍然看不到這片泥沼有任何盡頭。也許這裡曾經是支流密布的河流體系，或者是一片湖泊。而現在，萊福特林只是好奇這裡的水為什麼擴散到了如此遼遠的範圍，卻又沒有乾涸？現在船底的水深幾乎已經不到一人高了。就像是一隻**平底盤子**。他心中想道。當連續不斷的大雨真正到來時，這裡又會怎樣？如果洪水氾濫、水面上漲，那麼龍群將無處可逃——他竭力不去思考這件事，索性搖搖頭，將這種無意義的擔憂從腦海中甩掉。默爾柯肯定早就想到了這種事。現在那頭金龍每天都在率領龍群前進。他們究竟是前往克爾辛拉，還是死亡？他們早晚能夠知道這趟旅程的終點。

萊福特林努力向遠方弧形的地平線眺望，卻看不到任何陸地的痕跡。他的心中生出一種前所未有的感覺，彷彿自己只是一顆小小的火花，隨著一根樹枝在汪洋中飄蕩。頭頂上，灰色的雲層高高飄浮在遼遠的天空中。萊福特林開始想念他一生都不曾遠離的那片叢林密布的河岸。這裡無處可以躲避白天強烈的陽光，而在晴朗的夜晚，繁星鋪綴成的毯子，讓他更顯得格外渺小。

遠方有一隻猛禽正在狩獵，也許是蒼鷹或者魚鷹。牠發出一聲悠遠孤寂的鳴叫。刺青的龍正在打盹，聽到這一聲鷹嘯，她立起身子，抬起了頭，發出一聲詢問的吼叫。沒有得到任何回應，她便再次將頭收在了翅膀下面。現在龍群都聚集在一起，就像是一群疲憊不堪的水鳥，將頭垂在胸前，或者是枕在旁邊的龍背上。這樣的睡眠絕不可能讓他們放鬆身體。他們只能站著睡覺，就像值夜太久的水手。萊福特林很可憐他們，卻無法為他們做任何事。

現在小蟲子變得越來越多了。但至少這條河到了晚上會飛出來許多蝙蝠。白天又會有無數隻燕子在半空中穿梭，大口吞噬蚊子和各種飛蟲。萊福特林還是會經常被這些蚊蟲叮咬，但看到它們也變成了其他生物口中的食糧，他也就能感到滿意了。

出於習慣，他還是會從外衣口袋中掏出菸斗，但現在他只能看一眼手中的菸斗，將它轉動兩下，再塞回到衣兜裡。船上就連一片菸草也找不到了。這不是唯一一種被他們耗盡的給養。船上的糖和咖啡都沒有了。剩下的茶也只是一些粉末，幾乎看不到茶葉。航船麵包還有兩桶。等到它們被吃光，他們就只能依靠狩獵和採集維生了。萊福特林皺了皺眉，決定全部甩掉這些令人憂心的事情。

有清水的地方，就一定會有食物，他提醒自己。這裡有很多魚，一些燈芯草會生出肥大的澱粉根莖。過去幾個晚上，卡森一直在張網捕捉水鳥。他的運氣不算太好，但他們的菜單上偶爾還是會出現烤鴨——或者還是煮的比較好，萊福特林提醒自己，這樣可以少用一些木柴。最近大塊的木頭已經非常罕見了。他們貪婪地打撈著一切浮木。每天傍晚，所有守護者都要收集盡可能多的乾燥蘆葦。蘆葦燒得很快，所以每天晚上，守護者們都要將那些收集來的蘆葦杆擰紮成捆，讓它們能燒得慢一些。感謝莎神，至今為止，晚上的氣溫都還不算很低。

所有人的衣服，都已經顯露出過度磨損、以及在雨野原河的酸水中被長久侵蝕的痕跡。許多地方連纖維都被磨光了。長褲變成了短褲，因為褲腿都被做成了膝蓋上的補丁。愛麗絲將她存量豐富的衣服都分給了女性守護者們。其實沒有等那些女孩子提出要求，她就已經把那些衣服都拿了出來。塞德里克也依照她的榜樣貢獻出了自己的衣服。看到那些小夥子，他們穿著色彩鮮艷的亞麻和絲綢襯衫去完成各種日常勞作，實在給人一種很奇怪的感覺。萊福特林知道，這也只是在拖延必將會出現的結果。暫時他們還能應付眼前的狀況，但最終的結局遲早會到來。

愛麗絲來到他身邊，手中端著兩隻冒著熱氣的杯子。她在船欄杆上靠穩身子，將一隻杯子遞給萊福特林，「茶？」萊福特林問她。

「是的。應該是最後的茶水了，其實沒什麼茶味。」

「不過很熱。」萊福特林說道。他們舉起熱氣騰騰的杯子，向彼此露出微笑。

兩個人一同眺望地平線。過了一段時間，愛麗絲說出了他們心中共同的想法。「水每天都在變淺，我不太相信龍們知道他們要去哪裡。在柏油人顯現給我的記憶中，克爾辛拉在一條大河的河岸邊，而不是這樣的一片湖上。」

她沒有再說話。兩個人啜著茶水，想著心事，思考著他們是否選錯了支流，如果水淺到無法乘載柏油人該怎麼辦。然後愛麗絲伸手按住萊福特林的肩膀。萊福特林側過頭，用肩膀和面頰夾住她的手。「我愛妳。」他低聲說道。他還沒有對愛麗絲說過這句話，沒有想到過要將它說出口。

「我也愛你。」這句話輕鬆自然地離開愛麗絲的唇間，彷彿她已經說過了一千遍。這讓萊福特林感到喜悅。愛麗絲不認為這樣說會有任何難以啟齒，她已經完全接受了他們的感情。

萊福特林微笑著摟住愛麗絲，將她拉進自己的懷中。在這種一切都無法確定的日子裡，能夠有一件讓他確定無疑的事情，這種感覺真的很好。「看上去，那邊的雲層開始消散了。也許我們又能享受一個晴天。」愛麗絲看著天空說道。

「那樣妳就會有更多雀斑了！」萊福特林高聲說道。愛麗絲嘲弄地皺起眉，搖了搖頭。

「真不明白，為什麼你會喜歡它們！我在一生中曾用了許多年時間竭力避免它們生出來，甚至用檸檬汁和脫脂牛奶，努力地想要去除它們。」

「那時親妳一定非常美味。」

「愚蠢的男人。那時可沒有人親我。」愛麗絲露出狡猾的微笑。

「在我看來，繽城男人都是一些蠢貨。」

愛麗絲依舊微笑著，不過她的眼睛蒙上了一層淡淡的陰影。萊福特林知道自己讓她想起了詔諭，還有那些遭受欺騙的恥辱日子。這讓萊福特林感到難過，無論他多麼努力，也無法從愛麗絲的心中抹除掉那些不愉快的回憶。他知道，這些回憶也還在影響著愛麗絲和塞德里克的關係。他們兩個至今為止都在禮貌地躲避著對方，維持著表面的和善，卻絲毫沒有忘記曾經對彼此的嚴重傷害。萊福特林為他們兩個感到難過。愛麗絲和他說過很多關於塞德里克的事，他知道他們的友誼，要比和詔諭的那場災難性的婚姻更加長久得多。他希望愛麗絲仍然能夠得到塞德里克的看護和敬重。失去了這份友誼，導致愛麗絲對自己的印象也變得充滿裂痕。萊福特林希望自己對愛麗絲的敬重，能讓愛麗絲重新看到自己的價值，而他也明白這個願望是多麼自私。他不可能是愛麗絲全部的世界。愛麗絲需要修補自己和昔日故友之間的橋梁，只有這樣才能讓她變得完整。而且萊福特林希望這件事能儘快發生。柏油人是一個太小的世界，容不得任何摩擦與衝突。

更何況現在光是一個格瑞夫特已經快無法被這艘船容納了。那個人整天在船上走來走去，他既不是守護者，也不是船員，更被龍群唾棄，是一個失敗的領袖，一個身體狀況日漸糟糕的人。萊福特林本來也會可憐他。但格瑞夫特不接受別人的憐憫。萊福特林從沒有見過這樣一個心懷惡意，脾氣暴躁的傢伙。有許多次，萊福特林只希望卡羅能夠在那天晚上把他吃掉。

「你不說話了。你在想什麼？」

「格瑞夫特。」萊福特林簡短地回答道。愛麗絲點點頭。

「問題已經開始變得棘手了，對不對？」

「昨天晚上，妳上床之後甲板上發生了一點爭執。格瑞夫特昨天整晚留在了甲板上。我不知道他們是不是因為身體的變化而難以移動，還是只不過沒有勇氣走進船艙。刺青去找了他，告訴他如果他今天不去狩獵，刺青和哈裡金就會取走裝備和小船，運用它們去『把事情做對』。」萊福特林吮了一口茶，搖搖頭，「他似乎只是在說小船和裝備的事，但我認為他所指的不止是這些。」

「然後出了什麼事？」

「沒有什麼事，只是說了幾句狠話。格瑞夫特似乎很想打一架，但刺青說他不會打一個病人，然後就走開了。我希望這件事能就此結束。」萊福特林又長長地吮了一口已經開始變涼的茶，「刺青和哈裡金告訴他，他們今天早晨會乘小船，帶著裝備去狩獵。我希望格瑞夫特放聰明一些，不要在他們划走小船的時候鬧事。否則他難免會挨揍，而我就必須要介入了。」

「也許他們已經走了。」愛麗絲充滿希望地說。

「也許，但我還不確定。親愛的，想陪我去看看嗎？」

「感謝你的邀請，好心的船長。」愛麗絲一邊揶揄地說著，一邊向萊福特林行了一個屈膝禮。然後將自己變粗糙的手放到萊福特林鄭重其事向她伸出的手臂上，按住已經有些破爛的衣袖。兩個人漫步走過甲板，愛麗絲想像著自己現在的樣子，嘴角不由得露出了微笑。現在她找不到一件衣服上面沒有酸水侵蝕和太陽曝曬的痕跡，唯一的例外就是萊福特林送給她的那件古靈長袍，但那件長袍並不很適合駁船上的生活。她的頭髮變得散亂蜷曲。就連繽城街上小販的頭髮也會比她的更好些。她赤裸的雙腳已經有多天沒有碰過鞋子了。現在她要省下僅有的靴子，等到需要上岸的時候再穿。但她以前從沒有感覺自己像現在這樣美麗過。

更不曾像現在這樣充滿魅力。她瞥了萊福特林一眼。萊福特林的眼睛立刻轉向了她。他們四目對望的時候，萊福特林露出了微笑，眼睛裡閃爍起高昂的興致。是的，在這艘船的甲板上，她是他的世界中最美麗的女人。這真是一種奇妙的感受。

「小船不見了。」愛麗絲提醒萊福特林，讓船長想起自己的責任。

「看樣子，麻煩已經被避免了。」萊福特林也很高興。

這時，刺青在他們身後說道：「小船在哪裡？」

格瑞夫特偷走了小船，還有全部狩獵和捕魚的裝備。沒有人知道他是什麼時候溜走的。貝霖記得在其他人都去睡覺以後，見到他走進了廚房。塞拉瑪對此絲毫不感到驚訝。格瑞夫特身體的變化讓他很難入睡。他早就和他們說過，他吃東西也變得很困難。對給養儲備進行過迅速清點之後，他們發現所剩不多的航船麵包和一隻小鍋子都不見了。這清楚地表明，格瑞夫特不是去狩獵或者捕魚。他離開駁船，逃走了。

其他守護者的反應讓賽瑪拉感到吃驚。一些守護者發現小船不見之後感到憤怒，所有人都感到很驚訝，但沒有一個人關心格瑞夫特的安危。博克斯特和凱斯頑固地保持著沉默。格瑞夫特的自私行為，讓潔珥德感到深深的苦澀：「他明知道現在我只能嚥得下船上的麵包了。」

「就好像一切都要以她為中心一樣。」希爾薇站在賽瑪拉的身邊，悄聲評價潔珥德。但她的聲音還不夠小。潔珥德惡狠狠地瞪了她們一眼，又哀傷地說：「妳們就不想想，是他拋棄了我，而我還懷著他的孩子。」

賽瑪拉想要說，如果格瑞夫特能夠確定孩子是他的，也許他會對潔珥德有多一些關心，但她終於還沒有把這話說出口。她從守護者的人群中退開，站到了正在討論這件事的萊福特林和軒尼詩身旁。

「如果只是小船和裝備沒了，我可以說這是守護者的事情，儘管捕魚和狩獵工具的損失會影響到我們每一個人。自從傑斯自尋死路之後，卡森一直在很辛苦地讓我們的桌上還能有一些肉。幸好現在龍主要都靠自己捕食，否則情況只能更糟。但格瑞夫特還偷走了船上的麵包。這就是這艘船的事情了。我作為船長不能不管。這就是我的看法。所以，必須有人去追他，把他帶回來。現在我們的確沒有餘力做這種事，但如果我們對此視而不見，那就相當於敞開了大門。下一個逃走的守護者，會隨便帶走他想要的任何東西。」

「的確不能就這樣放任不管。」軒尼詩表示同意，「但你打算派誰去？」

「卡森。」萊福特林做出決定，「他是我的人，不是守護者，即使已經有龍宣布占有了他。我不能派船員去幹這件事。我今天就想要繼續前進，不能坐在這裡空等。」

「卡森，然後呢？他一個人？」

「我會讓他選擇是否想要同伴。這真是一件該死的爛差事。」

「為什麼是我？」塞德里克低聲問道。

卡森回頭瞥了他一眼，臉上露出困惑的微笑。「我以為你應該已經明白，我喜歡和你在一起。」

儘管心中感到憂慮，塞德里克還是發現自己在用微笑回應卡森。這個回應對於獵人來說似乎已經足夠了。他向前轉回頭，再次把船槳插進水裡。塞德里克學著他的樣子，儘量保持和他的動作同步。自從和獵人在一起之後，他發現自己的體力有了令人驚訝的增長。卡森也不止一次讚揚過他手臂和胸口日漸豐滿的肌肉。

塞德里克回頭瞥了一眼，有一點不安地看到駁船在他們身後越來越小。現在那艘船已經成為他生命中唯一的安全地點。離開駁船，踏進這艘小船裡，這違背了塞德里克的一切直覺，就算有卡森的引領，他依然無法讓自己的心安定下來。這時他的眼睛捕捉到了一道銀光。「我覺得你的龍在跟著我們。」

卡森抬起頭。他並沒有回頭去看，只是用力點了一下頭。「是他。」

「為什麼？」

「誰知道龍會怎麼做？」卡森喃喃地說道。不過他的聲音中的確流露出一絲愉悅。噴毒是一頭很難相處的龍，不單脾氣糟糕，有時候還非常遲鈍，甚至可以說是愚蠢。即使知道卡森為什麼願意成為噴毒的守護者，塞德里克還是會對此感到驚訝。他和卡森並沒有對彼此做出任何承諾。卡森似乎還不認為這是有必要的。但他對塞德里克沒有任何保留。他只說過一次塞德里克可能比他「更高，活得更久」，塞德里克只是將這句話當作他們之間閒聊的情話。但當這名獵人有機會隨塞德里克一起接受人類所無法控制的變化時，他沒有絲毫猶豫，自願成為了噴毒的守護者。為了和塞德里克在一起，他情願改變自己的全部人生。塞德里克從沒有想像過會有人願意為他做出這樣的努力，這也讓他不無慚愧地想到自己為了和詔諭在一起，是多麼迅速地拋棄了舊日生活，毫不留情地甩脫了與家人的羈絆。他相信，比起那個丟掉了整個世界、撲入愛人懷中的塞德里克，卡森更明白自己在做什麼。但卡森沒有一次提起自己的犧牲，這個人以一顆敞開的心給予了塞德里克一切。塞德里克看著面前的這個男人，看到他在划槳時肌肉曲線的流動，不禁很有些好奇，在一年或者十年以後，他又會變成什麼樣子。

噴毒還沒有把血給卡森，但塞德里克毫不懷疑銀龍將會這樣做。這名獵人不僅對這頭喜怒無常的小龍全心全意，更因為他對野獸的習性和身體的了解，而將這頭小龍照顧得很好。在成為噴毒守護者的第一天，卡森就對他進行了全身檢查，沒有放過和他的健康有關的每一個細節。甚至其他守護者也都依照方式仔細檢查了自己的龍。

但他們還是沒辦法做到像卡森那樣大膽。卡森用了超過一個小時的時間將頭探進噴毒的嘴裡，清理出一團纏繞在一顆剪齒上的肉筋。噴毒正是因為這團爛肉而一直感到牙痛。「這可不是浪費時間，」後來卡森溫柔地責備塞德里克，「的確，這團肉遲早都會爛掉，離開他的牙齒。但現在把它清除掉，我就讓他又多了一個理由感激我，又少了一個狂躁不安的原因。」

「我們找到格瑞夫特以後該怎麼辦？」又划了一段時間船，塞德里克這樣問卡森。這是一個很明顯的問題，是一個他們離開駁船時、塞德里克沒有時間詢問的眾多問題之一。

「我們將他和小船都帶回到駁船上。這就是我們的任務。」

「如果他反抗呢？」

卡森以非常小的動作聳聳肩。「不管怎樣，我們都要帶他回去。萊福特林不能放任這種偷竊行徑。至今為止，儘管一切東西都開始短缺了，但還沒有人偷竊和私自囤積。採集和狩獵得來的食物都會由大家分享。你和愛麗絲將你們的衣服分給大家，為我們樹立了榜樣。你根本想像不到，當你們這樣做的時候，萊福特林感到多麼寬慰。他根本沒有想到你們會這樣做。不過我告訴他，我對此一點也不驚訝。」他又轉過頭，對著塞德里克一笑，塞德里克看到他咧開紅潤的嘴唇，露出牙齒。誰會這樣笑？肯定不是那些老於世故，彬彬有禮的貿易商——塞德里克的同伴曾經全都是這種人。他們全都懂得深藏不露，永遠不會放聲大笑，就算是微笑也會姿態優美地用手捂住口齒。喜怒不形於色，面色冰冷才是時髦的表現。為什麼他也曾經以為那樣才是有魅力，有禮儀的表現？詔諭冷笑的樣子，如同幽靈一樣飄進他的腦海中。他將那個幽靈趕走，現在這樣做要比一個月以前容易多了。

「我喜歡你的微笑。」塞德里克高聲說出他最誠實的讚美。這讓他覺得自己很傻，又有些不知所措。他從來都不敢向詔諭說出這樣簡單的事實。那一定會讓那個人笑話他一個月。他看到卡森無聲地又划了兩次槳，然後小心地把船槳放好。當獵人在座位上轉過身，慢慢走過小船的時候，小船也隨著他的腳步輕輕搖擺。最後，獵人在塞德里克面前蹲下身，用一隻手捧起塞德里克的頭，長久地深吻塞德里克。

當他說話的時候，他的聲音顯得有些沙啞。「我從沒有在小船上這樣做過。這可能會有些危險。」

「危險的感覺挺好。」塞德里克喘息不定地回應道。

「出事了。」潔珥德的聲音緊張而又惶恐。她死死抓住賽瑪拉的上臂，把賽瑪拉都抓痛了。賽瑪拉本來正坐在甲板上，在將一根有許多魚鉤的長魚線理順。潔珥德突然就找到了她。

「怎麼了？」賽瑪拉問道。她竭力想要從潔珥德手中把胳膊拽出來。潔珥德在她身邊彎下腰，距離她太近，讓她很不舒服。而那種充滿恐懼的話語更讓她感到不安。

「我在流血。只流了一點。我一直覺得……喔。」她突然靠在賽瑪拉身上，一隻手捂住了肚子。在賽瑪拉恐懼的注視下，幾滴血色的液體落在了甲板上。

「喔，不！」賽瑪拉驚呼一聲。所有人都知道，絕不能讓血落在活船的甲板上。賽瑪拉感覺到柏油人的意識突然變得強烈起來。片刻之後，她聽到萊福特林高聲呼喊：「斯沃格，出什麼問題了？」

「我沒看到，船長！」舵手大聲回答。

「快，蹲下來，讓我用妳的睡衣底襟把血擦掉。」

「這太髒了。」潔珥德穿著一件愛麗絲的睡袍，這件寬鬆的衣服剛好能遮住她隆起的肚子。

賽瑪拉覺得潔珥德的痙攣一定已經過去了。她不由得鄙視地皺了皺眉。這明明是潔珥德做的錯事，潔珥德自己卻不願承擔。賽瑪拉俯下身，用自己破爛的襯衫袖子擦去了甲板上的血漬。但一些血水已經滲進了甲板。這很不好。「我覺得妳要躺倒床上去。潔珥德，為什麼妳來找我？為什麼妳不和貝霖談談？」

「她很凶。她不喜歡我。」

「她不是對妳凶。她只是一個多年來都想要一個孩子的女人。而妳卻在剛開始做愛之後的幾個月，就有了孩子，甚至還不是妳有意要的。她當然會對妳有一點看法。來吧，跟我走。」

潔珥德將身子重重地倚在賽瑪拉身上。儘管她剛剛對賽瑪拉說話的時候聲音一直都很小，走路的腳步也很輕，但賽瑪拉覺得她們在緩步走進甲板船艙的時候，她很高興能受到人們的關注。戴夫威和萊克特正在廚房裡。「求你們，快去找貝霖來。」賽瑪拉說道。她的語氣讓兩個男孩立刻照她的話跑了出去。

「還有希爾薇，」潔珥德虛弱地喊道，「我需要有人照顧。」

賽瑪拉緊咬住牙，沒有對她做出嚴厲的評論。潔珥德很喜歡現在這種戲劇性的場面。但賽瑪拉有一種感覺，馬上就要有不好的事情發生了。她幫助潔珥德坐到了一張下層船舖上。

貝霖來了，跟她一起來的不僅有希爾薇，還有絲凱莉。貝霖的聲音很嚴厲，但其中絕不缺少同情：「我感覺到柏油人的甲板上有血。妳要失去妳的孩子了？」

「什麼？」潔珥德驚駭地問。

賽瑪拉和希爾薇交換了一個難以置信的眼神。但兩個女孩什麼話都沒有說。絲凱莉的臉上淨是慌亂的神情。

貝霖語調沉重地說：「如果妳開始流血，肚子痙攣，妳就是要流產了。孩子很可能已經死在妳的體內。妳的身體正在將他推出來，或者那個可憐的小東西會因為過度早產而夭折。如果這種情況暫時停下來，情況只能更糟。因為我可以憑經驗告訴妳，這只是剛剛開始。也許之後一天，或者一個星期，甚至可能是一兩個月，妳都會以為一切平安，但妳已經感覺不到孩子在動了。」

「不！」潔珥德尖叫一聲，立刻嚎啕大哭起來。貝霖轉過身背對著她。一開始，賽瑪拉覺得這名水手的態度太過嚴厲了。但她發現一滴淚水從這個女人飽經風霜的面頰上滾落下來。

突然出現在水手船艙的門口。「出什麼事了？」她警惕地問。

「潔珥德沒有能把孩子保住。」貝霖說道。賽瑪拉突然知道，這個女人刻板的聲音只是因為她在努力控制自己的情緒。「請把門關上。絲凱莉，去找乾淨的布來。船上還有一點木頭。用它們燒些熱水。她隨後需要洗一個澡。」

絲凱莉跑去做貝霖吩咐的事情。希爾薇用胳膊肘推了推賽瑪拉，向門口一歪頭。她們就要走到艙門口的時候，貝霖站到了她們面前。「不，」水手的口氣格外嚴厲，「我要妳們兩個留在這裡。妳們要看看自己做的事情會有什麼樣的後果。」

「我什麼都沒有做！」賽瑪拉的話衝口而出，隨後她才意識到自己這樣說到底意味著什麼。所有人都在盯著她。

貝霖語氣沉重地說道：「也許妳還沒有做，女孩。但妳會的。這裡的這個女孩，她做了她想做的，和她在那時想要的人。這就成為了她的事情。妳們也許聽到過，她也曾經為了這件事和我爭吵過。但我們現在前途未卜，出了這樣的事情，又該由誰來負責？妳們有在這個房間裡看到男孩或者男人嗎？妳們是否看見有人在門外來回踱步，向莎神祈禱，請求神明給予這個小生命一次機會？我沒有。這就是妳們要得到的教訓，女孩們。如果妳們沒有一個願意為你們付出一切、願意奉獻身體裡最後一滴血的伴侶，那麼，妳們在把兩條腿分開的時候，就是個徹頭徹尾的傻瓜。就是這樣，妳們看到的，要比我說的更加明白。」

賽瑪拉從沒有聽到過如此直白嚴厲的話語。她和希爾薇一下子都愣住了。

「這不……公平。」潔珥德喘息著說道。然後她又小小地尖叫了一聲，弓起身子，不停地喘著氣。賽瑪拉聽到一點液體流動的聲音，那是從潔珥德的身體裡流出來的。

「這的確不公平，」貝霖表示同意，「這件事從不曾公平過，女孩。所以你們在這個嚴酷而且不公平的世界裡，能做的事情就是確保妳們為自己和妳們的孩子爭取到一個最好的機會，這樣妳們才能得到自己想要的生活。找到一個真正的伴侶，一個有膽識、有胸懷的人，否則就不要懷上孩子。事情就是這麼簡單。」

絲凱莉捧著一摞乾淨的布子回來了。貝霖取了兩塊，開始擦拭潔珥德雙腿之間的血汙。她的嘴唇抿成了一條細線。賽瑪拉轉過頭，因為自己是一個女人而感到羞辱。她的目光正好和愛麗絲遇到一起。那名繽城女子背靠在門上，面色蒼白。她是否在思考，如果她發現自己突然懷孕了，她會變成什麼樣子？是的，她有萊福特林。那位船長看上去是一個可靠的人。

潔珥德躺在床上，重重地喘著氣。貝霖繼續說著無情的話語。「當這一切都結束的時候，可能一兩個星期以後，那些男孩又會找上妳。已經和妳有過經驗的男人們，會以為妳還會願意接受他們。那些還沒有和妳好過的男人也都想要得到一個機會。如果妳夠聰明，這次妳就應該懂得拒絕，而不是又開始讓他們為所欲為。」

「我不是……娼妓。」潔珥德氣憤地反駁道。

「對，妳不是。」貝霖平靜地回答。她將幾塊用過的布巾放進水桶裡，又拿起一塊新的。「娼妓都知道給出一些東西就要換回一些東西——金錢或者禮物。她可以用這些東西照顧自己。女孩，妳只是在給予。如果妳想要在妳的裡面塞上一團蠟，讓妳不會懷孕，那也可以。那樣冒險的就只是妳自己。液體有可能滲過去，妳也可能會得上疥瘡。但現在，妳用來冒險的不僅是妳自己，還有可憐的小孩子。他有可能就在這樣險惡的環境下降生。而這也意味著妳在讓我們陷入冒險的處境。如果妳在生下孩子的時候死掉，那誰要去尋找可以給他吃的東西？誰要放棄自己的人生，悉心竭力地照顧他？或者誰要看著他一點點死去，然後將他拋到船外讓龍吃掉？最有可能做這些事的人是我。我現在告訴妳，妳不能這樣對我。如果妳生下孩子並活下來，為妳和孩子尋找食物的工作仍然要由我們來做。只是懷孕的時候，妳就已經放棄了妳的工作。如果妳有了孩子，妳就會成為我們所有人的負擔。如果我真的要為一個孩子付出這些，那也是斯沃格的孩子，不是妳的。如果他給我一個孩子，我知道他和我都會用我們的最後一息，以確保那孩子能好好地活下去。所以，我要讓妳們知道，妳們如果沒有願意站出來承擔起全部責任的伴侶，就把妳們的腿併緊些。如果這艘船上有人的肚子裡有了孩子，那麼也只能是我。或者是愛麗絲。我們的背後有男人在支持我們。妳們沒有。」

愛麗絲看上去是那樣驚駭，以至於賽瑪拉甚至開始懷疑：這名繽城女子從沒有想過自己會懷孕這件事。

「妳沒資格對我說我能……啊！」潔珥德挑釁的話語說到一半就變成了嘶啞的哀嚎。她先是屏住呼吸，然後又開始喘息，然後又重重地哼了一聲。最終，她長長地歎了一口氣。貝霖朝潔珥德撐起的雙腿之間探頭望去，表情因為哀傷而變得陰暗。她一隻手抖開一塊布，蓋了下去。絲凱莉如同幽靈一般，無聲地遞給貝霖一根繩子和一把匕首。貝霖用布片遮住，雙手迅速割斷臍帶並綁緊，然後她用那塊布子抱住了那個小東西。當她將死去的孩子從窄床上捧起來的時候，她的眼睛裡閃爍著一種奇異的溫柔。

「即使妳足月生產，她也活不下來。如果妳想的話，可以看看她。她沒有腿，只有一根不成形的尾巴，就像海蛇一樣。」

潔珥德面色蒼白，一言不發，只是盯著貝霖。

貝霖正視著潔珥德。「妳想要在妳的女兒離開之前，看看她嗎？」

「我……不。不，我不想。」潔珥德又發出了哭聲。

貝霖看著她。片刻之後，這位水手微微一搖頭。「妳不會有事的。躺在這裡，等到胎盤出來。我會留在這裡陪妳。絲凱莉。拿走這個孩子。妳以前幫過我。妳知道要做什麼。」

「是，夫人。」絲凱莉的臉也同樣白得可怕，但她沒有絲毫猶豫，走上前，就像要抱起一個活著的孩子一樣輕柔地向貝霖伸出手。貝霖將那個小布包放進她的手中。不等絲凱莉轉過身，貝霖忽然抓住她的手腕。「妳要記得，」她粗聲粗氣地對絲凱莉說道，但從她面頰上滾落的淚水，揭破了她偽裝的冷酷，「妳要記得，當妳以為我們對妳很殘忍的時候，這是因為規則的存在自有其原因。正是這些規則保護了妳，讓妳不至於傷害自己。每一個女孩都以為自己比規則更聰明，以為能夠打破規則、隨心所欲。但妳們不能，我也不能。所以妳們要記住，下一次妳們溜出去和男孩親吻，讓他們撫摸妳們的時候。規則會提醒妳們。規則只是要讓每一個人所蒙受的不公稍微少一些。」

貝霖的眼睛轉向賽瑪拉和希爾薇。不知何時，賽瑪拉已經緊緊握住了希爾薇的手。希爾薇也同樣和賽瑪拉雙手緊握。在這位年長女性犀利的目光中，賽瑪拉覺得自己就像是一個只有六歲大的孩子。「妳們兩個去幫絲凱莉。妳們要認真想想我說的話。要明白這些話的意思。如果我發現妳們在這艘船上向男孩張開了腿，妳們一定會受到懲罰和羞辱，因為就算是那樣，也要比今天我們所經歷的一切好得多。」

賽瑪拉僵硬地點點頭。絲凱莉側身走過了擁擠的水手艙。賽瑪拉和希爾薇也跟隨在絲凱莉身後，走出艙門、來到甲板上，她們不自覺地組成了一支隊伍。絲凱莉走在最前面，手中托著小布包。她們從軒尼詩和埃德爾面前走過。大副哀傷地搖搖頭。大埃德爾將目光轉向一旁。當她們靠近船尾的時候，一群守護者男孩站起身，四散走開，彷彿突然消失了一樣。沒有人對她們說話，或問問她們要做什麼，但賽瑪拉相信每一個人都知道。她不由得開始猜測，他們之中有多少人知道自己有可能是這個孩子的父親。或者當格瑞夫特聲稱願意負責的時候，這些人的腦子裡就已經不再有這樣的想法了？

貝霖的話語給賽瑪拉帶來一陣陣刺痛。她想到格瑞夫特所說的那些建立新家園和新規則的胡言亂語。他有沒有認真想過規則為什麼會存在？這些規則又是在保護誰？

女孩們來到船欄杆旁邊。讓賽瑪拉感到驚訝的是，潔珥德的龍維拉斯正在這裡。就像所有龍一樣，她也變大了，色彩變得更加鮮艷。她沒有對她們說一個字，但她們全都知道她為什麼會在這裡。

一點顫慄掠過賽瑪拉的脊骨。然後她接受了這個事實。潔珥德死去的孩子將被她的龍吃掉。讓這具小身軀掉入水中被魚吃掉，還有什麼會比這更壞的事情呢？

斯沃格站在船舵旁。他抬起頭看著她們，面色嚴肅，眼神哀傷。賽瑪拉知道這不是他第一次見到死去的孩子被丟出船外。舵手低垂下目光，嘴唇翕動，也許是在無聲地祈禱。絲凱莉伸出手，將布包遞到船欄杆以外。維拉斯抬起頭。

「等等。」希爾薇突然說道，「我想要看看……她。我想要看看這個孩子，在她永遠離開之前。至少我們之中的一個人應該看到她。」

「妳確定？」絲凱莉問。

「是的。」希爾薇回答。賽瑪拉找不出合適的話語，只能僵硬地點了一下頭。

希爾薇將這個小身軀放在船欄杆上，打開包緊的布片。賽瑪拉發現自己看到了一個她合攏雙手就能握住的小生物。一顆圓圓的小腦袋收在胸前，一雙細小的手臂緊緊抱住胸口。就像貝霖說的，她沒有腿，只有一根帶鰭的尾巴。她的背上還有一片不成形的鰭。「她不可能活下來。」希爾薇說道。賽瑪拉點點頭。

維拉斯伸長脖子。希爾薇伸出手，盡可能輕柔地將這個孩子放進巨龍的嘴裡。維拉斯合起雙顎，立刻就轉頭向遠處走去。結束了。

卡森認為格瑞夫特應該是調頭返回了崔豪格。「否則他還能去哪裡？」他問塞德里克，「他孤身一人，健康情況越來越糟。他沒有什麼選擇。他的選擇之一是和我們在一起。但他放棄了這個選擇。他一定是覺得我們對他有太多敵意，讓他無法承受。其實我覺得他也沒有理由返回崔豪格。他在那裡同樣不會受歡迎。就算他能夠一個人走過這段漫長而艱難的旅程，面對那些一開始就拋棄了他的人們，他也只會死在那些人之間。」

塞德里克無聲地點點頭。對於格瑞夫特的逃走，他有自己的推測，而這種推測涉及到了一樁隱藏在他心中的罪孽。他只希望自己是錯的。

他們在淺水中穿過來時所經過的蘆葦蕩。卡森認得路，但塞德里克就不認得。這些天裡，塞德里克只覺得他們一直在沒有任何變化的寂靜淺水中行進。卡森會不時對他說：「看，龍在走過這裡的時候，把蘆葦全部踩平了。」或者：「還記得這片有三個烏鶇鳥巢的燈芯草嗎？我們昨天下午剛經過這裡。」

他們來到一片生長在氣根上的矮小灌木中。這裡完全沒有泥土地面，但微弱的水流會將或粗或細的樹枝和雜草推到這些氣根周圍，形成被水浸透的草木墊子。鷂鱷很喜歡棲息在這樣的地方。那種帶有利齒的巨型蜥蜴會成群聚集在這裡打瞌睡。在牠們蒼白的身體上往往帶有鮮艷的藍色和紅色條紋。這種皮膚潮溼的生物，對於龍尤其缺乏反抗能力。大多數生物只要碰到他們的皮膚就會死亡，龍則能夠輕鬆地吃掉牠們。

塞德里克清楚地記得這個地方。昨天龍就是從這裡經過，吃掉了不少鷂鱷，並把剩下的鷂鱷都趕跑了。但今天，這些打盹的怪物沒有逃跑。牠們紛紛抬起頭看著這艘小船，眼睛裡充滿了對食物的興趣。塞德里克向周圍瞥了一眼，想要找到噴毒，卻發現銀龍恰恰選擇在這個時候落後了。「卡森？」他低聲向獵人發出警告。此時兩頭鷂鱷忽然沒入水中，從塞德里克的視野裡完全消失了。

「我看見他們了，」卡森低聲回答道。他從水中抬起船槳。塞德里克也依樣照做，「抓緊小船。牠們也許會想要把小船推翻。這些船可不是那麼容易翻過來的。」他回頭看了一眼落後的噴毒，氣惱地搖了搖頭，「那個小雜種把我們當作誘餌了。他要把鷂鱷從藏身的地方引出來。很不錯，噴毒，真的幹得不錯。」他緩慢地吸了一口氣，穩定住神經，「在座位上坐穩，不要向船邊靠，絕不要把身體探出船外。盡可能不要做任何動作。我們最好儘量顯得更遲鈍，顯得更容易被咬到。」

塞德里克迅速抓緊了座位。鷸鱷還在等待。然後開始有鷸鱷試探著撞擊船底。塞德里克牢牢地抓住座位，感覺到自己的指甲都摳進了硬木中。卡森從自己的座位上轉過身看著他，臉上露出一點緊張的笑容。現在獵人的手中握住了一根短魚槍。塞德里克舔舔嘴唇，又感覺到一次有力的撞擊。隨之小船側面又被推了一下。卡森用唇語對他說：「不要動。」做到這個一點也不難。塞德里克早已被嚇得不會動了。

隨後的一次撞擊將塞德里克這一端的小船頂離了水面。當小船重重地砸入水中的時候，一頭鷸鱷又從側面撞上了小船。小船嚴重傾斜，甚至讓一些水流了進來，不過它終究還是恢復了平衡。一頭鷸鱷從舷側衝過來，卻無法將自己粗大的頭頸探進船中。卡森揚起手，怒喝一聲，將魚槍刺進怪物的脖子。那頭鷸鱷含混地叫了一聲，跌回到水中。在船上留下了一道散發惡臭的黏液。

「抓緊！」卡森的警告非常及時。就在塞德里克抓緊座位的時候，小船側面又遭到撞擊。塞德里克的身體隨著這次撞擊而猛烈擺動，差一點碰到了前一頭鷸鱷抹在船上的毒性黏液。就在這時，一股強勁的氣流擊中了他們，同時濺起大量河水，讓塞德里克全身溼透，也把更多的水潑進了小船裡。

塞德里克又過了幾秒時間，才明白是噴毒過來了。這頭小銀龍真的在天空中飛行了一小段距離，才一頭撞進小船旁邊的接近於泥沼的樹叢裡。冷水將塞德里克肺裡的空氣都擠了出來。他還在不停地顫抖和喘息著，而噴毒已經咬住一頭不斷掙扎的鷸鱷，把獵物從水中舉起來，高興地把牠一嚼兩半。隨著兩段鷸鱷的屍體掉落下去，銀龍又將頭埋進水裡，叼起了第二頭鷸鱷。這一頭鷸鱷被牠咬住了頭，身子還在拚命擺動，將水和毒液甩得到處都是。卡森和塞德里克全都蜷縮在船裡，遮住面孔，直到噴毒合攏雙顎，直到那個怪物的身子垮下來，再也不會動彈一下。

兩個人小心地坐直身子，看見噴毒正在將嘴裡的鷸鱷吞進肚子，然後又探頭入水，叼出了被咬成兩半的第一頭鷸鱷，高高興興地吃了起來。

「盡情享受吧，」卡森帶著挖苦的語氣說道，「我總是很喜歡成為魚鉤上的誘餌。」不過，儘管卡森口中這樣說著，但塞德里克能看出來，獵人覺得龍的策略很有趣，也因此而對這頭龍產生了敬意。當噴毒還在搖頭晃腦地享用著美食的時候，卡森忽然壓低聲音說道：「喔，甜美的莎神啊，不，我可不想發現他變成這種樣子。」

塞德里克看著卡森，然後又順著卡森的目光向遠處望去。格瑞夫特的小船也在這裡。那只船沒有傾覆，但也只是斜靠在一叢灌木旁邊。他們急忙划起船槳，離開了悶頭大嚼的噴毒。

格瑞夫特還在船裡。他將自己的身子卡在船上。鷸鱷沒有能將他晃下小船。但鷸鱷的毒性皮膚碰到了他。他的手臂擔在胸前，已經嚴重地腫脹起來。塞德里克判斷他是想要擋開一頭鷸鱷的攻擊，結果讓自己的皮膚沾到了毒液。

卡森小心地抓住那條小船，將它扶正，低聲說道：「就這樣死了嗎？」

隨著小船的晃動，格瑞夫特的眼睛緩緩睜開，向他們轉過來。看上去，他就像是正在與一種可怕的昏睡進行抗爭。他眼睛周圍也全都腫了起來，讓他只能從厚重的眼皮下面看著他們。

在塞德里克驚恐的注視下，格瑞夫特的嘴唇開始翕動，從那裡傳出含混不清的話語。「拿……到了。」那支腫脹的手臂微微移動，彷彿是要指向什麼東西，「都……沒有……了。再……沒有人……換來……財富了。」

「沒事了，格瑞夫特，沒有事了。」塞德里克努力不去看格瑞夫特的臉。

「格瑞夫特，你想要喝些水嗎？」卡森打開水囊。噴毒出現在兩條小船旁邊。塞德里克不知道這頭龍是在尋找鷸鱷，還是想要吃掉格瑞夫特的屍體。

卡森的問題讓格瑞夫特考慮了很長時間。然後他努力說了一聲：「是。」卡森俯身到另一條小船上，朝格瑞夫特的嘴裡倒了一點水。格瑞夫特將那一點水吸進嘴裡，然後就像一片落葉一樣，他的頭輕輕歪向了一旁。他的眼睛沒有閉上，但卡森已經收回了水囊，將塞子塞好，小心地放回到小船裡。

「他死了。鷸鱷的毒液會導致痲痺。也許要再過一段時間，他的身體機能才會完全停止，但這是無可避免的。一種很恐怖的死法。」

「很恐怖。」塞德里克無力地表示同意。

「那麼，該是清理一下的時候了。」卡森嚴肅地說。

他將兩條小船拉到一起，向船舷上灑水，盡可能洗掉黏在上面的鷂鱷黏液。又走進另一條小船，雙腿跨立在格瑞夫特的屍體上，冷靜地拍了拍格瑞夫特的衣袋，將這名前守護者的腰帶接下來，連同上面的帶鞘匕首一同收起。此外格瑞夫特身上就再沒有獵人認為值得保留的東西了。「幫我抬一下屍體。」獵人說道，塞德里克一言不發地抬起格瑞夫特的腳。卡森抬著肩膀。隨著小艇在腳下晃動，塞德里克咬緊了牙關，和卡森一起將格瑞夫特從船上抬起來。塞德里克希望鷂鱷都被噴毒趕走了，但他還是不想一頭栽進這片水裡。

他們甚至沒有機會將格瑞夫特挪到船舷邊上。噴毒已經探過頭，用大嘴銜住屍體，轉身向遠處大步走去。片刻間，塞德里克看著那頭龍在淺水中一步步行進。格瑞夫特的頭和腳從龍嘴兩邊低垂下來。銀龍每走一步，格瑞夫特的頭都會晃動一下，幾乎就像是在點頭向他們告別。

塞德里克回過頭，看到卡森正俯身在格瑞夫特的小船底部。就像他們的船一樣，這艘小船也進了一些水。卡森正在將水舀出去。而散落在船底的物品也隨之顯現出來。卡森把它們一樣樣拿起，放到座位上晾乾。格瑞夫特的魚槍斷了。卡森看著半截槍柄，懊喪地歎了口氣，「也許槍頭已經在河底的一頭鷂鱷肚子裡了。」

需要整理的東西並不多。格瑞夫特是一個很精細的人。正是他認真整理和保管物品的習慣才讓他的裝備沒有被洪水沖走，保留至今。卡森打開他的帆布背包，向裡面瞥了一眼，然後說道：「船上的麵包在這裡，基本上是乾的。」

在小船底部有一隻很結實的布口袋，已經被水浸溼了。當卡森將它起來的時候，口袋裡傳出玻璃相互撞擊的聲音。「這是什麼？」卡森喃喃地說道。他解開口袋繫繩。塞德里克的心沉了下去。格瑞夫特的聲音還清晰地回盪在他的耳朵裡。他立刻就知道了格瑞夫特要說的是什麼——我拿到了這些東西。現在它們都沒有了。再也沒有人能用它們換來財富了。他已經有許多天沒有查看過自己偷得的贓物。他完全不想去看那些龍血和龍鱗。他本希望格瑞夫特最後那些話的意思，是已經把這些東西丟到了船外，或者是因為其他原因丟失了。但隨著卡森將玻璃墨水瓶和標本罐從布袋中取出來，排列在座位上，塞德里克才明白格瑞夫特的意思。那些容器都空了。盛有龍血的玻璃瓶只是在瓶底上還有一片猩紅色的旋渦。當卡森將那只瓶子翻過來的時候，那片漩渦開始轉動，那是殘存的液體。「這是什麼？」卡森自言自語地問道。

塞德里克一動不動地做著。他覺得自己像一隻兔子一樣蜷縮在小船裡，只希望不會被鷹看到。只是不知道卡森有沒有看出他不正常的樣子。塞德里克看著那些空瓶子。他是最後一個了解這些東西的人。如果他不說，卡森也絕對沒有必要知道他曾經是怎樣一個騙子。沒有人需要知道他是如何欺騙了信任他的人，欺騙了那些愛他的人。

但如果他不說出口，他就仍然是那個騙子。他還會繼續欺騙相信他，愛他的人。包括卡森在內。他開口的時候，聲音彷彿生了鏽一樣。「這些是我的，卡森。格瑞夫特將它們從我的房間裡偷走了。」他清了清嗓子，竭力想要說話，卻無法發出聲音，但最終，他還是吐出了低沉沙啞的話語，「它們都曾經是龍的一部分。賽瑪拉為銀龍包紮傷口時割下的一點腐肉。幾片鱗。其中一隻瓶子盛的是龍血。」他感到有些窒息。他的喉嚨在羞愧中繃緊了。他沒有去看卡森的臉。「我本打算和愛麗絲一同參加這次旅行，取得龍的身體器官，然後我就返回繽城去把它們賣掉。我要把它們賣給恰斯大公。然後我就能擁有大筆財富，再帶著那些錢去找詔諭。這樣我們就可以過上我們喜歡的生活了。」

將這番話說出口之後，塞德里克依舊只是坐定在小船裡，盯著那些小瓶子。他感覺自己彷彿是吐出了某種髒東西。那些髒東西橫亙在他們中間，散發出灼熱的臭氣。他看到卡森的手碰到一隻玻璃容器，又猛地縮回去。卡森的聲音一直都很深沉，有時候，當他抱塞德里克的手臂，同他說話的時候，塞德里克會覺得那些話就在自己的體內震動，從獵人的胸腔到自己的胸腔，就像他用耳朵聽到的一樣真切。但塞德里克從沒有聽到過他像現在這樣深沉的聲音，而這聲音中還帶著困惑的重擔。

「我不明白……難道這不是你對萊福特林的指控嗎？利用愛麗絲，偷取龍肉？還有傑斯……喔。」隨著兩次平靜的呼吸，卡森想通了，「現在我明白了。正因為如此，傑斯才以為你會幫助他殺死芮普妲，對不對？他知道。他以為你和他可以一同屠宰芮普妲，再乘著那條小船返回崔豪格，前往恰斯國。那麼，你們有沒有串通過？」

「甜美的莎神啊，沒有！從沒有過！」塞德里克看著卡森的臉。而他所見到的幾乎要把他的心劈成兩片。卡森的面容變得冰冷，雙眼中的神情無從解讀。他在等待著，等待聽到自己是如何受到了欺騙，如何被當作傻瓜一樣玩弄。他在懷疑塞德里克現在又有什麼樣的計畫。塞德里克只好低垂下目光。「傑斯知道我所做的一切。他那天晚上看到了我返回駁船，看到了我將染血的衣服丟掉。但我……我不知道是為什麼，我從不知道是為什麼。我在那個晚上喝了一點芮普妲的血。你以為我是中毒了。我沒有，但那的確對我造成了影響。我也許和中了毒也差不多。」

他回想起那些日子。現在那些日子已經變得非常遙遠，非常不真實。「有幾次，我醒過來的時候，發現傑斯就在我的房間裡。我以為他是來查看我的身體狀況，就像戴夫威一樣，但現在我知道了，他只是來搜查我的房間。他知道我有這些東西。那一天，我……我殺死他的那一天，他給我看了從拉普斯卡的龍身上取下的紅色鱗片。愛麗絲本來將那片鱗交給我，是要讓我將它畫下來，加入到愛麗絲的日記裡，但後來愛麗絲把這件事忘記了。我便留下了它。傑斯知道有這片鱗，找到了這片鱗。他說他沒有找到其他東西。但我認為他把這件事告訴了格瑞夫特。格瑞夫特找到了傑斯沒有找到的東西。我相信這才是格瑞夫特昨晚乘小船逃走的原因。他不是要返回崔豪格，甚至不是要帶這些東西去恰斯國賣掉。而是要用它們治癒自己，修正他體內發生錯誤的部位。」

隨後是一陣長久的沉默，卡森說話的時候，他的聲音緩慢而謹慎，彷彿是在慢慢建造什麼。每一次他只說一個詞。「但這對他沒有效果。他喝下了龍血，吃掉了龍鱗，但他並沒有被治癒。」

「也許只有在龍的引導下，這些才會有用。抱歉，我一開始就沒有將全部的事實告訴你。」

「你那時還不了解我。」卡森說。他的話語中流露出原諒的意味，但他和塞德里克之間的牆壁並沒有消除。

「不僅如此，」塞德里克頑固地說，「我對愛麗絲做的事情，其實和我對萊福特林的指控完全一樣。我利用她接近龍群，偷取我想要的東西，一切都只為了我的利益。但我卻以完全不同的兩種眼光看待我自己和萊福特林。我以為我可以這樣利用她，同時向她隱瞞一切，這樣她就絕對不會受到傷害。而在我的心裡，我以為萊福特林會毫不在意地對她做這種事。」

他抬頭瞥了卡森一眼。卡森的面孔依然保持著冷漠。「我很愚蠢，卡森。你知道我一開始根本聽不見龍說話。我還以為他們就像是……嗯……像是聰明的牛。為什麼我不能將他們之中的一頭宰掉，出售他的肉？我們一直都在屠宰牛羊。直到我喝了芮普妲的血，能夠聽到她的聲音，我才明白她是什麼，明白他們都是什麼。如果我從一開始就知道，如果我能夠明白，我就會立刻放棄這個計畫。」

「愛麗絲。」

「她怎麼了？」

「你有沒有想過，在你帶上詔諭逃走之後，她又該怎樣？」卡森語音沉重地說道。他的一雙手強壯靈巧，生滿老繭。在他們對話的時候，那雙手還在一刻不停地整理著小船。他整齊地收起船槳，清查了格瑞夫特的全部裝備。只有那些小玻璃瓶還排列在座位上，彷彿正在對塞德里克發出指責。

「想過一點，」塞德里克承認，「不是很多。我想到也許我們能夠讓別人以為我們是落海遇難了，這樣她就會成為詔諭的未亡人。詔諭的一部分錢財和產業都將歸她所有。這足夠她舒適地度過一生了。」他歎了口氣，感覺到由衷的羞愧，「我甚至曾經想像過，如果她在我離開的時候懷了孕，那麼對於所有人都將是最好的結局。她可以有一個孩子作伴，成為芬波克家的繼承人，她將一直控制那個孩子要繼承的財產，直到那個孩子成年。」

卡森已經在另一條小船上做完了所有改做的工作。他蹲在小船裡，一雙深褐色的眼睛在濃眉之下掃視著周圍。那是一雙獵人的眼睛，一直都在尋找，一直都充滿了警惕。周圍又出現了幾頭鷸鱷，正在覬著他們。但這些怪物更多的注意力都在噴毒身上。銀龍已經吃完了屍體，正在用水清洗自己，同時看著那些鷸鱷。畢竟兩頭鷸鱷和一個人類還無法填滿他的肚子。現在銀龍發出的噪音成為了這裡唯一的聲音。

塞德里克發現自己正在凝視著卡森的眼睛。這名獵人謹慎地說道：「我知道你已經將你和詔諭的事情告訴了愛麗絲。你有沒有將這件事也告訴她？關於你來到這裡是為了取得龍肉以賣去恰斯國？」

「不，我沒有。」塞德里克努力不讓自己移開目光，「我沒有這個勇氣。」

卡森用鼻子深吸了一口氣，又緩緩把這口氣呼出來。他將那些小瓶子攏在手裡，遞給塞德里克。塞德里克伸雙手接過它們。卡森坐到了划船橫檔上，解開綁住兩條船的繩子，又拿起一支船槳。「除非你將過去的一切予以結束，否則你不可能有真正全新的開始，塞德里克。」

他將船槳插入水中，讓小船離開塞德里克的小船。噴毒感覺到他們要返回駁船了，便最後一次向鷸鱷群衝過去，卻沒有任何收穫。鷸鱷全都躲進了密集的燈心草根裡。龍沒辦法鑽到那裡去。噴毒沮喪地咆哮一聲，放棄捕獵，跟上了卡森的小船。塞德里克看著他們遠去。獵人和龍都沒有回頭看他一眼。

塞德里克將小瓶子放到船底。它們漂浮在沒有被舀出去的積水中。塞德里克用腳將它們踢到一旁，然後在座位上坐穩，推動船槳跟上了卡森。雨水開始落下來了。

金月第二十七日
商人聯盟獨立第六年
來自艾瑞克，繽城信鴿管理人
致黛托茨，崔豪格信鴿管理人

繽城貿易商議會致崔豪格及卡薩里克雨野原貿易商議會，此為梅爾達和金卡羅恩家族提出之正式要求，我們需要知道柏油人號遠征的具體情況，尤其是塞德里克·梅爾達和愛麗絲·金卡羅恩是否安好。

黛托茨：

很高興得到妳家人的邀請，我會迅速安排好隨後一段時間的工作，請另一位管理人在我出行期間代管我的業務。相信妳一定已經知道，妳的家人歡迎我「停留到任何時候，只要你願意」，但我想就此事徵詢妳的意見。現在這裡的天氣出奇地溫暖且晴好，但我們全都知道，這種天氣不可能永遠持續下去！我知道雨季很快就會籠罩在我們頭頂。我想要趁著天氣還好的時候去拜訪妳，是不是我有些太過急切了？妳想要我在什麼時間來訪呢？

艾瑞克

19

泥濘和翅膀

大概是過了半個上午的時間之後，柏油人不再前進了。萊福特林對此一點也不奇怪。他早就預料到會有這樣的事情發生。昨天一整天，柏油人的腳都牢牢地紮在淤泥河床上，有幾名守護者都因為柏油人的行走動作而暈船了。隨著水面一天天變淺，萊福特林早就開始感到擔憂。他已經吹響號角，將所有小船都召集到駁船旁邊，又派遣他們駛往不同的方向，想要找到水位更深的航路。

小船在傍晚紛紛返回。沒有人帶來任何好訊息。大家都沒有發現明顯的河流走向。水面似乎在所有方向上都一樣淺。將一根草葉扔到船旁邊，它的確會漂走，但幾乎馬上就會消失在距離駁船越來越近的蘆葦叢中。而遙遠地平線上那一點隱約可見的青藍色山丘，聳立於低沉的灰色雲層下面，同樣是那樣遙不可及。

駁船自己停了下來。有一段時間，萊福特林覺得這艘船站在水中努力思考。柏油人的意識向他延伸過來，也許是想要從萊福特林這裡找到一個主意。只是萊福特林的大腦也是一片空白。然後，柏油人輕輕晃動了一下，收起四條腿，倒臥在淤泥中。他背負的整艘駁船就這樣漂浮在水上。一陣哀傷和無奈飄入萊福特林的胸膛，環繞著他的心。他們終於到達了無法前進的終點。但這裡不是克爾辛拉。

「船長？」說話的是船舵旁邊的斯沃格。許多個星期以來，已經沒有人還以為這艘船需要用船篙推進了。柏油人通常都很感謝人類用船篙為他加速，但在這樣的淺水裡，船篙只會拖慢他的步伐。

「休息一下，斯沃格。」萊福特林向他確認。然後這位船長從喉嚨深處發出一聲低吼，緊緊抓住了船頭的欄杆。他感覺到的不僅是愛麗絲走上甲板，來到他身邊。愛麗絲也和他一起將雙手放在船欄杆上。女士的眼睛眺望著他們前方的水面。

這裡沒有河道，只有蘆葦、燈芯草，還有這些植物所喜愛的沼澤包圍著他們。鱗甲光艷的巨龍行走在他們完全不喜歡的泥濘裡。直到昨天，龍群依然裝模作樣地引領著方向。到了今天早晨，他們在大部分時間裡只是緩慢而猶疑地邁著步子。他們越來越深入這片無邊無際的溼地。沒有人因此而感到高興。但他們又沒有其他地方可去，只除了……

「我們要回去嗎？」愛麗絲輕聲問。

萊福特林沒有回答。兩隻紅色的蜻蜓從他們身邊飛過。蜻蜓的翅膀發出微弱的振動聲。牠們在附近的蘆葦叢中飛舞幾下，疊在一起落到一隻蘆葦穗上。更遠處，萊福特林聽到一陣非常微弱的鷹嘯聲。他抬起頭瞥了一眼，但陰雲讓他看不到一絲天空。龍淒涼地圍繞著駁船來回走動。萊福特林懷疑他們是不是在尋找一些獵物。青蛙？小魚？隨著水面變淺，食物也變得越來越稀少，越來越不容易捕捉了。大家全都很餓。守護者們在自己餓肚子之餘，還會感覺到龍的饑餓。

「去哪裡？」萊福特林問。

「也許去另外一條支流？」愛麗絲小心地提出這個建議。

「我不知道。」萊福特林承認，「我希望柏油人能夠更清楚地告訴我。我不認為另外一條支流會是正確的答案，但我畢竟什麼都不知道。」

「那麼……我們該怎麼做？」

萊福特林不高興地搖搖頭。他有的全是問題，卻沒一個答案。他所在意的每一個生命，都迫切地需要他給出答案，或者至少做一個合理的猜測。現在他對自己已經沒有了半點信心。他們進入這條支流的時候，他是不是猜錯了？但他其實沒有做任何猜測，他只是聽從了自己的活船。柏油人似乎對此充滿了信心。但現在，他們被困在了這裡。河流沒有了。他們還有足夠的水，但水淹沒了所有土地。他根本猜不出這些水是從哪裡來的。也許有一百萬條小溪匯聚到了這裡。也許它們只是淤積在這個巨大的淺盆地中。這些對他們而言，其實都無所謂。

另外，在過去數天中，遠征隊成員的情緒也越來越糟。也許他們在一起的時間實在是太久了。也許是那場洪水的襲擊及其損失，嚴重摧毀了他們的士氣，讓他們無法再振作起精神。也許全都是因為現在這種陰沉的天氣。萊福特林不知道他們的情緒到底受到了哪些因素的影響，但無論是守護者還是船員，全都生活在極度壓抑的氣氛中。從卡森和塞德里克帶回小船和格瑞夫特的死訊之後，萊福特林覺得這種情況就開始了。卡森將訊息告知眾人的時候，他們正坐在甲板上，吃著數量可憐的配給食物。卡森冷冷地講述了事情的經過，對於將屍體餵給自己的龍，他沒有道歉，也沒有解釋。沒有人對此向他提出質疑。也許對於守護者們，這是一種理所當然的結局。塞德里克看上去意志消沉，彷彿深受打擊。也許他終於看到了太多慘劇。也許是他的繽城人軀殼碎裂了，從裡面流露出了一些真正的人性。卡森做完報告之後，鄭重地將被偷走的航船麵包還給萊福特林，然後宣布他要去睡一下。但萊福特林感覺他的老友臉上的倦意，並非是睡眠可以緩解的。

萊福特林看著卡森倦怠的面孔，還有塞德里克充滿愧疚的表情。心中彷彿忽然明白了什麼。天哪，真是該死，這個繽城花花公子和卡森完了。而他的獵人因此受到了很沉重的打擊。卡森不應該有這樣的命運。

但他們又有誰應該落得這步田地呢？

格瑞夫特的死訊壓抑了所有人的精神。守護者們，甚至是刺青和哈裡金都沒有任何高興的表情。刺青看上去彷彿覺得自己是一個罪人。而潔珥德整晚坐在左舷的船欄杆後面，無聲地哭泣。一段時間之後，諾泰爾走過去，坐到她身邊，低聲和她說話，直到潔珥德將頭靠在了他的肩膀上，接受了他的撫慰。

這是另一件萊福特林不得不思考的事情。貝霖早就和斯沃格說過，她要和那些女孩們談談。斯沃格也將貝霖的話轉述給了萊福特林，萊福特林則希望貝霖這樣做。那個女孩在流產和失去孩子的哀痛之後能夠安然無恙，他感到很寬慰。他甚至拒絕猜測這對於貝霖和斯沃格又是一種多麼嚴重的打擊。他已經忘記貝霖曾經有多少次懷孕了，但貝霖至今為止都沒有能生下一個孩子。

格瑞夫特的小船在柏油人號的甲板上空放了兩天之後，萊福特林才明確地命令博克斯特和凱斯分發狩獵裝備，使用他們。這不是他的權責所在，但他們都服從了他的命令，能夠讓一些守護者出去狩獵，至少要比讓一整隊人無聊地待在甲板上好得多。

「我們已經失去了進取之心，」愛麗絲彷彿在回答他的想法，「我們所有人都是。」

「就連龍也是？」

「龍已經改變了。至少我看到他們發生了改變。在從那場洪水中生存下來以後，他們變得更加獨立。也許這是因為我們大多數人能夠活過那場洪水全都是被他們所救。發生那一次角色的反轉以後，他們似乎就不再那樣依賴我們的侍奉了。他們之中有一些變得更加傲慢，另一些幾乎對自己的守護者視而不見。當然，最令人驚歎的改變，還是發生在芮普妲和噴毒身上。」

「我們必須承認，他們從需要守護者每天催趕的笨拙野獸，已經成為最確定無疑的龍。那個叫噴毒的小雜種，自從發現自己能夠噴出毒素以後，對於她自己和他身邊的每一個人都變得非常危險。他的理智總是被欲望所壓倒，而且無論是誰想要糾正他，都只會承受他的凶惡脾氣。我寧願他還和以前一樣。我很感謝卡森願意站出來為他負責，如果有誰能夠勝任這份工作，那就只能是他，但就算是他，也沒辦法永遠按住這口噴出蒸汽的熱鍋。噴毒遲早會傷害到別人。」

一隻鷹正在遠處盤旋。有幾頭龍向那裡望去。萊福特林不知道他們是不是羨慕那隻能飛上高空的鳥，也不知道自己是否應該調轉船頭，去尋找更深的水域。如果那樣，龍群會跟隨他嗎？或者他們會繼續在這片泥沼中行走，尋找一條通向乾燥土地的道路？他又向天空瞥了一眼，不知道自己是否應該希望大雨落下。充足的雨水能夠將駁船抬升起來，這樣他們就可以繼續前進了。但那樣也會抬高淹沒龍群的水位。在沒有乾燥土地可以休息的情況下，他們還能支持多久？萊福特林將心中的憂慮和恐懼盡數推開。「明天早晨，我會做出決定。」他對愛麗絲說。

「要到那時候？」愛麗絲抬起頭看著他的臉。萊福特林看到了自己對這個女人的改變。那不是她變粗糙的頭髮，也不是她臉上更多更深的雀斑。萊福特林看到的是她的那雙眼睛。現在那雙眼睛裡有疑問，但沒有恐懼。一點都沒有。

「直到那時，親愛的，我們會平安無事的。」

賽瑪拉坐在愛麗絲昏暗的房間裡。她問過愛麗絲是否願意將這個房間借給她一個小時。愛麗絲欣然應允。她以為賽瑪拉是想自己一個人洗個熱水澡。但這不是賽瑪拉要做的事情。她反而是求希爾薇和她一起來到了這個房間。

「我不知道能幫什麼忙，賽瑪拉。這裡幾乎就像黑夜一樣黑。」

「我們已經完全沒有蠟燭了。貝霖說，如果獵人能帶回有油脂的野獸，她就能用燈芯草做一盞油燈。但在那以前……」賽瑪拉聽到了自己的聲音。為什麼她說話的速度這麼快，嗓音這麼尖。希爾薇可能也會聽出她的恐懼了。

「那就讓我看看妳的後背，賽瑪拉，看看它的情況如何。我知道妳不喜歡人們因為妳的事大驚小怪，但如果那裡真的感染了，而且感染了這麼長時間，嗯，妳的確需要有人幫妳打開傷口進行清洗。妳不能讓它一直這樣惡化下去。」

希爾薇不停地說著話。賽瑪拉此時已經脫掉襯衫，又解開了自己纏在胸口上的布。經驗告訴她，撕掉貼住傷口的繃帶越快越好。她深吸一口氣，然後猛地把那塊布扯下去，同時又不由得尖叫了一聲。從她背上的傷口滲出的液體彷彿從不曾停止過。繃帶當然也因此被緊緊黏在了傷口上。希爾薇同情地驚呼了一聲，然後就切中實際地問道：「妳是怎樣處理傷口的？」

「我儘量每兩天清洗一次傷口。但有時候很難找到私密的地方。」

「妳用的是熱水，還是就站在河裡？」

「通常只是站在河裡。我會洗淨纏傷口的布，然後用一點水擦擦傷口，再把繃帶繫好。」

「我在這邊什麼都看不見。轉一個方向，讓小窗戶裡的光線能照到它……喔。」希爾薇有些冰涼的雙手按在賽瑪拉赤裸的肩膀上，讓她在愛麗絲狹小的房間裡轉過身。

希爾薇先是沉默了一段時間，然後突然又驚呼了一聲。這讓賽瑪拉更感到不寒而慄了。「情況有多糟糕？」賽瑪拉著急地問道，「快告訴我。」

「嗯。」希爾薇顫抖著吸了一口氣，「這不是傷口，賽瑪拉。也許這一開始是傷口，但它現在不是了。它是一種變化。默爾柯曾經和我說過，當人類的皮膚和血肉敞開的時候，龍的影響就會變得更加強烈，甚至要超過龍本身的用意。他會和我說這件事，是因為我有一天割破了手。當我那天去照顧他的時候，他說我應該遠離他一至兩天。」

賽瑪拉竭力讓自己的呼吸平穩下來，卻又做不到。「什麼樣的變化？」

「嚴格來說，我也不知道。我要碰一碰妳的傷口了。我不希望讓妳感到痛，但我必須這樣做。」

「做吧，我們總要知道，希爾薇。」賽瑪拉竭力表現出聽天由命的樣子，但她的聲音中還是難免流露出一絲怒意。

希爾薇並沒有因為她的反應而慌亂。「我知道妳不是在生我的氣。站直不要動。」

賽瑪拉感覺到希爾薇的一隻帶著鱗片的清涼小手從她的頸後滑下來，沿著她的脊椎一直落到她的後背中間。

「這樣不疼嗎？很好。看樣子這裡全都是完好的皮肉，不過這裡的鱗片也很多，而且……我不知道……這裡和人類後背的樣子不同，好像這裡出現了更多的肌肉或別的某種組織。現在，我要碰它的兩邊了……」當希爾薇把手拿開的時候，賽瑪拉吸了一口氣，身子劇烈地哆嗦了一下，「嗯，這裡有兩道，唔，疤痕。它們是對稱的。每一道有我的手掌這麼長，全部都凸起在妳的背上。還有……請再次站直。」

賽瑪拉又感覺到了希爾薇清涼的雙手。當希爾薇捏住了什麼東西，賽瑪拉突然叫喊一聲，向前彎下身子，緊咬住牙，用力閉起了眼睛。一種火燒火燎的劇痛從希爾薇碰到的地方擴散開來。希爾薇說話的時候，彷彿她也是咬緊了牙關。「抱歉，賽瑪拉。非常抱歉。我不應該這樣做，看起來，妳有一點流血了。但這裡……妳的這兩道疤痕裡好像有東西。」

「有什麼？髒東西嗎？腐爛了嗎？」

希爾薇深吸一口氣。「不，是某種正在生長的東西，好像有骨頭，嗯，有一些像是手指。賽瑪拉，妳應該去找貝霖或者愛麗絲，甚至可以去找找默爾柯。他們都比我知道得多。他們有可能會告訴妳做。這情況很糟，真的很糟。」

賽瑪拉沒有再纏上繃帶。她直接將襯衫套在頭上，拽下來遮住身子，完全不在乎這種大幅度的動作會給自己造成怎樣的痛苦。「不要告訴別人！」她嗓音沙啞地對希爾薇說，「求妳，希爾薇，不要告訴別人。不要告訴任何人。先讓我好好想一想。」**再和那頭該死的龍談一談**，「答應我，妳不會告訴任何人。」

「賽瑪拉，妳終究要讓別人知道妳的狀況。我們必須對妳採取措施。」

「不要說，希爾薇，求妳，不要說。」

希爾薇咬住了牙。「好吧。我不會說的。」

但就在賽瑪拉鬆了一口氣的時候，希爾薇又說道：「我**暫時**不會說。我會等一天。只有一天。然後我就去找貝霖。妳不能對妳的問題視而不見，賽瑪拉。它是不會自行消失的。」

「我不會視而不見的，我答應妳。只要給我一天，希爾薇，只要給我一天。」

「愛麗絲，我必須和妳談談。妳有時間嗎？」

塞德里克的態度顯得非常鄭重其事，這讓愛麗絲不由得感覺有些奇怪，正坐在廚房餐桌旁的，她從自己的筆記上抬起頭。此刻她還要顧著另一件事——早晨時，博克斯特用網捉住了好幾隻小鴨子，愛麗絲已經將大部分鴨子都收拾好，放進了鍋裡，現在鍋裡的水已經開始微微沸騰了。只有最後兩隻鴨子，一公一母，被愛麗絲小心地放到桌子上。她正在為牠們畫素描，並記錄下牠們的大小，色澤和自己從這些鴨子的胃裡發現的食物種類。愛麗絲還從沒有見過這樣的鴨子。公鴨子頭頂生著亮藍色的羽冠。現在愛麗絲的彩色墨水幾乎都已經用光了，所以她只能在自己的素描旁邊記錄下這種特別的羽毛色彩。塞德里克的問話讓她帶著疑問神情抬起頭。塞德里克突然又說道：「我會為妳畫圖。妳只要和我說一聲就好。」

「嗯。有時候，開口求人要比自己做事更困難。」愛麗絲的話音有些生硬。她看著塞德里克，非常希望能看到她那位舊日的老友。不知多少次，愛麗絲已經忘記了他。又不知多少次，愛麗絲在深夜醒來，或者在忙碌的工作中偶有停頓的時候，回想起過去的一些事情，再加上塞德里克告訴她的事實真相，她都會不由自主地咬緊牙齒。

現在愛麗絲才知道詔諭的真相，而她的熟人和朋友們對此都早有了解。他們不僅清楚詔諭是什麼人，肯定還都知道詔諭和塞德里克的關係——這一點實在是太過明顯了。而這些曾經只有愛麗絲懵然不知的祕密，現在全部成為了紮在她心頭的倒刺。現在愛麗絲明白了，自己在原先的生活中是多麼被人輕視。她曾記得貿易商年輕的妻子同情地向她詢問懷孕的事情時，菲爾頓被酒嗆到的樣子。愛麗絲本以為那是因為菲爾頓為妻子的問題感到尷尬。現在她才明白，菲爾頓當時是在努意壓抑自己的笑意——因為想到愛麗絲竟然會和詔諭同床，他一定覺得很滑稽。這段記憶和它剛剛顯露出來的真相，轟擊著看向塞德里克的愛麗絲。當時塞德里克也在那場宴會上，而且就坐在詔諭的左手邊。

面對愛麗絲的目光，塞德里克彷彿感覺到和愛麗絲心中同樣的寒意。他抿起嘴唇，許久沒有說話，然後他搖了搖頭，像是要否認什麼事情。「愛麗絲，我需要和妳談談。」他又將剛才的話重複了一遍。

愛麗絲歎了口氣，將手中的鉛筆放下。「我在聽。」

塞德里克看著那兩隻僵硬的小鴨子屍體，鼻子抽動了一下。愛麗絲聽到外面響起一點聲音。開始下雨了。無數雨滴落在了船周圍的水面上。塞德里克走到廚房門前，將門用力關緊。然後他坐到了餐桌對面，將一隻破舊的帆布袋放到桌子上，將雙手疊放在一起，認真地說道：「等我說完之後，妳對我的印象將變得更加惡劣。但妳也能夠得到關於我的行為的一切解釋，這本就是妳應該知道的。我向妳隱瞞的一切，妳都將知曉，我將再沒有需要向妳道歉的事情，再沒有害怕妳會發現的祕密。」

愛麗絲將兩隻手握在一起。「在開始交談時聽到這樣一番話，不會讓人感到安心。」她的心中已經生出了恐懼。

「的確不是。聽我說，愛麗絲，當詔諭命令我必須陪同妳到這裡來的時候，我非常氣惱，感覺受到了傷害，因為他這樣做只是為了懲罰我替妳說話。我曾經向他堅稱，只有允許妳前來雨野原河，才是公平的做法。我提醒他，他不止一次同意將這一點作為你們婚姻協議的一部分。」說到此，塞德里克停頓了很短一點時間，愛麗絲並沒有因為他的這番話顯示出任何情緒的波動，於是塞德里克繼續說道，「當我知道，我已經無可逃避，只能跟妳來看妳那些『該死的龍』時，我想起數個月之前一名恰斯商人曾經來找過詔諭和我。他非常謹慎地向詔諭建議，可以聯絡雨野原貿易商，獲取巨龍的器官。」塞德里克抬起頭，看著愛麗絲的眼睛，「妳知道，恰斯大公現在年老多病，他一直在尋找能夠延長壽命，恢復健康的靈藥。」

愛麗絲平靜地說道：「我很清楚他願意出大價錢購買這種東西。」

塞德里克又低下頭。「我聯絡了那個恰斯商人，告訴他我要去哪裡。他向我提供了我所需要的物品。盛放和保存標本的瓶子。一份最急需的巨龍器官清單。」塞德里克突然昂起下巴，堅定地說道，「我陪同妳進行這次遠行，其實是決意要取得那些器官。我打算用它們掙一筆大錢，然後說服詔諭離開妳，和我一起走。」

愛麗絲一動不動地坐著，等待塞德里克說下去。

「我指控萊福特林要實行的陰謀，實際上我都做了。我利用妳接近龍群，取得鱗片和龍血，甚至在賽瑪拉清理銀龍的傷口時，我還趁機偷得了小塊的龍肉。我將它們都藏在了我的房間裡。」塞德里克一邊說，一邊將手伸進帆布口袋，拿出幾隻小玻璃瓶，放在桌子上。其中一隻瓶子上還能看到紅色的血漬。「我打算把它們帶回繽城，和那名恰斯商人見面，換取財富。」

說到這裡，他停住了。

片刻之後，愛麗絲意識到塞德里克是在等待自己的回應。她拿起一隻空瓶子，在手中轉動。「你用它們做了什麼？」

「是格瑞夫特從我這裡偷走了它們，帶著它們乘小船逃走。現在這些東西都沒有了。」塞德里克指了指空玻璃瓶。愛麗絲壓抑下一陣顫抖，將手中的瓶子放回到桌面上，發出「篤」的一聲輕響。

「你為什麼要現在告訴我這件事？」

塞德里克停頓一下，才不情願地說道：「是因為卡森。他說我需要結束過去，才能有一個新的開始。這也是我過去的一部分。」

「你要和我做個了結。」

「不。不，絕不是這樣。我不想失去妳，愛麗絲。我知道這也許不可能，但我想要重新成為妳少年時那樣的朋友。我要做回那樣的人。希望妳能明白我的意思，即使妳對我已經沒有了原先那樣的情誼。因為各種原因，我從妳的朋友變成了欺騙妳的人，甚至為了接近龍而利用了妳。我不想再做那種人了。我將一切事實告訴妳，其目的就是為了摧毀那個人。如果是原先的塞德里克，他一定會把那個人的種種罪行都告訴妳，那樣的他才是妳真正的朋友。」

「你所指的是：被詔諭找上之前的那個塞德里克，在詔諭找上我們兩個之前的塞德里克。」愛麗絲抬起手揉搓著額頭。這讓她能夠暫時遮住自己的眼睛，暫時讓自己的世界裡只剩下自己一個人。將一切罪責都推到詔諭頭上，並不公平。真的不公平嗎？她和塞德里克都曾經擁有自己的人生，直到詔諭以那樣一種怪異的方式加入進來。愛麗絲試著去回憶自己曾經對塞德里克的想像。在許多年以前，他們還過著各自的生活時，愛麗絲常常會親切地想起塞德里克，微笑著將自己少女的眷戀依附在他的身上。每當她在市場上，在拜訪共同的友人時偶爾見到他，她總是會感覺到喜悅在心中跳動，也總是會熱情地向他問好。

愛麗絲慢慢地意識到，塞德里克的存在，曾經是她和詔諭的婚姻中唯一能讓她感到高興的事情。她試著去想像過去幾年中，如果沒有塞德里克會是什麼樣子。如果她孤身一人在那場婚姻中面對詔諭，如果塞德里克不曾居住在他們的房子裡，如果沒有了他的體貼呵護和在飯桌上的閒聊，那麼愛麗絲又會是什麼樣子？愛麗絲記得每次都是塞德里克向詔諭提出建議，該為她選擇怎樣的禮物。是塞德里克幫助她取得了那些卷軸和書籍，用以慰藉她沉悶的生活。從某種角度來說，愛麗絲和塞德里克是兩隻落進同一個陷阱的動物。如果說塞德里克要為愛麗絲落入詔諭的手心負責任，那麼他至少一直在盡心竭力減少愛麗絲所承受的苦悶。

而且正是塞德里克幫助愛麗絲贏得了這次雨野原之旅的機會。他也為此付出了可怕的代價。

正是這一連串的事件，讓愛麗絲找到了萊福特林，讓她同時找到了自己的愛情和人生。

愛麗絲用指尖碰了碰那只被染成紅色的瓶子。然後她一皺眉頭，向前俯過身，拿起了旁邊的一隻瓶子。這只瓶子要比其他玻璃瓶都大一些。那裡面似乎有什麼東西閃爍了一下。愛麗絲將它舉到廚房視窗的陽光中仔細觀察，又將它晃動了一下。瓶子好像是空的。但愛麗絲確信，那裡面一定有東西。

愛麗絲隨後的動作把塞德里克嚇了一跳。她將瓶子用力砸在餐桌上。玻璃碎片四散紛飛。塞德里克下意識地用雙手遮住面孔。「抱歉。」愛麗絲喃喃地說道。她也被自己的衝動嚇到了。她小心地用手指撥開碎玻璃，露出瓶底，拈起黏在瓶底的一小片邊緣呈紅銅色的鱗片，將它舉到陽光下。這片鱗幾乎是透明的。

「一片鱗。」塞德里克說。

「是的。」

愛麗絲用一塊抹布將碎玻璃聚攏起來，掃進裝有水鳥肚腸和羽毛的垃圾桶裡，然後又從褲子口袋裡拿出那枚項鍊盒。

「妳還留著它？」塞德里克很是吃驚。

「是的。我不知道是為什麼。也許是為了提醒我，自己曾經有多麼愚蠢。」愛麗絲從低垂的睫毛下面向塞德里克瞥了一眼，「但也許你比我更需要這種提醒。」

她打開項鍊盒。詔諭看著他們兩個人。那種目空一切的微笑，在他們的眼中已經無所謂英俊，只是流露出冰冷的嘲諷。愛麗絲將那一束用絲線繫住的黑髮拿出來，像放置她從水鳥肚子裡清理出的腸子一樣放到一旁。然後她又抽出剛才用來割開水鳥肚子的小刀，插到詔諭的小肖像下面，撬起那幅畫像，也把它拿出來，再將紅銅色邊緣的鱗片放入項鍊盒中，把盒子關上。**永遠**——項鍊盒上雕刻著這兩個字。愛麗絲把它托起來，遞給塞德里克，同時向塞德里克說道：「永遠。」

猶豫片刻之後，塞德里克從愛麗絲手中接過項鍊盒，把它托在手心裡。然後他戴上了這條項鍊，把項鍊盒放到襯衫裡面，也說了一聲：「永遠。」

愛麗絲站起身，這樣塞德里克就不會看到她眼睛裡的淚水了。結束自己的過去，乾乾淨淨地有一個全新的開始，真的是那麼簡單嗎？她揭開煮鴨子的鍋蓋，攪了一下鴨湯。湯幾乎沒怎麼沸騰。愛麗絲不得不請守護者們不斷出去，將一切能當作燃料的東西給她帶回來，否則他們今晚就不會有煮熟的肉可以吃了。愛麗絲又打開小火爐，皺起眉看著裡面即將熄滅的灰燼。「我們需要染料。」她下意識地說道。

「這裡有一些可燒的東西。」塞德里克將那一張小肖像畫扔進火中。之前他將那張畫撿起來，看著它——這些愛麗絲都沒有發現。現在那一小張畫落進火灰裡，騰起一點火苗，迅速地蜷曲，而後變黑。「還有。」隨著塞德里克的話音，詔諭那一小卷黑色的頭髮也落進爐膛裡，開始變成焦黑色。煙氣從爐子裡竄出來，愛麗絲急忙關上了爐門。

「喔，這可真臭！」愛麗絲喊道。

塞德里克嗅了嗅，「他就是這樣，不是嗎？」

愛麗絲捂住口鼻，忽然在手掌後面大笑起來。讓她驚訝的是，塞德里克也開始和她同聲大笑。突然之間，他們的笑聲充滿了整個廚房。莎神知道，他們已經多久沒有這樣過了。笑著笑著，塞德里克一下子又哭了起來。愛麗絲的手臂環抱住塞德里克，她發現自己也在哭泣。「一切都會好起來的，」她對塞德里克說，「一切都會好起來的。我已經得回了你，我的朋友。我們都會好起來。」

希爾薇走出房間之後，賽瑪拉又在黑暗的房間裡哭了一會兒。哭泣很愚蠢，也沒有任何用處，但她還是哭了。當她確信自己的眼淚都已經流光，自己的哀傷都被憤怒遮蔽好之後，她離開愛麗絲的小房間，去尋找辛泰拉。

她來到船頭欄杆後面，看到了那些龍。他們都在距離駁船不遠的地方。一些龍趴伏著擠在一起，把頭放在身邊龍的背上。現在他們看上去很友好，很平和，但賽瑪拉知道真相是什麼。這些龍只有這樣才能使四足得以休息，同時不會在睡覺的時候讓頭沒入水中。辛泰拉還沒有睡著。她正在一片蘆葦當中緩步移動，不住地觀察水面。也許她是希望能發現一隻青蛙或者一條魚，或者任何有肉的東西。最近的降雨將龍的身子都沖洗得很乾淨。下午的陽光穿透烏雲，照得辛泰拉閃閃發亮。儘管心中還燃燒著怒火，但賽瑪拉禁不住還是會為這頭龍的美麗感到驚歎。

光線在辛泰拉藍色的鱗片上跳動著。她轉動頭顱的時候，她的身上就會蕩漾起一道道優雅而又危險的肌肉條紋。雖然體型巨大，她在水中的移動的時候卻沒有半點聲音，就彷彿她也是水做的一樣。**美麗的殺手**，賽瑪拉心中想。巨龍自然而然地散發出強大的美麗，湧過賽瑪拉全身。現在賽瑪拉對這種感覺已經很熟悉了。這頭藍龍真是賽瑪拉見過的最可愛的生物。

賽瑪拉拚命地尋找並抓住自我，這更讓她感到憤怒。是的，辛泰拉是這個世界上最美麗的生物，卻也是最無情，最自私，最殘酷的生物！賽瑪拉讓自己擺脫巨龍的魅惑，然後才抓緊柏油人的欄杆，翻到船外。

守護者的小船就綁在柏油人的繩梯下面。但賽瑪拉沒有登上小船。柏油人號實際上已經擱淺了。這裡的水面最高也只到賽瑪拉的腰間，淺的地方才到她的膝蓋。**這麼點水，不多不少，剛好把我們困在這個悲慘的地方**，賽瑪拉心中想道。她直接跳進了水裡，結果雙腳立刻陷入比她預想中更深的淤泥中。這讓她的心中感到一陣慌亂。但水面畢竟連她的腰都沒有碰到。於是她又將這一點恐懼也放進自己的怒火之中。她不打算嗚咽哭訴。這次不會。也許再也不會了。

賽瑪拉抬起頭望過去，看到辛泰拉還在狩獵。於是她徑直向藍龍走去，到了那片蘆葦旁邊，她絲毫沒有放慢腳步，完全不在乎自己攪渾了水，嚇跑了饑餓的龍正努力尋找的獵物。辛泰拉有沒有想過她身上的變化？賽瑪拉對此表示懷疑，辛泰拉根本不曾認真考慮過自己的所作所為，對她和其他人類會有什麼樣的影響。

「不要搗亂！」巨龍向逼近的賽瑪拉低聲說道。

賽瑪拉故意攪亂水面，直到她站在這頭被激怒的龍的正前方。辛泰拉高昂起頭，俯視這個女孩，微微張開翅膀。「妳到底是出了什麼問題？這裡本來就沒有什麼值得狩獵的東西，妳把這裡的魚和青蛙都趕走了！」

「我的問題都是妳造成的！妳到底對我做了什麼？」

「我？我什麼都沒有對妳做！」

「那麼這是什麼？我身上的這處變化是怎麼回事？」賽瑪拉憤怒地掀起襯衫，將後背向辛泰拉露出來。

「這些，喔，這個還沒有完成。」

「什麼沒有完成？希爾薇說我好像是在背上的疤痕中生出了手指！」

「手指！」龍銅號一般的話語聲中充滿了興致，「手指？不，是翅膀。過來，讓我看看。」

賽瑪拉震驚得一步都邁不動。翅膀。翅膀。這個詞突然變得讓她完全無法理解，對她沒有任何意義。翅膀。她的背上有翅膀。「但我是一個人類。」她愚蠢地說。她能感覺到龍的呼吸噴在了自己赤裸的肌膚上。

「現在妳還是人類。但是當妳完成了變化，妳就會成為古靈。擁有翅膀的古靈。如果我的記憶沒有錯，妳將是第一個。現在這對翅膀還不成熟，不過……妳能活動它們嗎？妳有沒有試過活動它們？」

「活動它們？我甚至不知道我長出了它們！」賽瑪拉剛才哭了很長時間，她為自己的醜陋流乾了每一滴哀傷的淚水。但那些哭泣又算是什麼？她馬上就要變成一個畸形的怪物了。她將永遠不敢向任何男人，不，是不敢向任何人露出自己的後背。她的背上長出了手指。但那不是手指。它們是翅膀。這頭愚蠢的龍讓它們生長出來，甚至沒有求得她的許可。而現在這頭龍只是在想著它們會不會動！

淚水再一次向她的眼睛裡湧過來。她不知道那淚水是為了什麼。恐懼？憤怒？她的心在狠狠地撞擊著肋骨。

「試著動一動它們。」辛泰拉堅持說著。藍龍女王的聲音裡沒有半點關懷，只是充滿了好奇。賽瑪拉感覺到自己赤裸的背上拂過一陣氣流，不由得顫抖了一下。突然間，她能感覺到有什麼東西正在自己的背上抽搐。

「那是什麼？」她高聲喊道。她感覺正有什麼東西從自己的身體裡面掙扎出來。她的脊背很痛，就好像扭到了腰，或者是扭傷了手指關節。有一些連在她脊柱上的東西正在痙攣，受到痛苦的擠壓。她拚命扭動身子，驚恐地感覺到一股溫熱的液體從背上滑落下來。很快的，她的背出現了一整片沉重的潮溼感。

「到底出了什麼事？」賽瑪拉叫喊著。現在她一下也不敢動，但她不能這樣一動不動地站著。她伸手到肩膀後面，摸到了某種東西——那就像是被包裹在溼衣服裡面的幾根小棍子。「不！」在她淒厲的喊聲中，她的身體因為驚駭而劇烈地抽搐。她感覺到另一側的翅膀也從身體裡掙脫出來。「不！」這一次，她的聲音變得虛弱了。她想要用雙手捂住臉，卻發現自己正盯著被染上一層淡淡血跡的手指。她的身體在不停地顫抖著。這是一個錯誤。她背上的東西正在不停地抽搐，抖動。它們是她的一部分，無論多麼奇異詭譎，都是她的一部分。她能夠透過它們感覺到夏日的風，感覺到辛泰拉興致勃勃的鼻息。這時藍龍女王說道：「嗯，我本來預料還會更好一些。」

「我根本什麼都沒有預料到！」賽瑪拉向藍龍喊道，「妳怎麼能這樣對我？為什麼妳要對我這麼做？」

「這不是我想要的！」龍承認了。這一刻，她幾乎顯得有些慌亂。然後憤怒又占據了她的話語，「如果妳一定要知道的話，這是妳自己做的。妳很不小心。當你將銼刀蛇從我身體裡拔出去的時候，我的血濺到了妳身上。一定有一些血進了妳的嘴裡。從那時起，我就能夠更加強烈地感覺到妳。而妳對我的感覺一定也變得更清晰了！妳怎麼可能對此毫無察覺？」

「我還以為那只是……只是守護者和龍之間的感覺。但妳為什麼又要對我做這種事？」

「我沒有。我那時還不想改變妳。我還沒有那樣的打算。通常一頭龍在選擇接受古靈的時候，都會非常挑剔。這種改變是一種巨大的榮譽，只應該賜予那些最忠誠、最熱忱和最聰明的人類。在古代，人類會為了得到一頭龍的眷顧而奮力競爭。他們可不會將照顧一頭龍當作是卑微繁重的工作！」

「那麼為什麼妳要這樣做？為什麼？」淚水從賽瑪拉的臉上滾落下來。他們的聲音傳到了很遠。賽瑪拉聽見守護者雜亂的喊聲，聽見了龍群低沉的吼聲。她不在乎，她完全不在乎其他人是不是正站在柏油人號的甲板上看著他們，不在乎其他龍是不是受到了打擾，都靠近過來要看看到底她們在爭吵什麼。這是她和辛泰拉之間的事情，她打算今天就把這件事講清楚，徹底講清楚。

「是妳開始了妳的改變！妳作夢都想要飛行，在這件事上，妳的願望比我還要強烈！我甚至沒有想過要改變妳。當默爾柯向我指出妳正持續發生變化的時候，我對妳有了憐惜。就是這樣。妳應該感謝我！當這雙翅膀最終成形的時候，它們會非常美麗，幾乎就像妳的身體一樣美麗。而我，我將得到第一個擁有翅膀的古靈！其他任何龍都不曾創造過這樣的生物。」

賽瑪拉扭過脖子，想要看到自己肩膀後面的樣子。龍的語氣顯得非常喜悅。這雙翅膀真的很美麗嗎？她是否應該感到榮幸，而不是將自己看做怪物？無論她怎樣努力地扭頭，她也只能看到一點潮溼的翅膀尖端——那讓她想起了被雨水浸透的陽傘。她小心翼翼地將雙手探到背後。翅膀。她感覺到緊繃在骨頭和軟骨上的皮膚。但最奇怪的還是當她撫摸那雙翅膀的時候，她能感覺到她自己，就像她在摸自己的手一樣。

她鼓起勇氣抓住它們，想要將它們從身體裡拽出來。不，不，這就像是以錯誤的方式扳動手指。她抽動肩膀，下意識地將自己的雙翼緊緊收疊在背後。是的，它們緊貼在她的背上，不過不再像原來那樣被封閉在皮膚裡面了。它們覆蓋在背上的感覺很服貼，就像辛泰拉或者是鳥雀收在背上的翅膀。

「它們……它們還會再長大嗎？」賽瑪拉大著膽子問道，「我將來能夠飛行嗎？」

「飛行？不要犯傻了。不。它們太小了。不過它們會變得很可愛，就像我的一樣可愛。所有人都會羨慕妳的。」

「為什麼它們不能長大？為什麼它們不能大到足以讓我飛起來？我想要飛行！」

「為什麼妳竟敢索取沒有被賜予的東西？」剛剛為自己的造物感到驚異的龍，現在又開始憤怒了。但賽瑪拉覺得她在質問中流露出了自己真正的想法，「當我還不會飛的時候，妳卻能飛？」

「也許因為只有這樣，才能證明妳對我的改變是有用的！」

「妳會很漂亮！讓其他龍感興趣。這對於古靈而言都已經足夠了，更不要說是人類了！」

「對妳而言，也許『漂亮』的翅膀是足夠了，但如果我必須承擔這份重量和有東西從脊椎骨中生長出來所造成的不便，生長出來的這些東西，最好能有實際的用處。我從來都不理解，為什麼妳甚至不曾嘗試試用一下妳的翅膀。我看到了其他龍一直在伸展和搧動他們的翅膀。我看到了銀龍幾乎用翅膀將自己從水中提起來。他的身體比妳更笨拙的多，翅膀也要比妳的小！妳甚至連試都不試一下！我不斷清潔妳的翅膀，保持它們潔淨無瑕。它們變得越來越大，越來越強壯，妳完全可以努力一試。但妳沒有。妳所做的只是向我炫耀它們有多麼美麗。它們也許是很美麗，但妳難道從沒有考慮過要讓它們發揮出真正的用途嗎？」

賽瑪拉能夠看到怒火正在這頭藍龍女王的胸中聚集。她的膽子真是大，竟然這樣批評了巨龍女王。辛泰拉絕不可能容忍這樣的批評，她甚至不會允許別人有任何一點暗示說她懶惰，或者自怨自艾，或者是……「愚蠢！」

賽瑪拉大聲說出這個詞。她根本不知道自己為什麼要這樣說。也許賽瑪拉只是想讓辛泰拉知道，她已經太過分了，她的守護者不會再接受她的恐嚇了。辛泰拉怎麼敢將翅膀放在她的背上？就連辛泰拉自己現在都還沒辦法掌握她與生俱來的翅膀！

駁船上嘈雜的議論聲變得更響了。賽瑪拉甚至拒絕向那裡瞥上一眼。她站立在泥水中，後背凸起的襯衫緊緊勒住了胸部。她的龍正瞪視著她，一雙眼睛瘋狂地轉動著。怒火熊熊的辛泰拉，顯得無比威嚴壯麗。她高高地抬起頭，張開大嘴，顯示出喉嚨中色彩鮮艷的毒腺。她的翅膀也完全張開了，如同兩扇巨大而絢爛的彩繪玻璃窗。她完全展示出了自己的體型和力量，就如同在向另外一頭龍挑戰一樣。片刻間，賽瑪拉因為這頭巨龍的輝煌與魅力而感到暈眩。她差一點就跪倒在她的龍面前。

但她終於努力控制住了自己，在辛泰拉向自己放射出的魅力中站穩腳跟。「是的。它們很美麗！」她向辛泰拉喊道，「美麗卻又無用！就像妳一樣，美麗卻又無用！」一陣顫慄湧過賽瑪拉全身。她的身子突然有些晃動。這時她才察覺到自己做了什麼。作為對於辛泰拉的一種奇異的回應，賽瑪拉張開了自己的翅膀。船上的守護者們不約而同地發出一陣驚歎的呼聲。

辛泰拉在吸氣。她的下巴依舊張得很大。賽瑪拉牢牢地站在她面前，看著她的毒囊迅速腫脹。如果這頭龍決定要將毒液噴吐在她的身上，那麼她將無可逃避。她只是站在巨龍面前，在恐懼和盛怒中一動也不能動。

「辛泰拉！」吼聲來自於默爾柯，「閉上妳的嘴，收起妳的翅膀！不要因為妳的守護者說出了實話就傷害她！」

「打啊！打啊！打啊！」噴毒發出喜悅的吼叫。

「安靜，害蟲！」蘭克洛斯向他咆哮道。

「不要在這裡噴吐毒液！毒霧會傷到我！辛泰拉，如果妳願意，盡可以燒毀你的守護者，但如果妳把毒液噴到我身上，我發誓會把妳的翅膀燒出一堆窟窿，讓它們變成兩片破布！」這吼聲是綠色小龍芬提喊出來的。那頭龍用後腿將身體立起來，挑戰般地張開了自己的翅膀。

「不要這麼瘋狂！」默爾柯再次吼道。「辛泰拉，不要傷害妳的守護者！」

「她是我的，我想怎樣做就怎樣做！」辛泰拉的怒吼如同淒厲的號角。

在這凶猛的吼聲中，賽瑪拉終於忍不住用雙手捂住了耳朵。恐懼讓她變得不顧一切。「我不在乎妳對我做了什麼！看看妳已經幹的事！妳想要殺死我嗎？來吧，妳這條愚蠢的蜥蜴。還會有人可以清理妳眼睛中的蟲子，從妳那無用的、美麗的翅膀上摘除水蛭的。來吧，殺了我！」

辛泰拉揚起頭，展開翅膀，那是耀眼奪目又極端致命的巨獸。在支撐她翅膀的肱骨頂端伸出了閃光的利爪。那利爪上會滲出毒液，能夠在天空的激戰中砍開對手的身體。在短暫的一瞬間，賽瑪拉有些驚奇自己怎麼會突然知道這種事。然後辛泰拉發出如同風暴的狂吼。她合起翅膀，當這雙翅膀再度張開的時候，她稍稍一側身。翅膀擊中賽瑪拉，把她打飛了出去。

水面狠狠撞擊著賽瑪拉的後背。賽瑪拉感覺到一陣劇痛。她的新翅膀吸收了這股衝擊的力量。她沉入水中，鼻子嗆了水。但她的雙腳很快就找到地面。她站起身，咳嗽著，喘息著，一雙眼睛中流出泥水和淚水。她聽到駁船上的叫喊聲。刺青的聲音深沉，沙啞而又憤怒：「賽瑪拉！賽瑪拉！龍，妳這該死的！妳這該死的龍！」

刺青的咒罵無法阻止辛泰拉。她大步向賽瑪拉走過來，低垂在身前的頭不住地晃動著。「這就是妳想要的，毫無價值的女孩？我還要讓妳飛起來嗎？」

「我警告妳，辛泰拉！」默爾柯向她逼近。金龍也展開自己的翅膀，陽光在那雙翅膀上跳躍，讓它們變得彷彿比太陽更加明亮。翅膀上那些如同孔雀尾羽的眼狀花紋，彷彿全都瞪著辛泰拉。

賽瑪拉還在不停地咳嗽著，同時努力頂開積水的阻力，向後退去。憤怒的藍龍女王還在向她一步步逼近，旋轉的眼睛裡，燃燒著絕不寬恕的怒火。

頭頂上方，一隻鷹發出嘹亮的鳴叫，然後又叫了一聲。群龍紛紛向天空抬起頭。那隻鷹收起翅膀，急速穿過空氣，猛然向他們撲來。

「婷黛莉雅？」默爾柯驚奇地說出巨龍女王的名字。

「她是紅色的！」另一頭龍喊道。

群龍一動不動地望著天空。賽瑪拉抓住漂在水上的襯衫，抹去眼睛裡的泥沙，也向上望去。一隻鳥衝破浮雲。紅色的鷹變得越來越大，越來越大。

「荷比！」賽瑪拉突然尖叫道，「拉普斯卡！」

紅龍發出銅號般勝利的吼聲。她收起的翅膀突然打開，止住了迅疾的下落。然後她以不可思議的靈巧，在目瞪口呆的龍群和擱淺駁船的上方，盤旋了很小的三圈，隨後又拍動幾下翅膀，稍稍調轉方向，繼續繞著柏油人和興奮的龍群轉著更大的圈子。她的紅色翅膀就像船帆一樣寬大。隨後，她逐漸減慢速度，以優雅的身姿向下降落，翅膀尖端掃過了高高的蘆葦和燈芯草。在她的背上，一個身材纖瘦、滿身朱紅色的人，正發出喜悅的笑聲。

「終於找到你們了！」那個人喊道。那正是拉普斯卡的聲音，只是變得更加渾厚些，那種狂野的樂觀精神絲毫沒有減少，「終於找到你們了。荷比找到了克爾辛拉！來吧。跟著我們！克爾辛拉就在不遠的地方！只要向東飛行不過半天。跟著我們！我們一起去克爾辛拉！」

褐月第十日
商人聯盟獨立第六年
來自艾瑞克，繽城信鴿管理人
致黛托茨，崔豪格信鴿管理人

繽城信鴿管理人艾瑞克．頓瓦羅的父母寄給黛托茨．杜珊克父母的信，上有蠟封，蠟封上蓋著貿易商頓瓦羅家族的徽印。

黛托茨：

在妳將這只蠟封卷軸交給妳的父母之前，一定要將這張紙條銷毀掉。恐怕我知道卷軸裡都寫了些什麼，也許我太多次向我的家人提起過妳了。他們也從妳的侄子雷亞奧那裡聽到了許多關於妳的故事。他們的提議是完全可以被猜出來的。儘管我們甚至還沒有見過面，但作為我們家族的貿易商，我的父親仍然能夠全權發起這種商談。我害怕這樣也許會冒犯妳和妳的父母。實際上，這是我曾經希望由我來親自提出來的一項請求，而此刻我更擔心這只會讓妳拒絕這個私人的請求。我本來希望能夠在妳有機會遇到我、對我有更多了解之後，再提起這件事。

我的旅行已經安排好了。在月亮完成下一次迴圈之前，我就能最終與妳相見了。在我有機會能親口向妳述說之前，我懇求妳：請不要拒絕我父母不合時宜的提議。請記住，妳永遠都能夠拒絕我。但在這樣做以前，請至少讓我能親自向妳提出請求。

艾瑞克

20 克爾辛拉

「那麼，為什麼妳要把這些都寫下來？」

愛麗絲覺得，拉普斯卡在某些方面完全沒有變。他仍然像是個多動的男孩，總是坐立不安，著急地想要去做些什麼事情。但在另一些方面，愛麗絲很難將眼前這個身材修長纖細的紅色生物，與那個守護者男孩看作是一個人。要從她的口中獲得連貫的資訊，就像是和龍交談，或者是和一個缺乏耐心的小孩子交談。

愛麗絲坐在正坐在一棟房子的門口。這這棟房子很像是牧羊人的小屋。在他們下方，一片連綿起伏的遼闊草原一直延伸到大河岸邊。愛麗絲剛開始慢慢適應這個事實——他們終於到達了目的地。坐在這樣一片山坡上，眺望青翠的原野和奔淌的河流，愛麗絲感到非常怪異。而當她的目光越過河水，落到遠方克爾辛拉的古早建築上，她覺得眼前的一切都是這麼不真實。

現在證明了，原來「飛行半天的路程」，需要讓這艘駁船緩慢行駛超過六天。這其中的每一天都不容易。第一天，荷比不時會出現在他們的頭頂上方，在駁船上空盤旋，又飛向遠方，為他們指明前進的方向。不幸的是，這條線路讓他們不得不進入更淺的水域。龍群在前方的積水和淤泥中辛苦跋涉。柏油人在後面一步一晃地跟隨著，船上的人也只能不停地隨之來回擺動。

第二天，大雨又開始毫不停頓地落下。雨滴持續不斷地擊打著泥沼水面，激起的漣漪相互重疊，越來越大。雨停之後，又升起了濃重的霧氣，將整個世界覆蓋成一片灰色。濃霧凝聚不散，直到大雨再次落下，最終變成了暴雨。龍和船全都被密集的雨滴遮住視線，只能在一片水雲中摸索前行。駁船上的生活變得越來越困苦，守護者們擠在廚房和船員艙室中躲避雨水。潮溼侵入了船上的每一道裂縫，他們能夠吃到的食物都是冰冷的，也找不到乾燥的燃料，沒辦法在船上的爐子裡生上哪怕僅有一點小火。儘管人群中沒有爆發衝突，但沮喪和惱恨的氣氛瀰漫在整艘船上，人們談論的唯一話題只有克爾辛拉，還有拉普斯卡和荷比去了哪裡，他們為什麼不到船上來，為什麼不回來。各種猜測，各種毫無邏輯的理論，卻沒有一個能讓任何人滿意。

「這種情況會持續多久？」愛麗絲在第三天早晨醒來時，看著窗外的雨問萊福特林。萊福特林則用有些奇怪的眼光看著愛麗絲。

「愛麗絲，妳難道從沒有想過為什麼這個地方被稱作雨野原嗎？正是我們這裡冬季的天氣讓它有了這個名字。這場雨來得有些早。我們還有可能再迎來一段時間陽光燦爛的日子，不過這只是可能。這件事好的一面是抬升的水面也托起了駁船，但它也有不好的一面。」

愛麗絲立刻明白了萊福特林的意思。「越來越深的水，也許會讓柏油人易於行動，卻對龍造成了困難。」

萊福特林嚴肅地點點頭。「龍需要離開積水，但我們甚至連一片泥灘都看不見。」他從他們的床上翻身坐起，透過小視窗向天空望去，「我認為正是因為這場大雨，昨天我們才沒有看見荷比和拉普斯卡。即使他們能夠穿過雨雲，我也懷疑他們根本就找不到我們。」

這場雨又下了一整夜和第二天一天。有一次，愛麗絲覺得她聽到了荷比在天空中的吼叫。那聲音就像是遠方的鷹叫聲。但是當她來到甲板上，盤旋的雨霧中什麼都看不見。龍走在駁船兩旁，只是一個個模糊的身影。柏油人一路爬行，向荷比飛去的大致方向前進。在雨霧中確定方向實在是一件很難的事。駁船和龍都感覺到水正在緩慢地變深。但這只是因為大雨的關係，還是他們找到了一條隱祕的航道？愛麗絲無法確定是柏油人在跟隨龍，還是龍在柏油人旁邊、跟隨著他前行。彷彿永遠不會停止的落雨和強烈的不確定感，愛麗絲覺得自己彷彿要發瘋了。

到了第四天晚上，愛麗絲醒過來，發現萊福特林不見了。她急忙起身，在黑暗中摸索她的古靈長袍。一陣急迫和興奮的感覺讓她渾身顫慄，但她卻說不清這是為什麼。她走出船艙，發現廚房餐桌的一隻小碟子上正燃燒著一根燈芯草。貝霖剛剛將它點亮，站在這一盞小油燈旁，還在眨動著惺忪的睡眼。「妳知道發生什麼事了嗎？」愛麗絲問她。

貝霖搖搖頭，低聲說：「是柏油人把我叫醒的，我不知道是為什麼。」

愛麗絲推開被風頂住的艙門。大雨立刻向她凶猛地砸過來。強烈的寒意差一點把她逼退回廚房裡。但貝霖就在她身後，她不應該在貝霖的面前丟臉。她將雙臂抱在胸前，低下頭衝進雨水裡，摸索甲板船艙外壁向前走，最終站到了船頭。萊福特林就在她的面前，手中提著的一盞油燈裡燃燒著他們最後一點寶貴的油脂。斯沃格靠在船長旁邊的船欄杆上，向黑暗和大雨中窺望著。那個緊緊抱住身體，正不停地打著哆嗦的纖細身影應該是絲凱莉。愛麗絲剛一加入到他們之中，萊福特林就伸出手臂護住了她。他的手臂擋不住雨水，但能夠分享他身體的溫暖，讓愛麗絲感到很高興。

「出什麼事了？」愛麗絲問道，「為什麼柏油人會喚醒我們？」

萊福特林將她抱進懷中，讓她感到一陣幸福。「我們遇到了一段河流，一段確切無疑的河流，我們又開始向上游前進了。現在水流正不斷變得更深，更急，這肯定不只是因為下雨的關係。我們已經進入了另一條水路。」

「龍群呢？」

「他們正和我們一起走。」

「在黑暗中？」

「我們別無選擇。以現在漲水的速度，我們需要儘快找到河岸。這樣我們才能有所倚仗。如果我們站在原地不動，很可能會被沖走。」

愛麗絲聽出了萊福特林沒有說出口的話。如果水漲得太快，龍群很可能遭遇不測。興奮和緊張的情緒在這支隊伍中飛快地跳躍著。不等天色亮起。守護者們已經紛紛來到船員們身邊。他們聚集在船頭，任憑風吹雨淋，只是一心望著前方黑暗中的未來。

太陽不知從什麼地方升了起來。巨龍們逐漸露出了模糊的影子。隨著雨水減弱，霧氣重新瀰漫，愛麗絲只能隱約看到他們正在駁船周圍移動。當大雨終於止住的時候，愛麗絲才終於能看到船下流動的水。到處都是水。這讓愛麗絲感到非常擔憂。如果他們找不到河岸該怎麼辦？如果他們並不是在向河岸邊走，而是在走向河中心呢？

當萊福特林嚴肅地命令船員們拿起船篙時，守護者們全都不滿地嘟囔著，讓到一旁。愛麗絲的心沉了下去。太陽已經升得更高，更多陽光穿透了迷霧。龍只是不同顏色的一些影子，邁著威嚴的腳步走在駁船兩側和後面。很明顯，柏油人成為了領路者。愛麗絲退到甲板船艙頂上。她知道，無論自己現在多麼希望能待在萊福特林身邊，都不能打擾船長的工作。現在這艘船需要他的船長全部的注意力。一些守護者退到了廚房和船員艙室，以躲避室外的寒冷。但賽瑪拉只是盤腿坐在船艙頂上，盯著前方。而不停打著哆嗦的希爾薇，則焦急不安地望著自己的龍。巨龍們正在用微弱的吼聲彼此聯絡，偶爾會噴出一聲沉重的鼻息。

霧氣慢慢從河面上升起。毫無疑問，現在他們所處的又是一條河了。這裡的水流已經非常明顯，愛麗絲能夠看到水面上有落葉和枯枝從船邊快速滑過。以和河邊的蘆葦叢做對照，愛麗絲能清楚地看到水在不斷漲高。突然間，最後一點蘆葦尖也從她的眼前消失了。她能聽到身邊賽瑪拉的喘息聲——女孩的每一次呼吸都伴隨著焦急的顫抖。頭頂上的烏雲一定是散開了。一道陽光射入濃霧之中。又呼吸了六次之後，他們進入到一個銀光閃爍的世界裡。河水強烈的反光遮住了愛麗絲的眼睛，讓她幾乎無法看到水中的巨龍。

「樹！」默爾柯發出銅號般的勝利呼聲，「向左！我又看到樹了。」

賽瑪拉努力睜大眼睛，想要讓自己的目光穿過迷霧。她很冷。她在肩頭裹了一條毯子，但每當她的翅膀伸到身體以外的時候，她都會感到寒意徹骨。她用毯子把身體裹緊，卻只是覺得讓那雙冰冷的翅膀更貼近了身子。她能夠適應它們嗎？將它們視作她自己的一部分，而不是辛泰拉強行插在她身上的東西？她無法確定。

聽到默爾柯宣布遠方出現了樹，賽瑪拉立刻站了起來，一言不發地和其他人一起注視遠方，心中充滿了期待。她感覺到駁船改變了方向，一種奇異的振動傳遍了整艘船，也讓賽瑪拉感到一陣恐慌。她的心臟飛快地跳動著，但她的腦子很清楚發生了什麼。柏油人的爪子在打滑，他沒辦法再抓住河底了。整艘駁船開始大幅度轉向。不等萊福特林呼喊斯沃格，這名舵手已經喊道：「我盡力了，船長！」到處都是響亮的波浪撞擊聲。駁船突然猛地一晃。維拉斯從船邊飛奔而過，撲向了不遠處的淺水。柏油人的爪子終於再次抓住河底，船立刻猛力前衝，讓愛麗絲重重地坐倒在賽瑪拉身邊。賽瑪拉也在船艙頂上蹲下身。繽城女子沒有驚慌呼喊，只是抓住了賽瑪拉的手臂，讓自己沒有從船艙上掉下去。而賽瑪拉的手臂也被她拽得很痛。一瞬間之後，這艘船又突然穩定下來。

霧氣消失了，就好像從不曾存在過一樣。一片風景出現在他們周圍。這個地方是如此陌生奇異，以至於賽瑪拉還在懷疑他們是不是經過了一種神祕的通道、到達了另一個世界。他們的右手邊是湍流不息的大河，河面上漂浮著許多枯枝敗葉。在一個小時之前，賽瑪拉還看到同樣枝葉漂浮在停滯的泥沼水面上，而這裡的河水卻顯得無比歡騰喧鬧。在他們的左邊是一道狹窄的河床，柏油人正迅速向河岸邊靠近。現在龍群的移動速度已經很快了。溯流而上的巨龍們，就像是一條光芒閃爍的彩帶。

但真正讓賽瑪拉大吃一驚的，是這裡的河岸。這片河岸完全高出了水面。它並非完全被高聳的大樹所覆蓋。賽瑪拉以前從沒有見過這樣的地面。她曾經聽說過連綿起伏的丘陵和雄偉險峻的高山。他覺得現在自己所見到的應該就是那些傳說中的風景。在她眼前，一座座山丘向遠處綿延，越來越高，一直高到她幾乎無法理解的程度。「乾燥的陸地！」愛麗絲在她身邊喘息著說道，「今晚，我們就能在乾燥的陸地上紮營了。我們能建起營火，在地面上行走，腳上又不會沾染泥巴！喔，賽瑪拉，妳有沒有見到過這麼美麗的景色？」

「我從沒有看見過如此奇怪的東西。」賽瑪拉敬畏地悄聲說道。

一陣狂熱的歡呼從船上每一個人的喉嚨中爆發出來。賽瑪拉抬起頭向天空望去，荷比在雲層裂隙中的藍色天空裡張開朱紅色的翅膀。她正在向地面俯衝，迅速縮短和他們的距離。拉普斯卡細瘦的身影很快就映入了他們的眼簾。「這邊！這邊！」

「我從沒有見過如此美麗的景色。」賽瑪拉悄聲說道。愛麗絲緊緊地抱住她。

「我們就要到了。我們就要到家了。」愛麗絲喃喃地說著。賽瑪拉聽著她這樣說，一點也不感到奇怪。

一天至少六次，拉普斯卡和荷比飛臨到他們的頭頂上方，催促他們儘快前進，不停地向他們高喊：「距離已經很近了！真可惜，你們不會飛！」這句話讓他們全都感到又急又氣。當然，拉普斯卡還向他們提供了不少有用的訊息。

越往前走，河兩岸的土地就越發牢固。蘆葦慢慢變成了蕨草和青草。泥沼變成了起伏不定的低矮草原，遠方則是覆蓋著森林的丘陵。河水也變得更加寬闊，水流越來越強，周圍高地上不斷有溪水匯入其中。這些僅存於古早傳說中的綠色風景和遠方地平線上的山峰，年輕的雨野原人無不都驚奇地注視著，當岩石崖壁在遠方出現的時候，他們都不由得連聲驚歎，然後他們又看到了沙子和岩石鋪成的河岸。一種完全不同的森林正逐漸向河邊靠近——其中主要是一種小闊葉樹，偶爾會夾雜一片片小針葉林。當陽光變得明亮時，他們能看到遠方那一連串各自兀立的山峰。那天下午，他們到達了克爾辛拉的周邊。

萊福特林調轉柏油人號的船頭，讓他停在一片沙灘上。駁船趴伏在那裡，半截在岸上，半截在水中，顯得精疲力竭。龍群從淺水中一直走上河岸，不停地向四周張望，彷彿還無法相信自己的好運氣。大多數龍立刻就找到日照充足的地方，伸展開身體，開始休息。默爾柯則沒有停下腳步，一直攀登上青草山坡。希爾薇在他身後奔跑著，只能勉強跟得上金龍的腳步。其他守護者都有些猶豫地下了駁船，眺望這片完全陌生的土地。在他們身後高高的山坡上，默爾柯突然揚起前腿，人立起來，發出銅號般勝利的吼聲。在他下方的河岸邊，群龍紛紛抬起頭，儘管疲憊不堪，卻仍然回應著他的吼聲。愛麗絲望著這一幕，心中既有勝利的驕傲，又有著一絲哀傷。讓她傷心的是那片高大壯麗的克爾辛拉廢墟……

正在湍急的大河另一邊。

「我記錄下這些是為了讓子孫後代知道這段歷史，就像我們能夠從前人的日記和信件中知道崔豪格是如何建立的。總有一天，我的日記將告訴我們的後輩，克爾辛拉是如何重新被我們發現。這是你和荷比的功勞。你一定希望你的子孫後裔知道這件事，不是嗎？」

愛麗絲用了一個晚上又半個白天的時間，才從自己最初的失望中恢復過來。那座城市就在不遠處，萊福特林盡可帶她渡河到達那裡。不過現在這位船長還需要為他的船、他的船員和守護者們擔負起責任，而愛麗絲也有自己的責任。實際上，她是把拉普斯卡從其他守護者中間硬拉出來的。她堅持要這樣。「這些必須被記錄下來，而且要趁這些記憶在你的腦子裡還很新鮮的時候。有很多事情，我們自以為能夠清楚地記住，或者我們以為所有人『一直』都會知道。但拉普斯卡，我向你保證，任何事情都不會在記憶中存留太長時間。我們的後人需要知道關於你的事蹟。」

現在，愛麗絲開始了耐心的等待。這個男孩煩躁不安地坐在她面前，努力整理自己的思緒。他改變了這麼多，另一些地方卻又幾乎毫無變化。他的皮膚完全變成了紅色，覆蓋著鮭魚一樣的細小鱗片。他的個子也長高了，身材變得更加細瘦，擁有了更強勁的肌肉，不過他似乎完全不在意自己幾乎無法遮蔽身體的破爛衣衫。

拉普斯卡抬起眼睛，看著飛翔的荷比。那頭龍正在河對面的山丘和懸崖邊狩獵。愛麗絲也順著他的目光望過去。而愛麗絲的眼神裡更多了一分渴望的激情。

「嗯，我猜，我已經把一切都告訴妳了，對吧？」拉普斯卡又站起了身。現在他又望向了山丘下方的守護者們。那些守護者或者正沿著河岸行走，或者在探索那座用石塊建造的村鎮遺跡。這一側的河岸邊分布著數百個房屋地基，其中甚至還有不少沒有倒塌的房屋，足以讓守護者們在夜間住宿。萊福特林爬上山丘，發現了這座完整的牧羊人小屋，堅持說這很適合他和愛麗絲居住。愛麗絲也傾向於同意他的看法。這是他們到現在為止所擁有的最私密的住宅了。在這裡的第一個晚上，萊福特林在這幢小房子裡的舊火爐中點起了「嗶啵」作響的爐火。在除掉爐子裡的一隻舊鳥巢之後，他發現這座火爐的煙囪完全是通暢的。金黃色的火光充滿了這幢簡單的小屋。他們將被褥鋪在火爐前的地面上，又在門口掛起一條毯子。愛麗絲平生第一次感覺到自己真正成為了一個小家的主婦。第二天早晨，她便將她的日記和各種紀錄從船上帶到了這裡。現在她就坐在這幢小房子的門檻上，眺望她的家園。從這裡，她能夠清楚地看到這條大河的一道轉彎和萊福特林的船。古早的克爾辛拉，正在遠處向她釋放出強烈的誘惑。

她將自己的思緒拉回到眼前。她僅存的四張白紙都放在她已經有些殘破的便攜寫字台上。「你還沒有告訴我任何事情，拉普斯卡。」

拉普斯卡吸了一口氣，挺起自己細瘦的肩膀，向愛麗絲露出微笑。他白色的牙齒和被紅色鱗片覆蓋的臉形成了一種怪異的對比。「嗯，那時是這樣。我正在和刺青說話，他非常生我的氣，因為我告訴了賽瑪拉，我想要和她做潔珥德教我和她做過的那種事……為什麼妳不寫？」

「因為，嗯，這一部分並不重要。」愛麗絲回答道。她能聽出自己口中那種繽城式的拘謹言辭，而她的臉已經開始發熱變紅了。

「嗯，在那之後，洪水就沖過來了。我一下子被沖走了。」

「是的，就從這裡開始說。」

「然後我努力游泳，同時感覺到荷比就在我身邊。於是我向她呼喊，她向我游過來。我們一起游了一段時間。然後有特別大的一堆的浮木漂了過來。也許那是營火堆的一部分，我不知道。不過它撞上了我們，把我們纏上了。實際上，我沒有被纏上，我一直爬到了那堆木頭的最頂上。但荷比被纏住了。她沒有溺水，但也沒辦法掙脫出來。於是我對她說：『不要掙扎，讓她帶著妳走。』我們就這樣漂了一整夜。第二天早晨，我們發現我們漂在大河中間，幾乎看不到河岸。我覺得我們不可能游到岸邊，於是我決定，嗯，就留在浮木堆上，直到能看見河岸的時候。那段時間對我們兩個都很糟糕，因為荷比被卡住了，我們一直被河水帶向下游。我們兩個都沒有食物。」

「這段時間持續了有多久？」

「不記得了，肯定比兩天更久。」拉普斯卡的爪子是黑色的。他搔了搔下巴，快樂地聳聳肩，又坐穩身子。「漸漸地，河水將我們沖到了一片低窪的大草地旁邊。那裡一定是在我們跟隨柏油人號前進的河對岸了，因為我完全不記得之前經過了那樣的地方。河水到了我們錯誤的一邊——希望妳能明白我的意思。嗯，我在那裡總算能幫助荷比掙脫出浮木堆，我們一起上了岸。我們身邊沒有什麼東西，不過我還有我的生火工具，因為我總是把它們裝在這只小口袋裡。看。」

「我看到了。」愛麗絲回答道。她手中的鋼筆流暢地在紙面上移動著。不過當拉普斯卡提起掛在脖子上的小口袋時，她還是抬頭瞥了一眼。

「於是我生起一堆營火，讓我的龍暖和一下，同時也希望有人能看到火和煙，找到我們，但沒有人來找我們。不過那片草地是一個打獵的好地方，那裡有山羊，或者我覺得可能是綿羊，就像我爸爸和我說過的那樣。不管怎樣，牠們不是鹿，也不是水野豬。牠們的速度不是很快，一開始甚至一點也不害怕我們。到了第二或者第三天，牠們才開始在看見我們的時候逃跑，因為牠們發現荷比很喜歡把牠們殺死並吃掉，我們就一直以牠們為食物。後來我們又在那裡的樹林中發現了一個地方。那裡有一片能夠發熱的地面，荷比知道怎麼讓它熱起來。那裡還有一幢石頭房子，它的大部分都已經坍塌了，只剩下了兩個房間還有完整的屋頂。不過那對我們來說也足夠大了。荷比就在那裡盡情地狩獵，拚命地吃。我也吃了很多。有時候我們會睡在發熱的地面上，有時候我們睡在那幢老房子裡。荷比開始成長，身上的顏色越來越鮮艷，翅膀，尾巴，甚至牙齒都在變大！我們一直在堅持著她的飛行練習。妳知道的，妳也見到過我們的飛行練習，對不對？」

「是的，我經常看見你努力要讓她飛起來。」

「是的，嗯，她的翅膀變得越來越大，越來越強壯。有一天，她飛了起來，只飛起了一點點。第二天，她能飛得更高了。她就這樣越飛越高。她那時還沒辦法飛行很長時間，沒辦法飛一整天。不過她已經能飛得很遠。這樣她獵食的時候就更容易了。她是我的女孩，她想做的只有捕獵，進食和睡在發熱的地面上，然後繼續捕獵，繼續睡覺。她就這樣變得越來越大，越來越強壯。」

拉普斯卡搖搖頭，露出寵溺的微笑。然後他又站起身，帶著渴望的眼神朝河岸邊眺望。一些守護者和他們的龍正在相互潑水，大笑大叫。刺青和芬提在河岸邊，刺青似乎正在用沙子磨洗那頭綠龍的鱗甲。那頭龍看上去有些笨笨的，但又顯得很高興。愛麗絲看了看自己面前的紙上已經寫滿了文字，便在上面灑了一些沙子，吸乾墨水。等待片刻之後，她將沙子抖掉。拿出一張新紙。「然後呢？」

拉普斯卡來回踱步，就像是一隻被繩子拴住，躁動不安的小狗。「喔，妳都知道了。吃得更多，睡得更多，變得更大。但我們很孤獨。有一天，荷比說：『好了，我們去克爾辛拉吧。』我說：『妳能找到那裡嗎？』她說她覺得她可以。我說：『妳能飛那麼遠嗎？』她說她覺得她可以，只要她能找到地方降落，在晚上休息。她不能降落在河面上，因為她知道自己沒辦法從水中飛起來。在被浮木纏住，在水裡連續浸泡了幾天以後，她現在非常痛恨那河水。於是我說：『嗯，那麼，我們走吧。』我們就出發了。我們找到了克爾辛拉，但那裡沒有人。我那時非常傷心，以為你們全都死了。但荷比說：『不，我能夠感覺到一些龍，只是他們聽不到我的聲音。』於是我們便開始每天沿著周圍飛行，不停地尋找，不停地呼喚。有一天，我們聽到了銅號一樣的龍吼聲，那聲音就像是有一場大戰要開始了。於是我們急忙飛過去，發現是辛泰拉正在發火，同時我們也找到了你們全都在那片泥巴裡，於是我就告訴你們到這裡來，然後我們就到了這裡。」

然後拉普斯卡就閉住了嘴巴，直到愛麗絲手中的筆停下。這時，拉普斯卡有點不耐煩地問道：「那麼，這樣就好了吧？子孫後代都會知道了。」

「的確，拉普斯卡。你的名字和荷比的名字將會被銘記，會被一代又一代人歌頌。」

聽到愛麗絲這樣說，拉普斯卡似乎愣了一下。他看著愛麗絲，露出微笑。「好吧，那麼，這真的很好。荷比一定會喜歡這樣的。她一開始還不太清楚自己的名字是什麼。也許我應該為她想一個更長、更莊嚴的名字，不過我以前也沒有給龍起過名字。」他稍稍聳了一下一側的肩膀，「她已經習慣這個名字了。現在她很喜歡她的名字。」

「是的，她將被許多人知道，正是她將克爾辛拉和這座城市的歷史交還給了我們。」愛麗絲再一次注視那座湍急河流另一邊的輝煌城市，「這種可望而不可即的感覺真是一種折磨。我已經等不及想要走在那些街道上，進入那些建築，尋找那裡的種種遺存。真希望我能在哪裡找到它的歷史記錄，找到一些卷軸，甚至是一座圖書館……」

「實際上，那裡已經沒什麼東西了。」拉普斯卡一聳肩，打碎了愛麗絲的夢，「那裡的絕大部分木頭都腐爛了。我在我睡覺的地方，沒有看到任何卷軸或者圖書。荷比和我已經在那裡逛了兩天了，只是一座空城。」

「你們已經去了那裡了？」為什麼愛麗絲以前沒有想到過這件事？拉普斯卡和他的龍根本不會被什麼湍急危險的河流擋住。他們當然會首先進入那座古靈城市最主要的部分。「拉普斯卡，等等，回來。坐下。我需要知道你在那裡都看見了什麼。」

拉普斯卡轉過身，不耐煩地扭動著身子，讓他完全變成了一個男孩。「求妳，愛麗絲，好女士，現在不行！今天晚些時候吧，等到荷比完成狩獵，吃夠了，再睡足了。她醒過來以後，我會求她帶妳過去。然後妳就能親眼看看那裡，把那裡記下來，或者畫下來，或者隨便做什麼。但我已經太久沒有見到我的朋友了，我一直都很孤獨。」

「什麼？」

「我一個人已經很長時間了！我真的很想念和大家聊天……」

「不。不，不是這個！荷比會帶我去克爾辛拉？她會帶我飛到那裡去？」

拉普斯卡歪過頭看著愛麗絲。「嗯，是啊。妳知道，她不擅長游泳，所以她只能帶妳飛過去。她已經完全不喜歡游泳了，我們在河裡泡了那麼久以後，她連涉水都不喜歡了。」

「不，不，她當然不會喜歡！這又有誰能怪她呢？不過……不過她會讓我騎在她的背上嗎？我能夠騎在龍背上飛行？」

「是的，背著妳飛到克爾辛拉。然後妳就能自己看那裡，想寫什麼就寫什麼。我現在要下去了。我要去找我的朋友。如果妳不介意的話，好女士。」

「喔，當然不介意。謝謝你，拉普斯卡。非常感謝你。」

「很願意為妳效勞，女士，對此我非常肯定。」

彷彿是害怕愛麗絲又會叫住他，拉普斯卡轉身就跑。愛麗絲看著他漸漸遠去，看到他那一雙布滿鱗片的長腿在陽光下熠熠生輝。現在他身上的衣服顯得格外荒謬。對於古靈的雙腿而言，那條破爛褲子實在是太短了，掛在上半身的破襯衫也早已沒有了扣子，隨著他的奔跑一路飄動著。他飛快地向守護者們跑去，並高喊著朋友們的名字。守護者們紛紛轉過身，用喊聲回應他，招手讓他快一點過去。

「嗯，他改變了。」萊福特林一邊說，一邊看著正衝下青草山坡、跑向河邊的拉普斯卡。

「也許他的變化沒有你想的那麼多。」愛麗絲向萊福特林轉過頭。她的臉上帶著微笑，絲毫沒有察覺到鼻翼上的墨水。萊福特林向她走過來，捧起她的臉，親吻了她，然後想用大拇指抹去那一點墨水，卻只是把墨水漬抹到了她的面頰上。於是他大笑著讓愛麗絲看到他手指上的墨水。

「喔，不！」愛麗絲喊了一聲，從衣袋裡掏出破舊的手絹，擦了擦臉，「現在還有嗎？」

「基本看不到了。」萊福特林對她說著，握住她的手。她仍然是那樣纖細的一位女士，竟然會為了臉上的一點墨水擔心成這個樣子。他愛她的這種樣子。「我看到妳的筆記又多了一些。現在妳得到他的完整經歷了嗎？」

「對於他的遭遇，以及他是如何找到我們的，我有了一個大概的了解。」愛麗絲微笑著，帶著驚奇的神情搖搖頭，「這些年輕人已經有了這麼多神奇的經歷，他發現了一片有羊群亂跑的草場和一座古早的古靈宅邸，但他不覺得是什麼值得驚奇的事情了。他甚至不曾認真想過他找到的那片土地意味著什麼，適合放牧牲畜的乾燥土地，就在雨野原河岸邊。你知道這對於崔豪格和卡薩里克意味著什麼嗎？他們有可能在那裡養殖牲畜！甚至可以收穫羊毛。而那個男孩完全沒有想到這些。他感興趣的只有一片能夠『發熱』的地面，可以讓他的龍在那上面好好睡覺。」

「是的，我同意這是一個大發現，一個很可能會被我們錯過、然後繼續長久隱藏下去的發現。」

「等到龍開始飛翔的時候，就不再是了。」愛麗絲說道，然後她突然撲向萊福特林，緊緊抱住他，把萊福特林嚇了一跳，「萊福特林，你絕對猜不到拉普斯卡和我說了什麼！他說他會求荷比帶我去克爾辛拉城。這樣我就能隨意在那裡的街道中行走了！」

愛麗絲的興奮幾乎讓萊福特林感到有一點受傷。「但我和妳說過了，我會帶妳去那裡！現在我們還沒有找到柏油人能夠在對岸安全停靠的地方。不過也許等到明天，駁船能夠帶我們先靠近對岸，然後我們可以乘小船上岸。下午的時候，柏油人可以把我們接回來。他只是沒辦法在那裡停留。儘管他能夠在水流緩慢的淺水中移動自如，但對他而言，對面那種湍急的深水，就有一些難以行動了。」

「明天！我們明天就能過去了？一起過去？」

愛麗絲到底有沒有聽到他說了些什麼？「是的，親愛的。我們當然能過去。只是一艘駁船無法安全地在那邊停靠。等到將來，那裡的碼頭恢復以後，這就不會是一個問題了。」

愛麗絲低頭看看自己所剩不多的白紙，又拿起自己的最後一瓶墨水，朝著陽光照了照。「喔，萊福特林，我真是個傻瓜！我記下了這一路上的每一件小事，現在我們到了克爾辛拉，面對著這樣一座宏偉壯麗的古靈城市，我卻只剩下幾頁紙和幾滴墨水了！」

萊福特林親暱地向愛麗絲搖搖頭。「是啊，等我們回到崔豪格，我會為妳買一箱紙和一大桶墨水。」他伸過手，開玩笑地扯了扯愛麗絲用手指捏著的那條被過分使用的手絹，「也許還有一些這樣的東西。」

「什麼？」愛麗絲問道。一切生命的光彩，一切歡愉的情緒都突然間從她的臉上消失了，「崔豪格？回崔豪格去？」

萊福特林向她側過頭，笑著說道：「是啊，我認為我們必須在冬天到來之前回去一趟，否則我們就要讓守護者們一無所有地在這裡過冬了。儘管獵物、魚和青草都很好，但我個人已經開始想念航船麵包了，而且我們還缺乏十幾樣必要的物資。」

愛麗絲只是盯著他。「返回崔豪格？」

「嗯，當然。妳一定也清楚，我們遲早都要回去。」

「我，呃，不。我沒有想過這種事。我不想回去，不想去崔豪格，不想去繽城。」

萊福特林看到了愛麗絲臉上的苦澀。他小心地將愛麗絲抱進懷中。「愛麗絲，愛麗絲。妳不會以為我要讓妳離開我吧？是的，我們要返回崔豪格。我們也會一起回來，就像我們現在一起來到了這裡。柏油人會讓妳看到他的能耐。我們順流而下，直到我們的目的地，也沒有在水中跋涉的龍拖慢我們的腳步。我們會直到卡薩里克，完成我們的契約。妳向那裡的議會做出報告。我得到我的酬金。是的，妳還要向古靈麥爾妲做報告。」

愛麗絲抬起頭看著萊福特林。生命力回到了她的臉上。她的眼睛開始發光。萊福特林不得不繼續向她講述他們的行程。

「然後，我們前往崔豪格，採購各種物資。在冬天最寒冷的日子到來之前，我們會趕回這裡，並會帶回毯子、小刀、茶葉、咖啡、麵包和這裡的一切所需。現在我還沒有在這裡看到羊群和蘋果樹，但就我所知，我相信它們能夠很好地在這裡生長，所以我們還要給崔豪格人留下訂貨清單。等到明年春天，我們會再前往那裡，收取我們所訂購的一切——種籽，牲畜和各種來自於繽城甚至更遠地方的貨物。愛麗絲，看看我們周圍，妳看到了遠方古早的城市。我相信這裡會變成一個非常好的地方。而且我在這裡看到了一樣雨野原人從不曾擁有的東西——可以耕種的土地。在經歷過這麼多世代之後，雨野原人是否終於能夠養活自己，而不必只依靠挖掘古靈寶物來維持生活了？」

「我們要改變一切，愛麗絲，一切。」

紅銅龍和銀龍閃閃發光，併排趴在河邊的沙灘上，愜意地曬著太陽。塞德里克感覺後背酸痛，雙手都因為磨洗紅銅龍的鱗甲而傳來一陣陣刺痛，但芮普妲就像新鑄的銅幣一樣光彩奪目。她又長大了，對此塞德里克非常確定。她的脖子和尾巴都變得更長，更加優美，翅膀更是越來越強壯。在她身邊，噴毒的肋骨緩慢地隆起又收縮，顯示出他悠長的呼吸。塞德里克瞥了一眼遠處在天空中盤旋的荷比，恰好看到那頭紅龍將翅膀在身側收緊，向什麼東西撲了下去。塞德里克心中升起一股最純粹的嫉妒。然後他轉頭看著芮普妲，一切不好的心緒都消失了。用不了多久，陽光就會照亮一雙在天空中展開的紅銅色翅膀。而現在，酣然大睡的芮普妲已經足夠讓他滿意了。

「當她全身乾乾淨淨的時候，我從沒有見過像她這樣美麗的生物。她的光芒是獨一無二的。」

塞德里克正坐在河岸邊。距離他不遠的水邊，卡森慢慢站起身，甩掉手上和胳膊上的河水。他們兩個都用了大半個下午的時間洗刷他們的龍。卡森在黎明時分去狩獵，帶回了一隻鹿。兩頭龍很不高興要分享一隻獵物，但獵人堅持要這樣。進食時，兩頭龍把血濺得到處都是。塞德里克堅持要為他們好好清洗一下身子。等到這個任務完成，卡森脫掉了襯衫，在河水中洗淨了自己的雙手和手臂。

他一邊用襯衫擦乾手臂，一邊向塞德里克走來。現在他的手臂上生滿了銀色的鱗片，還有一些閃亮的水滴掛在他前臂和胸口的黑色毛髮上。

獵人笑著說：「喔，我覺得我還看到了一兩樣像她一樣漂亮的東西，紅銅人。」他將襯衫扔到地上，坐在塞德里克身邊的沙灘上，伸出一根手指划過塞德里克赤裸胸口上的鱗片紋路。

塞德里克喜悅地顫抖了一下，卡森伸出手臂抱住他，讓他靠在自己身上，將下巴放到塞德里克的頭頂，低聲說：「他們睡覺的時候，我們也可以稍稍睡一下。等我們醒過來，我就帶你去打獵。」

「我不知道該怎麼狩獵。」塞德里克承認。

「所以我才要教你，」卡森告訴他。當獵人說話的時候，塞德里克感覺到他的每一個字都滾落在自己的心口上。

「聽起來很辛苦，」塞德里克用有些抱怨的語氣說，「而且感覺很髒，很血腥。如果我不想學呢？」

「喔，懶惰的繽城男孩們。」卡森哀歎了一聲。他躺在被陽光曬熱的沙子上，將塞德里克抱在懷中，又用另一支手臂遮住眼睛。他的手指找到塞德里克腦後的頭髮，將它們輕輕繞在指尖上。然後他歎了口氣，「我猜，我只能想些別的事情教你了。」

塞德里克也歎了口氣。他握住獵人的手，把他放在自己的嘴唇上，親吻他的手心。「我也許更喜歡這樣。」他表示同意。

賽瑪拉坐在草地與河水相接的地方。這個地方很奇特。在她的身後是一片開闊和緩的山坡，乾燥的土壤上覆蓋著茂盛的綠草。隨後草場突然消失，向下的坡度又突然加大，地面上只剩下細沙和岩石堤岸，再向前就是河水了。賽瑪拉以前從不曾想像過還會有這樣的地方。她非常高興能夠坐在這片青草世界的邊緣，悠蕩著雙腿。陽光照在她的身上，讓她覺得很溫暖。溫暖。光明和溫暖感覺是這麼好。她知道，光明和溫暖會加速她的鞭痕。她甚至能夠感覺到自己的變化，就像她小時候感覺到自己在長牙，這是一種令人喜悅的疼痛。她活動了一下肩膀，感覺到收疊起來的翅膀摩擦著束縛住它們的襯衫。希爾薇幫助她在襯衫背襟上割開了兩條縫隙，但賽瑪拉還是覺得讓翅膀裸露在外面有些奇怪。在大部分時間裡，她都將翅膀隱藏在衣服裡。她告訴自己，現在大家全都已經知道她有翅膀了。這讓她有時候又覺得自己這種遮遮掩掩的樣子很傻。

不過，她又想道，所有人也都知道她有胸脯。她不是也會遮住它們？想到這種對比，她微微一笑。那些男孩子們似乎對她這兩樣東西都很有興趣。

她聽到草葉簌簌作響，轉眼間，他已經坐到了她身邊。

「妳在笑什麼？」

「其實沒什麼。」她睜開眼睛，看著刺青，「你去幹什麼了？」

「幫助戴夫威學習如何照顧卡羅。那可是一頭大龍。」

「芬提介意你為卡羅清洗身子嗎？」

刺青露出一點苦澀的微笑。「她比萊克特好多了。最後我不得不將萊特克拽到一邊，明白告訴他不需要有任何嫉妒。我只是幫助戴夫威照顧他的龍。我對戴夫威本人沒有半點興趣。」

賽瑪拉發現自己也在對刺青微笑。最近，他們之間的關係緩和了許多。賽瑪拉覺得他們幾乎已經回到了在崔豪格還是好朋友的關係。她端詳著刺青，毫不害羞地欣賞著他正在生長的鱗片。「芬提改變你的速度很快。」她說道。那頭龍沒有將自己的綠色賦予刺青，而是選擇了青銅色和黑色。刺青的鱗片很細密，幾乎難以察覺。芬提同樣用黑色和青銅色描繪出刺青的眼線。另外，她還保留了刺青的頭髮和眉毛。賽瑪拉發覺自己正在點頭。她很讚賞那頭綠龍的選擇。現在其他龍大多將他們的守護者變得和他們一樣。芬提卻選擇保留了刺青原本的相貌，甚至用色彩描繪了他臉上正在淡去的奴隸刺青花紋。

「她說這是因為這裡溫暖明亮的陽光。妳怎麼樣？辛泰拉有沒有繼續改變妳？」

「我一直在變化。」賽瑪拉只是這樣簡單地回答了一句。儘管他們那天在河上大吵了一架，但什麼問題都沒有解決。有時候，賽瑪拉覺得這簡直是讓她最感到驚訝的事情。其他守護者絕對不會和他們的龍爭吵。他們的龍也很少會向他們說任何嚴厲的話語，因為本就不必如此。守護者們知道自己都受到了龍的魅惑，但對此也毫不在意。而她和辛泰拉就完全不一樣了。她們會將各自的想法告訴彼此，賽瑪拉發現這其實並不會讓辛泰拉感到不快。在她們上一次的爭執之後，她們的關係很快又恢復到了從前的樣子。賽瑪拉照顧辛泰拉，在狩獵有收穫的時候就會給她帶回食物。她喜歡美麗的辛泰拉，就像她喜歡住在漂亮的房子裡，就像她很久以前非常喜歡住在蟋蟀籠的鄰居的音樂。她不會將辛泰拉的美麗和辛泰拉混為一談。

「妳很安靜。」刺青小心地說。

「我在思考。僅此而已。」

「妳最近經常會思考。」

「的確。我不認為這是一件壞事。」

「我不是這個意思。」

「我知道。」

刺青不高興地挪動了一下身子，歎了口氣。「賽瑪拉。我有沒有把我們之間的一切都搞糟了？」

賽瑪拉轉過身看著他，給了他一個真誠的微笑。「沒有。你當然沒有。你只是，嗯，實際上，我們只是到了一個點上，也就是說，我們必須談一談隨後會發生的事情。到達這個點並不是壞事。」

「但隨後還什麼都**沒有發生**。」刺青輕聲嘟囔了一句，將目光從賽瑪拉身上轉開。

這讓賽瑪拉不由得笑了起來。「喔，的確有事情發生啦。只不過和你預料的不太一樣。我說不，我是認真的。我現在也還是這樣認為的，刺青。但這與你無關。是我必須應對我的變化，一次我只能對付一種變化。」

刺青偷偷瞥了賽瑪拉一眼。他的睫毛很長，很濃密，就像以前一樣。「那就是說……我們不會永遠這樣。這只是一個暫時的決定。」

「刺青。」賽瑪拉剛想要繼續說下去，卻看到拉普斯卡一下子衝到面前。賽瑪拉嚇了一跳。她還不太適應拉普斯卡回來。不過，一抹微笑已經出現在她的臉上。能夠得回這位朋友實在是太好了。刺青從喉嚨深處發出一點聲音，他臉上友誼的微笑是絕對真摯的。

「好了，讓我看看它們！」拉普斯卡對著賽瑪拉喊道。

「看什麼？」

「當然是妳的翅膀！其他人都已經看到了，只有我還沒見過。把它們亮出來。我想要看它們。」

「拉普斯卡，它們不是，嗯，它們還沒有長成。」賽瑪拉不知道還能說些什麼好。她甚至不知道該如何表達自己的意思，終於，她找到了合適的說辭，「我還沒有準備好讓人們看到它們。」

拉普斯卡一歪頭。陽光照在他下巴的鱗甲上。賽瑪拉不得不壓抑住用手指去撫摸那些鱗片的衝動。拉普斯卡困惑地一聳肩。「但人們都見過它們了啊。就在那一天的河上。就連我都看見它們了。只是我們很快就飛走了。所以，我現在應該看到它們，這樣才公平。因為其他所有人都有機會仔細看過它們了。」

「你這麼說沒道理。」

「求妳嘛。」

賽瑪拉竭力回憶拉普斯卡以前有沒有求過她。如果他有過，肯定也沒有這麼低聲下氣的。賽瑪拉沒有回答，只是把手伸到襯衫背後的開口裡，去摸索翅膀尖。

「好啊，我來幫忙。」拉普斯卡自告奮勇。賽瑪拉還來不及拒絕，就已經感覺到男孩的手指摸到她的翼尖上，輕輕將兩片翅膀逐一從襯衫開口處拉出來。拉普斯卡輕柔的碰觸讓一陣顫慄掠過賽瑪拉的脊背。在她身體顫抖的時候，她感覺自己的翅膀也突然開始抖動，彷彿是在回應那種碰觸。

「喔喔，」拉普斯卡說，「張開它們。讓我看看上面的花紋。」

賽瑪拉向拉普斯卡瞥了一眼。拉普斯卡完全是一副全神貫注的表情，賽瑪拉有些害羞地看看刺青，刺青也在盯著她的翅膀，彷彿正在努力理解它們是她身體的一部分。「我還在學習如何活動它們。」賽瑪拉低聲說。突然間，她很希望這兩個人看到她的翅膀。她閉上眼睛，將感覺集中到這兩片灑滿陽光的翅膀上。她忽然明白，希爾薇是對的。它們就像手指從她的背上伸展開來。手指，手掌上長長的手指……她睜開眼睛，低頭看著自己的雙手，合攏手指，再非常緩慢地張開，感覺手部的每一根肌肉、每一點動作。她張開了翅膀。

賽瑪拉知道自己的翅膀在動。她也聽到拉普斯卡屏住呼吸說道：「天吶，它們真可愛。我能碰碰它們嗎？」

「拉普斯卡，我不認為……」賽瑪拉開口說道。但拉普斯卡完全沒有聽。

「它們就像是最開始時荷比的翅膀。皮膚就像紙一樣薄，光線能夠直接穿透過來，照出裡面的色彩。我要把它們完全打開了。這樣我就能好好看看它們。」拉普斯卡俯身在賽瑪拉身後。賽瑪拉感覺到他用雙手捏住了自己的翼尖，然後非常小心地把這對翅膀完全拉開，就彷彿這是一對蝴蝶的翅膀。賽瑪拉的翅膀立刻有了不同的感覺。陽光，溫暖的陽光正在撫摸它們。熱量在它們裡面擴散開來，就像水流一樣。

「顏色變得更加鮮艷了。」刺青低聲說。

「妳每天都應該這樣做，」拉普斯卡用不容置疑的口吻說道，「妳還應該練習搧動它們，讓它們變得更強壯，幫助它們生長。否則，妳永遠也沒辦法飛起來。」

「喔，她不可能用它們飛起來，」刺青立刻就說道，似乎他很擔心拉普斯卡這樣說會讓賽瑪拉傷心，「我聽到辛泰拉說，她只應該慶幸自己有這樣一雙美麗的翅膀，但沒辦法用它們飛行。」

拉普斯卡歡快地笑了起來。「哈，以前所有人都是這樣說荷比的。別傻了。她當然能飛。她只需要每天練習。」然後拉普斯卡又俯身到賽瑪拉的耳邊說，「別擔心，賽瑪拉。我每天都會幫妳練習，就像我幫荷比一樣。妳一定能飛起來。」

辛泰拉已經走到了很遠的山坡上。從這裡，她能俯瞰面前這片寬闊的青草原野。克爾辛拉，他們回來了。高聳的地圖塔和那些閃閃發光的石砌屋頂，都在向她發出召喚。現在她和它們只隔著一條水深浪急的河流。

今天早些時候，她一直在看著荷比狩獵，一直在看著那頭紅龍張開翅膀，幾乎毫不費力地御風而行。荷比先是在地面上用力搧動翅膀，然後就迎著從河面吹來的風躍入空中。沒過多少時間，她就已經變得只有一頭牛那麼大，然後又變成了天空中的一隻獵鷹。荷比在克爾辛拉的上空高高盤旋。辛泰拉看著她，回憶起高飛在天上的感覺，卻只能讓自己平添憤懣。她明明也很懂得如何用翅膀去捕捉上升的暖氣流，如何抿起翅膀並切開強風，從天空中如利箭般滑躍而下。

她記得。她知道。她是一頭龍，三界的統治者，大地、天空和海洋的女王。克爾辛拉有著充滿甜美白銀的深井。那些就在河對岸。一頭真正的龍，只需要張開翅膀就能飛過去。

她已經張開了翅膀，感覺到照射在上面的陽光，感覺到光芒的親吻讓它們溫暖。她輕輕搧動翅膀，感覺到它們鼓起的風流。她還記得賽瑪拉是如何嘲諷她，鄙視她，稱她懶惰，甚至是愚蠢。她還記得荷比最初練習飛行時那種笨拙的樣子。而現在，她的樣子是多麼地愚蠢和多麼地笨重。她一次又一次想要飛起來，卻全都失敗了。她再沒有任何自豪可言，沒有任何高貴可言。

她聽到遠方傳來的鳴叫。那是狩獵的龍發出的嘹亮吼聲。她敏銳的眼睛能清楚地看到荷比收攏翅膀，向獵物撲去。她突然間確定：那一定是很大的獵物。又胖大，又多肉，還充滿了熱氣騰騰的鮮血。

她向夏日的陽光張開翅膀。面前的這片翠綠山坡非常寬闊，在河對岸就是克爾辛拉，古靈與巨龍之城。

她跑了幾步，才有勇氣搧動起翅膀。她的雙腳短暫離開了地面，又重重碰到地面，但她沒有就此停止。她的翅膀張開了，寬闊的皮翼被空氣撐住，沒有讓她的肚子撞在地上。

「辛泰拉！」她聽到有人發出敬畏的呼喊，「看啊，辛泰拉！」

又跑了幾步，這一次，她的翅膀搧動得更加緩慢，更加有力。

當她縱身躍起的時候，她將地面徹底抛在身後。

雨月第十七日

商人聯盟獨立第六年

來自黛托茨，崔豪格信鴿管理人

致雷亞奧，繽城信鴿代管人

在封錮的小管中是崔豪格的雨野原貿易商杜珊克家族的正式聲明，它將公開張貼在繽城貿易商大堂。聲明內容為雨野原貿易商杜珊克家族將接受貿易商頓瓦羅家族的聯姻邀請，這兩個家族的子嗣將正式成婚。

雷亞奧：

你是第一個知道這份正式聲明內容的人！

艾瑞克和黛托茨

中英譯名對照表

A

Alise Kingcarron Finbok　愛麗絲・金卡羅恩・芬波克

Althea Vestrit　艾惜雅・維司奇

Alum　埃魯姆

Arbuc　亞布克

B

Baliper　巴力佩爾

Barge 駁船

Begasti Cored　貝佳斯提・柯雷德

Bellin　貝霖

Beydon　貝東

Big Eider　大埃德爾

Bingtown　繽城

Boxter　博克斯特

Brashen Trell　貝笙・特瑞爾

Bread Leaf　麵包葉

Burrowers　鑽頭蟲

C

Carson Lupskip　卡森・羽躍

Cassarick　卡薩里克

Chalced　恰斯

Chet　切特

Citadel of Records　《城市紀錄》

Clef　樂符

Cocooning grounds　結繭地

Cope 科普

Copper　紅銅

Cosgo　柯思閣

Cricket Cages　蟋蟀籠

Crowned Rooster Chamber　加冕者殿堂

Curesd Shores 天譴海岸

D

Dancer Deer　舞蹈鹿

Darter Lizard　飛鏢蜥蜴

Davvie　戴夫威

Derren Sawyer　戴倫・索耶

Detozi Dushank
　黛托茨・杜珊克

Dortean　多提恩

Drost　多斯特

Dujjaa　杜吉愛

Duke of Chalced　恰斯大公

Dushank　杜珊克

E

El　埃爾

Elderling　古靈

Elspin　艾爾斯賓

Erek Dunwarrow
　艾瑞克・頓瓦羅

F

Fari　法麗

Fente　芬提

G

Gallator　鷸鱷

Gedder　蓋達

Goldendown　金色黃金號

Goshen　高申

Great Blue Lake　大藍湖

Greft　格瑞夫特

Gresok　格雷索克

Grigsby　格裡格斯比

H

Handprint Tree　手印樹

Hardwood　硬木

Hardy　強勇號

Harrikin　哈裡金

Heeby　荷比

Hennesey　軒尼詩

Hest Finbok　詔諭・芬波克

J

Jaff Secudus　傑夫・賽克杜斯

Jamaillia　遮瑪里亞

Jerd　潔珥德

Jerup　傑魯普

Jess Torkef　傑斯・托克夫

Jona　約納

Jorinda　喬玲妲

Jos Peerson　喬司・皮爾森

Jurgen　約爾登

K

Kalo　卡羅

Kase　凱斯

Kelaro　克拉羅

Kellerby　科勒比

Kelsingra　克爾辛拉

Kerwith　克維思

Khuprus　庫普魯斯

Kim　金姆

Kingsly　金斯利

Kitta　蒂塔

Kura nuts　庫拉堅果

L

Lecter　萊克特

Leftrin　萊福特林

Limbsman　巧肢人

Liveship　活船

Lords of the Realms　三界之主

M

Malta Khuprus
麥爾妲・庫普魯斯

Marley 瑪雷

Maulkin　墨金

Mercor　默爾柯

Mojoin　莫喬恩

N

Newf　紐弗

Nortel　諾泰爾

O

Onion-moss　洋蔥苔蘚

Ophelia　援助號

P

Paragon　典範號

Pariah　賤船

Pelz　佩爾茲

Picket Tree　圍樁樹

Polon Meldar　鮑隆・梅爾達

Polsk　博斯克

Prittus　浦裡圖斯

R

Rain Wild　雨野原

Ranculos　蘭克洛斯

Rapskal　拉普斯卡

Rasp Snake　銼刀蛇

Redding Cope　雷丁・柯普

Relpda　芮普妲

Reyall　雷亞奧

Reyn Khuprus　雷恩・庫普魯斯

Rogon　羅根

Rolleigh　羅雷

Ruskin Leaf　魯斯金葉

S

Sa　莎神

Sacha　薩夏號

Satrap　沙崔甫王

Sedric Meldar
塞德里克・梅爾達

Selden Vestrit　瑟丹・維司奇

Serpent Cases　長蛇繭殼

Sessurea　塞蘇利亞

Sestican　賽斯梯坎

Sethin　賽馨

Sevirian Cutlery　瑟維利餐具

Silver　銀

Silvery Water　銀水

Sinad Arich　辛納德・亞力克

Sindy　辛蒂

Sintara　辛泰拉

Sisarqua　西薩奎艾

Skelly　絲凱莉

Skrim　斯克力姆

Skymaw　天空之喉

Sophie Meldar Roxon
蘇菲・梅爾達・洛克遜

Sour Pear　酸梨

Speckle　星點

Spit　噴毒

Swarge　斯沃格

Sworkin　斯沃金

Sylve　希爾薇

System of bands for birds
鳥類環志系統

T

Tarman　柏油人

Tats　刺青

Tattooed　紋身者

Tereben Oil　松節油

Three Ships Folk　三船人

Three Ships Town　三船城

Thymara　賽瑪拉

Tinder　火絨

Tintaglia　婷黛莉雅

Tracia Marley　塔希婭・瑪雷

Tree Cat　樹貓

Trehaug　崔豪格

V

Veras　維拉斯

W

Warken　沃肯

Weddle stalk　韋德草莖

Wizardwood　巫木

Wollom Courser
沃隆姆・柯思爾

Wycof　維科夫

B
E
S 嚴
T 選 101

雨野原傳奇 2：巨龍隱地

原著書名／The Rain Wilds Chronicles: Dragon Haven
作　　者／羅蘋・荷布（Robin Hobb）
譯　　者／李鐳
責任編輯／王雪莉、何寧
內文編輯／江秉憲
副總編輯／王雪莉
行銷業務經理／李振東
業務主任／范光杰
行銷企劃／周丹蘋
總 經 理／黃淑貞
發 行 人／何飛鵬
法律顧問／元禾法律事務所　王子文律師
出版／奇幻基地出版
城邦文化事業股份有限公司
台北市 104 民生東路二段 141 號 8 樓
電話：(02)25007008　　傳真：(02)25027676
網址：www.ffoundation.com.tw
e-mail：ffoundation@cite.com.tw
發行／英屬蓋曼群島商家庭傳媒股份有限公司城邦分公司
台北市 104 民生東路二段 141 號 11 樓
書虫客服服務專線：(02)25007718・(02)25007719
24 小時傳真服務：(02)25170999・(02)25001991
服務時間：週一至週五09:30-12:00・13:30-17:00
郵撥帳號：19863813　　戶名：書虫股份有限公司
讀者服務信箱 E-mail：service@readingclub.com.tw
歡迎光臨城邦讀書花園　網址：www.cite.com.tw
香港發行所／城邦（香港）出版集團有限公司
香港灣仔駱克道193號東超商業中心1樓
電話：(852)25086231　　傳真：(852)25789337
e-mail : hkcite@biznetvigator.com
馬新發行所／城邦（馬新）出版集團
【Cite(M)Sdn. Bhd】
41, Jalan Radin Anum, Bandar Baru Sri Petaling,
57000 Kuala Lumpur, Malaysia.
Tel: (603) 90578822　Fax:(603) 90576622
email:cite@cite.com.my
封面設計／黃聖文
排　　版／極翔企業有限公司
印　　刷／高典有限公司
■2018年（民107）2月1日初版

售價／599元

國家圖書館出版品預行編目資料

雨野原傳奇. 2, 巨龍隱地 / 羅蘋・荷布（Robin Hobb）作；李鐳譯. -- 初版. -- 臺北市：奇幻基地, 城邦文化出版：家庭傳媒城邦分公司發行, 民107.02
面；　公分. --（BEST嚴選；101）
譯自：The rain wilds chronicles : dragon haven
ISBN 978-986-95634-6-8（平裝）

874.57　　106023122

ISBN　978-986-95634-6-8

廣告回函
北區郵政管理登記證
台北廣字第000791號
郵資已付，免貼郵票

104台北市民生東路二段141號11樓

英屬蓋曼群島商家庭傳媒股份有限公司城邦分公司 收

請沿虛線對摺，謝謝

奇幻基地

每個人都有一本奇幻文學的啓蒙書

奇幻基地官網：http://www.ffoundation.com.tw

奇幻基地粉絲團：http://www.facebook.com/ffoundation

書號：1HB101　　書名：雨野原傳奇 2：巨龍隱地

請於此處用膠水黏貼

奇幻基地

讀者回函卡

謝謝您購買我們出版的書籍！請費心填寫此回函卡，我們將不定期寄上城邦集團最新的出版訊息。

姓名：______________________　性別：□男　□女

生日：西元________年________月________日

地址：______________________

聯絡電話：______________傳真：______________

E-mail ：______________________

學歷：□1.小學　□2.國中　□3.高中　□4.大專　□5.研究所以上

職業：□1.學生　□2.軍公教　□3.服務　□4.金融　□5.製造　□6.資訊

□7.傳播　□8.自由業　□9.農漁牧　□10.家管　□11.退休

□12.其他______________________

您從何種方式得知本書消息？

□1.書店　□2.網路　□3.報紙　□4.雜誌　□5.廣播　□6.電視

□7.親友推薦　□8.其他______________________

您通常以何種方式購書？

□1.書店　□2.網路　□3.傳真訂購　□4.郵局劃撥　□5.其他

您購買本書的原因是（單選）

□1.封面吸引人　□2.內容豐富　□3.價格合理

您喜歡以下哪一種類型的書籍？（可複選）

□1.科幻　□2.魔法奇幻　□3.恐怖　□4.偵探推理

□5.實用類型工具書籍

您是否為奇幻基地網站會員？

□1.是□2.否（若您非奇幻基地會員，歡迎您上網免費加入，可享有奇幻基地網站線上購書75折，以及不定時優惠活動：http://www.ffoundation.com.tw/）

對我們的建議：______________________

____

____

請於此處用膠水黏貼